陆海波 著

小城律师
李不言

江苏凤凰文艺出版社

图书在版编目（CIP）数据

小城律师李不言 / 陆海波著. -- 南京 : 江苏凤凰文艺出版社, 2025.4. -- ISBN 978-7-5594-9218-0

Ⅰ. I247.5

中国国家版本馆CIP数据核字第2024P9Z501号

小城律师李不言

陆海波 著

责任编辑	项雷达
责任印制	杨 丹
出版发行	江苏凤凰文艺出版社
	南京市中央路165号，邮编：210009
网　址	http://www.jswenyi.com
印　刷	江苏凤凰扬州鑫华印刷有限公司
开　本	787毫米×1092毫米 1/16
印　张	27.5
字　数	430千字
版　次	2025年4月第1版
印　次	2025年4月第1次印刷
书　号	ISBN 978-7-5594-9218-0
定　价	88.00元

江苏凤凰文艺版图书凡印制、装订错误，可向出版社调换，联系电话 025-83280257

相信所有结局都美好，如果不美好，那还不是结局。

—— 阿拉伯谚

目录

| 上部 | / 001 |

| 下部 | / 217 |

| 尾声 | / 433 |

上部

1

　　李不言出庭代理的第一个案子是一起船舶加工承揽合同质量纠纷。那是一九八八年初，李不言进入项州市律师事务所才三个多月。

　　其实，李不言在半年前就从东方省司法学校法律专业毕业。和他一起毕业回到原籍等待分配的还有江山，江山想做法官，李不言也想做法官，江山说都选择去法院会不会在人事局分配时显得拥挤。李不言觉得有点道理，鉴于江山先提出想做法官，李不言在分配单位意向栏里便主动填报了检察院。到项州市人事局报到时，接待他们的是位女同志，接过报到信，了解他们的工作单位意向后，很和善地说，你们是本市第一批分配回来的法律专业毕业生，政法系统很需要你们这样的人才，我们会尽量满足你们的要求，一星期后来领上班介绍信。一周后，李不言和江山再到人事局，接待他们的换成一个小伙子，问清楚他们的姓名，将上班介绍信找出来分别交给他们，接着低头看手中的《围棋定式词典》。李不言见介绍信上注明去司法局，很是错愕，不是答应分配到检察院吗？小伙子放下词典，瞟了他一眼反问道，谁答应的？司法学校毕业还有比去司法局更专业对口的吗？李不言感到既好气又好笑，脱口而出，司法学校毕业去司法局，财校毕业去财政局，粮校毕业去粮食局，如此分配倒是简单省心。小伙子对李不言的情绪似乎毫不介意，说了句口才不错，去司法局做律师很合适，又低下头继续看《词典》。走出人事局大门，李不言才想起来看一直没说话的江山的介绍信，发现江山如愿分配到法院，扭头就要返回人事局。江山拉住他，已经板上钉钉，不要瞎折腾，影响以后进步。

　　李不言到司法局报到后，因为暂时还没有调整出宿舍，司法局说报到过就开始计算工龄，工资正常领取，回家待命，等安排好宿舍再来正式上班。待命三个多月，原来寄居在招待所的宣教科长分到一套住房，腾出来的招待所房间给了李不言，李不言这才真正开启工作生涯。司法局一开始并没有安排李不言到律师事务所，尽管事务所很希望能得到他。项州市律师事务所当时共有五个半工作人员，一个主任是部队转业干部出身的原法院民庭副庭长，两个副主任都是部队转业干部直接安置进来，还有两名从应届高中毕业生中招考进来的年轻人。另外半个是司法局派驻的会计，属司法局直属人员，不归事务所领导。全所人员无一具有法律专业背景，李不言的两年专业学习就显得弥足珍贵，事务所当然想将其收编。但司法局长赵志明是李不言老乡，与其还有点山路十八弯的亲戚关系，对李不言有所耳闻，知道他上学时学习成绩不错，特别是作文写得好，在全市作文比赛中拿到过名次。因此将李不言留在办公室，想先培养成材料写手将来再看看能否在仕途上有所发展。岂料李不言对于行政上司空见惯的成熟文本嗤之以鼻，说这种假大空的材料味同嚼蜡。什么材料交到他手里都想整成报告文学，至少也要是夹叙夹议的散文议论文。还常常引经据典，弄出些佶屈聱牙生冷孤僻的文字，愣是给局长赢得个"白字局座"的雅号。坚持三个多月，赵局见李不言文风不改，且一直未主动来找他叙亲情拉家常，便对办公室主任黄伟雄说，事务所现在正是用人之际，让小李去做律师吧。

事务所主任顾卫中如获至宝，对李不言说，我们对你垂涎已久，所里一直是三老带两小，不好分组。现在你来了凑成三对，你跟我一组，王丹跟老马，张志祥跟老仝。

人员搭配到位，业务却不多。尽管岁月已经进入二十世纪八十年代，基层律师的重建工作仍然处于起步阶段。"文化大革命"砸烂公检法，被声讨帮坏人说话的律师随着隶属的司法行政部门一道清零。堂堂的国家司法部一九七九年九月才重新挂牌，东方省司法厅一九八〇年元月搭建班子，其后陆续在地级市建立法律顾问处，一般在法院里设间办公室，从法官中安排个把人员兼任主任和律师。作为县级市的项州直到一九八三年下半年方在司法局里设立法律顾问处，只有顾卫中一个人。一九八四年马健和仝有为转业安置到顾问处，年底顾问处更名为律师事务所。到李不言跟着顾卫中拎包时，全省的律师事务所不过几十家，从业人员不足千人，大部分还不是正式律师，是和李不言一样被称作律师工作者的年轻人。

当时的律师资格采取考核授予方式，三位主任都是军龄加工龄二十多年的久经考验的革命干部，通过考核理所应当；至于年轻人嘛，尚需锤炼，司法部正在酝酿律师资格考试，是骡子是马，考场上遛遛。

没有多少事情，律师工作者李不言便将主要精力放在看书上。在司法学校读书时，李不言的大把时间用于集体事务和谈恋爱，没正经听过几节课，基本上靠临时抱佛脚抄背同学的课堂笔记蒙混过关。结果法律知识没捕获多少，捕获的芳心也在毕业后被女友带回原籍另处安放。现在上班没什么事，正好补补课。想想上学时自己掏钱读书不好好学习，现在居然有人发工资让自己补习功课，李不言窃喜中不免有几分不安，担心被主任们看轻了自己那张本来就十分单薄的中专毕业证书。岂料主任们十分欣赏李不言的好学，常常让小王、小张好好学学，不要将那么多的时间浪费在下棋上。王丹和张志祥呵呵哈哈，坐在办公室里的大部分时间依然是马走日象飞田过河卒子永向前。

天朗气清惠风和畅的日子，顾卫中常常会让李不言放下书本出去放松放松。说是放松，其实仍是工作，走访顾问单位。基本上都是国有企业，皮件厂、食品厂、葡萄酒厂等等。去了到厂长办公室坐坐，问问有没有什么法律事务需要处理。一般都说没有，律师空闲时可以来给职工上上法制课，普及一下法律常识。东扯西拉一番，厂长提笔批张条子，让人去仓库取两件产品给法律顾问鉴赏。两条皮带、两双皮鞋、四袋奶糖、四瓶葡萄酒，诸如此类，正宗的单位特产。顾卫中客套几句，示意李不言收下。离开顾问单位，两人二一添作五各取一份，欢欢喜喜回家。

如此悠闲自在三个多月，李不言终于遇上他职业生涯的第一个案子，侯千树诉临河造船厂案件。严格地说不是李不言遇上，而是主任顾卫中安排的。侯千树找的是顾卫中，并且希望顾卫中本人亲自代理，顾卫中答应了侯千树并安排李不言作为助手参与接待兼任记录。

2

因为是处女秀，李不言自然格外用心，想通过此案和顾卫中好好学点东西，多积累一点实战经验。当然，如果有机会露一手，证明自己作为法律专业中专毕业生的实力，那也不妨顺势而为。

侯千树说，一九八六年六月，我向临河造船厂订购一条六百吨水泥驳船，造价一万四千五百元。李不言停下手中的笔,有点吃惊地问,多少钱?侯千树重复一遍一万四千五百元。李不言不由得重新打量一番眼前这位一身农民装束的瘦猴般的委托人,心生感慨,乖乖,这么贵!我一个月工资七十多元,即使不吃不喝也要将近二十年才能攒够一条船钱!真是人不可貌相,海水不可斗量!顾卫中在一旁说,小李不要打岔,老侯你继续说。

侯千树便继续往下说,我对船厂厂长侯长安说要保证质量,不能漏水。侯长安承诺如果漏水,无条件更换。当年十月,驳船完工下水,我交了一万两千元船款,还有两千五百元等航行两趟没问题再付。结果我将船挂在人家拖轮上从武水向阜宁运输煤炭,第一趟航行不到五十公里就发现船体渗水。我找船老大商量,请他在临河码头停靠一小时,我去找造船厂解决。侯长安跟我说你船上有货,如卸货处理,势必影响交货期限,造成更大损失。你先将就着将货送到阜宁,回来后给你处理。我想想也有道理,就一路不停地从船舱向外舀水,连觉也不敢睡,坚持到阜宁交了货。船老大说有豆饼货源装运到连云港,我都不敢接,赶快将船拖回船厂,要求为我更换驳船。侯长安说不用换,技术员看过了问题不大,很好修理。然后安排人对渗水部位重新更换钢丝网,用水泥抹平。结果下水不久,又有渗漏情况发生。我只能再去找侯长安,他说你再拖趟把,等拖浑水可能就好了。但坚持拖几趟后还是渗水,我找到侯长安,坚决要求给我换船。侯长安就是不答应,让我再坚持几趟看。我买船的钱大部分是高息借的,少运一趟损失不少。所以也没敢停运,一直将就着。去年十月,我的船航行至武阳县境内,因为遇上大风,躲避至浅水区停航,船体底部搁浅,涌入大量河水。风停后,三四个人轮番向外舀水,好歹将船拖到临河船厂。这次我要求必须换船,不换船就退款。但船厂不仅不予更换或者退款,连修理也不负责,说船漏水是航行事故造成的,质量本身没问题。我去找临河乡的侯乡长,侯乡长说了解一下情况再说。第二天再去找他,他说船厂说了你的船是使用不当碰坏的,质量没问题,这种情况我无法给你处理。我说我能向司法机关起诉吗,侯乡长说可以。我就来找你们。

顾卫中听罢问李不言是什么想法,李不言说,农民买条船不容易,与船厂的官司必须打。顾卫中说,嗯,船厂不讲诚信,是应该到法庭上理论理论。老侯,你准备三百元律师代理费,我安排起草诉状。侯千树迟疑片刻问,代理费能少一点吗?顾卫中说,已经照顾你了,按标准至少要五百块。这钱不是我们收的,要全部上缴财政。侯千树听说已经少收两百元，忙表示明天一定将代理费送来。

第二天，侯千树将三百元交到会计那里，并办妥相关委托手续。李不言根据接待记录起草好诉状，交给顾卫中审查。顾卫中略作调整后，让侯千树签名捺手印，送到临河法庭立案。自己带着李不言到驳船上实地勘验一番，就破损状况制作了示意图；找到驳船几次挂靠的拖船船老大做了调查笔录，请他们证明驳船渗水过程。做完这两件事，顾卫中对李不言说，万事俱备，坐等开庭。

开庭通知尚未等到，临河乡的侯乡长带着侯长安不请自来，两个人径直去了局长室。十分钟后，顾卫中被局长请过去。四十分钟后，顾卫中带着侯长安回到主任室，将马健和李不言喊过来。

顾卫中将侯长安介绍给马健，开门见山道，侯厂长的临河造船厂被侯千树告了，侯千树委托我和小李代理；现在造船厂也要委托我们，我建议侯厂长去邻县委托律师，他坚持委托我们。赵局长指示只要不违反规定就接受委托，各尽其责让法庭断是非，马主任你代理造船厂吧。马健说句先了解一下案情，将侯长安带去自己的办公室。

在周末的事务所通案例会上，马健介绍造船厂的答辩意见：侯千树在签订驳船加工合同以后，亲自监督驳船制造全过程。其间不断给工人买烟抽买酒喝，正常四层的钢丝网，工人用到七层；按规定水泥标号不低于四百号，工人用到五百号，都是超标准的。驳船下水前，项州船检所来人检验，颁发了合格证，不合格也不可能拿到航行簿下水运输。侯千树是说过船漏水，船厂也派人去修过。修理工人讲是小问题，渗漏不大，处理一下就好了。后来还说漏水，船厂再派人去维修又不让上船。侯千树还欠船款两千五百元，老说漏水的目的是赖掉这部分船款。船出厂后半年或者两个航次之内包修，现在都已经快两年，保修期已过。至于船底漏水较大，是因为航行事故搁浅造成，保险公司已经签字确认理赔。船厂要求驳回侯千树的起诉，同时要求其偿还欠款。

马健展示了驳船检验合格证与保险公司理赔定损记录的复印件，请顾卫中主任指示接下来如何处置。一丝尴尬从顾卫中的脸上稍纵即逝，他咳嗽两声，清了清嗓子，赵局长指示各尽其责，原被告双方的合法利益都要维护，这个案件看来形成不了统一意见，双方代理人尽力而为吧。

散会之后，顾卫中将李不言留下来，表情轻松地问，小李，对这个案件还有信心吗？李不言说，对方的书证效力很高，说实在的信心不怎么样。顾卫中说，是的，看来没多大把握。但年轻人不能丧失信心，你大胆放手去干。李不言回答，有主任坐镇，我没有什么好担心的。顾卫中将侯千树的卷宗交给他，我会一直支持你，好好准备去吧。李不言一怔，有点受宠若惊，又有些疑惑。接过卷宗在心里面揣摩主任话里的意思，这么重要的案件，是要我独立担当吗？

王丹和张志祥见李不言拿着卷宗回来，颇有几分得意地相视而笑。王丹说，祝贺你啊，小李，天降大任啦！张志祥接着说，到底是科班的，机会说来就来。李不言将卷宗扔在办公桌上，两肘撑住桌面双手托腮，一脸天真地说，你们一唱一和的，演的是哪出？有话直说吧，兄弟我洗耳恭听。王丹拽出棋盘，拖着京腔道白，人生如戏，出将入相，楚河汉界走一趟。张志祥默契地摸出棋子摆在棋盘上，两人专心下棋不再理会李不言。

不久，顾卫中因心脏病住进医院，李不言跟随同事们一道去探望，大家告辞时，顾卫中将李不言留下来特别嘱咐，如果我住院期间侯千树的案件开庭，你一个人出庭，不要紧张，大胆应对，案件办成什么样就什么样。李不言说，车到山前必有路，主任你安心养病，我能对付过去。

两天后，接到出庭通知，定在三月二十九日开庭。李不言有几分奇怪，通知上开庭地点不是在临河法庭，而是在临河乡大会堂。李不言向王丹请教，王丹说，证明这个案件重要，你扬名临河誉满项州的机会来了。李不言去找马健，要向他汇报案件思路。马健说，我是对方代理人，向我汇报不合适，你可以向顾主任汇报。李不言不想打扰病中的顾卫中，就自己反复研究案卷，完善代理思路，又去补充收集了一些证据材料。

开庭那天，能容纳数百人的大会堂座无虚席。李不言在庭前悄悄问过被分配在临河法庭做书记员的江山，为何开庭地点放在大会堂。江山告诉他还有几条船的船主也说从船厂订购的船漏水，等着这个案件结果决定是否跟进起诉。乡政府请法庭将开庭动静搞大一些，镇镇那些船主。恰巧项州法院要考核临河法庭，庭审观摩案件也选了这个案子。李不言问，这些对于我的委托人来说岂不是不祥之兆？江山意识到有点失言，宽慰李不言那也不一定，同时强调注意保密，不能将他说的话传出去。李不言说，这还用说，焉能出卖弟兄！

合议庭由临河法庭庭长徐剑锋和两名人民陪审员组成，三人坐在主席台改成的审判席上，后面是临时挂上的国徽，书记员江山坐在前方矮了一截的记录席，侯千树与李不言，侯长安与马健，分别坐在两边更矮一截的原、被告席。

三月的项州春寒料峭，高大宽敞的大会堂没有取暖设施，东墙上面一排靠近主席台的窗户玻璃坏了几块，虽然用硬纸板挡上，会堂内仍然显得十分阴冷。不知道是寒冷还是紧张，李不言望着会堂内黑压压的旁听人员，控制不住地颤抖起来，手心里攥出一把冷汗。他一边不断地暗示自己要镇定，将注意力集中到案件上，一边翻开卷宗，深吸一口气，努力让自己沉静下来，默想了一遍代理思路，然后转脸冲着侯千树微微一笑。侯千树不明就里，也对李不言傻傻地笑笑。

江山宣读完法庭纪律，徐剑锋宣布开庭。李不言代理原告宣读诉状，马健代理被告宣读答辩状。审判长开始主持法庭调查，李不言宣读了几份证人证言，证明侯千树的驳船从首航开始便渗漏不断，又出示一组照片，证明驳船破损的现状。下面旁听席上有一群人站起来高呼，我们的船也是这样，船厂必须赔偿！徐剑锋用力地拍了几下桌子，厉声喝道，给我坐下！谁再喧哗赶出会场！旋即发现口误，追加一句，再闹赶出法庭！请被告针对原告证据发表意见。

马健举起手中的证据，非常沉稳地说，我方的船舶质量没有问题，因为我方出厂的所有船舶都经检验合格，符合国家质量标准。下面向法庭出示项州市船检所给本案船舶颁发的检验合格证，需要强调的是，项州市船检所系合浦市政府设立的我市唯一的船舶质量检验机构，其颁发的合格证具有权威性。

原告方对这份检验合格证是否有异议？徐剑锋问。有异议！李不言几乎是从座位上弹跳起来。刚想开口说话，突然意识到无需站起来发言，又连忙坐了下来。他感觉到脸颊有些发烫，赶快默念两遍镇定。稍作停顿后，才举起检验合格证复印件说，该合格证虽然由权威部门颁发，但发证前的检验过程极为疏漏。根据《东方省钢丝网水泥驳船成品质量检验暂行标准》，驳船检验必须检验砂浆强度、砂浆密实性、裂缝、水密性、露丝露网等八个方面，其中水密性即船只是否漏水的检验尤为重要。根据规范，水密性的检验应该进行抽水试验。具体方法是船造好后，用抽水机抽水灌进舱内，水深离甲板不低于六厘米，等待四小时如无漏水现象，方可视为水密性合格。本代理人走访调查了本案中驳船的实际检验人员船检所工程师吴强，吴强证实应船厂的请求，临河造船厂生产的驳船都没有进行水密性试验，只是用回弹仪测量一下围板，即判定合格。而回弹仪仅用于砂浆强度的检验，这就是说驳船的八项检验内容，船检所仅检验一项便颁发合格证。下面我宣读与吴强的谈话笔录。

徐剑锋在李不言读完笔录后向被告发问，被告方对吴强的谈话笔录有无意见？因为庭前没有准备到这个问题，侯长安望着马健不知如何回答，但马健处之泰然没有给他半点提示，只好嗫嚅其词，这个，这个，水密性检验嘛费工费力费钱，我厂认为没多大必要，所以请求不做。旁听席上立刻笑声一片，马健待笑声平息后不慌不忙地说，本代理人认为，虽然没有进行水密性检验，不代表驳船的渗漏属于质量问题，有证据证实，原告驳船漏水是航行事故造成，此节有保险公司出具的理赔定损记录可以证实。马健出示并宣读完定损结论之后，庭下一片寂静，大部分人觉得既然保险公司已经理赔，再向船厂主张权利确实不妥，倒要看看原告方如何再次反转。

徐剑锋问原告对这份证据是什么意见，李不言镇定地说，对这份证据本身没有意见，但它依然不能证明驳船的质量没有问题。原告的驳船事实上有四处漏水，保险公司赔偿的是其中两处因搁浅垫坏而造成的损失。还有两处损坏，因为保险公司认为与航行事故无关不予赔偿。那么另外两处与什么有关呢？修理厂认为是驳船的质量问题，他们在修理过程中发现这两处存在重皮现象，即驳船在修造时两层水泥之间没有与钢丝网无缝衔接，中间是空的，受到外力极易破损，也就是驳船的砂浆密实性不够。关于这个事实，有修理工人的证词和损坏修理之前的照片可以证实，代理人现在向法庭出示。

李不言刚出示完证据，会堂里霎时响起一阵热烈的掌声，徐剑锋先看了看被告方，才要求旁听席上人员保持肃静，然后询问被告对照片和修理工人证词的意见。侯长安再次用眼神征询马健，马健明显不悦，低声说，你们厂生产的船舶，你自己回答。侯长安无奈，吞吞吐吐地回答，那个，我们的船没问题，那个，修理工说得不对。徐剑锋当即宣布法庭调查结束，开始法庭辩论。在双方将各自的意见系统地表述一遍以后，徐剑锋宣布庭审结束，定期宣判。

定期一个多月没动静，耐不住侯千树多次询问，李不言打电话给江山打探消息。江山告诉他安心等待，本来准备当天判决原告败诉的，迟迟不判意味着什么不难猜测。李不言心花怒放连说明白。

果然，半个月之后原告胜诉的判决下来，被告无条件给原告更换合格船只并赔偿原告的经济损失。法律工作者李不言一战成名，在项州小城的律师舞台上完美亮相。一时间，春风得意马蹄疾，直把项州作汴州。

3

与李不言报到后在项河老家"待业"，白天仰望白云苍狗夜晚凝视满天星斗，被父母不断小心翼翼地探究不同，江山报到后第二天就正式上班了。

能到法院上班，江山在称心如意的同时，心中还有几分不安，这个机会本来是李不言的。在两人去人事局报到之后，江山为了能确保分到法院，托亲戚找到在市委组织部的亲戚的亲戚。次日亲戚回话，幸亏及时跟进，人事局的报到介绍信本来已经开好，江山去司法局，李不言去法院。江山大惑不解，两人商量好他去法院，李不言去检察院，接待他们的女人事也表态尽量满足他们，怎么变成李不言去法院，他去司法局？亲戚说今年检察院不要人，法院想要一个思想进步能写材料的充实到办公室，为此专门查看两人的档案，了解到李不言在司法学校时是团支部书记校广播站编辑，获得过学校"故乡风情"征文比赛的一等奖，在全国发行的《法制周报》上发表过一篇名为《月儿圆圆》的微型报告文学，简直就是为法院量身定做一般。法院表态非李不言不要，人事局无所谓人员去向，乐得做个顺水人情，痛快答应了法院的请求。后来组织部领导出面关心，情况自然大不相同，开好的报到介绍信作废重开。亲戚的一席话，不仅让江山明白客观上是自己夺走李不言去法院的机会，也同时明白人事局的所谓司法学校的毕业生去司法局最合适的分配理由根本就是瞎扯淡。

法院一开始以为江山的报到介绍信开错了，说好的李不言怎么就变了江山？院长亲自打电话给人事局局长，局长急如星火地说正准备去市长办公室，介绍信没搞错，个中缘由以后当面向您解释。放下电话的院长心中意难平，看着茶杯中迅速沉底的碧螺春发怔。电话那头的人事局局长放下电话气定神闲，坐在办公桌前有滋有味地欣赏刚刚冲泡的君山银针在杯中冲升水面后徐徐下沉，再升再沉三起三落。

院长没滋没味地喝完一杯碧螺春又续上一杯水，指示办公室将江山安排到临河法庭。江山本来以为自己怎么也算项州法院第一个科班出身，应该留在院部重点培养，居然被"发配"到离项州城最偏远的法庭，心中不免非常失落。后来得知李不言因身无居所,一直无班可上。想想自己不仅正式上班,还领了两身制服,分到一间单身宿舍,又十分庆幸选择并争取到法院。真是没有对比就没有伤害也就没有优越感,但李不言毕竟是江山最好的朋友,工作单位的优越感始终冲不淡他对李不言的愧疚。尽管江山托关系找人关注毕业分配仅是为了强化自己能到法院,完全无意损害李不言,可客观上顶替掉李不言去法院的机会,仍让江山多年以后都无法释怀。

江山和李不言分别从临河中学和项河中学考入省司法学校,当时两人皆是所在学校开天辟地以来的独一份。那一届项州全市考入大专和本科院校的有二十多人,全部出自项河中学,是全市近两千名参考学子中的佼佼者与幸运儿。大专学制三年,本科四年,当那些佼佼者还在美丽校园读书时,李不言和江山已经跨入国家干部行列,当其中一个叫徐海林的佼佼者从华东政法学院本科毕业,分配到项州法院做书记员时,中专毕业生江山已经是刑庭副庭长。当然,这是后话,暂且不提。

因为李不言的"待业"而平衡心态的江山在临河法庭迈开了踏实步伐。在毕业前的半年法院实习期间,江山已经熟悉一般的诉讼流程,参与记录一些案件庭审,整理归档部分案卷。所以到了法庭上手极快,获得庭长徐剑锋的高度认可,放手让他做一些审判员才能干的工作。侯千树与临河船厂案子从立案到庭审到判决书的起草主要就是由江山完成,徐剑锋只是出面主持庭审。对于判决侯千树胜诉,徐剑锋开始有顾虑有压力,但面对江山起草的事实表述清楚、证据论证充分、法律阐释严谨的判决书,徐剑锋觉得没有不予支持的理由。为慎重起见,徐剑锋将案件提交审委会讨论,并在审委会上争取到侯千树胜诉的判决结果。这些庭审以外的信息,李不言不知道,江山也没有透露。不讲归不讲,江山认为侯千树胜利就是李不言胜利,支持侯千树就是支持李不言,于同学情谊于公平正义他江山都是做了一件足以自慰的事。

在临河法庭待了不到五个月,江山被调回院部,在刑庭做书记员。院长和他谈话时,表扬他在法庭干得不错,徐剑锋庭长多次在工作汇报中夸奖他任劳任怨勤勉专业,以书记员的身份干了许多审判员的活,庭里的调解案件中有一半以上其实是他参与甚至主导。院长说,小江继续努力,你年轻勤快有文凭,争取创造个纪录,工作满一年就坐到审判员的位置上。

江山喜不自胜，认为自己这块金子光芒万丈热力十足。他哪里知道自己固然出色，真正引起院长重视的是人事局局长与院长的一番闲聊。院长与局长相逢于政府大院，局长请院长不要有意见，当时据传很快要转正的组织部的刘副部长打招呼，人事局不能不尊重组织上的意见。院长说应该尊重，我们也要尊重。没过多久，就有了院长和江山的谈话。

兴奋的江山需要人分享他的喜悦，尽管内心深处始终藏着对李不言的愧疚，他还是第一时间想到李不言，周末准备了几样熟食几瓶啤酒，将李不言约到他的宿舍。

江山的宿舍在法院办公大楼的西边，与司法局办公地点隔着四排平房。这一片是政府工作人员宿舍区，最西面有四栋四层的筒子楼，都是单间宿舍，江山便分到其中一间。其余的是自带小院子的平房或者两层小楼，分配给不同级别资历的干部居住。司法局现在办公的地方，就是其中毗邻工人路的两栋宿舍楼改建而来。

李不言推开一号筒子楼404虚掩的房门，江山正在电炉上炖排骨。李不言说，青天白日的，你关门干啥！江山在锅内搅拌几下，举起勺子说，快把门关上，楼里不让用电炉，发现要被罚款。李不言戏谑道，身为人民法官，知法犯法，该当罪加一等！江山笑骂，滚你的蛋！只有本法官有权判你有罪，你这个小律师还是好好斟酌如何自行辩护吧。李不言发现床前的小餐桌上摆了三副碗筷，便道，敢问江法官的贵客还有何人？江山说，我的一个初中同学，叫甄勇敢，在公安局户政科，介绍你们认识认识。李不言扑哧一笑，叫什么？真勇敢？如果真勇敢应该去刑警队啊，在户政科混什么？江山说，不是真假的真，是甄士隐的甄，知道甄士隐吧。李不言说，开什么玩笑，假作真时真亦假，无为有处有还无，我当然知道甄士隐，我不知道的是甄勇敢如何进入公安局的。江山说，说来有点惭愧，初中毕业时，勇敢考进了市中，而我连镇中都没考上，复读一年才考进临河中学。勇敢高考考上了省公安专科学校，学的是户政管理，通过毕业分配进了公安队伍。李不言开怀大笑，户政管理专业进户政科，完全符合人事局的分配逻辑，看来人事局没有欺负我。江山的心脏被扯动一下，盖上炖锅笑道，谁敢欺负你，谁又能欺负到你！两人正说笑着，甄勇敢从外面推门进来。

江山将两人分别做了介绍，李不言伸出手说幸会幸会，又仰视着甄勇敢的头顶说，"电眼蝎须长八尺，论丹说剑气凌云"，勇敢兄身长八尺面如冠玉，惊若天人啊。甄勇敢伸出双手与李不言的双手重重地握在一起,两眼炯炯有神:不言老弟果然如江山所言,玉树临风英俊潇洒,才高八斗出口成章。李不言笑道,别听他瞎说,一个中专生能有几粒米。勇敢兄这身高可是实实在在的,有一米九吧,让我这一米七五的自惭形秽。甄勇敢说,一米八六,我还羡慕不言的标准身高呢,怎么看怎么舒服,不像我站在哪里都像是电线杆杵在地上。江山从洗脸盆里捞出用冷水冰镇的啤酒,放到桌上说,你们诚心让我这一米七的难堪,作为客人太不厚道。甄勇敢说,江山老弟个头虽然不算高,但面相敦厚端正,为人和善可靠,亦不失为大丈夫也。李不言忍俊不禁,我们互相吹捧有意思吗?不如吹啤酒更有趣。甄勇敢一只手抓起桌上酒瓶,一只手拿起啤酒杯,快活地说,不言言之有理,我们一起吹啤酒。

三个人开始对付啤酒,主力是江山和甄勇敢,李不言属于凑数。李不言夹起一块排骨,问甄勇敢户政科除了管理全市人民户籍还有什么职责。甄勇敢喝下一口啤酒,抓起筷子说,户籍、人口和居民身份证等具体事项由基层派出所管理,我们户政科负责组织指导。李不言从排骨上撕咬下一块肉,一边咀嚼一边问,我的户口在哪里?没见户口本嘛。甄勇敢夹起一片牛肉,在佐料碟子里蘸了一下,你一个单身汉要什么户口本,归属在机关集体户籍里。李不言放下啃光了的骨头,在抹布上擦了一下手,问集体户的户主是谁。甄勇敢说,没有谁,你要想当户主,我哪天帮你单立个户。江山端起酒杯与甄勇敢的酒杯碰了一下,对甄勇敢说,不言特好奇,酒少话多。你不要理他,我们喝酒。李不言等甄勇敢吃了两口菜,也端起酒杯敬他,喝下半杯后说,立户不着急,今后如有需要还得请勇敢兄帮忙。我再敬勇敢兄一杯。

一人一瓶啤酒喝光,江山又开三瓶。李不言满脸通红,摇摇晃晃走到床前躺下来,闭上眼睛说,你们继续吹,我是吹不动了。甄勇敢问,不言就这点酒量?江山说,他喝酒不行,啤酒半瓶醉,白酒一两倒。

4

马健和仝有为都是一九八三年从部队转业,一起分配到项州县司法局。当时司法局刚成立一年多,原任公安局副局长的赵志明带着办公室主任黄伟雄在县政府大楼的两间办公室里临时办公,一间局长室一间办公室;后来省司法厅要求下辖司法局设立宣教科、公证处和法律顾问处，两间办公室显然怎么也摆设不开。政府一时挤不出资金给司法局盖楼，叫赵志明自己想办法。赵志明想得脑壳发蒙也没有想出来，黄伟雄及时提供了一条重要线索，民政局最近在项州革命烈士陵园西面滨河路旁建起新办公楼，顺带又在公园红杏绿柳溪水环绕处建造几栋二层小楼，供县领导居住。有两位领导原来住在政府住宅区的干部楼里，最近要乔迁公园内的新居。腾出来的房子是挨在一起的两栋两层小楼，虽然有些低矮老旧，但紧邻马路。打通两户封闭前院洞开后门，再稍作收拾，作为办公过渡还是可以的，特别是旁边就是法院和检察院，同属政法系统联系方便。赵志明眼睛闪亮带上黄伟雄到实地"侦察"，然后找到县长要这房子。县长开始没答应，说这房子准备安排给民政局解决干部住房；赵志明拿着省厅文件软磨硬泡缠住不放县长才松口。一个月后，项州县司法局的牌子挂了上去，从外面看门脸不大，走进去别有洞天，大大小小居然有十几个房间。司法局安排两间办公室给法律顾问处，顾卫中原本就是法院的副庭长，理所当然被任命为主任，自己一间办公室；马健和全有为都是正连职转业，任命为副主任，两人合用一间办公室。一正二副三个主任，手下没有一兵一卒。直到一九八六年招进王丹和张志祥，人员配置才算完整。为了安置王丹和张志祥，局里又挤出一间办公室。

建处伊始，除了顾卫中略知一二之外，两位副主任都不知道法律顾问处是干什么的，后来到省城法律干校培训半年，才有点知其然。至于知其所以然，是若干年以后的事情。这其中马健领悟最快，他在部队一直做政治宣传工作，从连队指导员位置上转业。相比较而言更年轻，文化底子厚实一些。省城半年培训给他留下最深刻印象的是法律和道德的关系，两者在许多方面是相通的，都是调节人与人之间相互关系的一种社会规范，都是社会主义生产关系的反映，体现无产阶级和广大人民共同意志。马健认为，既然相通，那就好办，法律似乎有些深奥，道德自古以来便常常挂在人们的口头上，从浅显的道德入手抵达晦涩的法律彼岸，触类旁通纲举目张。讲法律离不开讲道德，讲道德离不开讲道理。而道理，讲起来不难！

掌握独门秘诀的马健五年来攻无不克战无不胜，从没有打输过官司，直到临河造船厂的案子终结他的连胜纪录。收到判决书后，马健将李不言叫到办公桌前，先是夸奖几句后生可畏长江后浪推前浪，然后话锋一转，为何你后来补充的证据没有事先和我沟通？李不言说，我来和你汇报，你说不合适，叫我向顾主任汇报。马健一脸疑问，我说过这话吗？如果真说过那就算了，不过以后还是要多汇报，毕竟我们是一个集体，要有组织纪律性。说完低头在判决书上圈圈点点，不再看李不言。坐在马健对面的仝有为，装模作样地看报纸，皮笑肉不笑的，不知道是幸灾乐祸马健的首败，还是十分享受李不言被冷落的样子。

李不言回到自己的办公桌前，坐下来默默发呆。正在和张志祥下棋的王丹站起来抓起老将扔到棋盘上说，这盘算和棋。然后笑嘻嘻地走到李不言面前，一抬屁股坐到办公桌上，嗤笑道，马主任表扬你啦！李不言耸耸肩，两手一摊：向他汇报不听，不汇报又说没有组织纪律性。到底是要汇报呢还是不要汇报？王丹学着李不言也耸了耸肩，呵呵，瞧你这做派，在海外留过洋？不是什么汇报不汇报的问题，而是要不要办案的问题。你干吗那么积极！又没人给你多加一级工资多发一分钱奖金，就不能喝茶看报杀上两盘过过棋瘾吗？非要去勇挑重担！我和志祥比你还先来一年，我们只是跟着主任到法庭上露过几次脸，一个案子都没有独立办过。你厉害，刚来三个月就单挑，还是千人大庭，风光无限啊。透露点机密给你，如果不是顾主任，你这次麻烦大了。我们的赵局座答应人家临河乡侯乡长帮助船厂赢官司，我们的头牌马副主任也表示官司能赢；顾主任呢，你以为真生病了？他有心脏病不假，但几粒速效救心丸就能搞定，住院是临阵脱身。只有你堂·吉诃德，不，是李·吉诃德，挥着长矛冲上去！居然还被你赢下来！你扬名立万了，赵局座食言，以后再去临河乡找谁招待啊？马头牌的一世英名也被你这个无名小卒糟蹋！赵局座本来要拿你问罪，是顾主任力保你，说念你不知内情好学肯干，且饶你这一回！我和志祥本来想借刀杀人，灭灭你的志气，以解我们心头之恨，我们可没少因为你的到来被三位主任轮番训诫。想想同室操戈酿成多少人间悲剧，我们选择宽恕你。但你要从此放下屠刀回头是岸好自为之！阿弥陀佛！王丹先是双眼微闭双手合十，后又在胸口画个十字。

李不言对王丹的内幕消息很吃惊，同时又因其不伦不类的言行方式想笑。他问王丹，赵局长不是说各尽其责，是非让法院公断的吗？再说是人家侯千树先来委托我们的。张志祥插言道，话是这么说，但船厂毕竟是乡政府开办的，我们毕竟是政府部门的一个科室，同属政府部门，还是要相互关照。你不要只想着在学校学习的那几本法律书和公平正义之类的那几个词。李不言想了一会又问道，我们的马主任真的从未打输过官司？王丹说，这倒是真的，不过这么多年他总共就办了十几个案子，也不算有多神奇！张志祥接着补充道，而且他办的案件都是经过精心挑选，对于没有把握赢下来的案子，他坚决不办；只是这次看走眼，又遇上你这个科班出身的愣头青，愣是找出证据否定了权威部门的检测报告。说到这里我很好奇，你一个初出茅庐的中专生，怎么就能想出取证思路？又是从哪里获得的胆量，敢于在万众瞩目的观摩庭上丝毫不乱？王丹说，我也想不明白，你必须老实交代。李不言说，我毕业前在临江中院民庭实习六个月，参与记录大小案件几十个，有的案件双方都有代理律师，有的律师水平还很高，其中就有我们东方省最负盛名的马凡律师。虽然没想到过做律师，喜欢瞎琢磨的我从他们的庭上表现和他们所代理的案子里还是学习到了一些东西。至于不慌乱，那只是表面现象，内心其实也慌张得一塌糊涂。张志祥恍然大悟般地说，原来在省城中院实习过，参与过大案子见过大世面。王丹则不以为然，我还以为你是天才呢，原来旁门左道偷师学艺过。这时，顾卫中走到门前叫李不言，李不言跟着顾卫中过去后，王丹与张志祥回到棋盘前，重新摸起棋子厮杀起来。

　　李不言以为顾卫中会和他谈侯千树的案子，并且已经做好心理准备，不管主任是批评还是表扬都不悲不喜，因为相对于业务一炮打响赢得高起点而言，局里和所里对此事的态度根本无需放在心上。但顾卫中对案子只字未提，而是问他愿不愿意出差。顾卫中说，葡萄酒厂在银川有两万多元货款多次催讨无果，想请律师将诉讼材料准备好一道去，要不到钱就在当地法院起诉。你知道的，我身体不好，你要是愿意，辛苦跑一趟。李不言立刻答应下来，能有人负担差旅费去那遥远的塞上江南开开眼界，回来后还能领取每天一块五毛钱的出差补助，如此美好的差事，有何理由不欣然接受呢！

5

　　葡萄酒厂安排供销科科长李刚陪李不言去银川讨债，两人乘坐三个小时的长途客车到徐州，然后换乘火车前往银川。火车是从上海开往乌鲁木齐，李不言他们上车时，车厢内已经塞满旅客。别说空座，连站的地方都很紧张。李刚一上车就拉着李不言使劲往中间车厢挤，一直挤到餐车旁边才停下。李不言问，我们不是吃过晚饭了吗，来餐车干什么？李刚笑着解释，李律师不经常坐火车吧，餐车不仅是吃饭的地方，有时也能睡觉。李不言说，我这是第一次坐火车，知道火车上有卧铺可以睡觉，但不知道餐车里也可以睡。李刚笑而不语，一副神秘的表情。等餐车晚餐供应结束后，李刚进去几分钟又出来将李不言带进去。挑拣好一张餐桌坐下来说，李律师如果困了，可以趴在餐桌上睡觉，没有卧铺舒服，但比站到西安强。李不言问，不是去银川吗，怎么是西安？李刚说，在餐车里只能待到明天早餐结束，那时正好到达西安。李不言问然后呢，李刚说然后就有座位了。不一会儿，餐车里便坐满旅客。李不言小声问，坐这里要花钱吗？李刚答，那当然，二十元一位，比他妈的卧铺票还贵！

晚上九点多，李刚趴在餐桌上呼呼大睡。李不言却睡意全无，望着黑魆魆的窗外出神。李刚一觉醒来，见李不言还没睡，看一眼手表已经深夜十一点多，嘟囔一句睡觉吧，二十元不是买来干坐的，撂下脑袋又沉沉睡去。李不言便也趴在餐桌上闭上双眼，听着车轮的哐当声渐入梦乡。感觉没有睡多久，又在列车供应早餐的广播中醒来。看看窗外，已是晨曦中的西安。草草吃过早餐，李不言跟着李刚回到邻近的硬座车厢，发现车厢里空出许多座位。李不言在一个靠窗的位子坐下，对李刚说，你料事如神啊！李刚在对面坐下，哪里哪里，这趟车不知道坐过多少回，交过学费的。

到银川后，两人来到欠债单位黄河物资贸易公司。一个姓陈的副经理接待他们，陈经理以前与李刚打过交道，所以一见面就问是来要钱的吧。李刚嘿嘿笑，不是要钱，是结算货款。陈经理说，不是和你说过了吗？你们的酒变质沉淀质量不行，我们还准备要你们赔偿损失呢。李刚说，哪有的事，我们的酒没问题。两个人你一言我一语，始终说不到一块。李刚最后无可奈何地说，法庭上见吧。带着李不言打车直奔法院。半道上李不言问李刚葡萄酒是否真有质量问题，李刚说，他们瞎扯的，有问题可以退货，早就卖光了。

在法院立案庭，一个女法官接下他们的诉讼材料。李不言见到她第一眼便觉得与他的前女友有几分相像，瞥了一眼公示牌，认出女法官叫陈静，是立案庭的副庭长。陈静翻了翻材料，抬头问，项州不是河南的吗？东方省也有个项州？李不言说，河南的是项城，我们的是项州，据说楚汉相争时楚霸王项羽屯兵项山脚下建起我们这座城。陈静说，材料留下来，你们回去等通知。李不言说，陈庭长，路途遥远我们来一趟不容易，我们省有的法院在尝试立案前调解，能麻烦陈庭长帮我们调解试试吗？陈静看了一眼李不言，我们还没开始尝试，不过可以帮你们试试。李不言高兴地说，那真是太幸运了，谢谢陈庭长！陈静说，现在快到下班时间，你们先回旅馆，明天上午我通知对方过来。李不言诚恳地说，我们想早点回去，能否占用一下您的休息时间，晚上约对方一起边吃边聊，说不定在饭桌上就能把问题解决掉。陈静又看了一眼李不言，要不你们约约对方看。李不言便让李刚借用立案庭的电话与对方联系，接电话的正巧是黄河贸易公司的负责人吴经理，吴经理听说法官也要到场，便爽快地答应下来，并说由他们做东安排吃饭。李刚说，你们安排，我们结账。

晚餐在友好的气氛中进行，全然没有准备对簿公堂的迹象。酒过数巡，李不言见贸易公司的两位经理已经有了些许醉意，遂提起货款话题。陈经理端起酒杯说，喝酒喝酒，那事明天去公司谈。陈静微笑着举起酒杯对二位经理说，酒要喝，事更要解决。来，我敬二位经理一杯！说罢利落地一饮而尽。二位经理赶快也将酒杯喝了个底朝天，喝完之后，吴经理对陈经理使个眼色，慢吞吞地说，不是我们不想解决，是他们的酒质量太差。陈经理不知道从什么地方拿出两瓶酒摆在餐桌上，冲着李刚说，这是你们家的酒吧。李刚拽过一瓶看了看说是的。陈经理说，你再看看，已经浑浊成什么样子，这酒能喝吗？陈静拿过一瓶仔细观察，李不言也在一旁用心打量，发现瓶底确实有不少沉淀物，观感上不太清澈。李不言抬头看陈静，发现陈静也在看他，便转过头看李刚。李刚倒是没有一丝慌乱，慢条斯理地说，这瓶酒的酒龄已经五年多了，属正常的蛋白质与色素沉淀，酒的品质没有任何问题。陈经理说，没问题？你喝一瓶看看！

我喝下去要是没问题，你将货款给我？李刚回答陈经理，眼睛却盯着吴经理看。吴经理露出几分挑衅的目光，你今天把两瓶都喝光，如果没问题我把货款结给你。李刚说声成交，抓过一瓶酒拧开酒瓶盖。陈静让李刚等一下，转身对吴经理说，本法官在此，虽是酒桌亦不可戏言！吴经理毫不含糊地表态，庭长请放心，君子一言驷马难追！只是喝出问题来不能要我们负责！陈静再转过脸面对李刚，听到没有？这酒能不能喝，你自己把握。千万不要逞强，酒款是公家的，可以慢慢要，身体可是你自己的。李刚二话不说将一瓶酒一口气灌下去，接着又拧开第二瓶。李不言伸手拦住李刚问，你确定没事？李刚说没事，分三次将第二瓶也喝下去。大家都瞪起双眼盯着李刚看，感觉非常不可思议。别说是两瓶可疑的葡萄酒，就是两大瓶水，一般人也很难在这么短的时间内喝下去。而李刚没事人一般，又端起白酒要感谢陈静。陈静说，酒不喝了，上饭吧。明天上午十点，吴经理将汇票带到法院，李科长如果也能平安无事准时到达，这事就结束了。不一会，一大盆拉面端上桌，大家各自吃了一些。临别时，陈静关照李不言，今夜留心你们的李科长，如有状况，立即打120。

  结果，李刚回到旅社倒头就睡，夜里起来上了两趟厕所，回到床上很快又呼噜阵阵。倒是李不言一夜睡得极不踏实，有几次醒来听不到李刚的呼噜声，与困意挣扎着爬起来将手伸到他鼻孔下面一探虚实，感受到气息才又爬上床。

  次日上午十点，李不言与李刚准时到法院。吴、陈两位经理也带着汇票赶过来。陈静让书记员做好和解协议，双方签字确认。李不言看到李刚兴高采烈地将汇票装进包里，突然感觉有点不真实，就这么结束啦？都说喝酒误事，这次分明是喝酒成事嘛！看来我有必要提高一下自己的酒量。

  回到项州，卢厂长亲自带着二位副厂长设宴为李不言接风洗尘，还特意将顾卫中也请过来。席间卢厂长对李不言大加赞赏，直说真是自古英雄出少年，供销科包括科长李刚在内的好几个人跑了多少趟没讨要回来的货款，李律师马到成功。李不言一个劲地摆手，此次塞外讨债成功，完全是李刚科长英雄虎胆勇喝浑浊葡萄酒的功劳。卢厂长说，更是不得了，我们的李律师还高风亮节不贪功。李刚感激地看了李不言好几眼，精神抖擞地给大家斟酒。顾卫中说，当初我一眼就相中小李，坚持从局里要来并亲自培养。卢厂长又恭维顾卫中名师出高徒。顾卫中说，青出于蓝而胜于蓝。大家先是互相恭维，然后是奇闻异事内幕消息荤素笑话古今中外，大吃大喝又说又笑每个人都很尽兴。

  上班后，李不言又连续出差两趟，一趟去汕头为塑料二厂催讨皮带款，一趟去哈尔滨为食品厂催讨果冻款。虽然没有像银川之行那样圆满，但都有所斩获。塑料二厂与食品厂也还比较满意，少不了在局、所领导面前表扬几句。局、所领导在开会时就常常将李不言作为正面典型肯定。

  王丹不愿意了，抱怨李不言只顾自己出风头，将他与张志祥置于险境。李不言一脸蒙圈，你们有什么危险，每天照样看报下棋不亦乐乎，我到处出差，连奥运会乒乓球比赛转播都没好好看几场，要知道这可是在汉城，是目前为止离我们最近的一届奥运会，因为我没赶上看直播，男单金牌都被韩国的刘南奎抢走了。

王丹一脸鄙夷，看把你能耐的，你看了就能拿冠军？奥运会有啥稀奇的，又不是世界杯。不扯那些没用的，说说你如何害我们。你没来时，我们看报下棋没人说什么，你来了不是办案就是看书，直接让我们成为反面教材。更可气的是，塑料二厂是马健的顾问单位，马健不想出差，安排我去我不愿意，马健就找顾卫中商量借用你。顾卫中让马健跟你说，你竟然一句推辞的话都没有。你不是成心想让我难堪吗？如果你一直这样，叫我和志祥如何在所里混下去。大家都是国家干部，从财政领差不多的工资，做事情也要差不多，不要太出格。

李不言心想我是正式在编的国家干部，你是聘用干部，此干部与彼干部还是有差别。嘴上却一个劲地道不是，忙不迭地解释，我不是故意的，完全是因为自己在项州孤身一人，耐不住寂寞又喜欢出门旅行才南征北战。如果像王丹、志祥你们一样在城里有家身边有女朋友，肯定也舍不得抛家舍妻浪迹天涯。一番话逗得王丹和张志祥忍不住笑出声来，张志祥说，算啦，也不要将自己说得如此可怜，以后你不要让我们难看，我们给你温暖。

尽管不认同王丹的混日子观点，李不言也觉得自己有点过于积极，水满则溢月满则亏，还是低调一些为好。王丹与张志祥下棋时，他就站在一旁观看，但看了几局以后又感到索然无味，不是没有看懂，而是两人虽然喜好下棋，却是一对臭棋篓子，每盘对局差不多都是炮二平五互架当头的中规中矩开局，然后就是不按套路的双车错、对面笑、海底捞月与天马行空，最后基本上靠捡漏定输赢。李不言信奉观棋不语真君子，憋在心里又真不舒服。还是回到自己办公桌前看书，摊开两本在桌面上，一本高教版《民事诉讼法教程》，一本贾平凹的小说《浮躁》，没人时看教程，有人过来则读小说。

6

深秋时节，李不言和王丹、张志祥一道参加合浦市司法局组织的律师资格考试培训。此次考试是恢复律师制度以后国家组织的首次律师资格统考，因此上下都很重视，专门组织司法系统的参考人员脱产一个月集中培训。李不言仿佛重回学生时代，每天教室食堂宿舍三点一线，课本笔记习题轮番作业。

培训完一个星期正式开考，只有两张试卷，综合理论一张，律师实务一张，每卷一百分，总分超过一百二十分且每卷不低于六十分才能通过。总分要求不算高，但每卷不低于六十分却有点让人心里打鼓。事实上，考完试后李不言心里极不踏实，律师实务中几道稀奇古怪的案例题让他很没有把握，而且这几道题占分比例不低。张志祥与李不言对了几题答案，结果两人差异明显，张志祥的情绪有点低落。王丹似乎很有把握地说，李不言的又不是标准答案，谁对谁错不一定。

就在李不言对考试成绩牵肠挂肚时，一个自称是他表叔的人找到他，说他的二表叔被公安局抓进去了，要他想办法将二表叔弄出来。李不言问，二表叔做了什么？表叔说，他收了几户本村乡邻的钱，去云南给人家说媳妇，结果一门亲事都没有说成，钱也一分钱未退。那几户人家见人财两空，跑到公安局报案，说你二表叔是骗子。公安局将你二表叔抓起来，已经关起来快四个月，后来你表舅说你在司法局，让我过来请你救人。李不言暗自好笑，自己哪有那么大的本事。他问被抓的二表叔叫什么名字。表叔上下打量李不言，似乎有点不满地反问，你怎么忘记了？不是叫胡奎吗？你们小时候都喜欢跟在他屁股后面喊他胡传魁胡司令。李不言将表叔的表情看在眼里，笑笑说，现在想起来了。他让表叔稍等，先打听一下案件进展。然后来到顾卫中办公室，拿起电话打给江山，问他有没有胡奎的案子过来。江山查看庭里的案件登记本后说，有一个诈骗案件，刚过来还没有分配承办法官，委托你辩护的？李不言说，有可能。

表叔见李不言一个电话便查清楚案件已经到法院，对李不言变得毕恭毕敬，再三恳求他一定帮忙。李不言稳稳地坐在办公桌前：我只是个律师，所能做的是为他辩护，他要是真有罪，我也弄不出来。表叔弓着腰站在办公桌旁，无比信赖地说，表侄你肯定能弄出来，你说的什么辩护赶快办，你二表叔蹲在牢里肯定急死了。李不言想解释现在是羁押在看守所，判决生效送去服刑后才是老百姓口中的蹲牢，想想又觉得没必要，说出口的变成发问：你和胡奎是什么关系？表叔一愣，继而带着明显讨好的表情说，表侄长大了，进城干大事，自然记不清小时候的事。我是你大表叔胡成啊，是你二表叔胡奎他老大。你小时候去你外婆家也就是俺表姊家，我们经常带你出去玩，有一次到河里抓泥鳅爬树上采桑果，弄得你一身污泥一脸桑果汁，回家后俺表姊将俺哥俩狠狠地骂一顿。李不言说，真不好意思大表叔，我记性差没记住，你不要介意。胡成连声说，没事的，没事的，说说讲讲十几年了，你脑子里装进去那么多本书，哪还能什么事都记住？李不言填好委托手续，让胡成签名按指印，带他到主任室申请减免律师费。顾卫中说，谁还没有亲戚什么的偶尔遇上难事儿，就填张申请表全免了吧。李不言说声谢谢主任，胡成更是感激不尽，办完手续回家以后，逢人便说不言表侄年纪轻轻的能办事会办事，做了城里公家人，一点也不嫌弃乡下的穷亲戚。

　　李不言将律师事务所函与辩护委托书递到法院的刑事审判庭，江山告诉他案件由庭长钱新华亲自审理。李不言就去敲庭长室的门，听到里面传出请进，将门缓缓推开，见钱新华正在写材料，问道，庭长忙呢，有没有打扰到你？钱新华放下笔，没事，我在写判决书，进来吧。李不言走到钱新华面前，与他说了胡奎委托辩护的事。钱新华问，你想阅卷会见吗？李不言说，是的，听说案子刚分到你手里，我等几天吧。钱新华说，是得等几天，我还没阅卷提审，等我提审过了，叫小江通知你。李不言应声好的转身向外走，钱新华又喊住他，让他带话给马健，胡万道那个案子可以安排会见了。

　　回到所里，李不言向马健转达钱新华的口信。马健叫过王丹，让他将会见介绍信拿去找钱新华签字，随口问一句李不言找钱新华是什么事。李不言和马健说了胡奎的案子。马健一听来了兴趣，问胡奎是什么地方人。李不言说，是我老家项河人。马健拿出胡万道的起诉书递给李不言，不会这么巧吧？和胡万道同一个地方。李不言接过起诉书，看了前面的胡万道身份状况，抬起头说，可不是嘛，还是同一个村的。等到将起诉书快速浏览完，李不言更是惊讶地发现，事情居然也差不多，胡万道也是拿了乡邻的钱财去云南帮忙说媳妇，只是胡奎一事无成，而胡万道说成了几对。再看一遍起诉书上指控的罪名，李不言有些不太明白，胡万道被控拐卖妇女。胡奎不是诈骗吗？两人做的事差不多，怎么是完全不同的两个罪名？李不言将他的问题说给马健，马健开始也有点不解，很快又想明白了似的说，胡万道从云南带回来几个姑娘，胡奎没有，差别还是明显的。李不言想二胡的所作所为行为是一样的，只是结果不一样，因此被指控为两个完全不同毫无关联的罪名，总觉得有些不对头。于是向马健提出，马主任，我能和你一块去看守所会见胡万道吗？马健满口答应，等王丹签好字回来，我带你一块去。

　　在看守所里，胡万道大呼冤枉，我弟媳妇是托人从云南介绍来的，我姨弟找到我问能不能通过我弟媳妇也给他介绍一个媳妇。我弟媳妇就将她的堂妹介绍过来，两人对上眼也成了。许多乡邻听说后都来找我，托我介绍媳妇。我通过弟媳妇的关系，人托人，亲托亲，介绍成功几对，我是做好事的，相当于农村的媒婆，怎么定我拐卖人口呢？马健问，你有没有收人家钱？胡万道答，当然收了，我去云南多少趟，一路吃喝拉撒都要花钱。马健问，除去吃喝拉撒的钱，还收其他钱没有？胡万道答，人女方家养大个姑娘不容易，多少要收一点彩礼，这些钱也是通过我给人家。马健问都收多少，胡万道答，不一定，少的万儿八千，多的也有两三万。马健问，你有没有额外获得一些钱物？胡万道答，有时路费也会剩点钱，我要退给人家，人家不要我就自己留着用。马健问，既然你是在做好事，怎么还有人告你？胡万道擤了一把鼻涕，抹在座椅的扶手上，叹了一口气，唉，别提了。有一个云南的女娃子，看到嫁到东方省的女人日子比老家好过，找到我弟媳妇也想嫁过来。正好邻村有家人托我找媳妇，我就帮他们搭上线，我对他们双方说，你们我都不熟悉，自己看，合适就办事，不合适就拉倒。他们看过后都说合适，自己挑日子将事情办了。谁知道不到一个月，女娃子又跑回云南。她对我弟媳妇家里人说受骗了，嫁的那家人穷得叮当响，原来房间里的缝纫机、自行车，甚至那几十袋小麦水稻都是借人家的，婚后一星期就没了影子。天天喝稀饭，饿得心慌慌。邻村的这家人找不到媳妇就赖上我，要么给人，要么退钱。说那一万元彩礼是跑了好多亲戚家才凑齐的，亲戚天天催账，日子没法过。彩礼被女方家收去，我哪有钱退给他们？他们看鸡飞蛋打人财两空，说我骗他们的钱，将我告进来，律师你说我冤不冤？

离开看守所，马健问李不言对这案件是什么看法。李不言说，感觉胡万道与胡奎的案子还是差不多，都是收钱帮人说媳妇，应该没有多大的事。马健说，胡万道收人家钱帮人家说成了媳妇，应该没什么事；胡奎收人家钱一个媳妇也没说成，大小是个事。

在胡万道案件开庭的时候，马健对自己的辩护充满信心。他从两方面分析胡万道的行为对社会不仅无害，反而有益。对于被胡万道撮合成功的乡邻而言，解决了困扰多年的婚姻问题，使一直因为缺少女人的光棍家庭有了生活气息。想想他们原先冷锅冷灶冷被窝，自做自吃自刷锅，看看现在家里干净了，房前屋后整洁了，又有鸡鸣又有狗叫，还有的家庭有了小孩的嬉闹，这种欢乐祥和烟火气十足的场面都与胡万道的行为有直接关系。而那些从云南嫁过来的女子，她们走出深山，见了世面，过上了温饱无忧的小康生活。她们的娘家也因为女儿的出嫁，生活上得到一定的改善。这种两全其美皆大欢喜的事情何过之有？至于胡万道收取一定的钱物很正常，一来给钱的人是自愿的，胡万道想退回去，人家还不愿意。二来胡万道千里迢迢往返云南和东方之间，促成许多对美好姻缘，获得一点报酬难道不应该吗！现在提倡时间就是金钱，胡万道的时间在金钱上也应该有所体现。

说得好！我们都感谢胡万道！下面的旁听席上，有几个来自胡万道促成婚姻的家庭成员，站起来齐声叫好，说律师讲出了他们的心里话。不准喧哗！钱新华庄重威严地扫视一遍叫好的那几个人，然后面对公诉人席说，下面请公诉人发表第二轮辩论意见。

公诉人针对马健的辩护意见发表看法，辩护人的观点似是而非，胡万道的行为表面上看是介绍婚姻，实质上是拐卖妇女，他将东方这边的生活夸得天花乱坠，骗取了云南女孩的信任，将其带到东方，卖给急于解决婚姻大事的人家。逃走女孩的证词就可以证明，她是受骗才嫁过来。马健马上反驳道，刚才庭审中，我方出示了一份几名嫁过来的云南女孩的联名信，签名人证明她们是自愿嫁到项州。钱新华提示说，辩护人请不要打断公诉人的发言。马健说，好的，审判长。公诉人接着说，不能因为有部分被拐卖妇女满意现在的生活而否定被告行为的犯罪性质。接下来双方又发表几轮辩论意见，基本上只是对第一轮观点的重复和强调。钱新华适时宣布庭审结束择日宣判。

此后不久，胡成又来找李不言，问胡奎什么时候能回去。李不言说，这怎么好说呢？胡成显得很紧张，听人家讲胡万道的律师很厉害，胡万道是做好事，没有违法犯罪。又听说胡奎拿钱没办成事，问题大得很。李不言说，回家耐心等候，人家说的不算数，法律上判的才作数。胡成没听到想听的，明显有些失望，想说什么又没说出口，心中闷闷的转身走了。刚走出办公室，又被李不言叫回来。李不言说，差一点忘记，我去看守所会见过胡奎，胡奎承认他是看胡万道和另外几个人从云南带女孩子过来挣了一些钱，也收了几家乡邻的钱去云南，可他不像胡万道在那边有落脚点，两眼一抹黑，白跑了几趟。他总共收了七户人家五千四百元，还有一些香油花生金针菜等。他说东西被拿到集市卖掉了，钱还剩下八百多块交给他媳妇收起来。我这里有他写的条子，你回去叫他媳妇将钱拿出来，你再帮他想办法凑些钱，得将那七家人钱准备差不多。胡成面露难色说，到哪里弄几千块？李不言说，得想想办法，不还钱人家一直告状，这事不好收场。胡成想了想问，理是这个理儿，还了钱就能没事吗？李不言说，不能保证没事，你先回去筹钱，差不多了告诉我，筹到钱不要直接还，听我安排。胡成答应离去。

　　胡成走后，李不言到刑庭找钱新华，非常认真地说，从犯罪构成上来讲，我觉得胡奎应该无罪。钱新华露出几分欣赏表情，让李不言坐下来，对他说，我第一次听到有律师说起犯罪构成，这一句就显出你的成色来，马健他们完全是哗众取宠不得要领。李不言坐下来说，两年中专也就记住几个法律名词，不提对不起那流失的青春岁月。胡奎从主观上没有诈骗的故意，他确实去了云南，收人家的钱也确实基本开销在路上，这样的诈骗犯是不是太傻太少见。钱新华说，先不说胡奎傻不傻，你有没有考虑过，为何胡奎与胡万道的罪名不一样？李不言心中一乐，暗自得意自己没有白费功夫反复思考这个问题，毫不犹豫地说，我琢磨过了，这里涉及犯罪对象问题。拐卖妇女必须有明确的实施对象，胡万道带回来几个女人，犯罪对象明确，符合拐卖妇女特征。胡成一个具体的目标都没有，等于没有拐卖的犯罪对象，只能认定他的犯罪对象是给他钱财的乡邻，他是以介绍对象为名骗钱。钱新华赞许道，科班出身就是不一样，抓住了犯罪对象这个核心。马健跟我争论，要么都定拐卖，要么都定诈骗，让他说法律依据根本说不出子丑寅卯。李不言故意用平淡语气说，我也是琢磨了好久才明白。我们接着说胡奎的事，我总觉得认定诈骗太勉强。钱新华说，感觉上是有些亏，但受害人不让，也不能就算了。李不言趁机问道，如果将钱还上，取得受害人谅解，能不能算了呢？钱新华考虑片刻说，能不能算了不好说，能大事化小是肯定的。李不言听到了希望，立即跟进说，我去做工作，让胡奎的家人还钱，庭长开庭前最好能明确一下可以化小到什么程度，毕竟胡奎家里人筹钱不容易。钱新华笑着说，你还怕胡奎家白还了钱？责任心不错嘛！李不言也笑着说，没办法，胡奎是我亲戚，必须努力加谨慎。

　　过了一周，钱新华打电话告诉李不言已经请示过分管院长，如果胡奎能将赃款主动退赔，取得受害人谅解，可以考虑缓刑。李不言问有把握吗，钱新华说，谁能给你把握？我能这样表态已经违反原则。李不言道谢后，打电话到胡成所在村的村部，让通知胡成来一趟。

　　胡成当天就赶过来，李不言问，钱准备齐了没有？胡成说，才筹到三千块，还差两千多。李不言说，来不及了，案子马上要开庭。胡成焦急地问，怎么办？现在只能弄到这么多。李不言说，车到山前必有路，你将钱和那七家主事的人明天带过来，我来想办法。胡成答应着又当即赶回去。

第二天上午，李不言到单位，发现胡成提着一个脏兮兮的人造革包，和几个人已经蹲在门前。李不言将他们带到办公室，对他们说，胡奎用你们的钱没为你们办成事，是有些遗憾。但毕竟胡成没有骗你们，真的去了几趟云南，没功劳也有苦劳；乡里乡亲的，低头不见抬头见，得饶人处且饶人吧。其中一个人说，俗话说没有金刚钻别揽瓷器活，办不成事还花我们这么多的钱，害得我们倾家荡产。另一个接着说，不是说叫我们今天来领钱的吗？要是这样讲话我们就回去。李不言笑笑说，不要着急嘛，走了可就领不到钱啦。几个人就望着李不言不说话，明摆着等领钱。李不言拿出一页笔录纸说，胡奎家什么情况你们是知道的，指望他拿不出几个钱，现在胡成到处求人帮他借到三千元钱，你们按比例分了，在这份谅解书上联合签名。刚才说话的两个人表示不能接受，他们不能平白无故地损失那么多钱。李不言说，不是你们求亲心切，你们会有损失吗？胡奎又能落到今天的地步？要试着换位思考，不能只考虑自己的利益。那两个人拉长着脸还是不愿意，李不言收起笑容，换上一脸严肃表情，你们要这三千元，也不能保证胡奎不受法律处罚，不要这三千元，胡奎就是去蹲几年，你们又有什么好处！你们到外面商量一下，同意就回来签字领钱，实在不愿意也不勉强，可以直接回去。几个人面面相觑，犹犹豫豫地陆续走出去。

等他们都出去后，胡成摸着后脑勺问，如果他们就是不同意怎么办？不行请法庭多给几天时间，我再想想办法，砸锅卖铁也要凑齐。李不言成竹在胸说，放心，他们会同意的，你没看只有那两个人在叫唤，现在将钱交给我。胡成从手中的破提包里掏出一个布包，放在桌上解开来，露出了卷成几十卷的一块两块五块十块的票子。李不言大致看了两眼，将布包系上，提起来放进办公桌右侧抽屉下面的柜子里，捧起一本《刑事诉讼法教程》看起来，胡成搓着两只手站在一旁不知道该干什么。过了好一会，那几个人又回到办公室，说就听律师的，大家都认倒霉算了。李不言放下教程说，就是嘛，我和你们都是老乡，还能害你们不成。拿出谅解书让几个人在上面签名按指印，又拎出布包叫胡成将钱按比例分了。

开庭的时候，李不言仍然做了无罪辩护，从犯罪构成的四要件对胡成的行为条分缕析，请求法庭对其作出无罪判决。法院没有采纳李不言的辩护意见，但认为胡奎系初犯，主观恶性不大，认罪悔罪，积极退赃并取得受害人的谅解，从轻判处有期徒刑三年缓刑三年。判决生效后，胡奎被释放，交由当地公安机关监管执行。而在此之前，胡万道案件刚刚宣判有期徒刑十五年。

两份判决在项河引起强烈反响，乡亲们口口相传李不言非常了得，将收钱没办成事的胡奎辩护回家，而马健却将收钱办成事的胡万道辩护成有期徒刑十五年。李不言再战封神，从此在项州小城的律师舞台上意气风发纵横驰骋！这正是，好风凭借力，送我上青云！

7

甄勇敢周末想打篮球，问江山是否有合适的地方，江山又转问李不言。李不言说，这好办，我老师何金桂在技校当后勤处长，那里有最好的篮球场，请他安排。挂断江山电话，李不言拨通何金桂电话说了周末打球的事。何金桂说，真巧呢，我也有事要找你。李不言说，老师你讲。何金桂说，有几个学生打乒乓球，一个学生挥拍时将另一个学生的左眼碰伤，医疗费花了三千多，现在受伤学生家长缠住学校不放，要求学校赔偿。校领导想找律师咨询，我推荐了你。李不言恭敬地说，谢谢老师，要不我星期天提前过去，先和校领导交流一下，然后打篮球。何金桂问，你们几点过来？李不言说，下午两点左右吧，直接到校长室。放下电话，李不言心想打乒乓球也能碰伤眼睛，双打吗？

星期天下午，李不言两点差五分到了技校校长室，何金桂和两位校长正在等他。何金桂向他介绍这位是我们的一把手谭校长，那位是我们的刘校长。又对两位校长说，这就是我的学生李不言律师。又向门外张望几眼问李不言，你不说有朋友来打球吗？李不言说，我让他们三点过来，我们先谈事。

谭校长对李不言说，李律师，周末还麻烦你真不好意思。刘校长起身端起茶杯客气地捧给李不言，李不言接过来放在茶几上，请说说打乒乓的事吧。谭校长便让刘校长介绍情况，刘校长说，是这样的，几个学生打乒乓球，十分一局，赢球的继续打，输球的一方轮换。当时球台上是马同学与周同学在打球，眼看着周同学只差一分就输了，旁边等候的王同学与丁同学提前冲上去抢拍子，结果丁同学的左眼被还在挥拍的周同学的球拍碰伤，现在丁同学的家长揪住学校不放。李不言在心中笑道，原来不是双打是抢打！

他们应该都未年满十八周岁吧？李不言问。都没有，最大的马同学才十七岁。刘校长答。李不言又问，他们是在课间休息时打球的吗？刘校长答，是星期天下午。

问完两个问题，李不言说出自己的看法，这起校园伤害事件，总的来说属于意外，没有谁存在主观故意。就事件的责任分析而言，学校应该没有什么责任，运动设施不存在安全隐患，周末学生自由活动不存在管理疏漏。两个打球的同学也应该没有什么责任，他们只是在正常运动，无法预见其他同学的突然行动。王同学与丁同学可以认定存在一定的疏忽，他们虽然尚未成年，但就他们的年龄来看，一般应该能够预料到突然迫近正在挥拍的周同学存在一定危险，因此他们两人对伤害后果应该承担一定的民事责任。当然，最终赔偿由他们的监护人承担。

三位校领导互相看了看，谭校长说，李律师说的很清楚，我心中有底气了。李律师对事件处理有什么好的具体建议？李不言说，建议有，好不好要靠实践检验。虽然学校没有过错，但为了化解矛盾，避免产生不良影响，建议学校也出一点钱。当然不能直接赔偿，不妨考虑以减免丁同学学杂费的方式进行补偿。数额上可以考虑丁同学医疗费的三分之一，另外部分让丁同学与王同学各付一半。每份也就千把块钱，应该都还能承受。

刘校长问，如果我们减免了学费，丁同学家长还不消停，甚至与我们打官司呢？李不言端起茶杯，吹了吹浮在上面的茶叶说，在减免学费前，签订一份三方协议，明确丁、王两同学分担责任，学校无责。医疗费用由王同学承担三分之一，丁同学自愿负担三分之二，学校出于帮助为丁同学减免一定的学费。约定协议签订后各方不得反悔，否则承担违约责任，学校已经减免的费用必须补齐。这样便可以防范学校法律上的后续风险。刘校长又问，如果学生家长不愿签协议呢？李不言重重地放下茶杯，那就态度坚决的和他们声明，如果不签协议，即便是打官司，学校一分钱也不出。

谭校长说，不妨这样试试。何处长你先按照李律师说的起草份协议，下星期约两位同学家长过来谈。何金桂说好的，然后对李不言说，不言，我先写几条，你打完球帮我看看。李不言说，我帮你们起草吧，我的朋友快到了，先去球场等他们，打完球我帮你们写。何金桂说，我先写写看，也学学。谭校长突然问，李律师，我们学校能请你做法律顾问吗？李不言没想到来打球还能打出顾问单位，微笑着说，可以啊，能为我们项州最高学府服务是我的荣幸！谭校长试探着说，技校经费有限，出不了多少顾问费。李不言豪爽地说，何老师是我恩师，免费给你们做都可以。何金桂容光焕发大包大揽道，谭校长，这件事交给我，我们现在先去篮球馆。几个人就一起来到篮球馆，不一会，江山和甄勇敢到了，还有一位长相俊俏的女生。

李不言为江山和甄勇敢与三位校领导相互做了介绍，江山向他们介绍漂亮女生，王春燕，勇敢女朋友，和勇敢一个单位，在法制办。李不言看了一眼王春燕，心中调侃看来甄勇敢面对漂亮女同事真够勇敢，下手很麻利！几个人寒暄一番，谭校长说，何处长，你安排几个学生陪李律师他们打球，晚上在学校小食堂吃饭。江山说，打会球就可以了，不在这里吃饭。谭校长坚持几番见江山态度坚决也就不再坚持。何金桂来到场地上，将正在打球的几个学生喊到场地边，吩咐他们陪学校的三位客人打球。江山说，何处长去忙吧，这里交给我们。何金桂说，你们先打球，我等会过来。

江山与那几个学生商量双方各出三个人打半场，其他同学去那头打半场。学生中出来三个人与江山三人开打，王春燕站在场边观战。江山三人块头大，能冲能撞，三学生动作灵活，投篮准确，双方你来我往，玩得不亦乐乎。

玩玩歇歇，前后一个多小时。江山喘着粗气说，玩不动啦，准备撤退。何金桂走过来，对李不言说家里安排了便饭，请他和他的朋友们过去。江山和甄勇敢又要推辞，李不言套上运动长裤，披上运动外套说，去我老师家就和去我家一样，不要假客气。

何金桂家在技校教职工宿舍的最后一排，这栋楼总共四层，复式结构，两层为一户，两个单元，共八户人家，底复有个小院子，顶复在四楼有个大露台。王春燕里里外外参观一遍，挽着甄勇敢胳膊，站在院子里一簇花开朵朵红黄相映的月季旁一个劲感慨，什么时候也能住上这样的房子啊。李不言嗅着花香说，你们公安局财大气粗，你和勇敢结婚后不愁分不到房子，江山在法院也有指望，剩下我在司法局只有绝望。何金桂看着小楼，满意地说，我是当上后勤处长才分到这套房，原来的一室一厅很局促。李不言说，我现在还住人来人往的招待所，要是能住上独立的一室一厅不知道会兴奋成什么样。江山向前走两步，弯腰凑近一朵娇艳欲滴的红色月季花，对李不言说，我那单身宿舍冬冷夏热的，还不如你住在招待所。何金桂随手拿起一把修枝剪，剪掉两朵残花，又剪去残花下的一截茎秆，勉励道，你们正年轻，前程远大，将来一定都能住上大别墅！何金桂的爱人周淑珍从客厅里出来，解下围裙微笑着招呼，都进来吧，菜摆好啦。何金桂便邀请大家进屋在餐桌旁落座，一坐下就问周淑珍，小静还没回来？话音未落，一个姑娘从外面风风火火闯进来，老爸又说我什么坏话？何金桂正欲开口，周淑珍先说道，小静不要乱说话，没看到你不言哥吗？李不言笑着说，我可是看到小静妹妹了，还是那么英姿飒爽！何静这才看到李不言，扑过来从后面抱住他的双肩娇嗔道，好你个不言哥，这么久才来看望你老师和你师母！何金桂假装生气地说道，小静不要太放肆，还有你不言哥的几个朋友在呢！何静吐了吐舌头，贴着李不言坐下。

　　餐桌上摆满五颜六色的菜肴，还有一瓶飞天茅台。李不言说，师母辛苦了，忙了一大桌好吃的。何金桂说，今天时间上有点仓促，大部分菜是我让学校食堂送过来的，那盘黄瓜拌粉皮是你师母亲手做的，知道你最爱。李不言抓起筷子去夹粉皮，伸到盘边又缩回来，不好意思地望着师母说，师母还记着呢，这几年我做梦都惦记着师母做的这道菜！周淑珍慈爱地看着李不言，在自己家里想吃就吃，你上学时只要看到这盘菜，哪回不是拽到自己面前吃个够。何静撇嘴道，不言哥就会讨我妈欢心，我妈到现在都不清楚我最爱吃什么！李不言故作得意状，抓过茅台酒，师母最疼我，我要先敬师母两杯。江山伸手拦住李不言，白酒就不要喝了，喝点啤酒吧。何金桂从李不言手中拿过茅台，扭断铝制防伪盖，就喝茅台！这是我一个学生送的，学生送的给学生喝，取之于民用之于民正合适。何静拽住李不言的一只胳膊，一脸顽皮，一个学生送的，不会是不言哥吧。李不言哈哈一笑，哥倒是想送，奈何心有余而力不足，等哥发达了，天天给老师送茅台。此话当真！不言哥天天过来！何静说着，一只胳膊又搂了过来。李不言忙站起来，将茅台重新拿过来，给何金桂、江山、甄勇敢和自己一一满上。又放下酒瓶，给周淑珍、王春燕、何静每人倒上一杯橘子汁。

　　李不言不胜酒力，两杯酒下肚脸红到脖子根。周淑珍关切地说，不言的酒量好像没长进，少喝酒多吃菜吧。何静忍不住咯咯笑，问李不言道，不言哥还记得不？你高三时有一次周末被我爸劝了一杯啤酒，结果在我家沙发上呼呼大睡一下午。李不言笑着说，怎么不记得，那是我平生第一次喝啤酒，就像今天第一次喝茅台，终身难忘！只可惜我啤酒半瓶醉白酒一两倒，茅台也只能浅尝辄止咂咂味道。江山接过话题打趣道，看来不言的许多重要第一次都与何处长有关，以后说不定还会有更多！说着目光瞟到何静身上。何静低下头吃吃笑，身子更紧密地挨着李不言。王春燕端起橘子汁轻轻碰了一下何静的杯子，何静妹妹还在上大学吧？何静端起杯子说，幼师中专毕业啦，现在在机关幼儿园。江山闻言又打趣道，勇敢、春燕这下好了，你们的娃娃将来在幼儿园有靠山！甄勇敢起身向何静举起酒杯，太好了！我先替咱娃敬靠山一杯！王春燕羞红脸，握拳捶打甄勇敢，一桌人哄的一声笑开了。

这顿饭大家吃得很愉快，一瓶茅台很快见了底。主要是何金桂与江山、甄勇敢三人喝，李不言喝了两杯说喝不惯便坚持不再喝，给自己也倒上一杯橘子汁。何金桂又拿出一瓶要打开，李不言劝说道，我们三个不懂酒，多喝暴殄天物。何金桂笑着说，不言你还语文课代表，文学爱好者呢，瞧你用的什么词！江山说，他喝多啦，口不择言词不达意，不过这酒确实不能再喝，我们都喝高了。甄勇敢也起身不让开酒，身子直晃悠，明显确实有些上头。周淑珍见状也不让何金桂再开酒，给每人盛了一碗西红柿鸡蛋汤。

离开技校后，王春燕要骑车带甄勇敢，甄勇敢不让，非要王春燕坐后面，结果尝试几次都未能将自行车骑稳，无奈地将自行车交给王春燕。王春燕车子骑得很稳当，甄勇敢却坐不稳，从后面搂抱住王春燕差一点将两人摔下车。王春燕只好下车推着走，李不言和江山也都推车跟在后面。走了不到一百米，甄勇敢蹲在路边哇的一声吐了。江山忙停车上前探视，结果一张嘴话没说出来秽物喷了出来。两个人蹲在路边此起彼伏，呕了半天才缓过劲来。甄勇敢说，他妈的这茅台真的难喝！江山说，确实不好喝，一股猫尿味，下次谁请我喝，我还得喝！李不言洋洋得意地说，我说什么来着，暴殄天物啊！看酒桌上把你们能的，还耻笑我不敢破四杯。那句话叫什么来着，出来混总是要还的！然后丁零、丁零零、丁丁零零，节奏变换着一次次按下车铃铛。

8

临近年底，律师资格考试成绩公布。李不言总分一百三十五，理论卷七十五分，实务卷六十分，侥幸过关。张志祥总分一百一十分，两张试卷都考了五十五分，总分和单卷全部没有达标。捶胸顿足欲哭无泪的是王丹，总分考了一百二十五分，理论卷六十七分，实务卷五十八分，因实务卷的两分之差被挡在了通过线之外。大家都深为王丹惋惜，和王丹一起痛骂司法部的规定奇葩无比。李不言也附和着对司法部表示不满，心中却为自己的一蹴而就窃喜不已。

下午，所里在主任室开会，各人自带板凳自寻地方，围坐在顾卫中办公桌前听他传达律师事务所财务改革精神。李不言因为接待一个客户咨询，最后一个搬着椅子过来，室内已经没有地方，只好将椅子与门槛成十字交叉摆放，坐在上面，身子一半隐入室内一半暴露室外。顾卫中首先祝贺李不言通过资格考试，即将成为正式律师，同时勉励王丹、张志祥不要气馁，两年后再战。特别提示说，现在只有两年过渡期，两年后律师工作者不再可以单独办案，必须持证上岗。话锋一转，开始传达上级文件精神。律师事务所的大锅饭将要取消，逐步过渡到多劳多得按劳取酬的分配模式。仝有为反应最为激烈，几乎暴跳如雷地开骂，这样我们还是他娘的国家干部吗？我们保家卫国将全部青春都奉献给国家，转业安置个无职无权的事业单位也就罢了，现在连这一点工资都不保障，难道要逼我们造他娘的反吗？顾卫中忙拦住仝有为的话头，老仝不能这样讲，起码的政治觉悟还要有。这次改革全国一盘棋，东方省全面铺开，又不是我们一家。再说政府也不是撒手不管，还有差额补助兜底嘛。再再说，做律师还担心养活不了自己吗？按照不言这一年来的发展势头，改革后收入只会提高不会减少。王丹、张志祥闻言都盯着李不言看，李不言转身向外朝着空气点头，装作和路过的熟人打招呼。

马健本来一直在翻看一个红色的笔记本，这时合上本子说，改不改也不是我们决定得了的，看看具体怎么改吧。顾卫中说，大致方案是事务所的收入不再上缴财政，财政也先不拨付人员工资，事务所年终财务核算，如果收入不够发工资，差额部分打报告向财政申请补助。马健问，奖金、福利和办公费用如何解决？顾卫中说，水电房租都是局里负担，其他费用全部在办案创收里列支，奖金和福利如果创收不足就不发，财政不补。仝有为一听情绪又激动起来，大声说，那岂不是我们有可能只能拿到基本工资吗，那点干工资能养活一家老小？

甭激动，老仝，那样解决不了问题。马健对仝有为说。转头又问顾卫中，工资是各自负责，还是全所创收统一起来发？顾卫中说，是统收统支，不搞各自为战。仝有为瞪大双眼说，那不还是他娘的大锅饭吗？只是锅里的饭没保障而已。顾卫中说，填饱肚子的饭有保障，想吃得好就要靠大家努力。马健问，那多劳多得如何体现？顾卫中笑了笑说，终于问到关键点上，局里的方案是每个律师的创收单独记账统一管理，在保障基本工资、福利以及办公费用以后还有盈余的，用来发放奖金，各人奖金的多少直接与各自的创收挂钩，多劳多得。大家一听集体沉默，各自在心里盘算着一串串数字。马健又打开红色笔记本低下头看，李不言很想知道马健本子里的内容，但中间隔着三张椅子，什么也看不到。

顾卫中见没人说话，便说道，大家如果没有什么问题，散会。王丹举起一只手，我有个问题，你们三位主任的工资比我们三人高出一大截，统一保障工资，是不是有点不公平。话一出口，三位主任的目光齐刷刷扫到王丹的脸上，王丹顿时感觉像被剥光了衣服，向李不言投去求援的眼神。李不言还在斟酌如何为王丹解围，顾卫中开口道，表面上看有点不公平，但这工资标准是国家定的，而国家根据的是我们的贡献，我们作为老同志特殊一点不算过分。而且我们肯定不会成心占你们年轻人便宜，我先表个态，不要你们年轻人负担一分钱工资。马健也说道，我的创收还能不如你们年轻人，小王你想多了。仝有为怒不可遏，这个改革真他娘的操蛋，老子辛苦几十年，一下又回到解放前。

散会后，李不言去了趟卫生间，返回办公室途中遇到公证处主任温波。温波一把拽住他的手邀请去他办公室坐坐。李不言心想与温波素无来往，找我有何公干？嘴里却说，我办公室近，就近坐坐吧。温波说，还是麻烦你到我办公室，那里说话方便。李不言更加弄不清状况，还有什么军机大事要掩人耳目？心里猜疑着跟随温波走进他办公室。

原来温波想请李不言帮他写一篇通讯报道。省司法厅组织评选全省司法行政先进个人，温波是候选人之一。省厅准备为每一名候选人在省厅系统内发行的刊物《东方司法》上发表一篇通讯报道造势，要求候选人所在的司法局自己组织人员撰写，务必保证一定质量。局办公室先后写了三稿，送到省厅都没有通过，看看截稿日期临近，赵志明局长想起李不言，叫温波私人出面请李不言试试看。

李不言将办公室的文稿一目十行地过一遍，抖动着文稿说，难怪通不过，这是工作总结，根本不是通讯报道，省厅要求什么时候截稿？温波说，只有三天了。李不言皱了一下眉头说，后天我要出差石家庄，看来必须挑灯夜战。温波忙说，辛苦老弟！我给你夜餐补助。李不言说，我的补助标准不是一般的高，你先补助我一支笔，一个笔记本。温波说，现成的。拉开抽屉，取出三只水笔和一红一绿的两个笔记本。李不言挑出绿色的笔记本，随便抓起一只水笔，取下笔帽说，现在开始现场采访，你根据要求提供几个事例给我。两个人聊了一个多小时，李不言潦草记满十几页纸，带上办公室的文稿告辞。

当夜，李不言在宿舍里奋战通宵，七千多字的通讯报道一气呵成。第二天上班将稿子交到温波手里时,温波捧着厚厚的一沓稿纸几乎不敢相信。才看标题,便拍案叫绝,《风雪夜归人》,这标题就出手不凡,内容肯定也差不了。老弟辛苦,我现在就将稿件送到办公室。李不言打着一个长长的哈欠说,我已经完成任务,下午补一觉,明天去全中国那个最大的村庄。

转眼过了元旦,律师事务所开始正式施行自收自支差额补助。而更明显的变化是人员上调整,顾宁调进律师事务所,顾卫中调到局里做党支部专职副书记。马健升为主任,搬进主任室。

对于顾卫中的调离大家很意外,随即又都恍然大悟,难怪顾卫中那么信誓旦旦不会占年轻人一分钱的便宜,原来早已安排好退路。问题是你不占便宜,将你儿子顾宁弄进来分蛋糕。你儿子在无线电厂绕线圈,地道一个工人,压根不懂法律,凭什么到所里来让我们养活!仝有为大骂顾卫中不是东西。马健劝道,不懂法律可以学,我们原来也不懂,局里照顾一下老主任可以理解。仝有为哼了一声,心里骂道,你马健也不是他娘的什么好鸟,得了便宜卖乖。王丹悄悄地问李不言,顾宁原来是顾卫中儿子,你知道吗?李不言摇头说不知道。

其实,上午在司法局会议室里,顾卫中就已经将顾宁介绍给李不言,请他带顾宁做业务。顾卫中承诺会将他名下的顾问单位都推荐给李不言,还会利用自己的关系为其多拉案源。李不言说,主任不要多虑,我会携手顾宁共同进步。顾卫中对顾宁说,别看不言年纪比你轻,却是天生做律师的材料,业务能力比我都不差,你要好好跟着学。顾宁好似低眉顺眼的小媳妇,一句话都没说。

马健宣布顾宁跟李不言一组,其他搭档不变。王丹说,一年媳妇就熬成婆,小李子也开始带徒弟。李不言装出伤心模样,俺的师傅走了,俺正无所适从呢,你还在俺的伤口上撒盐。王丹故作惊诧地叫道,什么?你的师傅走了?什么时候走的?俺也没来得及送他老人家一程,愿他一路走好!说完伫立默哀,惹得张志祥笑个不停。李不言指着王丹说,这一点都不好笑,你太损!

顾卫中说到做到,带着李不言和顾宁走访顾问单位,为他们招揽客户。第一站就近选择在工人路对面的制药厂。一走进厂长室,庞厂长迎上来,握住顾卫中的手说恭喜。顾卫中问喜从何来。庞厂长说,做书记还不是大喜。顾卫中说,你也知道了,内部小调整怎么传得这么快?庞厂长说,昨天王律师来过,说你被提拔到局里做专职副书记。顾卫中立马警觉起来,表面上若无其事地问,是王丹律师吗？他来做什么？庞厂长似乎有点意外，你不知道？他说你去专职搞党务，事务所安排他接替你做我们的法律顾问。政府办的许主任也打电话向我推荐他，说王丹律师是他的亲戚，小伙子挺能干。顾卫中说，可能是马主任安排小王来的，小王是不错。两人扯几句闲篇，顾卫中带着李不言与顾宁告辞。

出了制药厂，顾卫中说，这个小王真不地道，原来安排他办案，不是置之不理就是阳奉阴违，现在来抢顾问单位。李不言说，没关系，一个所的同事，谁做顾问都可以。顾卫中对顾宁说，你看不言，肚里能撑船，你要好好学。

下一站去葡萄酒厂，卢厂长比庞厂长还要热情，说真巧他正准备去司法局为顾书记贺喜，没想到顾书记先过来。顾卫中心想不妙，王丹也来过了。便直接推荐李不言，我到局里等着退休，换李不言做你们的法律顾问。卢厂长说，这正是我们所想的，不瞒你说，你们所的王律师来过，要做我们的法律顾问，还有领导也为他打过招呼，我不好直接回绝，但也没有答应。我想顾主任不做，不是还有李律师吗，我们和李律师一直合作愉快，没必要换成别人嘛。今天顾书记你作为局里领导安排李律师那就是李律师，就这么定了。然后对李不言说，李律师你没意见吧。李不言微笑着说，只要厂长信任，我求之不得。卢厂长说，信任，绝对信任。顾书记，中午在我们食堂喝两杯。顾卫中惦记着跑下一家顾问单位，对卢厂长说，这两杯记账上，下次过来喝。

顾卫中又带李不言和顾宁跑了两家顾问单位，结果和上两家一样。不熟悉李不言的帆布厂答应了王丹，与李不言合作过的食品厂坚持李不言。

跑了大半天仅收获两家顾问单位，还都是本身就认可李不言的老客户，顾卫中难免有点失望，说还有好几家明天接着跑。李不言倒是显得很满意，开开心心地与顾卫中告别，带着顾宁回所里。到所里后，在三间办公室转一圈，发现只有马健在，其他人都不知所终。这在以前是几乎没有过的，改革还是挺管用的嘛，李不言感慨着在办公桌前坐下来，点点头又摇摇头。坐在对面的顾宁没看明白，又不好意思问，心里胡乱猜着这个小李师傅到底在纠结什么。

9

自从正式上班后，李不言便深深体会到什么是时光飞逝光阴如梭。感觉没上几天班，没办几个案子，中专毕业已经两年。两年前的毕业前夜，和女友海誓山盟虽天各一方彼此不离不弃。各自分回原籍后，女友的父母听说李不言身居数百公里外的淮北，毫不留情地棒打鸳鸯。女友反抗过挣扎过，李不言声援过争取过，无奈女友的性格温柔似水，而女友父母的心意坚硬如铁，最终一溪春水被无情的铁闸牢牢地锁在江南。在学校时，婚姻法老师曾经说虽然是新社会，门当户对在婚恋中仍然非常重要，比如在我教过的几届学生中，江南江北都有恋人修成正果，但江南与江北的同学最终走到一起的没有成功案例。李不言当时不信邪，决心破了这个先例，但结果还是没能逃脱地域魔咒。在刚刚分手的那段日子里，心痛与不甘时常与李不言相伴。随着工作状态渐入佳境，这段恋情渐行渐远渐无书，李不言也就且听且看且从容。如今虽然还能时常想起，但早已没有撕心裂肺的感觉。

"休对故人思故国，且将新火试新茶。诗酒趁年华。"原来只喝白开水的李不言泡上一杯从江山那里搜刮来的碧螺春，欣赏着青黄明亮的汤色，心中诗意朦胧。马健在办公室里喊，李不言，电话。李不言的诗意瞬间沉入杯底，隐匿于卷曲青绿的碧螺春中。一路小跑进马健的办公室，拿起电话听筒，听到了江山的声音，上午与钱庭长去看守所提审一个抢劫犯，这家伙要委托律师辩护，你做不做？李不言问，有什么名堂吗？江山说，没什么名堂，你们不是自支了吗，还怕做案子？李不言说，不怕，不怕，我做。江山说，我打电话通知被告人家属去委托你，你要阅卷直接来找我。另外，钱庭长让我告诉你，项州农机站在太原有一笔货款迟迟讨不回来，想委托律师前往催讨，农机站的杜韦经理是钱庭长的好朋友，钱庭长推荐了你，这两天他会去找你。

过了两天，杜韦果然来委托李不言，向他介绍农机站向太原市朔方机械配件经销部购买钢材，经销部收了农机站八万元货款，但一两钢材也没有供应。经多次讨要，退回三万元，再去发现人去楼空讨债无门。李不言看完钢材购销合同后说，我陪你去摸摸底，根据实际情况决定下一步行动。杜韦说，我想快去快回，明天可以出发吗？李不言将合同还给杜韦，没问题，我可以背起包说走就走。

次日，李不言和杜韦汽车火车转换着来到太原，住进迎泽宾馆。宾馆门前有个宽阔的广场，正在举办山西省第二届民间艺术节。有定襄高跷、忻县龙灯、汾西锣鼓、左权小花戏等等，那真是彩旗招展锣鼓喧天好不热闹。杜韦到房间里放下行李说，这趟赶上了，我们今天下午看戏，明天再办事。李不言心中正惦记着广场上的演出，愉快地说，行，去凑个热闹。两人洗把脸，兴冲冲地下楼到广场上，一下午挤在人群里看了几场表演。唱念做打，唱没听懂，念没听清，做有时慢得让人昏昏欲睡，打又经常快得令人怀疑根本没有出手，最终留在脑海里的全是极富民族特色的缤纷色彩。

次次日上午，两人走出宾馆，发现广场西面又聚集不少人，以为还是来准备参加艺术节的。走近一看才发现是一些财经学院的学生，警察说艺术节还没结束，请同学们往西去。同学们围成一圈商量一会，嘻嘻哈哈又说又唱地向西朝迎泽大桥方向走。杜韦问这些孩子在做什么。李不言说，谁知道呢？杜韦招手拦了一辆出租车，上车后说，家里父母辛苦挣钱供他们上大学，不好好学习，集体逛大街。李不言笑笑，对司机说去河西区工商局。根据在工商局查询到的经销部的工商登记信息，两人又找到经销部的主管部门太原市朔方劳动服务公司，向公司王经理询问经销部的状况。王经理介绍经销部是独立核算的，这几年一直承包给张永志经营，张永志拖欠承包费下落不明，公司也在想办法找他。李不言说，经销部毕竟是你们公司发包出去，你们不能将责任全推到张永志身上，该承担的责任要承担。王经理说，我们想承担拿什么承担呢，没钱没资产，我本人都三个月没领到工资，你们看有什么可以抵债的直接拿走。李不言和杜韦竟一时无话可说，干坐了一会，又打车回宾馆。

杜韦坐在床边问怎么办。李不言坐在对面床边说，可以将经销部与服务公司列为共同被告起诉，胜诉应该没什么问题，但估计很难执行到位。张永志以卖钢材名义获取你们货款，具有诈骗嫌疑，到项州公安控告他，请公安将他抓起来，也许能逼出钱来。杜韦说，与项州公安关系倒是不错，要是逼不出钱来呢？李不言说，那就法办张永志，让他咎由自取。杜韦说，看来只好如此，我们今天再看几场表演，明天回去找公安。李不言起身说，闹哄哄的，不看了，打道回府。杜韦说那就回。两人收拾好行李，赶往火车站。

最近的返程路线应该是坐火车经济南直达徐州，然后换乘汽车到项州。到了火车站被告知徐州方向没票，两人商量后，买了到郑州的车票，准备从郑州再换乘徐州。

到了郑州下火车，列车里已经挤满学生，还有学生从站台上通过列车窗户往车里爬。李不言将拎在手里的双肩包背到后背上，对杜韦说，我先试着上去，如果走散了，项州见。说完转身向前跑几步，来到一个正有学生往里爬的窗口前，高举双手冲着窗口喊，同学，请拉我一把。立即有两双手伸出来，将他拉了进去。李不言立足未稳便伸出头寻找杜韦，看见他正在几米外的一个窗口前，也正试图请学生将他拉进去，学生们没有一个人伸出手，而是齐声对他喊，大叔回家吧，你早已毕业啦。杜韦发现李不言已经进入车厢内，忙向他这边冲，还没等他跑到近前，列车哐的一声缓缓启动，白色烟雾瞬间将他包裹起来。

车到徐州后，李不言被学生们裹挟着下了火车，下车后的学生簇拥着在站台上寻找列车，李不言则溜出火车站，到旁边的汽车站等到天明，换乘客车顺利返回项州。

而杜韦在三天以后才通过不停地换乘短途客车辗转回到项州，见到李不言时感慨万千。李不言说，平安到家就好，你先坐一会，法院的毛玉法官找我有事。杜韦说，正好我也要去看望钱庭长，如果他有空，我们晚上一起聚聚。

毛玉见到李不言，瞄一眼腕上的手表，说十分钟到，还提前了一分钟。李不言说，这是比邻而居的好处，抬腿就到。等司法局办公大楼盖好，就没有这么方便。毛玉说，远近是一方面，守时习惯最关键，你们所里的，说十分到结果三十分钟还不见人影的不是一个两个。李不言说，毛玉姐说得是，我来早了，以后说十分钟不能九分钟就到。毛玉掩口失声道，说你胖你就喘，骄傲了不是。李不言说，不敢不敢，毛玉姐请指示。

毛玉说，院里要我安排开观摩庭，我选了王强与夏忠民案件，想请你配合一下。李不言问，为何选这个小案子，没有更疑难、更复杂、影响更广泛的案子吗？毛玉说，这就是请你过来的原因，这个案子虽然不大，但双方都有代理律师，而且是项州最能干的你和马健，庭上可以形成对抗，强化庭审效果。马健不用担心，他不会放过任何表现机会，作为原告一方时更是得理不让人，无理也逞强。你呢，在庭上温文尔雅的缺少几分霸气。平常很好，观摩庭不够，没有激烈的碰撞，就很难有精彩的庭审。所以需要你针锋相对，将温良恭俭让暂时抛在一边。李不言笑道，毛玉姐你这是夸我呢还是批评我？如果双方火药味十足，就不担心场面失控，咆哮了你的法庭？毛玉说，不用担心，还信不过姐的庭审驾驭能力！李不言说，当然信得过，毛玉姐，院里要观摩你开庭，是不是有好事将近？毛玉说，有什么好事，只是例行安排。李不言说，根据惯例，先提前恭喜毛玉姐啦。至于这个案子，有毛玉姐坐镇，相信双方会先干戈后玉帛。我回去准备点焰火，留开庭时放几把。毛玉说,不言是个明白人,姐很放心。回去抓紧准备,案子准备安排下周开庭。

回到办公室,李不言重新研判王强案件。这个案子还是马健安排给他的,交办案子时,马健说,我已经接受原告夏忠民委托,被告又通过关系找到我,本来安排给小张,被告说没听过小张。我问被告听说过谁,被告听说过你李不言。马健又说,案子不复杂,标的也不大,主要是想办法让双方坐到一块商量一下医疗费用的分担。到时候我们两个律师分头做工作,帮助他们和解。

王强来办委托手续时,李不言问过他对案件的想法,他说没多大想法,原告确实是他打伤住院的,医疗费应该赔。只是不能让他全赔,原告也有责任,请律师就是想将责任多开点给原告。李不言说,原告要求你赔偿医疗费、误工费和其他损失共计四千多元,你认为该赔多少?王强说,一半吧。李不言说,毕竟是你打伤了原告,即便原告有过错,你也应该考虑承担主要赔偿责任。王强问,主要责任是多少?李不言说,至少是六至七成。王强说,那多一点也行。李不言问,多一点是多少?王强说,最多不超过三千元。李不言心中就有了底,加之原被告都是马健安排的,相当于一手托两家,便一直没怎么将案件放在心上。

现在毛玉要求庭审中出现对抗,那就不能当作简单案件处理,简单了焦点少,出彩不容易。处于劣势时简单案件复杂化,优势则复杂案件简单化是律师处理案件的常用思路。从复杂到简单易,由简单入复杂难。难也得做,院里观摩毛玉是提拔的前奏,徐剑锋被观摩后从临河法庭庭长提拔为副院长,毛玉现在是审判员,有可能被提拔为副庭长。尽管观摩庭的结果一般并不能决定最终的提拔结果,但锦上添花总比画蛇添足好。何况毛玉对他李不言不错,在审理案件中能够倾听他的代理意见,该支持的不犹豫。好好配合庭审,于情于理都应该。

王强翻建楼房,需要临时占用后院夏忠民家地坪,两家约定完工后王强负责将地坪恢复原样。结果完工以后,夏忠民说王强恢复后的地坪起高了,相当于给自家的后墙做了滴水坡,要求王强将地坪铲掉重做。王强不愿意,说地坪还是你家的地坪,只是略微高了二十公分,他家又用不到。两家由此发生争执大打出手,王强捡起一只空花盆扣在夏忠民头上,将他扣进医院。

就是这么个芝麻大点事,看得见的焦点是地坪是否有重做的必要,谁先动的手,谁应该对矛盾的激化负责。争执现场只有原、被告两家人,王强的手臂上也有抓伤痕迹，双方互相指责对方先动的手，事实真相很难判定。这当然恰恰给了律师一定的发挥空间，但仅仅这一点说不上几分钟，必须再有所发现。李不言抽出夏忠民的病历、医嘱单、诊断证明、收费收据逐页逐项核对，慢慢有了发现。夏忠民被诊断为"左颞部头皮软组织损伤"，在其向王强主张的赔偿费用中，李不言认为存在五项疑问，分别是：用药记录中有冻干血浆三袋、白蛋白两支，合计八百七十九元；在中医院住院，却从人民医院请两名医生会诊，支出一百七十八元；租赁一辆救护车到徐州第四人民医院就诊，支出五百六十二元；六月五日住院，七月十三日出院，住院长达三十八天，住院费支出近千元；误工奖金要求赔偿一千二百九十四元，没有提供收入证明。李不言将上述五项存疑涉及的数额在计算器上按了一遍，跳出来的数字让自己以为出现计算错误，居然是两千九百三十一元。原告主张四千二百零二元，有两千九百三十一元存在疑问，这是什么情况？李不言又摁一遍计算器，确认没有加错。

　　有这五项疑问，加上责任分担的争议，六方面的攻防往返显然能让庭审热闹起来。李不言对案件研判结果很满意，但对自己有些不满意，如果不是毛玉的观摩庭要求，这些细节可能会因为原告所提供的证据形式上基本符合要求而被忽略。以后千万注意，每一个案件务必研判到位，李不言提醒自己。

　　李不言将五点疑问列在纸上，走进主任室，交给马健请他过目。马健看后显然有几分意外，开口却是表扬李不言细致，对案件负责，接着问他是否真有必要如此计较。李不言说，有必要，既然诉讼了，厘清真相是关键，在分清是非的前提下更容易做和解工作。马健的脸色有点难看，指着放在桌面上李不言给他的那张纸说，有你这五条还怎么和解，让原告放弃赔偿要求吗？李不言说，那倒不至于，该赔的我会说服被告赔偿。马健说，什么该赔？什么不该赔？少弄那些节外生枝的事！李不言说，能不能和原告说说，将赔偿项目里的水分挤掉，我劝被告多分担些责任。马健的脸色愈加难看，反问道，那些都是真金白银花出去的，怎么好挤掉？李不言努力控制住自己的不满情绪，颇显无奈地说，好吧，主任，我和你汇报过了。转身回到自己的办公室，半晌闷闷不乐。

10

　　观摩庭安排在法院最大的法庭里，这个法庭能容纳二百人左右，其实是会堂，作为法庭是兼项。平时只在重要的刑事案件开庭和召开全院干警会议时使用，民事案件除非观摩庭，一般不会安排在这里。李不言看见下面旁听席已经坐满一半，还在陆续有人进来。法院的几名领导和各庭庭长都穿着制服坐在前两排中间位置，院领导的旁边还有几名身着便装的人，大概是人大、组织部派来的考察人员。李不言的双腿一阵颤栗，喉咙有些发紧。真要命！已经参加过大大小小几十个庭，还有啥可紧张的！镇定！镇定！李不言掐了大腿内侧两把，在心里狠狠地对自己说。

书记员宣布开庭纪律，核对双方当事人身份，宣读合议庭组成人员名单，询问双方是否申请回避，原告代理人读诉状，被告代理人答辩等常规程序走完。审判长毛玉归纳本案争议焦点是原被告对案件的发生各自应该承担何种责任，原告请求赔偿的项目、数额是否有事实与法律依据。然后询问双方是否有异议，马健和李不言都说没有，毛玉宣布开始举证质证。

马健的目光迅速地掠过一遍旁听席，并在前面两排多停留了几秒钟，然后才声音洪亮地向法庭出示第一组证据：原告住院病历和诊断证明，事发后派出所对原、被告的调查笔录。证明原告的伤情是被告一手所致，被告应该对原告的人身损害承担全部的赔偿责任。

李不言口齿清晰、声音浑厚地发表质证意见，对于原告方这组证据没有意见，原告的伤情确实是被告造成。但这组证据不能证明对于损害的发生原告没有责任，原、被告在公安机关的谈话笔录恰恰证明，双方因为地坪高度发生争执，互相对骂对打，对损害结果的发生都负有一定的责任。

马健突出重点，直击要害，地坪问题以及相互打骂与原告的索赔没有直接因果关系，原告发生的医疗误工等费用是基于原告头部被花盆致伤，即与遭到花盆攻击有直接因果关系。而花盆攻击是王强一人所为，不是原告自伤，也没有其他人参与，因此王强应承担全部赔偿责任。

李不言不为所惑，紧扣法律规定，我国《民法通则》第一百三十一条规定，受害人对于损害的发生也有过错的，可以减轻侵害人的民事责任。这里面损害的发生不仅包括损害的结果，还包括损害产生的起因与发生的过程。原告代理人所说的直接因果关系仅仅指花盆攻击与损害后果之间的因果关系，将形成损害后果的起因与过程排除在外，显然不符合法律规定的精神。如果这样理解是正确的，便没有法律上正当防卫之说。你捅死了人，你就要承担全部责任，因为什么原因，在什么情势实施都不用考虑。

马健咄咄逼人，本案中有正当防卫的情形吗？被告方不要转移概念！目前原被告双方互相指责对方先动手打骂，在没有其他证据的情况下，只能根据损害结果这一毫无争议的事实认定赔偿责任。

李不言有理有节，本代理人提到正当防卫只是为了更好地说明起因与过程对事件的责任划分同样非常重要，丝毫没有转移概念的意思。说完这句话李不言心里一动，马大主任不是擅长撇开法律以理服人吗，今天就和你说说道理。他继续说道，到目前为止确实无法翔实认定损害发生的全部过程，但有个客观事实是明确的，被告王强年仅十八，刚走出校门涉世未深，血气方刚遇事容易激动；而原告夏忠民年过四十，正值稳重成熟的中年人生，应当更加容易控制自己的情绪。请合议庭注意，被告在本案中并不是不容分说直接用花盆袭击原告，而是在矛盾激化事态逐步升级，他本人被原告抓伤以后，情绪失控捡起了花盆。无论是谁打骂在先，以原告的阅历见识，本有机会阻断事态的升级。遗憾的是原告选择了与被告互不相让互相纠缠，对于损害的发生推波助澜。从这个角度而言，原告对损害的发生负有不可推卸的责任。李不言说完，看见前排的法官们露出会心微笑，后面的旁听人员频频点头，心想果然讲道理更容易引起共鸣，以后需要更多地向马主任借鉴学习。

被告代理人认为双方对损害发生的责任应该如何分配？毛玉语调平和地问。李不言回答，本代理人认为，鉴于本案的证据情况，就损害发生的起因与过程而言，可推定双方负有同等责任。马健立即表示反对，被告地坪起高在先，然后又野蛮地砸伤原告，原告何责之有！李不言刚想反驳，毛玉说，本庭已经听清楚双方对责任划分的意见，下面原告就具体的赔偿请求进行举证。马健便继续举证，出示医嘱单、医疗费收据、交通费发票等，证明医疗费、交通费等项目的数额。

毛玉说，请被告发表质证意见。李不言说，对于这些证据的真实性、合法性没有异议，但对部分证据内容的关联性有异议，即有部分费用的发生本来可以避免，属于原告扩大了的损失，应该由原告自行承担。具体表述如下，原告仅仅是"左颞部头皮软组织损伤"，即便当时有明显不适，住院观察几天，输液消肿，防止炎症发生足矣。但原告住院长达三十八天，又是请人民医院医生会诊，又是专车去一百公里以外的徐州复诊，还使用了干血浆、白蛋白等明显不对症的药品，属于小病大治，产生许多不必要的支出。说到这里，李不言稍稍停顿一下，看了一眼旁听席和原告席，然后收回目光对着合议庭宣读庭前列举的五项存疑费用的清单。

李不言刚读完清单，马健拿出两页写满字迹的纸张，低头看两眼，抬起头高声说道，对于被告方关于原告小病大治的说法，我们不能接受。当时被告用花盆攻击原告头部，花盆是陶制的，不是塑料，更不是纸糊的；原告不是钢铁战士，他的脑袋也和今天所有在场的人员一样头骨虽然坚硬头皮极其脆弱，受到陶制花盆的猛击，会发生什么样的后果根本难以预料。原告是在昏迷中被送往医院，虽经抢救苏醒过来，为保险起见，请人民医院的专家进行会诊，以及去徐州复诊，都是可以理解和必要的，被告方对此提出质疑显然缺乏基本的同情心，相信不会得到法庭的支持。

李不言注意到马健这番话引起旁听席上一些人的共鸣，有人点头，有人在交头接耳。他无声地一笑，拿出几份证据说，对于原告的受伤，本代理人深表同情，也无意为被告开脱责任，但今天是开庭审理损害赔偿事项，必须根据证据和法律来判定原告的索赔项目和数额是否合理，滥用同情心势必会影响对客观事实的判断。原告的伤情如何？需要什么样的治疗？正常会产生哪些费用？不能根据人之常情去理解，必须听取专家的意见对照法律的规定予以确定。对此，我先就三个客观事实做简要说明，以正视听。一是原告不是昏迷中被送到医院的，刚才原告方出示了派出所对原、被告的调查笔录，这两份笔录都是在双方当天上午发生纷争之后原告住进医院之前制作，从谈话笔录的内容来看，原告思路清晰，没有昏迷迹象。二是原告六月五日住进中医院，六月十日从人民医院请专家会诊，六月十六日去徐州复诊。在此过程中病历记载原告意识清楚，伤情稳定，没有其他异常现象。三是干血浆及白蛋白均属血容量扩充剂，主要应用于失血性休克及白蛋白缺乏，原告只是软组织损伤，与这些适用症相距甚远。为证明上述事项，向法庭出示两份证据。证据一：中医院关于原告在该院就诊治疗情况的说明，证明干血浆与白蛋白是原告坚持要求使用的；人民医院专家会诊与去徐州复诊都是原告自行决定并坚持的；住院治疗两周以后，医院建议原告出院，其后是原告坚持继续住院。同时说明以上原告的坚持在医疗上并无必要。证据二：人民医院专家会诊费用的说明，证明专家会诊费用是每人每次四十元，由患者自行承担。

毛玉要求原告方发表质证意见。马健撇开证据本身，仍强调原告医疗行为的必要性。他说每个患者的体质病情不可能完全一样，医院只是从常规状态作出说明，是否不适，是否真正康复，只有患者最清楚，应该遵循患者的感受，不能仅从表面现象或理论上进行判定。原告没有将一分钱装进自己的口袋，这么多钱都是用在医疗上。

本庭想知道，原告你为何要花这么多医生认为不必要花的钱呢？毛玉突然问道，见马健想代为回答，又强调说，这个问题，请原告本人回答。夏忠民有点猝不及防，看着马健犹犹豫豫地说，这个……这个，被告打伤我，他就得多花些钱。旁听席上登时有人笑出声来，毛玉不怒自威，向发出笑声的地方注视十几秒，等重新安静下来才宣布开始法庭辩论。

马健的内心已经对原告的获赔数额失去信心，但他依然胜券在握般地用洪亮的声音将原告的诉求完整归纳一遍。李不言知道大局已定，被告的抗辩足以成立，面带微笑从法律适用的角度将被告的答辩意见从容地分析一番。

毛玉宣布辩论结束，征求双方是否同意调解。原告表示同意，而被告则一口回绝。毛玉说，既然被告不同意调解，现在休庭合议。

审判长，请等一下。马健举手示意，虽然被告不同意和解，但原告考虑与被告毕竟是邻居，想与被告沟通一下，请给几分钟时间。毛玉说，休庭十分钟，你们沟通吧。

李不言悄悄地问王强为何不同意调解，王强说，律师你说得太在理了，原告分明在讹诈我，不与他和解。李不言说，对于原告的讹诈我们不姑息，但如果原告能回归实事求是，还是和解为上。王强说，我听李律师的，你说咋办就咋办。李不言想借机杀一杀马健的威风，另外想将促成和解的顺水人情留给毛玉，便对王强说，为了争取到对你最为有利的和解方案，你先坚持不同意和解，等火候差不多时，我帮你决断。我的想法是只要赔偿总额不超过一千五，我们就可以接受。因为王强在委托李不言时已经考虑过赔偿原告三千元，现在听说可以少赔一半，爽快地表示同意。这时马健从原告席走过来说，不言，劝劝你的当事人，和解吧。李不言说，我刚才劝了，他不同意。马健对王强说，远水不解近渴，远亲不如近邻，冤家宜解不宜结，听人劝吃饱饭，做人不要太固执。王强梗着脖子说，律师你先劝劝夏忠民不要讹人。李不言问马健原告同意以多少赔偿结案，马健说，我劝了原告半天，他同意两千元。王强立刻表态不同意，说一千也不赔。马健还想劝说，李不言看到毛玉向这边走来，对马健说，主任，你再去劝劝原告，我和毛法官一起劝王强。马健离开后，毛玉走到两人面前问，你们是什么意见？王强说，我不同意调解。毛玉笑着说，这么干脆！看来今天我这个调解能手要折戟这个小案子。李不言说，哪能呢？我们服从合议庭的意见。毛玉将李不言拉到一边，我初步估算这个案子如果判决在一千二百元左右，赔偿金额就定一千二如何？李不言说，可以上浮两百元，留给毛玉姐做原告工作。毛玉不放心地问，你就做主了，不和被告商量？李不言毫不拖泥带水地回答，做主了，省得毛玉姐多费口舌。毛玉便去征求原告意见，原告开始表示低于一千五百元不谈，毛玉亮出一千二的底牌，并表示已经帮助他们多争取到二百元，建议不要错失机会。原告本人对二百元无所谓，但马健不想判决结案让自己丢面子，协助毛玉拼命做原告工作，最终原告同意以一千四百元和解。

合议庭成员重新落座，毛玉问双方是否达成和解。马健说，是的，双方同意以一千四百元结案。毛玉问被告是否如原告代理人所言。王强说是的。毛玉做庭审小结，经过开庭审理，查清了案件的基本事实，原、被告双方摒弃前嫌达成和解，希望以后和睦相处，不要再因为一点小事大动干戈，造成不必要的损失。马健起身带头鼓掌，旁听人员纷纷跟着马健的节奏拍起巴掌。等大家都又安静下来，毛玉宣读和解协议，然后宣布闭庭。

旁听席上人员陆续向外走，马健笑着走到毛玉面前说，毛法官辛苦，今天的庭审很成功。毛玉说，感谢两位律师的通力合作，案件完美和解。又特意给了李不言一个满意的眼神，抱起卷宗回办公室。马健与李不言一同向法庭外面走，问李不言，你是不是提前知道今天要开观摩庭？李不言反问道，主任不知道吗？马健说，那个，我倒是听说的。不言啊，以后还是要多多交流信息。李不言知道马健说的信息指的是开观摩庭，故意装糊涂说，我今天庭上所说的都列了清单跟你汇报过。马健心里恨得牙根痒痒，嘴里面却说，不言做得不错。

回到办公室，李不言发现办公桌上有本杂志，是省厅主办的《东方司法》，封面上是温波的人物照，右下方是几篇主要文章的标题，《风雪夜归人》赫然置于榜首，字体最大最醒目。李不言翻到自己的文章，仔细阅读起来。

上部 | 045

11

又到毕业分配季，律师事务所分来两个毕业生，都是省司法学校的，一个叫徐龙云，一个叫陈小菊。徐龙云斯文清秀，陈小菊美丽知性，俊男靓女风华正茂，大家原以为两人挺般配可能有戏，后来才知互相根本不来电。李不言问他们，人事局有没有和你们说，司法学校的到司法局特合适。徐龙云说，还真说了，有两个政法学院毕业的，一个分到法院，一个分到检察院。我说把我们中专生都分到司法局，搞院校歧视啊？人事局的说司法学校的当然去司法局。李不言想起户政管理专业分到户政科的甄勇敢，抚掌大笑说，我心里完全平衡了。师弟师妹不解地望着他们的师哥，不明白这么可气的话有什么可笑的。

增加两个人，办公室显得更加捉襟见肘，司法局让两个新人在家等了两个星期才勉强给他们挤出办公地方来。张志祥搬进仝有为办公室，局里与所里的意见本来是想将李不言安排进去，李不言坚持说张志祥和仝有为一组，让他们一间办公室便于合作。顾宁调到公证处，说是为腾出地方给毕业生。仝有为又是一顿骂，什么腾地方？早就谋划好了的，顾宁工人身份，先调到自收自支的事业单位律师事务所，再去全额财政拨款的事业单位公证处。一步步混进革命干部队伍，真他娘的不要脸！马健这次没有劝说，让仝有为骂个酣畅淋漓。

顾宁的办公桌给陈小菊，徐龙云坐在王丹对面。王丹半真半假说，李不言，你是故意礼让张志祥，方便你们师出同门的三人组来围攻我。没想到李不言冷着脸说，那你就老实点，多办案少溜达，好好服务自己的顾问单位，我们井水不犯河水。王丹听出了话外之音，脸上红一阵白一阵，心里既恨李不言当着新同事的面让他难堪，又后悔自己没事干说什么三人组。

赵志明局长到事务所转了一圈，对律师们说，现在确实拥挤一些，大家克服一下。我们的新大楼即将竣工，争取今年的年终总结在新大楼里开，我保证到时候你们律师的人均办公面积至少翻两番。大家激动得拍红双手，李不言有点不以为然，办公面积固然重要，收入翻番才更有实际意义。局长刚离开，李不言拿起桌上的卷宗，起身去法院。

李不言来到刑庭庭长室，和钱新华沟通孙士明案件。钱庭长，我又得向你请教，孙士明这个案件能定流氓罪吗？他虽然先后和五个女性发生过关系，但毕竟都是正经的谈恋爱，恋爱中感情冲动发生性关系与耍流氓玩弄女性应该有本质区别。钱新华说，孙士明主要是发生关系的女性太多，一两个还能说，与五个冲动说不过去，只能理解为以恋爱为名玩弄女性。李不言笑着说，五个女性中，有三个主动提出与孙士明发生关系，应该认定她们玩弄男性，怎么变成孙士明玩弄她们？钱新华说，人家女性主动的目的是想和孙士明结婚，但孙士明只想和人睡觉，根本没想过和人结婚，这不是玩弄女性是什么？李不言说，我自己在办公室琢磨这案子，总觉得定孙士明流氓罪有些问题，怎么听你一说，孙士明又好像真的在耍流氓。钱新华开玩笑道，你太年轻，对这类案件有些困惑也正常。李不言也开玩笑说，我不仅困惑，还很担心，原来恋爱谈多了是一件挺危险的事情。

正说着，徐剑锋副院长走进来，看到李不言夸奖道，不言律师不错，两个观摩庭都很成功。李不言说，谢谢院长，那两次开庭的成功属于两个合议庭的审判长，我就是个小配角。一句话说得徐剑锋与钱新华都笑开颜。李不言又说，院长你们有事，我走了。徐剑锋说，你等等，我正好有件事想跟你说。已经迈开一只脚的李不言连忙停下来，并拢双脚谦恭地说，院长你吩咐。徐剑锋问，你有没有女朋友？李不言说，曾经有过，现在单着。徐剑锋微笑着说，我们法院的小姑娘中有没有入你法眼的，我帮你牵线。李不言说，我经常东奔西跑出差在外，法院的小姑娘没熟悉几个，院长有人选的话成全我一个。徐剑锋问，项河法庭的赵虹怎么样？李不言在脑海里快速扫描一番，摇摇头，项河法庭我没去过，在院里见过姚艳庭长，对赵虹没印象。徐剑锋说，项河不是你老家吗？人家赵虹可是认识你的，小姑娘人不错，性格温柔又漂亮又能干，介绍你们认识一下如何？李不言说，谢谢院长关心，方便的话给美言几句。徐剑锋说，我让姚庭长给你介绍个案子，你自己去接触看看，中意的话不妨谈谈。李不言弯腰施礼说，介绍女朋友外带介绍案子，不言何德何能承蒙院长如此厚爱，无以回报，唯有感激。徐剑锋和钱新华开怀大笑，两个人的眼睛里毫不掩饰对李不言的欣赏。

案子说来就来。惠兴齐拿着一沓材料找到李不言，说是项河法庭姚庭长介绍过来的。他掏出一包大前门，摸出两支向李不言敬烟。李不言摆手说不会，惠兴齐自己叼上一支，还没有点上火，李不言说，我不抽烟，也闻不得烟味，请到院子里抽完再进来。惠兴齐收起香烟说，抽烟有害健康，不抽烟是好习惯，我也不抽。李不言挑出诉状先过目，大致内容是惠兴齐诉称为项河泡花碱厂运输煤炭，泡花碱厂拖欠运费一万多元并应赔偿停港费损失两千元。再看答辩状，泡花碱厂辩称惠兴齐两次运煤验收时短少煤炭五十吨，另应扣除水分九十吨，两项相抵，惠兴齐还应另行赔偿三千多元。

李不言抬头打量惠兴齐，估摸其年龄在四十来岁，皮肤黝黑，长着一张貌似憨厚的的脸，两只眼睛不大也不算有神，但不经意间透着几分精明甚至是狡黠。应该是个老江湖，李不言判断着，不动声色地问，你对被告答辩意见是什么看法？惠兴齐说，煤炭没有短少，是验收方式不对，按规定应该以船舶的吃水线验收，泡花碱厂是抽船过磅验收，不存在赔偿煤款之说。李律师，我这官司应该有把握赢吧？李不言说，我对哪个官司都没有把握赢，有把握也不能承诺，即便是有理的官司有时也可能出意外。惠兴齐有点着急，这有什么不能承诺的！明摆着的赢官司嘛！李不言笑着说，这么有信心，干吗还要花钱请律师！惠兴齐抓耳挠腮，露出不好意思的神情，实话说吧，因为急着卸货跑下一趟，泡花碱厂称重验收时我也没有阻止。李不言双手一摊，这不得了吗？还明摆着赢！惠兴齐说，心里是有点不踏实，所以才请姚庭长帮忙推荐律师。李不言问，姚庭长向你推荐的我？惠兴齐说，没直接推荐，姚庭长只是建议我请律师，我听说过你，胡奎不就是你帮忙弄出来的吗，我说请你怎么样，姚庭长说你业务能力不错。李不言拿出代理合同与授权委托书开始办理代理手续，头也不抬地说，胡奎是依法判决缓刑，不是我弄出来的。

12

惠兴齐与泡花碱厂案件安排在上午十点开庭，李不言让惠兴齐租辆车，九点便赶到项河法庭，他让出租车停在法庭外面，惠兴齐在车里等候，自己直奔庭长姚艳的办公室。

姚艳收下代理手续，热情地让座泡茶。李不言连忙说，不敢当，庭长你歇着，我来泡茶。姚艳一脸灿烂笑容，李律师光临我这小法庭，蓬荜生辉啊！李不言半个屁股坐在椅子上，上身微微前倾，笑着说，项河是我家乡，姚庭座是我的父母官，能参加姚庭座的庭审是我的荣幸。姚艳一手端着茶杯，一手指着面前的卷宗让李不言说说对这个案子的想法。李不言当即坐实屁股挺直身子说，作为原告的代理人，我当然希望原告赢，但客观地说，被告的答辩也有一定的道理，原告对被告过磅验收没有拒绝，可以视为对验收方式变更的默认。当然，我更关心的是煤炭事实上究竟有无短少，如短少是托运人装船不足还是原告做了手脚。姚艳说，李律师果然与众不同，能够站在公正的立场全面看问题，不在验收方式上纠缠。身为法官，我只需审查到验收是否完成，煤炭短少问题按验收结果判定。李不言说，那样的话原告的诉求岂不是要奄奄一息！姚庭，你看能不能先不开庭，泡花碱厂毕竟是我老家的，将他们厂长请过来，我试试促成双方和解。姚艳欣然同意，那样最好！你稍等片刻，我去叫赵虹过来。

赵虹一进门，对李不言略带羞涩地嫣然一笑。李不言报以微笑，站起来向赵虹问好。姚艳看着两人意味深长地说，进了我这门，就是一家人，都不要拘谨。李不言笑容可掬，不拘谨，见到赵法官温暖亲切如沐春风。赵虹笑意浅浅地更正道，我是书记员，还不是法官呐。姚艳吩咐赵虹打电话通知泡花碱厂的吴天明厂长现在过来调解，赵虹一边查看卷宗里记录的泡花碱厂电话号码，一边拿起庭长办公桌上电话。李不言看着打电话的赵虹，想起前女友和银川的陈静法官，觉得她们是同一种风格的女性，不是特别漂亮，但给人温柔文静非常舒适的感觉，是他喜欢的类型。

泡花碱厂的吴天明厂长很快就到了，当姚艳向他介绍李不言时，吴天明眼睛一亮，主动握住李不言的双手，你就是李律师，这么年轻！我还想去请你呢！李不言说，哪里需要吴厂长请我，如给机会我当登门拜访。吴天明仍然握住李不言的手不放，热情洋溢地说，在项河，李律师的大名如雷贯耳，胡奎一家逢人便讲李律师仁义又有本事，经常帮我运煤的侯千树不止一次说你帮他打赢官司，是他全家的救命恩人。李不言对姚艳说，既然吴厂长和我如此投缘，能否借姚庭长的会议室和吴厂长好好聊聊。姚艳说没问题，安排赵虹领李不言和吴天明过去。

李不言待两人坐下后问吴天明想去找他有什么事，吴天明说厂里想请他做法律顾问，个人想交个朋友，以后相互照应。李不言满口答应没问题，然后说了为惠兴齐代理的事。吴天明说，这个坏人居然抢先一步请到你，他偷船上的煤卖钱，你不要帮他。李不言笑道，即便偷卖一点煤人品不咋地，尚谈不上是坏人。这种人以后不和他打交道就是了，犯不着在官司里纠缠。吴天明说，主要是太气人，煤少了厂里有损失，他还恶人先告状。李不言问，煤炭确实有短少？吃水线不是没有变化吗？吴天明说，惠兴齐弄一些煤矸石在下面充数，还浇水增加煤炭重量。

李不言说，惠兴齐只是承运人，理论上托运人也有垫煤矸石和浇水的动机。吴天明说，惠兴齐就是这样辩解不是他搞的。李不言略作沉吟，就人品而言，我肯定相信你吴厂长，就证据而言目前还不能确定是惠兴齐偷煤。我看这样吧，煤炭短少的部分我劝惠兴齐承担一些，你们厂承担一部分，我担任你们厂法律顾问用减免顾问费方式帮你厂弥补一点。和为贵，这件事翻篇，以后我们之间好好合作，都不再和惠兴齐打交道。吴天明犹豫一下问具体比例如何确定，李不言说，我看诉状，欠运费是一万元，还有停港费两千，总共一万二。惠兴齐放弃四千，你们厂给他八千，我做你们法律顾问，一年顾问费是三千元，第一年免费服务，等于你们厂实际出的是五千。如果你觉得五千还是多了，第二年的顾问费再给你减免一到两千元，以后还可以减，直到将五千元全部减完为止。吴天明又握住李不言的双手，有点小小激动地说，李律师如此大气，我还能说什么呢！你减免顾问费我也不能让你个人吃亏，你家逢年过节的烟酒茶叶鸡鱼肉蛋我们厂都包了。李不言哈哈一笑，那我还大赚了呢！先衷心感谢吴总啦！

  惠兴齐确实对煤炭动了手脚，能拿到八千元心中相当满意，但还想试着多争取一些，问李不言能否让被告再付两千凑个整数。李不言不高兴地说，老惠，煤矸石和浇水是怎么回事你心里清楚，你没有证据证明是他人所为，官司打下去你未必能拿到八千元，说不定还要倒贴钱。我好不容易才说服被告，作为你的律师设计的方案肯定是最大化维护你的权益。惠兴齐连忙赔着笑脸说，我听李律师的，八千就八千！

  前后不到一个小时便轻松促成双方和解，姚艳和赵虹对李不言打心眼里佩服。姚艳说，要是代理人都能像李律师这样，我们法官好干了，只管负责出调解书。赵虹没说什么，望着李不言的眼神，温柔中多了几分热切。李不言谦虚地说，恰巧被告也想请我做顾问，能听进去我的话。这属于特例，运气不错而已。原、被告双方在调解协议上签字以后，李不言向姚艳告辞。姚艳说等正式调解书出来安排赵虹给你送去，李不言说，哪能麻烦你们，还是我来取吧。赵虹在一旁说，不麻烦，我顺路带给你。

  离开法庭，惠兴齐问李不言是如何说服被告同意出八千的，李不言说，我和被告素未谋面没有一分钱交情，能有何良策说服人家，这八千元等于是我们所里给你的，从我给被告担任法律顾问的服务费里逐年返还给他们。惠兴齐一听急了，立刻让司机绕道去趟项河滩苹果园，感动万分地对李不言说，李律师你太够意思了，不知道吴厂长以后会怎么样，我肯定是这辈子只认定你。李不言对惠兴齐说，别说得好像要和我谈恋爱似的，你去苹果园干什么？惠兴齐说，这里的苹果个儿大味甜可有名了。李不言说，我就是项河人，不知道这里苹果好名气大。惠兴齐一拍脑袋说忘记这茬了。在苹果园下车后，惠兴齐问果园主人苹果怎么卖，果园主人答直接搬走十元一箱，到树上摘三毛钱一斤。惠兴齐说，时间还早，我们去摘新鲜的。李不言站在原地没动，惠兴齐请司机帮忙一块到树上摘下满满一大筐，分装在四个纸箱里。李不言说，钱我来付，都放在我那里。

回到所里，惠兴齐和司机将四箱苹果搬到李不言办公桌旁。他们离开后，李不言打开一箱苹果，送给所里每人两只，特意强调是二十公里路之前刚从家乡果树上采摘的。陈小菊咬一口苹果说又脆又甜，和师哥的表达方式一样新鲜。李不言又取出两只放到她面前，王丹说还有几箱，每人多发几只吧。李不言说，我又不是买来给所里发福利的，那几箱另有重任，我都吃不上。

第二天上午，赵虹来到李不言办公室送调解书。李不言说，瞧这速度，效率没说的。赵虹说，这事必须快，以防当事人反悔。李不言说有道理，又问赵虹是否去法庭，有没有车子。赵虹说去法庭，警车就在外面候着。李不言问车里还有谁。赵虹说还有姚庭长和驾驶员。李不言说，巧了，我这里有老乡送我的三箱苹果，你们一人一箱尝尝。李不言让陈小菊和徐龙云帮忙将苹果搬到车上，自己偷偷将一张字条塞到赵虹手心，赵虹面红耳热，心头小鹿乱撞地握紧字条。姚艳推辞不收苹果，李不言说，不是值钱物，我一个人吃不完，请你们帮忙的。姚艳也就笑笑说声谢谢，让驾驶员开车走了。

陈小菊望着远去的警车，回首冲李不言笑，李不言说，笑什么？有话便说。陈小菊说，我怎么感觉师哥好事将近呢！李不言说，有什么好事？我怎么不知道！陈小菊说，师哥没从赵法官的眼里读出什么吗？都说女人有第六感，看来此话不虚。李不言心里想着，笑呵呵地说，不准八卦，回去上班。

13

赵志明局长没有食言，坐落在黄河路上的司法局大楼按计划在年底前投入使用。全局上下一致认为这座大楼将是赵局长的一座纪念碑，会让后来人永远铭记他的丰功伟业。

话说的似乎哪里有点不对劲，但赵志明为这栋大楼所倾注的心血有目共睹，全局人员的办公条件从此根本改观更是实实在在。赵志明在司法局组建之初就弄到这块地，只是因为市里财政资金紧张，造楼的基建项目一直挤不进预算。眼看着在老旧宿舍楼里干满一届，再不想办法在下一届里有所作为，肯定会淹没在下属的吐沫里。赵志明带着造楼预算天天找分管市长，一开始请求全额拨款，后来说实在不行给一半，另一半自行解决。市长被盯着急，又有点被赵志明的锲而不舍所感动，找来财政局长让他想想办法。财政局长被叫来几次以后，也有点急了，说一半也没有，至多三分之一。他的本意是这点钱不可能开工盖楼，想让赵志明知难而退死了盖楼的心。岂料赵志明说就给三分之一，其他司法局自筹。市长当即拍板，指示按照这个比例执行。赵志明带着黄伟雄四处化缘，利用他在公安局任副局长期间积累的人脉，找许多企业拉赞助，零打碎敲的居然也筹到大约三分之一。全局上下人人称颂，说赵局长运筹帷幄谋略过人，功在当届楼传千秋。

大楼共五层，一楼律师事务所，二楼基层科、宣教科、人民调解办公室，三楼局长室、办公室、财务室、小会议室，四楼公证处，五楼大会议室。整座大楼中间是宽阔的上下楼道，办公室对称地分列两边。站在院内欣赏，大楼坐北朝南方方正正亮亮堂堂，颇具政府机关的风采。

按照局里的安排，全体人员在年底前搬进新大楼，然后就是年终总结，全局会餐，春节之后正式在新大楼里办公。其实说搬迁，也没有什么可搬的，办公桌椅都是新的，只需将一些文件材料个人物品打包带过去即可。

办公室的分配由局里统一安排，每个人的名字都张贴在办公室门上。各人找到自己的名字，进去对号入座。一楼共十间办公室，楼道东西两面各五间。事务所包括会计才八个人，每人一间还多出两间。门上的名字显示，具体安排从东到西依次是马健、仝有为、李不言、王丹、张志祥、陈小菊、徐龙云。下面两间没名字，最西面一间是财务室，局里说事务所现在初具规模，财务上又独立核算，因此需要专职会计，经过慎重挑选，原来在食品厂搞了十多年财务的范会计被安排进来。事后有人打听到，范会计的老公是建设银行的苗行长，苗行长答应可以提供一笔低息贷款给司法局充实盖楼资金。

在每间办公室转了一圈，大家发现一个问题。虽然是每人一间，室内的陈设却不一样。东面三间摆放的是一张比较大的办公桌,每张办公桌上放着一部电话;接下来的办公室都是面对面地摆放着两张明显小一些的办公桌,桌上空空的什么也没有。马健和仝有为分别是主任与副主任,李不言凭什么也是这个规格,就因为他创收高?王丹他们看不懂,李不言本人也糊涂,认为要么是室内的办公桌放错,要么是门上的名字贴错。马健说,办公室是局里布置的,名字是局里张贴的,既然局里这样安排,就这样坐,错了以后再调整。大家也就不再说什么,各自将个人物品放进办公室。

上午搬迁完毕,下午就在大会议室里召开总结大会。先是各科室负责人发言,然后赵局长做重要报告。赵局长做完报告,看了下时间说,大家稍等几分钟,政法委书记兼公安局长缪正成同志正在路上,等会给我们作指示和颁奖。人们议论纷纷,调侃说领导年底赶会场会不会拿错讲话稿,到法院讲一五普法,到司法局讲依法审判。就在大家还在为领导操心时,缪正成精神百倍地健步进来,面对整个会场说,市里有个会刚结束,让大家久等了。赵志明笑着说,正正好,我的报告刚结束,大家都在等候您的指示。说完带头鼓掌,引出会场里掌声雷动。

缪正成的指示倒也干脆,抛开手中的稿子,简洁明了地说了几条,一点也没有拖沓冗长的官腔官调。还主动提出现在就颁奖,不失幽默地说,大家开了一下午会可能最关心的是领奖和晚上的会餐。赵志明和许多人都笑了,有人又鼓起掌来。坐在李不言旁边的王丹轻声说,缪书记英明,不照本宣科便不会弄出张冠李戴的笑话。

第一个奖项是项州市司法局先进个人,由赵志明局长颁奖。宣读完获奖名单,六名获奖者一起上台领奖。李不言也在其中,领到一本证书和一件被套。第二项是上级单位合浦市司法局先进个人和先进单位,先进个人是马健,先进单位是公证处,由缪正成书记亲自颁奖。这两项颁发完毕,大家都以为颁奖结束,准备散会去聚餐。赵志明宣布还有一项省级奖,获奖者——李不言。听到自己的名字,李不言比推开自己的新办公室还惊奇。事先只知道自己被评为司法局的先进个人,怎么还有省里的奖项,天上还真能掉馅饼?继续往下听,明白了,馅饼不是天上掉下来的,是自己熬夜亲手烙成的。那篇《风雪夜归人》获得省司法行政年度好新闻通讯类一等奖。李不言在大家的掌声中再次走向领奖台,听到赵志明说,这是我局第一次获得省里的这个奖项,而且还是一等奖。缪正成握着李不言的手表扬道，真是不鸣则已一鸣惊人，可喜可贺。从黄伟雄手中接过获奖证书和蔼可亲地颁给李不言，又将一只贴着一张正方形红纸，纸上写着一个大大的"奖"字的纸箱颁给了他。

散会后，大家都到黄河路对面的明珠饭店会餐，司法局在二楼预定四桌，三桌在大厅，一桌在紧挨着大厅的小包厢里。李不言到办公室放好证书和奖品后才过去，看到大包厢内济济一堂，徐龙云在最里面的一桌向他招手示意。他发现同事都在那一桌，就绕过外面的一桌想过去。黄伟雄从小包厢里出来拉住他，说局长叫他到里面去。李不言以为局长找他说几句话，便跟在黄伟雄身后走进去。

黄伟雄将李不言领到一个空位子前，比划个请坐的手势，李不言一看坐在空位子边上的是缪正成书记，忙说，缪书记好！打完招呼正想离开，坐在缪正成另一边的赵志明亲切地招招手，小李，你坐那里，缪书记安排你坐的。李不言还是一副为难的样子，不明白自己有什么资格坐在那里。缪正成似乎看出李不言的心思，拍拍空位子，我请你坐的，省里的一等奖坐哪里都够格。大家一齐笑出声，纷纷说道，坐吧，小李，我们等着敬缪书记酒呢。李不言便脸色通红地坐下来。

缪正成慈眉善目地看着李不言，桃李不言下自成蹊，你的名字出自这里吧？李不言说，是的，在乡下做小学教师的叔叔给起的。赵志明说，缪书记就是博学，我们与小李同事两年多，也不知道他名字的出处。缪正成又微笑着说，律师全凭一张嘴，不言，不言，不开言也能做律师，不言不简单！一桌人笑得东倒西歪，直言缪书记太幽默。李不言腼腆地笑着，不知道如何接话。缪正成笑得更慈祥了，亲切地说，不言律师不要紧张，你有足够的自信资本，人帅气还有才，放到哪里都能吃得开。李不言愈发觉得到脸上烧得发烫，窘迫得想钻到桌底去。

会餐结束，骑行在回招待所的路上，李不言感受到前所未有的轻松。不知何故，与法官检察官等业务关联单位的人交往没有任何心里负担，基本上能够大方得体进退适度；与同行和当事人更是轻松随意如鱼得水。而一面对赵志明、缪正成这些行政官员时，就总是疙疙瘩瘩缩手缩脚。倒也不是什么胆怯敬畏，就是不自在，就是没了灵气。李不言搞不清原因何在，只能对自己说，瞧你这点出息，大概也就是块做律师的材料。

回到招待所后，李不言拆开省里的奖品，取出一只炒锅和一只汤锅，不锈钢的，光可鉴人。这些玩意也能拿来做文章类奖项的奖品？作为烹饪大赛奖品还差不多！

为什么不是一套词典或者文学名著呢,一支高档钢笔也行啊。李不言将两只锅放回纸箱里,洗洗上床睡觉。

14

搬进新办公室,新年新气象没几日,新大楼里就吵翻天。产生直接冲突的是律师事务所和局办公室,导火索是事务所年终奖金分配方案。

局里年终总结前,事务所个人创收数据就已经统计出来,马健一枝独秀,创收二万一千元,在整个合浦市名列前茅,所以评上合浦市的先进个人。第二名李不言创收一万五,虽然与马健还有一定的差距,对于一个年轻律师来说实属不易,评上项州先进,也是受之无愧。王丹紧随其后,创收一万三。全有为有点令人意外,仅以刚刚过万的创收名列第四。张志祥创收了五千多,徐龙云和陈小菊还是新人,基本没什么创收。个人之间创收差距分明,全所的总收入还不错,远超年初的预期。局年终总结后一上班,马健就召集全所开会,讨论奖金分配方案。

按照当初的改革方案,律师的创收先用来发工资,剩余部分是福利和办公费用支出,还有盈余按多劳多得发放奖金。马健让范会计公布一下相关数据,范会计捧着账本读起来,全所总收入六万五千元,工资总支出九千八百一十六元,福利一千二百元,办公费用五千二百元,水费、电费、电话费有的还要与局里结算,预留一万元,另外预留房租、会计奖金等一万元。根据每人的创收在总收入中的比例,奖金分配初步方案是马主任九千二百元,全主任四千三百元,李不言六千六百元,王丹五千七百元,张志祥两千元,徐龙云和陈小菊每人二百元。我本人的奖金,根据两位主任的意见,取五位年轻律师的平均数是两千九百元。

哇!范会计一读完,陈小菊便张着嘴巴惊叹地看着李不言。李不言也暗自吃惊,想象着六千六百元是多少钱,能买多少东西。王丹盯着李不言,心想这个来自乡下的小子还真有点能耐,硬是压住自己一头。马健问大家有什么意见没有,却眼带笑意只看李不言。李不言回过神来,发现全所人员几乎都在看着他,忙说,没意见,我觉得很好。范会计说,是很好,就怕局里通不过。马健说,是的,这只是所里方案,还需要局里批准。

没等局里批准,所内出现不同声音。张志祥到马健办公室提意见,律师拿多拿少是靠自己挣的,范会计的奖金为何比我还多?她工资本来就比我多一倍,再拿这么多的奖金显失公平。马健不高兴地说,你会上为什么不提?现在所内已经通过你又说。张志祥说,范会计在场怎么好提?你们主任事先也没征求我们意见。马健说,现在征求也来得及,你们年轻人我逐个问一遍,少数服从多数,你没意见吧。张志祥心里并不赞同什么少数服从多数,却又不好说什么。马健叫张志祥喊李不言来一趟。

李不言过来后,马健问他对范会计的奖金是什么看法。李不言说,没看法,听主任的。马健让他将徐龙云和陈小菊叫过来,并叫他不要走。马健对徐龙云和陈小菊说,范会计的奖金安排,刚才征求李不言的意见,他没意见,你们两人有没有意见?两人都说师哥没意见,我们能有什么意见。马健看了看张志祥说,这事算是一致通过了,你们都回去吧。

所内问题解决,局里坚决不同意。黄伟雄看过马健送来的分配方案,直接将它扔在办公桌上,我们赵局长一年才多少收入,你们奖金就要大几千,这还算是一个单位吗?马健说,黄主任你这话不在理,奖金政策是你们局里年初定下的,你们天天喝茶看报打八十分,我们没日没夜办案子,多拿点奖金不过分。再说了,如果我们创收不够,只能拿点干工资,你们是不是会因为同一个单位的,掏钱给我们发点奖金?黄伟雄说,这哪里是多拿点奖金?局里人均几百元,你们人均几千块,一个喝汤,一个吃肉,贫富差距太悬殊。你也别和我争,这不是我说的,局里每个科室都有意见,都说如果这样发奖金,他们都到事务所办案子。马健负气说,都来吧,我这主任也让给你们,当初挤破头也要留在局机关,现在稍有点起色就眼红,都是些什么人哪!黄伟雄脸色铁青地说,反正通不过!

马健去找局长,请求兑现政策。赵志明说,政策肯定要兑现,哪能说变就变?一句话将马健说愣了,早知道局长是这个态度,还和下面的科室较什么劲呢?赵志明亲自为马健泡一杯茶,继续说道,政策没有变,所里的账算得不对,该调整还是要调整。马健说,账应该没什么问题,会计核算很多遍,该预留的也都预留了。赵志明笑笑说,预留的标准是什么,涉及到局里的,怎么也得和局里商量一下吧。马健一听明白了,局里要拿房子说事。

焦点果然集中在房租上,事务所认为针对原来那三间小房子,预留的租金足够多。局里说那可不是普通的三间房,外面挂着司法局的大牌子,普通房子拿钱就能租到,政府机关的房子有再多的钱也未必能租给你。对局里而言,没有房租这一说，办公用房属于办公成本，成本的多少由局里核算，不能事务所说多少就是多少。

面对这套说辞，能言善辩的马健居然张口结舌，横下心索性问道，局长你就表个态吧，奖金按照什么标准发放？赵志明说，奖金的标准原来定好的，现在要定的是办公用房成本标准，不是我一个人说了算，要局长办公会研究。局里会尽快研究，让所里早点将奖金发下去。

一星期后，局里方案下来，所里奖金方案中的数额除徐龙云和陈小菊外，其他的人被拦腰砍一半，砍下来的部分上缴局里算办公用房成本，弥补局里办公经费的不足。马健生硬着脖子，脸色煞白地表态，全所人员都不答应，我无法自作主张。赵志明说，你本人首先要服从大局，不能带头闹情绪，其他人局里会帮助你做工作。

首先被帮助做工作的是李不言。赵志明在办公室里召见他，李不言叫了声赵局长，等着赵志明谈奖金的事。赵志明却说，不言啊，组织上要对你加担子。见李不言露出莫名的神情，又继续说道，局里准备任命你为事务所的副主任，已经报到人事部门，批复最近就会下来，你先有个思想准备，任命后要帮马主任分挑担子。李不言奇怪自己听到这个消息时心静如水，嘴里仍然说，谢谢赵局长。赵志明说，不用谢我，你的进步大家一致认可，上次会餐后，缪书记问了你许多情况，还特意要一本发表你文章的杂志。大家都知道缪书记一向重视人才识人善用，这说明在缪书记眼里你是个人才。你自己也要更加努力，有大局观，看得更远一些。比如这个奖金问题，你就不要和他们一样只盯着部门利益，不考虑全局的平衡。李不言说，我好说，只是去掉一半有些太多。赵志明说，去掉的多，拿到手的也不少啊，你想想看，你拿到手的还有三千多块，这已经和我全年的收入差不多。我都快退休，工作一辈子才拿这点钱，你才工作几年，已经不少了。就这个数字，还是我坚持的，局里其他人意见，你们连这一半也拿不到。李不言觉得赵志明说的确实也有道理，便表示自己能接受，无需做他思想工作。赵志明说，我知道你不用做工作，找你来是要你做其他同事的工作。李不言说，其实也不用做多少人工作，所里现在八个人，马主任最终肯定会服从局里，范会计是通过局里安排进来，应该没问题。徐龙云和陈小菊二百块奖金没动，两人没理由说什么。加上我，已经有五个人没问题。赵志明点点头说，不言分析得有道理。

下楼后，李不言直接来到马健的办公室，马主任，我个人觉得今年的奖金多少不是很重要，关键是以后。你想啊，我们现在有十间办公室，这些成本要是都由局里定，以后还能剩多少钱？马健如梦初醒地说，对啊，光盯住眼前了，你有什么想法？李不言说，我建议今年服从局里，但必须将以后的方案固定下来，各种费用包干定好，年底奖金按照预定方案由所里直接兑现，无须再报局里审批。马健说，这个想法不错，将仝主任找来商量商量。

仝有为也认为李不言的想法很好，但不同意今年任由局里宰割。破口大骂道，这些他娘的王八蛋出尔反尔太欺负人，就是想将我们辛辛苦苦挣来的钱拿去给自己发奖金。马健说，今年的奖金先摆一摆，说说以后的。不言有没有什么具体建议？李不言说，我们干脆不要差额补助政策，那没有什么实际意义；索性来个彻底的自收自支，和财政脱钩，将创收分成三份，一份上缴局里付房租水电，一份所里的各种费用支出，剩下的年底发奖金。每份比例让局里下文明确固定下来，免得年年扯皮。仝有为问比例怎么定，李不言说那要财务测算，我也说不清楚。马健说，我看可行，先和局长汇报一下。

事务所最后和司法局商定，创收的百分之三十五交到局里，百分之三十五作为工资奖金，百分之三十作为所里的费用。司法局打报告向市里请示，市里一看不仅不要财政负担，行政上还有一块收入，大笔一挥批了。司法局下文确认比例方案，同时强调费用预留只能用于费用，有盈余结转到下一年度，有缺口从工资奖金那部分里补充。该方案后来作为项州经验在合浦市推广，赵志明多次在大小会议上做经验交流。再后来又作为合浦经验在全省推广，赵志明又在全省会议上继续分享他的心得体会。没过几年，全省的律师事务所基本上都实行这种分配模式，只是分配比例略有不同。

15

年终奖最终按照局里的意见下发，一次领到三千多元，李不言发自肺腑地满意满足，甚至都不知道将钱放在哪里。眼看春节就要来临，人们忙着准备过年，法律事务显著减少，大家便显露出难得的清闲。下午上班后，王丹与张志祥又捡起久违的棋子，仝有为跑到五楼会议室与局机关的人打八十分，马健一个人在办公室里发呆，徐龙云、陈小菊干脆不见人影。李不言想到街上看看，给老家置办些年货，另外再给赵虹和何金桂老师买件新年礼物。正寻思着，五交化公司施经理打来电话，问李不言能否去一趟，李不言说马上到。走到马健门前，伸头进办公室说，我去五交化公司。马健模棱两可地哼了一声，似乎深陷在某个情境里。李不言走出办公楼，推着自行车离开司法局大院。

　　来到人民路与建设路交汇处的五交化公司，李不言直接到三楼的经理室。施经理说，楼上的卡拉OK已经拖欠半年房租，现在正逢生意旺季，想趁机卡他们，断掉他们的电，逼他们交租金，请你过来判断一下法律后果。李不言说，先等等，我陪你去看看。到四楼找到承租人小蒋，小蒋还是说暂时没钱，等过完年再说。李不言将左手搭在耳朵上，听听，我耳朵都要震聋了，还没钱？要不要我申请法院安排人来接管歌厅，直接收取营业款抵付租金？小蒋看着李不言，半天不说话，李不言也就盯着他看不说话。小蒋扛不住，收回眼光说，歌厅刚更换新音响，手头确实有点紧，先付三个月的，过年后一次付清行不行？李不言看施经理，施经理点头表示同意。小蒋当场安排人去五交化财务上交房租，又提出和李不言互留电话，希望交个朋友。李不言留了他办公室的电话号码，然后和施经理一起下楼。走在楼梯上，李不言说，有没有可以优惠的电视机？我想买一台回老家过年看。施经理说，我陪你先去看电视机，看好了再说优惠的事。两个人在三楼没有停，直接去二楼的电视机柜台。

　　李不言在金星、飞跃、凯歌、熊猫等几个品牌中挑选了一台熊猫十四寸的，说熊猫憨态可掬最可爱。施经理笑着说，第一次听到有人按照商标形象挑选电视，熊猫是国宝，轻易不优惠的，对李律师例外，到我办公室去看看有什么优惠政策。李不言和施经理回到三楼经理室。

　　施经理找出电视价格清单，看过后说，那台电视机标价六百八十元，优惠幅度没有多少，我有个想法，你看合不合适？这台电视你拿走，不付钱，你今年的顾问费不开票过来收。李不言严肃地说，这怎么行！那不违法吗？再说顾问费是一千块。施经理似笑非笑地说，违不违法我肯定没有你懂，互惠互利我清楚，一千块顾问费你个人能拿到多少？我承包这公司也不容易，这样操作等于我们相互帮忙。李不言起身向门外走，别过脸对施经理说，先不办，让我再想想。

　　李不言顺着人民路向北骑行不到五百米，右拐进入幸福路商业街。望着路两旁鳞次栉比的商铺，李不言对买什么礼物毫无头绪。突然听到前方有人呼叫李律师，循声望去，惠兴齐在前面远远地向他挥舞着双手。李不言推着自行车来到他面前，惠兴齐显得很兴奋，将双手放在自行车龙头上说，我正想明天去找你。李不言问，什么事？泡花碱厂的钱拿到没有？惠兴齐说，早已拿到了，实在不好意思，一直忙于生意，没有及时向你汇报。李不言说，拿到钱就行，算是圆满结案。惠兴齐问李不言怎么有空逛街，李不言说想给老师的女儿买件礼物不知道买什么好。惠兴齐说那好办，你将自行车停好，去身后的羊毛衫店看看。李不言想羊毛衫也不失为一种选择，锁上车子和惠兴齐走进店内。惠兴齐进门后与店员打招呼，小玲，这是我最好的朋友，你帮他挑件合适的羊毛衫。小玲赶紧热情张罗起来，向李不言推荐一款红色的羊毛衫，说现在流行红色，鲜亮喜庆，你穿上肯定更帅。李不言说，红色的是女式的吧，男人应该穿黑色。小玲说，那边红色的才是女式，这边都是男式的。李不言走到女式毛衣前看几眼，对小玲说，比你高一头，胖瘦差不多，帮我挑一件，不，挑两件吧。惠兴齐问，两件一样颜色？李不言反问道，一样颜色不能换着穿？惠兴齐忙说能，吩咐小玲取两件。小玲将两件毛衣包好后，李不言问有没有适合四十多岁妇女穿的羊毛衫，小玲指着挂在上面一排的毛衣说，那件藏青色的外套就可以。李不言说，和你个头差不多，略微胖一点，能穿的拿一件。李不言吩咐将三件衣服分别包装，拿出钱包准备结账付款。惠兴齐拎起毛衣说，结啥账啊，记我账上。李不言坚持要付款，惠兴齐将他拉扯出店外。李不言问，你这是干什么？惠兴齐将毛衣放进李不言自行车前面的车篮子里，笑着说，过年就不去府上打扰，年后去你单位找你，还有事要麻烦。李不言说，办公地点已经搬到黄河路。惠兴齐说，还是司法局吧。李不言低头打开车锁，对的，在一楼。抬脚向后拨开车撑，上车回招待所。

　　回到房间，李不言取出一件红色羊毛衫放在床上，从床底拖出一箱葡萄酒，又将刊发《风雪夜归人》的那期《东方司法》带上，骑车前往技校。

　　到了何金桂家，何金桂与何静都刚刚下班回来，周淑珍在厨房准备晚饭。李不言在院内停好自行车，何静嘴里喊着不言哥一路小跑出来，张开双臂扑上来要抱李不言。李不言从车篮子里拿出衣服和杂志塞到何静手上，一边解开后座上捆绑葡萄酒的绳子一边说道，小心将酒弄砸了。说着抱起葡萄酒走进屋，何静喜笑盈腮地跟在后面。

　　周淑珍从厨房出来，对李不言说，不言还带东西过来，要过年了，多带些回老家。

李不言从何静手中拿过羊毛外套和杂志，将外套捧给周淑珍，我准备买一台电视机回老家，这些是专门给老师和师母准备的一点心意。周淑珍接过衣服放在沙发上，说声谢谢又赶紧转身回厨房。李不言指着地上葡萄酒对何金桂说，顾问单位送的，我喝不惯，据说能养生，孝敬给老师。这不是送给老师的礼物，礼物是这本杂志上面那篇老师学生写的一等奖文章，《风雪夜归人》。何金桂接过杂志，一看到封面便激动地叫出声，好家伙，还是头条！

何静从卧室里跑出来，脸色绯红地叫着，不言哥，你怎么知道我喜欢红色。再看看她已经将那件红色羊毛衫套在身上。李不言故意一本正经地说，小静怎么穿上啦，这不是给你的！何静扑上来抱住他，任性撒娇道，管你给谁的，现在是我的了！就连你这个人也是我的！李不言正不知如何接话，周淑珍端着家常豆腐和宫保鸡丁从厨房里出来，看着何静说，小静真好看，你不言哥有眼光！读完《风雪夜归人》的何金桂从沙发里站起来，颇为自豪地说，岂止有眼光，这文笔也优秀着呢！李不言说，那还不是老师教导有方！师母，你将外套穿上试试，不合适我去换。何静拿起外套去掉包装帮助周淑珍换上，拉着她的手说，妈妈穿上好有气质，比爸爸更像老师。周淑珍摸着外套衣角，欣慰地说，终于有人给我买衣服了，不言真有心，这颜色我喜欢！何金桂放下手中杂志，走到餐桌前招呼李不言坐下吃饭。李不言说，今天不能陪老师和师母吃饭了，我和法院领导有个应酬，必须去。何静一把拉住李不言，嘟起小嘴说，不能走，你都好长时间没过来。何金桂说，让你不言哥去吧，工作应酬必须处理好，不能影响他进步。李不言说，老师说得是，我下次再来陪老师喝两杯。告别老师和师母，在何静恋恋不舍的目光里离开了技校。

李不言其实根本没有应酬，他径直回到招待所。在大食堂里草草吃了晚饭，然后回到房间躺在床上望着天花板出神，何静那句"你这个人也是我的"让他陷入深深的沉思中。

16

赵虹几乎是在看到李不言的第一眼就爱上了他，那是在毛玉主审的观摩庭上。那天她和姚艳以及庭里其他的三位同事坐在旁听席的第三排，旁听了庭审的全过程。在看到被告代理人席上的李不言时，顷刻间被他身上远超他年龄的沉稳气度吸引住。待到李不言开口发言，洪亮又不失磁性的声音更是让赵虹着迷。整场庭审，李不言张弛有度应付裕如，把一个鸡毛蒜皮的普通人身损害赔偿案件整出一场大戏的感觉。法庭辩论结束时，姚艳对身边刚从临河法庭调过来的审判员王松说，这个年轻律师不简单！王松说，他是刑庭江山的同学，上次临河观摩庭表现就很出色，硬是将原本不被看好的诉讼赢下来。赵虹下意识地低语，真能干！姚艳转头看着赵虹，赵虹低眉垂眼赧然一笑。姚艳心里有了想法，过后单独问赵虹愿不愿意和李不言认识处处。赵虹说自己怎么好意思去找人家。姚艳说，让人家来找你，我去请一个重量级的牵线人，听说徐剑锋副院长和李不言熟悉，他的话分量足。

待到后来一个人躲进庭里会议室，按捺住怦怦乱跳的心情，小心翼翼地展开李不言的字条，看清上面的"静女其姝，俟我于城隅。爱而不见，搔首踟蹰"两句诗时，心中更是欢喜得不行。尽管不清楚这两句诗的出处，其中的含义也只是有点意会。但下面的一行小字，政府招待所106，明白无误地告诉她，李不言想与她约会。这张字条令她一整天心醉神迷快乐无比，当天下班回到城里便带着激动紧张期待的心情敲开106的房门。和李不言正式约会以后，赵虹愈发喜欢上他。开庭时李不言严肃审慎逻辑严密，参与和解时和风细雨有理有据有情有义，私下独处时细心体贴又不失风趣幽默。生活中的李不言不抽烟少饮酒，喜好运动注意个人卫生，简直是个近乎完美的好男人！赵虹问李不言，你如此世事洞明收放自如，究竟多大年纪又经历多少世事？李不言笑呵呵地将赵虹拥入怀中，年龄以官方制作的身份证为准，经历嘛，如果加上《阅读视线》里的大千世界，那可就是星辰大海古往今来称得上丰富。在赵虹额头轻吻了一下又说，其实我没有看起来那么老到，每次正式开庭前我都比较紧张，对每个案件的处理也不总是很有把握，我只是努力地去控制自己的情绪，尽可能地把控住案件的走向。这句话一下子说到赵虹的心底，可不是嘛，就像我们的恋爱，除了是我先想认识他，一直都是他在把握着节奏。第一次约会、第一次看电影、第一次逛公园、第一次去黄河故道大堤、第一次去小饭馆、第一次牵手、第一次拥抱、第一次亲吻……都是他发起我响应。我会不会太被动了？可有时我也想主动，还没表示出来，他就已经想到并且做出来，以前认为是他善解人意，现在往他有意把控上想，似乎都挨得上。管他呢，只要能好好相爱，主动被动没那么重要，女孩子嘛，矜持一点不是应该的吗？这样想着赵虹便安心地随着李不言的节奏起舞，每天都充满希冀活力十足。过完春节上班，局里宣布任命李不言为事务所副主任，赵虹更是喜上眉梢，沉浸在与年轻有为的李不言热恋的幸福中。

当然，不是所有人都为李不言的进步高兴。王丹在豁然明白新办公室座次安排的缘由同时，心里极不服气。比自己年轻，比自己工作晚，这个乡巴佬居然变成自己领导！不服气归不服气，奈何创收干不过人家，只得和大家一道向李不言表示祝贺。

宣布任命后的当天下午，马健召集仝有为、李不言开主任碰头会，研究范会计的奖金问题。马健说，范会计的工资仍按原标准发放，在百分之三十的费用里支出。但她的奖金如何发，局里不想得罪人，让所里自行决定。肯定不能再拿主任以外的其他人员的平均数，去年勉强过关，今年要未雨绸缪。仝有为说，坚决不能按去年的来，她工龄比我长，工资比我还高，财务上事又不多，再发那么多奖金，实在说不过去。马健就问，你看怎么办？仝有为说，参照局里的年终奖给她。马健说，她肯定不会接受。仝有为瞪起双眼，参照局长的年终奖给她还不行吗？不行就他娘的退给局里，我们自己找会计，每月几十元工资保证能找到财校毕业的小姑娘。马健苦笑道，能这样办就好了，不言是什么想法？李不言说，我没想法，听两位主任的。仝有为没好气地怼他，你现在也是主任，要参与决策。扭过头对马健说，你是什么想法直说吧。马健说，我想这样，以我们三个主任以外的人员奖金平均数为标准，但上要封顶，不能超过她全年工资的总额。不言升副主任，奖金不计算进去，平均数肯定会降低不少，用工资总额封顶可以防止奖金过高局面失控。仝有为眨巴着眼睛在心里计算一番后表态同意。李不言说，我也没意见，但还有一件事，所里进来的新人，一开始创收比较困难，是不是考虑给他们一个过渡期的保障。工资有标准，奖金按局里的平均奖发。仝有为反问道，有多大困难？你一进来不就办了很多案件吗？李不言说，现在不一样，僧多粥少大家都抢着办案子。马健笑道，情况确实有变化，但保障经费从哪里出？如果新人创收还不错呢？李不言说，经费可以从费用中支，如果新人创收的提成部分超过保障数，按提成来，不重复享受保障政策。马健说，那就定一年保障期，老仝你看呢？仝有为不大乐意地点头认可。李不言说，一年太短，至少考虑保障两年。马健与仝有为一致否定，说就一年。李不言只好作罢。

下班前，范会计来到李不言办公室，一脸愠怒，李主任，我奖金的事你也参加研究的吧，你觉得合理吗？李不言说，还是叫我不言或者李律师，叫主任我挺不适应。奖金的事已经和你说过啦？范会计忿忿不平地说，马主任刚才说的，是不是有些欺负人，你们今年的政策比去年都要好，为什么就我不如去年呢？李不言说，也不一定不如，你去年拿一千多元的奖金，今年有可能拿到三千。范会计说，账不是这样算，我拿到三千元，你们还不知道要拿多少呢。李不言笑着说，你是会计，又不是律师，和律师比什么？要不你也来办案拿提成。范会计显得更加恼怒，我如果不是年龄大，你以为我不能自学当律师啊！

李不言灵机一动，突然冒出个想法，对范会计说，我帮你出个主意，保证比你要那个平均数强得多。范会计问是什么好办法，李不言说，你们家是地地道道的城里人，你家老苗社会关系深厚，何不利用自身资源拉一些律师业务过来增加收入？范会计有几分失望，我以前就介绍过一些业务过来，我不能办案，收费与我有什么关系？李不言问，你以前的业务都介绍给谁的，我怎么没听说？范会计说，都是给马主任。李不言说，那当然与你关系不大，我建议你介绍给徐龙云、陈小菊，案子由我来指导他们做，创收由你们共享。做得好的话，你的收入可能会比我还高。范会计一听来了兴趣，转怒为喜说，那敢情好，可小徐他们愿意吗？马主任知道怎么办？老是麻烦你指导我又怎么过意得去。李不言说，现在提倡共同富裕，有钱大家赚。小徐他们我来协调，马主任那边注意保密，对于我来说属于举手之劳你不必放在心上。只要你愿意，这事准能成。范会计说，我当然求之不得，只是给李律师添麻烦。李不言说，你去将徐龙云和陈小菊叫过来。

徐龙云和陈小菊过来后，李不言说出自己的想法。陈小菊响应热烈，徐龙云反应平淡，但两人都表示听师哥的，只要有业务锻炼技艺，赚钱多少无所谓。李不言说，你们自己去和范会计商量分成比例，可以考虑五五分成，甚至让她多得一点，有业务需要我参与协调推动的来找我。又关照他们务必尽心尽力服务好委托人，同时要对这件事注意保密。

17

正月十三，惠兴齐胳肢窝里夹着一个皮包，来到李不言办公室。一进来就对司法大楼赞不绝口连说气派，看见桌上的公示牌，更是称道司法局慧眼识珠提拔我们的李律师做主任。李不言说，是副主任。闲言少叙，言归正传，你又准备和谁打官司？惠兴齐从皮包里取出一沓材料，递给李不言，我没准备和谁打官司，是有人和我打官司。然后一脸逢迎地说，本来应该过完正月十五再来麻烦你，这个案子月底要开庭，只好现在上门叨扰。李不言顺手接过材料，展开一看是一份民事诉状，原告是福建省泉州市桂花食品日杂公司，被告是项州公园经营部。大致内容为被告从原告处购买糖水橘子罐头两千六百箱，糖水龙眼罐头四百箱，总计货款十二万一千九百元。原告另代垫运费五千六百元，合计十二万七千五百元。虽经多次催要，被告分文未付，现起诉要求付款并赔偿损失。

看完诉状李不言问，这和你有什么关系？惠兴齐说，项州公园经营部是我承包的。李不言说，上次是使船给人运煤，这次是承包经营部买卖罐头，风马牛不相及，你究竟是干什么的？惠兴齐笑嘻嘻地说，我什么都做，以后李主任就会知道。李不言说，不要叫我李主任，就叫李律师。听你这口气，似乎还会有官司缠身啊。惠兴齐说，李主任，不，李律师英明，我灌河还有一个官司，等泉州这个处理完也要请你。李不言问，也是在经营部名下？惠兴齐说，是的，我目前的生意主要都在经营部名下。李不言说，如果事务比较多，我建议你以公园经营部的名义聘请常年法律顾问，这样既省事又省钱。说罢看出惠兴齐很有兴趣，接着说道，刨花碱厂的顾问费是三千元一年，公园经营部只经营不生产，一年两千，所有法律事务全包。如果不是顾问单位，每个案子都收钱，费用要高得多。比如你泉州这一个案子，至少就要收八百。惠兴齐爽快地说，那就请顾问，省钱在其次，关键省事。

这个惠兴齐看来赚了不少钱，李不言心想。目前顾问费的正常行情一般是一千元，他开价两千准备让惠兴齐还价的，只要不低于一千元即可成交，没想到惠兴齐居然一口答应下来。也许这个人真的惹上不少麻烦，我应该开价三千元，李不言暗暗有点后悔。但事已至此，不好重新开价，只能先服务好，待时机成熟时再提高顾问费。眼下，解决好泉州的官司是头等要务。李不言问，对原告诉称的罐头款，你有什么要说的？惠兴齐说，欠款是真的，你看有没有什么好办法能少还钱？李不言说，欠钱还能少还？除非你有什么正当理由。比如对方发货逾期，罐头存在质量问题等等。惠兴齐说，发货准时，质量应该没什么问题，鲜甜的挺好吃。

好吃就没问题？你的嘴是检验仪器？罐头有没有检验合格证，你有没有送两瓶到卫生防疫站检验一下？李不言说着，自己先忍不住笑出声来。惠兴齐先是跟着笑，渐渐的似有所悟，我抓紧弄两瓶去查查看，你再帮我想想还有没有其他办法。等检验结果出来，我带钱过来办手续。李不言心想我就是随口一说，他就当真了，查查也行，反正没有什么坏处。于是说，你去吧，下次过来不仅要带钱，还要带经营部的公章。

在案件开庭的前两天，李不言与惠兴齐先是坐一天的长途汽车到上海，然后连夜乘火车去福州，再从福州转泉州，两天一夜的马不停蹄，到达泉州已经深夜。两人就近找到一家宾馆，惠兴齐办好住宿手续，带着李不言来到三楼房间。开门进去以后，李不言感觉有些不对劲，发现房间内只有一张双人床。李不言看着惠兴齐不说话，惠兴齐说，只有这一间空房，将就一晚上吧。李不言说，房间大小设施孬好都无所谓，总得一人一张床，两个大男人睡在一张床上算怎么一回事？惠兴齐找出一条被子铺在床前地上，和衣而卧说，你一个人睡床上。李不言在床上躺一会又爬起来，这样我也睡不着，你起来睡床那头，不准碰到我。惠兴齐从地上坐起来，打着哈欠说，我刚刚梦到一大盆黄家猪头肉，夹起一大块正准备送进嘴里。咂着嘴抱起被子睡到床那头，身子紧挨床边。两人很快入睡，一觉到天明。

第二天上午，李不言和惠兴齐准时走进法庭。法官说，这么远赶来应诉，态度很积极。李不言向法官递交委托手续，笑着说，没办法，不积极无法维护。法官接过手续问，你们拖欠人家货款还要维护什么权利？李不言在被告一方代理人席位卡后面坐下，表情凝重地说，原告的罐头不合格，这个权利能不维护吗？法官将目光投向原告，原告问李不言，我们的产品有什么问题？李不言拿出两份检验报告说，你们自己看。原告走过去接过报告，见是项州市卫生防疫站的两份食品卫生鉴定报告书，分别对糖水橘子罐头和糖水龙眼罐头进行抽检，结论都是固形物理化指标不符合 QB272-76 标准。原告翻来覆去看了几遍，直说不可能，他们的罐头出厂都经过检验，不可能不合格。李不言说，经过检验为什么不提供合格证。原告说，你们也没要啊，我们出货量那么大，不是每批产品都提供。李不言说，法律可没有规定需要买方索要，只规定生产者必须提供。法官将检验报告要过去看完后问固形物指什么，李不言说，通俗点说就是橘子和龙眼的果肉含量，他们的企业标准是不低于百分之五十，结果只有百分之三十三，相距甚远。原告还是再三强调不可能，李不言说，罐头大部分还在，可以请法官去取样检测；其实不用仪器，肉眼便能观察出来，差的不是一点半点。法官说，先不正式开庭，请被告方出去等一会。

李不言和惠兴齐到楼道里看法院宣传栏里的《泉州日报》，惠兴齐说，这个挺好，一边等待还能一边了解当地新闻，项州法院怎么没设读报栏？李不言正在阅读泉州首个鞋类专业市场在晋江陈棣镇开业的新闻报道，目光盯着报纸说，你回去后可以向蔡院长建议。惠兴齐嘿嘿笑，我哪有资格见到蔡院长！李不言不说话，专心看报纸。原告出来叫他们进去，自己留在法庭外面。李不言和惠兴齐进去后，法官说，不要再去取样检验了，来回折腾成本太高，建议你们双方和解。原告已经同意放弃两万多元货款，你们只需要支付十万元。惠兴齐接话道，我才不会付十万，这批罐头已经快要变质，原告自己去拉回来。法官说，那样损失更大，你们降价处理吧。惠兴齐说，降价处理肯定亏本，不能都让我承担，去掉两万多根本不够。法官问，你说多少才能够？惠兴齐说，至少去掉一半，再少我要求退货，让原告自己卖。法官又让他们两人出去，将原告叫进来继续做工作。过了一会，让原告通知李不言一个人进去。法官说，原告又让一万，请李律师做做被告工作，将协议签了。李不言答应试试看，出来告诉惠兴齐原告又让掉一万。惠兴齐问，还有没有余地？有再争取一下，没有就这样。十几分钟后李不言进入法庭，告诉法官在他强力劝说下被告只同意八万元，而且因为大部分罐头还没卖掉，要求分期付款。原告说，不可能等卖完罐头才付款。李不言说，不与罐头是否卖完挂钩，三个月内付四万，年底前付清。原告最担心的是退货，需要法院的调解书消除后顾之忧，于是向法官微微点点头，法官见状说，叫被告进来签协议。

从法院出来后，惠兴齐兴奋不已，心服口服，李律师你真不愧是李律师。李不言说，到了闽南连话都不会说，李律师不是李律师，还能是惠律师？惠兴齐说，我可没有那能耐！时间还早，要不要去老街转转？李不言说可以，惠兴齐便打车带他来到一条古色古香的老街。下车后，惠兴齐像条鱼，穿堂过巷轻车熟路，李不言跟在后面左右张望，欣赏那些南洋风情的建筑。惠兴齐很快在一家店铺里挑选好两台日立彩色电视机，让人发货到项州。李不言问，在项州几乎看不到进口彩电，这边好像挺多。惠兴齐说，都是香港过来的，不仅多，还便宜。项州七千买不到，这边才两千多。李不言说，怎么差别这么大？怪不得你要买两台。惠兴齐说，我每次过来都买，回去后卖掉一台，路费就绰绰有余。李不言问，那你为何不多买几台？惠兴齐说，有风险，卖家不保证途中安全，被查到不负责任。李不言问，不就彩电吗，有啥风险？惠兴齐小声说，这是走私货，要不哪能这么便宜。想想又问要不要帮李不言带一台，李不言直摇头，摸摸彩电的外包装，我可买不起，更承担不起这个法律风险。

离开老街，惠兴齐问，李律师是第一次来泉州吧，还想去哪里看看？李不言说，我一直很好奇，离这不远的石狮市怎么在一夜之间名声大噪，号称"小香港"，想去那里转一转。惠兴齐说，我每次来泉州也会去石狮逛服装市场，这次怕浪费李律师时间，正犹豫呢，既然你有兴趣，明天我们过去。两人当晚另找一家宾馆住下，第二天早饭后，惠兴齐让宾馆叫一辆出租车，带着李不言前往石狮。快到石狮城区时，惠兴齐说，石狮最有名的是服装和运动鞋，我每次都给家人买，也经常给亲朋好友带，李律师想买什么？李不言说，难得来一次，买身衣服和运动鞋。

进入服装市场，李不言被"铺天盖地万式装，有街无处不经商"的繁华喧闹迷花双眼。惠兴齐问，你想自己买衣服，还是给谁带？李不言说，主要想给家人买两件衣服，自己买双运动鞋。惠兴齐想起李不言上回给老师的女儿买毛衣，说声跟我来，带着李不言来到一家店铺前，颇为自信地说，这家肯定有合适的。进到店里，模特身上的几款服装便让李不言眼睛一亮，感慨在项州根本见不到，正中的一款白色套装更是被李不言一眼相中。这是一身女款夏装，上衣是件斜襟短袖，椭圆形领口；右襟在外，略微向下方倾斜，呈小写的阿拉伯数字7的形状，襟角用一粒珍珠般的纽扣与左襟上方交汇；右胸前装饰一朵与衣服同色的梅花盘扣，下缀一个丝线流苏，领口与衣襟边缘装饰着一圈淡淡的紫色波纹图案；左右为泡泡袖，袖口微微内收，同样装饰着一圈淡紫色波纹。下身是一件一步裙，没有任何修饰。整套衣服简洁淡雅，端庄大方。惠兴齐说，主任眼光不错，这应该是店里最漂亮的一套。一个女营业员过来，夸赞两位先生有眼力，这身衣服出自香港的著名设计师之手，面料是棉麻的，内地做不出来。李不言仔细辨认标签，商标是一朵小红花，铭牌上信息是英文，李不言高中时才开始学习ABC，死记硬背下来的单词基本上都不远万里偷偷溜回英伦三岛，只看懂最下面一行的 MADE IN HONGKONG。再看挂牌上的标价，四百六十八元。李不言想一身衣服抵上一台黑白电视机，香港过来的彩电那么便宜，衣服却这么贵。李不言向营业员比画出赵虹的身材，让营业员拿一套。营业员说这身上衣一个样，下面可以分别配裙子和裤子，身高一般的合适配裙子，高一点的穿裤子会很好看。李不言说拿裙子。

又逛了几家运动服饰专卖店，李不言给自己挑选一身运动服，一双耐克篮球鞋。当天下午，两人打车前往福州。途中惠兴齐问李不言有没有带介绍信，李不言问什么介绍信，惠兴齐说买飞机票的介绍信，李不言说没有坐过飞机，不知道还要介绍信，惠兴齐说我只要出省就带介绍信。李不言说，飞机是花公款人坐的，我还是替你省点钱坐火车。惠兴齐说，飞机又快又舒服，火车经常连个座位都抢不到，下次我们再一道出远门，主任一定记住带介绍信。惠兴齐诚心想陪李不言坐飞机，让司机直接开到民航售票点，想试试用自己的介绍信买两张机票。结果人家答复只能买一张，惠兴齐遗憾地对李不言说看来我们只能等下次，两个人还是坐火车转客车回项州。

18

李不言刚进办公室，范会计便跟进来，开眉展眼地说，李律师回来啦，福建那边好不好玩？李不言将泉州法院的案卷放进柜子里，在办公桌前坐下来，略显疲倦地回答，开半天庭，来去路上汽车火车的五六天，累得够呛，哪还有心情玩，只记得那边的法院大楼比我们项州法院的气派。范会计说，那你还不在家好好休息两天。知不知道？你走这几天，项州出件大事。李不言问，什么事？有多大？范会计说，付县长的儿子被人杀了。李不言没听明白，问道，哪个副县长？应该是副市长吧。范会计说，就是原来的项州县的付县长，姓付，是一把手县长。李不言的好奇心被激发出来，问，没听说过，谁敢杀老县长的儿子？范会计说，听说是机电公司的一个转业干部，对付县长的儿子连开三枪。李不言一听是枪杀，忙问，哪来的枪？从部队带回来的？范会计却说，这就不知道了。李不言心想杀人案件听说不少，自己也辩护过，开枪杀人这还是头一回。原县长的儿子与持枪的转业军人，这两个元素放在一起，说是件大事也差不多。看范会计还站在办公桌前，又问道，还有其他大事吗？范会计说，大事没有，还有小事一桩，想和你说说徐龙云。李不言问，说他什么事？范会计说，我有两个案子介绍给他，一个他和人家说官司肯定赢，不需要请律师；一个和人家说官司肯定输，请律师也没用；搞得人家问我律师是不是不想办案子。后来他说肯定输的那个案子人家就没请律师，说能赢的那个我介绍给陈小菊。官司当然不是赢就是输，要是都不用请律师，律师还有什么案子办。李不言觉得徐龙云是有点奇怪，对范会计说，我抽空找他聊聊，摸摸他的真实想法。范会计还想说什么，听到办公桌上的电话铃响，便示意李不言接电话，转身离开。

电话是农药厂厂长刘显贵打来的，让李不言在办公室等刘超接他，厂里有点事。放下电话不过十几分钟，刘超就赶到所里，将李不言请上停在院子里的红色桑塔纳。路上，李不言问刘超与刘厂长是什么关系，刘超说我是他侄子。李不言又问刘超原来做什么的，刘超说在部队当几年汽车兵，复员后到农药厂，职务是后勤科副科长，岗位是桑塔纳的专职驾驶员。李不言笑着说，我以后是叫你刘书记呢，还是刘科长？刘超说，叫我小刘吧，比照俺叔刘厂长，我得称呼你李叔。李不言想虽然刘超与自己年龄相仿，刘显贵平时与自己称兄道弟的，刘超叫声叔也未尝不可。

到了厂长室，刘显贵说，可能要辛苦老弟去无锡一趟，无锡有家化工设备厂给我们加工成球机与复肥干燥器。成球机没问题，复肥干燥器多次试车达不到要求。我们要求退货，化工厂也同意。结果货退回去后，货款只退回一半，还有九千多元说要抵扣干燥器的来去运输费用。供销科派人去好几趟，就是要不到，想请你去一趟，不行起诉他们。李不言说，钱不算多，你叫人将资料整理一套给我，发一份律师函过去试试，不起作用再和他们上法庭。刘显贵便安排供销科整理相关资料，准备停当后又叫刘超将李不言送回所里。

李不言起草好律师函，送到局里的打印室，打字员小王说，还从来没打印过律师函，李律师到底是科班出身的。李不言说，我也是第一次写，从《律师文书大全》里照葫芦画瓢的。小王说，打好送给你。李不言道谢后下楼，直接去徐龙云办公室。

徐龙云正在翻阅一份《东方法制报》，见李不言进来叫一声师哥。李不言笑笑坐下问，范会计给你介绍的那两个案子是怎么一回事？徐龙云说，她和你汇报了？那两个案子我研究得很仔细，确实不需要请律师。李不言说，我理解你是出于好意，但你研究得再仔细，也只是听了一家之言，对方有什么说法，有什么证据，你研究不到。再说即便确保已经研究透彻，也不能向当事人肯定官司的输赢。诉讼中有许多不确定因素，哪怕是法官在判决书送达之前都不能百分百确定案件的输赢，制作好的判决被要求停止送达，然后对案件重新讨论的事也发生过，我们律师当然更不能过早地下结论。我们只能帮委托人分析输赢的可能性，并且强调只尽职责不包输赢。在这种情况下，当事人还要求委托，我们接受就是。你可能是为委托人着想，替他们节省费用，但对诉讼结果简单地下结论，有时反而适得其反误导了委托人。徐龙云放下报纸说，我也是替自己着想，不想在那些注定了结果的案件上浪费时间。李不言说，律师的时间就是用来做案子的，用在什么案子上都不会浪费。承办案件不仅仅只是分出输赢，只要你用心，能从不同的案件中收获不同的经验和教训，有时还会有意想不到的惊喜。徐龙云说，师哥你讲得有些深奥。李不言站起来，右手虚握成拳在报纸上敲几下，以兄长般的口吻说，听师哥一句话，先别管其他，多接案子办，案子办多了你就不会说师哥深奥。小王循着李不言的声音将打印好的律师函送过来，李不言校对一遍没发现问题，到范会计那里盖好公章，关照范会计用挂号信邮寄。

过有三四天，惠兴齐又来到李不言办公室，一进门就说，李律师，我又来麻烦你。李不言问，是上次说的灌河事情吗？惠兴齐拿出一份民事判决书说是的。李不言看到是灌河县法院去年作出的一份判决，判决项州公园经营部偿付拖欠灌河木材公司的马来西亚进口胶合板款四十八万余元及其利息三万三千多元。李不言抬起头看着惠兴齐说，你还真是什么生意都做，买那么多的胶合板。惠兴齐说，运煤去灌河，不想空载返程，顺道装一船胶合板回来。李不言噗嗤一笑，我怎么想起贼不空手这句老话呢？还有你这样做生意的？你顺道运回来的胶合板如何处置的？惠兴齐说，卖出一部分，还有一些堆在租用的仓库里。李不言揶揄道，这判决有问题吗？你没有弄两张板子去化验？惠兴齐咧嘴笑笑，李律师你不要挤兑我，要是当时就认识你，请你代理说不定还真能想出什么办法来。李不言说，买东西要付款的，不是什么买卖都有办法少给钱甚至不给钱。惠兴齐说，我也想付款，问题是付不出。李不言想起去泉州时惠兴齐的阔绰出手，知道惠兴齐想赖账。

李不言说，这份判决应该早已经生效，你想请我帮你申诉吗？惠兴齐说，不申诉，想要履行这份判决。李不言鼓掌道，这就对了，要尊重法院的判决，到法院强制执行时，代价会更高。惠兴齐说，已经强制执行，灌河法官打电话来，说明天带木材公司人过来谈执行判决的事。李不言陡生被惠兴齐戏耍了的感觉，将判决书扔在办公桌上，你就告诉我想干什么吧，不要这样绕弯子。惠兴齐忙赔着笑脸说，我想明天不出面，请你帮我与他们谈。李不言说，作为经营部的法律顾问，可以参与谈，但我不是诸葛亮，演不了空城计，你得至少准备部分货款争取与人家和解。惠兴齐说，钱准备了一点，货物准备许多，能不能主要给他们货物抵。

李不言马上想起泉州的那些罐头，敲着桌面说，你是说罐头吗，那也抵不上多少啊！惠兴齐拿出一张照片递给李不言，满面笑容说，李律师真是聪敏过人，我确实想将罐头抵出去，还有这辆韩国产的现代轿车。李不言接过照片问，手续是否齐全？能在路上跑吗？惠兴齐说，绝对没问题，路况不错时能超过一百呢。李不言问，你准备抵多少？惠兴齐说，新车要三十多万，抵债不能低于二十万。李不言说，就算二十万，还差二十多万，都用罐头抵？惠兴齐说，那是最好不过的，但我知道不可能，再准备五万元现金，其余用罐头抵。李不言在心里估算一下后说，用八万元的罐头抵偿将近二十万，你觉得可能吗？惠兴齐说，怎么是八万呢？与泉州的合同上将近十三万，这还是批发价，按照市场价至少也值十七万，再说他们的利息还要付啊？李不言说，你本金都给现金，利息人家有可能放弃，你用物品抵，人家能不要利息？你以为法官和权利人不知道你这些物品价格上的猫腻？这样吧，物品价格尽量争取定高些，你多准备点现金，明天见机行事。

第二天上午，灌河法院的执行法官带着木材公司的代理人，来到项州公园经营部，李不言和经营部工作人员小丁已经在等他们。法官问，谁是惠兴齐经理？小丁说，我们惠经理外出讨债，筹钱来还木材公司，我是经营部的小丁，执行案件的代理人；这位是李律师，经营部的常年法律顾问；我们两人负责与木材公司协商处理执行事宜。木材公司的人说，有什么好协商的，判决书上很清楚。李不言笑着说，那就不协商，你们执行判决吧。法官问，律师有什么方案吗？小丁拿出一张纸，初步方案在这上面。木材公司的人看后跳起来，气呼呼地说，四十几万货款，用一辆旧车和一堆罐头抵掉，还协商什么？法官接过去看几眼问，这车和罐头呢？不妨先看看。小丁说，车和罐头都是别人要抵给经营部，你们要，签好和解协议直接从别人那里发给你们；你们不要，经营部也不会要，继续要钱还给你们。木材公司的人很干脆地说不要，小丁和李不言便枯坐着不再说话。过了一会法官开口打破僵局，我们下午再过来，律师能不能让惠兴齐过来？李不言说，我们尽量找到他。

下午法官带着木材公司的人又过来，还是只有李不言和小丁在。法官也没再问起惠兴齐，对李不言说，申请人的代理人中午和公司领导请示，领导表示物品可以要，但价格不能定这么高，你们也得给一部分款子，具体的你们双方商量吧。小丁按照李不言预先交代的方案与木材公司的人你来我往地讨价还价，最后在法官的协调下终于达成执行和解。经营部以现代轿车抵偿二十二万,以罐头抵偿十六万,支付现金六万。履行到位后,此案执行终结。

法官一行离开后,小丁问,木材公司为什么上午坚决不同意,下午又答应了?李不言说,上午法官离开后应该摸查过经营部的资产状况,没有什么收获才劝木材公司考虑和解;而经营部在上午的方案基础上又增加六万元现金,大大提高方案的诱惑力,达成一致也就顺理成章。小丁听得直点头,感慨开了眼界。李不言问小丁是否知道那辆现代多少钱搞来的,小丁说听说花了十万元。李不言听后不露声色地对小丁说,你让惠经理将这份执行和解协议履行完以后,到我办公室去一趟。

19

等了几天,李不言没有等到惠兴齐,等来了赵志明局长和一个面带几分憔悴但难掩绰约风姿的少妇。赵志明介绍说,这是小马,你有没有听说过那起开枪杀人案?开枪的就是小马爱人。李不言看一眼小马,小马也正看着他,叫一声李律师低下头。赵志明说,小马爱人夏卫国的父亲与我是战友,夏卫国出事以后,他家从临江大学给他聘请了做兼职律师的潘教授。潘教授建议在项州当地再请个律师做些配合工作,老夏找到我,我自然要安排给你。又对小马说,别看我们李律师年轻,已经是副主任,在项州律师中刑事辩护他最好。小马说,我听赵叔叔安排,现在只有赵叔叔能帮上忙。赵志明和蔼地说,要相信法律,依靠律师,以后你听李律师安排。再对李不言说,交给你了,费用暂不考虑,先接手案子配合起来。

赵志明一离开,李不言拿出纸和笔,问小马是否了解案件发生的过程,小马说了解,案发时就在现场。李不言让她说说事情经过,小马说这事得从头说才能说清楚。李不言给小马倒上一杯水,让她从头说起。

小马喝了一口水,开始讲述:我叫马慧芳,死掉的那个叫付浩天,人们都喊他付大毛。一九八八年九月,我与付大毛开始认识,当时我父亲喜欢推牌九赌钱,付大毛经常来我家找我父亲赌,时间一长,他和我也熟悉了。后来,付大毛几乎天天来我家,来了就不想走,在我家喝酒吃饭打牌,有时几个人能玩通宵。十一月份,我父亲为躲赌债离家出走去安徽,家里房屋要拆迁,需要造新房子。我母亲去世得早,家里就我和两个年纪尚小的弟弟,拆迁的事全靠我来办。付大毛经常主动帮我找瓦工买材料,我因此很感激他。当时许多人说我和他有关系,付大毛自己也到处跟别人吹嘘我被他玩过了，但我当时是清白的。八九年元月，我家新房盖好，我一个人住进去照看。付大毛又经常到新房里来，说担心我害怕，陪我看房子；并经常对我说要和他老婆离婚，然后和我结婚；还说要叫他父亲帮我安排工作。我不理会他，心里有点讨厌他。到了二月份，有一天夜晚，他又来找我，赖在屋里不走。我赶不走他，就自己跑到外面去。过了好长时间回家后，发现付大毛还没走，脱光衣服睡在我的被窝里。看我回来，付大毛跳下床将我拽到床上，强行和我发生关系。这以后，他赌咒发誓保证和他老婆离婚和我结婚。我不理他，又怕他经常纠缠我，就躲到我的朋友家。付大毛连续几天没找到我，到我家拿起菜刀砍方桌砍藤椅，又将电风扇的叶片和自行车的脚踏板取下来拿走。临走时对我弟弟说，赶快将你姐姐找回来，找不回来就放火将你家烧了。我知道后很害怕，不敢再躲他，他就一直霸占我。我后来谈了几次对象，都因为他没谈成。他对我说本来想离婚的，现在不离了，你就得跟着我，死也得死在我手里。我尝试着反抗几次，每次得到的都是他的毒打。他只要一看到我和别的男人走在一起，晚上就到我家打我一顿。这样的情况持续了半年多。

今年元月，经别人介绍我和卫国谈起恋爱。我跪下来求付大毛不要再干涉我，又托人劝他放过我，可他不听，仍是三天两头来找我。三月里，因为卫国有个小孩需要照顾，我住到他家。付大毛又跑到卫国家里来找我，我问他有什么事，他说听说你出事了来看看。还有一次，卫国也在家，付大毛进屋后往椅子上一坐，瞪着我看不说话，卫国叫他有什么话就说。他说没什么话就不能来坐坐啊。就这样付大毛到卫国家找我六七次，卫国对我的感情都已经受到影响。后来我一再解释保证，加上看到我对付大毛的态度很坚决，卫国才算没放弃。三月底，我和卫国登记结婚，准备在五一举办婚宴，可没想到四月十五就出了事。

那天下午两点半左右，卫国准备带孩子去上班，我在屋里打毛衣。院外传来摩托车的喇叭声，一直响不停。我从院门缝隙里向外望，见是付大毛，就又回到屋里。我心里很慌乱，怎么也平静不下来。卫国在院子里站一会，才开门走出去，问付大毛找谁，付大毛说不找谁，推开卫国走进院内。卫国说你三番五次的，究竟想干什么？付大毛恶狠狠地说，看你那熊样，我就经常来，你能怎么样！卫国回他一句你才熊样子，付大毛窜上来就打卫国两拳，卫国用手臂挡着，一直往后退，付大毛不依不饶将卫国逼到厨房的墙根前，一手揪住卫国的脖子，一手握拳打卫国的头。之后，我就听到几声枪响。付大毛松开卫国，转身向我走来，用手抓我头发一下倒在地上。后来卫国去投案，事情就是这样的。

李不言放下手中的笔，为马慧芳添加一杯水，又重新拿起笔问，付大毛打夏卫国时，你在什么位置？马慧芳答，我一直站在堂屋门口，当时吓坏了。李不言问，孩子在哪里？马慧芳答，在院子里，跟在卫国身边哭。李不言问，夏卫国的枪是什么枪？哪里来的？马慧芳答，是一把手枪，我不懂枪，也不知道从哪里来的，以前没看见过。李不言问，你现在是什么想法？马慧芳答，我是爱卫国的，他到这一步都是因为我，打死付大毛也是被迫的，我请求政府对卫国从宽处理，不管被判刑多久，我都等卫国。

李不言沉吟片刻，还有一个问题，你如果介意，可以不回答。你对付大毛了解多少？马慧芳答，付大毛的具体情况不是很了解。但我知道他是大流氓，经常对我炫耀和多少个女人有关系。每次出去跑生意都要带女人出去鬼混，有两次要带我，我没答应还打我。另外他赌博成瘾，有时能连续赌一天一夜。他还告诉过我，曾经从福建带回来三盘黄色录像带和一副裸体扑克、一张裸体油画。

马慧芳说了半天，有两点给李不言的印象最深刻，一是付大毛威胁马慧芳就是死也要死在他手里，结果付大毛因为马慧芳被夏卫国打死了。二是付大毛是个大流氓，去福建带回来一系列黄色物品。这两点对于夏卫国的案子而言都不是重点，李不言偏偏记得最清晰。第一点可能是因为反转特剧烈，第二点可能是因为他与惠兴齐刚从福建回来，并且买回来彩电、衣服和运动鞋，与付大毛所购之物反差显著。李不言发现自己有点走神，定了定心说，今天先谈到这里，我们将辩护委托手续办了。

20

在刑庭大办公室，李不言问江山，唐万民的那个案子，准备怎么判？江山说，准备下周宣判，有期徒刑二年，缓刑三年。李不言说，这就对了，一个十七岁的失学少年，顺手牵羊偷几辆自行车，将他送进监狱里蹲两年，搞不好就能从一个小毛贼被"培训"成江洋大盗。江山说，主要是作案多起，数额也不低，在以前是不会考虑缓刑的，这次正好赶上强调对未成年人犯罪要体现教育为主惩戒为辅。李不言说，这一类案件只要符合条件，都应宣告缓刑，既节约国家的改造犯人成本，又给犯人更好的改过自新的机会，何乐而不为？江山说，你要是最高院院长，这个想法也许还能有机会落实。李不言拿起桌上的公示牌，指着上面的江山头像说，我肯定没机会进最高院当院长，这个家伙也许有。江山将公示牌拿过来，将有照片那面朝下倒扣在桌面上，我也没有机会，有机会也不想，进京后再想和你一块打篮球还得回趟项州。说罢，与李不言击掌大笑。

笑过之后，李不言问，夏卫国的案子听说过没有？有没有什么内幕消息？江山当即还给李不言两个问题，夏卫国是谁？是起什么案子？李不言说，怎么会没听说过夏卫国？就是枪杀付大毛的那个人。江山说，你说付大毛在项州城无人不晓，夏卫国估计没几个知道。李不言说，付大毛怎么就名满项州了，我原来就没听说过。江山说，你不是老项州人，可能不知道，在项州的大街小巷原来流传一个顺口溜，你肯定没有听说过。李不言说，在下孤陋寡闻，愿闻其详。江山说，项州城里有四大少，都是纨绔子弟，吃喝嫖赌浪荡逍遥。有人为他们作诗一首："吃不够的贾三，喝不倒的王二少，嫖不死的赵四，赌不怕的付大毛。"贾三是什么都想吃什么都敢吃，跑到广州去喝蛇血吞蛇胆活吃猴脑子；王二少别看个头小，酒量奇大，曾经以一敌十和人拼酒，一桌人都被喝趴到桌底，他还岿然不动；赵四嫖娼嫖到在东方省都腻歪了，专程去找俄罗斯洋妞嫖；这付大毛再大的赌局都敢上，走到哪里赌到哪里，据说还偷偷去过澳门赌场。李不言听得津津有味，暗叹小小的项州原来如此藏龙卧虎，不，应该是藏污纳垢。又不解地问，你也不是老项州城人，怎么知道？山江说，我听钱庭闲聊的。

江山问李不言，对这个案子如此有兴趣，是不是想接这个案子。李不言说，夏卫国的老婆已经委托我做辩护人。江山马上问道，夏卫国的枪是哪里来的？李不言说，还没会见夏卫国，只有他能讲清楚。江山说，听说这是一起情杀案，夏卫国的老婆花容月貌，与付大毛不清不楚。李不言说，你可是刑事审判法官，不能相信听说，不过确实与情有关，夏卫国的老婆也确实有几分姿色。

下午上班后，马慧芳来找李不言问夏卫国案子的进展。李不言说，案子还在公安局，公安局侦查终结，会移送到检察院，检察院审查结束，向法院提起公诉。鉴于本案后果严重，项州检察院有可能将案件移送合浦市检察院，向合浦市中级法院提起公诉。律师只有在案件到了法院以后，才能去法院查阅案卷材料，去看守所会见夏卫国，现在只能耐心等待。马慧芳说，孩子在家天天哭喊着找爸爸，我实在没办法。李不言问，夏卫国的孩子是他与前妻生的吧。马慧芳说，是的，卫国在齐齐哈尔当兵，与当地的一个女人结婚生下这个孩子。李不言还想问问情况，惠兴齐走进来。马慧芳见有人来起身说，李律师，你先忙，我过两天再来。

惠兴齐望着马慧芳的背影说，李律师，这个女人蛮漂亮。李不言问，你知道她是谁吗？惠兴齐说，我哪里知道，不过我还真想认识她。李不言说，知道了，你就不一定想认识，她的老公因为她枪杀付大毛。惠兴齐高声叫道，就是她啊！现在社会上都传疯了，说她喜新厌旧，唆使新情人枪杀旧相好。李律师，那把枪到底哪里来的？在我们国家私人怎么能搞到枪？李不言说，你真会胡扯，她如果唆使杀人还能自由活动到我办公室来？你那胶合板的案子结了没有？惠兴齐说，就是来向你汇报这件事，车、罐头和钱都已经送过去，结案了。李律师，你说刚才的这个女人那一双眼睛有点像狐狸精吧？李不言笑着说，你见过成精的狐狸？不要念念不忘人家美女，说说你自己，通过一个案子狂赚，是不是太黑心？我做一辈子律师也未必能挣这么多！惠兴齐说，李律师太谦虚，律师以后会越来越吃香，钱肯定有得赚。我这笔也没赚到那么多，胶合板都是贴钱卖。李不言说，贴钱你还卖，图的是什么？惠兴齐从身上掏出两张纸，递给李不言，开始做生意经验不足，权当交学费。这不，还要继续交。李不言不用看就已经猜到，那又是一份民事诉状。

果然又是一份诉状。这次是项州当地的一家乡镇酒厂，起诉项州公园经营部拖欠白酒款，诉称经营部向他们购买优洋大曲一万箱，每箱六瓶，每瓶六元五角，总计货款三十九万元，至今仅收到货款九万元，尚欠三十万元。李不言说，你真是大手笔，一万箱白酒，都可以开酒厂了。惠兴齐哈哈大笑，李律师，我要开酒厂，你就是酒厂的法律顾问。李不言问，这次你打的又是什么鬼主意？惠兴齐说，酒厂是我们当地的，必须另眼相待，我给他们准备十万元现金，其余的用胶合板抵给他们。

李不言不说话，只是一个劲地盯着惠兴齐看。惠兴齐讪笑着，李律师看得我心里发毛，有什么不妥当，你指正。李不言问，你将来是不是准备拿出几百箱优洋大曲抵偿泉州的罐头款？惠兴齐收起笑脸，换上了五体投地的表情，李律师，你真是高人！懂读心术。

惠兴齐刚走，黄伟雄过来说，省厅要求写一篇项州市司法局的通讯报道，点名请你执笔，赵局长安排我配合你。李不言说，省厅点名我就写啊，忙活一夜，奖励两只锅,还一等奖呢。黄伟雄说,今年不一样,局里有政策,与司法行政有关的稿件只要发表,实行多稿酬奖励制,县级的一倍稿酬,市级的二倍,省级的三倍,部级的五倍。李不言说,省部级省部级,省级和部级一个级别奖励怎么不一样?黄伟雄说,可不是,政策表述有误,部级应该指的是国家级。李不言问,上次帮公证处温波主任写的报道发表并获奖,对温波有帮助没有?黄伟雄说,帮助可大了,他被评为全省司法行政重建十周年先进工作者,好像最近就要去省里接受表彰。李不言说,集中写一个人好写,写集体有点难度,面太宽不容易出彩。黄伟雄说,所以更要请你,这次不着急,可以慢慢写。李不言问,要突出局领导吗?黄伟雄说,那是必须的,火车跑得快全靠车头带嘛。李不言让黄伟雄多准备一些素材,律师方面可以少一点,局领导和其他科室的多准备一些。

　　黄伟雄走后,李不言看到王丹从办公室门前经过,可能刚刚在马健或仝有为的办公室。突然想到虽然就在隔壁,似乎好久没有和王丹说过话,再想想张志祥也是,甚至与马健、仝有为两位主任说话也不多。只有徐龙云、陈小菊和范会计有时会过来说上几句。当初挤在两层老旧的宿舍楼里,有时都嫌王丹、张志祥话多,有时还会抱怨局里和所里传达会议精神和政治业务学习太多,现在想想那些济济一堂七嘴八舌的日子竟然恍如隔世,大家都在找业务做业务,都在计算并期待着年底的那百分之三十五。时间就是金钱,律师的时间价值几何?想想惠兴齐随便什么生意都能赚上几万甚至十几万,李不言觉得如果只为赚钱,律师这份职业可能不是最好的选择。正当李不言天马行空感慨万千的时候,马健出现在门前,叫他过去商量件事。

　　李不言来到马健办公室,仝有为也在。马健说,所里又进来两个人,看看办公室如何安排?李不言问,现在还没到院校毕业分配季节,怎么会进人?仝有为骂道,还不是他娘的开后门进来,这世道完全变了。马健介绍说,两个人一个叫梁荣光,一个叫于培林,都是自学成才,和不言一批通过律师资格考试。事务所财政拨款时,他们进不来,现在自收自支,领导将他们安排进来。仝有为怒气冲天地说,自收自支也是事业单位,这两个人一个工人身份,一个农民身份,凭什么进来!马健说,进人手续已经完成,再说那些没有用,还是商量如何安排吧。仝有为说,有什么好商量的,现成的两间办公室,一人一间正好。马健说,如果这样真不用商量,我的想法是那两间暂时作为接待室用,有时客户同时来,都在办公室里接待不方便，又总不能让客户在门外等。李不言马上附和道，这样好，我有时安排不过来，只能让客户都在办公室里，相互是有些影响。马健接着说，按说一间接待室目前也够用，但安排一个人不合适，而且安排进去以后再调整也不方便，索性都空出来，让这两人分别与王丹和张志祥一个办公室。仝有为说，为什么不安排在徐龙云和陈小菊的办公室，王丹他们没有意见吗？马健说，我刚才与王丹说了一下，他是有意见。有意见也得这样安排，客户到我们东面办公区的比较多，先安排东面的，可以显得事务所人员齐整。再说让王丹、张志祥带带两位新人，也有利于新人进步。李不言咧嘴一乐，两个新人是取得律师资格的正式律师，王丹、张志祥目前是没取得律师资格的律师工作者，他们谁带谁呢？马健说，互相促进取长补短。仝有为显然不乐意，气不顺地说，你都安排好了，还找我们商量什么？马健说，我这只是个人想法，总得有人先提出方案。仝有为不说话，一双眼睛看向门外。李不言说，以后肯定还会有人进来，我办公室也可能要安排人，我同意按照马主任的意见办。马健看了仝有为一眼，那暂时就这样。

21

赵虹被任命为助理审判员调到刑事审判庭，李不言陪她去报到。两个人的恋情一直未公开，只有姚艳、毛玉等少数几个人知道他们在交往，徐剑锋和钱新华虽然算得上介绍人，但后续情况基本不了解。李不言开始有点顾虑，担心他人误解他接近赵虹有其他目的，便想秘而不宣悄悄进行。赵虹认为李不言如此优秀说不定有其他姑娘正在惦记或者惦记他的姑娘正在前方不远处候着，便想借机公开关系宣示主权。李不言见赵虹难得地主动一回，爽快应允。赵虹异常开心，为李不言的爽快，也为自己的主动。

早上起床后，赵虹特意穿上李不言从石狮给她带来的那身 MADE IN HONGKONG 的裙装，对着挂在床头边墙上的一面小圆镜前后左右上下远近精心整理一番。在第一次换上这身衣服时，赵虹就欢喜得舍不得脱下来，直夸李不言审美水平高，上次买的红毛衣鲜亮喜庆，这身裙装别致新颖。李不言说，上次的毛衣除去颜色还行，其他乏善可陈。这套衣服确实不错，不过是人家香港做得好，人见人爱，花见花开，和我的审美关系不大。要说我眼光好，那就是会选女朋友，怎么看怎么舒服。赵虹啊的一声，闭上双眼款款奉上香唇。

收拾妥帖，赵虹下楼走出宿舍区。李不言已经笑呵呵地在路边等候，看到赵虹，双目星光闪烁，满满的惊喜和欣赏。赵虹略感羞涩地问，好看吗？李不言抬起右胳膊说，岂止是好看，简直美如天仙！赵虹甜蜜地挽起李不言的胳膊，两人一起往法院走。刚进法院大门，迎面碰上毛玉。毛玉右手拉住赵虹，左手拉住李不言，带着夸张的表情说，哎哟喂，瞧这郎才女貌的，好一对金童玉女！这是要去举行婚礼吗？李不言故意严肃地说，毛玉姐休要开玩笑，我们是碰巧遇到一起的。毛玉一把将李不言推到一边，以无所不知的口吻道，还给我装呢，赵虹是不是碰巧挽到了你的胳膊？你们相好的事我早就知道啦。然后佯装生气不理睬李不言，小心地触摸着赵虹胸前的梅花盘扣和流苏，夸赞道，这身衣服真漂亮，是不言送的吧。赵虹红着脸幸福地说，不言从福建带回来的。毛玉说，怪不得我去省城都没见到过，改天我请人照着样子做一套，到时能不能借用下？赵虹说，怎么不能？我明天就换下来带给毛玉姐。

来到刑庭，先到庭长室。钱新华说了几句欢迎赵虹的话，又向赵虹夸奖一番李不言，还说自己算半个介绍人。李不言说，不是半个，是三个介绍人之一，将来婚宴上要高坐贵宾席的。钱新华笑哈哈地说好好好等着喝喜酒，将两人带到刑庭的大办公室，将赵虹介绍给大家。

江山睁大双眼看着李不言，心中纳闷，这小子是什么时候将赵虹追到手的，我居然一点都不知道。最近还动过追求赵虹的心思，幸亏未造次，否则岂不是太尴尬！李不言看着江山说，瞧你那惊奇的样，我当不上法官，还不能与法官谈恋爱啊。这句话无意中触碰到埋在江山心底的不安，连声说，能啊，能啊，本法官祝你们爱情甜蜜早结连理！李不言说，这还差不多，像从我好兄弟嘴里说出的话。助理审判员张美娟拉住赵虹的双手说个不停，说庭里就她一个女的，一直盼着有个女伴。又轻轻托起赵虹胸前的流苏问裙子在哪里买的，真时髦，她要照着样子做一套。李不言心里笑了，早知道这身衣服如此受欢迎，批发一箱过来卖，可以赚足路费钱。他在江山的办公桌对面坐下来，拿起桌上的一对镇尺说，有兴趣钓鱼吗？约上勇敢到我老家鱼塘去甩几竿。江山说，有兴趣，说去便去，这周末就行动。李不言说，你通知勇敢。将镇尺放回桌面上后，又说，虽然镇尺材质一般，但这上面的楹联很棒，只是气度过于非凡，意境实在高远，心虽所向，实不能往。张美娟过来拿起镇尺，好奇地问，是什么联子？我天天和江山一个办公室，怎么没注意到?"春风大雅能容物,秋水文章不染尘",这是什么意思?又好在哪里?江山与李不言会心一笑说,没有什么意思,不言不懂装懂故弄玄虚的。

到了星期天,农药厂的刘超早早开着金杯车到招待所接李不言。李不言问,你不是开桑塔纳的吗?怎么屈尊开金杯?刘超说,我叔特意安排的,他说李叔用车要服务好。李不言说,回来后代我谢谢你叔。引着刘超先到法院宿舍区二号楼接上赵虹,一号楼接上江山,然后由江山带路到公安宿舍区接上甄勇敢,还有和甄勇敢一同从房内出来的王春燕。江山坐在副驾驶,甄勇敢和王春燕坐前排,李不言和赵虹坐后排。李不言原以为甄勇敢也住筒子楼,结果人家住带院子的小平房。车子离开宿舍区,李不言故作不满说,人比人气死人,我客居招待所,江山住单间,勇敢居然独占一个大院子。甄勇敢搂着王春燕,我原来也住筒子楼,这不是打报告申请结婚了,局里刚安排的小院子。李不言说,原来勇敢和春燕已经准备好洞房花烛,怪不得住到同一屋檐下,恭喜啊!王春燕扭过头,笑盈盈地问,你们也快了吧。赵虹捂嘴笑而不答,李不言说,我们没有小院子在哪里结啊,司法局没指望了,不知道法院能否开恩。江山说,估计有点悬,你也在法院或许有可能。甄勇敢问,你不是提拔副主任了吗?还愁分不到房子?李不言握住赵虹的一只手,看着车窗外的一大片宿舍说,我这个副主任虽然也是组织上下文任命的,没什么含金量,和待遇不挂钩,工资都是靠自己做案子挣。

父母看到李不言回来很高兴,说怎么不提前说一声有朋友一块来。李不言让刘超帮忙从车上将电视机抱下来,这台电视机就是五交化的那台熊猫,李不言犹豫很久,最终还是接受施经理的建议,并一直将电视机留在招待所,见大半年过去一直风平浪静,才下决心带下乡。母亲欣喜地说,你买电视啦,我们也能在家看电视了。父亲说,这得花你好几个月工资吧,你要省着点花,存钱结婚用。李不言说,从顾问单位处理价买的,没花几个钱。见父亲要骑车上街买菜,母亲围上围裙准备抱柴火,李不言说,你们别忙活了,我们钓会鱼,到镇上吃饭,有人已经订好饭店。然后让父亲带江山他们去门前池塘钓鱼,他在家将电视天线调好。刘超说,这事我拿手,你们去钓鱼,我帮忙调电视。李不言便带着江山和甄勇敢他们去钓鱼。江山很擅长钓鱼,不一会就钩上来两条鲫鱼。甄勇敢也还行,钓到一条小鲤鱼。李不言属于打酱油的,只看到鱼漂往下沉,不见鱼儿上钩,还搭进去好几条鱼饵。李不言坚持了一会,将鱼竿交到一直在旁边偷笑的赵虹手里,自己回家看电视调好没有。走到院门前,刘超出来说,电视机调好了。李不言说,你去用赵虹手里的鱼竿钓会鱼,我陪父母说会话。这时,父母亲也从屋内出来,母亲看着池塘边的四个人说,不言,你看人家多好啊,一对公安局的,一对法院的,就你孤单一个人。李不言笑弯腰,右手撑住腰部说,妈妈你乱点鸳鸯谱,将自己未来的儿媳妇许给别人啦。母亲惊喜地问,哪一个?哪一个是你的?李不言说,你猜猜看,或者你希望是哪一个。母亲说,两个都好看,都行的。父亲白了母亲一眼,你真行,还能两个都是?不用猜,拿着不言鱼竿的那个是。李不言说,爸爸就是爸爸,火眼金睛太厉害!池塘边的赵虹见刘超过来,主动将鱼竿交给他,自己回来找李不言。老两口赶忙迎上去,母亲拉住赵虹的手,一时不知道说什么是好。李不言笑着说,看把我妈激动的,不能太热情,否则人家下次不敢来了。赵虹温顺地说,哪能呢,你不来我还要来。母亲说,来来来,最好天天来。

  赵虹留下来陪李不言的母亲说话,李不言和父亲走到池塘边。他提起放在水里的鱼篓子,发现已经有十几条一斤左右的鲤鱼和鲫鱼,父亲偷偷拽了一下李不言衣角,李不言心领神会,大声咳嗽几声。甄勇敢看一眼李不言,别过脑袋对江山说,差不多了吧?江山钓兴正浓,说再钓几竿。李不言说,差不多快到饭点啦,今天先试试水,下次再来钓,不能让吴厂长在饭店久等。甄勇敢先收竿和王春燕往回走,刘超也跟着收起鱼竿,江山见状意犹未尽地也准备收竿。恰在此时,鱼漂遽然沉入水中,被快速拖向深水区。江山激动地大喊,有大鱼!已经往回走的甄勇敢等人闻声又折返回来,只见江山正与水中的一条大鱼周旋,大鱼用力他就放线,大鱼力疲他就往回收竿,反反复复若干回合,大鱼终于精疲力竭。江山将大鱼拖到池塘边,用抄网网住鱼,大鱼突然一个挺身,在抄网里拼命挣扎,江山一不留神滑到池塘里,顺势将抄网和大鱼抱在怀里。看着湿透半个身子的江山,岸上的人笑得前仰后合。甄勇敢大笑着指着江山问,究竟是你钓鱼呢,还是鱼钓你?江山抱着大鱼爬上岸,笑哈哈地拍打着大鱼,你是我的战利品,当然是我钓你!李不言父亲从江山手中接过抄网,掂量一番分量说,这条鲤鱼有六七斤,我在自家鱼塘里还是第一次见到这么大的。

  回到院子里,江山躲进屋内拧干衣服又穿上,李不言父亲要拿自己的衣服给他换,他说不要紧,气温高干得快。李不言母亲让李不言将钓上来的鱼都带上,江山和甄勇敢坚持带上开始钓上来的几条个头一般的鱼,最后钓上来的大鲤鱼和其他的留下来。李不言父亲让江山一定带上大鲤鱼，江山说，我们图的是过一把钓鱼瘾，带两条回去尝鲜可以了。大鲤鱼带回去不好处理，伯父家锅大，剁成块，柴火炖，再贴上一圈玉米锅贴，鱼鲜饼香，伯父伯母慢慢享用。王春燕说，江山你知道得还不少。江山很得意，农村娃有几个不会捞鱼摸虾烧火做饭的，地里的各种农活我也都拿得起呢！简单收拾一番后，几个人上车前往镇上的千里香饭店。

22

周末钓鱼放松，周一开始新一轮的忙碌。李不言觉察到，星期一基本上是他每周里最繁忙的一天。特别是上午，来访的客户非常多，一拨又一拨。也许客户认为相关事务从周一开始处置时间上更从容，或者认为这个时段最容易见到律师。渐渐地，李不言将周一视为接待日，尽可能留在办公室接待客户。上周陈小菊来找李不言，说上班这么久，虽然在师哥和范会计的支持下收入还不错，但范会计介绍的客户基本上是建行的关系户，几乎属于赞助性质，费用出不少，法律事务并不算多。在对一些零星业务的处理中，始终感觉不得要领，有力发不出。想给师哥拎包，趁机学点秘籍。李不言说，你是天生丽质的小师妹，哪能让你拎包。你要是有心想更快熟悉业务，找准执业状态，我在办公室时不妨过来看看听听聊聊。特别是周一上午，一般我接待比较多。陈小菊高兴地说，下周一就开始。

今天又没例外，李不言还没到办公室已经有三拨人在接待室等候。陈小菊给他们每人倒了一杯水，拿着一个笔记本陪着他们等。李不言见这三拨人都是顾问单位的，不想给他们留下厚此薄彼的感觉。半开玩笑地问，谁有涉及隐私的问题吗？有就留在这里私聊，没有就一起去我办公室大杂烩。来客都笑着说没有，鱼贯进入李不言的办公室。

玻璃厂的工会主席王宁说，安徽一酒厂拖欠酒瓶款十几万，厂里想起诉。李不言详细问明情况，让把资料留下来，整理好诉状后，送去厂里盖章，然后到法院立案。王宁将资料袋放在办公桌上，满意离开。

葡萄酒厂人事科杨科长说，有个职工已经连续旷工半个月，厂里想开除他，起草好决定书，请李律师把把关。李不言接过决定书，稍作调整后，交给施科长，又特别交代开除员工的程序及注意事项。杨科长道声谢，也高兴地走了。

中医院医教股的赵股长说，有个心肌梗死患者死在手术台上，患者家属堵住医院大门，要求医院赔偿，院长让我来问问如何处置。李不言说，首先如果患者家属的行为已经影响到医院的正常医疗秩序，报警请求公安机关出面清理堵门人员；其次让患者家属去申请医疗事故鉴定，告诉他们只要构成医疗事故，医院绝不推卸责任。再次医院要将相关医疗资料完整保存，以备医疗鉴定和可能发生的诉讼之需要。赵股长说，步骤清晰可操作。与李不言握手告辞。

赵股长还没离开，惠兴齐进来，见李不言在接待，便安静地坐在一旁等候。赵股长一走，惠兴齐问坐在一旁的陈小菊有什么事。李不言说，看把你能的，她是我师妹陈律师，你有什么事？惠兴齐又看了一眼陈小菊，然后说，李律师，你让我帮你购买的BP机买好了，今天送过来。李不言知道惠兴齐在帮助自己掩饰，故意对他说，我什么时候请你帮忙购买BP机的？我要那玩意做什么？惠兴齐并不气恼，笑眯眯地递过来一个小盒子，真是贵人多忘事，上周的事李律师都没记住。李不言接过盒子，看到盒盖上有5185几个数字，打开盖子发现是一台摩托罗拉中文寻呼机。李不言说，你是想让我随时为你服务吧，弄这个小玩意拴住我。明明是为你自己，还说什么帮我买的！惠兴齐说，哪里敢拴住李律师？图个联络感情方便，我也有一台一样的，号码是5186。李不言说，你这个家伙呀，让我说你什么好。惠兴齐胁肩谄笑道，那就不说了，尽在不言中，李律师你先忙，我改天寻呼你。

惠兴齐走后，陈小菊说，师哥，就这小半天，我感觉比我到所里上班以来这么长时间学到的还要多，你好像什么都懂。李不言把玩着寻呼机说，我们这个小地方，律师就是万金油，必须尽可能多知道一些。如果你走专业化路线，一年也碰不上几单业务，只能忍饥挨饿孤芳自赏。陈小菊说，我原来还就想搞专业化，成为婚姻家庭类专家，现在看来不现实。李不言放下寻呼机，将玻璃厂留下的资料交给陈小菊，让她帮忙起草诉状。对她说，也不能说不现实，你完全可以成为婚姻家庭类业务专家，只是不要一条腿走路，其他的业务也要拿得起放得下。陈小菊接过资料直点头，正欲回自己办公室写诉状，又听李不言对她说，你去范会计那里办理去看守所会见证明，我们下午去会见夏卫国。陈小菊没想到还有这机会，兴高采烈地说，是枪杀付大毛的夏卫国吗？我现在就去办。

在看守所，夏卫国被带进讯问室时，给李不言的第一印象既在意料之中，又有些出乎意料。意料之中的是夏卫国的行走和坐立姿势比较挺拔，军旅生涯的印记非常明显。意料之外的是夏卫国显得过于文弱清秀,很难将他与杀人犯联系起来。

在常规的权利介绍与身份核实之后,李不言直接切入正题说,合浦市检察院的起诉书收到了吧,你对该起诉书中针对你的指控是什么看法?夏卫国答,收到了。起诉书指控我故意杀人罪,我觉得有三点出入。第一点是认定付大毛出言不逊,引起双方争吵有出入,我没和付大毛争吵。第二点是认定我向付大毛连续开四枪有出入,我只开三枪,而且不是连续开的。第三点认定付大毛当场死亡有出入,付大毛被打中后还向屋里走,并喊了一句话。另外,认定我私造枪支我感觉也有问题,这支枪是我利用业余时间造着玩的,不是正规手枪,只相当于玩具枪。李不言问,对于故意杀人这个罪名,你认为是否成立?夏卫国答,不成立。我没想枪杀付大毛,当时我被他殴打,一直脱不开身,我的儿子在我身边哭,我怕付大毛伤到他,才鸣枪警告他。李不言说,你把事情经过详细说一遍。

夏卫国说,四月十五日下午两点多钟,我看快到上班时间,儿子也要去幼儿园拍照片。就到里屋给儿子换衣服,开箱找衣服时,儿子看到放在箱子里的枪,把枪拿出来玩。这枪在齐齐哈尔时,儿子就玩过。有保险,又装在皮套内,很安全,我也就让他玩。帮儿子穿好衣服以后,带他到楼梯口洗脸,我将枪从他手里拿下来,顺势放进自己裤子口袋里。在我给儿子穿衣洗脸过程中,院外一直有摩托车喇叭声,小马出去看看又回来。我给儿子洗好脸,外面有人踹门,我打开门,发现是付大毛。我问他你来干什么,他说我来找你狗日的。边骂边朝屋里走,我跟到楼梯口,叫他不要骂人,他转身抓住我的衣服,迎面打我两拳。当时,儿子抱着我的腿直哭,付大毛用脚来踢我,结果将我儿子踢到在地。我弯腰去抱儿子,付大毛用膝盖顶住我胸部,又用拳头打我太阳穴。我被打得头昏眼花,从裤子口袋里掏出枪,对着空中打两枪。付大毛过来夺我的枪,我用两只手紧紧攥住,付大毛用两只手来抢夺,就在来回抢夺中,枪响了。然后付大毛松开手,转身向屋里去,我抱起儿子向外跑。后来,小马从屋里哭着跑出来,我看到付大毛坐在屋门口,估计他受伤了。我将儿子送到幼儿园,然后去公安局投案自首。

李不言问,小马就是马慧芳吗?夏卫国答,是的,我都叫她小马。李不言问,你在四月十五日之前见过付大毛吗?夏卫国答,见过,他曾经好几次到我家来找小马,我问他想干什么,他也不理我,只有一次他叫我不要自命不凡,将来有一天要教训教训我。李不言问,马慧芳是如何向你解释她与付大毛的关系的?夏卫国答，小马说和付大毛一起做过生意，受过付大毛的骗。付大毛家有势力，他本人是个无赖。她打也打不过，告也告不赢。小马给付大毛父亲写过一封信，请他劝劝付大毛不要纠缠她，付大毛的父亲反而说小马将付大毛带坏了。小马还说她在家时，如果不与付大毛来往，门就会经常被人砸。我当时对小马很同情，认为小马是被逼着与付大毛交往的。李不言问，你的枪是你自己造的？夏卫国答，是的，是我在部队时自己利用业余时间造的。

  李不言说，把你的经历介绍一下吧。夏卫国说，好。我六岁开始读书，初中毕业因为家庭困难辍学在家。七四年粮管所招工，我被录用进去上班。七六年十二月，应征入伍到齐齐哈尔。先在教导队学习飞机机械修理技术，八个月后分配到师部修理厂，担任机械员。我通过刻苦学习，技术提高得很快，成长为一名熟练的修理技师。先后获得五次嘉奖，还荣立一次三等功。一九八〇年下半年，我研制成功一款研磨机，获得军区技术革新三等奖，《空军报》图文报道了我的事迹。八一年元月，我被破格提干，担任师司令部保密员。八四年提拔为师部修理厂机械分队长。八八年下半年评定技术职称时被评定为助理工程师，同年九月被授予空军上尉军衔。我喜欢雕塑、绘画，八七年有三幅作品参加了军区画展，一幅是烙画《英姿飒爽》，两幅油画分别是《血染的风采》和《雄狮怒吼话长空》。

  李不言问，你的婚姻状况可以简单介绍一下吗？夏卫国说，可以。我八二年经师部参谋长助理的爱人介绍，与驻地附近的针织厂工人孔兰相识，八四年四月结的婚。八五年六月儿子出生。由于老家生活困难，父亲去世，母亲多病，家中显得无依无靠。我考虑转业，并向组织提出申请。组织上批准了，孔兰不同意，说如果我转业，就和我离婚。我坚持转业，我们也就真的离婚了，儿子由我抚养。离婚才一个星期，孔兰又找我复婚，我同意了。一九八九年十一月，我带着孔兰和儿子回到项州，因为当时城里没房子，我们在乡下老家过了一段时间，恰逢连续阴雨，孔兰生活不习惯，抱怨不该来项州。坚持七八天后，她自己回齐齐哈尔。今年一月里，我去齐齐哈尔找孔兰，她坚决不同意再来项州。她妈妈也很生气，对我说孔兰配不上你，回去找一个性格好的对象带孩子算了。我彻底死了心，与孔兰又离一次婚。回来后经人介绍认识小马，儿子与小马似乎很投缘，一直都非常亲。我想将家庭尽快稳定下来，将精力投入到工作中。我有一个设想，为项州公园雕塑一个先烈群像，给市民广场做一个现代雕塑。

你怎么想起来制造那把枪的？李不言问。夏卫国答，我做机械分队长，不在一线，时间宽裕许多，各种设备材料都是现成的，就尝试着做一把枪，没想到这么顺利地做成功。做好后舍不得销毁，一直带在身边。

李不言最后问道，你今天讲的和以前对公安机关所做的供述有许多地方不一样，这是怎么回事？夏卫国答，以前公安提审时我很害怕，有的地方说错了，以今天讲的为准。

离开看守所，陈小菊说，师哥，我感觉夏卫国属于正当防卫，应该无罪。李不言说，按照他今天说的有可能，而按照他和马慧芳以前说的恐怕连防卫过当都认定不了。陈小菊问，他前后说法差别为什么那么大？李不言说，也许有人给他建议，也许出于求生的本能。陈小菊惋惜地说，真可惜，多么聪明能干的一个人。李不言叹息道，是啊，如果夏卫国继续在部队发展，肯定是另一番景象。他转业回项州是为了更好地照应家人，结果现在连自己未成年的儿子都无法照料。人生难料，世事无常，有时真不知道在下一个路口等着你的是什么！

23

左等右盼这么多日子没等到不言哥，何静心中有些慌乱，问何金桂好多遍想不想他那个叫李不言的学生，何金桂总是说你不言哥正处在事业起步的关键时刻，不要打扰他，等他闲下来时一定会过来。何静实在等得心焦，决定寻上门去。

这天下班以后，何静骑车直奔招待所。她听李不言说过住在招待所，但具体房间号不清楚，这个政府招待所就两栋住宿楼，南楼是贵宾楼，应该不会作为普通工作人员宿舍。何静直奔北楼前台，询问李不言住哪个房间。前台小姑娘告诉她李律师还没回来，不在房间里。何静说，你帮我打开他房门，我进去等他。前台问，你和李律师是什么关系？何静答，我是他妹妹。前台问，妹妹不知道哥哥房间号？何静答，我又没来过，怎么会知道。前台说，对不起，没经过李律师同意，我不能帮你开门。何静正要发作，前台突然说，李律师，你妹妹找你。何静转身一看，李不言已经走到她身旁。何静叫声不言哥抱住李不言，李不言在何静后背轻拍两下，带着面对被宠坏了的小妹妹嬉闹时的微笑，将何静领进房间。

进入房间，何静又要扑上来。李不言双臂伸直立起双掌拦住她，小静不要闹，这里是公共场所。何静说，什么公共场所？是你的宿舍嘛。身子还要往前凑，李不言说，我的宿舍也不行，你看门前和窗外人来人往的，你一个小姑娘要注意影响。何静说句知道啦，返身关上房门，又到窗前准备拉上窗帘。李不言伸手拉住她，将她按坐在椅子上，自己在床边坐下来问，说说吧，到此有何贵干？何静噘起小嘴，想你，过来看看不行啊，还贵干贱干的。李不言呵呵笑，怎么不行呢，如果不嫌弃，我去食堂打点饭菜，在这将就一顿。何静开心地说，只要不言哥不嫌弃我，吃什么都香。不能一起去食堂吗？李不言站起来，还是在这里吧，我先去给你打盆洗脸水。走到门后端起脸盆拉开门，顺着走道前往最东面的公共盥洗间。

何静这才开始打量房间内的布置，南北朝向的一张单人床靠西墙摆放，床上一条薄薄的被子叠得整整齐齐。南面窗户下一张书桌，书桌上靠墙竖立一排书籍，中间放着一台小小的黑白电视机，书桌前是自己正坐着的一把椅子。东面靠墙而立一个帆布蒙罩的简易衣柜，门后是一个简易木质脸盆架。全部家当就是这些，简陋却也清爽。李不言端着半盆水进来，放在盆架上，指着盆里毛巾叫何静过来洗脸。何静说，不言哥，这里有点寒酸啊。李不言说，南楼铺张豪华，但他们不让我住。何静扯住李不言的衣袖，搬去我家吧，我们让你住。李不言说，好好洗脸，我去打饭。

李不言从食堂买了一份瓦块鱼，一份红烧肉，一份炒豆芽，两个馒头和两碗稀饭，用一个长方形塑料托盘端回房间，经过前台时，前台小姑娘笑嘻嘻地说，李律师，有个好看的女朋友，还有个漂亮小妹妹，怪不得平常都不拿正眼瞧我们。李不言笑着说，小钱不要乱讲，她真是我妹妹。

进入房内，李不言将托盘放在书桌上，何静凑近闻闻味道说，伙食似乎还可以嘛。李不言点着何静鼻尖说，怎么像只哈巴狗？这不是小静妹妹驾到嘛，我平时顿顿青菜煮豆腐。何静听得心里十分受用，抓起筷子在椅子上坐下来，我就是不言哥的哈巴狗，嗅着不言哥的味道摇尾巴。哈巴狗不客气啦，先尝一块这大食堂大师傅烧的大块鱼。坐在床边的李不言正要说话，口袋里的BP机嘀嘀鸣响。掏出来查看，一行文字清晰显现出来，"在哪里有急事惠兴齐"。何静放下筷子抢过BP机，嘴里叫道，不言哥有寻呼机怎么没告诉我？惠兴齐是谁？李不言说，一个客户，你先吃，我去前台回电话。

回完电话回来，见何静没动筷子。李不言问怎么不吃的，何静说要等不言哥一块吃。李不言摸起馒头说，赶紧吃，估计一会要有客户过来。结果馒头还未吃完，惠兴齐带着一男一女进来了。李不言站起来，将最后一口馒头塞进嘴里，怎么这么快？你们就在附近？惠兴齐说，我们就在南面的公园经营部，早知道你住这里，我天天来蹭饭。何静见状也放下馒头，李不言让她继续吃，何静说吃饱了。李不言说，那你就回去吧，免得老师和师母担心。何静说，我再待一会。李不言说，我这边事情说不准何时能结束，你还是先回去吧。何静只好不情愿地走了。

　　惠兴齐向李不言介绍男的是他的亲戚孙开华，女的叫孙淑侠，有急事请李律师帮忙，具有情况由孙淑侠讲。孙淑侠说，俺和俺家男人小胡开着一辆双排座跑短途运输，小胡开车，俺坐在旁边陪他说话解闷，困了就蜷在后排座椅上睡一觉。俺俩有说有笑的跑南跑北，挣钱不多够填饱肚子，也还开心快活。一个月前，这个孙开华提出租用俺家卡车跑一趟肥西，小胡开始不想答应。俺俩一般只在本省江北拉货，江南都很少去。肥西虽然也在江北，毕竟出了省。孙开华讲，你们没有去过肥西，感觉出省挺远，其实俺们项州与安微交界，到合肥与到俺们省会临江差不多远，而到了合肥就等于到肥西。见俺俩还在犹豫，孙开华又讲，运金针菜去肥西，装绿豆粉丝回来，来回不空载，不论装运多少货都按满载结算运费。俺俩被说动心，装上十几箱金针菜前往肥西。临走前，小胡问孙开华，怎么只运这几箱过去？孙开华讲，主要是去肥西运粉丝，这是顺捎的。到肥西前进村，卸下金针菜装粉丝，果然装了满满一车。顺利返回项州后，孙开华按来回满载结清运费，俺俩很高兴，夸孙开华讲信用。三天前，来了两个人，讲是肥西前进村的，想租俺家的车子去肥西，也是运金针菜去，装粉丝回。小胡问，是孙开华安排的吗？来人讲不是他安排，是他介绍的，他们自己想做这趟生意。小胡讲，我们的运费来回按满载算，你们是外地的，还得先付钱。来人讲，身上现金有点紧张，先付过去的，到肥西后再付返程费用。俺俩收了去程运费，装上金针菜和来人一道去肥西，又是只装十几箱。到肥西前进村，那两个人指路将车子开进村部院子里，车子一进去，过来几个人将村部院门锁上，从村部里涌出几十个人将卡车围住，吓得俺俩魂都掉了，坐在车里一动也不敢动，心想坏事了，大白天遇上打劫的。上来两个人拉开车门，将小胡拽下去，抬手就是两巴掌，叫小胡赶快还钱！小胡问，是运费吗？在车上的小包里。俺连忙将小包从车里扔下来，讲钱都在那里。一个人捡起小包，将里面的东西都倒在地上，一看只有两包烟和几百元钱，随手又给小胡一巴掌，上万块的粉丝钱，你拿几百块钱打发啦。小胡问，什么粉丝钱？

我只是开车挣运费的,不欠什么粉丝钱。翻包的人还要打小胡,被一个像村干部的人拦住。他让人将小胡和俺带进村部中间的一间屋内,只留下几个人,将其他人都赶到院门外。对小胡讲,你们村的孙开华欠前进村几十户村民上万元粉丝款,去人找他要不仅不给钱还要打断要钱人的腿。小胡讲,我是挣运费的,和孙开华没关系。那人讲,粉丝是你用车拉走的,你肯定和孙开华是一伙。你说和你没关系,得让孙开华还钱,否则怎么证明你是干净的?小胡讲,我和孙开华真的没关系,这个你们应该知道。你们村那两个找我租车的人和我说好租车的,生意和我没关系。村干部黑下脸,你要这样讲,我也帮不了你。讲着就要离开,旁边的两个人又凶巴巴地往前上。小胡忙拉住村干部,你别走,你要我怎么办?村干部讲,你和车留在这,让你媳妇回家拿钱来。俺讲俺家不欠钱,家里也没有钱。村干部讲,没钱去找孙开华,反正见不到钱,下次你也见不到你男人和你家车。俺还想争辩,小胡又被踹两脚,痛得直吸气,叫俺赶紧回家想办法。俺连夜坐火车到徐州,第二天中午赶到家,找到孙开华又哭又闹,要他将小胡和车赎回来。孙开华讲,又不是我叫你们去肥西,你凭什么找我要人要车?俺讲不是你欠人家粉丝钱,人家能扣留人和车吗?孙开华讲,是前进村人不地道,拖欠我的金针菜钱,我才想办法多拉他们粉丝来抵债,他们不仁我才不义,我也要让他们尝尝要不到钱的滋味。俺讲你们之间的破事俺不管,你得负责拿钱将俺家的人和车赎回来,要不俺天天住在你家。孙开华讲,那些粉丝还没卖,我也没钱。要不我带你去找我老表惠兴齐,他认识人多,看看能不能想出办法。

李不言听完后,安慰孙淑侠不要着急,让她明天到所里办委托手续,他去肥西帮她要车。孙淑侠焦急地说,能赶明早五点半的班车去徐州转火车吗,这样才能当天赶到肥西前进村,小胡还不知道被他们怎么样了。李不言说,那你准备好八百元费用明天一早带过来。惠兴齐说,李律师,费用事我负责,辛苦你明天跑一趟。

第二天傍晚,李不言和孙淑侠辗转赶到前进村。村部的大门敞开着,车子却没有看到,孙淑侠十分慌张,俺家车没啦,人不知还在不在?两人来到中间的屋门前,门锁着,推开一道缝隙向里瞧,屋内没有人。孙淑侠急得六神无主要哭出来,这可怎么办?人也不见了。李不言说,不要急,不会有事。带着她从东向西挨个房间向里瞧,前两个房间都上锁了,里面没有人;到第三个房间时,发现门没有锁,推开门,看见有两个人躺在床上。李不言走过去,轻轻拍了拍其中的一个人。

那人睁开眼，漠然地看着李不言，又将目光瞄向旁边的孙淑侠，顷刻翻身下床，将鞋子往脚上套，这么快就回来啦，钱带来了没有？

李不言说，钱的事好解决，请将你们的书记和村主任请过来。那个人推醒另外一个人，欠钱的回来了，带来个人要见书记和村主任。被推醒的那个人打量一眼李不言，对他的同伴说，你在这里，我去找书记。

过了一会，那人带过来一个人，刚走进村部大门，孙淑侠悄悄告诉李不言跟过来的那个人就是那天要她回家拿钱的。来到屋内，被找过来的那人自我介绍是村里的副主任，姓村庄的庄。李不言说，庄主任，书记和主任在不在？我想和他们一块沟通。庄主任说，书记和主任都去开会了，请问你是谁？有什么话和我说，我可以做主。李不言拿出工作证，我是律师，接受孙淑侠的委托来处理车子和人被你们扣留的事。庄主任接过工作证，边看边说道，请律师干什么的，将钱还上不就完事了吗？李不言说，钱是应该还，那得去向孙开华要，你们扣留小胡和他的车找错了对象。庄主任还回李不言的工作证说，他们和孙开华一起到我们村里拉走粉丝，是一伙的，找他要钱没有错。李不言说，不能他们与孙开华一起来过就找他们要钱，我今天和孙淑侠一起来，你们是不是还要问我要钱呢？庄主任说，你是律师，没帮助孙开华拉走我们的粉丝，我们不找你要。李不言说，小胡他们拉粉丝只是挣运费，你们这样做已经涉嫌非法拘禁，是要承担法律责任的，我强烈要求你们快将人和车都放了。庄主任说，我们老百姓不懂法律，只知道欠债还钱天经地义，你如果偏说我们违法了，我们就什么也没做，没见到过你说的人和车。孙淑侠一听更急了，哭着喊，你们将俺家的人和车弄到哪里去了？

李不言走出屋子，继续挨个房间向里看，走到最西面的一个房间，发现房间内有三个人，房门却被从外面锁上。李不言招呼孙淑侠趴在门缝上辨认那三个人，孙淑侠一眼看见小胡在里面。李不言对庄主任说，你们说没见过小胡这个人，我就当你们真的没见过，现在将门打开，局面还能控制，再这样下去，后果很严重。庄主任撂下句这事和我没关系，转身扬长而去。孙淑侠问怎么办，李不言说，人在这里就好办，车子那么大，藏是藏不住的。我们就在这里等，一会肯定会来人。

不一会果然有人来，而且不是一个两个，十个八个，又是群情激奋的几十个，为首的就是出面租车将小胡夫妻骗过来那两个人。他们都冲着孙淑侠直嚷嚷，回家不拿钱，带个律师过来。孙淑侠躲在李不言身后，一只手拉住李不言的衣服后摆，害怕得直哆嗦。李不言不说话，等他们的声音低下去一些才开口，老乡们，你们辛辛苦苦晾晒粉丝，拿不到钱心里急，我能理解，但病急不能乱投医，现在找错人将人扣留下来，不仅不能拿到钱，还要承担刑事责任。一万多元的粉丝款，分到你们每人头上也没有多少，但如果因此被追究刑事责任多么不值得。当然粉丝钱也不能不要，如果信得过，你们先将人和车放了，然后委托我去帮你们向孙开华催讨粉丝款，不行就到法院起诉他。

一席话让大家安静下来，有的人不由自主地点点头。但很快又有人叫起来，不要听律师的，他收人家的钱，当然想要我们放人放车，放了人和车，我们就鸡飞蛋打啦。有几个人被鼓动起来，向李不言身边慢慢逼近。李不言说，枪打出头鸟，大家要冷静，我会记住带头的人，出了任何后果，都要你们这几个人负责。那几个人又停下脚步，四处张望，似乎想获得村民们的支持，一致采取行动。而村民们鸦雀无声，一时不知道如何是好。

庄主任不知道从哪里冒出来，对李不言说，无论你怎么讲，拿不到钱不可能放人放车。你是律师，我们不找你麻烦，但也不听你的，除非你拿出能解决问题的办法。李不言说，你将门打开，我们进去与小胡商量，看看有没有什么办法帮村民们拿到钱。庄主任说，开门可以，你进出自由，小胡不能离开房间。李不言答应没问题，庄主任让人将门锁打开。

李不言让在屋里看守小胡的两个村民出去，叫孙淑侠将房门关上，三个人在屋内商量办法。孙淑侠问，能有什么办法帮村民要回粉丝钱？李不言说，目前什么办法也没有，你都要住进孙开华家里，孙开华不是还说没有钱。小胡说，那我不是回不去了吗？李不言说，你能回去，你的车也能回去。然后对孙淑侠说，我写几句话夹在我的工作证里，你拿着去肥西检察院交给检察官，请他们来解救小胡和我。孙淑侠问，他们又不敢扣留你，你去检察院不是更好吗？俺一个妇道人家人生地不熟的，怕办不成事。李不言说，必须你去，非法拘禁一个司机和非法拘禁一个律师加上一个司机，引起重视程度大不一样。你不要担心，肥西还没有项州大，检察院很好找。小胡也对孙淑侠说，你去好，律师留下来保护我。孙淑侠又问，去了找谁呢？李不言说，你到接待室或者传达室都行，会有人安排。李不言拿出纸和笔匆匆写了几句，大意是前进村村民无故非法拘禁一名律师和一名司机，请求火速派人解救。写好后夹在工作证内交给孙淑侠藏好，对她说，我现在去和他们说安排你回去和孙开华拼命也要将村民的粉丝钱要来。你在路边拦辆车抓紧去检察院，今天应该是赶不上了，你在检察院附近住下，明天一早到检察院门口候着。孙淑侠点头说记下了，李不言打开房门，对庄主任说，我让孙淑侠连夜回项州弄钱。庄主任说，你也可以回去，司机一个人留下。李不言说，司机不让我走，害怕你们打他。庄主任说，我们和他无冤无仇的打他干吗。李不言说，没关系，我陪司机两天，这里现成床铺，你帮我们弄点吃的。庄主任说，这个没问题。

当晚，庄主任安排送两份饭菜过来，又问李不言要不要到另一个房间休息，说司机住的房间夜里房门要从外面锁上。李不言说，锁吧，我和司机住一起，麻烦送两只盆过来解决夜里方便问题。李不言与小胡上床休息后，房门被从外面锁上，庄主任还是不放心，又安排四个人轮换在门外值守。小胡在床上辗转不寐一整夜，弄得李不言也没睡好觉。

第二天临近中午时，两辆警车开进村部院内，两名检察官和几名警察从车上下来。值守的村民吓坏了，一个人忙去找庄主任。孙淑侠从警车里下来，将检察官带到李不言和小胡睡觉的房间前。检察官命令将房门打开，值守的村民哆哆嗦嗦说，钥……钥……钥匙在庄……庄主任手里。李不言听见动静来到门后面，对外面说，我是律师，请将我们解救出去。检察官说，请放心吧，现在没事了。庄主任飞奔而来问出了什么事。检察官吼道，出什么事你不知道？胆子不小，敢将律师关起来！庄主任忙说，我们没关律师，只是找司机要钱。检察官指着门锁呵斥，抓住现行还敢抵赖，快将门打开！庄主任两手抖动着打开门，李不言和小胡从房内走出来。

检察官的脸色如肃杀的严冬，寒气逼人地喝问道，谁是主谋，今天要跟我们走。庄主任脸色煞白，用一副乞求的眼光直直看着李不言，我们真没干什么，还给他们送吃送喝送尿盆。李不言对检察官说，只是短暂限制自由，确实没造成什么其他后果。检察官说，如果你们同意不深究他们，这事可以先放一放。李不言说，村民们确实也是要债无门急了眼，将卡车完好无损地归还给小胡，让我们顺利离开，我们便同意不追究。庄主任忙不迭地说，卡车在那呢，现在就叫人开过来，还有运费，也都给你们。

小胡检查一下车辆没有发现问题，手包里钱和香烟都在，还多了几百元返程运费。李不言一再感谢检察官，并表示回去制作锦旗寄过来。检察官说，你们平安就好，快上车走吧，我们警车跟在后面护送你们到肥西。李不言和小胡夫妻上了车，开往肥西县城，一路上孙淑侠不停从后视镜里向后望，两辆警车警灯闪烁跟在后面，直到进入肥西城。

穿过肥西城没多久，合肥便远远地映入眼帘。小胡说，太谢谢律师，我们到合肥住一晚，请律师在合肥玩玩。李不言说，直接开回去，我手里的事太多。孙淑侠说，真的要好好感谢李律师，如果没有你过来，俺们车子也没了，小胡都有可能被人打死。李不言笑笑说，没有那么严重，还真能无法无天？话音刚落，突然感到车子一个急刹，原地扭过头来，剧烈地晃了几晃，四轮朝天翻到一旁，李不言被从座位上弹起，摔落在座椅下。

24

三四天没见到李不言，赵虹有点奇怪，以前如果两天没见面，李不言都要在下午临近下班时跑过来先和江山闲聊一番，到点后陪自己一同下班。路过招待所北边的弯弯顺小吃部每人点一盘饺子，李不言喜欢纯猪肉馅，赵虹喜欢荠菜肉馅，李不言喜欢蘸醋，赵虹喜欢蘸辣椒酱，李不言说喜欢看温婉的赵虹被辣出眼泪一脸相思，赵虹说喜欢看斯文的李不言醋劲十足酸得掉牙。吃完饺子去李不言房间卿卿我我，或者去招待所南面的红旗电影院看电影，最远的约会处是路过红旗电影院顺着人民路再向南，绕过公园向西越过黄河路便可抵达的黄河故道河堤。赵虹曾开玩笑说我们两人的恋爱轨迹超不出以106房为圆心的方圆五百米。李不言说这话不像赵虹原创倒像是剽窃他的，又说就这个小地方再外扩方圆五百米估计一不留神出城了。

赵虹下班后到招待所找李不言，前台小钱姑娘说，赵姐姐，李律师可能出差去了，我们三四天没看到他，刚才她妹妹也来找过他。赵虹说声谢谢便返身离开，心里直嘀咕，他妹妹？他有妹妹吗？我怎么只听说他有个姐姐。

其实，赵虹与李不言的小静妹妹在招待所门前擦身而过，只是两人不认识，心思又都在李不言身上，才相互没留意。何静上午突然想试着寻呼李不言，便让寻呼台转告给小静回话，半天没收到回音。中午又寻呼一回，依然是消失在空气中。下午上班再也无法专心，将班上小朋友的名字都叫错好几个。终于熬到放学，骑车冲到招待所，还是没找见。听前台说几天未见李不言，心里反而踏实下来，估计不言哥被那晚的来人找去外地办事，距离项州太远超出寻呼范围，所以收不到回复。

何静与赵虹先后离开不久，李不言回到招待所。昨天翻车之后，李不言虽然摔得不轻，居然并无大碍。几分钟后就反应过来发生了交通事故，动动四肢，左肩似乎隐隐作痛，活动倒还自如。坐起来推开右侧车门，从车子里爬出来。甩甩胳膊拍拍脑袋，又原地蹦跳两次，确定未受伤。来到车头前，看见孙淑侠正从里面向外推副驾驶那边的有些变形的车门，小胡在她身底下用手推举着她。李不言从外面用力将车门拉开，伸手先将孙淑侠拉出车子，再将小胡也拽出来。小胡和孙淑侠两人互相拍拍打打检查一番，居然发现只有小胡左手背上被玻璃碴划出一个小口子，没出现什么其他的严重损害。再看卡车，除去两块前挡玻璃残存零星碎片，一只前轮轮胎完全瘪掉，似乎也还保持完整。不过看到卡车是翻在路边，三人既侥幸又后怕，如果是翻在路中间，有其他车辆撞上来，那后果真是不堪设想。孙淑侠问小胡是怎么回事，小胡说，前轮突然爆胎，我刹车太急。孙淑侠就一个劲地埋怨小胡没有用，算是白开几年车！李不言说，回家再训你老公，现在先解决倒扣在地上的车子问题。

小胡说，这里离合肥不远，我搭车去找家修理厂来弄车子。旁边过来一个骑摩托车的小伙子对小胡说，给我二十元，送你到修理厂。小胡问到合肥需要多长时间，小伙子说摩托车十几分钟。小胡爬上摩托车跟那小伙子离开不到一个小时，便带着一辆拖车回来。从拖车下来几个人将卡车一边系上几根绳子，用拖车将卡车拽翻身。小胡爬进驾驶室，发动几下没有发动响，修理厂的人说油路可能出问题，要拖去修理厂。李不言说，真被小胡说中了，今晚要住在合肥。孙淑侠说，他就是乌鸦嘴。又说，住就住吧，在合肥玩两天。李不言说，你们住吧，我要连夜坐火车去徐州，明天赶回去。小胡和孙淑侠都不同意，说那怎么好意思。李不言坚持要自己先回去，孙淑侠对小胡说，不能让李律师一个人走，俺陪李律师来的，也要陪他回去，你修好车自己开回去。小胡说，对的，哪能让律师自己走，你也回去，在这里也帮不上什么忙。

李不言和孙淑侠晚上十点多在合肥火车站上车，两人找到座位坐下后，孙淑侠以近乎崇拜的眼神看着李不言。李不言说，怎么这样看着我，好像我头上多长两只角。孙淑侠敬佩地说，李律师，你怎么这么能干！李不言说，也不算能干，只是干了该干的事。孙淑侠问,在肥西那么多人冲着你,真就不害怕吗?李不言说,他们不是冲着我,而是冲你们。孙淑侠感慨道,你看俺家那个,比你还大几岁,被吓个半死,都不敢让你离开去检察院。李不言说,他毕竟是人质,害怕也正常。两人说了一会话,李不言觉得有点困,趴在小桌板上睡觉。睡意蒙眬之中感到左边身子有些滚烫沉重,扭头发现原来孙淑侠也睡着了,身子几乎都趴在他的身上,一对饱满的乳房紧紧挤压着他的后背。李不言轻轻地将孙淑侠挪过来趴在小桌板上睡觉,自己坐直身子,脑袋靠在车窗玻璃上,一阵一阵地打盹。

到徐州已是凌晨三点,离去项州的头班车还有三个多小时。孙淑侠说,开个房间,李律师你休息一会。李不言说,不用,天气不冷不热,我们到汽车站里等等。两人来到汽车站,坐在候车区的长条椅子上等。坐着坐着,李不言又困了,靠在椅背上直点头,身体一点点软下来。感觉没睡有多会,睁开眼时,发现自己躺在椅子上,头枕着孙淑侠的双腿,孙淑侠正低头含情脉脉地看着他,而外面已经是艳阳高照人流如织。李不言赶紧坐起来,问什么时候了。孙淑侠说快到晌午,看你睡得实在香,没忍心叫醒你,反正也不急,今天肯定能到家。两人起身到车站外吃完中饭,孙淑侠买好两张最近一趟发往项州的班车票,在夕阳里回到项州。

因为连续三夜没有睡过安稳觉,李不言回到招待所简单洗漱一下倒头便睡,一夜无梦到天明,醒来后觉得浑身轻松满血复活。在床上使劲伸个懒腰爬起来,刷牙洗脸吃早饭,精神焕发骑车上班。刚到办公室,陈小菊过来问,师哥这几天玩失踪,没人找得到你。李不言说,临时有个急事去趟肥西,昨晚才赶回来。陈小菊问事情顺利吗,随手将自己起草的玻璃厂的诉状交给他,李不言说声顺利接过诉状仔细地看起来,不时用笔在诉状上做些调整。改完以后对陈小菊说,你过来,我和你说说我的想法。陈小菊过去站到李不言旁边,看到诉状上李不言增加的内容很少,而划掉的地方挺多。李不言说,诉状虽然有固定的格式,但内容的表述上没有特别要求,不同的律师会根据习惯形成自己的风格。我个人认为诉状内容宜简不宜繁,将基本事实说清楚便可以。言多必失,我们律师毕竟不是当事人,对细节问题了解得不可能特别准确翔实,写得过于详细,容易出现失误。另外,这诉状是要交给被告人答辩,交代得越清楚,被告的答辩方向就越明确,反击准备越充分,等于过分暴露己方的火力点。你这份状子就写得过于清楚,将货款的讨要过程和相关的法律依据都放进去了。这一部分内容的整理当然很有必要,但建议放在卷宗里,留待庭审和整理书面代理词的时候择机使用,不必放进诉状里。李不言说着,双手抱头向后靠在椅背上,无意中碰到陈小菊的胸部,又触电般地迅速前倾上身。陈小菊显然听得很投入,仍盯着桌上的诉状看,对李不言的反应似乎没感觉。待她回过神来说,师哥,我真没想到起草一份诉状还有这么多学问。李不言坐直身子,这只是我个人体会,但根据我的实践,确实行之有效,你自己再揣摩揣摩,有不同想法可以多交流。赵志明打电话过来,请李不言到他的办公室去一趟。李不言放下电话后说,局长找我,你将诉状誊抄清楚,再复印几份。等会我们一起去玻璃厂。说完去三楼局长室,陈小菊留在他办公室修改诉状。

赵志明和蔼可亲的为李不言让座,关切地询问,大半年过去了,今年业绩怎么样?李不言说,案子做不少,但创收与去年相比进步不大。赵志明问,什么原因呢?案子收不上来钱?李不言说,主要是顾问单位的案子增加很多,这些案子的费用都包含在顾问费里,并不能提高总创收。赵志明说,可以提高顾问费嘛。李不言说,这是个好办法,明年再签订顾问合同时,今年案件多的单位顾问费要提高。赵志明很高兴,又问夏卫国的案件进展。李不言说,可能最近就要开庭,我正想向你汇报,我和潘教授的辩护意见有点不同,潘教授认为应该主攻正当防卫,争取无罪释放。我建议主辩激愤杀人,确保从轻,争取减轻。赵志明问,哪种辩护思路更有把握?李不言说,当然是我这种,正当防卫根本不成立。赵志明揣度良久说,听潘教授的吧,他的名气大。李不言说,那是当然,委托人委托我就是为了配合潘教授。

李不言正想进一步详细介绍夏卫国的案件。赵志明却话锋一转,不言啊,缪书记看中你,想要你去政法委做秘书。李不言很意外,不知道缪书记为何看中他,因为那篇《风雪夜归人》吗?那篇报道在司法行政系统内也许还不错,放进文章海洋里根本不算什么,项州文笔好的大有人在。李不言说出自己的疑问,赵志明笑着说,能写文章的肯定有不少人,懂得法律的也能找到,但既懂法律又能写好文章的可就没多少。别忘了,缪书记是政法委书记,政法委的秘书精通法律应该没坏处。李不言说,我算哪门子精通法律,连个皮毛都没摸着。赵志明说,你这样谦虚,更适合给领导当秘书。这样吧,缪书记说充分尊重你个人意见,让你慎重考虑,一周内给答复。我个人建议答应去,缪书记的上升空间还很大,你跟着缪书记仕途会很顺利,虽然过去暂时只是秘书,但直接定正股,何况缪书记不会一直让你当秘书，必然在合适的时候将你推上去，将来你会比我强。机会难得，要好好把握住。李不言说，谢谢赵局长，我至少得回去和家人商量一下。赵志明说，那是应该，你去吧，尽快回我话。

　　回到办公室，陈小菊还坐在李不言的办公桌前。见他回来，陈小菊站起来将修改后的诉状递给他。李不言看了看，放到一旁，露出一副沉思表情。陈小菊以为师哥对调整后的诉状依然很失望，惴惴不安地说，写得不合适的地方，我可以再改改。李不言说，挺好的，不用再改。陈小菊马上联想到师哥刚才去了局长室，小心地说，师哥似乎有心事，局长批评你啦？李不言说，不是批评是好事，只是不知如何取舍。陈小菊问，方便说给我听听吗？李不言说，说也无妨，听后不要外传。你知道政法委的缪书记吗？陈小菊说，是缪正成？不仅知道，还打过交道。提他干什么？李不言说，缪书记想要调我去政法委做秘书，我有些拿不定主张。陈小菊毫不犹豫地说，师哥不要去，没人有资格让你当秘书，你一定会成为了不起的大律师。李不言没想到陈小菊对这个问题是如此果决，深深地看了她两眼，起身说，我们去玻璃厂。

25

　　项州玻璃厂坐落在工人路与运河路交汇处的大运河西岸，绿树掩映之中白色的办公楼和红砖厂房错落有致，让人赏心悦目，如果不是厂区里那根高耸的烟囱和厂门口醒目的白底黑字厂牌，很难看出这里是一处以玻璃酒瓶为主打产品的工厂。据说在清朝光绪年间，在项州的城北项山脚下就发现石英砂矿，因为国力和技术条件所限，一直没有大规模开采利用。直到二十世纪六十年代初期，东方省政府在项州设立省属东方玻璃厂，地矿里的石英砂才得以大显身手。眼见着东方玻璃厂年年生意兴隆，规模不断壮大，项州县政府的心思也活络起来，二十年后终于在东方玻璃厂旁边建起项州玻璃厂。东方玻璃厂生产平板玻璃，项州玻璃厂生产玻璃酒瓶，差异化竞争。生产玻璃的最主要原料石英砂就埋在脚下，似乎永远取之不尽用之不竭；生产用煤主要来自临近的山东台儿庄和江苏徐州贾汪，都濒临运河，水路运输量大价低；这种得天独厚的资源优势，使得生产酒瓶子的成本极为低廉。本地有白酒厂啤酒厂葡萄酒厂，大名鼎鼎的洋河酒厂与双沟酒厂离项州也都不算太远，酒瓶子的订单就和一个个船队送过来的煤炭一样源源不断。

产销两旺，项州玻璃厂的经济效益想不好都难。厂区建设和工人福利自然在项州城内出类拔萃，聘请法律顾问开出的顾问费也非一般的企业可比。李不言对玻璃厂的事务当然也就不愿怠慢，始终作为优先事项加急处理。

李不言和陈小菊到玻璃厂传达室说找高玉河高厂长，传达室电话与厂办确认后，客客气气地给他们每人脖子上挂上一个出入证，请他们进去。来到办公楼的三楼，陈小菊见李不言没有停下上楼的脚步，提醒道，师哥，厂长室在三楼。李不言说，我们先去四楼找工会王主席。到了四楼工会办公室，王宁又是让座，又是要泡茶。李不言将起诉酒厂的诉状交给他，说，王主席不用忙活，诉状已经准备好，我们去高厂长那里吧。王宁接过诉状说好好好，陪着李不言他们一道去三楼。陈小菊有些不明白，师哥为何舍近求远非要和王主席一块去见厂长，是和厂长不熟悉吗？到了厂长室，高玉河同样很热情，拿出柜子里的一盒茶叶交给王宁，这是新上市的特级碧螺春，王主席给两位律师泡一杯。李不言笑着说，看来这是高厂长的私藏品，我已经口舌生津了。高玉河说，你先品品看，中意的话我给你搞二两。王宁泡好茶，将诉状放在高玉河的办公桌上，汇报起诉酒厂的状子准备就绪。高玉河一眼都没有看，吩咐他负责到底，配合律师将这事处理好。王宁说，那我去盖章办手续。拿起诉状走出去。高玉河看一眼陈小菊，对李不言说，李律师，我还有件私事想跟你商量一下。李不言对陈小菊说，你去王主席办公室协助他准备材料，我等会去那里找你。高玉河让她将那杯泡好的碧螺春也带上，陈小菊便端着茶杯上四楼。

高玉河关上门，从里面反锁上。叹了一口气，我那个二小子，实在不省心，娶个好看又听话的媳妇不知道珍惜，整天在外鬼混，与一个有夫之妇勾搭上，居然相约各自离婚一起过。可我那儿媳妇死活不同意，说就是死也要死在我家里。如今那个女人已经离婚，成天逼着二小子也离婚，更要命的是那个女人怀孕了，威胁要把孩子生在我家里，两个女人互不相让，搞得鸡犬不宁。我的血压蹭蹭往上升，实在不知道如何是好。李不言问，你儿媳妇有没有怀孕或者生小孩？高玉河说，说来奇怪，儿媳妇进门快三年，一直没有动静，那个女人勾搭上二小子没几个月就怀孕了。李不言问，你们老两口有什么想法？高玉河说，我们都喜欢这个儿媳妇，可二小子不稀罕，我们也没办法。只要能平静下来，怎么都可以。李不言喝了一口茶，感觉确实比从江山那里搜刮的碧螺春更加酣香如饴，他放下茶

上部 | 099

杯说,俗话说强扭的瓜不甜,捆绑不成夫妻,这事最好顺应你家二公子的选择。况且那个女人怀上了,你们老两口说不定也想抱孙子。高玉河连连点头,你这话算是说到我家老太婆的心坎上,她还真有些动心。李不言问,你儿媳妇是哪里人?高玉河说,是虞河人,在我们厂里上班,还是我看上托人撮合给二小子。李不言说,让二小子起诉离婚,我来恳请审理法官耐心做你儿媳妇工作,力争调解离婚和平分手。高玉河问,儿媳妇就是不同意怎么办?打官司再解决不了,不是更闹心?李不言说,你能拿出一笔钱帮二小子补偿她媳妇吗?高玉河说,这个没问题,儿媳妇人家没有错,出些钱也是应该的,十万八万都可以。李不言说,干脆你们厂再与你儿媳妇解除劳动合同,支付她一笔经济补偿金,让她离开项州,一劳永逸。高玉河说,那最好不过,就怕办不成,儿媳妇态度太坚决。李不言说,此一时彼一时,情况总是不断变化的,有这十几万补偿款打基础,我觉得有可能。高玉河说,那就拜托你,全权交给你做主。李不言说,下午就让二公子带上身份证和结婚证去找我,将这事启动。高玉河说好的。弯腰从下面抽屉里拿出两盒茶叶递给李不言,似乎有点觉得太少拿不出手,强调说,办公室里只有这两盒,你先带回去喝。李不言大大方方地接过茶叶,笑着说,常言道,君子食略尝之味,小人撑死不足,这两盒足以滋润我一年半载,念着高厂长的好。

下午高玉河亲自开车将二小子送到李不言办公室,同时提过来八袋茶叶。李不言让高玉河回去安心工作,需要时再向他汇报。然后安排陈小菊起草离婚诉状,复印相关证件。他打开装茶叶的袋子,见一大袋里面是四小盒,他打开两袋取出八小盒装在一个大号的卷宗袋内。一切准备就绪,李不言让陈小菊陪二小子去立案,他拿着卷宗袋直接去了毛玉办公室。

毛玉正在阅卷,看到李不言进来,放下卷宗问,好久没见不言,你在忙什么?李不言将卷宗袋放在毛玉的桌上,还不是那些鸡毛蒜皮的小案子。毛玉姐,你在阅卷吧,累了没有?要不要再送一本卷宗助你提神醒脑。毛玉笑着说,你耍的是什么小把戏?不会是想贿赂我吧。李不言也笑着说,等毛玉姐当上院长,我再看看要不要贿赂你,现在你就别想了。这里是几小盒碧螺春,朋友送我的,条索紧结卷曲如螺,白毫毕露银绿隐翠。我不敢独占,送几盒与毛玉姐分享。如果毛玉姐也说好,朋友那里还有,我再去敲诈他几盒来。毛玉说,不言的一番美意,姐笑纳了。收起卷宗袋,放进身后的柜子里。

李不言说，毛玉姐，这茶叶还真不是白送给你品尝，想帮你湿润嗓子发挥你调解能手的特长。毛玉说，我就知道天下没有白喝的碧螺春，你想让我说服谁？李不言将高厂长二小子的事说一遍，最后说，案子已经在立案庭办理立案手续，请毛玉姐务必亲自审理此案，将那一对鸳鸯给说散了。毛玉说，这其实也是为那个媳妇好，事已至此，不如好聚好散，拿一笔高额补偿另起炉灶。李不言说，毛玉姐英明，此事拜托毛玉姐。说完离开毛玉办公室，到刑庭向赵虹报到，说下午下班时过来接她。

回到办公室，陈小菊问，上午去玻璃厂为何要先到工会王主席办公室，不是可以让高厂长通知他下来吗？李不言说，酒厂的案子是王宁经手负责，让王宁带我们去厂长室能让高玉河感受到王宁在操办这个案件；如果让高玉河通知王宁下楼，就突出不了王宁的工作成效。我们不过是多爬一层楼，就增加了王宁的工作得分，何乐不为呢。陈小菊说，师哥想得真周到，处处为他人着想，难怪王主席对你特别热情。李不言说，你只说了一个方面，另一个方面我也是为自己着想，我帮助王宁工作增色，王宁投桃报李主动配合我做了许多应该是律师助理干的事，节约我不少时间。又在高玉河面前毫不吝啬对我的赞扬，为我赢得高玉河的信任助力。这就是所谓的成人达己，帮助别人就是帮助自己。陈小菊说，师哥就是师哥，高瞻远瞩，胜人一筹。我还想问问，高厂长二公子的离婚案件并不属于玻璃厂的顾问单位事务，师哥为何特别上心，亲自帮他安排运作呢？李不言说，高玉河是玻璃厂的厂长，但玻璃厂不是他的，一纸调令就得离开。高玉河父子一辈子也割舍不断情缘，处理好，必然事半功倍，厂里的事有点瑕疵也会被忽略不计。往堂皇处说，解决了高玉河的内忧，高玉河就能集中精力将玻璃厂的生产经营做得更好，向国家交更多的税，给工人更好的福利，也付我们更多的顾问费，利国利民利律师，皆大欢喜天下太平。

晚上，李不言和赵虹挤在招待所床上说情话。李不言绘声绘色讲述肥西之行，赵虹听得津津有味，说到翻车遇险时，赵虹紧紧地抱住李不言，贴着他的耳畔说，以后尽量少出差，更不能再坐这种货车，太危险。李不言搂住赵虹，我不是毫发无损回来了，宝贝不用担心，我们的小爱神一直伴随保佑我呢！赵虹回味着李不言刚才所说的经历，佩服地说，你够机智的，将自己软禁起来让检察官来解救。说着忍不住亲吻起李不言，右手伸进他的衣服里抚摸他的肩胛骨。李不言心里痒痒的，喃喃地说，好虹虹，我想熟悉你身上的每一寸领地。赵虹坚决地说，只能让我老公熟悉，男朋友资历还差一点。李不言笑出声，轻松地说，我娶了你不就是你老公啦。赵虹杏腮桃颊流波送盼，那你娶我啊。李不言说，早晚的事情，现在居无定所，娶你进哪个门？我可不愿委屈我的小虹虹。赵虹美目灼灼说，我不在乎的，要不我把你娶进筒子楼？李不言笑得更欢，对着天花板誓言，我可不愿倒插门，本律师一定要堂堂正正地将你娶进敞敞亮亮的新房子里！

26

暴雨如注，噼里啪啦的闹腾一夜。天快亮时，万籁俱静，只有地上的积水在无声地探寻摸索并最终注满每一个低洼处。不久，有人影破碎在水洼里，一个，两个，三个，三十个，三百个……溺水的小城湿漉漉地从汪洋中爬上岸，开始还是苟延残喘，很快就复归喧嚣。

李不言到办公室，将鞋子脱下来使劲地来回甩。陈小菊进来问，掉水坑里啦，裤腿都湿了半截。李不言笑笑说，一路上陷阱无数，防不胜防！陈小菊说句我办公室里有干毛巾转身离开，电话铃声在她的身后响起，李不言拿起听筒，甄勇敢的声音传了过来：不言帮个忙，解决燃眉之急。李不言问，哪把火烧到你眉毛啦？甄勇敢说，昨夜大雨漫进我家厨房，将几摞蜂窝煤泡成一摊泥，搞得我家一院子黑水。李不言开玩笑道，是让我帮你买煤球，还是帮你抗洪排黑涝？甄勇敢说，帮我搞个液化气户口。李不言哈哈大笑，呸！有没有搞错，全市户口都掌握在你们户政科，还用得着求我！甄勇敢说，少贫嘴！快帮我想想办法，否则今天我就得吃生米。李不言也就正正经经地说，你公安局的解决不了，我这个小律师能解决？甄勇敢说，你天天吃招待所食堂可能不了解，液化气户口实在太紧俏，我一直想弄搞不到。配给制，局领导才能享受。你接触的人多，看看有没有路子。李不言说，我试试看，实在不行你和春燕跟我吃食堂。放下电话，李不言笑着自语道，可不就是燃"煤"之急吗？拿着毛巾走进来的陈小菊问，什么燃眉之急？李不言接过毛巾在双腿上抹几下，穿上鞋子说，煤气的事。站起来去财务室。

范会计见李不言进来，赶忙起身让座。李不言说，一个单位的同事，干吗这么客气？范会计说，对你不一样，其他人来了，我还爱理不理呢。李不言笑呵呵地说，那我今天就试试有啥不一样，听说你家里用上液化气，那个户口从哪里能搞到？范会计说，是液化气站从建设银行做贷款，给建行几个名额，李律师你想要？李不言说，我一个好弟兄，公安局的，昨夜家里蜂窝煤泡汤了，炉子也差不多报销，想用液化气。范会计说，要是你本人，我替你想办法，你朋友的你也不要操心了，户口多紧张啊。李不言说，和我本人需要差不多，办成了我牢记范会计您的大恩大德。范会计笑着说，言重了，去你办公室，我打电话帮你问问。到李不言办公室，范会计给她行长老公打电话。苗行长说，一共就争取到十个名额，指明只能建行员工用，除去行领导已经用掉的，还有五个都预分配给中层以上主要干部了。范会计说，是我们所李律师要用的，你得想办法匀出来一个。苗行长说，李律师的忙必须帮，我过一会给你回电话。范会计就在电话机旁等，和李不言闲聊，徐龙云还是没有什么明显改变，现在不和他合作了。陈小菊最近进步很快，有好几个客户夸她会办事。李不言说，我也和徐龙云谈过，他可能就那性格，我再想办法慢慢影响他。你继续跟陈小菊合作，最起码得把客户先留住。过有十分钟，苗行长回电话，硬抠出来一个户口，在行里办公室主任名下，李律师可以拿这个户口本子去液化气站灌装液化气，下班后我将户口本带回家，你交给李律师。范会计说，好事做到底，你帮李律师买一套液化气灶，再灌一罐气，送到公安局宿舍。苗行长说，遵命，我来安排。范会计放下电话说，妥当了。李不言说，不要太麻烦行长，有户口本就行，其他的让我朋友自己做。范会计说，也麻烦不到他，手下那么多跑腿的，闲着也要发工资。这种事你以后尽管吩咐我，大事办不了，小忙能帮上。李不言说，民以食为天，这是天大的事，再次代表我本人和我的朋友感谢您。范会计笑着说，我就喜欢听李律师说话，让人心里贼舒服。李不言当着范会计的面给甄勇敢打电话，让他提前下班接收户口本和液化气灶具，并特别强调是所里的范会计一手包办的。大喜过望的甄勇敢说谢谢范会计，雪中送炭没齿难忘。范会计在一旁听着，乐得合不拢嘴。

不要再胡闹啦！马健近乎咆哮的声音从室内冲出，沿着走廊一路向西冲进财务室。李不言和范会计一时怔住，不知道谁在胡闹。正在诧异间，马健怒气冲冲地闯进来，不言，我办公室里有个神经病女人，你带小王、小张将她赶跑，赶不走就给我揍！言罢急匆匆地离去。待李不言与范会计出来，只见马健到车棚下推出自行车，跨上去以冲刺般速度骑出司法局大院。一个女人从马健办公室出来，哭哭啼啼往楼上去。

李不言如坠云雾，将问询的目光投向范会计，范会计摇摇头不明所以的表情写在脸上。李不言去仝有为办公室，范会计也跟了进去。仝有为嘿嘿笑，一副幸灾乐祸模样。李不言问，马主任这是怎么回事？仝有为说，一早看到那个女人从我办公室门前过去，就知道准有好戏看，果然开演了。李不言问，那个女人是谁？到底是怎么回事？仝有为咕咚一声喝下一大口茶，放下茶杯说，不用着急，听我慢慢给你们说端详。那是我和马健刚到事务所不久，当时还叫法律顾问处。这个叫牛丽云的女人与其丈夫打离婚官司，委托马健做代理人，女人一开始不同意和其丈夫离婚，闹得要死要活的，后来不知道怎么回事又突然同意了。三四个月后，女人突然来到事务所哭诉，说马健耍了她，当初劝她离婚，承诺与自己老婆也离婚然后和她结婚，现在她离完婚，马健不要她了。面对局、所领导的询问，马健矢口否认，赌咒发誓绝无此事，说自己是牛丽云的代理人怎么会劝她离婚，当时是她丈夫给了她一大笔钱她才同意离婚的。女人与马健各说各话，领导无法决断叫马健妥善处置。牛丽云大闹几回，不知道被马健使用什么迷魂计安抚住，偃旗息鼓好几年。本以为事情已经过去，今天又突然闯进来，估计现在在局长那里要说法。李不言说，是这么回事啊，真够麻烦的。离开仝有为办公室，李不言心里面说马主任对案子不是精挑细选的吗，怎么摊上这么一个委托人！

回到办公室，见陈小菊手里捧着一本书坐在沙发上。看到他进来，陈小菊合上书问，马主任刚才是怎么一回事？李不言说，没什么，被一个委托人缠上了。然后从抽屉里拿出一份材料交给陈小菊，这是中医院的医疗纠纷和解协议，你拿回去对照法条仔细审查一遍，把把关。陈小菊接下协议回自己办公室，走到门前与一个女人撞个满怀，将那个女人手里提着的两只鼓鼓囊囊的塑料袋碰掉一只。陈小菊赶紧说对不起并问她找谁，那个女人弯腰去捡地上的袋子没说话，办公室内的李不言说，是找我的，你忙去吧。陈小菊又看那女人两眼，发现那女人投向室内的目光非常热切。

孙淑侠进入房间后，将塑料袋放在沙发前面的茶几上，整理一下衣襟，李律师，俺给你送点金针菜过来。李不言故意逗她，你送再多的金针菜，我这里也没有绿豆粉丝让你带回去。孙淑侠咯咯笑，眉目含情说，李律师，要是你把俺扣下来，俺还就不走了。李不言忙收起笑容问，你家车子修好了吧？今天你怎么没陪小胡出车？孙淑侠回答，车子当天就修好了，今天送货去沙河，俺就是坐家里车到司法局门口下来的。李不言又问，修车花钱多不多？你怎么不跟车去沙河？孙淑侠说，修车费俺没问，反正有保险公司报销；沙河路不远，俺不想跟过去，送点自家种的金针菜过来给你。李不言说，这次谢谢你们，下次不要再送东西过来，专心跑车挣钱过好小日子。孙淑侠说，谢谢李律师，你真会关心人。李不言埋头翻看夏卫国的卷宗，没有再说话。孙淑侠默默地坐一会，似乎下了很大决心似的开口说，李律师，车子中午才能从沙河回来带俺，你上午还有事要忙吗？李不言抬起头，正想说有事，恰巧马慧芳走进来，便站起来给马慧芳让座。马慧芳看一眼孙淑侠问，李律师，你现在有事？李不言说，没事，正等你过来交流夏卫国的案子。马慧芳说，有进展吗？我在家心里怎么也不安，一直想来见你。孙淑侠见状只好站起来，难掩失望地说，李律师你忙吧，俺以后再过来。李不言说，以后如果没有要紧事还是多陪小胡出车吧，不送你了，请慢走。

　　李不言重新坐下对马慧芳说，我已经见过夏卫国，全部卷宗也看完了，情况不是很乐观。刚坐下去的马慧芳一听急了，又站了起来，上次临江的潘教授不是说案子很有希望吗？可以考虑往什么正当防卫上争取。李不言说，你先坐下来，是正当防卫，潘教授只是说争取，而我认为激愤杀人更符合实际情况，我和赵局长汇报过，他让我听潘教授的，好好配合他。你有什么想法吗？马慧芳依然站着问，你说的不乐观有多不乐观？会要卫国杀人偿命吗？李不言说，这倒也不至于，毕竟死者有很大责任。马慧芳又问，潘教授的正当防卫和你说的激愤杀人哪个对卫国更有利？李不言说，从量刑上看显然是正当防卫，如果成立应该无罪释放，激愤杀人即便成立至少也是无期徒刑。但从案情上判断，激愤杀人比防卫过当依据更充分。马慧芳困惑地问，卫国能无罪释放？我不懂法，怎么都觉得不可能呢。李不言说，潘教授懂得多，有他的独到想法。马慧芳想了想问，如果正当防卫，法院不听会怎么判？李不言说，估计最有可能是死刑缓期执行。马慧芳默默地坐了一会说，我也不知道该怎么办，由潘教授和李律师做主。说完起身离去。马慧芳走后，李不言拎起一袋金针菜，送到范会计办公室，乡下一个亲戚送的，借花献佛转送一袋请你家的行长尝尝，据说能安神醒脑。范会计一个劲地摆手，主任怎么给我送东西？陈小菊过来说，师哥，你妹妹来找你。李不言调侃道，我妹妹？是天上掉下个林妹妹吗？见陈小菊一脸认真不像开玩笑的样子，心想，莫非是何静？放下金针菜转身就走。

可不就是何静，大模大样坐在李不言的座椅上。李不言问，小静怎么跑到这儿来啦？何静故意圆睁杏眼，我不能来吗？有人好像不欢迎啊！李不言倒了一杯水，放在何静面前笑着说，欢迎欢迎，热烈欢迎，领导先润润嗓子，等会好做重要指示。何静跳起来，张开双臂往李不言身上扑。李不言闪开了，低声说，小静，这里可使不得。何静真的不高兴了，噘起小嘴，你办公室使不得，你宿舍里也使不得，不言哥你变了，我怎么就碰不得了。李不言说，以前你还小，打打闹闹的无所谓，现在都长成大姑娘了，再疯疯癫癫的可没人敢娶你。何静拽住李不言的手，有人敢娶我也不嫁，我就跟你闹。李不言想了想，决定告诉何静自己与赵虹的事。问何静道，中午是否愿意跟我去招待所吃食堂？何静一听又变得高兴起来，快活地说，那是自然，我就是来蹭饭的。李不言说，我们去法院接个人，然后一块去。何静一愣，问去接什么人。李不言赔着笑脸说，是你未来的嫂子，今天正好让你们认识一下。何静霎时变了脸色，甩开李不言的手，什么未来嫂子？你在开玩笑吧。李不言认真地说，没开玩笑，是刑庭法官，叫赵虹。何静一跺脚，高声叫道，那我怎么办！李不言故作平静地说，你还是小师妹啊，我们还和以前一样。何静恨恨地说，我不是你师妹！你老师又没教过我！一溜小跑摔门而去，留下李不言站在办公室中央发怔。

而此时的陈小菊也坐在自己办公室里发呆。在李不言的办公室，看他有条不紊地接待一批又一批客户，陈小菊的心里满满当当的；而一回到自己的办公室，心里便空空落落甚至有些魂不守舍。一开始陈小菊以为自己是因为对学习业务提高技能的渴望，清闲下来产生的心理落差。被今天上午几个女人的来访搅动得心神不宁，陈小菊才意识到事情不是那么简单。自称李不言妹妹的那个女孩，到李不言办公室就像到自己家里一样，竟让陈小菊内心莫名地生出一点点妒忌。还有拎着两只袋子的那个女人，看到李不言时的眼神分明不一般。而在拎袋子女人过来以后走廊里遇到的那个女人，虽然只是惊鸿一瞥，其美貌风韵还是让人浮想联翩，她找李不言是什么事情呢？公事还是私事？为何后来离开时神情忧郁落落寡欢？而这几个女人的来访，李不言都是独自接待，没有安排她旁听，是涉及客户的隐私，还是李不言想保守住自己的什么秘密？陈小菊困扰在这些问题中，剪不断理还乱，别是一番滋味在心头。想到后来，突然觉得自己是不是有点自作多情。师哥他已经有了赵虹姐，你想干什么呢？陈小菊问自己，集中精力将中医院的协议又耐心地审查一遍。

27

三个人站在门前，迟疑地向办公室内张望，其中的一个人李不言觉得有点面熟，可一时想不起来是谁。听到那个人对另外两个人说，没错，就是俺表侄。李不言这才想起那个人是胡成，便起身招手请他们进来。胡成忙大步走进房内，将手中的柳条篮子拎在半空中，表侄，你表婶腌的咸鸭蛋可好啦，全是青皮的，蛋黄油汪汪。另一只手指着另外一个人手中的尼龙袋，还有这袋花生，自家地里收的，别看个头小，嚼着可香了。李不言说，带这么多东西，我一个人要吃到什么时候？胡成憨厚地笑着，都放不坏的，表侄你慢慢吃。这办公楼可真气派，表侄的办公室比我们的乡长、书记办公室还敞亮。陈小菊抿嘴忍住笑，接过咸鸭蛋和花生，放在李不言身后柜子旁边。胡成望望陈小菊，看看李不言，似乎在等待李不言介绍。李不言没理会，直截了当地说，你们都请坐吧，今天来有什么事？

胡成说，又来麻烦表侄，这是我一个村的胡文刚，那是他的老三胡文壮，他们老二胡文强被抓起来，想请你给辩护出来。李不言问，因为什么被抓的？胡成说，胡老二从云南带一个女人回来，半夜与那女人睡在一起，后来被那女人告了。李不言说，上次你们村的胡万道从云南带女人被以拐卖妇女判了十五年，怎么还敢去云南带女人？胡成说，不是实在没办法吗，光棍汉的日子不好熬。李不言问，胡文强是以强奸罪被抓的吧？胡文刚、胡文壮一齐回答是的。李不言问，究竟有没有强奸这回事？胡文刚回答，谁知道呢？三更半夜的，只有老二和那个云南女人在屋里。李不言说，有无强奸是关键，没有还好说，有就肯定出不来。胡文刚说，律师能将胡奎弄出来，再想想办法将俺老二也弄出来。李不言有点哭笑不得，看一眼胡成说，不要听信传言，胡奎不是我弄出来，是法院根据案件事实和法律规定判处缓刑。强奸罪起点就是有期徒刑三年，我可没有能耐把一个强奸犯给弄出来。胡文刚说，不管怎么样，请律师帮帮忙。李不言说，请律师可以，但话得说清楚，请律师要花钱，而且律师不保证辩护一定能起作用，更不能保证被告人放出来。胡文刚从贴身口袋里摸出一卷钱，放在李不言面前，知道请律师要花钱，我们带过来了。那卷钱在桌面上松散开来，李不言看清楚是两张五十和五张二十的，对胡文刚和胡文壮说，辩护费最少三百元，二百元不够。两兄弟似乎有点意外地看着胡成，胡成摸摸后脑勺，你们哥俩先出去，俺和表侄商量商量。

两兄弟出去后，胡成露出尴尬的笑容说，表侄是这样的，上次胡奎那事没要钱，我听你们主任说本来最少要收一百。这回我想我们是亲戚最少要一百，他们不是亲戚，怎么也得二百，所以就让他们带二百。我不知道最少要三百，这事都怪我。李不言苦口婆心地说，你以后不要再对别人说胡奎是我弄出来，也不要帮我确定收多少律师费，律师收费标准是有规定的，隔一段时间就会调整，而且每个案子情况不一样收费有差别。胡成连忙答应，表侄你放心，肯定不会再有下次。李不言缓和一些脸色，这个案件就收二百，但是下不为例。胡成鸡啄米似的连连点头，下不为例！下不为例！麻烦表侄了。然后欢天喜地地跑出去将那两兄弟叫进来。

胡成他们走后，陈小菊问，那个胡成真是师哥表叔吗？李不言笑着说，很有可能是的，他说得有鼻子有眼，我什么都想不起来。你去将范会计叫过来，我们三人将这咸鸭蛋和小花生分了。

下午李不言带陈小菊去开庭，对方代理人是仝有为，这是两人第一次分别代理案件的一方当事人在诉讼中分庭抗礼。案件不算复杂，原告项州装潢厂将加工柜台货架业务发包给被告焦统一，在后来的双方结算中，原告认为被告占用了几笔货款，而被告认为没有占用，是用于冲抵费用。双方由此产生争议，诉讼到法院。仝有为代理原告，李不言代理被告。

这类普通的民事案件，法院一般安排在小法庭里开庭，除去案件当事人的至亲好友偶尔参加旁听外，大多数情况下没有人旁听。代理律师通常不做过多的准备，将庭审顺利应付过去就算完成任务。李不言也不例外，只是将双方账目做了一份对比清单，标注清楚相对应的证据就完事了，以往要准备的案件法律分析和代理意见初稿都没有做。

庭审比较顺利，都是常规步骤，没有意外。法庭调查结束，双方发表代理意见，由原告的代理律师仝有为先发言。仝有为说，合议庭，我依法接受原告委托担任其代理人，本案事实清楚证据充分，原告的诉讼主张应该得到法律支持。谢谢法庭。审判长问，说完了？仝有为说，完了。审判长哑然一笑，让被告方发表意见。李不言见仝有为说得很少，也就简要地说明双方账目的往来情况，各项支出或费用是否合理，结算后被告实际应向原告偿付款项的数额。李不言说完后，审判长说，仝律师，不要怪我说你，作为原告一方，你们至少应该将账目整理清晰，结果说明清楚，幸亏李律师列张表，并做了补充说明，要不还得我这个法官帮你们算账？仝有为嘿嘿笑着说，不复杂，不复杂，双方谈谈算算账。李不言主动帮助仝有为开脱，我们是同事，我和仝律师谁做说明都一样，双方当事人对对账，和解吧。双方当事人就在法官的主持下对账、协商并最终达成调解协议。

庭审结束回来，陈小菊说，师哥，仝主任刚才的代理意见也太简单。李不言说，以前王丹说过人称仝主任是"三句半律师"，我还不相信，今天数了数，可不是标准的三句半嘛。陈小菊扳着指头数了数，顿时笑不可抑，是谁这么有才？一下子精准抓住仝主任的出庭特色。李不言嘘了一声，指指东面办公室。陈小菊收住笑声，坐在沙发上，不时偷着乐。

李不言上楼到局长室，向赵志明回话，经过和家人商量，还是继续干律师，请赵局长转告我对缪书记的谢意。赵志明说，还有两天回复期限，要不要再考虑考虑。李不言说，不用，我主意已定。赵志明咂着嘴，注视李不言，可惜了，有那么多年轻人想要那个位子没机会。李不言笑笑，转移话题说，夏卫国案子明天开庭，赵局长去不去听听？赵志明说，不是合浦中院审的案子吗？我明天赶不过去。李不言说，案子在合浦中院，人羁押在项州，明天开庭是合浦中院的法官过来，在项州法院大法庭里开。赵志明说，明天有个会走不开，你开完庭来向我汇报。

夏卫国案件定在上午九点开庭，马慧芳八点就来到李不言的办公室。八点半陈小菊进来，刚想张嘴叫师哥，看到马慧芳忙改口叫主任。李不言介绍说，这是马慧芳，夏卫国案件的委托人。又介绍陈小菊给马慧芳，我的同事陈律师，今天她陪你去旁听。马慧芳对陈小菊说谢谢，陈小菊说不用谢，心想那天走廊里遇到的忧郁女人原来就是惹出人命的马慧芳，婀娜身姿加上明眸皓齿确实有些魅力，难怪付大毛一直纠缠不放并最终因此丧命。

不到九点钟，法庭里已经座无虚席，法警将大门从里面拴上，不再让人进来。李不言坐在潘教授旁边，看着下面的旁听人员，知道他们最关心的是夏卫国的枪和马慧芳的美貌以及三人之间的情感纠葛，至于案件的是非曲直和涉及的法律关系没有几人能真正听进去。在庭前与潘教授的接触中，李不言建议将辩护重点放在付大毛的恶行与案件的直接关系以及夏卫国的优良品行与一时激愤失去理智上。潘教授说这样辩护技术含量不高，只有正当防卫辩护成功，才能体现辩护的价值。李不言退而求其次说，付大毛虽然一直骚扰马慧芳，但毕竟也一直是赤手空拳。

枪支的致命性常人皆知，用夺命枪械对两手空空的人进行防卫至少不能说很适当，要不按防卫过当争一争？潘教授坚持就按正当防卫辩，并表示对此有信心。李不言不好再说什么，只能安慰自己作为配合律师已经尽力。

庭审很流畅，公诉人宣读起诉书，控辩双方以及合议庭向被告人发问，然后是举证质证。公诉人出示那把枪时，法庭内有点小小的骚动，坐在后排的旁听人员纷纷站起来，踮脚引颈想看清楚这把传说中的枪。其实根本看不清，就连坐在辩护人席上的李不言也只是看到长得有点像手枪的一团铁疙瘩。法庭调查结束后，审判长章程宣布开始法庭辩论。

公诉人宣读公诉词，简要地从事实和法律层面分析夏卫国的行为构成故意杀人罪和私造枪支罪，应按照故意杀人罪和私造枪支罪数罪并罚。潘教授发表辩护意见，引经据典大谈正当防卫的概念特征构成条件，结合案情深入分析付大毛给夏卫国造成的心理恐惧和危险，认为虎背熊腰的付大毛即便是两手空空，攻击文弱单薄的夏卫国也足以形成致命威胁，夏卫国使用枪支实属万不得已，完全是一种为了保护自己和孩子生命安全的防卫行为。潘教授字正腔圆滔滔不绝一个多小时，旁听席上已经有人在打瞌睡，合议庭上三名法官也相互低声交谈好几次。

潘教授发言过程中，李不言一直琢磨自己要不要说几句，本来不想说，见潘教授始终只谈正当防卫，在他结束发言后终究没有忍住，举手请求补充发言道，作为第二辩护人，我要强调夏卫国在开枪自卫时处于的激愤状态，这和一般的主观上恶意剥夺他人生命的行为还是有区别的，请法庭在对案件定性量刑时给予充分考量。合议庭成员都不自觉地点点头，审判长章程还似乎特别留意了李不言一眼，宣布开始第二轮辩论。

二轮辩论双方其实没有什么新观点，公诉人说夏卫国不属于正当防卫，潘教授坚持就是正当防卫。章程没有给双方第三轮辩护的机会，直接宣布休庭合议。二十分钟后，继续开庭，当庭宣判，夏卫国犯故意杀人罪本应判处死刑，因其属于激愤杀人，被害人有明显过错，判处无期徒刑，剥夺政治权利终身，犯私造枪支罪判处有期徒刑三年，决定合并执行无期徒刑，剥夺政治权利终身。

庭审结束后，李不言去毛玉办公室。毛玉说，刚才那个杀人案，不言的补充发言很重要。李不言说，毛玉姐旁听了？我没看见你嘛。此案潘教授主辩，我叨陪末座出个场，只说几句。毛玉说，我坐在后面人堆里，一宣判完毕就回来了。

潘教授夸夸其谈做的都是无用功，还是我们的不言好用。你是来问二公子离婚的事吧。小高媳妇被我劝说有点心动，再来个把回合差不多能拿下。我跟她说如果同意离婚，小高补偿五万元，这钱没问题吧？李不言说，何止没问题，再加三万元，毛玉姐一鼓作气结束战斗。毛玉打开小高离婚案卷宗，翻到与小高的谈话笔录指给李不言看，不言你不是开玩笑吧。小高表态最多五万元，我不放心才和你确认，你一句话就再加三万？李不言说，这钱不是小高掏，他连五千元都拿不出。小高将人家如花似玉的外地姑娘扔在半道上，让教子无方的老高多出点钱就当是不能刀铡陈世美，也要放陈世美老子半碗血。毛玉合上卷宗，颇为豪气地说，不言是个痛快人，这一刀铡得爽！下午我再找小高媳妇谈谈心，你等我电话。李不言说，静候毛玉姐佳音。

下午临下班前，毛玉来电话说小高媳妇已经在调解协议上签字同意离婚，让李不言通知小高明天上午带上八万元到法院领取正式调解书。李不言说，谢谢毛玉姐，调解能手果然不是浪得虚名。毛玉说，今天又做了一下午的工作，嗓子都要说哑了。李不言说，毛玉姐的辛苦我铭记在心，明天再准备几盒碧螺春帮你恢复清音。毛玉带着笑声说，什么春也不能治嗓子，不过那茶叶确实不错，银澄碧绿清香袭人。

挂了毛玉电话，李不言打电话给高玉河，告诉他事情已经解决，明天让小高带八万元去法院拿调解书。高玉河兴奋地说，李律师你可真是帮了大忙，我和老太婆今夜能睡上安稳觉。明天上午能不能请你陪着去法院，我将钱和二小子送过去，钱不能给他带，对这小子我实在不放心。李不言说，没问题，高厂长的事我义不容辞善始善终。高玉河又说了一番感谢的话才挂电话。

次日上午一上班，高玉河将小高送到司法局，还带过来八沓崭新的百元大钞，整齐地码放在一个纸盒子里。李不言看着钱盒子想自己从来没有与这么多钱近距离接触，只可惜再近也不属于自己。又一想，高玉河每月工资也就几百元，拿出八万元钱似乎很稀松平常，这些钱能都是工资攒出来的？李不言觉得自己很好笑，总是在钱的问题里绕道转圈。他收回思绪对高玉河说，高厂长，这么多钱为了安全起见，还是用你车将我们送到法院吧。高玉河说，车子一直在外面候着，听从李律师调遣。李不言让陈小菊提着两袋碧螺春，自己提着钱盒子，乘车去法院。

下车后，李不言说高厂长可以回去了。高玉河说，我就在法院外面等你们，办完手续我将二小子媳妇送去银行将钱存起来，这么多钱拿在手里不安全。李不言对小高说，你看高厂长多宽厚仁义，你真得好好学。小高没说话，低头向法院里走。来到毛玉办公室，小高媳妇已经等在那里。李不言将钱盒子放在毛玉的办公桌上，打开纸盒盖。毛玉招呼小高媳妇清点钱数，陈小菊将茶叶悄悄放在毛玉身后文件柜旁边。小高媳妇点完钱签收了正式的离婚调解书，小高也在送达回证上签下名字。李不言对小高前媳妇说，高厂长不放心你带着这么多钱在身边，正在外边等着开车送你去银行，我们陪你到车跟前。毛玉说，看你公公多疼你。小高前媳妇狠狠地剜了小高一眼，我爸一直最疼我，要不是因为他，我非得和某人拼个你死我活！大家一听都不再出声，小心翼翼地陪着小高前媳妇来到车前。

送别高玉河，李不言说自己还要去趟刑庭，问陈小菊去不去，陈小菊说我还没去过呢。李不言就带她一块去刑庭大办公室，将她介绍给张美娟，张美娟搂住陈小菊一见如故直夸漂亮，陈小菊说赵虹姐才好看人也温柔，然后三个女人叽叽喳喳仿佛闺密聚会一般。李不言笑一笑，走到江山面前说，看到没，三个女人一台戏。江山说，刑庭有这么一台戏机会很难得，成天与刑事案件打交道，心里一点阳光都没有。李不言问，你经常与犯人打交道，会不会看谁都像是一脸的嫌疑？江山说，恰恰相反，犯人见多了，反而记不清他们长什么样，都只不过是判决书上的一个个名字，没血没肉没情感。李不言说，这对律师可不是什么好现象，被告在法官眼里没人形，下判自然不会手下留情，怪不得我最近的几个案子被判得无情无义。江山问，你有什么案子判重了，我怎么不知道？李不言说，就是林家岭、何树荣、曹学德还有王善军案，似乎一个比一个判得重。江山问，这都是些什么案件？我咋没印象？李不言说，没有你手里的。对了，你这么一说提醒了我，我原来没在意，这几个都是强奸案，我想来问你的胡文强案件也是强奸案，这是怎么回事？犯案也会连锁反应，一个学一个？江山说，我手里也有好几件强奸案，这个夏秋不寻常，雄性荷尔蒙大爆发。又说，一个比一个判得重就对了，不压一压这股淫邪之气那还了得！李不言说，是得镇一镇，何树荣才十五岁，就敢翻墙爬窗强奸本村的二十岁大姑娘，太色胆包天！江山仰天大笑，我怎么觉得我们是在一同参加庭内案件讨论会，你忘记你的律师身份啦。李不言跟着一阵笑，看一眼赵虹说，经常和法官在一起，不知不觉被拉下水。你帮我查查胡文强案过来没有？江山查看案件登记本后说还没有，李不言起身欲走，江山说，勇敢说你帮他搞到液化气户口本，什么时候也帮我搞一个。李不言说，勇敢那是撞大运碰上的，再说人家小夫妻有家有院，你一个住筒子楼的单身汉用什么液化气？等你住上小院子再说，到那时说不定不需要户口本。说完走到赵虹面前偷偷送上一个深情的眼神，赵虹右手捂嘴笑，左手从办公桌下面伸出来，李不言迅速抓住紧握一下又放开。陈小菊看在眼里装作没看见，继续和张美娟有说有笑，心里对师哥与赵虹姐羡慕不已。

28

何静说得没错，李不言的老师没有教过她，她和李不言甚至都没有同校就读过。李不言小学和初中都是在村里上的，高中才考入镇上的项河中学，何静则一直在项河镇读书。李不言读高中时，何静念初中，两所学校一个镇东一个镇西。李不言高中毕业考入省司法学校，何静初中毕业被合浦幼儿师范录取，两人的求学轨迹并无交集。

高二下学期文理科分班，一至三班为理科班，四班是文科班，李不言选择文科自动进入四班，班主任是语文老师何金桂。李不言作文好，高一时力压所有学哥学姐拿到全校作文比赛第一名，引起何金桂的关注。分班后投到何金桂的麾下，自然深受器重，从语文课代表直接擢升为班长。分班前，李不言文科成绩优异，数学还行，理科成绩一般，因此总成绩不是特别突出。分班以后就不一样了，基本上都是李不言的强项，几乎将全班历次考试的总分冠军承包下来。文科班的全班冠军其实也就是全年级的文科冠军，李不言一时风光无限无人能出其右。校长多次亲自勉励李不言欲穷千里目更上一层楼，并指示何金桂盯紧李不言，用李不言去实现项河中学文科高考的零的突破。何金桂对李不言本来就是另眼相加，肩负突破重任更是殚精竭虑，经常带李不言到家中开小灶，既有开卷破题的知识小灶，也有添鱼加肉的伙食小灶，何静与她的不言哥就是在这个过程中逐渐熟悉亲昵起来。

李不言和何静在外地求学期间书信不断，虽然在信中李不言从来没有表露过男女之间的爱意，情窦初开的何静还是将这些信件作为恋情的信物珍藏，她当仁不让地认为不言哥是她的，他们是两条一路欢歌淙淙流淌的小溪，只需顺着时间的河床流动，必然会融汇在一起，流向幸福而又神秘的远方。毕业后的两人同处项州小城，书信因为似乎没有必要而中断。但联络却没有因为距离拉近而增加，反而频次少了许多。两人刚工作都很忙，何静开始并不在意。后来在意时又想不言哥就在这里，见面是件很容易的事。再后来就不太淡定了，为求一见主动上门，却发现冒出个叫赵虹的准嫂子，不言哥成为名副其实的不言哥。

周淑珍察觉到不大对劲，原本回到家就唧唧喳喳的女儿变得沉默寡言。她立即就判断出与李不言有关，试探着问女儿，你不言哥有段日子没过来，你去找找他，说他师母想他了。何静没精打采地说，你想他，他不想你，他忙着呢！周淑珍说，我知道他工作忙，周末可以抽空过来啊。何静说，他岂止是工作忙，还忙着谈恋爱，周末也不够用。周淑珍有点吃惊地问，谈恋爱？他谈恋爱啦。何静就将去李不言办公室的事告诉妈妈，说着说着两行热泪没有忍住夺眶而出。周淑珍心中一阵痛，突然有点怪罪自己。对于李不言，她打心眼里喜欢，也早已看出来何静的心思，非常希望两个孩子能走到一起。她看出来李不言对何静更多的是兄长般的爱护，但相信随着两人的一天天成长，感情也会发生变化。她还曾想主动挑明何静对李不言的心思，促进两个人确立恋爱关系，又担心操之过急欲速则不达反而误事。没想到李不言不声不响地谈了女朋友，还是做法律的，似乎志同道合挺般配。现在如何是好呢？总不能强求李不言非自己女儿不娶吧。

母女俩相对无言片晌，何静突然坚定地说，不行，不能就这样放弃，我还要去找不言哥，我就不信我们这么多年的感情会输给那个什么赵虹。周淑珍想只要没结婚确实不妨争一争，便对何静说，妈妈支持你去争取，但不能太着急，不能由着性子来，更不能给你不言哥造成什么不好影响，和风细雨的，用你的真心实意去感动你不言哥。

何静说干就干，第二天开始便每天下午去李不言办公室。幼儿园每天下午三点半放学，何静用二十分钟左右时间骑车到司法局，李不言五点下班，何静有一个小时来争取。当然，李不言经常外出办事不在办公室，何静似乎无所谓，见不到人也不打听，骑车掉头回家。

最初见到何静到办公室来，李不言心里有点不安，担心任性的何静做出什么出格的举动。后来见何静不急不恼的，他有空就和他聊幼儿园趣闻或者说说以前在项河上学时好玩的事，他没空就和一见如故二见如姐的陈小菊聊服饰聊化妆品聊港台流行金曲，陈小菊也没空她自己捧着《项州日报》也能看半天。李不言放心了，尽量挤出时间多陪陪她。一周后，李不言见何静天天来，这才觉察事态有点严重，便有意想躲开，将一些外调外访事务安排在下午，办完事还早也不回办公室，去刑庭转一转，或者干脆回招待所。何静连续吃了几次闭门羹，明白李不言在故意回避她，在心里寻思你上班可以不到办公室，睡觉总得回招待所吧，我看你晚上往哪里躲。

　　李不言和赵虹下班回到招待所，前台小钱叫住他，李律师，你妹妹又来找你，在你房间里。李不言表面上坦然自若地说知道了，拉着赵虹的手继续往房间走，在心底祈祷小静不要胡来。赵虹温柔地说，你还真有妹妹啊，上次小钱说，我还不相信呢。李不言说，是我老师的女儿，她有点调皮，喜欢开玩笑，万一冲撞到你，你不要介意。赵虹说，不会介意的，我也想有个妹妹呢！

　　房门敞开着，何静坐在床边翻看一本书。见李不言和赵虹进来，跳起来抱住李不言，不言哥，你可回来啦！李不言使劲挣脱开来，拉过赵虹说，还不快来见过你嫂子。赵虹见何静直扑李不言本来有点生气，听李不言介绍她是嫂子，转怒为喜主动拉起何静的手，不要听你哥乱说，我是赵虹，小妹叫我赵姐吧。何静扑闪着双眼说，我不喜欢赵姐。赵虹僵住了，这个妹子可不是一般的顽皮。何静咯咯笑，搂住赵虹的肩膀，我喜欢叫虹姐。李不言在旁边长舒一口气，脑袋里已经嘀嘀鸣响的警报声戛然而止。

　　李不言去食堂打来饭菜，三个人谈笑风生地吃起来，吃完饭何静坐一会便主动提出离开，赵虹要送她，她挽起赵虹胳膊欢欢喜喜地走到招待所门口，停下脚步放开赵虹，顽皮地说，虹姐快点回去吧，不言哥肯定在等你说悄悄话呢。说得赵虹反而有点不好意思，坚持让何静先骑上自行车离开，自己才返身往回走。

　　回到房间里，李不言已经拉上窗帘，坐在床沿笑呵呵地等着她。赵虹甜蜜一笑，随手关上房门并反锁上。两人卿卿我我耳鬓厮磨一阵子，赵虹突然问，这个小静妹妹是不是看上你了？李不言心中吃了一惊，她刚才和你说的？赵虹说，她倒是没有说，但我从她眼里能看出来她不只是像妹妹那般喜欢你。李不言和赵虹说了与何金桂老师一家的交往，最后说，你老公我这么优秀，小静看上也很正常，老婆你放心，我已经将全部身心交给你，绝不会再接受别人，现在该是老婆将整个人交给老公的时候了。说话间一只手又开始一步步向下求索，赵虹依然不为所动说，等你成为正式老公了，老婆我任你发落。李不言笑笑，心里不仅不恼，反而非常欣慰赵虹的坚守底线，抽出手轻轻摩挲着赵虹的后背。

何静离开招待所骑行一段路后又折返，躲到马路对面的邮政局门廊下遥望着招待所的大门。她不时地瞟上一眼腕上的上海表，觉得时针移动如蜗牛爬行，缓慢到近乎停滞，有几次都忍不住用力甩几下胳膊检验一下手表是不是坏掉了。一个多小时以后，终于等到李不言和赵虹从招待所出来，一路向北并肩骑行。何静远远地跟在后面，直到李不言将赵虹送到宿舍区后原路返回，才继续向西往技校方向骑。他们没有同居，我还有机会，何静一路计划着下一步的行动。

29

上午十点有个窝赃案件要开庭，李不言提前半小时带着陈小菊来到刑庭办公室。看到这个案件的公诉人郑义也在，李不言问他怎么过来这么早。郑义说，昨天下班将卷宗带回家加班研究，今天早上没去单位，直接和美娟一道来法院。李不言笑着说，今天要开庭，昨夜加班研究案卷，你是假敬业还是真敬业呢？郑义从公文包里掏卷宗，瞪了李不言一眼，还不是你这个家伙惹的事，本来准备得好好的，我听美娟说你要做无罪辩护，心里感到不踏实，才将卷宗带回去再过一遍。赵虹用自己的杯子给李不言泡好茶，同时用张美娟的杯子给郑义泡一杯。郑义对张美娟说，好好跟人家赵虹学学。张美娟对他翻白眼，你要是像李不言一样帅，我天天将你泡在茶叶罐子里。李不言惬意地捧起茶杯，我怎么想起那些泡酒的罐子，美娟法官这是要考验郑义的潜水能力吗？郑义笑着说，不理她，说说周居安怎么能无罪。李不言说，那四个偷蚕茧子人中的刘振国和周居安曾经是战友，刘振国要将蚕茧子放在周居安开的小饭店里，周居安又不知道是他偷来的，有什么理由不同意？怎么就是窝赃罪啦！我和你不仅不是战友，还经常在法庭上做对手，但冲着赵虹和美娟的关系，我要是偷点东西放在你的地盘上，你会不同意？同意了你就是窝赃犯？郑义说，我不知道东西是偷来的没有事，知道就是窝赃犯。本案中周居安是明知蚕茧来路不正的。李不言说，你凭什么判定周居安明知蚕茧子来路不正呢？小偷没有告诉他，也没有失主寻上门，周居安是能掐会算的小半仙？郑义说，周居安应该能判断出来，他自己说过对蚕茧子来历有点怀疑。李不言说，有点怀疑和明明知道根本不是一回事，举个小例子，你告诉我你是江苏徐州人，而实际上你是山东台儿庄的，我从你的口音上怀疑你可能是台儿庄的，这能认定我明知你是台儿庄人吗？郑义放下手中的卷宗和茶杯，做出欲上前敲打李不言状，你看不怪我心里不踏实吧，你这个家伙就是会狡辩！

江山在一旁笑着说，这庭也不用开了，控辩双方已经充分发表各自的意见。而本合议庭的三名成员又全部在此，你们两家人坐下来商量一下定案吧。陈小菊没听明白，问江山是什么意思。江山说，你们李律师和赵虹是什么关系你是知道的，郑义和张美娟是两口子你可能不知道，而赵虹和美娟都是审理这个窝赃案件的合议庭成员，他们两家可不就是能定案了吗？陈小菊笑着说，这么巧？还真的能定。李不言说，我们都不能定，还得听你审判长的。江山说，我看卷宗材料里，周居安是退伍军人，做村支书后，为村民办了不少实事，村民联名写信为他求情，送进监狱着实可惜。建议不言将无罪辩护改为从轻辩护，法庭不改变案件定性判个缓刑，这样控辩双方的意见都有所考虑，被告人也免了牢狱之苦。郑义竖起大拇指，审判长的意见堪称完美，不言是否同意？李不言说，皆大欢喜焉能不同意，审判长一锤定音！

随后的开庭气氛格外轻松，大家一团和气将整个流程走完，休庭后制作判决书盖章送达。周居安非常意外，没想到开完庭便可以回家，对法官和公诉人再三感谢。最后才想起来还有律师，对李不言深深地鞠一躬，谢谢李律师！

庭审结束后，江山将周居安案件的书记员介绍给李不言，徐海林，华政高材生，与我们同一年参加的高考。李不言主动与徐海林握手，那肯定是项州中学的，厉害啊！当年能考上本科在我心里都是神一般的存在！徐海林说，厉害什么呀，我们高中同届，现在江山已经是副庭长，你是项州颇有名气的律师，我还什么都不是。江山说，这只是暂时的，有华政底蕴在，必然后来居上。徐海林说，从书记员到副庭长，要经历助审员和审判员，三个级差等着，居上谈何容易！李不言说，说容易也容易，江山不就是两年实现三级跳。我好奇地问一句，华政毕业怎么分配回小县城，上级法院不缺人吗？徐海林没有接话，表情有点不自然地低头整理手中卷宗。

回到办公室，陈小菊问李不言，师哥，刑事案子还可以这样商量着办？李不言说，这种庭前协商与西方的诉辩交易有点类似，尽管在我们国家没有明确的法律依据，但为了节省诉讼成本，提高诉讼效率，更好地理解与适用法律，我个人觉得值得借鉴。陈小菊啧啧称奇，由衷地说，师哥你腹中藏了多少好东西，总是给人惊喜。李不言笑笑说，师哥也是草包肚，只是多看几本书。陈小菊说，师哥我们在接龙打油诗呢，还那么押韵。两人相视而笑，其乐融融。

下午三点，马健召集全所人员到接待室开会。马健说，到年底还有一个月，大家再加把劲冲刺一把，顾问费还没有收上来的抓紧收，范会计会后统计一下，看看还有哪些费用需要催缴，必要时范会计跑一圈；但要注意态度和方式，既要要回钱，又不能得罪客户。范会计说，这个好难把握，如果是送钱给人，那肯定能做到。王丹说，那也不一定，你如果专门送我一分钱，我肯定会愤怒，认为你在侮辱我。几句话引起哄堂大笑，范会计说，王丹你给大家每人发一分钱看看，保证你还发不出来。王丹在衣服口袋里装模作样地摸了几把，还真掏不出那么多的一分硬币，每人发十块没问题。但如果给你们每人十块钱，你们又肯定不生气了。马健不满地扫一眼王丹，大家还是讨论怎么多收钱吧，发钱的事先放一放。李不言说，有一次赵局长建议顾问单位事情太多的，可以考虑第二年增加顾问费。我觉得确实很有必要，而且想今年就试试，看看能不能还没交的让他们多交点，已经交过的让他们再交点。范会计你会后帮我列张表，将我的顾问单位应缴已缴顾问费数额统计给我。范会计说好的，马上办。马健接着说，李律师的想法非常好，大家一定要深挖潜能，将个人创收搞上去。不要认为个人创收少只是个人的提成少与所里没关系，创收少意味着所里的费用也跟着少，今年所里的费用就有些紧张，摊子铺大了，费用也水涨船高。仝有为说，我们辛辛苦苦挣点钱，局里他娘的拿走太多，一下子拿走超过三分之一。不行我们出去租房子，有这些钱能租到一栋楼。大家纷纷表示赞同，附和着说局里将事务所锅里的肉几乎捞光，只给我们留下几根没肉的骨头。马健有些不耐烦，讲讲有用的，那些已经写在红头文件里的不要再讨论。大家不知道什么是有用的，便干脆都闭上嘴巴，一双双眼睛带着心照不宣的笑意相互交流。马健等了一会，显得更不耐烦，既然大家都不想说话，那就散会吧。

李不言回到办公室，黄伟雄兴冲冲地走进来，将手中的《东方司法》递给他，李律师，那篇报道也发表了，今年估计又能拿到奖。李不言接过来，在目录里找到《项州之谜》，循着页码翻到那篇文章。看到在文章标题下作者一栏里，写着他和黄伟雄的名字。抬头笑着说，恭贺黄主任，喜获三倍奖金。黄伟雄有点难为情，露出不大自然的笑容，李律师劳苦功高，我跟着沾光的，奖金我们平分。李不言说，我只拿那份稿酬，奖金全归你，我一个做律师的，搞这个属不务正业，黄主任在司法行政上，奖励你名副其实。黄伟雄说，那就谢谢李律师，要不如果在省里获奖，奖品都归你。李不言说，等获奖再说吧，如果还是锅碗瓢盆之类的，我就不要啦。

陈小菊要过杂志，坐在一边细细阅读，文章开篇介绍项州司法局在合浦市连续三年综合指标评比全市第一，作为偏居一隅先天条件并不优越的项州司法如何做到这一步，在人们的心中结成一个谜。为解开这个谜，作者带着大家走进一个又一个现场，将谜底层层揭开，最终明白是赵志明局长的胸怀全局与身先士卒，是全局上下的各尽其职勠力同心，当然还有司法行政重建以来日益得到国家重视和社会认可的大背景。一言以蔽之，有了人和与天时，没有地利亦出奇。陈小菊读完文章，佩服之极，师哥，去年拿到省里的一等奖，今年这篇我觉得写得更好。这种集体报道最难写，能写出这种水平，我看项州也没有几个。李不言笑道，师妹太夸张，不能因为想拜我为师就没有原则，这种差不多属于闭门造车的命题之作，所以我才羞于拿那什么三倍稿酬，只取一份辛苦费了事。你要真想恭维师哥，还是在师哥的老本行里做点文章。陈小菊说，要说师哥的专业，那就不是项州没几个，而是项州独一个。说师哥第二，没人敢称第一。李不言笑得弯腰捧腹，上气不接下气地说，就七个人赛跑，拿了个第一，靠的还是唯一女选手背后作弊推一把，你是要捧杀师哥啊。陈小菊笑声清脆，师哥啊，我不是在背后作弊推你向前跑，是想拉着你的衣襟作弊跑出第二名。

范会计进来说，谁是第二名？瞧你们开心的！我要搬到李律师的办公室里来，将我一个人丢在最西面，都要闷死了。李不言说，你真想解闷，改天我找本流氓案件的卷宗给你看，有些案件情节堪比小说。范会计说，主任要说话算话，这件事我记住了。李不言说，你别忘记经常提醒我，我要的那张表列好了吧。范会计递上表格说，这不给你送过来了。李不言接过表格，看到五交化公司赫然在列，想起那台熊猫电视机，对范会计说，我的顾问单位无需辛苦你去拜访，也不要先开好发票，我自己出去办事顺路走一圈，向他们多要点，谈好了通知你开发票，有空你帮其他同事多跑跑。范会计说，要是都能像李律师这样体贴人，让我跑死都愿意。李不言想起刚才的话题，笑着说道，你还是别跑了，跑死也跑不进前三名。陈小菊一听又笑起来，范会计来回转头溜瞅面前的两个人，心想，没听说司法局要开运动会啊？

放在办公桌上的寻呼机叫起来，显示屏上清晰显现出一行文字：速到格林商店惠兴齐。李不言说，这个惠兴齐，知道打电话寻呼我，不知道直接打我办公室电话。将寻呼机装进口袋里，简单收拾一下办公桌，问陈小菊有没有兴趣去逛商店。求之不得的陈小菊应声说，太有兴趣了。

两人骑车去五交化公司旁边的格林商店，陈小菊问，师哥，我看别人是将寻呼机别在腰间皮带上，又方便又神气，你怎么一直藏在口袋里？李不言说，我根本就不想要这个玩意，有些人你不想见，呼你了你回不回？有时候你想回结果又找不到回电话的地方，搞得两头都着急，要是能直接通话才好用。到了格林商店门前，两人锁好自行车，走进商店内。只见惠兴齐正与他人发生争执，两人耳红脖子粗的互不相让。惠兴齐看见李不言，为了突出他的身份，故意不称呼李律师，李主任，就是上次去泉州我带回来的那两台大彩电，格林商店买下来，只付了一台钱，还有一台钱，今天允明天，明天允后天，就是不给我。今天来要钱，居然还威胁我，说如果再要钱就去举报彩电来路不正。哪有这样做生意的？简直岂有此理！与惠兴齐争执的那个人见他搬来律师，有点心虚地说，我不是一开始就要举报他，两台电视卖出一台，还有一台没卖，哪里有钱给他？跟他说将那台电视机退给他，他说过了这么长时间，价格掉下来很多，不要电视机，我们能怎么办？李不言问，电视机在哪里？那人指着货架一侧的一个纸箱，一直放在那，原封没动。李不言看一眼，正是惠兴齐上次购买的日立电视机。问那人，你是老板吗？那人说，我不是老板，只是站店的。李不言说，那请你老板来一趟。那人就拿起电话打给寻呼台，请给5688留言，店里有人找，速来。李不言问那人，你这彩电买进价格是多少？那人说，我不知道，是老板和他谈的。李不言问，卖出是多少钱，你应该知道吧？那人说，这我知道，是七千八。惠兴齐一听嚷起来，买我的五千八，转手就赚两千块，还要去告我。那人说，你只管卖出去的，剩下这台五千八都不一定能卖掉。两人说着又吵起来。正在这时，商店老板过来了。李不言一看，原来是在五交化上面开卡拉OK的小蒋。小蒋也认出李不言，笑着说，律师又来啦，我这店可不欠房租。李不言说，小蒋厉害啊，上下通吃，原来是做大生意的。小蒋说，都是小本经营混口饭吃，律师今天什么事？你尽管开口。那个店员说，律师来帮助惠老板要电视机钱。李不言说，不算是帮助要钱，过来看看情况。这下简单了，你们二位本来就是生意伙伴，又都是我朋友，我给你们出个方案，你们看看行不行？已经卖掉的那台就不说了，没卖的那台现在肯定掉价。不让蒋老板亏钱，这台退给惠老板。也不让电视机砸在惠老板手里，我按照当下价格买下来。这中间出现的差价损失怎么办呢？小蒋你卖出的那台电视机赚了两千元，你拿出一千补给惠老板，我跟惠老板结算时，多给他一点，保证惠老板能保本，这事就算解决。惠兴齐说，哪能让您多给钱？您要是买这台电视机，我一分钱都不要。小蒋立即表态，老惠你要是不收律师的钱，我将卖出去那台赚的两千元钱全给你，就当没有这回事。惠兴齐说，就这么定了，我还能送不起律师一台电视机！小蒋说，就这么定，我也不是拿不出这两千块！

惠兴齐叫来一辆平板车，装上电视机，吩咐送到招待所。途中李不言对惠兴齐说，两千多买的，你卖人五千八，路费够贵的。惠兴齐笑着说，我担的风险值这几个钱。李不言说，那就不是金钱能衡量的，真出了事，再多的钱也买不到自由。惠兴齐讨好说，所以才要请李律师多多为我保驾护航。李不言没有看他，目视着笔直的人民路说，凡事都要有度，惠老板不要过于随心所欲。惠兴齐说，我哪里敢乱来，每一步都请教您李律师的。李不言说，这台电视机不让你赚钱，加上运费你大概花有三千，去掉小蒋刚才给你的两千，我给你一千块。惠兴齐说，李律师，你这不是打我脸吗？在泉州我就要给你带一台，当时你没要，现在看来这台电视机就该是你的。李不言以亲昵的口吻说，亲兄弟明算账，我们虽然是关系密切的好朋友，成本价还是要收，你如果不收钱我以后怎么好收你律师费。惠兴齐得意地看看旁边的陈小菊，受宠若惊一般，主任说得在理，好兄弟明算账，电视机钱我收，律师费你收。

到招待所卸下电视机，惠兴齐和陈小菊便先后离开。李不言将招待所配备的九寸飞跃牌黑白电视机推到书桌的东南角，将新彩电摆放在正中间，比对着说明书调试电视的色彩、亮度和频道设定。见赵虹回来，示意关上门，继续摆弄遥控器。赵虹看见占据书桌将近一半面积的电视机，惊喜地问，这么大，多少寸的？看清商标后更加惊喜，还是日立的，哪来的？李不言故意满不在乎地回答，我买的，给你做嫁妆。赵虹将脑袋贴到李不言后背上，用力地顶了几下，娇嗔道，坏老公，你要把你老婆嫁出去？李不言嘿嘿坏笑着，我一手嫁一手娶，左手倒右手。

当夜两人坐在床的另一头，李不言倚靠着棉被从后面拥着赵虹，看着电视剧里的刘慧芳，悠悠岁月久，悲欢离合都经过。赵虹非常开心，说今晚可以看到真人一样的刘慧芳和宋大成了。李不言欣赏着色彩逼真的画面说，看看这日立里面大成家院子里的那棵树，青枝绿叶的多旺盛，在飞跃里面简直就是一根上头开了许多叉的电线杆！赵虹笑出声，伸手向后摸着李不言的脸，双眼仍盯着电视屏幕说，这么好看的电视剧，你就注意到那棵树！李不言说，这个《渴望》有啥好的，怎么就能引发万人空巷万众一起抹眼泪！赵虹说，当然好，光是那两首主题歌就特别能抓住人。李不言说，我有个委托人也叫慧芳，不过姓马不姓刘。赵虹说，不就是夏卫国杀人案中的那个女人吗？李不言搂紧赵虹，在她的右腮上亲吻一口，对了，老婆是知道这个案子的，你见过她本人吗？我觉得她比电视剧里的慧芳更有韵味。赵虹撇嘴道，这两个慧芳怎么能放在一起比！马慧芳有什么韵味？惹出人命案的韵味？李不言不敢再随口乱语，专心地陪着赵虹，看善良温顺的刘慧芳如何好人没好报地一再受委屈。

30

事务所年度创收截止到十二月二十五日，通常统计报表只需做两份，一份给主任马健，一份范会计自己留存。今年范会计特意多做一份交给李不言，说让李律师提前掌握情况。李不言觉得这个提前没意义，但能提前看到报表仿佛是提前了解到所里机密一样，还是令人欢欣愉悦。如同领导人提前审阅内参，消息早晚都会公布于众或者不小心走漏风声大白于天下，但就是因为早知道那么几天甚至只是几个小时，便有十足的优越感。

马健主持召开事务所年度总结会，不无骄傲地宣布，通过全所同志一致努力，事务所在一九九〇年度取得合浦市两个第一的骄人成绩。一是王丹、徐龙云和陈小菊三名律师通过了律师资格考试，过考人数名列合浦市第一；二是全所创收名列第一，有三个律师进入合浦市律师个人创收前十名，李律师和王丹都迈过了两万元这道坎。在此我要特别表扬陈小菊，作为一个参加工作仅仅一年多的新人，创收一举突破一万元，超过合浦市律师创收的平均数。这充分说明只要你努力肯干，年龄资历根本不是问题。还有梁荣光，入职半年创收四千多元，个人提成轻松超过局里的大部分工作人员的工资水平。这两位律师的表现雄辩地说明，一分耕耘一分收获，不将新人保障政策放在眼里，你的成绩就会进入别人的眼里。其他的同志需要努力，不能只靠代写诉状、提供法律咨询赚点小钱，还是要拓展案源多办案，等是等不来案子的。听说梁荣光利用在乡里做过司法助理的经历，主动下沉到田间地头推广自己，收了不少案件，虽然案件标的不大，收费不高，但积少成多，照样有不错的总创收嘛。今年的奖金分配没有什么争议，按照年初的局里文件兑现，范会计将表造好，过完元旦上班后就发放。明年争取再上一个台阶，人均创收过两万。我先开个头，大家都谈谈想法，重点是在新年里如何取得新突破。过了一会，马健见没人主动发言，点名说，仝主任讲讲吧。

仝有为说，没有什么好讲的，我年纪大做不动了，希望年轻人多努力，好好干。大家一时没反应过来，还在等着仝有为的下文。见仝有为不说话了，才又往回倒带想想仝有为刚才说些什么。李不言在心里数了数，不禁偷偷一乐，不多不少又是三句半，看来仝主任不仅仅在法庭上擅长三句半，生活中也是信手拈来。李不言看到王丹也在偷笑，估计他也可能联想到仝有为的绰号，压抑住要笑出声的冲动，不苟言笑地说，我来说几句吧，马主任要求大家多办案当然是正确的，我想补充的是我们不仅要多办案，还要办好案，甚至宁愿少办案，也要办好案；因为办好一件案子，能带来一批案子，而如果有一个案子出问题，可能就会失去一连串的机会。我有个体会，代理原告的案子输不起，特别是经过律师审查后提起诉讼的案子，如果输掉影响会非常大，人家会说你这个律师不靠谱，好好的孩子交给你被你摆弄死。输掉代理被告的案子，一般人可以理解，认为被告大多无理应该输。但也不能老是输，胜率太低必然会失去当事人的信任，认为你是个屡战屡败的给钱就接案子的无原则律师。在代理被告的案子时要尽量争取与原告和解，争取一个少输当赢的结果。当然如果有机会胜诉也要抓住，胜一个被告的案子，效果远远大于胜一个原告的案子。原告胜诉被认为理所应当，被告胜诉则变成逆袭成功创造奇迹。这就要求我们要有选择的承接案件，多办能带来良好声誉的案件，少办有可能损害信誉的案件。我们的马主任就一直坚持挑选案件，所以胜率高创收也高。马健谦虚地说，我做得也还不够，不过李律师说的很有道理，大家都要好好体会，多办案办好案。王丹律师，谈谈你的想法。

王丹看着李不言，模仿着仝有为的语气和句式说，我也没有什么好讲的，今年虽然取得一点成绩，但和几位主任比，有距离。马健问，说完啦？王丹说，完啦。李不言绷着脸说，王丹，你太坏！王丹绷不住，爆发出一阵肆无忌惮的笑。其他人莫名其妙的看着李不言与王丹，不知这两位在做什么。李不言说，王律师，你今年通过律师资格考试,个人创收挺进合浦前十名,双喜临门,必须与我们大家好好分享你的成功经验。王丹收住笑,换上正经表情,我真的没有什么可说的,要说做得好,你李律师才是我们的榜样,我建议你再多指导我们几句。马健说,怎么又将球踢给李律师?小张你说说吧。张志祥情绪低落地说,我没有什么好说的,今年就我一个人没通过考试,拖了全所后腿,没能满堂红。王丹说,今年仅差两分,还是有进步,下一次准过。张志祥一脸羞愧,低下头看着自己的两只脚。马健看着张志祥身旁的于培林,不要我点名了,按顺序说。于培林开口道,我也没有什么好说的。大家一听都乐了,范会计说,你们都是仝主任的徒弟,忙活一年没有什么好说的。于培林说,我是真的没有什么好说。大家又是一阵笑。李不言说,没什么好说也说两句。于培林说,要说就说感谢李律师,自己那么忙,还花那么多时间指导我办案。李不言说,这不变成我在邀功请赏了吗?说说你自己。于培林说,我说的是真心话。然后求援地用胳膊肘抵一下徐龙云,徐龙云说,我更没有什么好说,我赞成李律师的有选择办案的观点,宁缺毋滥。马健不悦地说,不要都拿李律师的话说事,李律师说有选择办案,没说不办案,新人保障期只有一年,还是要学学陈小菊和梁荣光,自己多努力。徐龙云理直气壮地说,我没不努力,只是坚持自己的原则和做律师的底线,不见钱眼开,做那些根本不需要律师参与的案件。李不言知道徐龙云没有接受自己和他沟通时说的话,刚想再说,马健高声问,什么叫不需要律师参与的案件?你一日三餐自己也能做,为什么有时还要进饭店,而饭店老板自己能做饭为何还要花钱雇厨师。徐龙云说,马主任的意思,律师是饭店里的厨子,要是这样,我说得更没错,真正的大厨师只做自己的拿手菜,只有小厨子才做没有特色的家常菜。我们律师应该是大厨师,只做疑难复杂案件,鸡零狗碎的小案件让当事人自己解决。马健真的动怒了,冰冻着整张脸说,小厨子至少不会饿死自己,想当大厨师也得从烧火择菜做起。徐龙云还想争辩,梁荣光悄悄拽起他的衣角,咳嗽两声:我来说两句,我也特别赞同李律师的观点,可我没办法,我一个农村人,在城里谁也不认识,只能到农村找案子,什么案件都得接。如果考虑案件输赢对律师的影响,我肯定无米下锅喝西北风。就像马主任说的,我只能从烧火择菜做起,先保证自己不会饿死。徐龙云涨红了脸,用力甩开梁荣光仍拉着他的衣角的手,你做你的烧火工,我做我的大厨梦,饿死我活该。李不言见马健的脸色更加难看,抢先说道,大家说的都有一定道理,关键是不要走极端，菜要有人择干净，拿手菜也要有人做得出，如果认死理，成不了大气候。陈律师你说说吧。陈小菊说，我没有什么好说的，就是多学多做，请几位主任多支持。范会计说，讲了一大圈，又回到没有什么好说上。一句话让趋紧的气氛缓和下来。

散会后，陈小菊跟着李不言走进他办公室，一脸认真地问，师哥，刚才为何你说王丹太坏了，王丹还开心笑？李不言笑着说，你没数数仝主任说了几句话，王丹开始又是说了几句话。陈小菊眨巴眨巴双眼，笑出两弯新月，王丹太坏了！师哥你也有点损，还给仝主任说话计数。然后又说道，师哥，真得好好谢谢你，我这点创收其实全靠你。李不言说，要谢就谢范会计，是她拉来的案源。当然主要还是你努力，徐龙云本来和你机会均等，可惜有点偏执。陈小菊说，我觉得徐龙云不太适合做律师，应该去做法官。李不言说，谁让我们考上司法学校的，要是考上法官学校不就分去做法官了。陈小菊迟疑地问，有法官学校吗？李不言忍住笑，我没听说过，人事局肯定认为有。陈小菊明白过来，发出银铃般的笑声，李不言也哈哈大笑起来。

这么开心呢！有何喜事让我也沾沾光。何静说着话步履轻盈地走了进来。李不言止住笑，做出请坐手势，没有什么，是我们所刚才开会上的事。何静喜滋滋地说，你没有，你老师有，想不想听听啊。李不言兴致勃勃地说，当然有兴趣，是不是升校长了，快说来听听。何静拉住陈小菊的手，小菊姐，你看我不言哥就是聪明吧。不待陈小菊回应，转过身对李不言说，暂时升任副校长，不过是常务的。奉你师母之命，特邀你今晚光临老师寒舍把酒言欢！李不言额手相庆道，应该的，我得好好多敬老师几杯酒。何静说，这话我和小菊姐都听到了，记得好好多敬你老师几杯。陈小菊说，师哥就那几杯的量，多不到哪里去。马健走到门前，对陈小菊招招手，你过来一下。

李不言问何静，我能带你嫂子一块去吗？何静面带笑容问，你是说虹姐吗？你们结婚啦？李不言说，现在还没有，等弄到房子就结。何静说，今晚是家宴，你师母只吩咐我请你，你要是觉得带虹姐去合适你就带。李不言归整一会桌面上的材料，决定一个人过去。见何静在沙发上坐下来，没有要立即离开的意思，便找个话题说，小静，我一直想知道，老师的语文课教得那么好，怎么会放弃所长去技校管后勤？何静说，这和你有关啊，你考上学校实现零的突破，论功行赏你老师很快被提拔为教导主任。李不言说，这个我能理解，后来怎么到技校了，为了提高技校的升学率？何静扑哧一笑，技校有什么升学率？但技校级别高待遇好。现在的教育局长曾经是你老师的班主任，就如你老师爱护你，你老师的班主任也爱护你老师，有好位置自然会优先考虑你老师。李不言若有所思地点点头，心里盘算着通过老师接触老师的老师，拿下教育局进入教育系统的法律服务市场。

傍晚李不言如约而至，何金桂精神饱满地接过李不言递上来的杂志，又发表作品啦，你办案那么忙，怎么还有时间写作。李不言说，命题作文，不得已为之，用老师教导的底子应付，呈给老师审阅。何金桂戴上老花眼镜，细细品读《项州之谜》。何静换上李不言买的羊毛衫，一趟趟忙进忙出厨房，步履翩翩如一只红色蝴蝶。李不言关切地说，小静不冷吗？小心受凉！何静快乐地说，我热着呢，从心热到外，这件毛衣太温暖。李不言进入厨房问师母能帮忙做什么，周淑珍说，叫你老师开酒吧，可以开饭啦。

李不言端起酒杯，毕恭毕敬地说，祝贺老师！我敬两杯。一仰头倒进嘴里，紧接着自斟一杯酒又一饮而尽。周淑珍说，不言，你慢一点，少喝点，心意到就行。何静说，爸爸升职，不言哥高兴嘛。何金桂说，高兴也少喝点，你不言哥那点酒量，这样喝不了几杯就醉倒。李不言又满上一杯酒，举到周淑珍面前，老师升职，师母的后勤保障功不可没，老师的军功章也有师母的一半。按说理应满敬两杯，但师母爱惜我提醒我少饮酒，我就一杯两次喝完，算我敬师母两杯。说完喝下半杯酒，何静不愿意，拦住正准备放下杯子的李不言，敬老师两杯，师母一杯，不言哥厚此薄彼合适吗？周淑珍说，你不言哥敬我酒，我说合适就合适，不言你吃菜，空腹喝酒太伤胃。何静不依不饶，手放在李不言的酒杯下面示意继续。李不言无奈一笑，将剩下的半杯酒也喝了下去。何静满意地说，这才对嘛。又抢着给李不言的酒杯斟满。

四杯酒下肚，李不言就脸红如关公。何金桂说，先歇歇，拉拉呱。不言你上学时挺腼腆的，我让你做班长都费了好大劲，在班级发言时远没有你作文流畅，没想到现在律师做得风生水起。上次学生打球的事，几位校长被你的分析折服，后来的事态完全按照你的预判解决，校长说我教出来的学生能力不错。李不言说，还不是老师教导有方，朽木皆可雕。何静趁机说，那就再敬老师两杯酒。何金桂说，刚敬过，我也不回敬了，不言多吃菜。何静噘起嘴巴说，不言哥还没敬我呢。周淑珍在何静的头上宠溺地拍了一下，没大没小的，你不言哥应该敬你？何静做出诚惶诚恐的样子，站起来与李不言碰杯，直接将一杯酒喝下去，我错了，该我敬不言哥。李不言只好也喝光杯中酒，然后是第二杯。心想该喝的都喝了，有点高，勉强能应付。岂料刚吃几口菜，何静又站起来，不言哥，我还要敬虹姐两杯酒。李不言在心里发问，都不欢迎你虹姐来还敬什么酒，说出口的是，等下次带你虹姐过来，你敬她。何静撒娇说，我现在就要敬，你代替虹姐喝。李不言捂住酒杯不答应，何金桂与周淑珍也都说，小静放过你不言哥吧。何静趴到李不言的耳根说，不言哥你今天胆敢不喝这两杯，我下次见到虹姐时让她好看！李不言只好代表赵虹喝下两杯酒。

这两杯酒似乎不是喝进肚子里，直往头上冲，晕晕乎乎的李不言感觉老师一家人的声音越来越遥远，远到被空气稀释干净；脑袋越来越沉重，重到要掉在桌面上；心脏越跳越猛烈，猛到要蹿出胸膛。他极力控制着，摇摇晃晃地站起来，口齿不清地说，我……我……我要躺一会。趔趄着到沙发旁，慢慢躺下去，闭上灌铅一般的眼皮。紧随身后双手扶着他的何静待他躺下后，跑到卫生间拿来一条温热毛巾，折叠好轻敷在他的额头上。何金桂埋怨道，小静你今天怎么了？看把你不言哥喝的。周淑珍轻声说，不要说小静，不言睡一觉就没事了。

周淑珍收拾完碗筷盘盏，李不言还在沙发上呼呼大睡。何金桂问，这可怎么办？还能让不言在沙发上睡一夜？一直在沙发旁陪着李不言的何静说，是我喝醉不言哥的，给他弄到我房间，我睡沙发。何金桂说，那能合适吗？也不好弄上楼啊。何静眼珠子骨碌一转，不言哥睡在楼下你们的房间，你们睡楼上我房间，我睡客厅沙发。何金桂说，这也不合适。何静说，有啥不合适的，总不能你和妈妈两个人挤在沙发上。何金桂还想说什么，已经猜出何静心思的周淑珍说，就这样吧，你们把不言弄到卧室去。

在楼上卧室睡下后，何金桂说，我怎么觉得小静有点不对劲。周淑珍说，不要管她，她对不言的心思你还能不清楚？何金桂猛地坐起来，不言不是有女朋友吗？小静可不能乱来。周淑珍拉扯他一把，睡觉吧，不言都醉成那样，小静能乱到哪里去？

躺在沙发上的何静一直没合眼，等到夜深人静楼上悄无声息，她爬起来蹑手蹑脚走进一楼卧室，反锁房门爬上床。在李不言耳边轻唤几声不言哥，见他毫无反应，轻轻地解开他的羽绒服、毛衣和衬衫，一件一件慢慢地扒下来，又一点一点地褪下他的裤子，然后麻利地将自己脱光。当两人滚烫的身体紧贴在一起时，何静呻吟道，我的不言哥，我的亲亲老公哎！醉梦中的李不言依稀听到"赵虹"在呼唤老公并且用手温柔地抚摸他。那双手从头顶开始一路向下，经过脖子、胸膛、小腹，最后停留在他的命根子上。而他的手放在"赵虹"的两腿之间，被"赵虹"紧紧夹住。李不言有几分奇怪，老婆不是不让两人互碰私处吗？今天是怎么回事啊？想呀想，想得脑壳子隐隐作痛，突然想明白，我们已经结过婚，我是正式老公啦！李不言挣扎着翻过身，将怀抱里的"老婆"压在身底。

31

昨天下班后，李不言到食堂为赵虹打好饭菜，抱歉说实在不忍心撇下她独自去老师家吃大餐，但目前名不正言不顺的不好携她同往，只能委屈咱虹了。让她今晚将就着自己看《渴望》，看完电视剧如果他还没回来，可以不等他，也可以在招待所住下。赵虹抱住李不言美美地亲吻一阵子，微红着脸说，你又想得美，我看完《渴望》就回去。

看完两集电视剧将近十点，赵虹本来已经准备骑车回筒子楼，心里突然莫名涌出的一阵慌乱让她到前台寻呼李不言，十几分钟没有回音，再次寻呼还是杳无音信，慌乱中又多了几分担忧。她倚靠着床头翻书等待李不言，不知不觉竟然睡着了。一觉醒来，窗外的那排灰褐色的水杉已经沐浴在朝阳中，几缕斑驳的光影透过树梢落在窗户和窗台上，犹如电影院里的放映机将影像从屋顶投射下来，赵虹对着那几缕光影出神，一动不动，似乎被困在其中。直到外面人声嘈杂，人们陆续开始了新的一天，赵虹才缓缓下床，草草地擦一把脸，失神落魄般的骑车上班。到办公室，赵虹打李不言办公室电话，没人接听，又寻呼一遍，仍然没有回应。不言莫非出事了？赵虹心中发紧，不敢再往下想。

此时的李不言正在努力睁开双眼，四肢软绵绵的全身乏力。我怎么这么累啊，李不言问自己。眼睛还没有完全睁开，耳边传来何静带着甜美气息的声音，不言哥，你醒了。李不言一个激灵倦意全消，腾地坐起来，顺着声音方向看到何静酥胸半露，娇羞而又一往情深地望着自己。低头一看自己赤身裸体，他连忙躺下，拉过被子遮盖住身体，一时上气不接下气。

这是怎么回事？李不言呼吸困难地问。何静千娇百媚，你昨晚喝多了，就住在这里没回去。那你怎么也在这里？李不言慌张地问。何静用手指轻轻点了一下李不言的鼻尖，这要问不言哥你啊，你不让小静走，小静有什么办法。再说这里是小静家，小静不在这里又能去哪里？李不言的双眼快速搜寻着自己的衣服，发现胡乱地散落在床前的地上，翻身下床顾不上穿好内衣内裤和毛衣，从地上直接捡起外裤匆忙蹬上，又弯腰抓起不远处的羽绒服套在身上，抱起其他衣服拉开房门冲了出去。

周淑珍坐在沙发上，亲切地和李不言打招呼，不言起来啦，餐桌上有早点，牙刷毛巾也给你准备好了，去刷牙洗脸吃饭吧。李不言无地自容地说句对不起，冲到院子里，将手中的衣服扔进车筐，推上自行车就跑，狼狈不堪如落荒而逃的丧家犬。

回到招待所，李不言接下半盆凉水兑上一暖瓶热水在房间冲洗一遍身子，换上一身干净衣服后，感觉精气神恢复了一些。他到前台给赵虹打电话，电话那头的赵虹一听到他的声音似乎要哭出来，连声问他没有什么事吧。他说没有什么事，昨夜喝多了留宿老师家，具体情况中午见面再说。回到房间，李不言将换下来的衣服端到公共盥洗室洗了，晾晒好又回到房间脱下衣服爬到床上，想好好睡一觉养足精神。可辗转反侧难以入眠，突然想起寻呼机，找出来查看，有三条赵虹的，两条玻璃厂王宁的。放下寻呼机，摸起电视机边上的奥地利作家茨威格短篇小说集《一个陌生女人的来信》，想接着看过的地方往下看，翻了一遍没找到夹在读过页面的书签，而一时又记不起原来读到什么地方，便又将书扔到一边。李不言不知道，这本书赵虹昨夜翻半天一个字也没有读进去，没留神将那枚印有《日月同辉》摄影作品的书签从书中漏出来，现在正静静地躺在床底下。

中午赵虹早早过来，进屋便抱紧李不言，上上下下看个够。李不言心里发毛，强作镇定地说，一夜不见，如隔三秋，看来老婆真的离不开我。赵虹泪眼婆娑，你让我担心死，以后可不能再喝多了。李不言搂住赵虹一吻再吻，极力掩饰着内心的羞愧与不安，以后不会的，这次是老师升职家宴，我实在没办法。两个人像往常一样去食堂吃午饭，饭后回到房间相拥而眠，醒来一起去上班。一路上，恢复了轻松心情的赵虹有说有笑，一点也没察觉出有什么不对劲的地方。而心怀鬼胎的李不言则是强颜欢笑，内心惶恐不安地陪着赵虹到法院门口。目送赵虹进入法院大门，才继续向司法局骑行。进入司法局大门的一瞬间，清早醒来与何静裸睡在床的那一幕再次活灵活现在脑海里，李不言心头一紧，不知道以后如何面对老师一家，如何向赵虹解释清楚。

到办公室后李不言给王宁回电话，王宁说，上次从唐湖酒厂抵账来的两车唐湖大曲，厂里作为春节福利发放，高厂长安排我给你和去唐湖的法官每人送两箱，你看你什么时候方便，我送过去。李不言心想可不能再喝酒，昨夜的事便是坏在饮酒上。于是说，我这喝酒水平，糟蹋了唐湖大曲，送两箱给法官即可。王宁说，不要不行啊，主任不能让高厂长批评我办事不力。另外，高厂长还叫我给你们事务所带两箱，说陈律师也帮厂里做许多事，这两箱请你做主在所里分了。李不言说，那就谢谢高厂长和王主席，你如果方便，现在就可以过来。王宁说，马上就出发。

不到半个小时，王宁便到了。李不言说，王主席的效率堪比深圳特区。王宁说，上午就准备好要过来的，没联系上你。酒在车里面，一箱酒挺重，我想将两箱给所里的搬下来，李律师的给你送家里。还有毛法官的两箱，书记员的两箱，也请李律师帮我联系送过去。李不言说，你让司机搬三箱到我办公室，其他的我陪着你去送。王宁爽朗地说，好嘞，主任说了算。回到车上安排司机搬下三箱酒，送到李不言房间。李不言打电话给毛玉，春节快到了，玻璃厂送两箱唐湖大曲给毛玉姐助兴，给书记员小刘也带了一箱，给你们送到什么地方？毛玉问，怎么想起来送我们唐湖大曲的？李不言说，毛玉姐怎么忘了？上次我们一起到安徽帮助玻璃厂追债抵偿回来两大车唐湖大曲。毛玉说，想起来了，谢谢不言还惦记着姐。送到我家里吧，我在法院宿舍区门口等你。李不言说，毛玉姐客气，要谢也谢玻璃厂。放下电话，李不言和王宁上车去法院宿舍区，在门口接到毛玉，去了毛玉家，毛玉说，将小刘那箱也放在我家，我叫她过来拿。离开毛玉家，李不言让车开往招待所，途中对王宁说，不是我故意克扣书记员小刘一箱酒，毛玉是副庭长，和小刘相差好几个级别。小刘比她庭长少一箱酒，大家都会认为理所应当。而如果两人都两箱，万一引起毛玉心里不舒服，好事反而变坏事。那箱酒我留下来，送去讨好我们局长。王宁佩服地说，主任好细致，我们都没有想到。

王宁刚离开招待所，葡萄酒厂安排李刚送来四箱葡萄酒，李不言说，我只是厂里的法律顾问，又不是领导，有两箱意思一下足矣，这么多有点超规格。李刚说，是我提议的，项山红，项小红，刺梨，雷司令。我们厂两红两白四个品种的产品各送一箱过来，请李律师全面品鉴。赵虹下班后过来，看到加上前天项州白酒厂送来的两箱项州特曲，吴天明送来的两箱洋河大曲和李不言自己购买的两箱啤酒，十几箱酒在简易衣柜旁摆放成一截酒墙。莞尔一笑说，律师做成了酒贩子，就你那点酒量，储存这么多酒干吗？李不言又想起昨夜的事，讪讪地说，我也不想弄这么多，大部分是顾问单位送的，不好拒绝，过年送给岳父大人喝。赵虹抱住李不言，面若桃花，我们将证领了，我带你去拜见你的岳父大人！

32

在李刚向夏平推荐李不言时，将李不言说得神乎其神，直言将案子交给他尽管放心。与李不言见面后看他如此年轻，夏平心里就不免有几分顾虑。后来见李不言只是一直在默默地看着判决书，一句话也没有说，心里感觉更不踏实，甚至有点怀疑李不言是不是业务水平一般看不出什么问题来。便想提醒李不言开口说句话，大呼冤枉道，李律师，我确实不欠陈忠民煤款，法院判我还钱太冤枉。岂料，李不言还是不说话，仍然逐字逐句地看判决。直到将判决书最后的年月日都看完，才对急得嘴角上火起泡的夏平不紧不慢地说，这判决书里提到的欠据是怎么一回事？夏平一听放心了，李律师不仅能发现问题，还能直接发现核心问题。回答道，那张欠条是陈忠民逼我写的，我没买过陈忠民的煤，是方汉忠买的，我是介绍人，陈忠民找方汉忠要不到钱，就带人问我要，逼我写欠条。

你说陈忠民逼你的……李不言的话还没有问完，从西面传来吵闹声，似乎还夹杂着拍打桌椅的声音。李不言让陈小菊过去看看是什么情况，继续问夏平，你说陈忠民逼你写欠条，有没有什么证据？夏平答，逼我写欠条是在我家里，陈忠民说我如果不写欠条，他们将我小儿子带走，当时陈忠民带来两个人将我的老婆孩子赶到门外边，留我一个人在屋里，除了陈忠民和他带来的两个人，没有人能证明。李不言问，你说你只是方汉忠向陈忠民买煤的介绍人，方汉忠认可吗？夏平答，认可，方汉忠与陈忠民有协议，方汉忠本人也承认欠陈忠民煤款。李不言说，我看这判决书上，没有提到方汉忠与陈忠民之间的协议，更没有认定方汉忠的认可。夏平说，一审期间，方汉忠在外地跑生意，我找几次没找到，请法院再给我点时间，法院没理睬我，开了一次庭就下判决。

西面的吵闹声更刺耳，陈小菊从李不言的办公室门前匆匆向东去，一分钟不到又返回，走到李不言身旁，附在他耳边说，师哥，有个当事人与梁荣光吵架，马主任不在，仝主任叫找你。李不言请夏平稍等一会，和陈小菊去梁荣光办公室。

一个身体敦实的中年男子，正情绪激动地拍打着办公桌与梁荣光争吵，你既然保证我官司能赢，就得打赢，现在输了就得赔。梁荣光的情绪也很激动，敲着桌子说，输官司怪你没有讲实话，和我没有什么关系。看到李不言进来，对那中年男子说，我们主任来了，你要告状跟主任说。中年男子看看李不言，发现他比梁荣光还年轻，根本不相信他是主任，以为是梁荣光想糊弄他。李不言读出了中年男子眼光里的内容，盼咐在一旁劝解的于培林、徐龙云回自己的办公室该干啥干啥，让梁荣光将引起争吵的案件的判决书拿给他，叫陈小菊带上纸和笔，跟他去接待室。然后才对中年男子说，我姓李，是事务所的副主任，主任有事不在所里，你有什么事，请到接待室跟我说。中年男子见李不言有板有眼地指挥其他人，顺从地跟在他的身后进入接待室。

李不言请中年男子坐下来，亲手给他倒一杯水，说句你稍等，神态自若地坐到接待桌前看判决书，仔细看完后抬头问，你是蔡上迎吧？这个案件的原告人。中年男子说，是的，我是蔡上迎，主任怎么知道我是原告？李不言说，这份判决驳回了原告的起诉，你是对判决不满意的人，不是原告还能是谁？你认为这份判决冤枉了你吗？蔡上迎说，冤枉不冤枉的要看怎么说。我今天来不是针对判决书，梁律师当初拍着胸脯保证我赢官司，收我三百块钱的律师费，现在官司没打赢，我还倒贴进去二百八十块钱的诉讼费，梁律师必须负责任。李不言语气平和地说，我看判决书中表述，你起诉被告拖欠你劳务费，声称你帮被告拉土垫宅基地没拿到足额的人工钱。而被告答辩你不仅没有完成土方，还将村里批给被告的取土区上的土偷卖给了别人。法院查明对方的答辩属实，依法驳回你的诉讼请求。如果法院查明的事实与实际情况没有出入，我个人认为你的官司是输在事实对你不利上，这个不利不是律师造成的，输官司不能怪律师。蔡上迎争辩道，我没说这件事本身怪律师，我是怪他保证我赢官司，他要是不保证，我就不会打这场官司。李不言说，梁律师有没有保证你打赢官司，我们会调查。即便保证了，我想你委托他时应该没有告诉他你没完成土方，而且还偷卖人家取土区上的土。蔡上迎见李不言又说中了当时的情况，心中说怪不得他能领导梁荣光他们一帮人。说话的声音不自觉地降低许多，我是没有说，可律师也没有问。不管怎么说，他就不该保证赢。李不言说，律师是不应该保证赢官司，但委托人也不应该不客观陈述事实。

这样吧，你有什么要求我们记下来，你先回去，等我再了解一下情况，向我主任汇报研究后给你答复。面对李不言不容分说的语气，蔡上迎说出来的话明显带着几分试探性，我要求最起码将律师费退给我，诉讼费也得赔给我。

送走蔡上迎，李不言继续接待夏平，带着几分歉意说，刚才出了一点突发状况，不好意思让你久等。夏平大致明白李不言刚才去处理纠纷了，见这么快就平息下来，对李不言的信任又增加几分。连忙说，没有事，李律师，你太忙。李不言说，我们刚才说到方汉忠，现在有什么新情况？夏平答，现在已经找到他，他承认欠煤款并且愿意帮我上庭作证。李不言说，既然方汉忠承认欠煤款，直接将煤款结给陈忠民不就完事啦？夏平答，方汉忠说陈忠民的煤质量不行，他卖给窑厂后从窑厂没拿到钱。李不言点点头，原来还有案中案，我先帮你起草上诉状，你尽快将方汉忠请过来，我们要先和他本人做份笔录，确认一下事实。另外，请他将与陈忠民的煤炭买卖协议带过来。你准备四百元钱代理费，下次带过来办手续。夏平想问代理费能不能少收点，又担心引起李不言不快甚至拒绝帮他上诉，便打消了这个念头，改为问输赢，李律师，我想问一下，我这官司上诉能赢吗？李不言说，如果对方汉忠的取证能如你所说的那样到位，赢的希望比较大。这里需要和你说明律师不能保证官司赢，只能全力争取，还要不要花钱委托，请你慎重考虑。夏平说，李刚科长介绍我过来时，我就决定请你李律师，只是想听几句让我心里踏实的话。李不言说，我能理解你的想法，但踏实话说出来容易，可未必都能成现实。律师有律师的办案规则，也请你理解。夏平起身向李不言伸出手，嘴里面说，理解，理解。李律师，拜托你了，我今天就去找方汉忠。李不言微笑着与他握手，将他送到院子里。

回到办公室，李不言对一直陪同接待夏平的陈小菊说，夏平的这个上诉案子，你来主办。陈小菊直摇头，这是上诉到中院的案件，我哪里敢主办？李不言笑着说，人民法院为人民，基层法院与中院直到最高院都是人民的法院，又不是龙潭虎穴，有什么不敢的。陈小菊迟迟疑疑地说，那……那……师哥也要出马，为我坐镇助威。李不言说，那是必须的，否则夏平也不会答应，他毕竟是来委托我的。手续上代理人是我们两人，庭上你打头阵，只要我们能将案子赢下来，委托人不会介意谁主办。我现在将上诉理由归纳几条，你给整理出来。李不言口授几项上诉要点，让陈小菊就在他的办公室里起草，自己将梁荣光叫到接待室。

李不言问梁荣光为什么要向当事人保证赢官司，梁荣光开始还不想承认，但看着李不言不容置辩的眼神改口说，我也不愿意保证，可蔡上迎非要我保证，要不就不请我，我是迫于无奈。李不言说，这有什么无奈的，大不了不收这个案子，上次开会我还建议大家要有选择的办案，少办几个案子，天能塌下来？梁荣光说，李律师，你可能不知道，我有三个孩子，都在上学读书，老婆没工作，守着农村的三亩二分地，勉强够填饱肚子，全家各项支出都指望我挣的律师费。我要能有你那样的案源，也敢挑案子，现在能找到案子就谢天谢地，哪还敢让碰上的案子再溜走？李不言知道梁荣光家在农村生活不富裕，但如此拮据有点没想到。他能够理解梁荣光急于办案的心情，但包揽诉讼是律师的大忌，绝对不可姑息。于是温和地说，即便这样也不能急于求成，再遇上几个蔡上迎这样的当事人，你的案子只会越办越少，家庭生活反而更困难。现在蔡上迎要求你退回律师费并赔偿诉讼费，你忙活半天，不还是得不偿失吗？梁荣光搓着手，耷拉着眼皮低语，李律师，我不同意退钱给他，我为这官司付出很多，官司输了又不是我的错。李不言板起脸，保证赢下官司就是很大的错，这会严重误导委托人，就冲这一点，蔡上迎要是天天跑到局里甚至市里告状，你的律师还能做安稳吗？我相信你为通过律考付出不少心血，能进到所里来，怕是也没少付出。何去何从孰轻孰重，还要我多说？代理费估计肯定留不住，诉讼费我来做工作让蔡上迎自己承担。至于你的家庭困难问题，我与两位主任提一提，看看能不能设立一项生活困难补助基金。梁荣光下意识地低头摆弄着桌子上蔡上迎刚才喝水的那只纸杯，想了老半天，将纸杯捏成一团握在手里，很不甘心地说，我听李律师的。纸杯里没有喝光的水从梁荣光的手指缝里溢出来，滴落在他的右脚鞋头上，洇湿一大片。

　　李不言来到马健门前，见马健已经回来，走进去汇报梁荣光的事。马健听完后生气道，这不是饥不择食嘛，出问题是早晚的事。你是什么意见？李不言说，就这个案子而言，将律师费退了差不多能平息，但要举一反三，提醒全所律师，千万要规范办案，不能包揽诉讼，更不能挑词架讼，必须严格执行执业规范，防患于未然。马健当即表示赞同，认为很有必要找时间所里开个会。李不言说，有的律师家庭确实比较困难，这对他们收案办案难免产生一定影响，能不能每年拿出一部分费用给他们提供一些帮助，解决他们的后顾之忧，让他们安心地规范执业。马健踌躇地说，这不是一笔两笔支出的事，得与仝主任商量一下，三个主任要达成共识，而且局里也得同意。李不言知道这个提议算是白说，有点失望地回到自己的办公室。

陈小菊已经写好上诉状，等着李不言指正。李不言说，这么快就写好了。迅速浏览一遍后说，有点简单，没有将新出现的证据写清楚。他笑着问陈小菊，是不是受到上次我的关于诉状写法的影响，故意将上诉状也写得简略些。陈小菊回答是的。李不言说，上诉状与起诉状又不同，起诉状提起的一审案件，一定要开庭审理，诉状留有余地，是为了在庭审中更好地发挥。上诉状提起的二审诉讼，有时法官采用书面审理，看看上诉状与答辩状，查阅一审卷宗，发现没有什么问题，直接维持原判完事，上诉状如果留有余地很可能丧失展示与运用保留的那部分事实和证据的机会。因此上诉状要写得尽可能翔实一些，特别是一些新发现的证据与事实更是不能遗漏，要以此来引起二审法官的重视，组织开庭审理，从而获得改变一审裁判的机会。当然也不能啰嗦个没完，全面清晰便可。陈小菊听得直点头，拿回上诉状说，我再改改。

陈小菊回去改上诉状，李不言拿起话筒给赵志明拨电话：赵局长，我是李不言，顾问单位送来两箱酒，唐湖大曲，对，八大名酒里的那个，我喝不出好坏，给您留着，放在我办公室里，下班时让你司机过来搬车上。

33

项州公园的全称是项州市革命烈士陵园，按惯例应该简称为项州陵园，但无论是官方还是民间，都称其为项州公园。建园伊始，偌大的陵园里除了一座淮海战役项州大战烈士纪念塔和一座白色的两层小楼的纪念馆之外，苍松翠柏之中，还有几座项州籍革命烈士的墓地，其实都是衣冠冢，特立碑文供后人瞻仰纪念。虽然人们口称项州公园，平时进出的人很少，年轻人谈恋爱都很少去，更喜欢选择昏暗暖和的电影院或者芳草萋萋的黄河故道偏僻处。唯一人头攒动的时候是每年的清明时节，一对对戴着鲜艳红领巾的孩子们在老师的带领下前来扫墓，聆听退休老革命讲述先烈们的传奇故事。不知从什么时候开始，陵园里陆续增加了一些亭台楼阁小桥流水等景观，建起了儿童乐园、旱冰场、脚踏船等游玩项目，陵园真正变成公园。公园经营部原来是管理人员的办公场所，后来民政局在公园西面靠近黄河路的地方盖了新办公楼，安排几间办公室给公园管理处，旧办公室就封上原来面向公园内部的房门，华丽转身变后窗为前门面对人民路办起经营部。经营部经营两年亏损两年，承包给惠兴齐后，才有了稳定的承包金收入。李不言第一次来经营部时，透过原来房门改成的后窗看着高耸的纪念碑塔尖说，十亿人民九亿商，还有一亿待开张。烈士陵园居然也开办经营部做起生意！惠兴齐说，公园是块革命先烈英魂保佑的风水宝地，当然不能闲置。李不言说，风水果然不错，你的官司居然无论输赢都赚钱！

今天李不言再次来到经营部，惠兴齐垂首而立，双手捧起一杯茶献给他，李律师，这是我从黄山带回来的极品太平猴魁，你品品。李不言接过来，看着清绿明澈的汤色问，为什么叫太平猴魁而不是黄山猴魁？惠兴齐说，不清楚，没想起来问问当地人。只知道这是好茶，周总理曾经作为礼物送两斤给美国总统尼克松。李不言喝口茶说，作为国礼又如何？你不要假惺惺的，我不会再陪你去泉州，太不像话了，一分钱不掏，逼着人家申请法院强制执行！惠兴齐笑嘻嘻地说，你不是建议我用优洋大曲抵给他们吗，还钱干什么？李不言真想将刚喝到嘴里的茶喷到惠兴齐脸上，想起是国礼又没舍得，将茶咽了下去后说，你怎么好赖话都听不出，那是我给你的建议？惠兴齐依然笑嘻嘻的，李律师的话在我这里是金口玉言，我不分好赖不打折扣贯彻执行。李不言说，好吧，最新的金口玉言出炉了，你现在将调解书上的八万元付给人家。惠兴齐点头哈腰说，这不是好赖话，是李律师的玩笑话，我不敢和李律师开玩笑。李不言缓缓地喝了几口茶，放下茶杯说，不是我不愿意陪你去，而是没必要，执行和解这种事，你已经参与好多次，完全能应付，做回好事节省我点时间吧。惠兴齐抄起水瓶给李不言的茶杯里续水，讨好地说，毕竟是去外地，李律师不在身旁，心里没有着落，你一道去，哪怕你不说一句话都行。怕浪费时间，我们坐飞机，来回也就三四天。李不言说，坐火箭我也不去，其实你也可以不去，等他们来，执行和解在哪里都可以谈。这样你还能省下不少路费，除非你还想去南方贩卖彩电？惠兴齐拍手叫好，对对对，等他们来，以不变应万变。李不言站起来，手指点着惠兴齐，老惠，你呀，你。欲言又止转身一步跨出经营部，刚跨过门槛又返回来，端起茶杯喝光杯中茶，举起玻璃杯迎着光线欣赏着两头尖尖的茶叶说，敬爱的周总理与美国总统都喝过的茶，浪费不得！

再次走出经营部，在公园大门前与何静迎面相遇。何静叫声不言哥敏捷地跳下车，欢乐地拉住他。李不言脸一红，一时有点手足无措。何静笑声清脆地打趣道，能言善辩久经沙场的大律师，我的不言哥居然害羞了。李不言深吸一口气，平复表情问，小静这是去哪里？何静说，我正想着要不要去招待所等你，可巧就在这里遇上了，你说这算不算缘分？李不言先是后悔贪恋那杯太平猴魁，转念一想如果不是在这里遇上，何静去了招待所万一与赵虹碰上面，还不知道会出啥幺蛾子。遂对何静说，既然这么巧都到了公园门前，不如进去转转吧。何静看透李不言的心思，笑眯眯地说，是不想让我见到赵虹姐吧，不言哥想多了，我不会为难赵虹姐，更不会为难你，只是太想你过来看看。现在看到啦，也就安心回家。不言哥再见，不要忘记我哦！说完放开李不言的手，姿态优美地抬腿上车，哼着小曲车铃清脆一路南下。李不言目送着何静的背影消失在人流中，想不明白，何静这是要做什么？

一个月后，当何静将化验单放在李不言面前时，他才明白何静唱的是哪出戏，心里咯噔一声颓叹道，一直担心的还是没能逃脱。化验单上的阳性两个字进入眼帘后便无限放大，让他脑中乱麻丛生。这可如何是好？如何向赵虹交代？如何向老师师母交代？如何安置何静与她腹中的胎儿？如何面对朋友同事和委托人的目光？开庭前的颤栗不期而至，双手止不住地微微抖动。一直站在李不言面前的何静看在眼里，咯咯笑着问，不言哥你是激动的还是紧张的？如果是紧张的大可不必，你放心，我不会赖着你，也不会要你负什么责任，现在我就可以回去。说罢真的转身向外走。李不言艰难地叫了声小静。何静即刻转回身问，不言哥在叫我吗？李不言示意何静坐下来，拿起化验单问，小静，你准备怎么办？何静一脸幸福地说，吃好睡好，安心等待我们的小宝贝出生。李不言着急地说，那怎么可以？何静轻松地说，怎么不可以，不言哥不必操心，我自己生养自己将孩子带大！李不言忧心如焚，惶恐地说，小静，你好好想想，那天晚上我们都喝了不少酒。何静不假思索地说，没关系，即便痴了呆了我都认，不能嫁给你，这孩子可不能再失去。李不言愁眉苦脸良久，没精打采地说，容我再想想，声音轻得仿佛在和自己说话。何静爱意无限地注视着他，不言哥你慢慢想，不要为难自己。又突然上前抱住李不言，闪电般亲吻了他又闪电般松开，步伐欢快似小鹿，轻盈地跳跃着离去。留下李不言不知所措地发呆，大脑里像办公室的乳胶漆墙面那样一片空白。

又过了一个月，李不言与何静登记结婚。李不言坚持不举办婚礼，不摆婚宴。周淑珍说邀请关系最近的亲朋好友少办几桌，要不搞得像两人私奔一样。何静说私奔就私奔，这样才能体现出我和老公坚贞的爱情。李不言开始坚持在外面租房居住，何金桂与周淑珍都不答应，说家里现成的，住一起互相照应着多好啊。何静说听老公的，两人一起挤寒窑都行。李不言心想我不是薛平贵你更不是王宝钏，还挤什么寒窑？我偏偏就同意住小楼！

34

在李不言提出分手说要与何静结婚时，赵虹以为是在和她开玩笑。当她看见李不言两眼中饱含泪水，才意识到问题的严重性，顿觉晴空霹雳天昏地暗起来。她死死地抱住李不言，半天说不出话，李不言用力搂着她，两行热泪扑簌簌地向下掉。

痛哭过后赵虹抽泣地问，为什么？何静不是你妹妹吗？你不是承诺只爱我绝不接受其他任何人吗？你是以前在骗我还是现在在骗我？李不言声音嘶哑，痛苦万分地说，我没有骗你，只是身不由己！赵虹抬头问，身不由己？是何静逼迫你还是你的老师师母逼迫你？你是屈服于逼迫的人吗？李不言说，是我自己不小心铸成大错，让自己别无选择！赵虹急得直跺脚，追问道，你到底怎么了？抽动身躯哭泣不停。

待到冷静下来，赵虹将李不言拉倒在床上，毅然决然地说，不言，我现在就给你，没结婚无所谓，没房子更无所谓，只要我们在一起，你让我做什么都行。李不言抓住赵虹正在解上衣扣子的手，万般无奈地说，虹，真的对不起，我配不上你的爱，也没脸请你原谅我，请你忘掉我吧。赵虹挣脱出双手，在空中无助地抓了一把，手心空空心里空空，唯有泪雨滂沱。

离开招待所，赵虹下意识地走到黄河故道河堤上。这里是她与李不言热恋时最喜欢来的地方，特别是在这样秋高气爽风和日丽的时节。清晨，他们曾经在这里漫步，看着遍布河堤的野菊花在朝阳里露珠晶莹滋润鲜活；中午，他们曾经坐在树荫下，看着河水里野菊花的倒影在波光粼粼中变幻莫测；黄昏夕阳里，黄色的野菊花更加金黄灿烂，宛如一幅浓墨重彩的油画，他们沉醉于画卷中，互相依偎着，成为画卷的一部分；繁星满天的夜空下，他们躺在野菊花铺就的花毯上，嗅着若有若无的花香，数着若隐若现的星星……李不言曾经看着在夕阳里连天荷叶上劳燕分飞的两只水鸟触景生情：斜阳红荷，生动情诗一首；浮光碧叶，虚化故事半篇。赵虹问，什么意思？有种美美的感觉！李不言说，没什么意思，最近读了一本《朦胧诗选》，东施效颦信口胡诌的。赵虹当时说，胡诌还这么美，我也要读那本诗选。现在再回味那两句，她突然意识到李不言似乎在无意中预言了他们的结局。

　　茶饭不思的赵虹昏沉度日，美丽的面容日渐憔悴。江山最先发现不正常，询问赵虹是生病了还是在与李不言闹矛盾。赵虹无力地说，没有什么。江山不相信，便对她多加留意。到下班时，故意等在赵虹身后走，见她朝着法院宿舍踽踽独行，他快步赶上去，关切问道，怎么没去招待所？不言出差啦？赵虹摇摇头，双眼毫无生气。江山旋即明白赵虹和李不言之间出了大问题，一向春风拂面的赵虹郁郁寡欢，有时一天跑刑庭好几趟的李不言好多天没现身。以他们两人的品性和感情，不是出现严重问题不可能像现在这样。他继续问赵虹，你们闹别扭啦？又发狠道，这个李不言，竟敢惹我们美女法官不开心，看我怎么收拾他。赵虹还是一言不发，双眸中泪光点点。江山不再追问，决定对李不言单刀直入。

　　当晚在红楼小酒馆，江山和甄勇敢轮流盘问李不言。江山问他与赵虹出了什么问题。李不言说分手了，一切皆成过往。甄勇敢问，谁提出的分手？李不言说他是那个薄情寡义的人。江山问，这么好的姑娘怎么舍得放手？李不言说舍不得也得舍得，赵虹是个纯洁的好姑娘，我不能用污秽之身辱没她。甄勇敢问，你干了什么坏事弄脏了自己？现在还有挽回余地吗？李不言说，没有余地，我已经与何静登记结婚。江山与甄勇敢对视一眼，两人心中几乎同时明白这个李不言被他的小静妹妹捕获了。甄勇敢问，何静好过赵虹？李不言说当然赵虹好。江山说，那你是变傻了？李不言说酒喝多了与傻子没区别。江山还要问，李不言说你们不要问，我都说了吧。李不言三言两语将醉酒留宿错把何静当赵虹的事交代完毕，江山和甄勇敢这才明了覆水难收木已成舟。两人一副恨铁不成钢的表情，指着李不言鼻子骂，真操蛋！还笑话我们酒后出洋相，忘记你那白酒一两倒的破酒量啦！

　　在接下来的日子里，江山默默地关心着赵虹，上下班尽可能陪着她一起走，没话找话意图转移她的注意力；上班后协调钱新华尽量少分案子给她，帮她洗净茶杯泡好一杯沁着清香的龙井茶。江山挖空心思试图用他的无微不至一点点融化赵虹心中的冰冻，但赵虹似乎根本感受不到，整日沉浸在与李不言的美好往事中。

这天下午下班后，赵虹回到筒子楼，像往常一样什么也不想做，躺在床上回忆过去的一点一滴。屋内渐渐昏暗下来，赵虹没有起来开灯，脑子里全是李不言的身影，愁肠百结而又百思不得其解：李不言究竟是因为什么抛下自己与何静结婚？

门外有敲门声，赵虹没有答应，仍然躺在床上不动。敲门人又敲了几声，轻轻推开门，进来后摸到门后开关开亮灯。灯光里的江山拎着一个饭盒提篮说，没吃晚饭吧，我给你做了一点。何静躺着不动，软绵绵地说，谢谢你，我不想吃。江山将饭菜取出来放在桌子上，看一眼桌子下面的一箱方便面，等会你想吃了吃一点，另外想吃什么告诉我，不要只吃方便面。赵虹摆摆手不说话，江山退出去关上房门。赵虹看着桌上的饭菜，想起自从调到刑庭后，江山似乎一直非常关照自己，默默地流下两行泪水。

赵虹浑浑噩噩好多天，直到江山告诉她何静灌醉李不言用怀孕迫使李不言登记结婚，她才从梦中惊醒。赵虹竟有点为李不言心痛，那么聪明能干的一个人，被小师妹几杯白酒误终身，不言啊不言，你的精明强干竟是如此的不堪一击！然后想到何静，那样一个看起来天真无邪甚至没心没肺的小姑娘居然为了嫁给李不言如此飞蛾扑火般的决绝。赵虹想要是自己也能这么不计后果，也许早就没有何静的机会。然而，现在没有机会的是自己。

醒悟后的赵虹做出令人吃惊的举动，她主动问江山，你是喜欢我吗？我们向院里申请房子结婚吧。江山手足无措，惊喜交加，我一直关注并喜欢你！可现在就结婚是不是太快了，我愿意让你考察一年半载的。赵虹目光坚定，掷地有声地说，不必了，要么尽快结婚，要么永远做同事。江山赶忙说，说实话，我见到你第一眼就动心了，不言是我的好兄弟，你和不言好，我从心里祝福你们。现在你们分手了，只要你愿意，我当然愿意娶你。但我不想你是因为赌气才要和我结婚，那样你不会幸福甚至将来还有可能后悔。赵虹说，我也是看到李不言的第一眼便动心了，一心想嫁给他，他一直说等有新房子娶我，结果半道上被何静抢走。你既然心动，还坚持要考察吗？江山义无反顾地回答，不要了，我们结婚！

江山与赵虹很快双双退回筒子楼的单人间，分到和甄勇敢、王春燕居住的同样布局的小院子。按照赵虹的意愿，两人不声不响地登记领证，关起院门悄无声息地度过洞房花烛夜。

35

蔡上迎拎着一只小柳条筐进来，抽出遮盖在上面的分不清原来颜色的毛巾，搭在右肩上，将柳条筐轻轻地放在茶几上，回头向门外张望了一眼，再转回头说，李律师，我带点鸡蛋给你。李不言说，带给我干什么？带回去自家吃。蔡上迎说，自家鸡下的蛋，我家属叫我带过来感谢李律师。李不言说，我有什么好谢的，等会你得带回去。还是代理费的事吧？我听说你来找过我们局长了。蔡上迎说，我前天来找你，你所里人说你请假有事。找你们马主任，马主任也不在，又找仝主任，仝主任说他不管这件事，嘴里还不干不净的，我才去找赵局长。李不言问，赵局长给你解决啦？我们赵局长负责全市司法行政工作，这点小事情能进入他的日程？找不到我等一等，今天不就找到了吗？蔡上迎说，仝主任要是也像李律师，我才不会找局长。李不言说，过去的不提了，梁律师确实保证官司能赢下来，但那是在你一再要求情况下才作的保证，梁律师问过你案件还有没有其他事实和证据需要向律师如实提供，你拍胸脯保证没有。就这种情况而言，对办案律师至多批评几句，费用不退的。我向主任申请退一半律师费给你，这事到此为止。蔡上迎用毛巾抹了一把脑门上的汗，表示难以接受，李律师，至少要将律师费和诉讼费退给我，我本来还想要梁律师赔偿我名誉损失。李不言说，你还名誉损失？由于你隐瞒对你不利的事实和证据，律师代理输了诉讼，损失名誉的是律师。诉讼费是法院收的，事务所怎么可能退给你，律师费退一半是考虑到梁律师的工作确有瑕疵，并且我也是农村出来的，知道农村不容易，才帮你争取。蔡上迎问，你们律师帮人打输官司还要收一半的律师费？李不言说，你这是一般代理，不是风险代理，律师费与官司输赢没关系。我再强调一遍，你这官司不是输在律师保证上，是输在你自己没有完成土方和偷卖他人泥土上。我们都要尊重这个基本事实，否则这事没法谈下去。蔡上迎摆弄着柳条筐最上面的两只鸡蛋，嘴里嘟哝着，梁律师保证赢官司也是事实，也应该尊重。李不言说，如果我们不尊重这个事实，一分钱也不会退给你。梁律师又没写书面保证给你，他要不承认，你怎么证明他向你保证过？我们事务所坚持诚信，老蔡你也要见好就收，不要再浪费你和大家的时间。蔡上迎将一只鸡蛋拿起又放下，放下又拿起，恳求道，李律师请你再说说，将律师费都退给我。李不言表现出很无奈，老蔡你真难缠，请你到接待室坐一会，我再向主任申请一下，不过不要抱太大希望。陈小菊将蔡上迎领到接待室，李不言去了马健办公室。

马健说，能不能坚持退一半，律师也不能白忙活。李不言说，就得让梁律师白忙活，否则以后还会瞎承诺。马健点点头吩咐道，你把手续办周全，处理完这件事，下午所里开个会。李不言回到办公室，起草一份备忘录，载明事务所出于同情与帮助，将蔡上迎缴纳的律师费全额退回，蔡上迎对此表示感谢，并确认就此案件与事务所再无其他纠葛。

李不言故意过了好一会才让陈小菊将蔡上迎叫到办公室。蔡上迎一进来就说，李律师，那边接待室有两个人在等你，对不起，耽误了你时间。李不言说，你能理解就好，经过与马主任和仝主任反复争取，终于同意将律师费全额退给你，你在这份备忘录上签名，到财务室去领钱。蔡上迎连声道谢拿起笔就要签字，李不言说，你看一下内容，没问题再签。蔡上迎便看了一遍备忘录，然后一笔一画地签上名字。李不言指着茶几上的柳条筐，你得将鸡蛋带回去，否则我不安排财务给你钱。蔡上迎嘴里说着李律师你是清官，顺手将柳条筐提在手里，跟着陈小菊去财务室。

陈小菊返身将在接待室等候的两个人带过来，介绍说是广播器材厂的，与五〇一研究所综合场有个纠纷想起诉。李不言说，是文化局尹局长说的那件事吧，他打过电话给我。来人说就是的，尹局长指示我们过来找李律师。自我介绍说，我叫陈超，是器材厂的副厂长。他叫刘国强，是我们厂的供销科长。李不言笑着说，这个好记，我们两个律师也是一个姓陈一个姓李，二位请坐吧。

刘国强说，我们厂与综合场签订合同，为他们生产 SR-641 型中减网试玻璃化纤产品。总量一百吨，总价款十五万元，按月供应，每月供货不低于五吨。合同签订后，我们组织生产，开始工人技术生疏，产量上不去，头两个月都没有完成合同量，综合场让我们完成供货量再交货。后来能保证五吨量了，综合场又不要货，说我们已经违约，他们要解除合同。现在我们生产好的十余吨产品一直堆放在仓库里，这是专用产品，综合场不要也卖不出去，不知道如何处理。

李不言问，既然产能上去了，综合场后来怎么就不要货了呢？刘国强回答，我们也不知道为什么，说什么就是不收，我们说对前两个月供货不足认点损失，以后保证按月足量供应，他们也不同意。李不言思考几分钟，问器材厂是如何与综合场搭上关系的？刘国强回答，我们看到他们打的广告，声称他们是五〇一研究所综合场的直属厂，负责提供设备和人员培训，生产玻璃化纤产品，并且对产品负责回收。看他们的测算利润很可观，生产也不是很困难，就购买了他们提供的高温熔化炉、软化剂，又派人去北京接受培训，前后花了不少钱，现在如果解除合同，这些投资等于都打了水漂。

这里面似乎有什么地方不对劲？李不言心生怀疑问刘国强道，他们的宣传广告资料，你们手里有吗？刘国强说，有一份放在厂里，可以叫人送过来。李不言问，当初派人去培训，其他地方参加培训的人多吗？陈超说，是我带队去培训的，参加的人可多了，全国各地的都有。李不言又问，你们说后来产量上去了，一个月开足马力能生产多少？陈超说，如果机器不出故障保证正常生产的话，勉强够五吨。李不言低头看着合同说，我怎么感觉他们只是想卖设备和挣人员培训费，回收产品仅是个诱饵呢？陈超犹如醍醐灌顶般地拍打着脑袋，我也一直觉得哪里有问题，听李律师这么一说我才明白，是被他们骗了，可他们那么大的一个单位，怎么会骗我们这样的小厂子？李不言笑笑说，机电部大，研究所可能也不小，综合场和直属厂是怎么回事就不好说，说不定是挂羊头卖狗肉拉张虎皮糊弄人的。陈超问，那我们怎么办？是去公安告他们诈骗吗？李不言说，我建议先去综合场了解情况，要求他们解决问题。如果没有效果，再考虑是到公安部门控告，还是到法院起诉。陈超说，能不能辛苦李律师和我们去一趟，费用我们出。李不言说，你们聘请常年法律顾问吧，一年费用三千元。陈超说，我回去和厂长汇报，估计没问题。李不言指着陈小菊对陈超说，陈厂长，你和厂长说清楚，这三千元不是只请我一个人，还有这位陈律师。陈超看着陈小菊说，能多请一个和我本家的陈律师，我是乐意的。李律师，你们先忙，我们回去跟厂长汇报。就在这时候，范会计进来请示李不言，李律师，今年玻璃厂的顾问费是五千吗？我要开票得确认一下。李不言说，是五千，你开票吧。陈超和刘国强对了一下眼神，和李不言握手告辞。

陈小菊说，师哥，五千元顾问费，你也太厉害啦。我们所只有马主任一家顾问费收过三千元，你这下创造新纪录。李不言说，玻璃厂是我们两人的，分到我们两人头上，还是没有马主任的三千多，马主任的记录还在那。陈小菊说，费用我不要，我就特别特别的希望如果去北京，师哥能带上我。李不言模仿着陈小菊的语气说，我也特别特别地希望能带上你，只是这个最终由出钱的委托人决定，我只能尽量帮你争取。陈小菊说，凭师哥说服人的能力，肯定能让出钱的委托人同意，如果我去不了，就是师哥没尽力。李不言笑着说，我算是被师妹绑架了，好吧，不行我自己掏钱买车票，带着师妹闯天下。陈小菊脸上乐开花，站起来回自己的办公室，走到门口又回眸一笑说，这才是我的好师哥！

　　下午临下班时所里开会，通报梁荣光代理蔡上迎案件的事。马健说，这件事影响很坏，赵局长批评我没有带好队伍，如果不及时化解这件事，委托人到市政府上访，将给全市司法工作抹黑，幸亏李不言将问题及时解决。但事情不能就这样过去，每个律师要引以为戒，必须规范办案，再发生类似事件，就不是退钱的事，可能请你离开事务所。李不言说，我们年轻律师一定不要着急，有困难只是暂时的，克服一下能过去。为了收案子不惜违规，无异于饮鸩止渴。有句话我非常喜欢，风物长宜放眼量，千万不要因为眼前的蝇头小利毁掉有着光明前途的事业。徐龙云接过话头，师哥这话说得太对了，我早就说过，宁愿不办案，也不能为了赚钱随便接案子。马健看一眼徐龙云，不满地说，我们强调的是不要违规接案办案，而不是鼓励不办案，律师不办案还当什么律师，不如回家卖红薯。王丹笑嘻嘻地说，红薯也不是想卖就有得卖，梁律师家倒是有几亩薄地种红薯，徐律师家有没有地不一定。梁荣光低着头，沉痛地说，我做得不对，给领导添麻烦，以后保证吸取教训，规范办案。王丹又笑嘻嘻地说，你又保证了，上次向委托人保证偷鸡不成蚀把米，这次向所里保证如果不兑现，可就真的回家卖红薯啦。马健严厉地瞪了王丹一眼，然后面对全体人员说，请大家严肃对待这件事，不要嘻嘻哈哈的不当回事，我再说一遍，以后发生这种事，直接报送局里处理。仝主任要说两句吗？仝有为说，没有什么要说的，有的委托人真他娘的会坑人，大家要提高警惕，莫上当！王丹在身后偷偷握住拳头，仝有为说一句松开一个手指头，松开到三个半时，仝有为发言结束。几个年轻人哄的一声笑开了，范会计也忍不住地咧开嘴。马健望望李不言，见他微微摇头，便冷冷地说声散会。

36

　　李不言和陈小菊对门，陈超和刘国强搭档，四个人坐在列车软卧车厢里，谈笑风生地打八十分。李不言说自己是第一次坐软卧，夸陈超有点神通能买到如此紧俏的车票。陈超说因为经常需要到徐州乘火车，局里安排在火车站售票处发展了内线，只要不是特别紧张的车次，再给点提前量，一般都能弄到几张。特别是这趟始发车，票源比较充足，基本上有保障。李不言给他们讲以前去银川和太原等城市的乘火车经历，当他讲到在郑州火车站杜韦没能挤上火车时，陈超说，是农机门市部的老杜吧，他和我讲过几次坐三天汽车才辗转回到项州的事，讲一次骂一次。李不言心里想项州真是个小城，大家提起来似乎都相识。笑着说，就是他，我一想到他请大学生拉他爬窗户，结果被大学生喊大叔回家吧就想笑。四个人打了两局牌，李不言和陈小菊两连败。陈超看看陈小菊，笑着对李不言说，牌场失意情场得意，李律师要走桃花运。李不言说，我们行内的话是牌场失意庭上得意，这趟北京之行看来会很顺利。陈超洗好牌，放在小桌板上，那李律师你们就多输几局，到北京后万事大吉。李不言却说睡觉不玩了，我年轻睡上铺，你们自行分配。陈超说，下铺比较方便，我和李科长睡上铺，你们睡下铺。李不言坚持睡上铺，说喜欢安静，上铺容易入睡。说着话从包里掏出牙刷牙膏和毛巾向外面走。陈小菊也说喜欢安静，也要睡上铺。陈超和刘国强便不再坚持。四个人先后去盥洗处刷牙洗脸，又依次返回爬到铺上睡觉。李不言侧身向内躺一会没睡着，翻身过来发现对面上铺的陈小菊正侧身向外望着他。李不言无声一笑，陈小菊嫣然含笑向他伸出手，李不言也伸出手，与陈小菊的指尖轻轻地触碰一下，收回手侧身过去闭上双眼，不一会就在列车的咣当声里迷糊起来。而陈小菊久久未能入睡，心里面一直在问自己，师哥与赵虹姐感情那么好怎么说分手就分手？何静不声不响的是如何得手的？早知道何静有机会，我是不是也可以？但师哥与赵虹姐的感情那么好……车轱辘一般的几个问题，随着列车的前行循环滚动周而复始。

第二天蒙蒙亮到达北京站，四人跟随出站的人流来到站前广场。李不言巡睃广场一周问陈超，都说老北京的豆汁油条最有味，附近能不能吃到？陈超说，广场东面有一家，离这里不太远，我带你们去。四个人来到早点铺，要了四碗豆汁十根油条。李不言喝了一口豆汁，品品味道说，好像也没有什么特别的。陈超说，味道特别的在皇城根的胡同小巷里，这里人流量大，老板顾不上味道特别不特别。吃完早点，陈超和刘国强拦下一辆出租车，谈好包车一整天的费用，载着他们前往综合场。出租车向西南方向开有一个多小时，北京城已经被甩在身后还在往前开。陈小菊疑惑地问，我们怎么好像在走回头路，是不是跑错方向了？陈超说，没有错，我们是在走回头路，综合场离城比较远，靠近大兴县。回首已经不见北京城，出租车按照陈超的指引离开大路，拐上一条小路，又开有十几分钟，在路边的一个大院门前停下来。

李不言下车跟在陈超身后走进大院里，发现院内还有院，里面被隔成东西两个独立的院子，西面的没有传达室，大门敞开；东面有传达室，大门虚掩着。陈超介绍培训和签合同都是在西面的院子里。李不言说，那我们到东面的院子里看一看。陈超和刘国强没明白李不言这个决定与陈超的刚才介绍之间的逻辑关系，陈小菊也糊涂，但三人都没有问，跟着李不言走进传达室。一个老大爷问他们是干什么的，李不言说，我们到综合场来办事。老大爷说，综合场在对门。李不言掏出律师工作证，我是律师，就是到你们这个综合场办事的。老大爷接过去将证件封皮上的国徽和里面的李不言工作照以及压盖照片一角的东方省司法厅的钢印逐一仔细过目，将证件还给李不言问来办什么事，李不言说，这个不能讲，我们要见这里的负责人。老大爷便也不再问，拿起电话拨了几个数字，对着话筒说，孟主任，有个律师要找领导。孟主任在电话里叫他将律师领进去。

见到戴着高度近视眼镜学者模样的孟主任，李不言感觉心里有了底。他给孟主任看过律师证，客气地简洁说明来意。孟主任说，你们搞错了，我们是科研机构的综合场，不搞生产经营，你们应该到西面的院子去。李不言拿出合同给孟主任看，指着综合场合同专用章说，这上面的红色大印不是综合场的吗？我们是顺着这枚印章找过来的。孟主任说，这是合同专用章，是给西面的综合场刚开始经营时使用的，早就已经收回。我们这边从来没用过，只使用公章。李不言说，根据法律规定，公章与合同专用章都代表着综合场，我们不管东西两院的综合场在内部是如何分工，或者西院的也可能是由他人承包经营，我们只认公章名下的综合场。不论现在用不用，原来用过的，综合场还是要负责。孟主任是综合场的领导，如果因为这份合同引发出事端，最终还是会麻烦到孟主任。我们千里迢迢地赶过来，仅就我们这一份合同而言，事情不大，请孟主任帮帮忙，给西院打声招呼，很容易解决。孟主任皱着眉头说，这个老石，不是说合同都收回来了吗。你们等一下，我去隔壁房间打个电话。没过多久，有个人匆匆走进院子里，刘国强指着那人对李不言说，他就是直属厂的石厂长。李不言看到石厂长走进孟主任打电话的房间，关上房门一直没出来。

等到又有四个彪形大汉气势汹汹地跨进院内，石厂长离开孟主任房间，在那四个壮汉的簇拥下向李不言他们这个房间走来,一进门便质问陈超,你怎么跑到这里找事?有事到我那里说!陈超脸色煞白,转脸看向李不言。李不言没有丝毫慌乱,不卑不亢地说,我们不是来找事的,是顺着印章找过来解决合同履行问题,印章上的名字是综合场,因此只在这里与综合场的负责人说。石厂长睥睨着李不言,盛气凌人地叫嚣,年纪轻轻的还很横,你就是律师吧。李不言平静地说,我是律师,依法接受委托来调查了解广播器材厂与综合场之间的合同真相,没有什么可横的。石厂长不屑一顾地撇了撇嘴,你是公安啊?还调查什么真相!李不言说,我不是公安,但如果有必要可以根据调查情况向公安举报。我刚才和孟主任交流了,不希望给综合场领导添麻烦,相信石厂长也不想。石厂长发指眦裂地嚷嚷道,你这是在威胁我吗?是不是不想离开北京城!一直虎视眈眈立在门旁的那四个壮汉突然冲过来,撞开陈超和刘国强,将李不言团团围住。陈小菊见状奋力地挤了进去,毫无惧色地挡在李不言面前。李不言将陈小菊拉到身旁,镇定自若地说,威胁他人的是你石厂长,我们现在本来就不在北京城,不存在想不想离开。但如果有必要,我们会返回城里通过公安或者法院依法维权。石厂长喘着粗气瞪了李不言一眼,转头对陈超说,你们要想解决问题,跟我走;想找事,就听你们律师的!陈超见李不言非常沉稳,鼓起勇气说,我们肯定听我们律师的,他说去哪里就去哪里。石厂长气哼哼地说,不就是几吨玻璃丝吗?你们回去将货发过来。李不言从容地说,不仅仅是几吨玻璃丝,还有高温熔化炉、软化剂和人员培训费。当然,这些也都算不上大问题,我们临来之前,有好几个厂家联系过我们,要和我们一起维权,我们答应他们先过来探明情况,回去后再和他们通气。如果他们都过来,这事情有多大只有石厂长清楚。石厂长闻言甩头就走,跨出房门时恶声恶气地丢下一句话,你们还得寸进尺了!四大壮汉步调一致地后撤几步,双手抱胸堵在门前,凶神恶煞地盯着李不言他们。

  陈超有点担心石厂长一走了之,这次白跑一趟甚至可能发生什么意外,用项州方言和李不言商量如果他们能将那十吨产品收下,将钱付了也行,能少损失一点是一点,熔化炉可以想办法处理掉。李不言笑笑指指隔壁房间,孟主任在此,石厂长走不了多远。

  过有半个小时,孟主任过来让那四个壮汉离开,特别认真地说,我帮你们做工作了,那十吨产品按合同计算是一万五千元,设备和培训费再补偿一万,总共两万五，双方结束往来，合同不再执行。你们负责将产品发过来，设备自行处置。但你们要将合同和所有手续都留下，而且不能向其他厂家透露处理方案。陈超一听连声感谢孟主任，表示听从孟主任安排。孟主任说，你们跟石厂长去拿钱，手续也交给他。李不言说，我们有点恐惧石厂长，而且只相信孟主任，还是麻烦孟主任负责到底吧。孟主任说，我可一点也没看出来律师有害怕的样子。说完又回到打电话的那个房间。

刘国强颇为担心地说，跟石厂长去吧，不要惹得孟主任也不高兴了。李不言让他放心，说孟主任能理解。果然，又过有半个小时，一个女人拎着一个布袋子从西面院子进入东面院子，站在门前的孟主任向她招招手，一起来到李不言他们的房间。那个女人从布袋子里拿出一个纸袋子，从里面取出三沓钱。刘国强接过来数一遍，确认是两万五，打张收据给那个女人，又将合同等手续交给孟主任。交接完毕，李不言向孟主任道谢告辞，带着陈超他们三人不慌不忙地离开大院。坐进出租车，李不言像换了一个人，催促司机快点离开，一路上多次向后张望，似乎非常担心有人盯梢。司机问开回到北京站吗？李不言让他先就近找一家邮局。司机将车开到丰台邮政局，李不言叫陈超将钱汇回去。陈超汇了二万，留下五千补充盘缠。汇完款李不言才放下悬着的心，建议到前门附近找家旅馆住一晚，方便第二天清早去天安门广场看升旗仪式。陈超兴奋地说，住两晚都行，我们陪你们今晚吃烤鸭明天爬长城，看升旗就不陪你们了。

晚上住进前门建设宾馆，陈超和刘国强住一个双人间，李不言和陈小菊各住一个单人间。暮色降临之后，四个人去王府井的全聚德品尝烤鸭，顺道逛了一圈商业街，然后步行穿越天安门广场回宾馆。相约明天八点去八达岭后，各自回房休息。李不言洗漱完毕，坐在床上看电视，听到有人敲门，他整理好身上的浴袍，将门打开一条缝，见陈小菊穿着睡衣站在门外。便透着门缝问，师妹还不休息吗？陈小菊说，睡不着，还想聊会天。李不言要换衣服，陈小菊说，没关系，我也穿着睡衣呢。李不言打开门，请陈小菊进来，拿起暖瓶给她倒水说，一定是烤鸭在喊救命，吵的师妹睡不着觉。陈小菊妩媚一笑，是师哥上午在综合场的表现让我睡不着觉，你只比我大一岁，咋这么沉稳这么镇定自如呢，真就不怕姓石的乱来？李不言说，姓石的心中有鬼不敢见太阳，别看口气很大，实属虚张声势色厉内荏，特别担心我们将事情闹大引起全国各地众多上当受骗企业的连锁反应。而孟主任作为技术官员不失正义感更不愿意引火烧身，必定会施压石厂长解决问题。我是看清这一点才能淡定出来，凡事思路清晰，心中自然不慌。小菊师妹也很勇敢啊，杀入重围护卫我。陈小菊心悦诚服，一再点头称是，听到最后一句时羞涩一笑，我那是一时着急，现在想想还有些后怕。过一会又迟迟疑疑地问，师哥你和赵虹姐，到底出了什么问题？李不言摇头说，我们之间没问题，是我有问题。陈小菊没明白，想继续问下去，师哥你……李不言打断她，师妹早点回去休息吧，明天要早起看升旗，还要爬长城。陈小菊有点失落地起身离开，快走出房门时，又转身张开双臂，李不言笑笑，前跨两大步与她轻轻拥抱一下，然后送她出去，目送她走回房间。

次日清晨五点，李不言和陈小菊去广场看升旗。广场上靠近天安门区域已经人山人海摩肩接踵，挤到旗杆附近更是人头攒动，南腔北调，热闹非凡。李不言和陈小菊在背对着国家博物馆方向，离旗杆还有二三十米距离便不再向前挤。陈小菊问李不言为何这么想看升旗。李不言笑着说，师妹你肯定想不到，我直到小学毕业也未能被吸收进少先队，一次偷偷系上姐姐的红领巾，被父亲发现饱揍一顿，骂我没出息，自己挣不到红领巾。每次学校举行升旗仪式，看着意气风发戴着鲜艳红领巾的同学，我都暗自发誓要到伟大的天安门前亲眼目睹一次最庄严的升旗仪式。这次机会这么好，你说我能不来吗？陈小菊说，肯定应该来，你小时候为什么不是少先队员？李不言说，我也不知道，可能太调皮捣蛋了，不受老师待见。陈小菊笑着说，师哥现在的样子看不出小时候能有多调皮嘛。

五点五十分，升旗仪式正式开始，当五星红旗徐徐升起，刚才还人声鼎沸的广场立即肃然无声，不知是谁带头唱起国歌，很快全场跟唱起来。一直注视着国旗的陈小菊听到身旁的李不言也在放声高歌，不禁偷偷地看了他一眼，发现他站姿挺拔神情庄重，瞩目国旗的双眼泪花晶莹。晨曦中的李不言是如此稳重而又英气勃发，让陈小菊怦然心动。她心潮逐浪浮想联翩，在心里面告诫自己，生活中如果有幸还能遇上师哥这样的男人，一定要奋不顾身扑上去，再也不让机会从身边溜走。

两人看完升旗回到宾馆，陈超和刘国强刚起床不久。四个人一起吃了早饭，乘坐旅行社面包车，前往八达岭长城。当晚从八达岭回来直接去火车站，乘火车返回徐州，次日清晨换乘长途汽车回项州。

只要一坐在行进中的车上，李不言就会在颠簸摇晃中打瞌睡。他的脑袋不停地磕碰到坐在靠窗户位置的陈小菊的左肩，陈小菊干脆揽过他，让他的脑袋在她的肩上放踏实。李不言模糊地想起孙淑侠，安心地靠在陈小菊的肩上睡觉。车过沙河，李不言醒来，看到陈小菊在点头晃脑，便将她的胳膊从自己的身后放下来，伸出胳膊揽住她，将她的头靠在自己的右肩上，陈小菊很快便酣然入睡。李不言发现前排的陈超和刘国强也都困意正浓，东倒西歪的瞌睡不止，自己的上下眼皮又使劲地往一起凑。他努力坚持着，不让自己再睡着，在似睡似醒中经过了两个集镇。快要到项州时，陈超突然大叫，司机停车，我放在架子上的包不见了。司机将车在路边停稳，问是什么包。陈超比划着说，是一个人造革的灰色的手提包。司机问什么时候发现不见的，陈超说，刚发现，过上上个集镇还在。司机说，那肯定是被刚刚在王集下车的四个人拿走的。李不言极力回想刚才下车的四个人，对人几乎没印象，但依稀记得每个人手里都提着两只筐。他晃醒陈小菊，告诉她准备下车。陈小菊懵懵懂懂地跟下车，看着陌生的环境问到了哪里。李不言说句哪里也不是，问陈超包里有什么，陈超回忆说，有几百块钱，这次差旅费发票，还有两身在王府井给孩子买的衣服。然后庆幸说，亏是李律师英明安排将那两万汇回去，要不损失惨重。陈小菊这才明白陈超在车上被偷，问李不言怎么办。李不言说，我们去王集派出所报案。陈超拦下一辆小四轮，将他们送到刚才客车在王集下客的地方。李不言观察到下车点不远处有个小饭店，饭店门前有个人站在那里向他们这边张望。便走到那人面前，问他有没有看到在这里下车的四个拎筐人，那人特别得意地说，我就知道你们会回来。我不仅看到，还知道他们是哪里人。陈超忙叫刘国强到旁边小商店里买几包烟，那人说，用不着，我只是看不惯他们。那四个人是蔡集的，平时将两只柳条筐绑在自行车两边从乡下收鸡蛋，收满筐骑到这里将自行车寄存，坐客车运鸡蛋到徐州卖，卖完再回到这里骑车回蔡集。今天我看到他们下车后急里忙慌地骑车就走，就知道他们没干好事，他们一向名声不好，下乡收鸡蛋会干些顺手牵羊偷鸡摸狗的事。李不言将刘国强买来的四包大前门塞给那人，请他一块去派出所。所长亲自接待他们，做完笔录说，这几个人跑不了，我马上带人过去。李不言说，陈厂长，你和李科长留下来协助公安抓小偷，我和陈律师先回去。陈超有点不放心，所长说，他们可以先回去，不需要那么多人。李不言和陈小菊便坐着小四轮回项州。

到司法局门前，李不言和陈小菊刚跳下小四轮，何静从里面推着自行车出来，看见李不言,扔掉车子跑上来抱住他,老公,你可回来啦!李不言微笑着问,你怎么在这里?何静在李不言脸上连亲几口,人家想你啊,昨天都来过这里等你的。李不言弯腰扶起自行车,交到何静手里,你在这里等我,我去里边推车。陈小菊没有跟进去,而是拉起何静的手,恭喜何老师,我现在是不是该叫你嫂子了。何静非常骄傲地说,顺着你师哥这层关系,是该叫我嫂子,可是小菊姐毕竟是姐,还是叫我何静或者小静吧。李不言从院内出来,与何静并肩骑车离去。陈小菊仍呆立在原地,望着两人的背影暗自思忖,何静古灵精怪的也还算可爱,但配不上师哥,至少不如赵虹姐与师哥般配。

<h2 style="text-align:center">37</h2>

从北京回来没多久,陈超和刘国强再次走进李不言办公室。陈超一进门就说,李律师,我们带来个好消息。李不言问,什么好消息,提包找回来了?陈超说,当天就找回来啦。说起来好笑,我们那天去蔡集,到村部问有哪几家经常贩鸡蛋到徐州,村主任说有四五家,然后带我们一家一家找。前面两家都没有人在家,摸到第三家,有个小女孩出来开门,我一眼认出小女孩身上穿的新衣服是我在北京新买的,我向警察使眼色,警察进去将小女孩的父亲逮住。你说好笑不好笑,一到家就将偷来的衣服穿到女儿身上,还真爱女心切呢!李不言说,他可能预感到不赶紧穿上以后没有机会穿。陈超说,我给他机会,后来我跟警察说,将钱和发票还给我,衣服就送给小女孩。小女孩那么高兴,我不想让她知道她父亲偷别人买的衣服给她穿。李不言赞许道,陈厂长这事做得漂亮,你这么心慈手软,难怪骗子小偷都找上你。几个人一齐笑,刘国强说,我也盯上我们陈厂长好几年,李律师的意思我也不是好人啦。三个人笑得更欢,陈小菊闻声过来,与陈超和刘国强打招呼。

陈超从提包里拿出折叠整齐的一张纸,在办公桌上摊开来,李律师,我给你带来一幅字。李不言俯身仔细端详,纸上是"铁肩担道义"五个遒劲有力的大字,上款是不言律师雅存,下款为项州武冰谨书。李不言知道武冰是项州广播电视台的台长、项州书法家协会副主席,属于项州文化名流,能无偿收到他的字不是件容易的事,遂对陈超连声致谢道,字的确是好字,但我配不上这内容。陈超说,怎么配不上!我和李科长都说李律师年纪不大,胆识过人,勇闯京城智斗诈骗王,这不正是铁肩担道义的人民好律师嘛！李不言笑着说，我要真是担道义，就应该想办法将那骗子窝端掉。其实我更希望能匹配上后面那一句，妙手著文章。陈小菊说，师哥你也配得上，省里一等奖还不配吗？陈超逗趣道，听这师哥叫的，猪八戒叫孙悟空都没这么甜，不过跟着这样的师哥确实能学到东西。陈小菊微微一笑，陈厂长就哪天再被人骗一次，给我创造更多的跟师哥学习机会。陈超说，果然没白跟师哥学，这伶牙俐齿的，孬人不打草稿。

陈超和刘国强刚离开，范会计进来说，李律师出差那几天，整个楼道一天到晚静悄悄，李律师一回来变得好热闹，刚才发生什么趣事了。李不言指着桌上的大字条幅，笑呵呵地说，他们笑话我肩膀硬。范会计看一眼条幅，非常认真地说，这是谁瞎说的，我们李律师的身段最柔和，一点架子都没有。陈小菊捂住嘴，笑吟吟地出去。范会计突然问，李律师，你家有录像机吗？李不言说，家里没有，你要用吗，我可以去五交化帮你借一台。范会计神秘兮兮地说，我家有，不用借。李不言心想家里有还问我有没有干什么，正等待范会计的下文，范会计却带着意味深长的笑容转身离开。

下午，黄伟雄带着一女三男四个年轻人来所里报到，都是省司法学校的毕业生。马健重新调整办公室，王丹和陆洲，张志祥和沙茂春，陈小菊和吴娜，于培林和梁建，算是一老带一新。马健说，梁荣光和徐龙云，一个到处找案子办，一个不想办案子，让他们在一起中和一下。这样十间办公室，三间主任副主任室，五间律师办公室，一间财务室，一间接待室，满员配备。陈小菊心里没有底，担心自己带不好吴娜。李不言勉励她，你能带好的，上次夏平的那个上诉案子代理的就很好，夏平在我面前多次夸你巾帼不让须眉。陈小菊说，那是因为有师哥坐镇，没有你在身旁，我心里慌慌的拿不定主意。李不言说，多历练几场就好了，我一开始出庭也全身发抖。

办公室调整完毕，李不言向西挨个办公室走一趟，分别和陆洲、梁建、沙茂春三位新人打招呼。最后到陈小菊办公室，有意多停留一会，坐下来半开玩笑半认真地对吴娜说，你们四人都是司法学校的，看来我们司法学校的毕业生只有华山一条路，全部拥挤到律师事务所来。正在整理办公桌的吴娜抬起头，一脸单纯地说，也不是，今年一起毕业的有八个人，还有两个分到法院，两个分到检察院。李不言说，分配到法院和检察院的还是有点少，去那两个单位的人越多，将来我们办案越方便。陈小菊不无羡慕地说，师哥你无所谓，我看你和什么人都能合得来，人到哪里笑声到哪里，没有人会为难你。李不言拿起吴娜刚刚放到桌上的一个竹制笔筒，欣赏着烙印上去的鲁迅头像和两句诗文，缓缓地转动着笔筒，师妹这是在变相批评我无原则吧，我也不是跟谁都能合得来，北京的那个石厂长，肯定就对我恨之入骨。笔筒上的这两句"横眉冷对千夫指，俯首甘为孺子牛"，境界有点高，只能心向往之。但朋友来了有好酒，豺狼来了有猎枪，爱憎分明不能含糊。我们做律师的，法律专业知识虽然有强有弱，但主要差别并不体现在专业上，而是反映在做人做事方面，没有原则冲突时，大家做朋友，你让别人愉快，自己也愉快。出现原则问题，也要旗帜鲜明，不能在大是大非面前和稀泥。即便因此被为难，也不可动摇。吴娜一脸崇拜地说，李律师，我老家是项河沈庄的，和李庄只有几里路。我上高中时就听说你打官司厉害热心助人，考上司法学校后，幻想过毕业后跟你学习做律师，没想到现在梦想成真。李不言有点惊讶，是吗？我们赵局长不就是沈庄的，你和他还一个村。吴娜点头说，赵局长也表扬李律师能干。李不言放下笔筒，在台历右面端端正正地摆好，对吴娜说，不要叫我李律师，我们差不多从中学到中专一路校友读过来，你要是不嫌弃，也叫我师哥吧。陈小菊说，谁能嫌弃师哥，就师哥这水平，可以做我们全所律师的师哥，我早就说过，在我们项州律师中你称第二，没有人敢称第一。李不言哈哈一笑，你这么一讲，我怎么觉得事务所变成少林寺，我很荣幸成为大师兄。陈小菊和吴娜都笑逐颜开地说，你本来就是我们的大师兄嘛。

　　临近下班时，范会计到李不言办公室请他去财务室。李不言说，有事在这里说，非要去财务室吗？范会计说，是我个人私事，你这里人来人往的不方便。李不言跟着范会计到财务室，范会计从办公桌下面拎出一个包，这里是台录像机，还有盘录像带，国外进口片，你带回去悄悄地和何静一道欣赏。李不言说，你怎么知道我喜欢看外国片？是中文对白吗，还是字幕的？范会计说，有没有字幕我不知道，自己拿回去看。李不言心中有数地接过袋子，离开财务室。

　　晚上和何静进入卧室后，李不言从里面反锁上门，连接录像机放录像带。李不言搬过来后，那台日立彩电放在一楼客厅，原来客厅里的十四寸孔雀牌彩电放在他们卧室。何静问，老公有点鬼鬼祟祟的，是什么片子？李不言说，我也不知道，范会计给的，说是外国电影。接好录像机，插进录像带，摁下播放键，片头是一长串英文字幕。李不言调低声音，在床上躺下来，何静钻进他怀里让他从后面搂着一起看录像。字幕放完后，直接跳出来一对外国男女半裸着在床上缠绵。何静扭头用手指刮了李不言鼻梁一下，笑眯眯地说，老公你放的是什么鬼电影？李不言坐起身子，哪里知道是这种玩意？关掉不看睡大觉。何静说再看两眼吧，说不定后面就是正经故事。李不言爬起来说都已经这样了，还能正经起来？何静拉住他，带着娇羞央求，好老公，既然已经放了，我们就看一小会。李不言便在心里偷笑着躺下来，搂着何静接着看。随着屏幕里的画面越来越香艳，何静变得不安分，李不言也心旌摇荡气喘吁吁起来，双手在何静的全身上下游走忙个不停……当李不言从第一次如此美妙的互动感觉中平息下来，问，老婆你不是怀孕了吗？刚才是不是太过疯狂。何静将小脑袋抵住李不言的下巴，心满意足地说，老公没事的，现在这样没事。

第二天李不言将录像机还给范会计时，范会计话中有话地问，录像好看吗？李不言故意涎眉瞪眼地说，这部惊悚片蛮恐怖，吓得我们睡不着觉。何静让我问你为何给我们看这种电影，范会计问，你告诉何静是我给你的？李不言坏笑着说，我说是我生产的她也不信啊。范会计说，下次可不敢再给你看了。李不言继续坏笑着说，以后你留着和你家行长在被窝里偷偷看，省得老惦记着我手里的那几本流氓案卷宗。范会计差点笑岔气，举拳捶打李不言，李律师，你年纪轻轻的学坏了。

38

闷热的酷暑终于在蛙鸣蝉噪中渐行渐远，天高云淡月白风清令人神清气爽。尽管人们在一场秋雨一场凉中感受出些许冬天的寒意，但风雨之后，银杏与梧桐树的落叶金黄了项州的几条主要街道，给小城和小城人们的心底增添一抹亮丽的色彩。

甄勇敢分别给江山和李不言打电话，提议周末下午到他家里聚聚。我们三家还没聚会过，现在季节宜人恰逢其时。甄勇敢说。江山说，我和不言没问题，赵虹与何静不知道是否愿意。甄勇敢说，现在各自安好，应该都放下了吧，我觉得她们没问题。江山说，但愿如此，我说说看。李不言在电话里非常干脆，没问题，是该聚聚。

周末下午，李不言在动身前，为何静打预防针，见到赵虹，无论她是什么态度，咱们都要和风细雨温暖如春。何静毫不犹豫地说，那是当然，老公你放心，我保证对赵虹姐打不还手骂不还口。李不言笑笑说，以赵虹的性格那倒不至于，至多不大搭理我们。何静见老公对赵虹如此自信不免心生醋意，但想到是自己横刀夺爱，又不禁释然。抱住李不言说，不搭理我们，我们上杆子搭理她，我不信我一口一个虹姐叫着，她就能不理睬。说完噘起小嘴求亲亲，李不言给了她一个深深的吻，骑车带上她去甄勇敢家。

两人在院子里停好自行车，听到甄勇敢在厨房里问，是不言吗？李不言答应着走进厨房，发现他一个人在那忙碌着。跟在李不言身后的何静问，春燕姐呢？甄勇敢正在给一条鲫鱼刮鱼鳞，抬头冲李不言与何静一笑算是打招呼，然后低头专注手上的动作，嘴里面说，下午局里临时有事，安排车子接走了。李不言看着煤气灶上正呼呼地舔舐着砂锅锅底的火焰问，这火头怎么是上黄下蓝两种颜色？甄勇敢说，看来不言在家不常进厨房，两种颜色就对了，说明煤气和灶具质量都不错，煤气的燃烧非常充分。何静挽起李不言的胳膊，装出埋怨的口气，他丈母娘经常拿我当丫环使唤，却从来舍不得让他进厨房。甄勇敢感慨，这就是跟着丈母娘混日子的好处，不像我和江山，没疼没热的事必躬亲。何静歪着脑袋仰视李不言，亲热地问，老公听到没有？勇敢哥都羡慕你，你是不是应该知足？李不言笑着说知足然后对甄勇敢说，想当初煤气灶户头那么紧俏，仅仅才过去一年就敞开供应。甄勇敢正将鲫鱼冲洗干净摆放在盘子里，拿起菜刀在菜板上切葱花，听李不言这样说，停下菜刀看一眼煤气灶，又低头切葱说，虽说只是提前一年用上煤气灶，不知道省了多少心呢，春燕一直念叨着请你们过来尝尝这煤气灶上烧出来的菜，说比当初江山偷用电炉煮出来的香多了。我说人家不言天天享用丈母娘用煤气灶做的菜，哪里还稀罕这一口？你们猜春燕怎么说？甄勇敢看着何静卖起了关子，何静急急地问，春燕姐怎么说？甄勇敢噗嗤一乐，春燕说是她稀罕不言长得帅想请到家里多看几眼不行吗？何静咯咯笑，挽紧李不言说，免费参观随便看，只要不动手动脚，看多少眼都行。甄勇敢想起正是何静对李不言做了手脚，不禁又是噗嗤一乐。李不言抬手抹一把脸，带着几分得意说，我真有那么帅？何静正想美美地夸奖他一番，江山跨进门来问，是哪个没羞没臊的在如此自恋？何静忙松开李不言，笑眯眯地迎过去，拉住跟在江山身后的赵虹的手，是夸虹姐好看呢！

说虹姐越来越漂亮，真让人妒忌。赵虹白了她一眼，你能妒忌我？何静说，妒忌呢，不仅妒忌虹姐长得好看，还妒忌虹姐温柔大方不计较人，特别有气量。赵虹没接何静的话，问甄勇敢，春燕姐呢？甄勇敢将刚才的回答又说一遍。李不言用眼光示意何静放开赵虹的手，何静偏偏拉得更紧。李不言无奈，憨憨一笑，今天女士坐享其成，我们三个男人露一手。甄勇敢说，客厅里桌上有扑克牌，你们四人玩一会，我再炖个鲫鱼汤，春燕回来就开饭。李不言还想坚持，何静搂住赵虹亲热地说，我们打八十分，我和虹姐对门，你和江山一头。江山说这样组队好，无论谁出错牌对家都不好意思抱怨。李不言见赵虹没表示反对，第一个进入客厅坐下来，将两副崭新的扑克牌从包装盒里取出来反复洗几遍，放到桌子正中央。

　　四个人轮番一张张摸牌，半天没有人说话。李不言开口问，我最近看到一个笑话，大家想不想听？何静说，你先讲讲看，不好笑就不听。李不言便开讲，说有一个美女下夜班，被一个好色的男人跟踪上，路过一片墓地时，色男正准备下手，美女突然跑到一座坟墓前说爸爸快开门我回来了。色男吓得拔腿狂奔，瞬间没了踪影。美女正为自己的机智得意地笑，从坟墓传出阴森的声音，闺女你咋又忘记带钥匙了。美女吓得尖叫着落荒而逃，连续摔了好几个跟头。一个盗墓贼从坟墓里爬出来说，影响我工作，吓死你！言罢突然发现一个老者蹲在墓碑前手拿凿子在刻字，好奇地问他在干啥。老者愤怒地说，不肖子孙将我墓碑刻错了，只好亲自来改。盗墓贼一听，吓得屁滚尿流逃跑了。老者冷笑说，跟老子抢生意，吓死你！哐当一声，老者手中的凿子不小心掉地上，正弯下腰去捡，却见草丛中伸出一只手，冷冷地说，胆子不小，敢乱改我家门牌号！老者吓得也慌不择路地跑远了。一个捡破烂的从草丛中爬起来感叹道，真是不容易，这年头捡块烂铁还费这么大的神！李不言还没讲完，何静就已经咯咯笑出声。等李不言讲完，江山和赵虹都笑了。江山说，谁编的，反转再反转，真有才！李不言说，我在一本小说里读到的，小说内容没记住多少，笑话倒是差不多一字不漏地记住了。何静打出一张牌，笑着说，我也讲一个，凑个数。说有个女人长得太难看嫁不出去，希望被拐卖。终于梦想成真后半个月没卖出去，绑匪开车将其送回去，她坚决不下车，绑匪一跺脚自己下车咬着牙说，车子送给你，不要了。何静说完不能自已地笑半天，赵虹瞄一眼李不言，撇撇嘴说，何老师是美女不愁嫁，绑匪如果遇到你怕是连自己的命都顾不上。李不言连忙说，你们都是大美女，有我和江山在，没有绑匪敢惦记你们。

何静随口说道，才没有什么绑匪惦记我，是我惦记你这个大帅哥。赵虹的脸色瞬间冷若冰霜，何静自知失言伸了伸舌头。江山整理着手中的牌说，什么绑匪不绑匪的，我们好好打八十分。

一局牌过后，天色有点暗下来，王春燕还没有回家。甄勇敢用毛巾擦着手进来，不等了，我们先开始。江山和李不言都说再等等，甄勇敢说，再等下去黄瓜调粉皮要烂糊了，我们慢慢喝酒等她。李不言收起扑克，赵虹与何静帮助甄勇敢从厨房里端菜，江山拧开一瓶项州大曲斟满三杯酒，给赵虹与何静倒满两大杯雪碧，五个人开始慢慢吃喝起来。

夜幕严严实实地降下来，李不言脸色发红，酒劲已经开始往上走，王春燕还没有回来。何静夹起一片粉皮放在李不言碗里，关切地说，老公不能再喝了，等会骑不动自行车。赵虹讥讽道，骑不动可以不走，春燕姐这里也有沙发。江山给赵虹使眼色，赵虹笑笑也给江山碗里夹了一片粉皮。何静不以为意道，不用睡沙发，我可以骑车带老公回去。李不言担心再这样说下去会越来越尴尬，故意伸长脖子望着门外说，春燕该回来啦，加班怎么要这么久。大家都将目光投向院门，没见到王春燕，看见两个男人跨进院内。甄勇敢认出来人迎出房门，两位队长稀客啊！来人在院子里站定，表情都极其冷峻。其中一个问，甄科今天有客人？甄勇敢说，两个政法系统的好兄弟，周末小聚会。孙队和陈队进屋喝两杯。孙队说，不喝了，局里有急事，请你去一趟。甄勇敢问，什么事？春燕被叫去加班现在没回来，我也要加班？孙队说，到局里就知道了，和你的朋友说一声走吧，车子在外面等着呢。甄勇敢进屋对江山和李不言说要去局里，李不言问院子里的人是谁，甄勇敢说是刑警队的正副队长孙队和陈队。李不言不解地问，为何是刑警队的正副队长来通知你？甄勇敢被问住了，心中顿生不祥之感。他返身到院子里，问孙队去局里是不是和春燕有关。孙队说，快走吧，你去了便知。江山和李不言出来要陪甄勇敢一道去，孙队说不需要，车里也坐不下。李不言悄悄对甄勇敢说，你先去，我们骑车去公安局大门前等你。甄勇敢心神不定地跟二位队长走了，李不言和江山分别骑车载着何静、赵虹前往公安局。

公安局院门紧闭，办公大楼漆黑一片，只有传达室透出昏黄的灯光。四个人在路边站一会没见到有人出入，李不言对江山说，我感觉怪怪的，这事有蹊跷。江山说，我也感觉不妙，心里不踏实。又等了一会，江山到传达室窗口说，我是法院的，与甄勇敢是同学，请问刚才有没有看到甄勇敢乘坐警车进去。传达室的说，今天是周末，没人上班，天黑以后没有警车进出过。四个人又在焦虑中等待老半天，毫无头绪的江山说，回去吧，看来勇敢不在局里。

李不言他们无论如何也想不到，此时的甄勇敢正在城西路上悲痛欲绝，而王春燕已经是一具冰冷的尸体蜷缩在一辆桑塔纳内，在她的旁边还有项州市政法委书记兼公安局长缪正成僵硬的身躯。

<h2 style="text-align:center">39</h2>

次日早上一到所里，李不言看见黄伟雄和一老一少两个人站在办公室门前说话。李不言问，为何不带去你办公室拉呱？黄伟雄说，等你呢，有急事。李不言掏出钥匙打开门，将他三人让进屋。

黄伟雄正要介绍那两个人，李不言做出稍等手势，非常抱歉，我得先打个电话。抓起电话找江山，问有没有勇敢和春燕的消息。江山说暂时还没有，他正在多方打听。黄伟雄等李不言放下电话，介绍年龄大的那人说，这位是老李，李玉平，那个年轻人是他的大儿子李旭，和我老家一个村的。爷俩在新洋港市做工程，昨天临江市江北区法院突然到新洋港将他们的设备全部查封，他们连夜赶回来找我。李玉平从手包里掏出一盒中华烟，黄伟雄说，李律师不抽烟，你坐下吧。李玉平见李不言对他点头，将烟放回包里说，不抽好，我也不抽的。李不言问，临江的法院为何要跑到新洋港去查封你们设备？李玉平只坐了半个屁股在沙发上，显得非常焦急，我在新洋港做工程原来是挂靠在省兴邦市政公司名下，后来不用他们资质自己干，兴邦公司跑到法院告我，说我是他们公司的人，设备也是他们公司的，做的工程属于他们，申请法院将设备查封，逼我上交管理费，现在几十口人闲在工地上没办法干活。李不言问，兴邦公司是在临江注册的吧？李玉平说，是的，他们挂省字头招牌，对外好揽业务。李不言说，一般查封设备只是裁定不能藏匿、转移或变卖，并不影响设备的实际使用。李玉平说，法院说我们的工程车辆没有上牌照，不好到车管所办理查封，将车辆集中锁在一个大院子里，派专人看守不让动。李不言说，这已经不仅仅是查封，而是扣押了。我理解你们急的是设备不能动无法施工，如果能先将设备解放出来，官司可以慢慢打。李玉平眼巴巴地说，是这个意思，一家子你快帮我想办法。李不言想李不言和李玉平，可不就是一家子吗，便和气地问，你们被扣押的设备都有发票吧，购买的价款有多少？李玉平答，都有发票，大概花了一百多万。李不言怀疑自己听错了，不大相信地问，花这点钱买设备就能揽工程？李玉平说，我们做的是村村通公路小工程，有几台挖掘机、压路机和搅拌机就能开工。李不言问，你们现在筹集资金有困难吗？李玉平以为李不言说的是律师费用，轻松地说，一家子你放心，只要能将事情解决，你需要多少钱都没问题。李不言说，有二百万最好，至少也要一百万。李玉平睁大双眼看着黄伟雄，心里咕哝怎么带他来找这个律师，年纪不大开价上天。李不言看出来他的心思，解释说，我想用这笔钱押在法院做担保，将设备置换出来。李玉平明白过来，有点不好意思地说，有困难也得办，我和甲方商量下，请他们预支一部分工程款给我。李不言说，你让人将钱办成一百万存单一张，五十万存单两张，将存单和设备购买发票都送到临江，与我们在法院门前汇合，剩下的事由我出面与法院交涉。李玉平从手包里摸出手提电话，接通在新洋港的二儿子安排起来。李不言想，这就是所谓的大哥大吧，我曾说寻呼机没大用，能随时随地通话才好使，没想到这么快就有了。李玉平电话调度完毕后说，一家子，我们现在出发吧。李不言说，还有费用没有谈。李玉平对李旭说，先拿两万给一家子，等事情办完，再补上剩下的。李旭从包里拿出两沓崭新的百元大钞，放在李不言的办公桌上。李不言说，我先打张收条给你，结案后再结算。李玉平催促道，不用打条子，赶快走吧。李不言将钱收起来放进公文包，既然一家子这么急，我也不回家收拾洗漱用品了，你们有车子吧？李玉平说，有辆桑塔纳在院子里。李不言说，我要带个助手去，能不能坐下？李玉平说，李旭开车，我和黄主任，你和助手，正好一辆车。李不言没想到黄伟雄也跟去，看了他一眼说，我去叫陆洲，现在就出发。

桑塔纳驶出项州城，李不言借过李玉平的大哥大给何金桂打电话，告诉他正前往临江处理紧急案件，今天肯定回不来。何金桂说，你安心办案，不要惦记家里。李不言本来还想给江山再打个电话，听人说大哥大通话费很贵，就将电话还给李玉平。然后靠在椅背上闭目养神，心中琢磨春燕为何加班那么久，勇敢又被带往何处，想半天没有想出所以然，不知不觉中左右摇晃着打起盹。

到临江市江北区法院已是下午两点，李玉平的二儿子李升和另外两个人正等在法院门前。李不言让李升将存单和设备发票交给李玉平，吩咐其他人在外面等候，只带着李玉平和陆洲来到传达室。出示工作证后，按照保全裁定书上的名字，找李瑞法官。传达室人电话联系上李瑞，李瑞让他们去第一接待室。放下电话，传达室人说，到一楼大厅最东面的接待室里等。

在接待室等有十分钟，一个年轻法官进来说，你们是为李玉平案子来的吧。李不言递上律师证，是的，我是律师，他是当事人李玉平。李瑞接过去看一眼还给李不言，客气地说，你们说说看，想怎么解决这件事？李不言说，这个案子可能还要按程序走，我们过来是想请李法官解除对施工设备的扣押，那样损失太大，会造成我们与甲方施工合同的违约，还会影响上百号农民工的生计。李瑞显然没料到李不言他们此行的目的，变得不太客气地说，扣押是根据当事人申请依法裁定的，哪能说解除就解除？李不言说，不是请求解除保全措施，是用银行存单置换，尽量减少不必要的损失。李瑞说，保全错了，申请人会赔偿你们的损失，我们解除扣押，给申请人造成损失谁来赔？李不言再次强调说，不是解除保全，是用存单作为反担保将设备置换出来，这比查封设备对申请保全人更有利，不可能对其造成损失。而且我们的请求完全符合最高院的反担保规定，请李法官依法审查。李瑞迟疑片刻后问，你们准备用多少存单置换？那些设备申请人说值三百万。李不言让李玉平将设备发票交给李瑞，指着发票说，那些设备不是申请人买的，他们没猜准，李玉平掏钱买的设备，总价款是一百五十六万。李瑞一张张地审查着发票，这是你们单方提供的发票，按照原告的申请，你们至少要准备二百万的存单。李不言说，设备发票还能双方提供？这些发票都是国家法定的正式票据，效力没有任何问题。设备已经使用一年多，考虑折旧因素，现在的实际价值肯定不超过一百万。因此，我们申请用一百万存单置换。李瑞看完发票后说，这事我得请示庭长，你们在这里等等。

李瑞离开后，李不言拿出纸和笔写好设备置换申请书，让李玉平在上面签名。李玉平问，一百万能行吗？二百万就二百万吧。李不言说，一百万不行就一百五十万，争取让你带五十万回去用在工程上，你将一百五十万存单交给我。

李瑞回到接待室后说，请示过庭长，至少要一百五十万。李不言当即表态服从法庭决定，将申请书和一百五十万的存单交给李瑞，恳切地说，请李法官今天就将变更保全裁定做出来，那边一百多个农民工兄弟正焦躁万分地等着开工挣钱养活老婆孩子，我们今天要连夜赶过去安抚他们。李瑞冷着脸对李不言说，李律师，你不要拿农民工给我们法院施加压力，下班前会将裁定交给你。我弄好裁定便打电话通知看管设备的人,见到裁定即放行,不耽误工人明天出早工。李不言恭敬地说,谢谢李法官,农民工兄弟肯定会给你送锦旗!

拿到裁定后,李不言一行连夜赶往新洋港。坐在副驾驶位置的李玉平扭头说,我姓李,请的律师姓李,办我案子的法官也姓李,咋就这么巧。李不言说,这种巧合也正常,不是说"七张八王十三李"嘛。我想问一问一家子,村级道路工程能有多少钱赚,引得兴邦公司盯上了我们?李玉平眯缝着双眼说,这村级道路单个工程都不大,可路网密,验收松,里面的利润空间很可观。以前挂靠兴邦公司,管理费上交按工程结算价格的百分之十五计算,每年能交好几十万。李不言问,你现在不挂靠了,管理费是省下来,但没有资质怎么与甲方签订施工合同?李玉平说,挂靠还是挂的,黄主任帮我联系上项州市政公司,管理费只要五个点。李不言问,甲方对资质等级没要求?李玉平说,开始有要求,现在混熟了,有资质就行。李不言哦了一声不再说话,眯上眼睛装睡觉。心想万事皆有因,兴邦公司也不是凭空兴风作浪的。

到新洋港已是深夜,李不言和黄伟雄、陆洲被安排入住预订好的新洋宾馆。第二天一早,李不言让李玉平带上机械驾驶员来到存放被扣押设备的大院,发现院门大开,看守人员已经在等着交接。李不言让李玉平清点设备数量后在接收清单上签名,交给看守人员。几个工人情绪激昂地爬上设备,发动后轰隆隆地开出院子,驶向施工现场。李不言说,事情告一段落,坐等临江开庭。根据目前掌握的情况判断,问题应该不大。一家子你安心带队施工,要保质保量安全生产,不要拖欠农民工工资,不要偷工减料,能顺当当地多做几年工程肯定比没修几条路就卷铺盖走人更赚钱。李玉平很感动地说,除了一家子,谁能这样关心我!今天我不去工地,陪一家子在新洋港玩玩。李不言说,我回去还有事,这里肯定还要来,下次吧。李玉平一再挽留,见李不言坚持要走,诚恳地说,到我在镇上的家里去一趟,带点饮料给你家小孩喝。不等李不言解释还没有小孩,就吩咐李旭开车去家里。到了李玉平家一看,居然是幢洋气的三层独栋别墅,李不言说,一家子可以呀,这是中央领导级别。李玉平说,镇上拿来抵偿铺路工程款的,这种房子我根本住不惯。进入小会堂一般的客厅,发现东西散落一地,几乎没有落脚的地方,大米土豆饼干蛋糕袜子外套童车玩具枪什么都有,甚至还有几袋尿素化肥和几把铁锹锄头。李玉平让李旭将两瓶茅台酒、两盒丝绸面料礼盒、两箱河南火腿肠、两箱海南椰子汁装进一个大编织袋内抱到车上，特意关照是送给李不言。另外拿出两条中华烟给黄伟雄，又问陆洲需要什么。陆洲说什么都不需要，李不言看着墙边的一摞饮料说搬两箱健力宝吧。

晚上回到家，何静看到放在客厅里的那一堆东西，拿起一瓶茅台逗趣道，李律师，你不是去打官司而是进货的，还真给你老师买茅台了。放下茅台又拿起丝绸面料礼盒小心地拆开来，发现里面是黑白红黄四种颜色的面料。何静抖开白色面料说，我在合浦读书时，看中过这款面料，没有舍得买，这一下有好几块。李不言说，面料是送给妈妈的，你吃火腿肠喝椰子汁。何静没理会他，继续将面料裹在身上反复比划，嘴里念叨着，是做裙子呢，还是做旗袍？

40

缪正成和王春燕在警车内死于非命的消息，被封锁了一天一夜，然后不知道是哪个环节跑气漏风，弹指间在项州的大街小巷狂奔纷飞。李不言最先是在晚饭桌上听到何金桂说他出差这两天，项州发生一件大事，政法委缪书记被人枪杀。李不言吃惊地问，缪书记？兼任公安局长的缪正成？何金桂说，就是他，不言认识？李不言说，他给我颁过奖，一桌会餐过，还曾想调我去政法委。谁吃了豹子胆，敢杀政法委书记？何金桂说，不仅杀书记，还杀了一个女警察。李不言身子一颤，手中的筷子掉在地上，大惊失色地问，具体是什么时候的事？何金桂说，好像是你出差的前一天。李不言腾地站起身，没头苍蝇般在客厅里乱撞，嘴里念念有词，出事了，出事了，出大事了。何静被吓到，慌乱地抱住李不言，老公，你怎么了？死个书记这么可怕吗？李不言颤抖着嘴唇喊，老婆你怎么不明白，春燕那天加班一直没回来，勇敢后来不知道被接到何处去！何静这下是真的恐慌了，花容失色说，女警察是春燕姐？老公你别吓唬我！何金桂难以置信地问，女警察你们也认识？李不言向外走，头也不回地说，我去找江山。周淑珍在身后说，吃完饭再去啊。李不言没搭话到院子里推起自行车，抬腿上车骑出院门。何静跟着冲出去，骑车在后面追，老公，你等等，我和你一起去。

赶到江山家，江山沉痛地说，是春燕，我第二天便打听到，打电话找你说你去临江。李不言急切地问，勇敢呢？江山说，据说伤心过度当场昏过去，被送到医院抢救过来，现在还在医院里，局里安排专人陪护，一般人不让见。李不言问，发生在车里的命案究竟是怎么一回事？江山说，什么样传言都有，现在能肯定的是缪书记和春燕都是被枪杀的。又是枪杀案，我国对枪支的管制如此严格，哪来的枪作案？难道也是和夏卫国一样自制的？李不言暗自寻思着，失神的目光落在茶几上的相框上，那是他和江山、甄勇敢在技校打篮球时，何金桂安排人抓拍的。当时江山与李不言做完挡拆，高高跃起突破上篮，甄勇敢冲到篮下准备抢篮板。抓拍人恰到好处地拍下三人同框的瞬间。照片洗出来后，何金桂说再洗两张人手一份。李不言说没必要，有一张纪念足矣。江山在正中是主角，照片就放在江山这里。江山也循着李不言的视线盯住照片看，两人都想着甄勇敢陷入不安与沉思中，不知道甄勇敢如何面对失去爱妻的惨痛局面。何静与赵虹一直双手紧握紧挨在一起，想着不久前还姊妹情深的春燕姐竟然如此地死于非命，两个人四目相对悲伤和恐慌交织着。

　　半个月后，李不言和江山终于在甄勇敢家中见到他。甄勇敢半躺在双人沙发里，李不言和江山分别坐在单人沙发上。面对两人关切和询问的目光，甄勇敢有气无力地说，应该是抢劫杀人案，车内和两人身上的钱物被洗劫一空。李不言问，有线索吗？甄勇敢说，我也不知道，合浦市局成立专案组，牵头办理这个案子，我们局刑大虽然是主办，但口风很紧没有透露一点案件信息。李不言想问春燕和缪正成在一起做什么，话到嘴边又咽回去。十分坚定地说，肯定能破案，法网恢恢凶手终究逃不掉。在离开甄勇敢家后，李不言让江山分析王春燕和缪正成在一起加什么班，江山说这怎么好瞎分析，我只知道缪正成是勇敢和春燕的介绍人，对他们两人都挺好，勇敢和春燕这么快提拔副科长与缪正成的提携分不开。李不言突然问，你提拔副庭长与谁提携分不开？江山瞪了李不言两眼，什么时候了，你这家伙还有心思开玩笑。李不言自觉确实不妥，拍拍江山右肩表示歉意，与他在宿舍区大院门前分手回到司法局。

　　缪正成与王春燕的案子进展缓慢，至亲们度日如年。时间流逝，其他万般事务有序推进。一年一度的律师事务所年终总结会与往常一样在年底如期召开，今年人多，借用局里的小会议室，大家围绕着椭圆形会议桌坐成一圈。在范会计通报每个人的创收情况后，坐在李不言身边的陈小菊悄悄地说，师哥，如果不是分给我和陆洲，你的创收已经轻松超过马主任。李不言笑笑，示意陈小菊不要说话。王丹与张志祥耳语，你看李不言和陈小菊，开会还要坐在一起说悄悄话。张志祥也附在王丹耳边说，吃醋了吧，人家是师兄妹，你只有眼馋的份。马健看一眼他们两人，干咳两声说，今年所里最大的收获是张志祥与四个年轻人都通过了律师资格考试，使我们所正式律师人数直接翻一番，从而进入合浦律所正式律师人数前三名。这里再次向这五位同志表示祝贺！王丹立即啪啪鼓掌，并起哄张志祥请客。张志祥红着脸说，我屡败屡战，与范进中举差不多，哪里值得请客！王丹说，这个司法部有意思，志祥今年双卷都及格，司法部又不要求都必须不低于六十分，总分满一百二十即可。如果还像以前一样，陆洲和梁建今年都过不了关，司法部的规定似乎专门针对志祥似的。李不言说，这是司法部体察下情民主进步的表现，为了欢庆司法部的与时俱进，作为新政策的获益者，陆洲和梁建不妨考虑请我们畅饮扎啤。马健说，扎啤的事会后再说，先说创收的事。我们所今年创收进步显著，但不能懈怠。据我了解，合浦市有的所比我们进步还要大，特别是合浦市区有两家所创收已经和我们不相上下，我们只是以微弱优势保住全市第一，这其中还主要是因为我和李律师创收比较多。万紫千红才是春，大家需要一起发力，如果创收都能达到王丹律师水平，我们就不用担心被超越。大家谈谈如何深挖潜能，将个人创收搞上去。

梁荣光举手示意道，我可不可以先说几句？大家很意外，觉得按资历无论如何也轮不到他先说。马健显然也没想到，愣了一下才说，梁律师说说看。梁荣光说，马主任说万紫千红才是春，这话特别对。提高创收谁不想，这毕竟和个人收益挂钩。问题是每人能力不一样，拥有的机会也不一样，要想大家都能将潜能发挥出来，还需要能力强和机会多的律师多提供帮助。我自认为已经很努力，甚至都已经违规去拓展案源，目前也只能这样。和我一道进所的陈律师，创收一年上一个台阶，我想陈律师肯定不否认李律师对她的帮助，如果能多几个李律师这样的领头人，我认为我们所不用担心被超越。

梁荣光一说完，除马健、李不言外，大家都将目光投向陈小菊。陈小菊微红着脸说，李律师确实对我帮助非常大，教会我许多书本上学不到的东西，我在这里特别谢李律师。李不言说，见外了，一个所的同事，互相帮助是应该的，主要还是陈律师自己非常用心。我一个人的能力有限，现在所里年轻人比较多，我提供不了多大帮助，只能在这里表个态，愿意一块交流进步的，我来者不拒，倾尽全力。范会计笑着说，李律师好像忘记自己也是年轻人。几个年轻人鼓起掌，踊跃表示愿意跟师哥主任学。

马健说，梁律师说得有道理，李律师做得非常好，我以前考虑不够周到。我建议我们三个主任加上王丹律师，一人带一个新来的年轻人，帮助他们快速成长。仝有为瓮声瓮气地说，我本人能力有限，创收也不多，带不动年轻人。马健说，不是让你将创收分给年轻人，是帮他们提高创收能力，有句话怎么说来着，买鱼给人不如教人逮鱼嘛。徐龙云说，原话是授人以鱼不如授人以渔，主任说的意思是对的。王丹笑嘻嘻说，我既不是主任，钓鱼技术也不高，带不了徒弟。李律师能者多劳，多带几个呗。马健说，这是件意义重大的事，大家要严肃对待，会后再落实四个新人具体谁跟谁，大家再谈谈其他的想法。大家便七嘴八舌地东扯西拉一通，闲话一个多小时才散会。

王丹在会后来到梁荣光办公室，你没事扯什么帮助的事，讲了一大通，结果帮助四个新人找到师傅，甘为他人做嫁衣你觉得有意思吗？梁荣光说，我是想找你做师傅的，谁知道你不要我呢？王丹说，我能做得了你师傅？就你的道行，早就有资格开馆收徒，看看我们所，除你之外还有谁敢向委托人保证赢官司？言罢转身就走，留下梁荣光脸上红一阵白一阵地生闷气。

陈小菊和吴娜来到李不言办公室，陈小菊说，师哥，吴娜想跟你，又不好意思直接跟你说。李不言说，我肯定没问题，不知道马主任怎么安排。不过你放心，不管最终怎么定，只要你不怕辛苦，我会尽量带你做事。想当初，我跟三位主任都拎过包，王丹和张志祥也会偶而差使我，师父多了更能博采众长自成一家。吴娜说，我不怕辛苦，越累越开心。陈小菊对吴娜说，师哥已经答应了，你先回去吧。吴娜回去后，陈小菊坐下来说，师哥，我以后怎么办？你总不能带三个吧。李不言笑着说，你完全可以独立，有范会计继续和你合作，有我与你联合担任部分客户的法律顾问，每年上万元顾问费保底，还有什么可担心的？你只要把案件做好，留住回头客，我敢断定要不了几年，不拉住我的衣襟也能跑进前几名。陈小菊目光复杂地看着李不言，神情有些惆怅，收入多少我无所谓，其实就是想多跟师哥学习，师哥案件多能力强思维活跃，感觉我一辈子都学不完。李不言说，这好办，以后遇到新颖或者疑难业务我们继续合作，共同交流学习。陈小菊一扫落寞神情，站起来高兴地说，有师哥这句话，我心里踏实许多。

陈小菊离开后，李不言伸手抓电话，想打给农药厂的刘显贵，问问与山东九十六家农户产品质量损害赔偿纠纷和解得怎么样。马健进来和他说带新人的事，马健意见是陆洲跟他，梁建跟王丹，沙茂春跟仝有为，李不言带吴娜。李不言想正合吴娜心意，表示没意见。又说道，建议人员只是相对固定，根据实际情况可以临时调配。马健说，当然可以，还有梁荣光、徐龙云他们，如果需要都可以调用。待马健离开后，李不言重新拿起电话。

半小时后，刘超来接李不言。李不言到陈小菊办公室，告诉吴娜马主任安排他带她并问有没有时间跟他去农药厂，吴娜二话没说站起来，喜形于色快步向外走。陈小菊坐在办公桌前说，我也有时间。李不言说，有空就一起去。陈小菊半信半疑地问，真的带我去？李不言说，想去就去嘛，带你去听听你可能以前没见过的新型案子。陈小菊喜滋滋地站起来，和吴娜跟在李不言身后来到院子里，李不言坐副驾驶的位置，陈小菊和吴娜坐后排，桑塔纳十几分钟后停在农药厂的办公楼下。

李不言带着陈小菊和吴娜进入厂长室，刘显贵正在等他。刘显贵起身与李不言握手，看着陈小菊和吴娜等待李不言介绍。李不言说，这两位是陈小菊律师和吴娜律师，带过来和你认识一下，将来厂里的法律事务她们一道参与处理。刘显贵说，李律师现在兵多将广，还都是美女。李不言说，所里律师十几个，兵多将广没错，美女就这两位。刘显贵说，看来我们李律师女人缘不错，一人搭档两个美女。李不言笑着说，刘大厂长休要造次，她们都是我的小师妹，神圣不容冒犯。你们与山东农户的事情怎样了？刘显贵刚想说，惠兴齐走了进来，见到李不言和陈小菊，意外又惊喜，两位大律师怎么在这里？李不言说，是三位，还有吴律师。我倒要问问你怎么出现在这里？准备倒腾农药卖？我可要警告你，我们是农药厂的法律顾问，你与农药厂做生意行但不可以打其他主意。惠兴齐不急不恼地说，什么主意都不打，我给刘厂长的宿舍楼正正经经地做水电呢。刘显贵说，看来我们请的律师是一家，以后如果真有什么纠纷省事了。李不言问刘显贵，惠老板真在给你们做水电？刘显贵说，我们厂正在建造一栋宿舍楼，水电承包给惠老板。惠兴齐开玩笑说，李律师这样不信任我，让我在刘厂长跟前没面子。刘显贵说，能请动李律师做顾问就是给你大面子。惠兴齐说，那倒是，再给个面子，中午我请刘厂长陪李律师和两位美女律师到对面饭店吃饭。刘显贵说，李律师常来常往无所谓，两位美女律师今天第一次来，是得表示表示，不要你请客，我在厂里小食堂安排一桌，你有好酒拿两瓶过来。惠兴齐眉飞色舞地说，服从厂长安排，我去拿酒，中午食堂见。

惠兴齐走后，刘显贵说，现在谈我们的事。李律师，你一再建议我们与山东农户和解，可那些农户狮子大开口，一家都要好几千，九十六户要大几十万，这也太离谱。李不言说，我原来建议你们与农户和解，主要从两方面考量，一是考虑农户着实不容易，一家几亩地，指望收点玉米过春荒，结果用了你家的二甲四氯除草剂后颗粒无收，日子更艰难。二是不管是不是确实因为使用二甲四氯导致玉米绝收，那个区域毕竟是你们农药产品的主要销售地，如果不妥善解决，势必会影响到你们的整体销售。从销售利润中拿出一部分补偿给农户，你们就当是做慈善，换取好名声。有了好口碑将来不愁卖出更多的产品，赚更多的钱。刘显贵说，你这话句句在理我赞成，可农户太过分，就那几亩地，满打满算全部加起来收成的玉米也就价值十几万，现在要五六十万，他们种的不是玉米是金子。陈小菊和吴娜笑出声，陈小菊说，刘厂长说得也没错，玉米的成色可不就是像金子。李不言扭头笑着对陈小菊说，改天我送你和吴娜一人一条玉米粒金项链。又转回头对刘显贵说，太过分当然不能答应，你说句实话，玉米绝收与二甲四氯到底有没有关系？刘显贵说，这说不准，那一区域有上万亩玉米地使用我们厂的二甲四氯，出问题的就是这一个村的九十六户。李不言问，那为啥还说不准，不正说明你们的二甲四氯没问题吗？刘显贵说，农药这个东西，对土壤、水源和种子都有特殊要求，不一样的条件下喷洒效果会有差别，这个村的土质与其他地方的不太一样。李不言问，可以鉴定出来吗？刘显贵说，下一季庄稼都已经长出来，还能鉴定什么？一直在和谈，没人想到去鉴定。李不言说，没鉴定对你们还有利一些，如果鉴定出来与二甲四氯有关系，你们必须赔，农户当初应该申请证据保全。现在这样吧，建议按照农户正常的实际收成的六成左右给补偿，将话说到位，不同意让他们去起诉。如果同意，我帮你们起草补偿协议。刘显贵说，要不你给他们发个律师函，上次无锡发函挺管用，钱一分未少汇过来了。李不言说，这次权利义务关系不明确，内容不好确定，再说九十六户发给谁？刘显贵说，那也是的，我安排他们再去谈。现在我们到小食堂去，打一局八十分，吃个工作餐。李不言说，我得给家里打电话通报一下，中饭不回家吃。刘显贵打趣道，李律师家教严格啊，在外面吃顿饭还要请示汇报。陈小菊说，一物降一物，师哥被何静拿捏得那叫一个准。李不言斜了陈小菊一眼，师妹，知道太多有时不是好事情。吴娜笑着说，师哥，我什么都不知道。刘显贵说我也不知道,吃饭去。

吃完饭,刘显贵安排刘超将三位律师送回去,每人给准备了一袋大米和一箱大豆油。刘显贵说,这是厂里职工的标准福利配置,三位律师是厂里的法律顾问,也算厂里的一员。李不言笑着说,我心里有数,我是你们厂一员两年多,从没享受过福利,这次是沾了两位师妹的光。刘显贵打哈哈道,你们是英雄美人组,我们厂一视同仁。

41

一场漫天晨雾扰乱了项州人的生活节奏,本来应该阳光普照的时辰,小城仍如海市蜃楼般地在雾海里沉浮。极低的能见度让骑车上班的李不言虽然比平时慢了许多,还是不小心与一个姑娘的自行车发生刮擦,好在姑娘骑行得比李不言还慢,晃晃悠悠的最终稳住自行车。险些摔倒的李不言忙说对不起,姑娘笑着说,没关系,大律师肯定是着急上班忙案子。李不言看着陌生的姑娘,一时想不起有过交集,刚想再细瞧几眼,姑娘已经骑车离去。面对消失在晨雾中的谜一般的姑娘,李不言想到缪正成与王春燕被枪杀案。该案亦如小城迷雾,各种版本四处漫延,人人都是福尔摩斯,说得有鼻有眼头头是道,故事越说越长,真凶却始终不见踪迹。据江山打探来的消息,专案组围绕枪杀现场走访数百名群众,查证上万条信息线索,确定一个又一个嫌疑人,经查证后又一一排除。案件在一团团浓雾中迷失方向,一头撞进死胡同。

李不言骑车直接去法院,在江山办公室与江山长吁短叹,对甄勇敢的精神状态深感忧虑。李不言让江山打探更多的案件内幕消息,江山说核心机密问不到,而且其实也没必要,有重大进展时自然会公布。李不言想想确实如此,下楼来到毛玉办公室,换上满面笑容说,毛玉姐,我看你来了。毛玉笑着问,我怎么啦?还麻烦你来看望我!既然来看望,怎么两手空空,真是拿一双眼睛来看我?李不言说,我拿那一批"醉蟹"洋河酒来看你,只是你得先将酒判给我的委托人。毛玉眼睛含笑左手食指点着李不言,就知道你无事不登三宝殿,总是为了案子来找我。这个案子让我很头疼,实在不好判。李不言说,头疼是因为毛玉姐想多了,原告老公将八十箱洋河酒放在他父母家,她老公意外身亡,她原本对酒就有一半的所有权,再继承她老公一半的份额,这四分之三不是很清楚吗?被告对酒的数量也认可，只是想都留给自己。毛玉姐将惊堂木一拍，直接判决被告还给原告六十箱酒，结案了事。非要考虑什么假酒的事，将简单问题搞复杂。毛玉说，能不考虑吗？被告说那些洋河酒都是醉蟹酒冒充的，法院还能保护原告对假酒的所有权？李不言说，被告说是醉蟹就醉蟹了？就算是醉蟹，我不拿去卖，将洋河标签撕掉自己喝，毛玉姐你说可以不可以？毛玉起身过来，亲昵地摸了一把李不言的额头，就是你这些似是而非似非又是的观点绕得姐头疼，在项州律师中就属你能说，告诉姐你是怎么想出那么多道道的？李不言如同弟弟被姐姐宠爱那般，露出几分顽皮和一丝憨笑，说来也怪，就是在毛玉姐面前我如有神助，思维活跃，经常稀奇古怪稀里糊涂地惹毛玉姐头痛。不过我相信毛玉姐肯定不希望我是"三句半律师"，把什么问题都交给合议庭。毛玉的心中更是欢喜得不行，拉住李不言的手说，姐不仅不希望你是"三句半律师"，更不希望你是"麻将律师"，千万不要跟你们的主任学下道了。李不言问，"麻将律师"是谁？马主任吗？他好像不大参与这些娱乐活动。毛玉说，你真的不知道，你们的仝主任，现在又多了一个绰号叫"麻将律师"。李不言奇怪地问，仝主任怎么和麻将扯上啦？在我的印象里他似乎特别钟情于打八十分。毛玉说，你不要跟人说是我讲的，仝有为最近几个月几乎天天到我们法院宿舍区打麻将，搭子基本固定是我们庭长、刑庭钱庭，还有分管民事经济案件的黄院长，有人送他绰号"麻将律师"。李不言说，原来仝主任还有这爱好，以前只知道他喜欢打八十分。不说仝主任了，毛玉姐，那个酒案子，干脆让被告将酒交到法庭委托鉴定，如果确实是假酒全部没收销毁，谁也拿不到，这样估计原告心里能平衡。毛玉问，如果被告不交呢？李不言说，不交推定酒没问题，按洋河酒的价格判定被告折价返还。毛玉松开李不言的手，坐回到办公桌前，让我再考虑考虑，这种小案子搞不好能出大问题。李不言说，毛玉姐你慢慢考虑，友情提醒审限即将到期。

　　回到所里，马健找他与仝有为商量所里结余费用如何使用。仝有为说，局里文件已经他娘的规定死了，不能用于奖金福利，只能用在办公上，还有什么可商量的？李不言问，马主任有什么想法，能变通使用吗？马健说，以后每年结余会越来越多，趴在账上招人惦记，还是想法开销掉。既然能用在办公上，我想给所里添置几辆摩托车。先不买贵的，免得局里人眼红。听说新出来一款玉河，三千多一辆，无级变速很好开。我们先买四辆，三个主任一人一辆，另一辆公用。仝有为一听精神焕发，猛地拍了一下桌子，这个办法好，我赞成。李不言被仝有为冷不丁的举动吓一跳，觉得仝有为激动得有点夸张，平静地说，我也赞成，但买摩托车能算用在办公上吗？局里不一定同意。马健说，摩托车是交通工具，我们骑摩托外出办案，当然算办公，局长天天坐拉达轿车，那至少能买十几辆玉河呢。我打报告给局长批，不行给他报销几张发票。仝有为说，要办快点办，给局长报发票不能超过他娘的一辆玉河钱。马健说，争取一周之内将玉河接回来。

　　结果事情出乎意料地顺利，马健主动给赵志明报销三千元发票，赵志明在申请报告上痛快签名。还特意批注，此事有助于提高律师的工作效率，应该大力支持。但只能用于办公，不能挪作私用。第三天，四辆玉河骑进司法局大院内，本来马健想全部买红色的，李不言坚持换一辆绿色，说他更喜欢绿色的勃勃生机。局里许多工作人员下来围观，摸着车把座椅尾灯评头论足。基层科长说，一下子买四辆，可以组成一支摩托车队，下次我们联合宣教科下乡搞"二五"普法时，能不能借给我们拉拉风？仝有为说，这几辆破轻骑，还没骑到乡下肯定颠散架，你们还是用那毛驴车更稳当。

　　三位主任使用的玉河分别放在各自办公室的门前走廊里，三辆玉河一字排开，两红一绿，成为一道亮丽风景。公用的那辆放在财务室门前，钥匙由范会计保管，需要使用的，到范会计那里登记领钥匙，汽油费谁用谁负担。

　　吃晚饭时，李不言对何静说，所里给配辆玉河，以后来去方便不少。何静问什么时候到位。李不言说已经到位，放在我办公室门外走廊里。何静看两眼院子里的自行车，买来了怎么还骑自行车？李不言说，刚买来，得注意一点影响。何金桂点头说，不言考虑周到，公车私用违反纪律。何静一脸的满不在乎，一辆小玉河还上纲上线的。

　　当夜两人上床后，何静说，老公我警告你，玉河是配给你办公的，不准带陈小菊和吴娜她们兜风。李不言趴到何静身上，没遮没拦的，能兜住什么风。何静轻轻地推一下李不言，声音黏乎乎的，老公，怀孕期间的前后三个月要小心。李不言突然翻身下来，直视着何静问，前后三个月，你不该快有五个月了吗？何静哑巴好一阵子，目光躲躲闪闪，最后像终于下了决心似的爬起来，从床头柜里拿出两份化验单给李不言，跪在床上说，老公我错了，要杀要剐随便你。原来怀孕是假的，这次才是真的。李不言接过化验单，发现一张是上次在办公室见过，一张是两天前新鲜出炉,两张结果都为阳性。立刻明白自己被何静彻底算计,大脑一阵眩晕,晃了晃身子颓然躺下,久久无法言语,想起赵虹那双清澈明亮而又饱含深情的眼睛,心中的叹息如夏日里静静漫过路面的树荫,浓密而又绵长。过了许久,李不言拉过一直跪在那里的何静的手,躺下吧。何静温顺地躺在李不言怀里,摩挲着他的胸口问,老公你能原谅我吗?李不言轻抚何静头发,柔声说,说什么原谅,执子之手与子偕老,我们既然做了夫妻就要好好过下去。何静小心翼翼地问,我将老公从赵虹身边骗走,老公真的这么快就能原谅我?你们可是好得像一个人一样,而我在老公眼里只是小师妹。李不言说,事已至此,我已经有愧于赵虹,不能再伤害老婆。虽然老婆在我眼里一直只是小师妹,但毕竟老婆爱我,我喜欢老婆,我们有一定的感情基础。岳父岳母是父母包办婚姻,岳母只是农村出身的家庭妇女,他们不也一直相亲相爱这么多年。岳父岳母对我视若己出恩重如山,老婆爱我这么深,又是年轻漂亮的幼儿园老师,我应该知足,珍惜老婆好好过日子。何静顿时热泪奔涌,抱住李不言狂吻,将自己和李不言的脸颊双双湿透。然后贴紧李不言,曲身如猫咪,哽咽着说,老公你是天底下最好的,我保证这辈子再也不会骗你。李不言说,以后谁都不要骗,现在睡觉吧。何静很快在李不言的怀中酣然入睡。李不言一边听着何静的呼吸,一边在心里对她说,还有个关键因素没有讲,老婆带给我与赵虹在一起时从来没有过的全新情爱体验,让老公我陷入其中醉沉迷。转念又想酒后那次没怀孕也挺好,万一生出来有异常是件挺头大的事。

42

就在人们已经逐渐淡忘缪正成与王春燕被枪杀案时,专案组突然宣布案件告破,甄勇敢具有重大嫌疑,被刑事拘留羁押在项州看守所。由于警方没有进一步发布具体案情,对于甄勇敢的杀人动机和具体手段人们莫衷一是。随着甄勇敢、王春燕和缪正成三人之间的关系被口口相传成通俗小说,人们恍然大悟,原来是一起情杀案!

李不言和江山毫不迟疑地否定甄勇敢是嫌疑犯,他们太了解甄勇敢,知道他与王春燕的感情,即便缪正成和王春燕的不正常关系的传言是真的,甄勇敢至多对缪正成有杀心没杀胆,而对王春燕绝对不会动丁点歹念。案发当天,甄勇敢在家忙碌地烧菜做饭,显然没有作案时间,专案组一定是搞错了。匪夷所思的李不言急得在江山办公室里团团转，不知道如何下手解救甄勇敢。虽说自己是律师，可现行的法律没有赋予侦查与起诉阶段律师会见嫌疑人的权利，要到法院审理阶段才能帮助甄勇敢行使辩护权。李不言抱怨这对律师有失公允。江山说，刑事诉讼原来还没有律师参与呢，现在已经进步许多。随着法制进程的不断推进，将来你们的作用肯定会越来越大。李不言说，我也相信法律的制定会日益进步，对公民各项权利的保护会日益完善。但现在勇敢怎么办？能将他的案子停下来吗？江山冷静地说，无辜的终究无辜，两条人命，不相信能硬生生栽在勇敢头上。李不言听后也稳定住情绪，摆出犹如和办案人员面对面一般的架势说，我倒要看看你们有何证据认定甄勇敢犯下如此滔天罪行！

　　离开法院回到自己的办公室，李不言又琢磨半天甄勇敢的事，一片惘然的他决定和徐龙云谈谈，转移一下自己的注意力。走进徐龙云与梁荣光办公室，看到徐龙云一个人在看报纸，开口问，梁荣光还没到？徐龙云起身说，师哥你找他？他难得在办公室，成天不是在外办案子就是找案子办。李不言在梁荣光的椅子上坐下来，我是找你的，看报呢，还是《参考消息》，记得所里只订阅了上面摊派的《东方法制报》和《项州日报》，没有《参考消息》，是局里订的吗？徐龙云说，我自己掏钱订的，这份报纸上的国际时事新闻和热点问题分析对我很有吸引力。李不言又指着桌上的几本杂志问，《读者》和《大众电影》也是你订的？徐龙云说，是的，那些短小精致意味隽永的美文和大气磅礴印刷精美的海报图片都是我的最爱。李不言拿起桌上的《读者》，翻看扉页上的《卷首语》，我上学的时候也喜欢读这几种报纸杂志，但没有多少课余时间更没有钱订阅，碰上一期两期的视若珍宝，那些文字和图片恨不得都吃下去。现在有条件订阅了，还是没时间，白天忙办案，晚上陪家人，去年订了一年《读者》，也没完整地看几期。细想起来，还是心态起变化，兴趣已经不在读书看报上。徐龙云说，师哥案子办不过来，哪还有时间看这些东西？李不言说，还是应该看，多看些美文美图多了解一些国际纵横，人的气质不一样。当然，光看这些还不够，毕竟只是精神层面上，最好能将从这些知识里面获得的感悟与营养转化到工作与生活中，提高工作能力，改善生活条件。徐龙云说，师哥，我知道你的意思，那也是我正在做的，人不能太功利，不能无原则，不能眼盯蝇头小利胸无天下风云。我一直努力做一个有点境界的人，不要淹没于碌碌无为的庸俗众生中。李不言随意地向后翻动着《读者》说，你能肯定真的知道我的意思吗？我觉得你似乎还没搞清楚律师职业是怎么一回事，作为一项职业基本功能是谋生，通过它改善自己和家人的生活条件，离开这个最基本功能，没人能坚持下去。徐龙云说，我不这样认为，律师暂行条例第一条规定，律师是国家的法律工作者，其任务是对国家机关、企业事业单位、社会团体、人民公社和公民提供法律帮助，以维护法律的正确实施，维护国家、集体的利益和公民的合法权利。这从法律上确立我们是国家的法律工作者，不是法律个体经营商贩，将律师职业理解为挣钱养家，庸俗化了法律工作者这一称谓。我们和法官检察官一样，都是为了维护法律的尊严和人间公平正义的法律人。李不言笑笑说，师弟记忆力惊人，我从来背不出律师条例里的任何一条，当初在学校考试时都是抄上去的。法律上虽然将我们定位和法官检察官一样同属国家法律工作者，但国家给法官和检察官发工资，却叫我们自己挣钱养家糊口，这里面的区别可不是一点半点。我和你一样不赞同律师钻进钱眼里，以获取财富作为职业目标。但通过为他人提供法律帮助获得一定的报酬，我个人觉得也没有什么不合适，甚至是羞耻的。徐龙云立即情绪激动起来，痛心疾首地说，可现在律师都做了什么？只要能拿到案子，只要能赚到更多的钱，托关系找后门包揽诉讼陪法官打麻将，什么事都能做出来。我真的很失望，知道无力改变什么，只能争取独善其身不与他们同流合污。李不言将《读者》握成一个卷筒，眯上一只眼透过卷筒看着徐龙云，我们项州律师真的有这么不堪？好吧，就算你不愿意同流合污，也不能因噎废食几乎不办案，今年已经过去大半，你创收多少？现在单身还能凑合，等结婚生子后怎么办？局里有消息传出来，可能要集资建宿舍楼，到时你能拿出钱来？还能一直靠所里租房子住？说不定过不了多久，事务所改革到完全自收自支，所里不再负责提供居住条件，你那点提成可能付房租都够呛。我建议你将坚持的原则放低一些，理想现实一点。要不你将服务理念稍微调整一下，和我一起做几家顾问单位？有时候，客户会有一些不太合理要求，但很多时候是他们不了解法律所致的，我们可以多做解释多周全，不要一口回绝惹得客户不满甚至非常气恼。徐龙云的语气异常坚定，师哥，我知道你已经照顾好几个师弟师妹，不能再给你增加负担；再说我也不想要你同情我，我真的不愿为五斗米折腰，请你能理解我。李不言将手中的《读者》放回办公桌上，手指敲击着扉页上的一行文字，极其失望地说，我理解不了你，只是想像帮助其他师弟师妹一样帮助你，你再好好考虑考虑。在李不言转身离开后，徐龙云看清师哥刚刚点击过的地方是《读者》的卷首语标题《在理想与现实之间》。

局里准备集资盖宿舍楼的事是黄伟雄告诉李不言的。那天黄伟雄来到李不言办公室，进来后就关上房门说，不言，知道吗？局里准备集资盖宿舍楼。李不言精神一振，饶有兴致地问，消息可靠吗？黄伟雄说，绝对可靠。再透露个消息给你，赵局长年底要退二线；新局长叫李汉生，原来是项河镇党委书记，已经来认过门。这两个消息其实是紧密相连的，办公楼东面的那块空地一直预留盖宿舍楼，赵局长家住的是四合院，房子用不完，当然不积极盖宿舍，冠冕堂皇讲已经盖了办公楼，宿舍楼留给下任做好事笼络人心。而李局长恰好城里只有一套小院子，住房不宽敞，对盖宿舍楼很积极，吩咐我私下征求大家意见拿方案，他正式上任后便动工，争取明年年底住新房。李不言说，果真如此功德无量，我这倒插门的日子终于要熬出头，集资方案怎么定？黄伟雄说，要等图纸和预算出来才能确定，估计不少钱，局里没钱往里补贴，能给的就是这块地，保守测算每套四到五万元。李不言说，那也可以了，土地不要钱，建筑成本价，还是划算的。不管多少钱，我都要一套，你要帮我确保能拿到。黄伟雄说，大概可以盖二十套，股级以上干部基本能保证，关键是楼层，三、四楼比较抢手，局领导肯定优先挑选，其余的准备按照交钱顺序挑房。我来和你说的就是这个事，你问题不大，我没有那么多钱，需要借不少。李不言赶忙说，我工作才几年，没什么积蓄，自己集资款目前都不够，没钱借给你。黄伟雄用食指在办公桌上比划出个"李"字，笑着说，看把你吓的，不找你借钱，找你一家子借，年前找个时间再去新洋港一趟。李不言松了一口气，也笑着说，还真吓我一身冷汗，这个可以考虑，估计年底之前李玉平与兴邦公司的案子会开庭，到时我们一块去。黄伟雄说，我意见你也向他借钱，你借钱他不好意思拒绝，我能跟着借到钱。李不言说，我就成全你，当一回杨白劳。黄伟雄哈哈笑，用手指在办公桌上又比划出个"黄"字，你的一家子要是知道你将他比作黄世仁，肯定不乐意借钱给我们。李不言说，你恰巧和黄世仁是一家子，他不会拒绝你。

43

果然没过多久，李玉平收到江北区法院的开庭传票，提前两天和李旭赶到项州接李不言去开庭。黄伟雄问李不言，还带陆洲去吗？李不言明白他的意思，说这次不带，就我们两人去。

一行人当晚入住临江宾馆，次日上午九点到江北区法院第三法庭开庭，兴邦公司委托临江的一个史律师来出庭。李瑞主审法官说，这个案子原告提供两份证据，被告提供一份，案情不复杂，暂不正式开庭，双方聊聊吧。李不言说，案情不仅不复杂，根本不成立。原告说被告是兴邦的人，依据的是兴邦公司任命被告为新洋港工地项目经理的一纸文件，这是公司内部文件，公司想怎么发就可以怎么发，如果公司发文任命我为某项目经理，那我就是兴邦公司的人了？认定用人单位与员工之间的劳动关系，要有劳动合同、工资福利发放证明、人事档案证明等等，仅凭公司的内部文件肯定不行。设备的归属，更不用多说，被告有购买发票和付款凭证，原告什么都没有。至于原告提供的那份两年前的施工合同上有被告的名字，只能证明在那个工程上，被告代表过原告，不能证明被告一直是原告的代表。史律师说，既然被告也承认自己代表过原告，现在被告就要证明自己不再代表原告。李不言说，被告作为代表的权利和义务仅限于他代表的那个事项，代表事项结束，代表身份自然终止，他还要和兴邦公司办理什么辞去代表的手续吗？被告是一个农民工，说来便来说走就走，没有组织关系，没有人事档案，需要他提供什么证明？他又能提供出什么证明！我能理解原告方的心情，自认为打开新洋港村村通工程的市场，被告似乎在摘桃子。但市场从来都是开放的，兴邦市政公司能做，项州市政公司也能做，本案中只涉及人员的流动问题，不涉及设备与工程的归属问题。建议原告撤诉，我做被告工作，不追究原告起诉和保全给被告带来的不良影响和损失。史律师说，被告从一个农民工做到项目经理至少是原告培训出来的，从道义上讲，被告离开也应该给原告一些经济补偿。李玉平想原告只不过是利用自己在本村有一定的号召力能够召集到人马出苦力，到原告那里就变成原告培训了自己。就算是培训，不是也收了好多年的管理费！于是没好气地反问道，过去几年我上交兴邦公司好几百万的管理费，还不够补偿吗？

李瑞法官一直在反复审视被告提供的购买设备发票，见双方不再发表意见，放下手中的发票说，被告方请到法庭外等一会。李不言和李玉平走出法庭，等候在外的黄伟雄和李旭问情况怎么样，李不言说，结束了，原告肯定会撤诉。李玉平将信将疑地问，这不才刚刚交手吗？李不言笑着说，一家子还想大战三百回合才过瘾？你准备安心回去修路吧。李玉平还是一脸疑问，搞不明白李不言为何如此有信心原告会撤诉。没过几分钟，李瑞走出法庭通知他们，原告已经撤诉，你们再等一会，我去办公室将撤诉裁定弄好了给你们。李不言微笑着说李法官辛苦，李玉平站在旁边张口结舌说不出话来，想不通原告怎么就真的撤诉了。

拿到撤诉裁定和一百五十万元的质押存单后，李玉平提议在临江玩两天，李不言说，临江经常来，我们去新洋港，我还有费用要和一家子结算。一行人便驱车前往新洋港，出了临江城，李玉平服服帖帖地说，一家子太能干，几句话就让原告撤诉。李不言说，原告气势汹汹起诉保全，自认为一家子老实忠厚胆小怕事好欺负，希望以此将你吓唬住直接缴械投降，岂料疏忽了咱们的一家子也是见过世面的，不仅不就范还请律师正面迎战，只好偃旗息鼓鸣金收兵。李玉平问，你是怎么判断出原告今天就会撤诉的？李不言说，李瑞法官一直在关注我们提供的证据，又让我们先出去，他肯定是要做原告的工作建议他们撤诉，原告方本来就心虚，对于法官的建议不能不接受。李玉平佩服得五体投地，感慨道，一家子你太威风，几句话退敌百万兵。李不言看着车窗外飞速掠过的树影，想起自己小时候混在大人堆里偷听评书的经历，笑着说，一家子，你从小肯定没少逃学赶场子听评书。

到新洋宾馆订房时，黄伟雄说一个双人间即可，李玉平订了两个单间，并坚持将李不言送进房间。李不言知道李玉平是想单独和他谈费用，便一直默默地看着李玉平安排。进入房间后，李玉平果然问，一家子，总共需要多少费用？我让李旭送过来。李不言说，依据标准计算就多了，参照你离开兴邦公司后承揽的工程款总额计算，上千万有得做吧，按百分之四计收，至少四十万。我们是一家子，不按标准收，就按已经给过的两万元收取。黄主任和我这次来还想向你借几万块钱参加局里集资建房，不知道你手头是否宽裕。李玉平说，宽裕宽裕，这场官司赢下来，我不仅定心了，每年管理费至少能节省几十万，几万块钱小意思。也不要说什么借，我送你和黄主任每人三万元。李不言说，我肯定是要还的，要不我就不借了。李玉平敬佩地说，一家子真是行事端正，就按你的意思办。现在我们去江边吃江鲜，说不定有口福能吃到河豚鱼。

吃过晚饭回到宾馆，黄伟雄请李不言到他的房间问有没有提借款的事。李不言说，提过了，李玉平说每人借三万。黄伟雄问能不能多借点。李不言说，借款不用还吗？三万不算少了，够一大半集资建房款，也不想想你一年工资才挣多少，黄伟雄下意识地摁着电视遥控器，在电视机的右上角摁出一长串的333，将电视屏幕变成雪花一片。

从新洋港回到项州，李不言直接到财务室交两万元给范会计，目瞪口呆的范会计半天才缓过劲来，惊呼道，李律师你抢银行啦，是谁家这么财大气粗！李不言笑着说，打劫银行去你家苗行长那里抢，抢不到他还能送点钱给我。这是李玉平交的代理费，你开张收据。范会计接过钱数两遍，拿出收据说，李律师，好多律师一年创收不到二万元，你一个案子就这么多，今年要过十万创纪录。李不言心里面说二万就算多，如果知道我另外还赚下集资购房款，岂不是眼珠子都要惊掉地上。说出来的话显得很低调，撞大运碰上的，没有普遍性。你看我交钱不少，有部分创收是和其他同事合作，真正算我的没有那么多。范会计说，如果那两个主任也能有你这样的高风格，所里的年轻人就不会整天焦虑业务少收入不够花。李不言说，马主任确实可以奉献一些，仝主任就算了，自己也不是很多。范会计说，仝主任今年不一样，收费快赶上马主任。李不言想起毛玉说的"麻将律师"，心里感叹道，看来生姜还是老的辣，老虎不发威也不能当病猫。

离开财务室，经过陈小菊和吴娜办公室时，陈小菊和吴娜在屋里齐声喊师哥。李不言走进去，在陈小菊办公桌前坐下来，乐呵呵地看着她。陈小菊说，感觉好久没看到师哥，从门前经过都不拿正眼瞧我们，把我们忘了吧。李不言说，忘记谁也不会忘记你们，我还记得我们是江湖上传说的英雄美人组。陈小菊和吴娜笑得花枝乱颤，吴娜说，师哥在就是不一样，你不在所里，几乎听不到笑声。李不言说，主要是两位师妹太美好，令人心旷神怡笑口常开。陈小菊取出一叠材料开心地说，师哥好会说话。这是玻璃厂王主席送过来的与古池酒厂的货款纠纷材料，前天你去临江，放在我这里。李不言说，什么叫放在你这里，别忘了你也是玻璃厂的法律顾问。你带吴娜做，需要支持呼唤我。

李不言又到马健办公室，见马健正在打电话，便想退回去等会再过来，马健一边指着沙发示意李不言坐，一边继续对着话筒说，老张啊，我怎么会骗你呢，你的官司不该输，法官原来对我说你能赢，现在却判你输，肯定不正常，我正在帮你准备上诉材料。对的，一定要上诉，不信没有说理的地方。好好好，先就这么说。李不言听出来马健是在将官司败诉的责任转移到法官不公上，心里对马健的做法很是不敢苟同。马健放下电话亲切地问，听说不言接了临江法院的一个大案子，进展怎么样？李不言说，案子不大，对方已经撤诉，收了两万元代理费。马健说，这么多！抵上好几家顾问费。李不言说，是不算少，但这种案子可遇不可求，难得碰上一个。马健说，别人怎么没碰上？还不是你一直很努力，基础打得牢。你来有什么事？李不言说，刚才在财务室交钱突然想到今年我们的费用应该有不少结余，听说赵局长要二线，是不是在他二线之前申请用掉，以免新局长来了新官不理旧账。马健说，我也在考虑这件事，你把仝主任喊过来商量一下。

仝有为一听是商量开支费用的事，情绪高涨地说，必须每年全用掉，要不哪天被他娘的局里收走，连喊冤的地方都没有。马健问，怎么用？今年能结余好几万呢。仝有为说，玉河太小了，每人换辆大嘉陵。李不言说，这么快换新的，影响不太好，局里不会批。马健问，你是什么意见？李不言说，我想每人配一部手机，正好与办公能挂上钩，名正言顺局里也好批。仝有为说，这个主意好，买大哥大，那些老板拿在手里真他娘的神气。李不言说，我们不买大砖头，现在有款爱立信的能装在衣服口袋里，轻巧方便。马健问，你说的爱立信每部多少钱？李不言说，六千八百多。马健说，那就买三部，我们每人一部。李不言说，所里的其他人员也得有所考虑。仝有为当即反对，怎么考虑？摩托能买一辆共用，手机又不能，你打一个电话，我接过来也打一个啊。李不言笑着说，仝主任还挺幽默，不能共用一部手机，可以每人领一千元补助，开点招待费发票冲掉。仝有为说，一千太多，加起来要上万块，每人两三百意思一下。马健取中间数，一千有点多，两三百有点少，每人六百吧，加起来差不多是一部手机钱。仝有为和李不言都表示同意，马健当场便亲自执笔向局里写申请。

44

吃早饭时，李不言说局里准备集资建房，他想买一套。周淑珍开始不赞成，说在这里住得好好的买房子干啥，小两口想另立门户吗？小静眼瞅着快生了，搬出去住将来孩子怎么带？李不言说，我们还住在这里，孩子当然是麻烦外婆您了。周淑珍问，买房子不住，留着收租金？李不言说，房子算是福利房，成本价，一般人想买买不到，能买到手总不会亏的。何金桂喝一口豆浆，点头说，不言讲得有道理，买房子钱够吗？我和你妈妈可以出一些。李不言说，谢谢爸，房款我已经准备差不多。正在吃韭菜盒子的何静，将咬在嘴里面的快速地咽下去，差不多了？

多少钱？李不言说，不到五万块。何静放下韭菜盒子，扳过李不言的双肩，老公，你有这么多钱？我怎么不知道？李不言捡起何静放下的韭菜盒子咬了一口，端起豆浆碗，说，现成的没有这么多，有个客户愿意帮助我先垫上，这个月提成加上年底发奖金，估计包括装修的费用在内都差不多够。何金桂又喝一口豆浆，再次点头说，不言天天忙忙碌碌的，回报看起来不错。

上班后李不言将购房申请交给黄伟雄，让陆洲骑着玉河将他送到汽车站，搭早班车前往合浦。甄勇敢的案子已经起诉到合浦市中级人民法院，今天与法官约好去阅卷。

庭长章程收下李不言的辩护委托手续后说，夏卫国案件，李律师的补充辩护意见比较中肯。李不言笑着说，就说那么几句话，庭长还能记得我？章程说，那几句话很关键，印象深刻着呢！李不言说，谢谢庭长，但愿这个案子的辩护意见能让庭长印象更深刻。章程拿出甄勇敢案件卷宗征求李不言意见，快要下班了，下午再看吧。李不言从包里取出装满白开水的玻璃杯和两只烧饼给章程看，粮草已备足，庭长能否借个地方给我阅卷？章程感慨说第一次遇上这样的律师，将李不言引到刑庭会议室。

李不言摊开阅卷笔录纸，拧开钢笔帽，打开卷宗开始阅卷。前面是一些拘留、逮捕等诉讼文书材料，李不言摘抄下相关具体日期便掀过去。阅卷的重点是被告供述、证人证言、勘验记录、鉴定报告等事关案情的证据材料，这其中李不言最为关心的是甄勇敢的供述，特别急于知道甄勇敢说了些什么。根据目录，甄勇敢的供述多达十八份，李不言从第一份开始阅读。

第一份的笔录不到一页纸，甄勇敢明确否认枪杀缪正成和王春燕。讯问人员要求他好好考虑，不要有侥幸心理，争取宽大处理，笔录便结束了。第二份笔录将近两页纸，主要是甄勇敢对案发当天活动轨迹的陈述。甄勇敢说当天上午和王春燕去菜场买菜，回家后做饭吃饭午睡。起床不久，王春燕被局里警车接走，他到厨房择、洗、淘、切准备下午的朋友聚会，四点左右，李不言夫妇和江山两口子先后过来，他们打牌，他开火烧菜，然后是喝酒吃饭，刑警队的孙队和陈队过来将他带到城西路，他看到案发现场后昏厥住院。讯问人员提示他好好想想王春燕被接走到李不言他们到他家这段时间他究竟做了什么，他说在厨房忙碌。讯问人员再次要求甄勇敢好好想想又结束了讯问。第三份笔录还是不到一页纸，讯问人员问甄勇敢想起来什么没有，王春燕被接走后，他去过哪里，做过什么。甄勇敢非常肯定地说他哪里都没去，就是在厨房操持。讯问人员显然生气了，呵斥道，两次测谎试验都没过关，你还不老实！

第四份笔录长达二十六页，甄勇敢承认作案并交代了作案经过，李不言仔细阅读，在阅卷笔录上做了如下摘记：我与王春燕结婚不久发现她与缪正成之间的不正常关系，王春燕说她是被逼的，求我原谅她，我原谅了。但我后来发现他们还藕断丝连，因此很苦恼。四月二十八日，局里司机小郑开车接王春燕说是有件急事需要法制科出意见。我怀疑这是缪正成的幌子，便乘出租车在后面跟踪。小郑开车到局里，和王春燕上楼。不一会缪正成和王春燕下来，缪正成开着一辆民用牌照的桑塔纳带王春燕离开。我让出租车继续跟着，跟到城西路，发现前车减速准备停下来，我让出租车在转弯处靠边停下等我，悄悄地走到桑塔纳旁边，趴在车窗上看到缪正成和王春燕搂抱在一起，我气得发疯拉开车门揪住缪正成，缪正成掏出手枪威胁我，我夺下枪对着他们两人打两枪，伪造抢劫现场后跑回到出租车停车的地方，让车掉头送我回到法院旁边的宿舍区。

这也太离奇了！李不言心里感叹着，继续看讯问笔录。讯问人员问，缪正成的手枪在哪里？甄勇敢答，被我从黄河故道大桥上扔到河里。问，你拿走的钱包和手机呢？答，钱包烧掉了，手机也扔进河里。问，出租车车牌号是多少？司机长什么样？你作案时出租车离桑塔纳有多远，司机能否看见或者听见什么动静？答，我当时出离愤怒注意力都在桑塔纳上，没在意出租车车牌号，也没在意司机长什么样，只记得是个男的。案发时出租车离桑塔纳大约有二百米，受弯道和大树影响，应该发现不了什么动静。

李不言将这段问答完整抄下来，继续往下看。在此后的十二份供述中，甄勇敢皆承认是他作的案，基本情节前后叙述差不多，讯问人员查漏补缺问了一些枝节问题。从第十六份笔录开始，甄勇敢翻供声称以前的有罪供述是出于内心压力过大所致，他是无辜的，对案发当天活动轨迹描述又回到起初的三份笔录内容上。李不言注意到这后面的三份讯问笔录都是检察人员制作。

看完甄勇敢供述，李不言看证人证言、现场勘验照片和鉴定报告等其他证据材料，证人证言数量不多，主要是司机小郑和公安局几个干警以及桑塔纳车主的的证言，小郑证明当天受缪正成安排开车接王春燕去局里的经过；几个干警证明缪正成经常安排王春燕加班，两人间有一些不好的传言；桑塔纳车主证明车辆是他的，经常借给缪正成使用。现场照片显示缪正成仰面躺在后排座椅上，王春燕蜷缩在座椅下面。弹道鉴定报告的结论是射中缪正成和王春燕的子弹来自缪正成的配枪。另外还有尸检报告，枪支和手机提取说明等材料。最后看到公安机关的一份说明，强调有审讯甄勇敢的录像和甄勇敢的亲笔书写的供述材料佐证甄勇敢为主动交代。李不言一一做了摘要，在需要特别关注的地方标记上问号或者感叹号。

合上卷宗，李不言才发现水杯和烧饼都没有动，拿出手机，时间显示临近下午下班时间。他收拾好阅卷笔录和吃喝的东西，来到庭长室将卷宗还给章程并问道，庭长看过卷宗了吗？章程说，看过了，也提审过被告，律师有什么初步想法？李不言说，我觉得证据严重不够用，不能给甄勇敢定罪。章程说，你好好准备，开庭时将辩护意见说透。李不言道谢告辞，乘坐当天的最后一班车返回项州，途中喝干净杯中水，吃光两只烧饼。

第二天上午，李不言骑着玉河带陈小菊去看守所会见甄勇敢。一路上想着见到甄勇敢开口说的第一句话。勇敢，我看你来了；勇敢，你受委屈了；勇敢，江山问候你；勇敢，你为何承认作案……当甄勇敢被带进讯问室，李不言却一句话也说不出，还是甄勇敢率先开口说，不言，我一直在等你！

李不言将心情平静下来，拿出阅卷笔录，面色缓和但声音严厉地说，勇敢，我故意先不见你，而是先去阅卷看你曾经的陈述。告诉我，你以前为何要胡说！甄勇敢的眼泪犹如打开闸门哗啦啦地涌出来，他低下头用手背抹了一把眼睛，我就知道，我的好兄弟信任我。李不言说，作为律师，我不应该凭感觉和信任判断是非，可我实在难以相信你所供述的所谓犯罪事实。你对检察官的解释之外，对我有新的解释吗？你不知道承认杀人的法律后果吗？甄勇敢说，当然知道，但我相信胡编乱造的作案事实经不起验证，法律终究能还我清白。李不言问，在你的供述中有没有真实的部分？甄勇敢说，买菜做饭等你来，春燕被叫走都是真的，其他的都不是真的。李不言斟酌一番表述语句后说，勇敢，不是我不信任你和春燕，有些事我必须得到确认，比如春燕和缪正成之间。甄勇敢非常自然地回答，春燕说过缪正成是她的表叔，缪正成对春燕和我都很好，我确实没怀疑更没发现他们之间有什么不正常的。李不言问，事发当天，春燕和缪正成在同一辆车里出现在城西路是什么情况？甄勇敢说，我也想弄明白。李不言最后问，笔录中提到两次测谎试验，因为测谎报告不能作为证据使用，卷宗里没有，那两次测谎的主要内容是什么？为什么审问人员说你两次测谎都没有通过？甄勇敢努力回忆一会，艰难地说，什么乱七八糟的问题都有，具体的我都已经记得不大清楚，我也不知道他们怎么得出我没通过的结论，我确实没有作案，我没有撒谎。

会见结束，李不言将陈小菊送回所里，自己去法院找江山。作为副庭长的江山刚刚有了单独的办公室，关上房门，听完李不言对阅卷和会见的介绍，江山握拳捶打办公桌，不知道如何宣泄心中的复杂情绪，这个甄勇敢！简直是假勇敢真厌包！什么事都能往头上揽！下一步怎么办？李不言自信地说，现有证据定不了案，法庭上见分晓。但目前有两个疑问困扰着我，一是勇敢说他没撒谎，可是两次测谎试验都未能通过。二是案发当天下午我们在勇敢家聚餐，勇敢在笔录中也提到过，办案人员为什么没有找我们落实这个情节？江山说，现在的测谎技术只是理论上的，也未必精准，所以法律上目前才未将测谎结论纳入证据范围，仅仅作为侦查参考。至于没有找我们落实聚餐的事确实是个疑问，也许他们认为那是案件结束以后的事，落实与否无所谓，也许因为那天夜里刑警队的两个队长在勇敢家院子里看到过我们，认为无须核实。

45

甄勇敢案件还没开庭，李不言又连续接受三起故意杀人案的辩护委托。陈小菊说，这是怎么了，杀人案扎堆发生，扎堆委托到师哥这里。

第一起案件被告叫王鹏，是一个在校的中学生。起诉书指控：被告人王鹏的同班同学杨小舟因违反纪律被作为班长的王鹏批评过，遂产生要报复被告人念头。一九九一年九月十一日晚，在王集一中放电影时，杨小舟遇到张帆，即提出要揍王鹏，张帆表示同意，并又约了刘运龙、王杰等人。约晚八时许，电影结束后，王鹏与一些同学回教室做作业，杨小舟就在教室外面喊王鹏出教室，因王鹏事先已经知道有人要揍他，故没有出教室。与王鹏在一起做作业的同学马合银将一把匕首交给王鹏，王鹏接过匕首藏于衣袖内。当杨小舟再次喊王鹏出教室而王鹏不出去时，张帆即闯进教室，走到王鹏跟前，先用肩撞，接着又用手打他的头面部，并将他推拥至教室后面，继续打他的头面部。此时，王鹏拿出匕首朝张帆身上连戳三刀，张帆因被刺中左肺及左肺静脉而致急性呼吸衰竭死亡。公诉机关认为，被告人王鹏在遭到被害人殴打时，使用匕首这类足以致人死亡的凶器，采取放任的态度，连戳被害人三刀，导致被害人当场死亡的严重后果，其行为已触犯《中华人民共和国刑法》第一百三十二条之规定，构成故意杀人罪。

看完起诉书，正当防卫这个念头闪现在李不言的脑海里。但很快又联想到夏卫国杀人案，夏卫国因为连开三枪而连防卫过当都没有认定，王鹏这连戳三刀怕也是个过不去的坎。从起诉书指控的事实看，案发伊始的防卫性质应该没有争议，关键在于是否一直处于防卫状态以及防卫是否适当。不管怎样，先瞄准正当防卫去，最不济也要争取为防卫过当。李不言在心里确定了辩护方向，在接下来的阅卷中，对能反映出防卫性质的证据材料便格外留神。

将证据过一遍以后，李不言有点失望。虽然侦查机关将与案件有关联的相关人员比如案发时在教室里的王鹏的同学、张帆带过来的几个人、学校的校长和部分老师都做了调查笔录，但线条有点粗，基本上围绕王鹏与杨小舟之间的矛盾和王鹏与张帆案发当晚的争执过程进行调查，对能影响到涉案人员的主观想法与心理变化的细节问题了解不多。而杨小舟的一段话引起李不言的注意，当侦查人员问杨小舟与王鹏有什么矛盾时，杨小舟回答，王鹏说我上课时讲话，我就恨他，准备揍他。张帆跟我处得好，在学校时曾打过一次仗，用刀子戳过人，并因此辍学在家。李不言在"以前用刀子戳过人"这句话下面画上两道线，又到其他的调查笔录里找这方面的信息，但没有找到。

李不言带陆洲去看守所会见王鹏，让王鹏将案件经过说清楚。王鹏说，那天晚上，在学校门口看露天电影，同学丁军告诉我，你今天晚上注意一点，说不定有人要揍你。我没当回事，看完电影回到教室里看书，是和马合银一块看的。几分钟后停电了，马合银拉抽屉拿蜡烛点，杨小舟在外面喊我，说有人找我，我没有理睬他。当他喊到第三遍时，马合银从抽屉里拿出一把装在刀鞘里的刀给我，对我说最好不要用，出事了不要找他。张帆从外面走进来，李超拽他一下没拽住，到我跟前拿肩膀撞我，我站起来往后退，他跟上来继续撞我，我说我让你，你过去吧。他不说话，上来抓住我的头发，用手打我脸，我拿出刀鞘来挡，他将刀鞘打掉，一直在打我。我大衣被打掉，弯腰去捡衣服，张帆对着我的眼睛又是几拳头，还来夺我手里的刀，我就用刀任他身上戳。他往后退，我趁机拾起大衣跑出教室。经过操场时，将刀扔在操场边臭水沟里，跑到院墙跟前爬墙来到学校外面大街上，正好遇上王集派出所巡逻队,将我带到派出所。李不言问,你总共戳了张帆几刀?王鹏答,我当时不清楚,后来公安告诉我是三刀?李不言问,你为什么要连续戳张帆几刀呢?王鹏答,张帆以前用刀戳过蒋为勇,我心里害怕,没控制住自己。李不言问,你戳的三刀之间有停顿吗?王鹏答,没有,我当时都不知道戳几刀,只是不想让他夺下刀。李不言问,你有什么想和律师说的?王鹏答,没有什么,我就想问一句,公安说我年龄小,不用杀人偿命,这是真的吗?李不言严肃地说,法律是这样规定的。但你动刀子要了一个人的命,必须对自己的行为好好反省。

第二起案件被告叫高霞,是一起因婚外情引起的杀夫案。在合浦市人民检察院的起诉书中,案情被概括为冷冰冰的一段文字:被告人高霞自一九九〇年底以来与同乡的郭云勾搭成奸。一九九一年三月的一天,高霞在给郭云写情书时被其丈夫曾献辉发现,曾献辉恼怒扬言要杀郭云全家和高霞娘家人,由此被告人高霞产生杀夫之恶念。一九九一年九月二十日晚十时许,被告人高霞乘曾献辉熟睡之机,手持铁管向张的头部猛击数下,并将曾从床上掀翻在地,后听到曾嘴里发出哼声,又拿铁叉猛戳一下,但未戳中。曾献辉的伤经法医鉴定为重伤,现仍未痊愈。被告人高霞于一九九一年九月二十三日到公安机关投案自首。

吴娜看完起诉书非常气愤,师哥,这个女人太歹毒,自己水性杨花红杏出墙,还对丈夫如此恨之入骨,她怎么就下得了手?李不言从案卷复印件里抽出几页纸给她,你再看看你眼里的这个歹毒女人是怎么说的。吴娜接过来,发现纸上写满娟秀工整的钢笔字,有点怀疑地问,是那个女人的笔迹吗?李不言点头说,没想到吧,这一手钢笔字,你和陈小菊得好好学几年。吴娜说声真是没想到,低头看纸上的文字。第一行的标题是:我的自白书。

我叫高霞,七九年高中毕业,连续复读三年没考上大学。我丈夫曾献辉比我高两届,与我一个村。他浓眉大眼长得很漂亮,我很喜欢他。在他去当兵时,我给他写一封信,表示我爱他。他也接受了,叫我照一张相片给他。我就到镇上照相馆照了一张,寄到他的部队。开始几个月,我们通信很频繁,后来就少了。再后来他将照片寄回来给我,我非常生气,去信质问他。他说家里穷,配不上我。我说爱的是他的人,又不是家里财产,后来我们又谈了。可他在退伍的时候,直接去在临江他大哥家,也没通知我,我还是从他的战友那里打听到。我到临江找到他，发现他都快成愣子，头发老长也不理。他告诉我有人答应他帮他在临江落户口，结果骗光他的退伍费。我安慰他并以身相许。后来我怀孕了，我们从临江回来结了婚，八个月后生下第一个孩子。婚后的几年里生活很不好，曾献辉的父亲整天要分家过，我不想分，就弄淤泥抹在我门上，还指使他四儿子打到俺娘家。可作为俺丈夫的曾献辉，对此根本不管不顾。我还逐渐发现曾献辉只是外表漂亮，性格非常内向，从不去理发店理发，都是叫我给他剪。也从来不去澡堂里洗澡，冬天根本不洗，只是在夏天自己擦擦。还从来不考虑怎样挣钱，地里农活也不做，里里外外都是我。村里老早给划了一块宅基地，一直没钱盖房子。我花两百块钱买一头小牛，起五更睡半夜的刚给喂大，准备卖钱盖房子。因为宅基地长期闲置要被罚款六百块，他一个男人不露面，我一个妇道人家又不顶事。结果村里将牛牵走抵罚款，只退一百七十块钱给我。后来我发现牛被村支书牵去家里喂，就想去告状，曾献辉死活不让，让我忍下来，这头牛算是白喂了。后来好不容易才盖上现在的三小间偏屋。我会打朝牌饼手艺，打饼去学校门口卖，自己打自己卖，他也不问事。生过第三个孩子，村里叫去结扎，我想已经有儿有女，应该去结扎。他说我思想好，要扎我去扎。按说家里家外都是我，你要是心疼女人，应该主动去。可他说害怕，还是我去了。跟他过这十几年，俺家村里第一穷。

　　郭云这个人，我以前不认识。他到中学来承包商店，曾献辉介绍他们是初中同学，这才认识的。我在校门口卖朝牌，经常去他小店换零钱，慢慢熟悉了。经过长期观察，我发现郭云虽然是老实巴交的乡下人，但是很勤劳，一天到晚做生意赚钱，就慢慢喜欢上他。他店里有把二胡，是他侄子拉的，我也会拉二胡，有时到他店里拉，能围好多人听，他夸我聪明能干。去年十月有一天，我写了一张纸条给他，大概意思是老郭你夸我聪明能干，我看你也聪明能干，我要是能有你这样的家主，我就享福了。他回一张纸条给我说高霞你我都有家庭，你又有三个聪明漂亮的孩子，我们之间的感情还能建立在我和老曾是同学的基础之上？这以后一段时间，我们都克制了自己的感情，但到今年还是出格了。后来被曾献辉发现，一直缠着这事不放，扬言不管我是死还是离婚或者离家出走，他都要杀死郭云和我全家，并且拿把刀在身上。

在一个多星期前，家里请人帮忙卖了两头猪，晚上买点菜在小孩老爹家喝酒。那天他喝多了，叫我去家里，我说做什么，他说去办事，我说办什么事，他说要去杀人。我吓得跑到俺妈家，他追过来，恶狠狠地要我回家办事。

在我杀他的前一天，我给他剪头发。他说你给我剪漂亮点，这是最后一次，我心里就害怕他要杀人。第二天晚上他要喝酒，我弄了两个菜，他喝有六七两，叫我也喝一盅。吃过饭后，我铺床让小孩先睡，曾丽睡南面一张床。在睡觉前我给大门锁上，曾献辉问我要钥匙我没给，害怕他出去。他说你事办完了没有，我说办完了。他说办完了跟我出去办事。我说老曾你干吗又生气。露露说俺爸你要出去俺也去。他一看小孩这样，说看在孩子面上，今晚不出去。还搬平板车将院房门抵上。我先上床睡觉，后来曾献辉也上床，和我睡一头。他脸朝我用手比划说，老高啊老高，你不领我的情，我要用这么长的钉子从你这边耳朵穿到那边耳朵，用这么长的五根钉子钉到你脑壳上。我心里很害怕，装睡没理他。他后来睡着了，我起床来到放在北墙根的箱子前，从箱底摸出一根两尺长比鸡蛋还粗的空心铁管。我将铁管放到方桌上，用一条黄裤子盖上，准备用这铁管砸他。我上床又和他睡一起，摸摸他膀子，心里怦怦直跳。回想我跟他在一起这么多年的生活，睡到九点多钟狠下心来。在下床前，我看他头下枕着的枕头有弹性，怕一下砸不死他，就一手摸他的脸，一手伸到床底摸出一块大木砖往他头底塞。我下床拿起铁管爬上床，两腿分开站在他膝盖位置，浑身发抖思想斗争很激烈，铁管举起放下放下举起好几次。后来想我如果不弄死他，明天就要有二十多条人命死在他手里，狠狠心举起铁管，对准他的脑袋砸下去。大孩子露露被惊醒，喊了我两声。我没有吱声，又砸两三下。之后我下床点上灯，站在地上对准曾献辉脸上砸了两三下。这时曾丽也醒了，我就将铁管扔在床上。露露和曾丽被吓坏了，在屋里大哭大喊，后来有邻居过来砸门，将曾献辉送去医院。三天后，我到派出所投案。

看完自白书，吴娜陷入沉思，纸上的文字在她的脑海里生成一幕幕活动的场景，令她心惊肉跳。过了好一会，她开口问李不言，师哥，她写的是真的吗？李不言翻动着手中的卷宗说，许多事只是发生在高霞与曾献辉两人共处的私密空间，外人可能永远也得不到事情的真相。卷宗里只有露露的一份笔录可以印证部分事实。露露说她经常在晚上睡觉以后偷听爸爸妈妈吵架。她爸老是絮叨她妈和开商店的郭云好，她妈说他爸瞎说。还有两次，她爸要她妈跟他出去办事，她妈就是不去。吴娜说，如果高霞写的属实，倒像是曾献辉将她一步步逼到杀夫的绝路上，这是不是也算正当防卫呢？李不言笑着说，你变化挺快，又不怪高霞歹毒，只怪曾献辉无赖啦。即便高霞写的属实，那也开脱不了她的罪责。正当防卫不要去想了，在司法学校时，我记得老师讲起基于正当防卫这一概念派生出防卫过当、假想防卫和防卫不适当，高霞的行为也许可以向防卫不适当上靠一靠。

开庭前最后一次会见高霞时，李不言说，我们已经会见过你三次，案件本身不需要再做讨论。估计最近会安排开庭，今天来听听你还有什么其他想法。高霞说，谢谢李律师，你们能来我很开心，十几个人待在号子里憋死人，和你们说说话，心情舒展多了。我知道自己的案子没有什么好说的，我一人做事一人当，愿意坐牢抵偿我的罪过。只是希望开庭时，曾献辉也能到场。他作为一个丈夫，从来没有为家庭遮风挡雨。在家里不能帮助我料理家务，在外面不能为家庭排忧解难。从来不和我一起上街买东西，更没有给我买过一样东西。每当我看到街上忙忙碌碌的人群，想想待在家里的丈夫，心中就充满难言的痛楚。看到别人家都弄现代化，和他商量发家致富办法，他说我不管，你要看谁家好，就跟谁过。只有在他怀疑我以后，才形影不离地尾随我跟踪我折磨我。我现在虽然很后悔自己犯了罪，但也是被他逼上绝路。李不言说，你的话不能说完全没道理，但我建议你换个角度再想想，正如你所说，曾献辉一直都是那样的人，想想你们在临江见面时曾献辉的模样，不好说是曾献辉欺骗了你。他以他的本色和你在一起，你追求他嫁给他也就意味着你要接受他。你其实一直试图改变他，改变不了便想以新的追求来替代，结果走到如今境地。你有没有想过，本性难移，一个人骨子里的东西是很难改变的，改变不了不能接受还可以选择离开。你说想过离婚但考虑到孩子下不了决心，可这个决心难道真比你举起钢管的决心还要难下吗？你是个有文化有想法有追求的不一般女性，可与现实似乎有点脱节，理想一旦变成幻想，世界就会动荡甚至崩塌。我丝毫没有指责你的意思，只是作为你的律师，感到有责任与你交流我的认识，你如果仍一味地沉湎于自己的个人世界里，可能永远也得不到内心的安宁。高霞陷入长时间的沉思，最后艰难地说，律师，以前从来没人和我说过这样的话，现在我脑子里很乱，容我回去再好好想想。不过，我真的非常非常谢谢你。

在回所里的路上，吴娜问，师哥，这个案子辩护的余地不大，为何会见安排比其他大部分案件都要多？李不言说，越是这样的案子越要多会见，委托人花钱请律师总是希望至少没花冤枉钱。有辩头的案子，律师费可以在辩护效果上直接体现出来。这种出不了多大辩护效果的就要在多服务上体现出来，你没听高霞说，她很希望律师能多安排会见她，每次会见都相当于给她多放风一次。另外，我每次会见过后，都要和委托人通报交流，让委托人感受到律师的用心。这样即便没有在案件裁决中体现出辩护的作用，被告和其亲友依然能体会到律师费的价值。吴娜若有所悟地点点头，又说道，师哥你今天说话蛮有哲理，以前都没见过你这样说话。李不言笑笑说，我平时确实不会这样说话，你想想高霞的说话风格，我是尽可能的在表达方式上接近她，让她更容易听进去。

第三起案件被告叫秦翠红，是她儿子陶春来委托的李不言。当时李不言正准备带上吴娜去看守所会见高霞，结果陶春找上门，说是要委托他给他的母亲辩护。李不言问，你母亲涉嫌什么罪？陶春说，公安局说我母亲杀人。李不言一听怔住了，心想这是怎么回事，与杀人案子杠上了？李不言喊来梁建做笔录，记下他与陶春的谈话。李不言问，你母亲叫什么名字？公安认定她杀了谁？陶春答，俺妈叫秦翠红，公安说她杀了俺小孩陶晶晶。公安肯定搞错了，俺妈怎么能杀她亲孙女！李不言让他具体说一说。陶春说，我和我家属为了在街上卖牛羊肉方便，在曹集街上租房子住，我父母带我大孩子青青在老家住，小闺女晶晶两头跑着住。去年腊月初七，晶晶跑到她外婆家，青青也去的。晚上姐妹俩到我跟前住，第二天上午我将两个孩子带回老家。半道上遇到俺妈骑三轮车子来找我，说是本村陶三柱家办喜事要找我帮忙。我们祖孙四个一起回家后，我就去陶三柱家帮忙。上午十点多，俺妈带小青来出礼，说晶晶在家照顾她老爹。俺爸中风好几年，瘫在床上不能说话。十一点多钟，俺妈和青青坐完席回去，不一会俺妈又骑三轮车带青青来陶三柱家买东西，主要是些零食和小孩玩具。我忙到下午四点多，和俺妈与青青回家。到家发现晶晶不在家。我以为晶晶去了曹集街，骑车去租住的房子里问晶晶有没有过来，晶晶妈说没过来。我又到晶晶常去的旱冰场找，也没有找到。又去她外婆家，还是没找到。就全家出动四处找，听人说在初八的中午两点多钟，看到晶晶从家后河堤向西跑，我们就向西找，一直没找到。在电视台播放寻人启事，又四处张贴不少，找有二十多天没找到，都以为被人拐跑了。到农历二月十五，农科村有个拾破烂的在秦庄后面的麦地水沟内发现晶晶的尸体，后来有人报案，公安局将俺妈抓起来。李不言问，你说你母亲没有害晶晶，依据是什么？陶春答，初八下午两点多，还有人看见晶晶，那时俺妈和青青一直都在陶三柱家，不可能是她害的。李不言问，你能肯定说看见晶晶的人没有看错人甚至压根就没看到人？陶春答，我没想过这个。李不言问，公安机关说你母亲是如何杀害晶晶的？陶春答，我不知道，请律师去了解。

加上甄勇敢案件，四起故意杀人案，李不言分别安排陈小菊、陆洲、吴娜和梁建作为自己的助手。梁荣光问徐龙云，李律师不也是你师哥吗？怎不带你做案子？徐龙云满不在乎地说，他老早就要带我做业务，我没同意。杀人者偿命！这些杀人犯都该判死刑，有啥好辩的。梁荣光像见到外来物种一般地看着徐龙云，看来你真不想做案子，我正在谋划一桩生意，你有兴趣吗？徐龙云懒洋洋地说，不妨说来听听。

46

连续发生多起杀人案，造成四人被害一人重伤。老婆锤亲夫，奶奶毒孙女，学生戳同学（以讹传讹，其实是社会上的小混混），警察射杀政法委书记和同为警察的妻子，这一连串超出人们想象的恶性案件惊悚了整个项州市，合浦地区也深受震动，甚至东方省都哆嗦了一下。东方省委省政府关注到这一势态，合浦市委市政府要求司法部门从快从严办理这四起案件，项州市委市政府成立专门工作组监督指导案件的进程，各级党委政府上下同心，决心以雷霆手段震慑住游荡在项州境内的这股戾气。市县两级司法职能部门不敢怠慢，公安检察法院三部门联动快捕快诉快审，四起案件齐头并进，以最快的速度进入审判程序。合浦中院在项州法院的大法庭里连续安排开庭四天，审理这四起故意杀人案。

最先开庭的是甄勇敢案件，公诉人是合浦市检察院的起诉科科长夏丰。李不言预判这个案子在庭审中控辩双方的交锋应该最激烈，精心准备多套辩论预案，决心以最佳状态激辩公诉人，让公诉机关对甄勇敢的指控当庭土崩瓦解。然而，庭审的进程让李不言大失所望。

前面一系列的常规程序之后，合议庭围绕三个焦点组织控辩双方发表意见。焦点一，甄勇敢的有罪供述是否是在被讯问不当的情况下形成，能否作为定案依据。

甄勇敢辩解这些有罪供述都是刑讯压力导致的结果，他根本没有到过案发现场，没有枪杀自己的局长和妻子。公诉人夏丰表示没有证据证明甄勇敢被不当讯问，公安机关提交的讯问录像和甄勇敢的亲笔认罪供述证明甄勇敢的交代是自愿的。录像和亲笔交代都已经随卷移送，如有必要可以当庭展示。甄勇敢辩解其手腕上的伤痕即为审讯时所致，公诉人声称是被告在拘捕时反抗而被手铐磨伤，李不言正准备发言时，岂料，审判长章程直接宣布这个问题已经说清楚，法庭调查转入下一个焦点问题。

焦点二，作案枪支究竟在何处？夏丰说根据甄勇敢的供述枪支被他扔进黄河故道，又进一步解释说河底泥沙沉积严重，虽经多方打捞没有提取到。甄勇敢辩解根本没作案没碰过这把枪，扔进河里是他被逼无奈瞎说的。李不言发言道，作为本案中至关重要的一件物证，除非有证据证明已经灭失不可能完成提取，必须提取到案。黄河故道泥沙淤积严重，恰恰可以阻滞枪支的位移，缩小打捞范围。至今没有打捞出来，排除不了一种可能，那就是河里根本就没有这把枪！甄勇敢将枪扔进河里的供述不真实，他的其他的有罪供述也可能不真实。旁听席上又有窃窃私语声，人们的目光再次投向公诉人夏丰。夏丰低头宣读预先准备好的辩论要点，公诉机关也曾就枪支问题要求公安机关继续提取，公安机关表示会继续开展打捞工作。李不言问，这是不是意味着公诉机关和公安机关同样认为枪支应该提取到位，本案的主要证据收集任务尚未完成呢？夏丰显然对回答这一问题感到很为难，不停地翻动着手中的材料，底气不足地说，这是一起恶性杀人案件，不能因为一把沉淤到河底的枪久拖不决。李不言刚想反驳正因为案情重大才更应该审慎，关键证据不能缺失。章程再次为公诉人解围，法庭注意到并记录下来这个问题，请双方就焦点三发表意见。

焦点三，送甄勇敢到作案现场的出租车和司机为何没有找到？夏丰解释项州本地的出租车经过一一排查，没有符合甄勇敢供述的车辆和司机。因为甄勇敢没有记下车牌，无法判定车辆的归属地，有可能是外地车辆早已离开项州。甄勇敢辩解那天下午他一直待在家中没有出门，怎么可能找到根本不存在的搭乘过他的出租车和司机。李不言说，还有这种巧合？一辆外地的出租车恰巧空载经过法院宿舍区，恰巧被甄勇敢拦住，恰巧对案件发生什么都没看见没听见，然后不知所往犹如从未到过项州。公安机关是不是像提取枪支一样还在开展后续工作，满世界追查这辆没有任何具体信息的出租车啊？旁听席上笑声四起，还有人拍手叫好。章程敲了两下法槌，提示旁听人员注意法庭纪律，让双方总结发言。

夏丰发言承认案件存在一些瑕疵，但强调甄勇敢身为公安干警，具备很强的反侦查能力，导致一些证据目前无法提取到位。不过其多次供述的犯罪经过与现场证据相吻合，且多次表示认罪服法，综合全案证据足以证明公诉机关的指控是成立的。李不言针锋相对地指出，将可能本来就不存在的证据指控为甄勇敢做了手脚，是有罪推定的表现，即便甄勇敢是反侦查专家，他能将一把手枪隐匿起来，但能让一辆汽车和一个司机大活人凭空消失吗？！本案中除了已经被甄勇敢推翻的有罪供述外，没有任何证据直接指向甄勇敢作案，在证据没有形成锁链甚至可以说是千孔百疮的情形下，应依法宣告甄勇敢无罪。夏丰说，什么叫根本不存在的证据？缪正成和王春燕都是中枪而亡，没找到枪，枪就不存在吗？没找到出租车和司机也只是暂时没找到，不能代表车和司机就不存在。李不言说，受害人是被枪杀的，枪肯定存在。但没有证据证明存在于黄河故道里，也就没有证据印证甄勇敢扔枪在河的供述是客观真实的。出租车和司机只存在于甄勇敢的交代里，没有其他任何证据印证，法律上目前只能判定他们是不存在的。这两方面关键证据的缺失，意味着对甄勇敢的指控全案证据的不充分。李不言说完带着一点好奇等待夏丰的新观点，他认为这个问题如此显而易见无需多言，不知道夏丰还能有何高见。结果夏丰只是空泛地说，本案证据充分，辩护人的意见不能成立，本公诉人不再赘述。公诉人不说了，辩护人也只好收声。

第二天的高霞故意杀人案，控辩双方对案件事实和相关证据基本没有争议，法庭气氛较为平和。李不言提出两点辩护意见，一是高霞的故意杀人行为属于防卫不适时，即在不法侵害尚未开始或者已经结束的情况下，对侵害人实行的防卫行为。本案中，曾献辉多次扬言要杀高霞和郭云的全家，还要用钉子钉进高霞的脑袋，有两个晚上要带着高霞出去"办事"，呈现出不法侵害的故意，只是尚未真正开始。高霞在这种情况下实施的行为有别于一般的故意杀人行为，对其量刑应有所区别。二是高霞属于犯罪未遂且有投案自首情节，依法可以从轻或减轻处罚。公诉人答辩说，虽然曾献辉曾经扬言要报复高霞与郭云，但没有证据证明曾献辉真的准备实施不法侵害行为，因此不存在防卫不适时。李不言再答辩，曾献辉至今不愿开口说话，当时的威胁性言行是属于吓唬人还是真的准备实施从他那里得不到证实,现在除去高霞的供述只有其小女儿露露的一份证言有所印证,请法庭综合考量认定。

第三天安排开庭的是秦翠红案。起诉书指控:被告人秦翠红因相信迷信,认为孙女陶晶晶生日是农历七月二十九日,克其父母,因此对其厌恶并扬言加害。一九九一年八月二十四日下午六时许,秦翠红采取棍打、灌药手段,将陶晶晶杀害,后将其尸体装入袋子背到麦地水沟内掩埋。

秦翠红对起诉书上指控的事实不持异议,当庭依然承认自己因为嫌弃陶晶晶是女孩而杀害她。但对于殴打陶晶晶的棍子、下毒的药瓶、背尸的袋子始终语焉不详。在归案后的多次交代中,一会说扔在村东头的池塘里,一会说埋在村西头废弃的旧村部房屋后,还说藏在南边连接麦田与红薯地的涵洞中,侦查人员顺着她的交代四处出击皆无功而返,至今没能提取到这几样证物。李不言便将辩护重点放在作案工具的缺失上。

对于这几件作案工具的缺失,公诉人承认证据链确实不够完整,但这是由于案发后相隔时间较长,有关证据客观上已经无法提取。不能因此就放纵罪犯,让其逍遥法外。李不言说,破案较晚不能成为证据缺失的理由,棍子和瓶子都是不容易灭失干净的物品,如果确实存在,相信一定能够有所发现。对于一起故意杀人案而言,作案工具尤为重要,即便是被告人不否认作案,控诉机关亦有责任完成举证任务。在目前的情况下,辩护人建议公诉机关申请延期审理,退卷公安机关进一步补充侦查,完善证据链条。

最后审理的是王鹏案。因为王鹏作案时未满十八周岁,按照法律规定案件不公开开庭审理。没有旁听人员,控辩双方不自觉地降低声音高度,虽然同样是故意杀人案,气氛与前面三个案子相比尤为轻松。

李不言的辩护意见集中在防卫过当上。他着重强调王鹏的行为具有防卫性质,符合《中华人民共和国刑法》第十七条应当酌情减轻或者免于处罚的情形。有五点具体理由,一是王鹏是在其本人头面部遭受张帆连续殴打的情况下,持刀刺中张帆。他在自己的人身自由、人格尊严和身体健康受到严重侵害时,采取自卫手段,应该认定他在行使正当的防卫权利。二是王鹏的行为是对不法侵害的行为而实施的防卫。如前所述,张帆受他人之邀,是非不分地对王鹏进行殴打,该行为显然是一种对王鹏的人身权利的不法侵害。正因为如此,就连和张帆一起到现场的杨小舟、刘运龙、王杰等人也被公安机关以流氓行为治安处罚每人罚款二百元。诉讼文书卷第十四至十六页有三份治安管理裁决书在卷，足以印证张帆等人行为的违法性。三是王鹏的行为是针对正在进行的不法侵害行为而实施的防卫。张帆在闯进教室后，先是用肩撞击王鹏，后是打击他的头脸部，继而推搡至教室后排继续击打他的头部。在张帆一直没有停手的情况下，王鹏才实施对其反击行动。四是王鹏的行为是针对实施不法侵害的行为人实行的防卫。这一点毋容置疑，张帆对王鹏实施不法侵害，王鹏对张帆进行防卫反击，没有对其他第三方实行防卫。五是王鹏的行为导致张帆的死亡，确实超过必要的限度，造成不应有的危害，属于防卫过当。

公诉人不认同王鹏属于防卫过当。他提请法庭注意，王鹏使用的匕首长达二十公分，刀刃锋利，足以致死人命，使用这种凶器连刺三刀，分明就是奔着夺人性命而去，不具有正当防卫的性质，当然也就没有防卫过当。

李不言继续发言，无需讳言，王鹏的防卫行为造成的危害后果是严重的。但辩护人要强调的是在考量王鹏的行为究竟是否具有正当的防卫性，至少应该注意到五个方面的因素。其一是王鹏在对张帆防卫时年仅十五岁，在民法上属于限制民事行为能力的人，在刑法上为相对负刑事责任年龄。这样一个涉世不深的懵懂少年，其判断形势把握自我的能力比较低下，绝不可以成年人的眼光来要求他。其二是张帆对王鹏实施不法侵害的行为有一定的突然性，在当时还有一个穿白色毛衣的人跟在张帆身后，门前还站着几个人。在这种情况下，内心十分害怕的王鹏不可能很清楚地判明形势。其三是张帆以前曾经刺伤过同校同学蒋为勇，并因此辍学在家。王鹏对此是知道的，由此对张帆有一种本能的恐惧心理，更加影响了他对形势的判断。其四是王鹏使用刀具防卫有极大的偶然性。他所使用刀具不是他本人事先精心准备的，是他的同学马合银在上学路上捡到后随手放在课桌里，然后在事发当晚交给他。王鹏一开始并没有使用刀具，是在被逼到贴在墙上无路可退，刀鞘被张帆打落刀具可能被夺走的情况下被迫使用。其五是王鹏刺中张帆的三刀是在极度害怕与恐惧的心理状态下连续的下意识的行为，其间并无主观上的意识变化。王鹏在极短的时间内完成连刺三刀，并不是为了追求将张帆刺死，只是防卫行为的下意识连续。此外，根据我国刑法中的犯罪构成理论，决定案件性质的永远是行为人主客观方面的表现和行为触犯的客体。作案工具在案件中的作用应当考量，但以此来决定行为人行为的性质显然本末倒置。我们知道在很多情况下，即使是赤手空拳也能取人性命，匕首的长短不能决定行为人的行为是否具备防卫的正当性。

前三天的公开审理，法庭内座无虚席，绝大部分旁听人员抱着满足好奇心或凑个热闹的心态前来，也有一些人是百无聊赖到此打发时间。至于受害人的亲友，心态则十分复杂，比如陶春两口子，对秦翠红不知如何是好，即便当庭亲自听到秦翠红表示认罪服法，还是觉得另有隐情，不希望秦翠红受到严惩。甄勇敢杀人案的涉事人亲属对甄勇敢是否是真凶，存有疑虑。曾献辉的亲属痛恨高霞的冷酷无情，但想到卧床的曾献辉和年幼的三个孩子，竟然产生对高霞网开一面让她戴罪承担作为妻子和母亲职责的念头。无论是什么人抱有什么心态，大家发现三天庭审下来，法庭上合议庭成员一成不变，公诉人每个案子都不相同，辩护席上基本不发言的助手也都每天更换，主辩人则始终是李不言。尽管王鹏案件不公开审理，人们从不同渠道获悉主辩人依然是李不言。于是，一个疑问在人们的心中挥之不去：这个李不言律师年纪轻轻的，为何杀人犯都请他辩护？而在人们对疑问的求解探寻中，李不言的名气和身价水涨船高一路飙升。

47

四起故意杀人案开庭后不久，宣判接踵而至。秦翠红故意杀人罪成立，理当判处死刑立即执行，但考虑其认罪态度好有悔罪表现，判处死刑缓期二年执行并处剥夺政治权利终身；高霞故意杀人罪成立，结合案件中杀人未遂的后果和被害人确有一定过错，判处有期徒刑十五年；王鹏故意杀人罪成立，采纳辩护人关于其行为构成防卫过当的辩护意见，结合其作案时尚未成年，减轻判处有期徒刑五年。

每次获悉判决结果，李不言都要到江山的办公室交流一番。秦翠红宣判以后，两人认为是一个不错的信号。庭审中李不言建议公诉机关撤回起诉退卷公安机关补充侦查只是辩护策略，希望以此换取合议庭对案件存疑，判决时留有余地。现在看来目的达到，否则仅凭认罪服法很难获得死缓。这似乎透露出合议庭对案件审判的审慎态度，并没有一味迎合政府部门的从重要求。高霞和王鹏案宣判以后坚定了李不言与江山的判断，判决书认定事实客观量刑适当，合议庭的审判水平和司法理念值得信赖。对于另外三个案件皆已宣判，而第一个开庭审理的甄勇敢案却没有判下来两人并不着急，他们知道这个案件中的受害人身份特殊，控辩双方的争议关系到罪与非罪的本质区别，如果宣告被告人无罪不仅要有过硬的业务水平，更需要极大的勇气。现实中更有可能的是公诉机关撤诉，公安机关变更强制措施，最终不了了之。只要勇敢能平安归来，无论什么形式皆可接受。江山带着期盼的眼神说。李不言本来站在窗前凝视着美如画卷的蓝天白云，听到江山的话语，转过身子，我更希望勇敢能得到一份还其清白的无罪判决。

　　两个星期过去，判决还没有下来。李不言有点担心，打电话给江山，说快过年了，该有结果，你向章程打探点消息。江山说他与章程不是很熟悉。李不言问，刑庭上下级不经常联系？江山说两个庭长熟悉，他这个基层法院的副庭长与中院的庭长隔着两条河呢。李不言说那我就请钱庭打个电话给章庭。钱新华很爽快地给章程去了电话，章程说就他个人而言支持辩护人的意见，但案情重大，要经审委会确定，目前争议比较大。李不言谢过钱新华，思绪凌乱，审委会的争议带给他判决的走向可能要失控的不祥预感。吴娜进来通知他大家都在等他过去开会，李不言起身跟在吴娜身后走进会议室。

　　今年的年终总结会，仝有为终于扬眉吐气一回。创收力压李不言位居第二，与马健伯仲之间。尽管包括仝有为在内，所里人心里都有数，如果不是与陈小菊、梁建、吴娜等人分享相当一部分创收，李不言的创收全所第一的地位无人可以撼动，仝有为还是为能超过李不言这个年轻的副主任兴奋不已。因此，当马健请他介绍一下今年创收大幅度增长的成功经验时，他一反常态，将三句半拉长了许多倍。

　　仝有为说，我最大的感受就是要和法院搞好关系，我知道有人他娘的在背后喊我"麻将律师"。想喊就喊吧，打麻将怎么了，这是我们的国粹！司法局宿舍区和法院宿舍区紧挨在一起，以前我只喜欢打八十，对麻将兴趣不大，有一次民庭的殷庭长说三缺一将我拉上桌，我摸了几圈摸上瘾，以后就经常在一块打。都是在晚饭后，没占用上班时间，这有什么不对的？犯法吗？我承认有时带点小刺激，也就块儿八角，互有输赢增加点兴趣，谈不上赌博吧。我也承认，常在一起玩，难免会有人给我介绍几个小案子，这不违规吧。不言副主任的法官朋友多大家有目共睹，给他介绍案子的法官比我多，怎么没有人议论！我打点小麻将收点小案子，天天在我背后嚼舌根，给我起外号，还以为我不知道，我只是不想理睬罢了。今天在这里我建议大家八仙过海各显神通，与法官搞好关系，既能介绍案子给你

上部 | 195

办，还能在办案过程中照应你，何乐而不为？不算什么成功经验，但行之有效，大家不妨试试。王丹笑嘻嘻地说，只是有人说仝主任喜欢陪法官打麻将，又没有人说仝主任和法官之间有什么，怎么觉得仝主任的这番话有点自我辩护意味。徐龙云接着说，你就不要说什么自我辩护，直接说此地无银三百两吧。几个年轻人笑出声，看到马健在皱眉头，又戛然收住笑。马健说，徐律师，你的反应很快嘛！仝主任说的未尝不是一个好办法，至少人家今年的创收证明了这一点。看看你自己，工作两年多，基本在原地踏步，给你建议还不听，自视甚高的谁都不放在眼里。如何做人你可以坚持自己原则，但总不能创收老是那么一点点，不要以为自己只按照个人创收领工资，创收多少和别人无关。所里还要发福利，还有那么多的公共支出要分摊，你创收少，其实占用别人在分摊费用里的贡献。上次每人发六百，你不也领了吗？马上过年发福利，少不了你那份。还是要将心思多用在办案上，怎么也不能比后来的这四个年轻人创收还要少。徐龙云不卑不亢地反驳道，我不能接受主任这些话，作为主任应该领大家走正路，不能将大家带入歧途。我创收是很少，但心里很踏实。另外我还很充实，因为我可以读书看报提高内在修养，而不用浪费时间在麻将上，虚度自己人生。如果所里实在嫌弃我创收少，请将我退回人事局，我还不愿意当一个为钱奔波的浑身铜臭味的恶心律师。

马健和仝有为很生气，王丹与梁荣光诧异地望着徐龙云，其他的年轻人都为徐龙云捏了一把汗。李不言在马健开口之前抢先说道，龙云有点过分，想将我们一棍子全打死啊？仝主任说得不是没道理，和法院搞好关系，与法官联络一下感情符合人之常情嘛，只要不逾越法律这道线，我觉得什么方式都可以尝试。我经常陪法官打篮球，打完篮球一起喝扎啤，有时带点新茶给法官朋友尝尝鲜。这和陪法官打麻将大同小异的事，难道我也走到歪门邪道上？人各有志不必勉强，但讨论问题不要上纲上线。作为师哥，我提醒你以后不要意气说话。王丹阴阳怪气地说，就是嘛，李副主任还差点娶个法官做老婆，你不能说李副主任是想舍身求案子吧。陈小菊不乐意了，冲着王丹瞪眼睛，王律师，不要拿别人的感情开玩笑好不好。李不言笑笑说，没关系，大家都是自己人，言论自由畅所欲言。仝有为见好便收，转怒为笑，对对对，言者无罪闻者足戒，说说也没啥。今天我请客，大家聚一聚。马健便也顺势收场，脸上拨云见日，老仝，要你请什么？大家辛苦一年，今晚所里会餐，到对面明珠饭店，弄两瓶好酒犒劳一下。范会计你先过去定个大包厢，下班后大家分头过去，不要一起走，五点半之前在包厢汇合。

下班后，大家分头前往明珠饭店。徐龙云到李不言办公室，仍然有些愤懑，师哥，我不想去，和他们喝酒没意思。李不言伸出手臂揽过他一起往门外走，和气地说，没意思也去，集体活动不要扫大家兴。再说所里一半的同事是我们司法学校的，不能不顾同门情谊，我们现在就过去。走出办公室李不言转身锁好门，径直前往明珠饭店，徐龙云乖乖地跟在他身后。

到了饭店包间，仝有为和王丹、张志祥、余荣光在打八十分，其他人在嗑瓜子闲聊。李不言问范会计点菜没有，范会计说等马主任过来授权。李不言说，我做主一回，授权你去点，捡你爱吃的多上几道。范会计高兴地拉着陈小菊下楼去。不久服务员陆续上凉菜，摆满一桌子，其中有黄瓜调粉皮和花生米拌黑木耳。李不言悄悄地问陈小菊，那两道菜是你点的吧。陈小菊抿嘴一笑，反问道，我点两道自己爱吃的可以吗？李不言笑着说，那当然可以，何况恰巧对上我的胃口。范会计回来请示李不言喝什么酒，李不言说，我这点酒量还好意思安排酒？请示我们仝主任。仝有为问有什么酒，范会计说，有五块多一瓶的洋河普优，还有二十六块一瓶的洋河兰瓷瓶。仝有为说，喝兰瓷瓶，先上两瓶。范会计让服务员拿两瓶兰瓷瓶，打开将桌上酒杯逐一满上。吴娜说，我不会喝酒，有饮料吗？仝有为朗声说，不会喝也喝酒，喝两杯就会喝了。

马健过来后，大家落座开始会餐。先由马健提议大家共同两杯酒，然后是仝有为附议每人再两杯。之后大家都看李不言。李不言说，还要附议下去吗？再附议我首先坚持不下去。建议大家慢慢喝，尽兴就好。王丹端起酒杯，李副主任不附议，我开始敬酒，先敬三位主任的。仝有为张开左手罩住端在右手的酒杯，王丹你不能一扫一大片，要一个一个的敬。王丹将酒杯举到仝有为面前，那就先敬仝主任。加上仝有为回敬的两杯，两个人连续干了四杯酒。接下来大家开始互相敬酒，看上去和听起来都闹哄哄的，但实际上捉对厮杀井然有序。几巡过后，两瓶酒很快见底。仝有为对服务员说，再上两瓶，下面不要请示，看到酒瓶里没酒了便给我上。李不言脸色酡红，看着两只空酒瓶说，热菜还没上，两瓶酒喝光，大家真是来喝酒的。又对站在一旁的服务员说，赶快上热菜，再不上来，我可能都见不着它们。正在心里计算着再上两瓶兰瓷瓶能拿多少提成的服务员，按捺住激动的心情说，热菜已经下锅，马上到。陈小菊和吴娜、梁建、陆洲转过来一起向李不言敬酒，陈小菊说，师哥，我们知道你酒量不行，不单敬了，共同敬一杯。徐龙云站起来说还有我。梁荣光拽一下徐龙云的衣角说，项州规矩，敬酒没有一杯的。李不言说，我们按照司法学校规矩来，师兄妹们一条心共同一杯酒。与五个师弟师妹逐一碰下酒杯，仰头干了下去。这以后李不言坚持不再与人干杯，只是一杯接一杯地喝白开水。吴娜问，师哥怎么这么口渴？范会计说，你师哥在解酒呢，他的酒量实在不怎么样。李不言显得非常无奈，我挺羡慕千杯不醉的人，可我真的是白酒一两倒，今天已经属于超水平发挥。说完突然发现自己的位置正是那次局里会餐时缪正成"赏赐"给他的座位，身旁的马健坐在当时缪正成的位置上。顿时恶心得想吐出来，他捂嘴站起来，含混不清地说，不好意思，喝多了。急匆匆地向外跑，仝有为在身后说，这个李不言，酒量实在太次！

李不言在路边蹲下来，将想吐的感觉生生的憋了回去，然后走回办公室，倒上一杯水，关上灯没入黑暗里沉思。甄勇敢的形象清晰地出现在脑海中，他们快乐地一起钓鱼一起打球一起喝酒，然后是看守所里和法庭上他那时而绝望时而又充满希冀的眼神。判决书迟迟下不来和今天获悉的信息，着实让他心烦意乱。审委会有争议意味着对承办人意见的严重不认可，如果严重到使承办人意见沦为少数派，甄勇敢将九死一生。车到山前必有路，如果驶入漆黑荒漠，没有星光的指引，路在何方啊！

陈小菊轻轻推门进来，站在夜色里说，师哥，你真的喝多了吗？我送你回家吧。李不言想站起来，可浑身无力瘫软如面团。他闭上双眼说，没事，休息一会就好。陈小菊坐进沙发里，默默地陪着李不言。

48

在秦翠红案件开完庭回到办公室以后，梁建问李不言，师哥，秦翠红当庭仍然什么都承认，那些棍子瓶子袋子什么的真的有那么重要吗？李不言说，在有的国家法律体系中非常重要，重要到决定案子能否成立。在我国目前的刑事审判中还起不到决定性作用，相信随着法律理念的更新和证据收集手段的提高将来会越来越重要。见梁建似乎没明白，继续说道，法律上的无罪有两种，一种是事实上的无罪，被告人压根没做那有罪的事；一种是证据不足的无罪，被告人可能干了犯罪的事，但指控的证据不够充分。梁建问，部分证据有问题，整个案子都不能定？

李不言说，有句话比较形象，如果在一碗面的最上面发现了一只苍蝇，还需要继续翻找是否存在第二只苍蝇吗？梁建似有所悟，就如甄勇敢和秦翠红案，关键的作案工具都没有找到。李不言说，这两个案子其实有本质区别，甄勇敢案没有任何有效证据指证他作案，应该立即无罪释放他，另行确立破案思路。秦翠红案仅仅是作案工具没提取到，属于指控证据不完全充分，应该变更强制措施继续寻找证据。

与梁建交流疑罪从无时李不言对甄勇敢案信心十足，但这种信心在一天天对判决书的期待中悄悄流逝。法庭上唇枪舌剑火花四射以后，大漠孤烟般的沉寂令人心悸。李不言想起鲁迅的那句"不在沉默中爆发，就在沉默中灭亡"的名言。爆发与灭亡二选一，机会均等，如果那百分之五十的几率落在灭亡的头上……李不言不敢再想下去，暗暗为甄勇敢祈祷。

元旦过后，甄勇敢案终于宣判：故意杀人罪成立，判处死刑。李不言最先是从江山处获知这个判决结果，当时他刚到办公室不久，江山打电话给他，带着颤音说，不言，你的不祥预感应验了，中院今天来宣判勇敢案件，死刑。李不言握住话筒的手抖动一下，急迫地问，没有缓期执刑吗？江山说，没有。李不言问，怎么没看到宣判公告？何时何地宣判？江山说，公告刚刚张贴在我们院内的公告栏里，中院不想广而告之。等一会他们去看守所宣判，钱庭安排我陪同前往。

放下电话的李不言心情反而出奇的平静，也许所有的不安、焦虑、震惊和愤怒已在等待的煎熬中耗光。他静静地坐一会，将陈小菊叫过来，吩咐办理去看守所会见甄勇敢和抗税案被告人范进亮手续。陈小菊问，甄勇敢宣判啦？有没有罪？李不言说，估计中院法官现在正在看守所送达判决书，我们这次主要去见范进亮，顺便看看甄勇敢。

李不言骑着玉河带陈小菊到看守所，陈小菊下车后拿出两张会见证明问先见谁，李不言瞟一眼停在接待室门前的合浦中院警车，暂时都不见，先等等。陈小菊有点奇怪，想问问等什么，见李不言面色凝重地看着接待室大门便打消念头，拿出范进亮的卷宗低下头看。不一会，听到李不言说，章庭长什么时候来的？这么巧！抬头看，几个法官从里面出来，走在前面的章程和李不言握手说，是巧啊，李律师来会见？李不言热情地说，有个抗税案，来见见。这是我们所的陈小菊律师。陈律师，这位是中院刑庭的章庭长。陈小菊说，我认识章庭长，上次开了四天庭天天都见到。章程笑着说，我说有点面熟呢，甄勇敢案件开庭时也在法庭上。然后转身对书记员说，正好遇见了，你将甄勇敢判决书送达给李律师。不待李不言询问，主动对他说，李律师，你可能很失望，这是集体讨论结果，甄勇敢表示上诉，你去见见他。书记员从抱在怀里的一沓材料中抽取判决书，李不言装作事先毫不知情地和跟在章程身后的江山打招呼，江庭也来看守所，是陪同章庭长宣判的吧？江山配合着只是嗯了一声。李不言在书记员递过来的送达证上签下名字，接过判决书。章程说声再见，带着一行人上了警车离去。在车上章程对江山说，这个李律师不错，业务拿得起。江山不冷不热地回答，是的，在我们项州有点口碑。

　　甄勇敢几乎被架着进入会见室，一见到李不言开口便是"不言救救我！"扶他进来的管教干部说，李律师来得很及时，好好劝劝甄勇敢，又不是最后的判决，不是还有上诉吗？李不言显得极为镇定，勇敢莫要慌！假的真不了，正义有可能迟到，但从不会缺席。一句话让恐慌的甄勇敢情绪稳定不少，他坐下后极力控制住心神，大口呼吸着说，见到不言，我这才有点底气。李不言说，我们的底气来自于你是无辜的，江山你刚才见到了吧，他和我一样坚定你会洗清冤狱！甄勇敢说，他站在门前和我点了下头，我们没有说话。李不言说，这个所谓案子没有什么好说的，因为对于你而言，本身也是这个案子的受害人，比任何人都希望弄清事情真相将真凶绳之以法。我回去帮你写好上诉状，送过来给你签字。你目前不需要做什么，更不要胡思乱想，只需要相信法律，相信自己，相信我们永远与你站在一起！甄勇敢的眼睛里逐渐重新燃起希望之光，长吁一口气说，我相信！两人又说了半天话，李不言向甄勇敢介绍许多与案件有关的法庭内外信息，为他解答疑惑疏导愤懑。甄勇敢的心态逐渐接近正常，与李不言告别时，已经可以自己走出会见室。

　　李不言和陈小菊没有离开会见室，原地会见范进亮。检察机关的起诉书指控范进亮犯有抗税罪，查明如下事实：一九九一年十一月六日，市税务局市场所和治安办组成夜市税收检查组，对夜间流动经营小摊点的纳税情况进行检查。约二十三时许，当查到设在市新华书店北首被告人范进亮的摊点时，所长肖某某即上前询问被告人范进亮有没有缴纳税款，范说没有，也没有钱交。肖说你没有钱可以找别人转借一下。范说深更半夜的不好借。检查人员见其拒不缴纳税款，便对其解释并强调如不缴税，就要依法扣押其经营工具，但被告人仍以没有钱为由拒缴税款。在此情况下，检查人员即上前拿其电饭煲，范不让拿，双方发生争夺。

在争夺中，由于电饭煲的外壳掉在地上，被告人见状气愤地说我宁愿把摊子砸了，也没钱给你们。然后走到炉前用右手猛拎炉火上盛着面条汤的钢精锅向右侧一甩，面条汤泼到张某身上，后经医院治疗诊断为颈前、胸前部烧伤，沸水烫伤面积百分之六，深度浅Ⅱ℃。法医鉴定意见构成轻伤。

在读完起诉书时，李不言心中诘问，就算检察院查明的事实完全属实，范进亮的行为能构成抗税罪？查阅完范进亮卷宗后，李不言更加确信该案不能成立。卷宗材料不是很多，主要是几份调查笔录，有当夜摆小吃摊的范进亮夫妇，参与征收税款的肖天宝和张顺，同样在夜市摆摊的三个个体经营户，还有当时在范进亮摊前吃面条的王荣兰。

王荣兰的证词引起李不言的特别注意，因为她不仅是身处案发现场的证人，而且其本人还是水利局的干部，这样的双重身份决定其证词的重要性。李不言将王荣兰的证词反复看了三遍。王荣兰作证说，那天晚上，我到医院看望生小孩的婆家侄妻，离开医院时是晚上十点多。走到新华书店门前有个卖面条的摊点，摊主姓什么我不知道。我叫他下一碗鸡蛋面，给了他一块五毛钱。我刚坐下来吃时，来了八九个税务人员，税务人员一到就说缴税，给三十块钱。男摊主说才做，没有钱。并拿钱盒子给税务人员看，拨弄着几枚硬币说你们看我这里只有几块钱。税务人员说就因为你是才做的，现在就得给。男摊主说现在没有钱。税务人员说没钱你去家拿，家里没有出去借。男摊主对税务人员说俺跟你协商一下，能不能明天早上七点半准时送给你们。税务人员说不管，其中一个人去端他的卤蛋，另外两个人去端他的电饭煲。男摊主说你们别动，回头烫到你。端电饭煲的人将电饭煲的锅芯端出来，外壳摔在了地上。男摊主一见来气了，走到炉子跟前说我不干了。用右手拎起炉口上的钢精锅，往右后侧一甩，锅里的面条汤烫到了后面的税务人员。几个税务人员看到同事被烫到，就上来打男摊主。我对税务人员喊不要打了，我给他垫税款。就将身上仅有的十一块钱都掏出来递给他们，他们说不管，他这是暴力抗税！这时过来一个胖乎乎的男人说他是我兄弟，到哪里讲理我跟你们去。后来他们就去派出所，我也回家了。

李不言注意到检察机关对王荣兰证词中对范进亮有利的内容几无呈现，而将不利的部分全部认定到查明事实里。律师的职责让李不言决定为范进亮做无罪辩护。

但当与范进亮开始谈话，询问其对公诉机关关于他犯有抗税罪的指控是何意见时，范进亮毫不迟疑地认罪。李不言从事实和法律层面向他解释构不成抗税罪，范进亮还是说自己有罪，并且反问李不言，我没交税钱烫伤收税干部，不是抗税是什么？啼笑皆非的李不言无奈地问，你既然认罪，请律师的目的是什么？范进亮举起戴着手铐的双手，胳膊肘撑在小桌板上，手掌合拢半握成虚拳，前后摆动如拜佛，虔诚地说，管教干部很同情我，建议我请你。还听说你是项州最能干的律师，有办法将犯人辩护出去。

49

在江山办公室，李不言和他说完会见甄勇敢的情况后，将王荣兰的证词在他面前摊开来。江山说，我注意到了，税务局的说范进亮是故意泼汤烫伤收税员；范进亮说是与收税员争夺钢精锅热汤洒出来。双方都有意无意地加重对方责任，只有这个吃面条的不偏不倚。李不言说，范进亮构不成抗税罪，主观没故意，刚开张无钱纳税请求给时间；客观上烫伤税务人员是因为收税人端锅引起的意外伤害。我准备按无罪辩，你有没有胆量按无罪判。江山说，我有胆量还得有权利，郑义说马上过来，等会和他沟通一下。李不言开玩笑说，这个郑义不正义，这种案子也能提起公诉。郑义突然旋风般地从外面冲进来，嬉笑着揪住李不言的衣服前襟，你又在说我的坏话，什么案子不能公诉？只能公诉那些让你万众瞩目的杀人案吗？江山请郑义和李不言落座，给他们分别倒了一杯水，对郑义说，不言认为范进亮不构成抗税罪，问我要无罪判决呢！郑义端起水杯说，实事求是讲这案子定起来有点弱，但税务局不愿意，不公诉交代不过去。李不言问，你公诉了，对范进亮能交代？郑义将刚端起来的茶杯又放下，就你深明大义，是我决定公诉的？李不言靠在沙发上仰面叹息，你作为公诉人不能决定不起诉，江山作为审判长不能决定无罪判，是谁决定判决甄勇敢死刑的！郑义本来有几分不悦，听李不言提到甄勇敢，有点理解他的情绪，面带笑容说，这样吧，范进亮毕竟将收税的干部烫伤，多少担点刑事责任，缓刑也可以。李不言不依不饶，半点刑责不能担，税务人员从一开始就错了，范进亮晚上八点才出摊，收税应该根据他一个月的营业状况来确定，这三十元的税额没有依据。即便三十元税额没问题，也应该先开具定期定额税款核定通知书，限期纳税人到税务部门缴税，这种现场确定税额现场要钱的做法错上加错。更加离谱的是范进亮没钱缴税，税务人员居然直接去端卤蛋拿电饭锅。税法有规定，扣押、查封纳税人财产的，需要县以上税务局局长批准，这几个税务人员连请示都没有就动手，执法太随意。正是这几个税务人员的一错再错，激怒范进亮，让范进亮感到这个小摊子无法摆下去，才激动地与税务人员争夺钢精锅。对于一个想通过自谋出路解决生计的下岗工人来说，其行为完全可以理解，就连被烫伤的张顺也说范进亮当时是气急败坏的行为。为何气急败坏？面对税务人员如此违规征税，有谁能够不气急不败坏！李不言说着说着，慷慨激昂如同坐在辩护席上。江山问李不言，你的第一轮辩护意见发表结束了？李不言意识到有点失态，笑着说，我这是被那几个税务干部和郑义气急败坏的。郑义戏言道，律师气急败坏会如何？对我们检察官泼面条汤？李不言起身从江山办公桌上拿起范进亮案卷，打开来双手捧着做出泼洒动作，没有面条汤，我拿证据和法律条文泼你！郑义下意识地躲闪将脑袋歪向一旁，引得江山哈哈大笑，李不言和郑义也跟着笑起来。江山指着李不言说，辩护人你大胆地泼，本法庭恕你无罪。

开怀大笑过后，郑义说，不言讲的有一定道理，可案子立了，人也逮捕起诉，无罪释放肯定不行。判个缓刑放回家应该能接受。李不言正色道，郑检你这话我不赞成。江山翻了翻卷宗又合上，提议道，案件结果等开完庭汇报以后再说，先给范进亮办取保候审，让他少受几天罪。郑义说，我同意，只要不判无罪，怎么处置都可以。

回到司法局大院，李不言发现靠近中间楼道东边的窗户外，停放一辆崭新的红色桑塔纳。前挡玻璃下方贴着一行字，项州市律师事务所，边上是一个手机号码。李不言奇怪所里买车自己身为副主任怎么可能不知道，停好玉河去马健的办公室，马健不在，返身经过仝有为的办公室，特意趴在窗户上向里望一眼，仝有为也不在。李不言走进王丹的办公室，问坐在前面的陆洲那辆桑塔纳是怎么回事。陆洲还没答话，后面的王丹先开了腔，李律师不知道？那是梁荣光大律师刚买的坐骑。李不言不相信，以为王丹在拿梁荣光开涮。王丹看出来李不言的心思，继续说道，不相信？没看见车上的号码吗？那是梁大律师的。李不言看陆洲，陆洲说，是梁律师的，刚刚开进来。李不言走到梁荣光办公室，梁荣光正在与范会计神动色飞地说着什么，看李不言进来，忙站起来，李律师，你可是好久都没到我们的办公室坐坐了。李不言说，最近出庭比较频繁，自己的办公室呆的时间都不多。听说梁律师买车啦？梁荣光连连摆手，李律师，我那是用来充门面招揽业务的，不像你名气大案子办不完。李不言说，充门面也要有实力，我想充还买不起。范会计未言先笑，指着那辆桑塔纳问，李律师，你知道这辆车多少钱？李不言说，多少钱？办齐了不得二十多万。范会计乐不可支地说，去掉一个零，还包括重新做一遍漆在内。李不言问梁荣光，是真的吗？那岂不是买了一辆要报废的车，你买它干什么？梁荣光说，所以我说是充门面的，也就是给自己包装一番，冒充大牌律师，包括这手机，其实也没有多大必要。李不言不禁笑出声来，看着那辆车说，小汽车和手机都需要，弄辆报废车没必要，这车你也敢开，不怕半路趴窝反而误事？梁荣光嘿嘿笑，我就没准备开，那车烧起汽油来简直像在烧钱，我根本负担不起，主要是让它打广告。李不言伸出右手五指在桌面上极快地敲出一串节奏，望着桑塔纳说，这倒也是个办法，梁律师有创意。陈小菊进来告诉李不言，惠兴齐在他办公室。

　　惠兴齐见到李不言，指着窗外的桑塔纳，主任买车啦，给你贺一贺！李不言说，是梁律师的，我哪里买得起。惠兴齐说，手下的买得起，主任想买更能买得起。李不言说，你不是来关心我是否买车的吧，说正事。惠兴齐递过两页纸，又要给您添麻烦。李不言接过来迅速过一遍问，你不是做水电吗？土建也能做？惠兴齐说，现在也做一些小工程。李不言将两页纸放在桌上又问道，你有土建资质？惠兴齐说，暂时挂靠在有资质的泰山建筑公司名下，现在做工程关键是要有找项目的门路和启动资金，资质和技术员都能临时借到。李不言拍拍那两页纸，原告诉状里说的工程质量问题有没有？惠兴齐说，基本上有，但责任不全是我方。李不言说，比如呢？惠兴齐说，比如原告说的房屋基础没有超过防冻层，我们是按照图纸施工，如果不符合规定也是设计部门的错，不能要我们负责。再比如原告说的楼面出现断裂纹情况，这也不是施工问题，秋收秋种农忙时，工人放假回家大忙，我们交代原告每天给屋面浇水养护两次，原告答应却没有做到位，责任应该原告自己承担。李不言重新看了一遍诉状，皱皱眉头，这里面涉及的问题比较复杂，不是一句两句能说清楚，房屋基础问题有图纸对照比较好解释，楼面裂纹的形成原因比较复杂，可能是养护问题，但也不能排除施工不规范造成的可能性，涉及的问题专业性太强，可能需要专门机构现场勘验鉴定。如果申请法院委托鉴定，你对鉴定结果有信心吗？惠兴齐说，有信心，我们使用的钢筋水泥都符合要求，浇筑也都是按规范一次性完成，应该和我们的施工没关系。李不言问，即便施工没问题，养护不也应该是施工方的工作内容吗？惠兴齐说，大工程是的，像这种民房，面积小造价低，后期养护都是房主自己做，定期浇水没有什么技术含量，很容易。李不言说，你什么时候有空带上负责这个工程的技术员和与这个工程有关的资料过来。我抽空查查工程建设方面的相关规范要求，然后再合计这个官司如何打。惠兴齐说，我听主任招呼。下周小年夜，我提前定个包厢，我们两家聚聚如何？李不言说，何静快要生了，目前不宜聚会。

  到了一月二十八日小年夜，晚饭前后户外的爆竹声此起彼伏，正在嗑瓜子看电视的何静感觉腹部有点疼痛，并且逐渐变得规律起来。周淑珍说可能要生，何金桂将驾驶员传呼过来，一家人陪同去医院。到医院住进病房后，何静又说肚子不痛了想回家。李不言不同意，坚持在医院待产。李不言让岳父岳母先回家，他留下来陪护。何静一夜安静，李不言趴在床边睡了两三觉。凌晨五点时，何静突然宫缩剧烈起来，护士跑过来发现已经有羊水流出。没有安排进产房，直接推进分娩室，一个多小时后顺利生下一个男婴。何金桂与周淑珍一早赶过来时，何静母子已经回到病房，护士正在给婴儿喂糖水。李不言握住何静的手，看着宝宝说，老婆辛苦！老婆能干！给我们生下这么帅气的儿子。何静注视着宝宝，双眸中洋溢着幸福和骄傲，暖暖地说，现在都看出帅气啦？我们帅气宝宝的大名起好了，乳名想好了没有？李不言望着窗外的朝阳，神采奕奕，今年是羊年，我们的宝宝迎着朝阳出生，就叫阳阳吧，阳光灿烂阳刚之气的阳。周淑珍轻轻握着宝宝的小脚丫，阳阳挺好的，好听又有意义。站在周淑珍身后的何金桂问，大名叫什么？何静说，半年前就备着呢，如果是男孩叫李清轩，是女孩就叫李清萱。周淑珍脸上挂满了问号，转身问何金桂，那不是一个名字吗？

50

  都正月初十了李不言还没去上班，在家尽情享受老婆孩子热炕头的快乐时光。过完初五，李不言想去所里转转，何静不依又搂又抱又亲又闹摆出死缠烂打的架势。李不言知道这时候上班基本没什么正经事务，大多是喝茶吹牛打扑克。原本就想多休息几天，乐得顺势让何静开心便大门不出二门不迈的守着老婆和儿子。

小家伙一天一个样，粉嘟嘟的小脸莲藕般的小腿小胳膊着实让人喜爱。周淑珍看着女儿女婿比新婚时还要甜蜜，外孙如此可爱，高兴得合不拢嘴，整天变着花样弄好吃的。何金桂欲言又止好几回，终于忍不住，提示何静不言手中案子那么多，又是副主任，该去所里看看。何静噘起嘴巴，偏不让老公去！一年到头的，不是会见开庭就是出差办案，不陪我罢了，儿子这么小不得多陪陪！李不言抱起儿子亲一口，乐呵呵地说，必须陪儿子！老婆也必须陪！案子是别人家的，老婆儿子是自己的。何静跳起来从后面抱住李不言，脸庞贴在他的后背上，这才是我的亲亲老公！被向前推了一个趔趄的李不言吓得直叫唤，儿子，儿子，儿子在我怀里呢！

正月十五闹元宵，周淑珍准备的早饭是煮汤圆、酒酿饼、杂粮粥和咸鸭蛋。何金桂与周淑珍说汤圆不易消化每人吃半块酒酿饼和一碗粥，何静吃豆沙馅汤圆，李不言吃肉馅的。周淑珍原来只做豆沙馅，因为李不言喜欢肉馅，便很用心地选肉拌馅做给他吃，何静曾不无妒忌地说她妈妈，你女婿是你亲儿子，我是你捡来的儿媳妇。周淑珍故意用怜悯的目光看着何静，不屑地说，你连捡来的儿媳妇都不是，是跟在不言后面蹭饭的。

吃汤圆时，何静说晚上想去人民广场看花灯，要李不言带她去。周淑珍喝着粥说，冷风飕飕的，你还在月子里，看什么花灯。何静指着客厅墙上的年历，今天满月了，能放我出门啦。李不言正想开口说话，楼上传来一阵清脆的铃声。他立即放下饭碗，起身上楼。

电话是陈小菊打来的，说省高院寄来一封挂号信，已经两天了，要不要送到你家里。李不言问是什么内容，陈小菊说不知道没拆开。李不言让她拆开看看，过了十几秒，陈小菊说是甄勇敢案刑事裁定书。李不言心跳骤然加速，说直接看最后一段。电话里传来翻动纸张声，陈小菊说，撤销原判发回重审。李不言兴奋地说，我马上去所里。

何静听说甄勇敢案件发回重审，问李不言是什么意思，原来审错啦？李不言说，可以这样理解。我得去拿裁定书和江山商量后续工作，上午不能陪你们。何静说，勇敢案子是大事，你去吧。但下午必须在家陪我们。李不言答应着，亲吻何静与儿子后匆匆赶往事务所。

四页刑事裁定书，主要内容是对一审判决书的复述，表达省高院意见的只有几句话，本院认为一审判决事实不清证据不足，撤销一审判决，发回重审。李不言反复看了几遍，打电话到江山办公室。打了几遍都是无人接听，李不言打到钱新华办公室，问江山是不是在开庭。钱新华有点奇怪地问，江山在医院，赵虹今早生个女儿，你能不知道？李不言放下电话，骑上玉河去医院。

到医院停好车，李不言在门外花店里买了一束康乃馨，轻车熟路地来到三楼妇产科，在护士站问明赵虹在三号病房，心中想有点巧，何静生宝宝时也是住在三号病房。待到走进病房走到赵虹床前时，李不言忍不住地说不能再巧了，床位号都是一样的。

江山接过花，开玩笑说，弄这华而不实的，不如带几袋奶粉。赵虹说，我喜欢花，宝宝我自己喂，用不着奶粉。李不言俯身看着婴儿，轻轻地在小脸蛋上摸一下，快告诉我，男娃还是女娃。赵虹欢喜地说，是个小公主。李不言说，太好了，我们两家凑成了一个好字。江山找了半天放花地方，终于找到一个方形空纸盒，将花放进去，弯腰摆在床头柜上，抬头说，你这个家伙生儿子就希望我们有女儿。李不言说，你什么意思？不喜欢小公主？我们换。赵虹说，他是希望生儿子，我想要女儿。江山说，谁说我希望儿子的，我只是不想遂了不言意。李不言笑笑问赵虹，预产期不是说正月底吗？有点提前啊。赵虹说，提前将近两周，医生说也正常，体重六斤一两呢。李不言说，分量不轻，和她阳阳哥差不多。又轻轻地捏着宝宝的小脚丫，小宝贝，这么着急赶过来，是想追赶你阳阳哥吗？只可惜紧赶慢赶的，相差一个月，哥哥是一只小绵羊，而你是只小猴子。我们的小猴子叫什么名字呀？赵虹母爱泛滥地注视着宝宝，小猴子乳名叫豆豆，大名还没想好。李不言说，豆豆，阳阳，洋洋豆，兄妹俩凑成一盘菜。赵虹问，阳阳豆是蔬菜？李不言说，太平洋的洋，我老家人叫紫扁豆，很普通的一种蔬菜，房前屋后给点空间便能旺盛生长。盛夏时节密不透风的绿叶中绽放朵朵紫色的小花，似乎不太引人瞩目，其实画面美不胜收。赵虹温柔地抚摸着宝宝的小脸蛋，带着几分憧憬说，我喜欢紫色，浪漫优雅纯洁高贵。江山说，不言，阳阳的大名李清轩起得不错，清正俊朗顶天立地。给我们的小豆豆也起一个呗。李不言迟疑地看着赵虹问，我起名合适吗？赵虹说，关键是名字是否合适，我和江山起了好多个都觉得不理想。李不言笑着说，名字倒是有个现成的，也叫清萱，萱草的萱，白居易有诗云："杜康能散闷，萱草解忘忧。"萱草也叫忘忧草，寓意为希望我们的小豆豆冰洁聪慧快乐无忧。这个名字本来给我们的小宝宝备着的，结果阳阳是男娃，用了清轩省下来清萱。赵虹轻声重复着，清萱，江清萱。冰洁聪慧快乐无忧。我喜欢！江山拍手叫好道，相比较李清萱，江清萱更有韵味，不言这个名字看来就是为我们家的豆豆准备的。那我们的两家宝宝就一道清轩（萱）吧！

江山与赵虹喜欢清萱这个名字让李不言很开心，他从裤子口袋里取出裁定书，还有一个不错的消息，勇敢案件发回重审了。江山迅速接过裁定直接翻到最后一页看起来。赵虹惊喜地说，好事啊，勇敢有救了。李不言说，有希望。但我有点奇怪，发回重审一般是程序上有问题。事实不清证据不足当然也可以，可哪些事实不清哪方面证据不足，这份裁定只字不提，个中缘由捉摸不透。江山看完裁定说，是有点奇怪，但总归是好事情。李不言说，那倒是，我下午再去会见勇敢。

中午回家后，李不言说起豆豆出生的事，何静非常高兴，嚷嚷着要去医院探视。周淑珍建议等豆豆满月后去家里看望，李不言认为岳母的建议好，何静便同意等一等。听说清萱名字送给了豆豆，何静很兴奋，直言将来李清轩要迎娶江清萱。午休时候，李不言已经入睡，何静还为豆豆的出生与命名开心得睡不着。李不言午休醒来，要起床去上班，何静撒娇说，你上午答应下午在家陪我们娘俩的，说话要算数，不算话是小狗。躺在何静身后的李不言，伸出手轻拍着何静胸前的阳阳，好的，爸爸不当小狗，在家陪伴我们的清轩小宝贝和小宝贝的妈妈大宝贝。何静翻过身搂住李不言，顽皮地说，真是个好爸爸，大小宝贝都爱死你！

51

忽如一夜春风来，千树万树梨花开。人们一觉醒来发现小城银装素裹，白茫茫一片大地真干净。这一场不期而至酣畅淋漓的大雪，填满了小城所有角落，将小城的破败与难堪处悉数掩埋。似乎是上天有意派遣这些白色精灵，来洁净被数起杀人案污秽了的小城。

李不言还在被窝里，听到院子里有刷刷的声音，他穿衣下床，掀起窗帘一角，被一片耀眼的白光晃了一下。他用力地眨巴几下眼睛，看见远处的技校行政大楼屋顶上覆盖着厚厚的积雪，近处目光所及也都是雪的世界，眼底下的院子里何金桂正在用力地挥动着扫帚。李不言为仍在睡梦中的何静加盖了一条毛毯，下楼到院子里接过何金桂手中的扫帚，将通道清扫至院外，又继续向东打扫，直至与也在扫雪的邻居相遇。回到屋内的李不言双颊红润浑身热气腾腾，周淑珍递过同样热气腾腾的毛巾让他擦把脸刷牙准备吃饭。李不言草草地刷牙洗脸后，在餐桌旁坐下说，大雪没有雪，刚过雨水节气反而大雪要封门。何金桂说，现在下还行，对麦田有利，再晚一些就不好了。小静不下来吃饭？李不言说，还睡着呢，我们先吃，让她睡会懒觉。周淑珍笑着说，不言，你可真会惯着她。李不言不置可否地笑笑，咬了一口肉包子，夸赞道，妈妈做包子越来越有水平，皮暄馅鲜内外兼修。何金桂拿起一只包子咬了一口，你爱吃肉馅的，你妈现在都不做其他馅料的包子了。周淑珍说，给你吃肉包子还不好，等不言想吃其他馅的，我给你们做。

吃完早饭再到院外，发现被打扫出来的通道已经衔接成一条小路联络到通往校外的主路上，李不言返回屋内说要去所里，周淑珍问，冰天雪地的还上班啊？何金桂说，去吧，路上一定要慢一点。李不言说，我骑摩托到校外看看，不好走就回来。将玉河推出院子，顺着清扫出来的小道小心翼翼地骑出技校大门。一路上发现主要街道基本上被清理出来，路面上畅通无阻，路两边雪堆迤逦。李不言对小城的动员能力暗暗称奇，不清楚市政府是如何实现一呼百应召之即来来之能战战之能胜的。

到了所里，看到范进亮在门前等他。一见到他范进亮招呼道，李律师早，这一层楼你是第一个来上班的。李不言说，老范这么早踏雪来访，令我不敢懈怠。范进亮有点局促不安，不好意思，这种天气打扰李律师。李不言和颜悦色地说，你是我的当事人，有资格全天候打扰我，请进去坐。进屋后，范进亮没有坐下，站在办公桌前说，李律师，检察院找我谈话，说只要我保证不去申诉上访，他们撤回起诉不再追究我的刑事责任，我说我得听律师怎么说。我来找你两次你都不在，检察院一直在催我。李不言一听有点不明白，怎么公诉还能撤回？拿起电话想打给江山，想想江山在医院陪护赵虹可能还未上班，便打给钱新华。钱新华说，范进亮的案子提交审委会讨论，意见基本统一，应该按无罪定，徐院长亲自找了分管的检察长，建议将案件拿回去。李不言问，按照规定，检察院只能申请延期审理，撤回起诉如何操作？钱新华说，检察院不好撤，法院不是可以退回补充举证吗？李不言说，这有什么需要补充的，法院是想配合检察院不做无罪判决吧。钱新华半开玩笑说，配合也是应该的，刑诉法明文规定公检法互相配合互相制约，你肯定学过。李不言心想好好的刑诉法到你们这里只有配合没有制约，嘴里却说谢谢钱庭，没有你主持正义，范进亮只能蒙冤受屈。挂了电话对范进亮说，依法应该宣告你无罪，检察院将案子要回去，他们说的不追究刑事责任，是要对你不起诉吗？范进亮说，他们说是免于起诉。李不言说，应该是不起诉，而不是免于起诉。范进亮问，这两个有什么区别？李不言说，免于起诉的前提是构成犯罪，只是认为不需要判处刑罚或免除处罚；而不起诉是不认为是犯罪或其他的一些特殊情况；两者有罪与非罪本质上的差别。范进亮说，对我都一样，我一个下岗工人，没有麻烦就谢天谢地了。李不言说，还是不一样，你被羁押一个多月，要是不起诉，证明关错了，应该对你有说法依法予以赔偿，而免于起诉无须给你什么说法。范进亮说，关就关了吧，我将国家税务干部烫伤，也该受受罪，还要什么说法？李不言望着范进亮，想起郑义说的那番政治前途的话，摇摇头，你有权自行决定如何回复检察院，只要你能接受，我都没意见。李不言一直对范进亮说他是无罪的并成功地让他取保候审，范进亮担心李不言不同意检察院的建议，而他又不好意思不听律师的，一颗心始终悬在半空。现在见李不言说没意见，如卸下千斤重担般连声致谢道，谢谢！谢谢李律师！谢谢你将我辩出来，我全家人都谢谢你。我现在就去回话检察院，把这事弄完。李不言笑着温和地说，去吧，以后遇事要冷静，不要太冲动。

　　送走范进亮，李不言带上陈小菊去会见甄勇敢，离开大路转上通往看守所的小路时，发现路上积雪没有被清理，有几道黄中带黑的车辙深深地印在洁白的雪地上。李不言不敢再骑行，下车在前面循着车辙推行，陈小菊跟在后面。

　　今天值班的是郝管教，看见李不言和陈小菊说，今天还来会见，你们够敬业的。陈小菊递上会见手续，郝管教接过来，一边办手续一边问，甄勇敢应该有希望了吧？李不言说，这个案子影响太大，结果难以预料。郝管教说，李律师果然很谨慎，不像有的律师口无遮拦的。

　　甄勇敢精神状态比上次宣判后会见时明显好了许多，坐下后对李不言说，与我同一号子里的人听说律师来会见，齐嚷嚷要找就找你这样律师，大雪天还能来会见。我收到裁定知道你会来，没想到你能今天来。李不言说，我没有那么敬业，换作别人在这里今天我也不会来。甄勇敢感动地说，有你这样好兄弟，不管案子结果如何，我都不遗憾。李不言说，案子结果一定要不留遗憾，我们一起加倍努力！甄勇敢说，好的，我们一起努力！什么时候开庭重审？裁定上的事实不清证据不足指的哪些方面？李不言说，开庭估计最快也得出正月，你还要有点耐心。证据不足好理解，指控你的证据不足嘛？人证是零，物证不到位。事实不清有点耐人寻味，一审判决表述的事实还是清楚的，只不过是子虚乌有的事。如果指的是客观事实，不仅不清楚，根本没查明。甄勇敢问，省高院为何不能直接改判我无罪？李不言说，高院当然可以直接改判，但这个案子过于重大，结论不好下啊。甄勇敢问，中院不知道案情重大吗？怎么就能如此草率地判我死刑！这个结论是怎么出来的？李不言说，我们不在这些问题上伤脑筋，容易钻进牛角尖影响情绪扰乱心智。要相信法律，相信真相能够经得起时间的考验。你想要我带些书籍什么的给你吗？甄勇敢想了想说，可以的话我家里床头柜上有几本书带给我，衣柜里的衣服你看着挑几件。李不言说，我只能带到管教手里，由他们决定是否交给你。甄勇敢说，我知道，麻烦老弟了。会见室里没有取暖设施，气温比较低，陈小菊明显有点坐不住，几次站起来走几步再坐下；李不言的鞋子已经被雪水浸透，十个脚趾头被冻得几乎失去知觉；甄勇敢也忍不住地跺了几下脚，一再收紧裹在身上的大衣。李不言哈着热气说，天太冷，今天就聊到这里吧。

离开看守所，陈小菊使劲地在雪地上蹦跳一阵子，脸庞红扑扑地说，师哥，虽然冷得够呛，这一次会见效果太好了，甄勇敢不用说，值班管教和与甄勇敢一个号子里的犯人肯定会记忆尤其深刻。李不言跺跺脚，抖落掉鞋上的雪花，我倒不是刻意选择今天来，不过事半功倍的效果确实有。

下午李不言准备上班时，何静又不让，扯住他胳膊说，你早上趁我睡觉溜了，下午还要跑。难得碰上这种下雪天，焐被窝不好吗？看你中午回家时一双鞋湿漉漉的，脚趾头冻掉了咋办？快到楼上我给你好好焐焐！李不言看一眼微笑着走向厨房的周淑珍，顺从地跟在何静后面上楼，乐呵呵地说，好好好，上楼焐被窝。

52

连续几天的阳光普照，气温节节攀升，积雪悄悄地消瘦亦如它们当初静静地臃肿。一个多星期以后，房顶树冠上的已经无影无踪，地面上的也只在背阴的旮旮旯旯处还有零星残余，提示着人们普天同庆的新春佳节虽已逐日远去，冬天尚未真正离开。

黄伟雄将李不言请到三楼办公室，关上门指着摊在桌上的图纸，选吧，除了301和302你随便挑。李不言上身前倾，俯视图纸，看清是宿舍楼的平面结构图。

宿舍楼分两个单元，共五层二十套。301标注李汉生，302标注白文斌。李不言注视着图纸问，祁卫华副局长不买？黄伟雄说，不买，人家房子够住。李不言抬起头，露出狐疑的眼神，这就轮到我挑了？论资历级别我算哪根葱，论交钱先后至少你近水楼台肯定比我早。黄伟雄哼哼两声，你还跟我装！真够可以的啊，神速搞定上任没几天的新局长。李局长指示只有局长副局长有优先选房权，其他人全部按交钱先后挑，我和你同一天交钱，局长亲定你先挑。李不言说，这个人情我不领，三楼还有两套，有啥区别？你先挑。黄伟雄笑着说，是差不多，挑吧，我们谁对谁啊。李不言说，那好吧，303离局长家近归你，我选304。黄伟雄弯腰分别在两套房号内写上名字，然后将笔扔在图纸上，你这个李律师，303和302根本不是一个单元，还什么离局长家近，能穿墙而入咋的？

下楼时李不言回想起李汉生到任没多久，和科室负责人分别单独谈话，他是副职里唯一被谈话的人。李汉生问了一些所里情况，表扬他律师做得不错，上任前就有所耳闻，扯了半天将话题落实到集资建房上问他是否参加。李不言说肯定参与正在积极筹款。李汉生说，你还要筹款？两年奖金差不多了吧。不像我这个局长，一年干巴巴的几千块工资，一时真拿不出那么多。李不言说，我应酬多，乡下的父母要赡养，攒不下多少钱。不过局长有困难，我可以赞助一点。李汉生坐姿端正地说，赞助不必，可以借一点。李不言后来便"借"了一万元给李汉生。

下楼后遇到吴娜从东面办公区过来，李不言问，是在找我吗？吴娜说，正是找师哥，高霞让人带话出来还想见见师哥，见不见？李不言深感无奈地说，这个高霞事真多，有期徒刑十五年还上诉，二审开庭前又撤回，然后又说要申诉。看守所抓紧将她送走吧，我们不能老是陪她谈心啊。吴娜说，那就是不见。李不言说句你等等，看一眼手表将近十点，拿出手机打给项州大酒店的钟亮总经理，对他说想过去聊聊广州新潮公司的事。钟亮高兴地说，一直盼着你来呢。李不言说，十几分钟到。挂断电话对吴娜说，去项州大酒店，有个装饰装潢合同事项，有没有兴趣？吴娜欢快地说有。两人走出门厅时，看见梁荣光和徐龙云一左一右拉开桑塔纳前门，梁荣光看见他后问，主任出去啊？李不言停下脚步说，去项州大酒店，你们也要出去？梁荣光说，去临河办点事。李不言说，去临河的砂礓路坑坑洼洼的，你这车慢点开。说罢骑上玉河载着吴娜前往项州大酒店。

两人直接来到大酒店的总经理室，钟亮起身迎接，给两人让座，一个长相标致的服务员走进来，送上两杯茶。李不言介绍吴娜说，这是吴律师，我的小师妹，以后大酒店的事由她协助我。钟亮上下打量着吴娜，啧啧称赞道，吴律师好漂亮，我们大酒店服务员没有一个长得有你好看。吴娜有点发窘，心里很反感钟亮看她的眼神，嘴里还是客气地说，钟总过奖了。李不言说，钟总你拿我们吴律师和你们的服务员比较什么，我们吴律师虽然长得美，但人家吃的可是智慧这碗饭。钟亮忙打着哈哈说，吴律师请原谅，我没有别的意思。李不言打量了一圈室内装饰问钟亮，你这老总室应该也是新潮公司做的吧，感觉不错嘛，挺上档次的。钟亮说，能不上档次吗？地毯是美国进口的，墙纸是香港的，一间办公室花了五六万。李不言咋舌道，有点作孽啊，五六万在城里能买套房，在农村够造两栋楼，花在你这里一寸空间也没多。钟亮说，岂止没多出来，还减少了一点空间。但不做能行吗？我们号称是项州最好的酒店，不能给项州人民丢脸。李不言问，人家新潮给你们增光，为啥不按合同付工程款给人家？钟亮说，这帮广东佬太精，预算和决算差别非常大，说施工中增加了许多项目，我没办法按照他们的要求付款。李不言说，我看了你们之间合同，对工程款最终确定的方式不是很明确，不行就委托造价工程师进行审计，按照审计报告付款。钟亮说，这样最好，省得将来政府对我离任审计时说我钱付多了。李不言说，你找一家熟悉一点的造价工程师事务所来做，不是要他们照顾你，至少要保证审计公正合理，当然最好和新潮一道确定一家事务所，将来争议少。钟亮说，没问题，我安排人去做。到午饭时候了，我们去小包间吃顿工作餐。李不言说，我来几次钟总也没请我去过小包间，吴律师来了，待遇不一样。中午时间很紧张，还是去员工食堂吧，那里三菜一汤蛮好，既节省时间，又不浪费食物。钟亮说，恭敬不如从命，听李律师的。

　　食堂里还没有人用餐，钟亮陪李不言和吴娜拿着取菜的托盘依次在取菜窗口打好菜，每人自取一小碗米饭和一小碗汤，拣一张桌子坐下来。李不言说，在项州的单位食堂里，你们是唯一用这种方式用餐的。钟亮说，跟广州、临江等大城市学的，我们一直是项州住宿饮食业的风向标。说话间员工们陆续进来用餐，不一会坐满餐厅。李不言开始吃得比较快，见吴娜吃得慢，便有意放慢速度。吴娜没有察觉，仍然一板一眼地细嚼慢咽。钟亮看在眼里，心想这个李律师是个心细的人。

　　下午回到所里方坐定，黄伟雄急匆匆地闯进来，慌里慌张地说，不言你回来啦，赶快到二楼小会议室，梁荣光和徐龙云出事了。李不言漫不经心地问，出了什么事？他们不是去临河了吗？黄伟雄说，交通事故，两人被撞死了。李不言一听如五雷轰顶，呆若木鸡地看着黄伟雄。黄伟雄将李不言从座椅上拽起来，一路拽到二楼小会议室。李汉生脸色阴晦坐在椭圆形会议桌东面的正中间，两边是祁卫华和白文斌，马健和仝有为，每个人脸上都带着几分惶恐与不安。马健待李不言坐下后问，不言，你知道梁荣光和徐龙云去临河做什么？是不是你安排的？李不言双腿微微哆嗦，声音颤抖，我没安排，也不清楚他们去干什么，临走前梁荣光说是去临河，是不是到法庭办什么业务？马健说，我安排范会计查了，他们没有临河法庭案子。李不言急切地问，到底发生什么事了？仝有为生硬地说，什么事？开车撞到路边大树上，他娘的车毁人亡！会议室内一时空气凝固到令人窒息，大家都被一次死亡两个年轻律师震到头皮发麻。过了一会李汉生开口说，既然不言也不清楚，证明所里没有安排他们办公务。马主任你牵头查明他俩去临河做什么，妥善处理有关善后事宜。当务之急通知并安抚好他们家属，尽量控制住事态发展，不要在社会上造成不良影响。马健一脸沉痛地答应着，李汉生阴森着脸说散会。

马健和仝有为、李不言回到马健办公室开小会。马健说，我们先统一口径，无论他们两人去干什么，我们都坚持他们是办私事，与所里无关。渐渐稳定住情绪的李不言表示不同意，说不能排除他们去临河是做业务。仝有为有点不胜其烦，不是告诉你他们没有临河法庭案子吗？李不言说，其他法庭的案子就不能去临河调查取证吗，你们也知道梁荣光主要在乡下跑业务，说不定是去见客户或者潜在客户呢！仝有为说，徐龙云去干什么？他可是什么案子都不想做！李不言说，人都会变的，他们两人一个办公室，梁荣光就不能影响到徐龙云？马健制止道，你们不要争了，局长刚才已经指示无论他们干什么都说是干私事。李不言冷冷地说，直接说吧，所里想怎么办！马健说，我负责调查事故原因，老仝负责联系殡仪馆协调安葬事宜，不言负责接待两人家属。李不言呼地一声站起来，气愤地说，事故调查是交通警察的事，我没有底气告诉他们家属他两人是在做私活。说完绝裾而去。

范会计进来，看到李不言坐在那里生闷气，犹犹豫豫地说，李律师，我可能知道梁荣光与徐龙云去临河做什么。李不言一听挺直身子，示意范会计关上门。范会计关上门返回到办公桌前说，梁荣光一直拉着徐龙云准备开药店，还想拉我入伙。他说要在项州的四大镇上分别开一家药店，进货渠道已经联系好，只要租好地方，有点启动资金就可以。我当时没答应他，说等他们开起来一家再说。他们上午去临河看房子请我也去我没答应，幸亏没答应，要不然现在就不能站在这里和你说话。李不言问，徐龙云案子都不想做，怎么会参与做生意？范会计说，我问过徐龙云，他说开药店是善举，能够治病救人。李不言思量半晌问，这事你没和别人说过吧？范会计说，只和你说的。李不言叮嘱道，你不要再和其他任何人说，同事一场，得让所里多少给个说法。

其后，李不言主动参与所里与两人亲属的善后协调事项，促成双方达成一致：两人家属认可两人不是因公发生交通事故，事务所出于道义向两人直系亲属分别发放抚恤金三万元。仝有为对这个结果很不满意，此后动辄便骂，他娘的，他们两人到所里后创收加起来也没有三万元！

再后来，交警队事故组给出事故责任认定报告。经检测，梁荣光驾驶的机动车制动失灵，是此次事故的主要原因，梁荣光对此次事故负全部责任，徐龙云无责。李不言建议不主动告诉两人亲属这个认定报告，马健表示赞成。

事故发生一周后，司法局在项州殡仪馆一号纪念厅为徐龙云、梁荣光举行简短的遗体告别仪式，由马健致悼词。马健沉痛地说，徐龙云同志自参加工作以来，坚持原则清正廉洁，不随波逐流，不人云亦云，不溜须拍马。时时提醒自己是一名光荣的国家法律工作者，以维护法律的正确实施，维护国家、集体的利益和公民的合法权利为己任，为全所青年律师树立起良好的榜样。梁荣光同志勤勉尽职任劳任怨，不挑肥拣瘦，不好高骛远，不以事小而不为……渐渐地，李不言只能看到马健那张嘴在一张一合，花圈朦胧人影绰绰，耳畔死一般的沉寂。他走出人群，离开纪念厅，来到后面墓碑林立的一片茔地，撑着一块无字墓碑抽泣，心底涌起无限的悲凉。如果所里能为新人提供更充分的基本保障，如果创收高的律师主动提携创收不足的律师，如果能对年轻律师给予更多的技能提升和精神疏导，让年轻律师心无旁骛从容执业，也许这样的悲剧可以避免。可是所有的如果只是如果，这些如果对徐龙云和梁荣光已经毫无意义！一只手轻轻地放在李不言的肩头，陈小菊带着哭腔的声音与纪念厅飘过来的哀乐一起涌入脑海，师哥，想哭就哭一场吧。李不言转过身，与陈小菊紧紧地抱在一起号啕大哭，直哭得天昏地暗声尽力竭。

下部

53

李不言和陈小菊来到项州市人事局调配科，向屋里的两个人打听谁是王科长，坐在前面的小伙子指指右手隔壁办公室。李不言和陈小菊便去敲隔壁办公室的门，听到里面有人说请进，两个人推门走了进去。

办公室里的那个人正坐在办公桌前品茗看书，李不言一眼就认出来他就是当初给他和江山上班介绍信的小伙子，只是脸型和上身圆润富态了许多。陈小菊客气地说，请问是王科长吧，我们是律师事务所的，李局长叫我们将这份批复送给你。王科长放下书，接过批复热情地说，听说你们为了这份批文专程到省司法厅去一趟，有点过意不去啊，实在是我们这里从来没有国家干部主动辞职过，不知道如何批复。然后问李不言，李律师还记得吗？你当初去司法局上班的介绍信还是从我手里开出去的，你的名字挺有意思，我看一遍就记住了。李不言瞄一眼王科长放在办公桌上的那本《百年围棋经典名局》，笑着说，我也记得王科长，就像你记住我的名字，你那句司法学校毕业去司法局最为专业对口至今言犹在耳。王科长想了几秒说，我说过这句话？毫无印象。李律师，我有点不明白，十年寒窗换来的国家干部身份怎么说辞就辞了呢？你们现在做律师，辞了还是做律师，将干部身份保留又不会影响到你们，要知道辞掉以后再想恢复可就难如登天。李不言说，王科长，我们这干部身份与你的干部身份不一样，你是真干部，我们是名义上的干部。求真务实是职业法律人应该具备的基本素质，我们就想来个实至名归，将这名义上的干部身份腾出来，给那些劳心苦思寻求干部编制的人。王科长真诚地说，我只是善意提醒你们，如果参照这份批复下文，你们可就是平头百姓，李律师的正股待遇从此一笔勾销。李不言用更为真诚的语气说，谢谢王科长的关心！我们是经过深思熟虑的，请你帮帮忙尽快下批文。我们李局长想开办东方省江北地区第一家合伙制律师事务所，如果不尽快向省厅提交申办材料，可能就拿不到这个第一，我们司法局在合浦市可是始终领先永争第一的。王科长说，你们李局长也打过电话给我，我今天就起草批文，争取两三天内给你们。李不言心想还有什么可起草与争取的，换个名字照搬人家批文十分钟搞定。便微笑着拿出一张名片，双手递给王科长，这上有我电话号码，批文好了，请王科长电话通知我过来取。王科长接过名片，顺手夹进《经典名局》里，庄重地说，不能直接给你们，按照规定办理，由你们司法局负责签收。李不言继续微笑，再次谢谢王科长！我们就不耽误你时间。本来想和王科长握手告别，见他没有起身的意思，便坚持着微笑转身离开。

出了王科长的办公室，陈小菊说，这个王科长真好玩，说师哥一旦辞职正股待遇便一笔勾销。别说财政上本来就没按照正股给师哥发工资，一笔勾销的是个零。以师哥的收入还稀罕什么正股待遇！李不言说，师妹说的不对，收入和待遇是两码事。我的账面收入可能比市长工资条上的数字高，但待遇没法比。我自掏腰包买集资房，骑着辆破玉河风里来雨里去挣点血汗钱，与人家的待遇天差地别没有任何可比性。陈小菊说，我看问题没有师哥全面，不过比上不足比下有余，师哥这律师做的，我一辈子都赶不上。李不言笑着说，还只想着在所内赛跑呢，师妹选错了目标，我这算什么，看看京城和临江的那些大律师，人那才叫干事业。两人说说讲讲来到玉河摩托前，李不言发动车子，等陈小菊坐稳后缓缓驶出人事局。

回到司法局，李不言停好车直接上楼去黄伟雄办公室。黄伟雄放下手中报纸，摘下眼镜说，送去人事局啦，这下应该没问题了。李不言说，但愿不要再节外生枝，这个人事局真办不了什么人事，简简单单的一纸批文，愣是不会下，非要我们跑去司法厅，找人家江南地区的批文做模板。不就是那几句话吗？用猪脑子都能想出来！如果不是江南律师先行一步，我这干部身份就像狗皮膏药一样想甩不掉。黄伟雄说，所以说我们这里才被称作落后地区，一点新路子不敢走，老是跟在人家江南身后磨叽，哪天能追上人家？如果不是你有魄力，这江北第一的合伙制律师事务所还不知道要花落谁家。李不言说，还没办起来呢，如果人事局三天内没有通知签收批文，你帮忙催催。黄伟雄在眼镜片上哈了一口气，撩起衣角擦

下部 | 219

拭几下，放心吧，别说李局长一直在亲自督办你这事。凭我们俩的交情，我还能不上心？

两天后，李汉生将李不言叫到局长室，指着桌上的人事局批文说，不言啊，你们三个人辞去干部身份的批文下来了，申请开办合伙所的材料已经齐备，准备安排明天送往合浦市局。我听说合浦市区也有律师在筹办合伙所，只是十万元的资金要求一时没有到位。为了不让这个江北第一被人抢走，明天我亲自去合浦，请市局的马局长给你们特事特办，当天受理当天批准。然后马不停蹄去临江，务必以最快速度将你们这个项山律师事务所批下来。李不言说，谢谢局长！局长亲自急行军，一定要吃好住好保重身体，差旅费用我们全包，另外还需要什么听候局长吩咐。李汉生说，这也是局里的公事大事，差旅费不要你们出，局里可以报销。又问李不言对律师事务所有什么想法。李不言说，我想我们和老所以中间的楼道为界，一家五间。为了尽量减少搬动，我们用西面五间。李汉生问，除了三个合伙人，你还准备带多少人去新所？李不言说，几个年轻人都想跟我们走，但新所只有我一个人目前创收比较多，带不动那么多。合伙人初步商定先将梁建和吴娜带过来，其他人以后再考虑。李汉生让李不言过来，拿支笔在一张白纸上画了一排方格子，在左面的四个方格子里打上钩，你们用西面四间，财务室不动，我建议你们先不聘用会计，出点费用给范会计请她代账。这样你们既能节省一间办公室的房租，又能节省半份工资。李不言双手撑住办公桌，看着打上钩的四个方格子说，局长的建议太好了，到时办公室租金给我们优惠一点，支持一下新所。李汉生画了一个橄榄形状的圈圈将打钩的四个方格全部圈进去，放下手中的笔说，房租等批下来再议。

一个月后，李不言拿到东方省司法厅"关于同意成立合浦项山律师事务所的批复"，安排陈小菊和陆洲刻制印章、开设银行账户与领取税务登记证。在安排办公室时，大家都想选择靠近财务室的最西面那间，但依照惯例主任室一般在最里间，因此大家都不好意思先挑选。李不言明白同事们是忌讳原来徐龙云和梁荣光使用的靠近楼梯口的那间办公室，便主动先挑了那间。陈小菊和吴娜、陆洲和梁建依次选定相邻两间，余下的一间暂为接待室。万事俱备，东方省江北地区第一家合伙制律师事务所正式开张。

54

新所设立后,李不言接受委托的第一个案件是李文抢劫案。与李文父亲办完委托手续,李不言让吴娜开好刑事辩护函,一起去刑庭。他事先让江山查过,李文案子由钱新华亲自主审,因此直接去了庭长室。钱新华正在给办公桌上的一盆吊兰浇水,看到李不言进来,放下浇花壶,听江山讲,你们的合伙所开张了,是来请我们吃喜酒吗?李不言笑着说,正是特来邀请钱庭座,不过这杯喜酒要年底喝,到时候我们新所和刑庭全体人员搞个联谊活动,聚餐唱歌热闹一番如何?钱新华请李不言和吴娜坐,自己也在办公桌前坐下来,那好啊,让大家年底好好放松一下。我有点不太明白,你办这合伙所有什么好处,听江山说用司法局房子反而要交房租。李不言说,要看创收怎么样,创收越多合伙所越划算。老所虽然不交房租,但要交创收的百分之三十五管理费给局里,收得越多,交得越多。而我们只交房租不交管理费,房租是固定的,创收越多,房租占的比例越少。更关键的是老所还有百分之三十的创收只能用于办公费用,虽然也能想办法变相搞福利,但那要看局里的脸色。高兴了让你用,不高兴查你账,让你全吐出来。比如说老所要想与刑庭搞联欢,招待费发票局里不认可便不能入账。合伙所则不然,只要票据真实有效直接签字报销。所以以前有些招待费用我干脆自掏腰包,懒得跟局里烦。钱新华说,看来区别挺大,除去房租都是自己的,不言要发大财。李不言笑道,也不是,那样还不都抢着出来办合伙所。老所现在号称国办所收入不纳税,合伙所是民营的创收要纳税,两种所算起来成本差不多。我之所以要牵头办合伙所,一来判断这是大势所趋,早晚都得走这一步;二来自由度相对大一些,可以集中精力在业务上。钱新华对吴娜说,你们李律师年纪轻轻高瞻远瞩,你得好好学着点。吴娜说,师哥一直是我的好师傅,从他身上我学到很多。钱新华笑着说,你都把我搞糊涂了,究竟是师哥还是师傅?吴娜认真地说,算作亦师亦友吧。李不言让吴娜将李文案件的委托手续递给钱新华,自己拎起水壶给放在茶几中间的另外一盆兰花浇水。笑着说,钱庭过奖了,我和我们新所就像这盆兰花,需要钱庭在内的领导们多多浇灌呵护。钱新华说,没问题,虽然算不上什么领导,几滴水还是有的。收下委托手续,找出李文卷宗问,材料有点多,你们在这里看吗?李不言放下水壶,翻翻卷宗说,材料是不少,能不能打张借条将卷宗借出去复印回所里慢慢看?钱新华说，打什么收条，对别人不放心，对你还能不放心？拿去复印吧，复印费可能要不少钱。李不言说，有了复印件可以节省不少摘抄时间，这钱值得花。说完将卷宗交给吴娜，让她去法院门西旁的打字复印社复印，并关照视线不离卷宗确保完璧归赵。吴娜出去后，李不言和钱新华又聊了一会，然后去隔壁办公室找江山。

江山坐在办公桌前，赵虹站在旁边，两人正在说着什么，李不言推门进来打趣道，有多少话在家里说不完，还要带到办公室占用公家的时间。江山说，正想找你，你倒是主动送上门来。李不言在红色的木质沙发上坐下来，右手敲击着扶手问，找我何事？钓鱼还是打篮球？江山说，我父亲心口痛，老大带他去人民医院检查，没挂上专家号。李不言问，你怎么不陪着去？江山说，我上午要开庭，走不开。正和赵虹商量让她过去，可她在医院没有什么熟人，我认识的也没几个，都是点头之交，就想问问你有没有顶用的熟人。李不言用力地拍了一下扶手说，可不是巧了吗？我认识一把手王院长，顶用不？赵虹嫣然含笑说，那肯定顶用。江山舒展了眉头，指指面前电话，你快打电话帮我说说。李不言说，我过去一趟当面说，请王院长当回事办。江山嘿嘿笑，那岂不有点过意不去。李不言站起来说，瞧你那假客气样！我这就过去，你们让老爷子二十分钟后到挂号处一号窗口附近喊李不言。江山说，赵虹和你一道去吧，我们两人都不到场，家里人会有想法。李不言说，说的也是，赵虹你怎么过去？如果不嫌弃就坐我雅马哈。赵虹看看江山，江山问李不言，换车啦？你的玉河呢？李不言说，玉河是老所配的，退回去了，刚买的雅马哈。江山对赵虹说，省点力气，坐雅马哈。赵虹便跟着李不言一起下楼。

李不言先到复印社，吩咐吴娜复印完将卷宗送还钱庭长，然后自己回所里。交代完毕跨上黑色的雅马哈，请赵虹上车。赵虹坐好后说比玉河宽松好多，李不言说比玉河多花了近三倍的钱不宽松实在说不过去。驶上黄河路，李不言缓缓地加快车速。带着夏季余温的秋风不失温柔地掠过脸庞，让赵虹心中暖意洋洋，她摸着簇新的坐垫心里念叨，这个位置本来应该是我的！望着不远处黄河故道河堤，想起与李不言在杨柳树下流连忘返的时光，情不自禁地将脸贴在他的后背上，双手揽住他的腰。李不言左手松开车把轻轻拍拍赵虹的手，赵虹醒悟过来，收回双手抓紧中间的金属支撑架，抿着嘴巴偷着乐。自从王春燕出事以后，赵虹便不再怨恨何静，加之何静虹姐长虹姐短的一副没心没肺的无辜模样，两个人渐渐地亲如姊妹。尽管在内心深处，赵虹对李不言还有一份难以割舍的牵挂，但面对善良的江山所给予的贴心踏实的爱，她也逐渐爱上了他，认定值得与他白头偕老。

到了人民医院，李不言让赵虹陪江山家人在一楼大厅等候，他去找王院长。见到王院长说明来意，王院长将医教股吴股长叫过来问今天心血管内科坐诊专家是谁，吴股长查询后回话是鲁主任。王院长对李不言说，鲁主任是我们院最好的心血管内科专家，就请他看。然后指示吴股长带过去安排好。李不言道谢后跟着吴股长向外走，王院长又在身后说，李律师，什么时候有空来给我们讲讲医疗纠纷处置方面的课。李不言转过身笑着说，院长你们有空我就有空，提前一周通知我便可。

鲁主任简单问了几句病情，下单子拍片检查。吴股长带过去拍完片，对李不言说，片子最快也要下午才能出来，我和鲁主任说好了，拿到片子后直接再找他看，不用排队，如果有什么问题，患者家属可以到医教股找我。我有个会议要安排，就不陪你了。吴股长离开后，赵虹问，这个吴股长与你似乎也很熟悉，你认识医院不少人吧。李不言说，我是医院常年法律顾问，与院长和医教股的联系比较多，医师反而没熟悉几个。赵虹说，熟悉院长就够了。李不言笑呵呵地说，倒也是，擒贼先擒王。

赵虹要带江山父亲和大哥去家里，父子俩不愿意，坚持在医院等到下午。赵虹有些为难，说去家里吃过中饭再过来，父子俩还是不同意。李不言说，在医院附近的小饭店吃一点也行，我看江山开完庭没有。掏出手机打到江山办公室，前两遍没人接听，打到第三遍时，江山气喘吁吁说，刚刚庭审结束，情况怎么样？李不言简单说了就医经过，建议江山现在过来陪父亲吃中饭。江山说，现在便去。收起电话，李不言骑上雅马哈对赵虹说，我还有事，不能陪你们，下午看完医生需要帮忙时打我电话。望着出了医院大门一溜烟北去的李不言，江山父亲对赵虹说，听你们提过好几回这个李不言，小伙子真不错，他做律师的怎么比你们当法官认识的人还多？赵虹说，认识人多少与做什么没有必然关系，主要看与人交往的能力。

下午快下班时，李不言又到江山办公室，见江山坐在办公桌前发呆，开口道，我估摸你该回来了，怎么样，检查结果如何？江山轻叹一口气，不太好，心血管堵塞。李不言问，很严重吗？治疗方案是什么？江山说，比较严重，医生建议做手术下支架，我父亲听说费用好几万坚决不做，医生只好开一些药保守治疗。李不言问，只吃药管用吗？江山说，医生说吃药可以起到改善缺血症状延缓堵塞进展的作用，

下部 | 223

不能解决根本问题。李不言说，那最好还是手术。江山摇头，我父亲犟得很，不听我们劝。李不言深有同感地说，我父亲也是，说一不二的，我小时候可没少因为顶嘴被饱揍一顿。江山问，你上午有事要说吧，被我父亲的事打岔了。李不言说，还是勇敢的事，昨天我又去见过他，他的精神状态更差了。江山长叹一口气，能够想象出来，被判两次死刑摊到谁头上能扛住！李不言愤慨地说，这个合浦中院，换了一拨人审理居然还是死刑，根本没将省高院的发回重审放在眼里嘛！江山问，你后来联系章程了吗？李不言说，打过电话，章程不提案子的事，只说依法上诉是甄勇敢的权利，我感觉他不赞成这个判决，鼓励勇敢上诉。江山说，他鼓不鼓励都要上诉，说这个权利有什么意义。李不言说，两次判决究竟有什么内幕，我得想办法从章程嘴里挖点出来。江山说，你就辛苦点，多去见见勇敢，多帮我带几句话，让他坚持住。李不言说，我现在也只能做这些了。

没过多久，李文抢劫案在一天下午开庭，共同被告人还有马有顺和张金来。公诉人李新军宣读起诉书：被告人马有顺于一九九三年十月二十日下午三时许，驾驶自己的小客车，从项州送客去临河，被告人张金来和李文跟车去玩。在返回途中，遇到两名旅客在路边等车，马有顺招呼他们上车，他们没有上，而是坐上后面一辆小客车。三个被告人很不满意，开车超过那两名旅客乘坐的小客车。将那辆小客车逼停在路中间，上去将那两名旅客拖下来进行殴打。一名旅客被打得跪地求饶，并掏出五十元钱以求放过。三个被告人仍不放过，将两名旅客拖到马有顺车上，带到黄河中路电视塔附近，以威胁方式抢得人民币三百五十元，被告人马有顺分得赃款一百五十元，张金来和李文各分得一百元。被害人于当天下午去公安机关报案，三个被告先后被审查归案。

被告人马有顺没有委托律师做辩护人，仝有为作为张金来辩护人，李不言作为李文的辩护人出庭参加诉讼。作为第二被告的辩护律师，仝有为先发表辩护意见。他说我和第三被告的辩护律师李不言共同讨论过本案，我们的辩护意见完全一致，由李不言律师代表我们辩护人发表辩护意见，谢谢法庭。不多不少，又是三句半。合议庭成员和公诉人低头窃笑，只有李不言正襟危坐若无其事。李文发表自我辩护意见后，李不言发表辩护词。他说辩护人对案件的事实没有异议，但认为案件定性值得商榷，定性为敲诈勒索更准确。主要理由是三个被告没有抢劫故意，实施的暴力行为不是出于抢劫目的，而是对两个被害人拒绝乘坐马有顺小客车的报复。至于后来索要三百五十元，并不是在抢劫之故意下的行为，是利用被害人非常害怕的心理，对他们实施的勒索。抢劫必须是当场使用暴力并当场取得财物，本案中被害人第一次掏出五十元钱，三个被告没有要，且明确表示揍你们不是为钱，而是因为你们侮辱我们不上我们的车。后来要钱时，并没有使用暴力，只是利用被害人身处异乡的害怕心理勒索财物。

  这个案子后果比较一般，在社会上没有激起半点浪花，除了被告人的几名直系亲属，几乎没有人员旁听。控辩双方心平气和地发表完各自观点，审判长钱新华宣布休庭合议定期宣判。一周后，判决下来，抢劫罪改为敲诈勒索罪，马有顺判决有期徒刑三年，张金来判处有期徒刑二年，李文判处有期徒刑一年缓刑二年。宣判后检察院没抗诉，被告人没上诉，法院结案归档。当时谁都没料到，就这么一个不起眼的小案子，后来掀起一场轩然大波。

  回到开庭当天，开完庭李不言回到办公室等何静。他答应何静今天带她到集资房401看看。李不言当初选的是304，两周后黄伟雄通知他重新选房，祁卫华副局长选了304。当时李不言正在看卷宗，合上卷宗问，祁局长不是不参加吗？黄伟雄说，他又参加了，估计是帮他侄子买的。他的资历比李局长还老，李局长也得让他几分。李局长说请你理解，重新选一套，除了三楼的你随便挑。李不言不高兴地将手中卷宗摔在桌上，他侄子又不是司法局的，凭什么能买集资房？我随便挑，被我挑中的房号预定人怎么办？黄伟雄说，这个问题你不用操心，李局长说你只管挑房号，其他是局里的事。李不言说，我不是挑过了吗？局里的事局里解决啊！我不买行不，把钱退给我。黄伟雄笑着劝慰道，不要意气用事嘛！我帮你挑401，位置仅次于三楼。李不言问，401原来是谁定的？黄伟雄说，不是告诉你不用管吗，就这样定啦，401。拿到集资房钥匙后，李不言让惠兴齐找人装潢，惠兴齐说我手下就有装潢工程队，李不言问，你怎么什么都能做？惠兴齐得意地说，我要成立一个建筑装饰装潢一条龙集团公司。

  房子开始装潢时，何静就想来，李不言说等装潢好清洁完毕恭迎夫人莅临验收。何静直呼酸掉牙，还是宝贝老婆中听。早上听说房子弄好了，何静便表示下午放学到新房子里来。

  何静到李不言办公室时，陈小菊正在向李不言汇报农药厂与农资公司购销合同纠纷案件的进展。听说要去看新房，陈小菊问，我能一块去参观一下吗？何静搂着陈小菊的双肩说，下次吧，等家具到位后小菊姐去了有地方坐。然后拉住李不言的手便不再放开，腻歪一路来到401。

房子不到九十平方，但三室一厅一厨一卫五脏俱全。客厅和书房是浅灰色大理石地面，两个卧室铺的实木地板，客厅和主卧做了简单吊顶，房间墙面是玉白色基调上带荷塘月色暗纹图案的壁纸。整体上简洁素雅温馨舒适，何静很喜欢，夸老公的审美有点水平。李不言摸着若隐若现的荷花线条问何静想起来什么没有，何静看了一眼说是你老家门前的荷塘吗？李不言说老家的荷塘姓李不姓何。何静反应过来抱住李不言狂亲，说这个感觉太美妙！李不言说，等家具到位，烟火气弥漫，感觉会更好。何静咧嘴一乐，松开他反锁上进户门，说着烟火气来了拖住他去主卧。李不言问，宝贝老婆想干吗？何静只是笑，进入主卧正中央，从挎包里拿出折叠方正的薄毛毯，抖开来铺在地板上。李不言立即明白过来，搂过何静说，我说今天为什么要背个大挎包，又不让陈小菊过来呢，原来宝贝老婆早有企图啊。

两人激情四射心满意足后，何静在李不言怀里娇声说，老公，我们以后每周至少来这里一回。李不言慵懒地说，下周我弄张席梦思进来。

55

项州市金属材料公司为了开展边贸业务，在黑龙江省黑河市设立一家隆慧联营经济贸易公司，委派公司副经理李刚兼任隆慧公司经理。主要从事从黑龙江对岸的俄罗斯布拉戈维申斯克市收购废铝、废钢、废铁轨、废轮对以及报废的火车头业务。因为收购所需资金比较大，李刚又与东方省物资再生总公司接上头，双方联合做生意。李刚负责采购，再生公司负责提供资金与废金属处置。第一年双方合作良好，利润较为丰厚。接下来两年断崖式下行，再生公司投入资金几百万，得到的废旧金属价值不到投入资金的一半。再生公司多次督促李刚，要么继续发货，要么退回资金。李刚是徐庶进曹营一言不发，再生公司无奈到黑河公安局报案。黑河公安以李刚涉嫌诈骗为由，对李刚采取监视居住的强制措施，要求李刚说清楚账目给再生公司一个交代。金属公司闻讯坐不住了，不仅因为李刚仍是公司的副总，更重要的是公司在隆慧公司也先后投入二百多万，如果李刚出事，这些投资很可能肉包子打狗有去无回。赶快请法律顾问李不言想办法，李不言研究相关资料后，建议双管齐下，由他作为李刚的申诉代理人，向黑河公安提出申诉，解除对李刚的强制措施。同时代理金属公司向项州法院起诉隆慧公司,并申请财产保全。金属公司依计而行,找来李刚老婆出具申诉委托书,又向项州法院提起民事诉讼。前期工作就绪后,金属公司副经理朱瑞陪同李不言、毛玉和书记员刘佳北上黑河。

一行四人经临江乘飞机至哈尔滨,再连夜乘火车去黑河。抵达黑河正好是上午上班时间,朱瑞负责安排毛玉和刘佳到宾馆休息,李不言一个人马不解鞍前往黑河公安局。公安局负责接待的民警小孔对李不言的到来十分欢迎,对于李刚案件直言不讳说,我们一直在联系金属公司和李刚的家人,其实这是你们东方省的内部事务,我们并不想管,再生公司找到我们省公安厅,省厅指示我们立案,我们才无奈受理。你是项州律师,李刚应该能信任你,好好劝劝他,让他不能只账面抹平,多少弄点钱给再生公司,有个交代完事。李不言说,我想你们也不至于为这点事劳神,其实双方之间属于经济纠纷,公安部多次强调公安机关不要介入正常的经济活动而引起的经济纠纷。现在你们奉命立案我能理解,请安排我与李刚见面,看看能不能帮助他与再生公司和解。小孔将李不言带到边城旅馆三楼的一个房间,指着正在房间内有说有笑的两个人,那个胖子就是李刚。李不言进屋对着李刚擂一拳,李刚跳起来抱住李不言叫道,我就知道你会来。小孔问,你们认识?李刚说,老朋友了,我们一起去过银川。小孔说,问题更简单了,李总肯定听李律师的。李刚说,那是必须的,李律师让我往东,我绝不往西。李不言对小孔说,我可以单独与李刚谈一会吗?小孔说,可以啊,你们慢慢谈。小孟,我们到楼下喝一杯。

两名民警出去后,李不言说,他们这叫监视居住?也不怕你跑了。李刚笑着说,我往哪里跑?跑到对面的布市吗?我又没真的诈骗再生公司,才不会跑。李不言笑着说,你现在胖出一大圈我都快认不出来。李刚拍拍明显鼓出来的肚皮,确实胖很多!黑河这地方虽然冰天雪地的,但室内暖气足,反而比我们那里舒服,我能吃能睡活动少,想不胖不可能。李不言透过窗户望着河对岸不远处的一片建筑问,你说的布市就是俄罗斯的布拉戈维申斯克吗?李刚说,是的,这里的人都叫布市。李不言拉开羽绒服拉链感叹还真热,然后说,你在葡萄酒厂干得好好的,非要到金属公司,现在好了,要被冷冻在黑河。李刚说,我们酒厂的葛副厂长调到金属公司任一把手,说我常年跑供销有贸易经验,让我过来做主管经营的副经理,我是冲着他的知遇之恩才跳槽的。李不言说，公司投入几百万没见到回报，你就是这样报答知遇之恩的？李刚说，有东西在呢，亏不了公司。李不言连珠炮似的追问，那再生公司呢？他们的几百万在哪里？你能同时对两个公司平账吗？李刚拿出一包材料，在热炕上展开来，自家公司的事回去后再说，与再生公司的账目都在这里，我早已整理清楚，再生公司就是不相信。李不言捡起最上面的账目清单，看再生公司的资金去向：从布市进口的一批废铝因数量短少和含铁量过高亏损六十七万元；进口的废钢三千吨、钢轨一千一百五十吨、火车轮对三百吨，因为环保手续不全被海关扣留，后海关放行废钢八百四十吨、钢轨五百五十吨、火车轮对六十吨，其余部分至今还滞留在海关，货值大约三百二十万元；俄罗斯境内库存黄铜价值约十九万元人民币；装修餐厅、租办公室及购买物品八万五千元；航运局收费没开具发票七万五千元、罚滞港费八万一千元，以上合计四百三十万，再生公司没回笼资金大约四百万。李不言看完清单没说话，抄起其他材料接着看，看完一项项相关凭证，最后看到的是再生公司写给布市瓦列里市长的信件复印件，主要内容为进口废铝出现短少和含铁量过高，请给予补偿。信的最后一段是：尊敬的瓦市长，虽然我们双方在第一笔业务上都受到一些损失，但丝毫不影响我们在各个领域的合作。我们感到瓦市长您是事业型的领导，工作认真负责，待人热情诚恳，遵守信用。我公司愿意与您交往并长期合作，诚心期待您的来访。李不言看到这里哑然失笑，瓦市长？是姓瓦名列里吗？李刚说，那谁搞得清，老毛子姓名叽里咕噜一长串，我们都这样简称他们。

　　李不言看过全部材料，脱下羽绒服说，即便这些没问题，还有金属公司先后投入的二百多万，这个账你怎么平？李刚轻描淡写地说，我刚才不是说了吗，自家公司的账慢慢算，现在的头等大事是解决与再生公司之间的问题。李不言将炕上的材料归拢在一起，看着李刚说，我们虽然是好朋友，我是你的委托人，但我同时是金属公司的法律顾问，这次过来的费用包括你家属委托我的代理费全部是金属公司出的，朱瑞带着两名法官也过来了，住在黑河宾馆，公司的账如果没说法，你同样过不了关，到时候别怪我爱莫能助。李刚低头不吭声，过了一会说，李律师帮我想办法将公司这一关应付过去，我回项州后付你十万元律师费。李不言说，出价真不低！我帮你应付再生公司可以，对付金属公司不行。兔子还不吃窝边草，你我都是项州人，以后不想在项州混了。李刚说，再生公司势力大不好应付，虽然我在黑河混得开，但公安朋友说，上面给的压力太大，得想办法将再生公司糊弄过去。李不言从炕上重新拾起凭证，我相信你还有东西没有拿出来，现在拿出来，我帮你想想办法。李刚说，除去还在河对岸的，我手里没有货了。李不言说，巧妇难为无米之炊，你不掏出一点实在的，我这趟就算白来了。李刚在心中盘算一阵子，显出极不情愿的样子，看来瞒不住李律师，我确实在临江还有一批货，本来是想自己转手赚一笔差价，本钱留在关键时候应付再生公司。现在处理大概能卖一百八十万，我拿出来给金属公司，能不能了结？李不言轻轻拍拍李刚的肥肚皮，这就对了嘛，我是来解救你的，如果对我还有所隐瞒，我如何帮你设计最优方案！能不能了结我说了不算数，但作为你的朋友和公司的法律顾问，我肯定会周全公司不对你落井下石。如果你能让公司拿到那批货，我建议公司将剩下的款项挂账慢慢消化，甚至作为经营亏损冲账。说完见李刚还是一副踌躇不定的样子，李不言又说，你就不要演戏了，我敢肯定你手中还有货，出于我们之间的私人交情，我也不帮公司继续逼你交出来，留下来填你自己的大肚子。李刚一听笑了，掩饰着尴尬说，李律师当初说我料事如神，你才是神仙律师。不瞒你说我确实还有点私货，准备作为被发配到这苦寒之地的补偿。拜托李律师通盘考虑，帮我度过这一关，回项州后定当重谢！李不言信手拈来一般说出他的建议，我帮你写一份申诉书，强调这些账目的真实客观性，从法律上分析你的行为不构成诈骗。从黑河公安局往上送，一直送到公安部。你在这里与再生公司耗着，费用我让金属公司报销。监视居住最长不超过六个月，现有证据无法认定你构成犯罪，黑河公安不会对你采取进一步的强制措施。另外，临江的那批货，不要你直接给公司，你只需要提供具体信息，我带法官过去保全。这样做的好处是给你将来保留解释余地，如果需要你可以说那批货本来准备给再生公司的，让再生公司去找金属公司理论。李刚听罢擂炕欢呼这个办法好！李不言问，你临江那批货的手续在哪里？李刚说，在我的一个朋友那里，我们现在下楼吃中饭，下午我叫人送过来。李不言说，你陪你的公安朋友吃饭，我去陪法官。李刚大手一挥，请他们一起过来，这饭店里的大马哈鱼非常有特色，我请你们尝尝。李不言用手机拨通朱瑞，让他打的将法院的两位同志带到边城饭店，又特意关照着便装，说都是金属公司的人。

李刚带着李不言来到饭店一楼的一个包厢内，两个民警正在悠闲地啜饮啤酒聊天，每人面前还摆着一盘瓜子。李不言脱下刚穿上的羽绒服，挂在衣架上，对两位民警说，我想帮李总写一份申诉书，从你们局里向上送，你们会不会有意见？小孔说，我们有什么意见？你能让上面指示我们撤案才好呢。李不言说，两位警官是孔孟组合啊，不会是来自孔孟之乡吧。小孔说，律师说中了，据考证我们的祖籍都是山东的，与你们项州不太远。李不言拿起桌上的一瓶啤酒，给自己倒上一杯，久旱逢甘霖，老乡遇老乡，今天要好好敬两位警官一杯。李刚问，不是老乡见老乡两眼泪汪汪吗？李不言欣赏着啤酒杯里如泉涌一般的酒花说，不能光激动得泪汪汪，这布市的啤酒还是要满上。两位警官一同端起啤酒杯，小孔说，这个必须有，老乡见老乡，啤酒都满上。不一会朱瑞带着毛玉和刘佳也到了，李刚见餐桌上多了两位女士，喝得更起劲，闹哄哄的干了好几瓶啤酒。李不言雷声大雨点小喝得很克制，想起李刚在银川一气喝光两大瓶陈年葡萄酒，觉得他的便便大腹简直就是只橡皮酒桶。

吃过饭，两位警官到楼上房间休息。李不言让李刚联系将临江的那批货物手续送过来，与毛玉商量一番到临江保全事宜。手续送来以后，毛玉着手填写保全裁定。李不言动笔写申诉书，写好后让李刚安排多打印几份，自己走到窗前向远处眺望，在河的对岸，清晰可见一个圆形建筑的屋顶，还有高高耸立的灯塔。李不言问，那是布市的体育场吗？李刚说，是的，我去那里看过足球比赛。李不言说，布市的建筑看来比黑河先进啊。李刚说，城市老底子好一点，现在不行了，除去废铜烂铁多，生活物资没有黑河丰富，也没有黑河便宜。几位要不要过去玩两天？毛玉说，我们是公务员，不能随便出国。李不言说，那就不去了，明天我们去哈尔滨递申诉书，之后去临江保全。李刚说，谢谢李律师，回到项州我一定好好感谢几位。

次日清晨，李不言一行乘火车离开黑河，上车的时候，李刚给每个人准备了一个号称军用的俄罗斯产望远镜，说是带夜视功能，回家给小孩玩。给李不言和毛玉每人准备了两套俄罗斯纪念钱币和纪念邮票。并且特意购买了一箱布市啤酒和几样熟食，留火车上吃喝。上车对号入座以后，李不言将纪念钱币和邮票各拿出一套给书记员刘佳，刘佳客气地说不要，李不言塞到她手里，我留一套玩玩，多了反而不珍贵。又拿出望远镜说，带夜视功能的给小孩玩，想让孩子夜里看什么？朱瑞说，可不能让孩子夜里瞄看，瞄到少儿不宜怎么办？正在欣赏克里姆林宫图案邮票的毛玉说，不言孩子小，不担心。李不言举起望远镜向车窗外看几眼，然后对准毛玉，毛玉姐的公子懂事了，有必要防患于未然。毛玉也拿起望远镜，去掉镜头盖说，你姐我将儿子送到他爷爷家，想干啥干啥，给他十个望远镜都无妨。李不言和大家一起笑了一阵子，收起望远镜问刘佳，刘法官应该更不用担心吧。毛玉说，人家还没有男朋友，当然不用担心。我正想找机会问问你，所里有没有合适的小伙子，帮忙介绍一个。李不言问，陆洲怎么样？毛玉说，我有印象，小伙子挺精神的。李不言问，刘法官考虑吗？毛玉说，小姑娘面皮薄，不好意思说。我替她做主，谈谈又不要紧，你回去安排陆洲主动约刘佳。刘佳羞涩一笑低头看邮票，毛玉收起望远镜，吩咐打牌喝啤酒。四个人一路有说有笑，喝啤酒打牌，偶尔透过车窗瞟几眼沿途风景，不知不觉在夜色中抵达哈尔滨。在宾馆住下后，朱瑞请示要不要在哈尔滨玩几天，逛逛太阳岛。李不言说听毛玉姐的，毛玉说，我想快点去临江，不办好保全心里不踏实。李不言点头说，我也有这个习惯，不将正事办完，玩起来不尽兴。朱瑞问什么时候去公安厅，李不言说，公安部和公安厅都可以不去，用挂号信寄过去，还能保留证据，送过去的话，人家接收了也不会打收条给你。朱瑞便去寄信和订第二天飞临江的机票。晚饭后，四个人去俄罗斯风情街逛了一回。

　　一到临江，毛玉带着刘佳到城西仓库将那批废钢查封。顺利办完保全后，大家心情愉快，觉得不虚此行回去后可以交差。四人在东方大酒店的前台办理入住手续时，李不言的手机响了，是李汉生局长打过来问李不言什么时候回来，李不言说，还要再过两天，局长有什么事？李汉生说，检察院找你，请你回来后到他们那里去。李不言问，怎么找到局长那里？也没有打我手机嘛。李汉生说，我问找你什么事他们不说，他们问我你手机号，我不知道他们的用意就说你没有手机，不言你没有什么事吧？李不言说，没有什么事，等我回去后和他们联系。挂了电话，李不言将手机递给毛玉，毛玉姐，你打电话回庭里，问问这几天项州有没有什么事发生。毛玉有点不大明白，但还是接过手机打到庭里，结果庭里内勤说黄院长、钱庭长和殷庭长都被反贪局抓起来。毛玉顿时花容失色，一次抓我们三个领导，反贪局是要将我们法院连锅端吗？内勤说，据说是收受全有为律师贿赂，也有风声说钱庭和李不言律师有点说不清楚。毛玉将电话交还给李不言，关切的眼光里透着问询。李不言接过电话说，我已经听到了，毛玉姐你放心，我和钱庭的关系还没有我们之间密切，你认为我们之间能说清楚吗？毛玉说，那姐就放心啦。想想又问道，要不要今天就回去？李不言泰然自若地说，这几天大家挺辛苦，建议安心休整两天。明天我们去凤凰山玩玩，名气不大但风景秀丽。那儿离司法学校不远，我读书时经常周末拉着女友爬到山顶喊山歌。我给你们当向导，探访那条野花满坡曲径通幽的爱情小径。恢复了平静的毛玉说，你不急我们也不急，回去又得加班加点办案子，哪有吹着山风听着泉水叮咚惬意。

56

下午三点多，李不言从临江回到家中，放下行李先去抱儿子，咿呀学语的阳阳见到爸爸兴奋地举着小手在李不言脸上乱抓乱挠，嘴里面叽里呱啦说着谁也听不明白的话。周淑珍给他泡了一杯碧螺春，抱过阳阳说，累了吧，好好歇一歇。李不言楼上楼下每个房间转一圈后，倚靠在床上看贾平凹的《白夜》。读了两页感觉注意力不够集中，便合上书下楼。见周淑珍抱阳阳出去了，拎起菜篮去技校北门外的菜场买菜，买了两斤排骨和一斤河虾，还有一份老豆腐两只圆头茄子。回到家见周淑珍抱着阳阳在院门前等他，一见他满眼疼爱地责备道，谁让你买菜的，不是让你好好歇息吗？李不言笑着说，我不累，不动一动反而不舒服。周淑珍说，你就是勤快惯了。将怀中睡着了的阳阳放在一楼卧室床上，系上围裙进厨房。李不言随手从床头柜上抄起一本《半月谈》，坐在床边翻起来。不一会何静回来，李不言听到动静迎到院子里，提示阳阳在睡觉。何静抱住李不言娇喘吁吁地说，我们上楼去。李不言牵着何静的手到一楼卧室，笑呵呵地看着熟睡中的儿子说，在楼下陪儿子吧，我想多看小宝贝一会。何静抱着李不言亲个不停，黏黏糊糊地问，就不想多看几眼大宝贝？

第二天上班后，所里人不约而同聚集到李不言办公室，范会计也闻声过来。陆洲说，一次抓进去三个法官，还都是审委会委员，简直骇人听闻！李不言说，以前没听说，以后会不会有新纪录不一定，现在的人底线越来越低，为了钱似乎什么都敢干。吴娜问，师哥，黑河好玩吗？听说那边大街上俄罗斯美女特别多。李不言说，在黑河只听说了一个叫瓦西里的俄罗斯市长，见到两个过来进货的腰比水桶还粗的俄罗斯大妈。在哈尔滨看到不少俄罗斯美女，金发长腿挺养眼。仝有为现在还正常上班吗？梁建说，不上了，昨天我有个案子和他对庭，他称病未到，他的委托人骂骂咧咧的很不爽。范会计一脸鄙夷，怎么还有脸上班，坑了法院三个带长的。李不言笑着说,三个带长的,概括挺形象。不能说谁坑谁,他们各取所需的时候就意味着要各负其责。陆律师留下,其他人各自去忙吧,他人要关心,自己的日子更重要。其他人出去后,李不言问陆洲是否认识刘佳,陆洲说认识。李不言问想不想和她深入了解,陆洲有点腼腆地说,和师哥说实话,我确实想过,又担心剃头挑子一头热自找没趣。李不言微笑说,窈窕淑女君子好逑,有意便追,成与不成都是件意趣盎然的事,何来没趣之说?刘佳这次跟随毛玉与我一道去黑河出差,我现在这样问你,你说她愿不愿意。陆洲顿时笑逐颜开,谢谢师哥,我今天就约她。陆洲出去后,陈小菊又进来,不无担心地问,师哥,你和钱庭之间没事吧?李不言说,工作上的事有很多,其他没什么,师妹不必担心。陈小菊这才似乎安下心来,回自己的办公室。

李不言到刑庭找江山,江山说,你去黑河前两天,钱新华已经不上班,当时说是去临江培训,其实被纪委双规。你出差的第二天,殷庭长上午进去,黄院长下午被从审委会上带走。据说是仝有为将他们三人咬出来,通过打麻将向他们行贿十几万。我有点想不通,仝有为能挣多少钱?送出去那么多!挖空心思搞案源,挣点钱为法官打工?另外检察院从我们庭里调走十四本卷宗,都是判缓刑的,猜猜你参与辩护的有多少?李不言说,应该不少,估计其他律师加起来未必有我多。江山说,有九个之多,不会牵涉到你什么吧?李不言很不以为然,牵涉到我什么?案子又不是我判的,有问题谁判的找谁。然后又笑着说,这些案子里能没有你判的?是你脱不了干系吧?江山并不恼,十分坦然地说,你这样说我放心了,我判的案子经得起检验。

回到办公室,反贪局的刘方乾打电话找他。李不言问刘检有何吩咐?刘方乾说,我哪敢吩咐大律师,是钱新华有吩咐。他要委托你做辩护人,手续在我这里,能过来一趟吗?李不言说,可以让他爱人过来委托,怎么能麻烦我们检察官?刘方乾说,他爱人身体不太好行动不方便,钱新华本人签好委托手续,请我们带出来给你,我们找你好几天没联系上,正担心影响他的辩护权。李不言说,我做律师的更不能影响被告人行使辩护权,马上过去取。刘方乾说,过来时将会见证明也带过来,省得你再跑一趟。李不言道谢后挂断电话,自言自语,我就料到是钱庭要委托我做辩护人,还故弄玄虚搞得我像嫌疑人。

陈小菊听说检察院通知李不言去拿委托书,有点担心地提醒道,检察院不会设陷阱吧，要不我和吴娜去帮你拿。李不言摸出摩托车钥匙，我感觉他们是有话想和我说，身正不怕影子斜，我没送过这三个带长的一分钱，多大的陷阱都不怕。你将会见介绍信再准备一张，在所里待命，准备陪我去看守所。

　　来到刘方乾办公室，刘方乾很客气，说你还亲自跑一趟，其实派个手下过来也行。李不言心想电话里怎么不这样讲，嘴里说你们才辛苦，一下子查办三个带长的。刘方乾先没明白，明白后笑着说，一个院长两个庭长，可不都是带长的？说句实在话，都是政法系统的老熟人，谁想搞这么大动静？有些话不好跟你讲。这是钱新华签的委托书，他急着要见你。李不言问，现在会见还得你们派人陪同吗？你今天有空？刘方乾说，我马上还要去办案点，真没空，你自己去见吧，法律也只是规定可以派人在场，我们信任你，不派人。李不言知道是案件材料已经拿到位，反贪局不担心钱新华翻供，口头上还是感谢刘检信任，将会见介绍信拿给他签字盖章。刘方乾签字盖章后说，李律师，我问个问题你别介意，你和钱新华之间真的一点来往都没有？李不言心里好笑刘方乾终究没忍住，表情严肃地说，在回答这个问题之前，刘检你能先回答我一个问题吗？你们调取的十四本案卷里，有九个是我辩护，你们发现有一个案子徇私枉法轻判了吗？刘方乾说，确实没发现什么问题，适用缓刑的基本符合条件。李不言说，这不就得了，我和钱新华也不能说一点经济来往都没有，偶尔一起吃顿饭，顺捎两罐茶叶什么的还是有。要说到帮助当事人行贿法官换缓刑，那绝对不存在，这种害人害己愚蠢至极的行为咱坚决不干！刘方乾说，钱新华也说你们之间没有经济上的往来，虽然有人怀疑，我却相信，郑义不止一次在我面前夸你是一个可靠的律师。这次对你而言倒是件好事情，等于由权威部门为你证明清白。李不言苦笑道，谢谢刘检的信任。但通过让三名法官失去自由来证明我的清白，这也太不真实了。再说清者自清浊者自浊，我一个小律师有何必要让权威部门来为我证明清白！

　　离开检察院，李不言直接到看守所，陈小菊已经等在门前。两人进了接待室，接待民警接过两人的律师证和会见介绍信，登记完毕后扔出一个白铁皮做的小牌子说三号会见室。两人又来到旁边的一道铁门前，将小牌子递进窗口，铁门吱的一声打开，放两个人进去。

　　戴着手铐的钱新华被带进来时，李不言心中一酸，半个月未见，钱新华两鬓斑白，人显得苍老许多。李不言想称呼钱庭长没有叫出口，反倒是钱新华平静地说，不言，我听说你出差了。李不言难过地说，真没想到我出去一趟回来后在这里见到你，究竟发生了什么？钱新华一听变得痛心疾首起来，都是仝有为害了我，还将老黄和老殷拖下水。李不言问，是你们一起打麻将的事吗？钱新华答，开始不是这个事，马有顺等三人抢劫案还记得吧，你给李文辩护、仝有为给张金来辩护的那个。李不言说，记得，没有多久的事。钱新华说，仝有为在开庭前送给我五千块，想让张金来判缓刑，因为张金来有前科，不符合缓刑条件，我没收他的钱，张金来判了实刑。谁知仝有为没将这五千元退给被告家里人，被告家里人怨恨我拿钱不办事，举报到反贪局。反贪局找到仝有为，落实清楚这件事的同时也将打麻将的事落实，事情一步步变得不可收拾。李不言问，你的问题有多大？目前涉案金额是多少？钱新华答，大概有四万多。李不言怀疑自己听错，伸长脖子问，都是仝有为通过打麻将送你的？钱新华答，不是的，打麻将每次一两百，我和老殷主要是陪着让黄院长赢，几年下来我也就赢有万把块，其他是被告人亲属送的。李不言问，都有哪些案件被告人亲属送钱给你？钱新华答，杨坤贪污受贿案，杨坤老婆送我六千元；蔡敏挪用资金案，蔡敏妹婿送我五千元；徐其伦受贿案，徐其伦的哥哥送我八千元；项山大厦虚开增值税发票案，大厦经理送我一万元；还有李文抢劫案，李文父亲送我五千元。李不言瞪大双眼问，李文抢劫案你也收钱了？钱新华答，是的，他父亲送到我家里的。李不言身子向后一仰，对着雪白的天花板长叹，钱庭，你让我说什么好！李文父亲将钱装进信封请我送给你，被我一口回绝。我还对他说我从不向法官行贿，钱庭长也不是这样的人，你赶快打消这个念头。没想到他自己偷偷送给你，你还就收下了。钱新华羞愧地说，我是看仝有为这样没啥能耐的人，打麻将出手那么阔绰，家里冰箱彩电摩托车样样俱全，财迷心窍一失足成千古恨，以前无论谁送钱我都坚决不收。李不言问，李文的父亲如果不送你这五千元，李文还会改为敲诈勒索并判缓刑吗？钱新华答，肯定这样判，收钱和判决结果没关系。这也是我敢于收钱的一个重要原因，不枉法裁判为送钱的人谋取不正当利益，我认为这是违纪而不是违法犯罪。李不言说，这个话我以前在你的法庭上也说过，你有一次采信过吗？问句也许不该问的话，反贪局是因为马有顺抢劫案入手的，就算仝有为说了麻将桌上贿赂的事，时间跨度长次数特别多，鸡零狗碎的，数额不好认定。你这受贿几万元的事是怎么查出来的？作为刑庭的庭长，最应该清楚数额多少与量刑关系重大，这种一对一送钱的事，你不说或者不承认,有几笔能定下来?钱新华答,你不知道,我这案子一开始是以纪委的名义查办,其实是以反贪局为主和纪委联合办案,办案人员除对我加大审讯力度还拿出我家属的笔录,家属每一笔全交代了。李不言问,你家属怎么知道这么清楚?钱新华答,我收的钱都交给她,有时会跟她讲案子上的事。李不言说,这样看来不管怎么说你确实做了不该做的事,为何还急于要见我?钱新华答,我想通过你了解我家属情况,她身体本来就不好,这次纪委找她肯定不会让她顺当过关,想拜托你常去看看她,请别人我不放心。另外,反贪局开始一再追问我和你之间有什么经济往来,还问你有没有去过我家里,我不明白是什么意思,坚持委托你是想试探他们的意图,同时借机和你沟通。李不言问,这不会让他们疑心更重吗?钱新华答,反正我们之间真的没有什么,不怕他们怀疑。李不言让陈小菊去接待室告知会见结束,然后对钱新华推心置腹地说,今天就这样,钱庭你不需要我为你提供法律咨询,自我辩护也没问题。我就不出庭辩护了,可以多来会见几次,帮你和家里人互通状况。至于你家里的事情请放心,我会全力提供帮助。钱新华用无比信赖的眼神望着李不言,谢谢你!我知道这时候只能拜托你。

　　回到所里后,陈小菊踌躇一会说,师哥,有件事我一直想说没有说,缪正成与王春燕之间说不定真有什么事。李不言奇怪地问,你知道什么吗?陈小菊说,王春燕是什么样人我不了解,缪正成肯定不是好东西!当初我毕业分配时想去法院,托人找到缪正成,缪正成说想与我面谈一次,我去他办公室,他明明没有什么要紧事,却让我晚上去他招待所房间找他详谈,我没答应他结果被分到司法局。李不言沉默不语,内心里反复咀嚼陈小菊的这几句话。

<h2 style="text-align:center">57</h2>

　　仝有为这档事发生以后,法官们对律师唯恐躲避不及,即便是李不言,除了几个交情深厚的法官,在法院里遇到他也大都摆出公事公办的样子。李不言心中理解,主动降低去法院的频次,与江山和毛玉等人亦不像从前那样接触频繁。

　　在项州这样的小城,律师业务主要以诉讼案件为主,与法院打交道几乎是每天的必修课。上课时间减少意味着课余时间的增加,多出来的时间李不言分配给了顾问单位,带着师弟师妹们一家家登门拜访。现在的拜访与刚工作时跟随顾卫中走访顾问单位完全不可同日而语,虽然仍会经常接受顾问单位馈赠礼品,但服务变得具体实在。帮助他们完善规章制度，规范合同文本，审查重要协议，梳理潜在的经营与安全风险，等等。最具特色的法律服务产品是针对不同性质的顾问单位举办量身定做的专题讲座，李不言亲自带头，为企业讲解"购销合同签订与履行中的法律风险及防范措施"，陈小菊给医疗单位传授"医疗纠纷的处置流程和注意事项"，吴娜给中小学准备的是"未成年人权益的保护和法律常识概述"，而到了机关事业单位，陆洲的课题是"我国宪法的主要内容和刑法中渎职犯罪条文解读"。李不言的讲座深受欢迎，一个课件从葡萄酒厂讲到白酒厂和玻璃厂，然后是金属贸易公司和商业大厦。法理部分基本不变，结合实际的内容则变化多端，根据不同企业的特点精心挑选不同案例，有时就地取材，用发生在授课企业的事例以案说法。所以特别容易引起共鸣，加深受众对枯燥法条的理解。

今天又在农药厂的会议室开讲，刘显贵要求中层以上管理干部和供销科的全体人员一律参加，非特殊理由不得缺席。李不言将购销合同分解为品名规格、计量方法、交付方式、付款要求、违约责任以及管辖约定等六个方面，结合真实案例深入浅出地进行讲解。讲完后又和大家互动，回答购销人员在实际工作中遇到的问题。刘显贵全程听讲，对李不言的报告大为赞赏，要求相关人员活学活用，防范合同风险搞好本职工作。中午刘显贵在小食堂招待李不言和吴娜，饭后送给他们每人一台菊花牌落地式电风扇，并且特意给没到场的陈小菊也带一台。

下午陈小菊看到电风扇时说，秋天送电扇，还怕西北风不够凉快？吴娜说，正合我意，我今年夏天想买没舍得钱。李不言对陈小菊说，礼轻情意重，你人没去，厂里还惦记着你，送根冰棍都应该稀罕。何况这还是菊花牌的，好似特意为你定制一般。陈小菊拢了一下刘海，眼瞅李不言，谁说我不稀罕？我更稀罕你的课，想好好学习你是如何活跃现场气氛的，就是不带我去！李不言说，这课是普及给一般购销人员听的，你不需要听。吴娜笑着说，师哥，小菊师姐是喜欢听你说话，讲什么无所谓。陈小菊说，吴娜你是在说你自己吧。李不言说，师妹喜欢听，我从明天起在所里天天开会做报告。陈小菊和吴娜互相看看，又一起看着李不言，陈小菊说，师哥在叫哪个师妹呢？为了避免引起误会，建议师哥叫吴娜师妹娜娜，我随便叫。吴娜说，娜娜挺好，听起来亲切，但如果叫小菊姐菊菊感觉有点别扭！李不言说，那以后师妹就专指小菊师妹，娜娜师妹简称娜娜。陈小菊很高兴，还想说什么，见黄伟雄进来，便和吴娜一起抬着电风扇出去。

黄伟雄掏出一个拳头般大小的水晶弥勒佛，放在李不言面前问怎么样。李不言拿起来放在右手手掌上，托起来迎着光欣赏，左手摸着弥勒佛的肚皮说，大肚能容开口便笑，有点意思。黄伟雄说，我的一个东海战友带过来的，送你了。李不言放下弥勒佛，无功不受禄，我不要。黄伟雄说，你功劳大大的，弥勒佛的大肚子都装不下。你要是谦虚功劳不够大再帮我个忙，李局长上任两年来，局里工作一直在合浦继续保持领先，李局长最近说我们宣传报道没跟上，我推测他是见到有两个县的司法局长登上《东方司法》封面，心里也想上。弄这事还得指望你，再出回山吧。李不言说，我就知道你是黄鼠狼给鸡拜年，本人现在不在体制内，你们不再有权调遣。再说天天办案写的都是严谨简洁的诉讼文书，已经写不出生动华丽的通讯报道。黄伟雄说，不是局里调遣，我私人请你帮忙。虽然久疏战阵，你底蕴深厚仍然手到擒来。李不言问，你这么积极从中能有什么好处？黄伟雄说，祁卫华副局长年底退休，我想争取一下。李不言呵呵两声，又摸着弥勒佛的肚皮说，弄篇报道有啥用，这要能顶事，我都可以进市委班子，还不如点香拜佛乞求菩萨显灵。黄伟雄说，弥勒菩萨自己还是候补的未来佛，不如我们的局长推荐更管用，他高兴了我就有希望。李不言将弥勒佛拨到一边，那你提供素材，我帮你尽快将局长整到封面上。黄伟雄说，发表时还和上次一样，我名字署在后面。李不言说，署你一人名字，索性让局座牢记你。黄伟雄取出一叠材料，笑嘻嘻地递给李不言，我已经准备一些素材，你看看，不够我再找。李不言接过来放在桌上，拿过弥勒佛压在上面，故意冷笑两声说，蓄谋已久啊。黄伟雄嘿嘿笑，你不是说过，凡事预则立不预则废嘛。李不言说，那不是我说的，是孔家子弟记在《礼记·中庸》里。

当晚，李不言坐在书桌前看黄伟雄提供的材料，看到最后一页时，文章的思路在脑海里基本形成，拿起笔在稿纸上写下标题《泻下清香露一杯》。何静看了一眼说，还写无聊报道啊，家里又不缺那些被套炒锅什么的。李不言说，黄伟雄请帮忙的，好长时间没动笔，趁机练练手。何静说，你练吧，我带儿子睡了，不要熬太久。何静带儿子睡觉后，李不言提笔在稿纸上刷刷地填格子，一直写到东方露出鱼肚白。画上最后一个句号，李不言扔掉笔，脚也没洗便爬到床上睡觉。

一觉醒来，已是上午九点，下楼发现何金桂与何静早已上班，周淑珍在院子里看着学步车里的阳阳东一下西一下的伸小脚。李不言抹了一把脸，到厨房找吃的。囫囵吞下一碗粥和两只肉包子，感到浑身又充满能量，抓起连夜写好的稿子骑上雅马哈去上班。周淑珍在身后问，你早饭吃了吗？

刚到司法局大门口，看到父亲扶着自行车站在那里，李不言赶忙刹住车，两脚着地问，爸，你什么时候来的？怎么不去家里？父亲说，我过来半天了，找你给我办件事。李不言将父亲带到办公室，问要办什么事，父亲拿出一页已经略微有点发黄的纸，这是家里鱼塘承包合同，你去公证一下。李不言接过来边看边说，承包费很便宜啊，十年才一千五百元。父亲说，就是便宜才要公证，那鱼塘边的芦苇每年都能卖二三百，这鱼塘等于白送。村里有人说我的承包合同是和村里偷偷摸摸签的，不作数，必须重新公开竞标。村支书让我找你补办公证，堵住村里人嘴。李不言笑着说，这合同都签两年了，还怎么补办？再说办理公证也得合同的双方都到场。父亲说，乡下人不懂公证怎么办，你叫公证处在合同上盖个章就行。李不言说，公章哪能随便盖？弄不好会出事。父亲有点不高兴，合同又不是假的，能出什么事？李不言不敢再多解释，挠挠头说，我上楼试试看。

到公证处主任室，温波十分热情，让着座说，李律师从来不主动找我，今天让我受宠若惊啊。李不言说，温主任是全国司法行政英模，我轻易不敢觐见。温波说，那还不多亏李律师的生花妙笔，你在部刊上连续发表的《公证与清朝难题》和《泪花晶莹的公证》，让我们公证处在全国同行面前美美地露了两回脸。我一直要表示感谢，苦于你不给机会。李不言说，我今天送机会上门，不知道会不会给温主任惹麻烦。然后拿出合同将父亲的要求说一遍。温波笑笑说，这能惹什么麻烦，村委会大印盖得好好的，合同真实有效，你稍等片刻。说完出去到隔壁办公室，三分钟不到又回来，将合同还给李不言说，合同已经履行两年，不好出具公证书。我给合同加盖上公证处的钢印，比盖印泥章权威，还不好判断盖章时间。你让你父亲拿回去只给村里人看，不要落到他们手里。万一有人来问，我们公证处证明有过这回事。李不言难以相信事情如此顺利，有些不放心地问，这样可以吗？温波说，拿回去试试看，不行再帮你想办法。李不言说，不行也算了，不能太离谱。谢谢温主任！

父亲接过合同，手指在公证处的钢印上轻轻擦了几下，满意地说，这下没事了。又指着站在门外向里张望的一男一女，他们找你的，我让他们在外面等。李不言说，让他们再等一会，我送你去家里。父亲说，你忙吧，我回去了，你妈想他阳了，星期天带他去乡下玩。李不言答应着说买点东西带回去，父亲说，东西不用买,你姐姐说你姐夫老打她,你去管管你姐夫!李不言说,我抽空过去,姐姐家那两个外甥学习怎么样?父亲说,老大很好,有希望考上城里中学;老二不咋地,念书不上心。李不言还想问问妈妈的甲状腺功能亢进好些没有,父亲已经转身走了出去。等李不言追出来,父亲已经到院子里推起自行车向外走。李不言摇摇头,在后面喊一句,爸骑车慢一点。然后返身进去,将那两人请进屋,拿起文稿上楼送给黄伟雄。黄伟雄抱住李不言说,不言你真是下笔如有神!李不言说句办公室还有客人,挣开他下楼。

　　回到办公室,李不言问那两个人有什么事。男的说,我们是王集镇的,我叫鲁云,她是我弟媳妇王萍。我三弟鲁亮,是王萍的男人,被抓起来了,我们来帮他请律师。李不言问,鲁亮是因为什么被抓的?鲁云说,他将本村的鲁建至右膀子砍伤。李不言说,说说具体情况吧。鲁云让王萍说。王萍说,正月里,鲁建至帮我家拖土垫宅子。正月十二鲁亮去外地打工,正月十五晚上十一点鲁建至来敲我家门,我问是谁个,他说是我。我听出是他声音,没给他开门。到了正月十八晚上,他又来敲我家门,被我骂走了。二十四号下午,我在湖里割菜,他到我跟前说,王萍给你五十块钱花。我说我有钱花,不要你的钱。他说你不要钱管,你得同意晚上我去你家睡。我说我绝对不会同意。他说你不同意,我就将你和你小孩戳了。晚上他来敲门,我没吱声,也没给他开门。三月二十三,我去东湖拔草,他到我跟前说你为什么不给我开门,真想逼我害你和你孩子啊。从那以后我不敢下湖了,可是他还是经常来敲门,我很害怕,在鲁亮回家后就告诉了他。六月二十号下午,我站在家门前,鲁建至从我家门前过,对我说你晚上留个门,我说可以。进屋我就告诉鲁亮,鲁亮很生气,说今天要修理这个龟孙子。夜里十一点,鲁建至来敲门,我开门放他进来。他一进门就来拽我手,鲁亮从旁边过来对着他右膀子就是一刀,他抱着胳膊就跑。我们两口子到派出所报案,派出所做完笔录让我们回家。过了半个月,派出所又将鲁亮带走,说鲁建至被砍成重伤。

　　李不言问,你们怎么想到来找我?鲁云说,我们镇上中学的王鹏捅死一个人,你给辩护只判了五年,王集人都说你太厉害,遇到法律难事一定要找你。李不言想起胡奎诈骗案,因为判缓刑,他在老家成为传奇。颇有几分无奈地说,案件和案件不一样,王鹏杀人判五年,不代表鲁亮将人砍成重伤一定不会超过五年。王萍诧异地问,鲁建至的膀子又没砍掉,还能超过五年?李不言拿出刑法条文,翻到第一百三十四条，指给他们看，你们看这条第二款，致人重伤的，处三年以上七年以下有期徒刑。就是说只要造成重伤，理论上三到七年都有可能。王萍一听着了急，五年太长了，我一个人在家怎么办？李不言笑着说，不是说鲁亮一定不会低于五年，如果你刚才讲的都能证实下来，可以给鲁亮争取减轻处罚，说不定有希望缓刑。王萍和鲁云这才松了一口气，鲁云说，麻烦李律师，我们就指望你啦。

鲁云和王萍走后，李不言看着办公桌上码放整齐的一摞卷宗，伸手摸摸这本，拿拿那本，竟一时不知道要干什么。想想影视剧里的那些大律师，不仅有漂亮的女助理专门记录和提醒日程，还会有不同助手分头负责调查取证和准备法条案例。看看自己，不仅所有业务都要亲力亲为，还要考虑所里的事务，日子是如此忙碌和琐屑。自己最近精力主要放在个人承办的案子上，很少关注到所里的其他同事。可那些案子不全力以赴又不行，只有做好每一个案子，才能给所里带来更多的案源。实在是分身乏术啊，李不言感慨着抽出一本卷宗，掀开封面，对照着案件进度表思虑下一步工作。

58

项州法院已经退休好几年的原民庭庭长乔建国和原王集法庭庭长曹为民来找李不言，乔建国说，听说现在可以办理特邀律师证，我们两人想到项山所发挥余热。李不言热情地为两人冲洗杯子泡茶，愉快地说，二位老庭长愿意来，我们项山所求之不得。家有一老，如有一宝，我们所都是年轻人，正需要二位老庭长的坐镇指导。乔建国看着曹为民说，老曹听到没有？李律师年纪不大，想法非同一般。曹为民说，李律师是爽气人，我就不客气直接问了，我们到所里以后待遇怎么定？李不言微笑着说，我第一次听说特邀律师的事，也不知道是否有先例可循，二位老庭长是什么想法？曹为民说，听人说江南那边的特邀律师是按照自己创收的百分之六十提成。李不言说，江南就是处处先行一步，我个人的想法，你们每月也按百分之六十提成，年底汇总核算，扣除提成、税收和必要的费用之后如果还有结余，再给你们发奖金，肯定不能从你们身上赚钱。曹为民还想问与年轻人合作办案如何分成，乔建国已经开口说，老曹，李律师的话都说到这份上了，我们过来便是，全由李律师安排。李不言说，二位庭长如果确定来项山所，我去和局里汇报，然后知会其他合伙人，将那间接待室腾出来做办公室，下周便可以来上班。

乔建国风趣地说，那下周我们就正式开始再就业。

乔建国与曹为民离开后，李不言到局长室，向李汉生汇报聘请两人为特邀律师的事。李汉生说，他们找过你啦？开始他们说与马健更熟悉，想去国办所，我推荐他们找你，并答应尽快给他们申办特邀律师证。李不言这才知晓是李汉生帮的忙，感激地说，谢谢局长，知道我们需要老同志，二位老庭长的经验和人脉对我们会有很大帮助。李汉生赞赏道，你这个想法非常好，有的人嫌弃老同志，说老同志不中用，其实老同志有时随便一句话就抵得上年轻人跑半天。我最近准备结合"三五"普法在乡镇推进依法行政宣传活动，先在三至五个乡搞试点，建议乡政府聘请法律顾问，你们先做些准备工作，成立法律顾问组，到时将你们推介出去。如果效果不错，再建议市政府也聘请法律顾问团，你们的业务肯定能翻好几番。李不言立刻说，那我们项山所聘请局长做顾问，每年支付点不成敬意的顾问费。李汉生慢条斯理地说，我支持你们是应该的，不要提什么顾问费。李不言说，不提就不提，但局长您不能推脱做顾问，我们全所人员的心意您也必须接受。回到办公室，李不言召集陈小菊和陆洲开小会，通报特邀律师和乡镇政府法律顾问的事。李不言说，这两件事要是落实到位，我们所的业务量绝对有保障，大家便可无需多虑案源问题，集中精力将业务做好即可。陈小菊和陆洲举双手赞同，陆洲说，还是师哥主意多。李不言说，不是我的主意，是机会找上门，我们要把握住。

散会后，李不言伏案起草鲁亮故意伤害案辩护词，一个女人走进来，有气无力地说，李律师，你还认识俺吗？李不言抬起头，一开始还真的没有认出来背身站在光线里的这个女人。女人又向前走了几步，侧身站到办公桌前，李不言才认出来是孙淑侠。心里吃惊不小，孙淑侠的变化也太大了。印象里的孙淑侠虽然算不上漂亮，但一起去肥西前进村时，她脸色红润体态丰腴，健康而富有活力。而眼前的孙淑侠，干瘦憔悴双目无神，简直判若两人。李不言起身招呼她坐下，为她倒了一杯水。孙淑侠端着水杯欲言又止，一副难以启齿的表情。李不言说，好几年没见面了，你们还在做汽车运输吗？生意怎么样？你老公小胡呢，今天没和你一起过来？孙淑侠深深地叹了一口气，李律师，俺今天来就是要和那个姓胡的离婚，俺和他没法过下去了。李不言问，小胡怎么啦？你们夫唱妇随同进同出跑运输不是挺好的吗？孙淑侠说，那都是老皇历了，前几年是一直不错，后来俺怀孕生小孩，不好再跟车，他又嫌车子吨位小赚不到钱，想换辆大吨位的，就和本村的胡三根搭伙买辆三十吨的自卸车，一起跑长途，俺在家带孩子做农活。大车确实能赚到钱，但赚到钱也害了两家人，那两个龟孙子不学好，有钱就在外面胡搞，惹一身病回家不敢说。李律师，你看俺现在人不人鬼不鬼的样子，这场大病差点要了俺的命。俺是无论如何也不能和他再过下去，请你帮俺和他打官司。李不言站起来说，你喝口水，稍等一下，我请一位女律师来帮你。然后到隔壁办公室，让吴娜过来一起接待。

重新坐下后，李不言问，小胡的身体恢复了没有？现在还能跑车吗？孙淑侠说，车子卖钱治病了，就是没卖他也不能开，病得跟鬼似的，还能开他个头！李不言问，你和他提过离婚吗？他是什么态度？孙淑侠说，俺都提过无数次，他就是装死不吭声。李不言问，如果真的离婚，你和孩子怎么办？小胡又怎么办？孙淑侠悲愤交加，还能怎么办？俺们娘儿俩回俺妈妈家，姓胡的就留在家里等死！李不言问，孩子多大了？男孩还是女孩？今天怎么没带过来？孙淑侠说，是个女儿，今年三岁半，最近一直在她外婆家。李不言问，夫妻共同财产有哪些？孙淑侠说，农村除了房子没有什么值钱的，卖车的钱应该还能剩下一两万，俺想让他将这笔钱拿出来，其他的什么都不要。李不言略作忖度说，按说这离婚主要是小胡过错，你又要抚养孩子，房子和钱都应该给你才合适。你现在不要房子，只要那点钱，对小胡已经够可以。但我想说一句，你们毕竟曾经是一对幸福的小夫妻，如果小胡能悔过自新，能不能再给他一次机会，一家人克服困难继续好好过日子。孙淑侠坚定地说，没有机会再给他！俺要为女儿多想想，如果还像现在这样过下去，会拖累孩子的。李不言说，既然如此，你跟吴律师过去，她帮你写诉状提起诉讼，需要哪些材料和具体怎么做她会和你说。孙淑侠有点迟疑地问，律师费是多少？还和上次一样八百块？李不言说，现在几百块钱已经请不到律师。孙淑侠为难地说，俺连八百块都没有，身上只有三百块。李不言说，那就先不收费用，如果能帮你拿到钱，象征性收一点，拿不到就算了，我来想办法处理。孙淑侠抹了一把眼睛，谢谢李律师，你还没有变，像以前一样是个大好人。李不言笑笑说，人都会变，一直当个好人也不是件容易的事。

孙淑侠跟着吴娜过去后，李不言的心情一时难以平静，辩护词再也写不下去。想起在钱新华被宣判三年有期徒刑后，钱新华的爱人赵薇说女儿今年考高中，儿子要升初中，钱新华在这个时候出事真不是时候。当时李不言在心里问，现在出事不是时候，什么时候出事合适？但说出来的话是赵姐是不是经济上遇到困难，我们可以尽绵薄之力。赵薇说不用，但李不言知道她只是客气，回家与何静商量出点钱帮助钱新华两个孩子解决学费，何静问准备出多少，李不言说，他家现在是最困难时候，五千可以吗？何静说，五千太多，三千吧。李不言说，老婆说了算，那就三千。李不言将存折带在身上，这两天一直忙，没顾上去取，现在没有心思做业务，干脆去取钱。这样想着，李不言带上门，骑上雅马哈去银行。

在银行窗口，李不言填写好三千元取款单，想想又撕掉，重新填一份五千元的送进去。营业员数好一沓钱，在点钞机上哗啦过一遍，和存折一道递出小窗口。李不言抓起存折和钱，直接塞进口袋里，出门骑车往钱新华家去。

回到所里没看到孙淑侠，李不言问吴娜她是不是回去了，吴娜说，我让她回家准备好结婚证、身份证和户口本，明天上午陪她去立案。师哥你是怎么认识她的？她对你可崇拜啦，一个劲地夸你人好又特别能干。陈小菊在一旁说，我也很好奇，这样一个女人怎么就对我们的主任师哥顶礼膜拜的？李不言将几年前在肥西前进村的经历说一遍，讲到在合肥城外翻车时，李不言说，那次要是车子起火或者被其他经过的车辆撞上，我们可能就回不来了。我和他们两口子也算是患难与共加上生死之交，所以他们现在沦落至此很让我唏嘘。陈小菊这才想起孙淑侠是送金针菜的那个女人，不禁为她的饱经世变喟叹，变化太大了，真是男人有钱就变坏，她男人自作自受，把她和孩子都害惨了。吴娜说，师哥现在也有钱，怎么没变坏？李不言随手翻动陈小菊桌上的中华文化台历，恰巧翻到介绍"人之初性本善"的那页，漫不经心地说，我不算有钱，至多算是不缺钱。陈小菊瞟了他一眼，想到赵虹与何静，话里有话说，有没有钱大家都知道，变没变坏有可能只有自己知道。李不言笑着说，师妹似有所指啊，我就是坏人也不是变坏的，可能天生性本恶。陈小菊说，你还真是勇气可嘉敢认账，不过没办法，我们女人有时还就偏偏喜欢大坏蛋。吴娜一脸茫然地看着他们两人问，你们在说什么呀？李不言将台历恢复到当天那页，然后故意迷惑不解地看着陈小菊，你们女人为什么会偏偏喜欢大坏蛋呢？

59

鲁亮故意伤害案快要开庭，李不言照例到刑庭与承办法官做最后一次庭前沟通。钱新华判刑后，姚艳从项河法庭调过来做庭长，赵虹提拔为刑庭副庭长，江山去执行庭当庭长。赵虹现在的办公室就是原来江山的办公室，调整后人们开玩笑说赵虹坐江山夫唱妇随无缝衔接。

鲁亮案子由赵虹主审，中午休息时间，李不言径直推开她的办公室门，赵虹似乎受到惊吓，俯身将下巴抵在桌面上，双手快速地收放在办公桌下面。见是李不言笑着责怪道，吓我一跳，进来也不先敲门。李不言乐呵呵地说，在这个院子里有三个办公室我习惯推门而入，你和江山还有毛玉。你肯定在偷偷干私活，一副做贼心虚的样子。赵虹坐直身子，将拿着毛衣的双手放到桌面上，这件毛衣正在收针，我想尽快织完。说罢发现一根竹制的毛衣针在刚才的慌忙藏匿中折断了，嗔怪道，看你惹的事，得赔我一副毛衣针。李不言走到近前，看见是一件黄色的小毛衣，胸前有一个大大的黑色笑脸图案，摸着毛衣上似小船如弯月的嘴巴说，赔十副都没问题。好鲜亮喜庆的毛衣，豆豆穿上肯定很好看。赵虹说，这件是你家清轩的，我家清萱那件是红色，两件毛玉除了颜色不一样，其他的图案和针法都相同。李不言开心地说，给阳阳打毛衣是献爱心，不算干私活，你完全可以大张旗鼓光明正大地做。赵虹一听笑意盎然，就会能言巧辩，说说找我什么事。李不言说，鲁亮判缓刑没问题吧。赵虹将毛衣卷起来放进包里说，本来应该没问题，检察院现在说我们缓刑判多了，说什么公安辛辛苦苦破案抓捕，检察兢兢业业审查起诉，法院轻轻松松开庭放人，脏活累活得罪人的活都让前面两家做，落人情的事被法院一家独享。院里指示以后尽量少判缓刑，我和姚庭长汇报这个案子，她认为应该适用缓刑，但又说院里刚做出指示，接着就判缓刑不太好。李不言退到沙发前坐下来说，就怕这种偏离法律轨道的所谓平衡考量，能否缓刑依照法律规定裁决，与适用的多少有什么关系？我和公诉人沟通过，他对适用缓刑没意见，案件的受害人鲁建至本人表示怪自己有孬心，不希望追究鲁亮的刑事责任。法院还非要将鲁亮送进监狱，这叫什么事？当初鲁亮两口子假如不去派出所报案，都不会有这个案子。赵虹说，我会据理力争适用缓刑，还真能为了讨好检察院，将可以缓刑的被告人送进监狱？李不言说，你不必太用力，我等会和姚庭长说说，不行直接找徐院长。

说完鲁亮的事情，李不言起身准备离开，听到赵虹说，幼儿园今年办托儿班，我想将豆豆送进去，不知道能不能收。李不言又坐下来说，能不能先不论，豆豆这么小你舍得？赵虹显得很无奈，舍不得也没办法，豆豆爷爷身体越来越差，豆豆奶奶一直想回去照顾豆豆爷爷。李不言将茶几上的玻璃杯原地旋转一圈，又瞬间停住，不行送到我家去，让阳阳外婆一块带。赵虹说，那怎么可以，一个娃带起来已经很吃力，还是想办法送托儿班。李不言问，托儿班还要想办法，名额很紧俏吗？赵虹蹙眉说，据说只收一岁半以上的，豆豆到时候还差两个月。李不言放开手中的玻璃杯，轻松地说，不要紧，豆豆干妈在那里，岂能让干闺女成为失学女婴！赵虹闻言笑出声，李不言自己也笑了。姚艳走进来问，什么事让二位这么开心？赵虹将李不言的话重复一遍，惹得姚艳也咯咯笑。

李不言跟着姚艳进庭长室，和她说鲁亮案子。姚艳说，我知道这个案子，不仅可以考虑缓刑，甚至可以考虑免于刑事处分，我会在审委会上坚持。说罢瞅着李不言笑。李不言上下打量一下自己问，我看起来很好笑吗？姚艳说，想当初我这个红娘没做成，你和赵虹不做夫妻做了干亲家。李不言问，你知道豆豆是我的干女儿？姚艳说，听赵虹讲的，还说你们想做真亲家。李不言乐呵呵地说，都是何静起劲的，非要收豆豆做儿媳。我说这么小，先做干亲家，将来的事情将来再说。姚艳随手摘下放在办公桌上的吊兰里的两片黄叶说，真心羡慕你们两家，能处成你们这样不多。李不言笑笑，看着吊兰问，这盆吊兰是钱庭长留下来的吧，姚庭不介意？姚艳弯下腰，仔细搜寻还有没有其它黄叶，歪着脑袋说，有什么可介意的，我搬进来时这盆吊兰快要枯萎了，浇了几次水又精神起来，我非常喜欢她的旺盛生命力。李不言伸出手掌从如翡翠般碧绿的叶片上掠过，满心欢喜地说，我也特别喜欢吊兰，清新优雅给人希望。桌上的这盆，我还给他浇过水。

离开刑庭，李不言在下楼时遇到郑义。郑义说，不言还办刑事案件啊。李不言心中一动，揪住郑义的一只袖子，江山升庭长，我们去说几句好听的让他更快活如何？郑义说要得，跟随李不言到执行庭。

江山正在往书柜里摆放一套法规汇编，李不言进门便问，还没有整理好？江山说，差不多了，这一套是省高院刚发下来的。李不言说，你个执行庭又不审理案子，存这么多法规干吗，借给我用。江山说，你要用我想办法帮你另搞一套，这一套我留充门面。郑义大大咧咧地坐在沙发上，拿起茶几上的茶叶罐说，江山厉害啊，我助理检察员时你审判员，我检察员时你副庭长，我刚刚混上副科长你当庭长，总是压我一头！江山一手拿起两本书，一手打开一扇柜门，我们不是一个单位的，我想压也压不到你。李不言一本正经地说，就是嘛，法院里只有张美娟有机会压住你，可惜估计经常被你压制。江山笑得手中的书掉在地上，郑义举起茶叶罐要砸李不言，又忍不住咧嘴大笑，手中的茶叶罐掉到地上，滚进沙发下面。李不言笑了一会，稳当坐姿说，不开玩笑了，郑科刚才问我还办刑事案件是什么意思？郑义稍作迟疑说，没什么，随口说的。李不言说，你要是还承认我们是好兄弟和我说实情，是不是与钱新华庭长的案子有关？江山闻言停下手上动作，盯着郑义看，分明也在等待他的回答。郑义起身关上门，重新坐下后说，我们当然是好兄弟，但下面的话哪说哪了不能外传。钱新华出事最直接的导火索是李文抢劫案，被法院改定性算我们办错案。我们起诉科的贾科长很不高兴，批评李新军，说今年的先进肯定没想头，科里年终奖也拿不到全额的，我这个科长和全科的同事都要被你连累。李新军被批得抬不起头，将经办的被法院从轻判决的几本案卷拿出来反复研究，突然发现这些案子大部分是钱新华主审，而辩护人几乎都是不言。他断定不言和钱新华之间有问题，向贾科长汇报。贾科长也正为如何向检察长解释犯难呢，便让李新军整理一份书面材料，将钱新华和不言一道出现在判决书上的案件彻底梳理一遍。这一梳理发现更多问题，除去那些改定性判缓刑案件，不言的辩护意见被采纳得特别多，大部分案件对被告人从轻处罚，虽然也都在量刑幅度内，但比较靠近量刑的下线。贾科长带着李新军向检察长丁思明汇报，强调必须有所动作，否则以后案子更难公诉。丁思明问那些案子有没有明显判错，我们怎么没提起抗诉？贾科长说错倒是没错到哪里去，但轻判的倾向比较明显。丁思明说这种情况怎么动作，我抽空和法院的蔡院长沟通一下，提示他们以后注意点。这事本来可能过去了，合该出事，钱新华因为全有为截留的五千元被当事人举报到反贪局。丁思明知道后说钱新华果然有问题，立案查办他。查了以后却发现那笔五千元没问题，又追查全有为和钱新华还有没有其他问题，全有为心中有鬼，稍作抵抗便将通过打麻将行贿的事供出来，这才将黄院长和殷庭长都牵扯进去。反贪局得手后，又将查办方向集中到钱新华和不言的关系上，追问钱新华和不言之间有无不正常往来，钱新华说没有。反贪局想将不言弄起来追查，恰巧不言出差东北不在家。后来见钱新华坚称和不言之间关系清白，又有好几个新案子亟待突破人手不足，检察长指示钱新华案结案，反贪局才收手。

江山和李不言对视良久后问，不言你要是进去了，会怎么样？李不言说，还能怎样，认了呗！郑义略带嘲讽地说，看你法庭上大义凛然的，你会认？李不言自嘲道，我就是在兄弟们面前窝里横，关键时候啥也不是。江山摇着头感叹，黄院长六年，殷庭长五年，钱庭长三年，居然都是因为一个不起眼的抢劫案。李不言说，核心问题还是他们没有把握住自己，你们这两位好兄弟千万要引以为戒！水至清无鱼，打球唱歌吃吃喝喝滋润友情无妨，不义之财则要坚决视之如粪土！

下午，胡成带他老表肖家坤来找李不言，说他老表的儿子肖小三被沙河公安以抢劫罪抓起来，来请他做辩护人。李不言在心里问，李文抢劫案已经让检察机关怀疑上自己，这个抢劫案还接不接？自问未自答却以诙谐的口吻对胡成说，你现在改行专门帮人介绍律师啦？胡成的双手挠挠头又摸摸屁股，不知道放在哪里才合适，嘿嘿笑着说，还不是表侄的名气越来越大，案子到你手里能大事化小小事化了，他们听说我是你表叔非要我带过来。李不言说，不要再帮我吹嘘，我不是每个案子都能辩护出名堂，上次胡文强那个案子就基本没效果嘛。胡成说，那是胡文强犯下强奸罪名声太臭，本来就不该辩护，这次不一样，肖小三是跟人上车玩的，没做什么坏事，你能辩出来。李不言说，不该为胡文强辩护，你还带过来委托律师，怕我没事干？胡成还是嘿嘿笑，依然手足无措地望着李不言。李不言不理会他，问肖家坤，你儿子肖小三的大名叫什么？他有没有抢劫？肖家坤说，大名叫肖成功，他没抢劫，是陈伟军抢的，他只是跟在后面玩。李不言让他说具体一些，肖家坤说，那天下午，陈伟军到俺家找小三去他朋友家玩。听沙河公安讲，陈伟军和小三骑车到项州和沙河交界地方，有一辆开往山东的客车停在路边修理，陈伟军上车问司机要烟抽，后来又喊俺家小三也上车，小三上车后，杨伟军问后面的乘客要钱，还打了乘客几下。后来车子修好了，司机将车门关上，杨伟军从车窗跳车逃跑。小三要下车，司机不让，用摇把打他头，他用身上一把小弹簧刀刺司机没刺中，被其他乘客抱住，司机将车直接开到派出所。事情经过大概就是这样。李不言下意识地摇摇头，牙痛般地倒吸一口凉气，这下坏事了，肖成功不是一年两年能出来的。肖家坤有些不以为意，他又没要钱，也没刺伤人，还能判他几年吗？胡成也没当回事地问，肖小三这事不比胡奎轻多了，蹲蹲家牢还不行？李不言严肃地说，他和杨伟军在一起，在车上动刀子，公安现在认定他们是抢劫共犯。就算肖成功没开口要钱，最好的结果是认定为从犯，抢劫罪估计跑不掉。胡成说，那又怎么样？听说杨伟军就要到几十块钱，又没伤到人，还能判多重？

李不言加重了语气，抢劫是重罪，起点刑三年。要命的是他们这是在公共交通工具上抢劫，属于从重情节，法定刑在十年以上。肖家坤一听慌了神，律师你的意思是我家小三要蹲十几年牢？胡成也十分震惊地问，表侄你没有记错吧，在客车上要钱就得判十几年？李不言拿出刑法指着条文对他们说，法律上是这样规定的，你们看这第二款，包括入户抢劫、持枪抢劫、在公共交通工具上抢劫等等有八种情况要在十年以上量刑，最重的可以判到死刑。肖家坤从沙发上一下子出溜到地上，带着哭腔喊，要是判十几年，俺家小三这一辈子不就毁了吗？胡成将他拽起来，信心满满地说，老肖你别急，俺表侄他有办法。李不言给肖家坤倒了一杯水，安慰道，事已至此，你着急上火也不顶用，将自己身体急坏了，连累全家人跟着遭罪。胡成问，表侄，还能就没有什么办法吗？李不言说，如果定为从犯且减轻一档量刑能少判几年，但难度很大，法官一般对从犯只考虑从轻量刑。胡成赶忙说，表侄你就为他争取减轻，能减几年也是好的呀。李不言合上《刑法》单行本，看着面前的两个人，表情依然严峻，但目光柔和下来，我尽力而为，虽然外地法院人生地不熟，沟通不易，也要想法说服法官。

胡成和肖家坤走后，李不言将手中的刑事辩护案件梳理一遍，发现仅今年上半年就已经办理十八件。说实在的，这些案件赚不到多少钱，正常收费每件在一千到一千五百元之间，遇到像肖家坤这样来自农村的委托人，还会主动给他们减免几百元，这十八个案子的费用加起来抵不上一个大标的经济案件的代理费。但李不言从心底喜欢办理刑事案件，无论是与检察官庭下和谐沟通还是庭上唇枪舌剑，都让李不言有满满的成就感。他甚至认为，只有刑事法庭上的律师才是真正律师，一个没有从事过刑事辩护的律师其律师职业生涯是不完整的。因为刑事辩护可以充分锤炼与提升律师的综合能力，将律师的缜密逻辑性、敏捷反应、雄辩口才发挥得淋漓尽致。此外，有着重大社会影响的刑事案件让律师更有机会一案成名声誉鹊起，而有了名气的律师不仅能带来更多的刑事辩护案件，其他的各类案件也会源源不断。所以尽管上午郑义提醒他少办刑事案件，李不言还是非常不舍。以他现在所拥有的知名度和资源，不用担心不办刑事案件会减少案源降低创收，但他担心缺少刑事辩护的不断激励，会让他懈怠平庸而最终迷失在金钱的光晕中。

60

甄勇敢案件再次被省高院发回重审，在这次的裁定中，省高院提出公诉机关提起公诉的证据中鉴定结论的鉴定时间存在疑点，甄勇敢一再强调的刑讯问题不能完全排除。认为该案的主要证据是真实的，但存在的疑点和作案枪支的未能提取以及出租车及其驾驶员未能找到，确实对全案的认定有一定影响。看完裁定后，李不言非常兴奋，认为省高院这次没有回避问题，甄勇敢重获自由的机会大增。江山和赵虹也有同感，与李不言共同期待合浦中院对该案的第三次审里。

因为案件每次被发回重审都必须由不同的审判员或者陪审员组成全新的合议庭，合浦中院再次另行组织合议庭时发现庭长和副庭长都已经参加过该案的庭审，只好由分管刑庭的副院长亲自上阵担任审判长，并且很快便安排在项州法院的大法庭再次开庭。

公诉人和辩护人没有发生变化，案件事实和证据也没有新情况，开庭就是将原来两次的庭审经过重述一遍。在辩护人发言时李不言最后强调，这个案件历时二年，两级法院五次开庭，相信今天法庭上的每一个人都清楚对甄勇敢的指控证据非常薄弱，应该依法撤销对他的指控，否则无法解释在事实和证据都没有变化的情况下为何要经过这么多次的庭审。辩护人恳请合议庭正视案件本身，作出经得起历史检验的公正裁决。公诉人夏丰说，对于一起后果如此严重的恶性案件，必须严惩罪犯，如果撤销对被告甄勇敢的指控就是对正义的践踏、对坏人的放纵。李不言说，现有证据并不能证明甄勇敢是一个剥夺他人生命的坏人。有句法律名言"冤枉一个好人比放纵十个坏人的危害更大"，真凶逍遥法外可以继续追捕，冤屈无辜对法律和正义造成的损害则难以真正地修复，被错误剥夺的无辜公民的生命更是永远也无法挽回。恳请人民法院对待本案慎之又慎，抛开法律之外的考量，完全遵循法律作出裁决。审判长分别和左右两边的法官耳语几句，宣布辩论结束休庭合议，与合议庭其他成员依次离开。

李不言有点诧异，审判长没有宣布庭审结束，难道今天要当庭宣判？他见夏丰在公诉人席坐着没动，便也稳稳坐定，将目光投向甄勇敢，形销骨立的甄勇敢坐在铁栅栏合围之中，含胸垂首如待宰的羔羊。李不言想起篮球场上生龙活虎的勇敢兄，热泪开始模糊双眼，他低下头注视着摊开在面前的卷宗，亲笔手书的辩护词由清晰逐渐迷离，满纸的文字摇摇晃晃，似一群迷失了方向的蚂蚁，时而挤成一团，时而四散纷飞。

合议庭归位，审判长当庭宣判：甄勇敢犯故意杀人罪，判处死刑，缓期二年执行，剥夺政治权利终身。发回重审又很快开庭，李不言虽然祈望能宣判甄勇敢无罪，但根据经验判断可能性极小，最大的可能便是这个死缓的判决。但果真如此，李不言又觉得心有不甘。李不言的目光再次投向甄勇敢，与甄勇敢看过来的目光隔空相遇。他在甄勇敢的眼神里居然感觉到了一丝不易察觉的笑意，难道是庆幸于这次判决的网开一面保全了性命？再聚神凝视，发现没有悲喜只有惘然。李不言张开嘴无声说出上诉二字，甄勇敢当即点头示意明白。就在这时，章程出现在法庭的西侧门外，李不言匆忙抱起卷宗快步过去，赶到近前低声询问，章庭，你觉得这样的判决说得通吗？章程动了动嘴唇，话未出口便转身离开。

甄勇敢被法警带上囚车送往看守所，法庭内人员陆续散尽。李不言仍呆立在西侧门外，望着警灯闪烁一路远去的囚车，顿感从来没有像现在这样力不从心。江山过来碰了一下他的胳膊，去我办公室坐一会。李不言没有说话，怀抱卷宗默默地跟在江山身后，脑海中一片空白，双腿如灌铅般沉重。

赵虹等在江山的办公室门前，跟着江山与李不言进入室内。江山望着一脸落寞的李不言说，也算是一大进步了，留得青山在不怕没柴烧，保住性命就保有希望。赵虹也宽慰道，不言不要太着急，毕竟勇敢终于死里逃生，即便上诉维持还有机会继续申诉。这两次上诉不就迎来死刑改死缓的重大进步吗？李不言苦笑着说，死刑判决人命关天，关注度高迎来转机的可能性大；多了缓期执行，我担心判决生效后案件便会束之高阁再也无人问津。江山和赵虹琢磨着李不言的话，先后点头称是，想继续安慰他又都不知从何说起。就在三人相对无言陷入沉寂之时，王宁打电话找李不言，说在他的办公室等他。李不言请他稍等，别了江山与赵虹，一路忧心回到所里。

原来王宁是带个女人过来聘请律师，介绍说，她叫黄秀萍，是我大姨家的三姨妹，在供销总社站柜台，因为参与搭会欠人两千块钱，那人去她柜台强行拿毛线抵，她用刀将那人刺伤。经过鉴定那人构成轻伤，自诉到法院，要她赔偿损失并追究她的刑事责任。李不言问黄秀萍，搭会的事不是由政府出面统一处理的吗？怎么还有人找你拿毛线抵？你们没登记？黄秀萍说，我们也登记的，虽然我们只是组织一个小会，总共才万把块钱，政府一出公告，我们就去登记了，周全来问我要钱，我说政府通知不准再私下处理，他就是不听，将我值班柜台上的毛线抱走，我一着急，拿起水果刀吓唬他，谁知他不仅不躲开，反而迎上来，结果刺中他的胳膊。他是抢劫，我是保护公物，他怎么还好意思告我伤害罪？法院怎么就不问青红皂白受理了？李不言的心思还在甄勇敢身上，没有心情与黄秀萍多聊，对她说，我现在手里的案件太多，实在忙不过来，我们所的陆洲律师是市搭会事务应急处理小组成员，对搭会的处置比我清楚，安排他给你办，你看可以吗？黄秀萍看王宁，王宁说，李律师所里的律师办等于李律师办，李律师不会不管的。李不言说，那是当然，需要我出面时义不容辞。黄秀萍表示同意，李不言将她领到陆洲办公室，安排陆洲接待办理，并特别关照及时和他交流案件的进程。

搭会是当时在项州风行一时的一种民间集资形式，初期是一种互助性质的众筹借贷。由一个人作为会头，发起经济上都不怎么宽裕的若干人，商定集资的最高额度，分成若干等份，每人量力而行认缴份额。当有人需要用钱时，向会头提出申请并自认利息，参会人都没有异议后，申请人就可以将钱从会头手里拿去使用，这叫作掐会。如果有几个人同时提出用钱，就公开竞标，付利息最多的人优先使用。这本来是不错的互帮互助行为，用钱人解决了燃眉之急，出钱人获得比存在银行高一些的利息。后来事情的演变走了样，有人见其他会里利息高，就掐利息低的会投入到利息高的会中去，从中吃息差。一个人竟能同时参加许多个会，并且一个会比一个会数额大。有的人掐会以后投资失败，有人掐会后遭遇天灾人祸还不上钱，还有恶意参会的，掐了会拿钱去下馆子购物买豪车，挥霍完了恶叉白赖放刁撒泼或者干脆死猪不怕开水烫，反正就是要钱没有要命一条。很快有的会就搭不下去，接着引起另一个会出问题，大大小小的会像多米诺骨牌纷纷垮塌。这下苦了老实参会从不掐会坐等吃利息的人，将家中积蓄都投进去结果血本无归。一时间纷争四起烽火连天，有的参会人以命相搏，有的会头被逼得跳楼。政府一看不得了，成立专门工作组，连发十二道通告，将大会小会都登记在册，逐一甄别，极力搜获残余钱物，对确实欺诈者行政拘留，情节严重的刑事追责，这才将局面勉强控制住。作为市政府的法律顾问团主要成员单位，项山律师事务所奉命安排律师参加工作组，司法局意见李不言亲自上，李不言说自己无暇顾及，指派陆洲参加。陆洲因此得以代理一批搭会引起的案件，后来案件越来越多，陆洲忙得不可开交，遂拉上梁建和两个特邀律师乔建国、曹为民共同参与。

61

  刚进入司法局大院，李不言看见惠兴齐站在一辆崭新的红旗轿车旁打手机。他在车棚下停好雅马哈，走到红旗车前，摸着鲜艳的红旗车标问，新买的红旗车？惠兴齐忙挂断电话回答说是的。李不言调侃，想当年红旗车只有毛主席、周总理等中央领导才能坐，惠老板现在一飞冲天。惠兴齐递过车钥匙，这才几个钱，李律师如果不嫌弃开去玩。李不言没接钥匙，拍拍车前盖，我可不玩，玩砸了一年白辛苦，大清早的你不会是专程来显摆新车的吧？没等惠兴齐说话，又撂下一句有事到办公室说，便离开红旗车。来到办公室，李不言要给惠兴齐泡茶，惠兴齐拦住他，李律师，没有工夫品茶，有急事要办。李不言让惠兴齐不要着急，坐下来慢慢说。惠兴齐不坐，站在办公桌前说，我给包装公司建一栋标准厂房，按合同现在还差我三百多万，包装公司的唐总一直允诺银行贷款下来后付我款，刚刚我从建设银行内部打听到，包装公司的六百万贷款已经走完审批流程，下午就能放款。我装作不知道，问唐总贷款什么时候能下来，他跟我说还得半个月。这不是分明不想给我钱吗？如果不能从这笔贷款里拿到工程款，还不知道要等到猴年马月，得想办法截住这笔贷款。

  李不言说，开始承建厂房了，越玩越大啊。工程质量没问题吧？通过验收没有？惠兴齐说，质量没问题，包装公司已经接收并且投入使用，但就是不组织验收，经常以一些小瑕疵为借口不及时付工程款。李不言问，包装公司接收银行贷款的账户信息清楚吗？你确定银行下午一定能放款？惠兴齐说，账户很清楚，肯定能放款。李不言问，公司公章和厂房建设合同带来没有？惠兴齐说，合同在车里，公章在公司，我现在安排人送过来。李不言说，先将合同拿给我，我安排起草诉状和诉讼保全申请书。惠兴齐到车里拿合同，李不言给已是民庭庭长的毛玉打电话说了这件事，问上午能不能将保全裁定做出来，下午去银行冻结包装公司账户。毛玉说，只要能将案子送到我手里，出裁定没问题，现在审执分离，实施保全的是执行庭。李不言说，我负责以最快速度案子到你手里，执行找江山，你及时出裁定即可。毛玉说，肯定没问题。李不言打完电话安排吴娜起草诉状和保全申请书，惠兴齐的公章送过来时，吴娜差不多也写好了。准备停当后，李不言带着吴娜坐上惠兴齐的红旗车直奔法院。

先到立案庭立案，李不言找到安然庭长，请求快速立案并立即转给民庭。安然说，立案庭不主动转案子，都是业务庭每天下午下班前派人过来拿，如果事情急，可以让业务庭提前过来拿。李不言说，我去找民庭，请安庭长帮忙将案子快点立上。安然接过李不言手中的诉讼材料到立案大厅交给立案法官吩咐加急立，李不言道谢后让吴娜协助惠兴齐在此办理立案手续，自己去找毛玉。毛玉正在审核判决书，见到李不言问案子立上没有。李不言说，正在办手续，麻烦毛玉姐派人提前拿过来。毛玉说，不言的事不能怠慢，我看完这份判决亲自去。李不言敬了个非常标准的礼，笑着说，谢谢可靠如山的毛玉姐！毛玉粲然一笑，谁让不言如此讨人喜欢呢。你去找江山，下班前来拿裁定。李不言再次感谢后，前往执行庭。

江山却不在，庭里人说外出执行案件。李不言到刑庭找赵虹，问怎么可以联系上江山。赵虹说联系不上，但江山上班前说中午回家吃饭。李不言说，你中午回家见到他叫他到民庭庭长室，有个保全下午必须做到位。李不言和赵虹又说了一会话，再去民庭找毛玉。毛玉已经拿来惠兴齐案件的卷宗材料，正在填写财产保全裁定，手不停笔地问李不言和江山说好了没有。李不言说，没见到，执行案件去了，赵虹说他中午回家，我让他到家后赶过来。毛玉说，那就做两手准备，江山能赶上江山做，如果江山赶不上，我带人去保全。你让申请人将贷款进账时间搞准，只要进账就动手，以免错失良机。李不言抱拳说，毛玉姐太够意思，无论今天保全效果如何，我都谢谢姐。

安排妥当以后，李不言到法院大门外对在车内等候的惠兴齐说，法院这边基本搞定，下面就看你的情报是否准确及时。惠兴齐说，情报没问题，银行内部有我铁哥们。李不言说，保全成功前要注意保密，不得走漏半点风声；下午一点半我们在新华书店门前汇合，你不要开车过去，不能让包装公司的人看到你，以防节外生枝。惠兴齐问午饭如何安排。李不言说着用你操心，推门下车，带上吴娜再进法院。

毛玉准备好裁定，吩咐刘佳在庭里待命。李不言说，中午不回家吃饭，等江山过来一起随便吃点，晚上摆庆功宴。毛玉笑笑未置可否。十二点刚过，江山匆匆赶来，毛玉要和江山交接，李不言说，已经到这个时辰，干脆一块去，人多势众更容易应对突发情况。毛玉见江山当即附和也就同意了，几个人商定保全实施方案，到法院斜对面的西楚面馆，每人吃了一碗牛肉面外加一只荷包蛋，然后挤在一辆出租车里前往建设银行。到新华书店门前时，正好一点半，而惠兴齐已在此等候多时。

李不言带着吴娜和惠兴齐先进书店，开始站在儿童读物书柜前，见营业员不时朝着他们这个方向看，三人转移到工具书专柜，指指点点装作讨论挑选词典。不一会，毛玉、江山和刘佳依次过来。江山笑道，怎么感觉是在进行见不得光的地下活动？我们可是正规的法官来办正经的案子。李不言胡乱翻动着手中的英汉词典说，正规军有时也打游击战，孙子曰兵无常势水无常形，国民党只会摆开架势打阵地战结果丢了江山。毛玉笑言，江山没丢，在你旁边呢。惠兴齐讨好说，谢谢三位法官，完事后我请诸位喝酒唱歌。结果没人理睬他，惠兴齐有点尴尬，不知道往下说些什么，恰巧此时一直攥在手里的手机响了，便顺势赶忙接听，对着话筒什么话都没说摁掉电话对李不言点点头。三位法官见状迅速走出书店，穿过马路进入建行的营业大厅，李不言、吴娜和惠兴齐也跟了进去。

江山和刘佳走到营业厅的对公窗口前，向里面的营业员出示执行公务证和冻结存款裁定书以及协助执行通知书。营业员对照手续在电脑上查询，顿时露出无比惊诧的神情。李不言从营业员的神情中读出贷款确实已经进账，心中窃喜，悄悄地对惠兴齐做了个OK手势，惠兴齐的呼吸立马急促起来。营业员磨磨蹭蹭地说，冻结账户需要行长签字批准。江山沉下脸色，严厉地说，我们法院办案还需要你们行长批准？你们的内部流程不能影响我们执行公务，现在将冻结账户回执填好并签章给我。营业员转身喊主任，主任过来看一眼法院的手续对江山说确实要行长审批。江山说，你们行长要是不在，我们还不能办案啦！主任赔着笑脸说，你们办案有程序，我们办业务也有流程，请你们理解。毛玉说，那就抓紧走流程，在此期间保全账户上的资金不能动，否则要面临罚款和司法拘留。我们是本地法院的，不想和你们过不去，但也请你们予以配合。主任一听打电话向行长汇报，将行长请下楼。李不言看到行长时笑了，自己居然疏忽行长是范会计家的老苗。苗行长看见李不言问，是李律师要冻结账户？李不言说，我哪有这权利，是法院在依法执行公务。苗行长说，这笔贷款是包装公司申请更新设备用，法院如果划走，势必影响包装公司的设备更新与生产，继而影响到他们贷款的偿还。毛玉说，只是部分冻结不划走，以此施压包装公司和原告人协商解决工程款，工程款关系到众多工人，也是事关社会稳定的大事。江山说，苗行长不必多虑，先依法配合我们，法院会综合考虑各方关切，妥善处理案件。苗行长犹豫一下还是在冻结手续上签了字，营业员填好回执盖上公章送出窗口。三位法官拿到回执后离开营业厅，李不言和苗行长又寒暄几句才离开。

大家又汇合到书店门前，惠兴齐激动得有点语无伦次，要请法官去项州大酒店。李不言对他说，不要啰嗦啦，法官们还要回去上班，去招呼辆出租车过来。

62

已经到手的贷款成为人家砧板上的鱼肉，面对经验丰富磨刀霍霍的王牌组合毛玉和李不言，包装公司只得咬牙放血止损，接受胡萝卜加大棒的和解方案：确定工程款数额，从贷款中支付两百万元，余款在当年底一次性付清；逾期未付则承担欠款本金百分之二十的违约金。惠兴齐开始不太理解，面对完全可以一杆清台的大好局面，为何还要分上下半场？李不言解释说，狗急跳墙人急悬梁，不要将对方逼到走投无路。你承建厂房是为了赚钱，包装公司建设厂房也是为了赚钱，得先有人投资建厂，你们建筑商才有机会承建，逼死投资方无异于自断前程。这个和解方案对你影响有限，对包装公司意义重大，你肯定也不希望自己承建的厂房还没投入使用就被纳入破产资产。惠兴齐一点就明欣然接受，并主动承担三分之一诉讼费，与包装公司握手言和。

结案后，吴娜及时归档卷宗，在报请李不言审核后，又向他汇报孙淑侠案件，师哥，孙淑侠离婚案也是调解结案，两人和平分手，女儿由孙淑侠抚养，被告一次性支付生活补助费两万元。李不言说，结案挺快，孙淑侠对这个结果还满意吧。吴娜说，很满意，她的诉求都达成了。在拿到两万元后，她非要交一千元律师费，我没见到师哥便擅自做主只收下五百。李不言赞许道，同情心总是值得肯定的，何况少收费用主要影响你本人的提成，这个主你可以做。

梁建喜气洋洋地进来，问吴娜邀请师哥没有。吴娜说，正准备汇报完案子邀请。跟在梁建身后的陈小菊说，准备邀请师哥，没准备邀请师姐？梁建举起手中的一沓大红请柬，怎会不邀请呢？一号请柬是师哥的，二号就是师姐。吴娜将放在最上面的那张请柬从梁建手上拿过来，双手捧给李不言，梁建转身将陈小菊的那张恭敬地递给她。李不言接过请柬颇感意外，你们要结婚？什么时候恋上的？

连我都能瞒住，这保密工作做到家了。陈小菊忍不住地笑出声，打开手中的请柬说，保密特别到位，成功地瞒住师哥一个人。梁建认真地为李不言找理由，师哥的精力都在业务上，没发觉很正常。李不言过意不去地说，再忙也不能对师弟师妹的办公室恋情一无所知，喜宴上我要借着你们的喜酒自罚两杯。陈小菊又笑了，用人家的喜酒向人家致歉，师哥的诚意都在人家的酒中。李不言一副莫名的表情，我又犯错啦？吴娜欢快地说，师哥没错，我们期待师哥的致歉酒。然后拉着梁建去给其他同事送请柬。

李不言把玩着请柬说，陆洲娶刘佳，吴娜嫁梁建，什么时候喝上小菊师妹的喜酒？本来还脸带笑意的陈小菊立即露出几分幽怨的神情，师哥终于想起要喝我的喜酒，不知道师哥想喝我与谁的喜酒？李不言不假思索地问，难道又是一个惊喜？小菊师妹也有我眼皮底下的恋情？陈小菊转身便走，走到门口突然立定，头也不回地说，我哪里是在你的眼皮底下，分明是你眼皮上的睫毛，离你最近你却永远视而不见。说完快步离去。

陈小菊喜欢他，李不言早已感觉到。他也很喜欢这个勤勉好学的小师妹，但陈小菊似乎恋上他始料未及，毕竟他结婚了，陈小菊与何静很熟悉，不至于对他有其他想法。现在看来是自己想的太少，并没有真正关心陈小菊和吴娜他们，以后要注意，在业务上帮助他们还不够，生活上也得有所关注。李不言正在自我反省，杜韦急匆匆地进来，李律师，有急事求援。李不言说，杜经理久违了，太原的款子要回来没有？杜韦说，那件事以后说，先说火烧眉毛的。两星期前我将公司的桑塔纳处理给刘军，当时讲好先付一万定金，过完户将十一万的车款一次性付清。谁知道过完户后，刘军将车子开跑了，一直躲着我。就在刚才，我一个朋友在沙河县城看到这辆车，打电话通知我。我请朋友帮我盯着，前来请你想办法。李不言说，你向我求助，我带你去法院求援。

李不言带着杜韦找到江山说，有一辆桑塔纳在沙河，现在必须以最快速度过去扣押到法院。江山伸着懒腰，打着哈欠的大嘴能塞进去一只鹅蛋，揉揉眼皮说，昨夜上门摸被执行人刚回来，正准备回家补觉。李不言把杜韦卖车的事简要说一遍，催促道，只好辛苦你连续作战，带上扣押手续立即出发，务必将车弄过来。江山问，车是活动的，我们过去能保证车还在吗？李不言说，所以说要抓紧，车有人在盯着。江山很不情愿地说，你就是个催命鬼！你们有车吗？李不言说，车现成的，但最好用警车，油费我们出双倍。江山说，那就用警车。

警车出发后，李不言趴在前排椅背上写诉前保全申请书，笔迹被警车晃动的七歪八扭，幼稚得如同刚入学娃娃画出来的字，好不容易写好后对坐在副驾驶位置上的江山说，先对付着，回来再补上正规的。江山接过去没有看，闭上双眼打盹，没过几分钟便鼾声如雷。李不言对杜韦说，你看人民法官辛苦的，昨天执行会战一夜未眠。杜韦说，我还以为法官就是坐在法庭上敲敲槌子，没想到比我们还辛苦。李不言笑着说，法庭上敲槌子，是木工在修理审判台吧，给我说说太原的事。杜韦说，我们按照你的建议找公安，公安一开始不答应，后来想办法说通了，让我们查清张永志行踪，我们两次派人过去都没找到。一年多后，再次派人找，张永志可能认为风头过去了，在太原公开露面。公安过去铐上他，逼着将货款全部吐出来。李律师，你这招真管用。李不言说，实属无奈之举，有打擦边球嫌疑。说话间，沙河县城迎上来。杜韦一边打手机，一边指引警车开到一家游戏室门前。一眼望见停在门边的桑塔纳，有个人站在车头。杜韦说，就是这辆车，那个人是我朋友。李不言拍拍江山肩头，首长醒醒，开始行动了。江山猛地睁开双眼，我心里有数，下车吧。李不言下车后问杜韦朋友，刘军在哪里？有没有发现你？那人说，正在里面玩游戏呢，我进去两回他都没看我一眼。江山说，让他再玩一会，等我将手续弄齐。趴在警车引擎盖上将裁定、扣押通知书等手续都填好以后，让杜韦进去叫刘军。杜韦进去有四五分钟，拽着刘军吵吵嚷嚷地出来，刘军看到警车和穿着制服的江山有点发蒙，冲杜韦抱怨，不就欠你几万块钱吗，怎么搞这么大动静！江山问，你这辆车还欠钱吧？刘军说，还欠一点，正准备弄钱还他。江山说，到游戏室里弄钱吗？现在人家申请诉前保全，这辆车法院依法扣押了。刘军的目光在警车与桑塔纳上飘忽不定，硬着头皮说，车子已经过户给我，我只是欠他们的钱，扣押车子我不同意。江山冷笑两声，法院扣押车辆还要你同意？扣留你人都不需要征求你意见，立即将车钥匙交出来！刘军还想找来帮手抵抗下去，谎称要打电话叫朋友送钱过来。可江山根本不给他机会，电话等会再打，先将车钥匙给我们，我们将车开到法院，你弄到钱后和杜韦他们一块到法院协商解决。刘军极不情愿地交出车钥匙，十分不满地对杜韦说，老杜你这就没意思了，以后还能不能做朋友？杜韦不理睬他，接过钥匙爬上桑塔纳。江山让杜韦开车在前面跑，警车在后面压阵，两辆车一前一后顺利返回法院。

陪江山和警车驾驶员在明珠饭店吃过午饭,李不言回到办公室,看见有封沙河法院的信件在办公桌上,打开来后发现是肖成功抢劫案的判决书。作为主犯的杨伟军被判处有期徒刑十一年,肖成功被认定为从犯,减轻判处有期徒刑三年。这个结果比李不言预料的还要好,虽然开庭后主审法官表示赞同李不言的肖成功是从犯主观恶性小应该减轻处罚的辩护意见,但能减到下一个量刑幅度的起点刑出乎意料。李不言很高兴,觉得这个结果应该能让肖庆坤和胡成满意。他刚想打电话给胡成,电话铃声先响起来,姚艳告诉他砍人胳膊的鲁亮被判拘役两个月零十天。李不言问为什么还有零十天,姚艳说,鲁亮在取保候审前被公安机关羁押两个月零十天,便以此确定拘役期限,不多不少互不亏欠。李不言说,谢谢姚庭,这比缓刑还要好,没有考验期更省心。姚艳说,我尽力了,本来想给他争取免处的。李不言说,我已经知足,鲁亮也肯定知足,改天请你和赵虹喝茶。姚艳说,喝茶也不忘亲家母,就不怕亲家公吃醋?李不言笑着回应道,那就将江山一块带上,不仅喝茶,还要定个包厢纵情高歌。

放下电话,李不言心情大好。肖成功被减轻判处,鲁亮不用入狱,太原货款追回,惠兴齐工程款与孙淑侠离婚和解结案,今天桑塔纳的扣押保全又非常顺利,好消息随心顺意纷至沓来!李不言离开座椅来回踱步,在脑海里过滤还有哪些事务需要跟进。陈小菊进来问,师哥早上急匆匆出去,又碰上急事了?李不言难掩得意地说,冲到沙河扣押一辆桑塔纳回来。见陈小菊手里拿着一份邮政快递,听她说是省高院寄来的。忙接过来,嗤啦一声撕开封口,掏出裁定坐下来细看。

尽管早已料知二审结果,真的看到维持原判的裁定,李不言还是如同寒冬腊月吃冰棍凉透心底,刚才的好心情瞬间荡然无存。他无力地靠着椅背,原本在内心深处对于甄勇敢案件抱有的那缕微弱的希望之光彻底熄灭。三次省高院、四次合浦中院和十多次会见,所有的努力最终在这"驳回上诉维持原判"的冷冰冰文字中尘埃落定。那么多的案件与非诉事务能够轻松化解,甄勇敢案却如坚冰,纵然使出浑身解数也无法凿开。难道甄勇敢只能在囹圄中苦度一生?难道正义不仅有可能迟到而且可能最终不到?难道我李不言只能收拾一地鸡毛?心烦意乱的李不言将裁定书掷于椅下,站起来阴沉着脸向外走。一直站在一旁的陈小菊揪心地问,师哥要去哪里?李不言说,出去走走。低着头步履沉重地离开办公室,走出司法局大院。

李不言越过黄河路，顺着黄河故道河堤低头南行，他看着自己移动的双脚心劳意攘，省高院的裁定在千愁万绪中忽闪，不断出现的还有甄勇敢沧桑瘦削的面容和佝偻的身躯。他越走越沉重，重到无力抬脚。挪动到一棵杨柳树下瘫坐在地，双手抱头凝视着河水里斑驳的树影出神。不知何时，陈小菊坐到他的身旁，柔声地说，师哥，这个案子你分文未取付出巨大，该做的和能做的都做了。李不言垂头丧气，师哥太累了，不知道还能不能坚持下去。陈小菊将后背靠在李不言的后背上，师哥，累了就歇歇，没有你坚持不下去的事！李不言疲惫地倚靠着陈小菊，继续望着水中的树影出神。

晚饭时，周淑珍关切地说，不言的脸色不太好，哪里不舒服吗？李不言强打精神说，妈妈没事，最近有点累。周淑珍说，累就少做点，分给其他人做。何静冷着脸说，做累了干脆不做，省得"倚"靠别人！周淑珍瞪了何静一眼，不会好好说话吗！何静说，我这还不是好好说。李不言又说了一句妈妈没事，低头默默地吃饭。

吃完饭，李不言早早上楼休息。何静跟上来，关上房门说，老实交代，你为什么显得这么累？李不言坐在床沿上说，案子太多，勇敢二审维持了。何静杏眼圆睁道，不要拿勇敢说事，今天下午你干什么去了？李不言疲惫地说，没干什么，就是正常上班。何静冷笑道，在河堤上上班，你广阔天地呀！李不言一怔，反问道，老婆跟踪我？何静说，我今天是碰巧了，以后倒是有必要跟踪你。早就觉得你和陈小菊不正常，今天被我抓住现行！李不言见何静如此认真地说出现行这个词，忍不住笑出声来问，老婆抓住什么现行啦？何静说，还好意思嬉皮笑脸！青天白日里背靠背坐了那么久，就差脸对脸抱在一起。李不言没当一回事地解释道，小静你想多了，我和陈小菊没有做什么见不得人的事，今天只是身心俱疲，靠着她的后背歇一会。何静气呼呼地说，宝贝不叫了，老婆也不是，又变成了小静！累了不能往树上靠？不能早点回家歇息？是不是想换个师妹做老婆？李不言想继续解释却又觉得没有什么可解释的，浑身的疲惫又让他不想多说话，便有点负气地说，不要无理取闹好不好，我对你问心无愧！何静愈发怒气冲天，小静都叫不出口，变成一个你字！李不言发觉自己有点失态，调整情绪换上笑脸说，老婆你到底是因为我对你的称呼不高兴，还是生气我和陈小菊背靠背？何静愣了一下神，想笑强忍住，装出气汹汹的样子说，当然是你和陈小菊的事！李不言笑呵呵地将何静揽入怀中，宝贝老婆好凶好可爱，请宝贝老婆相信我，我真的没有做对不起宝贝老婆的事。何静开始想挣脱，听到宝贝老婆软了身子，将右手食指放在李不言的嘴唇上，老公你发誓。李不言煞有介事地发誓道，我发誓，如果我辜负了我的宝贝老婆，惩罚我这辈子的余生和下辈子的一生都打光棍！何静用力地将李不言推倒在床，你还是不想要我，宁愿打两辈子光棍。李不言抱住何静，要要要，我们做夫妻到下辈子接着下辈子。

何静突然挣开李不言，爬起来从床头柜里拿出家里存折说，还有一件事，老公你取五千元钱做什么？李不言说，老婆怎么忘记了，我们答应帮助赵姐的。何静说，我不仅没忘记，还记得很清楚说好的是三千。李不言摸摸脑袋皱皱眉头作恍然记起状，对了，宝贝老婆答应的是三千，我记成五千，明天去找赵姐要两千回来。何静拽住李不言的一只耳朵，我叫你装，你肯定是故意给五千，不拿我的话当回事。李不言说，哪能呢？本来想再次请示宝贝老婆的，想想宝贝老婆如此有爱心明事理又觉得没有必要，就代替宝贝老婆做回主。何静心如春水，重新钻进李不言的怀里，臭老公你最坏，这一声声宝贝老婆叫的，都忘记你干的坏事了。李不言将手伸进何静怀里，坏事不能忘，该干还是要干。

一番温存之后，李不言问何静今天如何碰巧了，何静说，今天赵虹开庭没来得及接豆豆，我给送过来，顺便看看你在不在，结果发现你去黄河堤，陈小菊跟在后面，我就顺着黄河路远远瞄着你们，看到你们背靠背坐半天回去了。我还纳闷你们在干什么，怎么就演这一出？李不言吃吃笑，又将何静搂在怀里，宝贝老婆真好玩，难道你希望我们继续演下去？何静一把抓住李不言的命根子，臭老公你试试！到时候别怪我忍痛割爱！

63

黄河大市场坐落在黄河故道西岸，是一个以日用百货、五金家电和装饰装潢材料为主的综合性批发市场，主要面向项州城和周边乡镇的商贩搞批发，但也有很多市民村民跳过商贩直接到市场淘便宜货，为市场增添不少人气，市场便天天人来人往熙熙攘攘。李不言经常从市场的周边道路经过，但从未进入过市场内部。这天下午，他问陈小菊想不想去黄河大市场转转，陈小菊反问他怎么想起去逛市场，李不言再反问她，你不想去？陈小菊说，我说不想去了吗？哪有女的不喜欢逛市场，就怕你不是去大市场闲逛的。李不言将手中的摩托车钥匙抛起又接住，指了指大市场方向，师妹言中了，据说那里有个案子在等律师。

在大市场的西门广场停好雅马哈，李不言问食品饮料批发在哪个区域，陈小菊说句最中间的，便快步向前走。李不言老老实实地跟在后面，心想还是女人更关心了解这些。来到食品批发区，陈小菊停下脚步。李不言说，二十二号门市，龙华商贸公司。陈小菊没说话，顺着一间间商铺门楣上的编号一路向里走，走到二十二号时又停下来，扭头望着李不言。李不言笑着说，你这个向导很称职。抬腿跨入门市内。

一个中年男子正在玩俄罗斯方块，看到李不言，放下掌上游戏机起身打招呼，李律师来啦，快请坐。待李不言和陈小菊坐下后，又指着货架上的商品问，二位想喝什么？李不言扫了一眼货架上的饮料，笑呵呵地说，都是"读书郎"果蔬汁，你拿儿童饮料来糊弄我们啊。中年男子说，儿童饮料好啊，纯天然超健康。李不言向陈小菊介绍道，这位是陈飞老板，惠兴齐的朋友。然后说，妇女儿童同属重点呵护对象，口味应该差不多，你来一瓶果蔬汁尝尝？陈小菊说，如果主任请客，不妨来一瓶。陈飞忙从货架上拿起两瓶果蔬汁放在陈小菊面前，何须主任请客？我管够！又弯腰低头从一只纸箱里摸出两罐健力宝，递给李不言一罐，自己也打开一罐。李不言拉开盖子喝两口，放下罐子说，言归正传，讲讲你中大奖的事。陈飞说，其实不是我中奖，是从我这里进货的十二家商户卖出去的商品中的奖。事情是这样的，这"读书郎"果蔬汁，是美国七度食品公司临江分公司生产的，为了搞促销，七度临江公司举办"读书郎动脑故事会，看故事送大奖"活动，承诺在半年之内，只要收集到一定数量的故事卡，即可得奖品一份。集卡次数不限，多集多送。奖品分为四等，集满八种不同故事卡，奖联想586电脑一台；集满六种不同故事卡，奖天文望远镜一架；集满四种不同故事卡，奖"读书郎"饮品一箱；集满任意二十张故事卡，奖毛巾一条。结果在此期间，有十二家从我这里批发的商户通过用果蔬汁兑换故事卡的方式，从消费者手中收集上来的故事卡可以兑换天文望远镜一千六百多架，"读书郎"饮品两千四百多箱，毛巾三条。商户们将中奖卡送到我这里，我统一拿到临江的七度公司去兑奖，可七度公司说活动在举办过程中出现差错，不能按照承诺兑付奖品。商户们不愿意，说是从我这里进的货，必须给他们兑奖。我只有这些果蔬汁，哪里有奖品？

李不言从陈小菊面前抄起一瓶果蔬汁，看着瓶身上的标签问，你们那些商户销售多少果蔬汁，怎么中了这么多的奖？陈飞说，销售不少，但中奖率确实偏高。李不言问，七度公司这样搞活动能保本吗？花钱赚吆喝？陈飞说，保本不保本我说不准，这次共拿了七度公司两批货，第一批是正常供货，第二批货本来是七度公司发往河南的，结果在合浦那里翻车了，七度公司通知我租辆货车将货拉过来，公司重新装货发往河南。据七度公司的内部人员透露，翻车的那批货集中了不少故事卡，准备送到河南再次匹配其他批次饮料销售，公司的调度人员一时疏忽，二次调配都给了我，结果造成我这儿极高的中奖率。如果真是这种情况，七度公司可以拒绝兑付奖品吗？李不言将果蔬汁放回到陈小菊面前，那也不可以，这不是消费者的错，七度公司只能自己买单。陈飞说，那就委托你和他们打官司，必须将奖品要回来，否则我以后的生意没法做。李不言说，你不能做原告和他们打官司，不仅不能做原告还得和七度公司一起做被告。陈飞眯起双眼问，李律师，我请你帮我，怎么将我帮到被告席？李不言笑着说，当被告不代表一定要承担责任，这只是一种诉讼策略。现在可以明确七度公司是应该承担兑奖责任的被告，十二家商户是代表消费者主张奖品的原告。根据原告就被告原则，官司应该到七度公司所在的临江法院去打。这样对于原告来说不仅会增加不少往返成本，还要面临临江法院可能存在的地方保护风险。如果将龙华商贸列为共同被告，官司就可以在项州法院立案。陈飞问，龙华商贸没有兑奖义务，只是协助商户领奖，怎么也能列为被告？李不言说，七度公司是果蔬汁生产单位，龙华商贸是果蔬汁销售单位，列为共同被告有法律依据。陈飞仰起脖子一口喝光剩下的健力宝，用力将空罐子捏扁，这些东西我弄不明白，全权委托你，能让商户兑到奖品就行。李不言说，你要想弄明白没问题，我慢慢给你上两课；不想弄明白也可以，将有关资料收集给我，你负责找商户签字交钱。陈飞将捏扁了的空罐子扔进一只空纸箱，我负责找他们签字，律师和法院的钱我先垫上，另外还负责请你们二位喝酒。李不言说，酒不喝了，我看果蔬汁蛮对陈律师口味，等一会搬两箱放到我摩托上。陈小菊起身将喝光了的空瓶子放进纸箱里，重新坐下后说，尝过了，我不要。陈飞说，两箱还好意思拿出手，我安排送二十箱到你所里。李不言将手中的空罐子准确地投进空纸箱，指点着货架上的果蔬汁说，你想用这些果蔬汁抵律师费吗？才不上你当，只要两箱免费的。另外等将来打赢官司，你将天文望远镜弄一架给我。陈飞说，肯定没问题，一千多架呢，怎么也能弄几架。

回到事务所，李不言停好车，让陈小菊搬一箱蔬菜汁到她办公室，说另外一箱带回去给何静尝尝。陈小菊哑然一笑，果蔬汁变成蔬菜汁，再说变成稀饭了。李不言说，师妹说的没错，其实就是添加了一些瓜果蔬菜的稀饭。陈小菊说，师哥强词夺理，职业病严重。李不言的两只眼珠子向上翻了翻，好像真是的，我以后得注意。龙华商贸的案子你主办，材料整理好后先和毛玉姐碰碰再立案。

刚进办公室，一个身着警服的人跟进来，自我介绍说，我是季元庆，项河中学毕业的，比你高三届，在交警大队车管所上班。以前就耳闻李律师大名，后来听何校长说我们还是校友。李不言热情地给季元庆让座倒水，心里面说何校长怎么从来没有在我面前提过你。嘴里面师哥叫得挺自然，师哥今天来有什么盼咐？季元庆说，能找个私密的地方说事吗？怕这里人来人往的不方便。李不言便将季元庆领到财务室，请范会计到他办公室帮忙接待访客。范会计出去后，李不言反锁上财务室，重新给季元庆倒杯水，听他说需要保密的事。

季元庆喝了一口水，哑哑嘴说，有点说不出口，我们是师兄弟，和你直说了吧，局里要对我罚款五千元和行政拘留五日。李不言打断他，师哥你等等，你不是公安局交警大队的吗？你们公安局这是要清理门户？季元庆说，没错，偏要认定我嫖娼。李不言心想好玩了，面上波澜不惊地问，师哥你讲讲究竟是怎么一回事。季元庆说，三个多月前一天午饭后，我到蓝月亮美容美发厅理发，理好后起身要走。老板娘说上班时间还早，你面部比较干燥，不如做做面膜。我想想也是，就又坐下来叫她给我做。她说到里间面膜床上躺着做更舒服，我说就在这椅子上做，她说还是到里边躺倒好做。我就到内间面膜床上躺下，一个小姑娘来给我做面膜。因中午喝了几两酒，我躺在面膜床上开始犯困，昏昏欲睡中感觉有人在摸我下部，睁开眼见是小姑娘将我裤子的拉链拉开，用手在里面摸，并且自己的裙子和内裤都脱到膝盖下面。我问她干什么的，她说跟我玩玩。话一落音趴到我身上，我用力推开她，坐起来拉好拉链。在外间的老板娘听到动静推门进来，小姑娘正慢慢地把上衣往裙子里掖。老板娘说季所长你干什么，怎能做这事，她还那么小。我说什么都没干！她说你还不承认。我说我什么都没做承认什么。她让小姑娘出去，问我是公了还是私了，我问公了怎么说私了又怎么说，她说公了马上打110，告你强奸她；私了你给两千块。我说就因为上次来理发，你找我借两千我没有，今天来敲诈我？她说你给不给吧，不给别想走出去。并高声让外间的小姑娘去喊她姑爷。我说身上只有二三十，家里的顶多也只能凑一千。她说你两天之内送一千块来，如不送来就到交警队你办公室去要。我第二天给她送去了一千块。师弟，你可能要问我根本没对小姑娘动手动脚，更没有发生过性关系，为什么同意私了给她一千块？我当时是这样想的，如果公了，他们有预谋，口径一致对我不利，我会有口难辩；而且一旦110车过来，把我和小姑娘用警车带走，对她们可能无所谓，对我将造成极坏影响。我当时也想过主动报警，又担心公安机关惩治她们后，她们会叫黑道上的人来报复我。因此我才选择私了，就当是破财消灾。本以为此事石沉大海过去了，未料到给我做面膜的小姑娘是一个卖淫女，在九月份的一次卖淫时，被东关派出所当场抓获，在她的供词中提到我。东关派出所汇报到局里，正巧孙局长对我有看法，便安排调查我。调查人员态度非常强硬，要求我必须承认嫖娼行为。事实上没有，叫我怎么承认。调查人员说你说没有和小姐发生关系，为什么要给老板一千块钱？小姐和老板都承认了，你不承认行吗？第一次谈话结束后，调查人员说你家属在楼下等你，跟她一起回去吧。我回到家后家属和我说，你能回来是我给你交了五千块罚款。我和家属为此吵了一架，我说谁叫你交罚款的，怎么能连我的面没见到就交钱？她说我又不知道你那是真是假，不交钱你出不来，明天你不去上班，知道的人多了不是更难看吗？我想想也有道理，就忍气吞声想算了。可隔有十多天，调查人员又叫我去，对我说今天约你来是在处理意见上签字，同意接受处罚。我一看是一份行政处罚听证告知书，准备对我罚款五千元和拘留五日。我一想再忍让下去不得了，就赶快来找你，请你做我的听证代理人。师弟你想想，如果我有意识去嫖娼，一是身上不会不带钱；二是不会去有人认识我的地方；三是不会在我工作单位附近；四是更不会去找认识我的老板和小姐。从另一方面讲，我不会拿通过十多年努力奋斗来之不易的名誉和地位开玩笑，因为这么点破事去自毁前程。季元庆说完，一口气喝光一杯水。

李不言给他续上一杯水，不动声色地说，师哥，我说句话你别介意，现在重要的不是做没做，而是能否证明你做没做。你从来没有承认过你和小姐干那事吧？季元庆说，我没干过怎么会承认，师弟你也不信任我？李不言说，我只是从律师角度考虑这件事，听证会上不存在感情用事，只能靠证据说话。你说的这种情况，一对一没有其他旁证，过去三个月来查证，只要当事人不承认很难认定下来，何况你还是公安局的,何苦相煎太急呢!

晚上回家后,李不言与何金桂提起季元庆,何金桂说,这个人傲得很,一般人不大放在眼里,他去找你啦?李不言说,和我聊点事,我想通过他拿驾照。何金桂说,想拿驾照先学开车,我们技校正在和人家联合办驾校,你想学开车我给你安排。何静在一旁说,我也想学开车拿驾照。周淑珍瞪了她一眼,女孩子拿什么驾照?何静趴在李不言后背上左右摇晃撒娇道,老公拿我就拿,除非叫你女婿也不拿驾照。李不言说,好好好,我们一起学开车。我给你弄来一箱果蔬汁,在雅马哈上。何静松开李不言跑到车前看到果蔬汁后叫道,老公,你这是给我的?什么"读书郎"?给你宝贝儿子的吧。

64

甄勇敢即将被送往东方省第四监狱服刑,李不言最后一次到看守所会见他。在去看守所的途中,陈小菊问要不要和甄勇敢讲缪正成曾约她晚上见面的事,李不言说不用了,缪正成好色,甄勇敢作为下属应该有所耳闻,甄勇敢不提,自然有他的考量,我们说了有可能让他为难,提与不提对甄勇敢处境没有什么帮助,还是暂且不说。陈小菊想想是这个道理,明白了李不言为何在听她说过缪正成之事后从没有提起过。

甄勇敢比改判死缓前精神好了许多,似乎还胖了一些。他发自肺腑地说,不言,衷心感谢你,我这条命是你保下来的,如果有机会,将来我一定好好报答你。李不言说,兄弟言重了,可惜我只是个无权无势的律师。不过,我曾经读到过一段话,据说是阿拉伯谚语,"相信所有结局都美好,如果不美好,那还不是结局"。我相信你不会终生都待在监狱里,也许在不久的将来就能迎来平冤昭雪。甄勇敢重复了一遍"相信所有结局都美好,如果不美好,那还不是结局",忧心忡忡,如何重获自由,一直申诉吗?李不言说,有两种途径,一是遇到所谓的青天大老爷,二是真凶落网。特别是第二个途径,能做下这样的惊天大案,肯定不是一个人,也不会是初犯。罪犯再狡猾也不可能永远不露出马脚而逍遥法外,凶案总有一天会水落石出。甄勇敢点头说道,我也有这个想法,这口沉重的黑锅不可能让我背上一辈子!李不言坚定有力地说,这个想法不要动摇,我与江山永远与你在一起!甄勇敢瞬间热泪盈眶,动情地说,结识你们两个好兄弟是我不幸人生中的大幸。

回到所里后，陈小菊说，师哥，那句阿拉伯谚语说得可真好，我也相信所有的结局都美好。李不言担心陈小菊往他们两人的关系上想，故意轻描淡写地说，一句谚语而已，我只是想鼓励勇敢不放弃。陈小菊的眼神里充满憧憬，好像在顺着李不言的话，但更像是在对自己说，不放弃，相信美好结局！李不言不敢再说话，摸过一本卷宗翻起来。

下午不到三点，何静到所里找李不言，正在阅卷的李不言拿起手机看一眼时间，笑呵呵地问，老婆今天怎么下班这么早？何静走到李不言身后，张开双臂搂住他的脖子，在他的耳旁悄悄地说，老公忘记啦？下午有任务。李不言这才想起上午说好下午早点回家学车，何金桂已经提前安排好。

李不言与何静到家后，一个小伙子在院内等他们，周淑珍介绍是后勤处的小张，何金桂安排他带他们去学车。李不言与何静跟着小张来到驾校练习场，有几辆车在教学不同的项目，每辆车里都坐满学员。小张将两人带到一辆单独停在一块场地上的教练车旁，车门从里面打开，教练下车恭敬地向何静问好，然后对李不言伸出手，李律师你好，我叫吴天宁。何静问，你认识我老公？吴天宁说，我认识李律师，李律师不认识我，我听过李律师的庭。何静有几分得意，挽起李不言的胳膊。李不言拍拍何静的手，我们就这样一起学开车？何静粲然一笑松开他，坐进驾驶室，发动车子、踩离合、挂挡、打左转向灯、鸣笛、松手刹、松离合、点油门起步，一连串动作看得李不言眼花缭乱，很是惊奇地问，小静会开车？吴天宁说，小何老师路考应该完全没问题，就是移库倒库还要练练。李不言问，是不是偷偷跟你学过？吴天宁说，李律师不知道？小何老师来学过几回，她特别聪明，上手非常快。何静开车转了一圈回到原地停下车，解开安全带，拍着方向盘说，老公你来试试。李不言本能地后退一步，我连方向盘都没摸过，哪敢开啊。吴天宁说，李律师你到副驾驶位置上看我示范几遍，这些基础动作不难，开车关键是胆大心细。何静下车又上车，坐到车后排，吴天宁坐到驾驶员位置上，将起步动作分解示范了几遍，然后让李不言过来试试。李不言说，我还是有点胆怯，万一失控不是闹着玩的。吴天宁指着副驾驶旁边的操纵杆说，没事，我就在副驾驶位置上，有意外情况，我也可以制动刹车。李不言这才换到驾驶员位置，两只脚在离合、刹车和油门上倒来倒去找感觉，然后伸手去点火发动车子。后排座椅上的何静在李不言手背上拍一巴掌，老公你不系安全带就发动啊。李不言笑笑系上安全带，再去点火发动，试了试几脚油门，小心翼翼地踩下离合，挂上一挡，抱紧方向盘慢慢加油门，车子在原地轰轰响着没有动，李不言一脸狐疑地看着吴天宁。吴天宁还没说话，何静在后面笑疯了，拍打着李不言的后背，你这个大笨蛋老公，没松手刹就想走！

李不言在训练场上练到日薄西山，被何静笑称笨蛋无数次，吴天宁不忍心，畏畏缩缩地说，小何老师，李律师初次学车，能开动兜圈子已经很不错，你得多鼓励。何静说，你给我闭嘴，叫他笨蛋就是激励他！李不言说，吴师傅不能闭嘴，他闭嘴了，还怎么教我？小何老师你可以歇一歇。何静对着李不言后背又是一巴掌，你个笨蛋老公才该闭嘴，专心学你的车。

暮色渐浓，何静按两声喇叭宣布今天学习结束，收工回家吃饭。李不言减速停好车，对吴天宁说，吴师傅，我明天想趁热打铁再来练练，你看方便吗？吴天宁说，我这一周时间都安排给你们，你们随到随学。说话间与李不言互换位置，发动车子将他与何静送到宿舍区，道声明天见，开车离去。李不言和何静有说有笑走进屋内，看到何金桂和周淑珍坐在餐桌边看着阳阳吃饭。何金桂问，车学的怎么样？李不言摸了一下阳阳的小脑袋，刚有点感觉，再学两天差不多能上路。何静撇嘴说，老公你就是胆大，瞧你那笨手笨脚的笨蛋样，再学两个月也考不过去。周淑珍说，小静乱讲话，不言哪里笨手笨脚的，就你这脑子十个也抵不上他。李不言笑着说，我脑子反应还可以，手脚确实不够麻利，在法庭上想发言，经常手没举起来，几句话已经说出口，没少被审判长提示过。何静亲了儿子一口，俏皮地说，他师母听到没？这可是有十个脑子的人自己承认的。周淑珍正想举手吓唬何静，阳阳突然奶声奶气地喊，爸爸笨蛋样。

65

当惠兴齐说想拿地开发房地产时，李不言以为他是在开玩笑，问他对挖矿造军火有没有兴趣。惠兴齐非常正经地强调是真的要做开发商，李不言这才正经地说，这可不是空手套白狼的事，你有资质和资金？惠兴齐从包里拿出营业执照副本给李不言，不无得意地说，仁信房产，仁义礼智信。李不言接过副本看一眼还给惠兴齐，还仁义礼智信，你这是要回头是岸立地成佛了。算你能耐！找我干吗，拉我入伙吗？惠兴齐说，你不是建设规划局的法律顾问吗，特来请你介绍我和宋欣新局长认识。李不言拿出手机联系宋欣新，宋欣新在电话里说，我两小时后到区政府开会，要来抓紧过来。惠兴齐开着新换的别克君威一路疾驶，二十分钟赶到建设规划局。在局长室李不言向宋欣新介绍惠兴齐，仁信房产的董事长惠兴齐，我的老朋友。他想开发建设商品房，请宋局推荐好地块。宋欣新与惠兴齐握手说，好事啊，我们欢迎投资，惠老板有何开发意向？惠兴齐说，我们公司刚起步，资金规模不大，又想多拿一些地，所以想避开黄金地段，找块现在稍微偏一点但远景不错的地方。宋欣新一听站起来，走到挂在墙上的项州城区规划图前，指着图上东面边缘的一处地块说，惠老板，我推荐你拿这块地。惠兴齐凑近规划图仔细看了看，有点疑虑地问，都跨过大运河到远郊了，房子能好卖？宋欣新说，现在是郊区，等在建的两座运河大桥竣工通车，不要几年就会变成闹市区，这边是项州城区的优先发展方向，潜力无限，目前地价非常便宜，等以后发展起来，抢都抢不到。你是李律师朋友，我才推荐给你，其他开发商来，我从不提这块地。惠兴齐用征询的目光看着李不言，李不言说，这方面我不懂，涉及到法律问题可以给意见。宋欣新拿出一张名片递给惠兴齐，惠老板回去考虑考虑，开发商品房不是小事情，考虑成熟再决定。下次不要麻烦李律师，可以直接过来找我。李不言说，这样最好，宋局还要开会，我们先撤吧，下次你和宋局约好过来慢慢谈。惠兴齐满脸堆笑地接过名片，点头哈腰地说，宋局，我改天再来拜见你。

离开建设局，惠兴齐问李不言对那块地有何看法，李不言说，你是本地人，我是建设局法律顾问，宋局应该不会糊弄我们，主要是地价，如果很便宜可以入手，拿下来慢慢开发，等大桥通车后那边发展起来，钱肯定有得赚。再说就你现在手里的资金，也没有多少选择余地。惠兴齐说，主任分析得有道理，改天我找宋局，看看地价有多便宜。另外问一句，宋局有什么喜好？李不言瞪了他一眼，你想干什么？别动歪脑筋，会害人害己。宋局给我印象是个正派人，没有什么特殊嗜好，你最好规规矩矩和他谈事情。眼看着快到工人路，惠兴齐说，我听李律师的，现在送你回所里吗？要不要到我公司坐一会，中午喝两杯。李不言说，等你那两杯酒，浪费我一上午，送我去公安局。

到公安局大院门口，惠兴齐停好车问是在此等候还是等会过来接，李不言推开车门说，你去忙你的不用管我，过两天我们将最近几个案子的律师费用结算一下。说完关上车门，往公安局大院里走。传达室里人拦住他问找谁，李不言拿出律师证说找老同学法制办的谭斌。那人没看律师证，说句在二楼让他进去了。李不言来到谭斌办公室，推门而入问，师弟想师哥没有？谭斌手握纸扇笑眯眯地说，我不仅想你，还知道你会来找我。李不言笑道，继续蒙，蒙我缘何找你。谭斌右手刺啦一声打开纸扇，左手的拇指掐着其它四指的关节说，要问师哥前来何事，那是灶王爷吃糖瓜手拿把掐，定是为季元庆而来。李不言哈哈大笑，拿着把破纸扇还真把自己当成诸葛孔明，肯定是季元庆在你面前提过要找我。谭斌收起纸扇，扔在桌上，季元庆没有提起师哥大名，但他说要请律师听证，我就知道他会找你。我和他一个局里好几年，他不知道我也是项河中学毕业，你和他不在一个单位，却能知道你，师哥都成项州名人了。李不言捡起纸扇，我一个小律师能有名到哪里去？主要是你和他隔好几届，你在警校读书时，他都工作好多年。谭斌说，他眼里只有领导，如果不是要听证估计也不会找师哥。李不言问，那为何还让领导不满意，非要定他嫖娼？谭斌说，大概是拍马屁拍着马腿才倒挨这一脚，领导也不是好伺候的。李不言问，这事怎么办？还真要听证处罚？证据不够啊。谭斌说，局长指示一定要办。你来得正好，听证通知签收下。李不言打开纸扇，看着扇面上的"仰天大笑出门去，独对春风舞一场"两行草书说，好诗好字好潇洒。谭斌说，师哥休要打岔，速速签收通知。李不言合上纸扇，这字暂时不签，容我点时间好好准备，我要与你们大干一场！谭斌说，师哥不要为难我，局长限期办结，没有几天了。李不言说，你回复局座律师出差在外，得等律师回来。谭斌说，时间不能长，至多十天八天。李不言放下纸扇，最近手里事情太多，至少给我半个月！谭斌刚想说不行，李不言握住他的手，就这样成交！上次在技校打篮球，法院的朋友输得挺不服气，什么时候你带着你那几个弟兄再和他们约战一场？谭斌说，那岂不是又要让师哥破费？李不言重新抓起纸扇潇洒地打开，在胸前轻轻扇动几下，季元庆花五六千惹一身骚，大好前程岌岌可危。我花几个小钱让十几个弟兄开心大半天，是件多么超值的事。谭斌大笑道，师哥刀子刻碑，尽说实（石）话！我们打篮球，健康又快乐！

告别谭斌，李不言给季元庆打电话，我在公安局，你的事情有点棘手，局长盯得紧。本来准备这周安排听证，我争取到半个月左右的时间，你想办法继续托人和局长通融，尽量不听证处罚。季元庆说，师弟辛苦，我正在想办法。你车子学得怎么样？下周有场考试，要不要安排参加？李不言说，安排吧，别忘了还有何静。季元庆说，忘不了，我给你们报名，你们到场就行。

刚挂掉电话，一个电话打进来，李不言一看是个有点熟悉的固定电话，但一时又想不起来是谁，犹豫几秒钟还是接听了。电话那头说，不言吗，我是徐剑锋。李不言一听连忙站住，徐院长您好，您有什么事？徐剑锋说，你在所里吗？我想和你说件事。李不言说，我刚从公安局出来，十几分钟就能到您办公室。徐剑锋说，那就辛苦，我在办公室等你。

到了徐剑锋办公室，徐剑锋掩上房门，将提前泡好的碧螺春端到他面前，不言，有件事需要你出面。李不言双手接过茶杯，院长您吩咐，只要我能做到在所不辞。徐剑锋笑道，你肯定能做到，是你最拿手的刑事辩护。李不言问，给谁辩护要院长亲自安排。徐剑锋说，是我爱人的弟弟王刚，在粮食局当局长的那个，经济犯罪进去了。李不言笑着说，这还要律师辩护，院长指示合议庭把关"严密"一点不就解决了。徐剑锋说，那不一样，从律师的角度更容易发现问题，你又特别擅长在貌似没问题中找出问题，你帮着好好找找，多多益善。李不言说，明白，哪怕是鸡蛋里挑骨头，我也争取不辱使命。王局长涉嫌什么罪名，贪污还是受贿？徐剑锋说，有贪污也有受贿，还有挪用公款，三个罪名情况不容乐观。李不言说，关键是数额，罪名多未必是坏事，也许机会就在里面。徐剑锋示意李不言喝茶，自己也喝了一口说，据了解贪污和受贿都在五万元以上，挪用少一点。李不言说，数额有点不妙，五万以上正好是五年以上，如果都能认定，数罪并罚至少也得十年以上。徐剑锋说，所以才说不乐观，我爱人和她的弟媳妇很着急，叫我帮他想办法，我能有什么好办法，只能请你出面辩辩看。李不言说，我全力以赴，谁出面办理委托手续？徐剑锋说，让我爱人陪她弟媳妇去，费用你正常收，请你不是为省钱，是看在你的能力上。李不言说，院长能信任我，这就不是钱的事。费用全免，状态拿出最好的。徐剑锋说，该收还要收，下午叫她们到你所里办手续。李不言说，我将下午时间空出来，专门等她们。

从三楼徐剑锋的办公室出来，李不言来到一楼执行庭，推开江山房门，江山和赵虹都在，还有一男一女两个年轻人。李不言说句你们有事啊准备关门离开，江山说，没事，都是自家人。江河，这是你不言哥。不言，这是我弟弟江河和他的女朋友小王。不言哥，你好！江河大大方方地打招呼，小王略显扭捏地冲李不言笑笑。李不言说，你们好！怎么都站着？江河说，我们正要走，不言哥再见。

和小王一前一后出去了。李不言坐下后问，这是什么情况？见我来他们走。赵虹说，他们来要房子的，说完可不就走。李不言问，要房子？问谁要？江山一筹莫展地说，他们在黄河市场做生意，一直想结婚，小王家坚持江河在城里有房子才同意结婚。我父母让我想办法，我们刚刚凑齐法院的一万多元房改钱，到哪里给他们搞房子！赵虹也是一脸愁云，小两口隔三岔五的来找江山，真是愁死人。李不言安慰道，愁什么，车到山前必有路。江山心烦意乱地说，你总是车到山前必有路。路在哪里？给我指一条！李不言抬脚跺两下，路在脚下啊！赵虹忍不住地笑着说，你们西游记呢！能不能说点有用的。李不言坐直身子说，那就说点有用的，我那套司法局的集资房不是空着吗，可以贡献出来，不过不能给江河住，你们和豆豆住过去，你们的房子给江河结婚。赵虹立即否决道，那怎么可以，这可是一套房子，又不是住一天两天的。江山也摇头，确实不可以，再说你愿意何静不一定愿意。李不言说，何静是豆腐心，好说话，何况是给她干闺女住。当然，我得把话说清楚，我不是仝有为，你们也不能做钱新华，房子不是送你们的，你们要出钱买，价格四万五，集资成本价，房款可以分期付，长短视情况，发横财了一笔付清，靠工资每年付几千。江山看着赵虹迟疑地问，这样可以吗？赵虹说，不言回家与何静商量看看。李不言说，商不商量都没问题，你们准备乔迁吧。

下午徐剑锋爱人陪她弟媳妇来办委托手续，李不言为她们泡好茶，将办公室门从里面反锁上说现在开始不接待其他人。王刚爱人提起一个包装精美的礼盒，放到办公桌上，李律师，这里是一套餐具，表示一点心意。李不言说，这不是见外了？徐剑锋爱人说，听老徐说李律师坚持不收律师费，弟妹实在过意不去，非要将这套餐具带给你，不值什么钱，收下吧。李不言拿起礼盒放在身后地上，那就不客气了，不过下次不要再带东西过来。然后拿起准备好的委托手续问，刑事拘留通知书带过来没有？王刚爱人拿出通知书，李不言接过来，看清楚通知书上的嫌疑人及其家属姓名后问，你就是朱秀芬吧，这通知书上的王刚与朱秀芬两个人的名字写的都对吗？王刚的爱人说，我就是朱秀芬，上面的名字写的都对。李不言将委托辩护合同与授权委托书填好，让朱秀芬在上面签名并留下联系电话。办好手续后说，我会尽快和反贪局联系会见王局长。徐剑锋的爱人和朱秀芬同时说谢谢，然后起身离去。

临近下班前，惠兴齐又过来。李不言问，怎么又来了，还想结识谁？惠兴齐将两盒茶叶放在李不言面前，李律师喜欢碧螺春，我送两盒过来。另外不是要结算律师费吗？我来与你们财务对接一下。李不言笑着说，我说东忘西的，你倒记住了。惠兴齐说，我估摸着李律师要买车，不敢耽搁你的好事。李不言说，我是透明人吗？上午在公安局，小师弟对我的来意十拿九稳，现在你又将我买车的心思一语中的？惠兴齐说，李律师学开车拿驾照，不想买车难道是想买飞机？李不言俯身将碧螺春与朱秀芬送的餐具放在一起，直起身子说，难怪惠董事长生意兴隆，善解人意啊！说说你欠我多少钱？惠兴齐说，最近三个案子一共二十多万。李不言故意问，怎么会让你拖欠三笔费用？我一向是及时结清的。惠兴齐嘿嘿笑，案子都比较急，李律师信任我，坏了以往规矩。李不言说，你去财务室核算清楚具体费用，另外帮我参谋一下买什么车。惠兴齐说，买车的事你就不要费心了，我帮你留意。

66

李不言将王刚的卷宗摊开在桌面上，红蓝双色水笔与阅卷笔录专用稿纸准备好放在一边。此前他已经粗略地看过一遍卷宗，对案情留下初步印象，再看就要逐字逐句地研判，去寻觅可能影响定性量刑的蛛丝马迹。项州市人民检察院在起诉书中指控王刚触犯三个罪名，贪污公款四笔，合计人民币五万两千元；挪用公款一笔，两万元；受贿十六笔，六万九千一百元和购物卡一千三百元。对于这些基本事实，王刚皆认可，想否定掉是几乎不可能完成的任务。只有从性质上动脑筋，要么不属于犯罪，要么是彼罪而非此罪。李不言用双色笔圈圈点点叉叉勾勾，做了许多只有自己才能明白的记号，同时用自己偶尔都难以辨认出来的笔迹做了一些重点摘抄。经过半天拉网式的过滤筛选，合上卷宗时，辩护方案的雏形已经了然于胸。对于被指控的三项罪名，李不言认为全部成立，关键在于数额上的调整。按照起诉书上的指控数额，王刚的贪污罪与受贿罪都是在五至十年有期徒刑之间量刑，挪用公款罪的量刑在五年有期徒刑以下，三项罪名数罪并罚最低也在十一年左右。要想获得较轻的量刑，贪污与受贿的数额显然是关键，最好都能调整到五万元以下。通过阅卷，李不言发现有这种可能性。

贪污罪的第三笔，起诉书指控项州市粮食局在粮库工程建设中，指示施工单位多开工程款发票十二万七千元，将这笔资金套出来交由财务科长刘立华保管，作为粮食局的小金库使用。一九九四年十二月十五日，王刚利用担任局长的便利，私自从刘立华保管的小金库中以借款为名套取人民币两万元占为己有，至案发前仍未归还。李不言在卷宗里看到王刚所出具的这笔两万元的借条，王刚一直辩解这笔钱是借款，将来要归还。但刘立华证实，借条只是一个形式，实际上这笔钱王刚不会归还，王刚曾经授意他处理掉这张借条，因为没有合适时机处理才一直保存着。刘立华的证词是孤证，王刚没认可，借条还客观存在，这就提供了辩解机会，长时间借款未还，应认定为挪用公款。这笔两万元应该从贪污罪里调整到挪用公款中，虽然涉案总额没有变，量刑大不一样，贪污减掉两万元，数额从五万两千元变成三万两千元，量刑减至五年以下；挪用公款增加两万元，仍然没有达到数额巨大，量刑还在五年以下，这相当于白白地将贪污数额降下来。李不言很高兴，有了这个发现，对徐剑锋基本可以交代过去。

接下来是受贿问题，至少要去掉二万零四百零一元才能将数额降到五万元以下，这个难度有些大。李不言将十六笔受贿的指控分成四大类，其中四笔数额较大的，放在一边暂时不持异议。其余十二笔分别归类，认为皆不属于行贿受贿。第一类是正常的人情来往，包括起诉书中的第二、三、四、十一、十二和十四笔，上述六笔涉及的六个人与王刚都是同事或者好友关系，先后在节假日分十次送给王刚八千四百元，平均每次八百多元；王刚对他们或多或少也有财物馈赠，可以理解为没有超出正常的礼尚往来范畴，不应定为行贿受贿。第二类是下级部门对上级领导的慰问行为。包括起诉书中的第七、十五和十六笔，共计一万一千元。这三笔是下辖乡镇粮管所在过春节时送给上级领导的慰问金，项州市粮食局每个局长都有，只是数额多少不一。这当然属于不正之风，应该予以禁止并给予批评甚至行政处分，但认定为行贿受贿过于苛刻。第三类是亲属之间的馈赠。包括起诉书中第六笔王刚女儿在临江就医住院期间王鸣包的两千元红包，和第十笔王刚爱人朱秀芬开花店门市时王鸣所送的价值两千五百元的澳柯玛空调一台。王鸣是王刚的远房侄子，给堂妹包个红包婶子花店送个空调很正常。我国是个十分讲究人情来往的社会，将这些往来纳入刑事法律的调整范畴，有背传统习俗，模糊了法律与道德之间的界限。上述十二笔加起来是二万三千九百元，如果辩护成功，王刚的受贿罪也应该在五年以下量刑。

李不言将上述想法整理成辩护词，交到大门外的打印社打印。从打印社出来返回院内时,听到何静在身后喊老公。他扭头玩笑道,美女认错人了吧,这里只有律师没有老公,你是来请律师的?何静瞬间装作真的不相识,一脸秋霜地说,我是来请律师的,听说有个叫李不言的特别能干特别坏,你认不认识他?李不言煞有其事地说,我恰巧和他一个办公室,听说他是婚恋法律问题专家,美女是老公移情别恋了还是自己不小心红杏爬出墙?需要我带你去他办公室吗?何静装不下去了,咯咯笑着将自行车车把塞到李不言手中,老公,你在法庭上也这样吗?一本正经的胡说八道!李不言顺势接过自行车,憋住笑说,就这么想认我做老公,既然美女如此深情,本律师从了吧。两人说笑着到车棚下放好自行车,又说笑着进入一楼走廊。

　　陈小菊从办公室出来,笑着说,何老师笑得好开心,有段日子没见到你,今天怎么有空过来?何静向陈小菊招招手,待她过来后亲热地抱住她,小菊姐你忘了?不是放暑假了嘛,我来看干闺女。进到李不言办公室,何静拿出两本驾照,老公,驾照办好了。李不言说,这么快!季元庆送给你的?何静说,今天一大早你刚走送到家里,说是上班顺路带过来,还给他老师带了一箱酒。陈小菊问李不言,什么时候学开车的,没听你说嘛。何静不屑地说,他学什么车?摸几次方向盘就敢去考试,移库倒库没有一次不碰掉杆子,也能拿到证,这个车管所太黑!李不言笑着反唇相讥,不黑你能过关?信心爆棚移库,不也掉杆子?要不是季元庆打招呼,你还不知道要补考多少回?何静指着李不言驾照上的照片说,都怪这个大坏蛋!我平时练得好好的,你一站在旁边,我就碰杆子。说着将驾照塞到李不言手中,拿着你的本本开车去吧。李不言接过驾照,翻开来看一眼感慨,又多一本证,我那个百宝箱快要装不下。陈小菊要过去,来回来去看几眼说,偷偷去拿驾照,把我们这些师弟师妹忘记了吧。李不言说,你们想要拿照好办,好好学,不出一个月全搞定。陈小菊想到徐龙云和梁荣光,摇摇头,还是不要吧,开车挺吓人的。李不言听出陈小菊话里意思,转移话题问何静,你看过豆豆啦?何静说,看过啦,我刚才送阳阳过去,让他们兄妹在屋里玩,我准备去买点菜,中午401吃饭。小菊姐,一块去?陈小菊问,我去合适吗?李不言说,吃顿便饭有啥不合适,你也去江庭长家认认门。又对何静说,天热不去买菜了,我去明珠饭店拿几个现成的。何静脸上笑开花,扑过去在李不言嘴上亲一口,还是好老公心疼我。陈小菊转过身子说,我什么都没看见。

何静不放心阳阳和豆豆，拉着陈小菊先去 401。李不言从饭店拿了四个凉菜和四个烧菜半成品到 401 时，赵虹也已经回家。陈小菊接过李不言手中的菜放在操作台上，系上围裙扭开液化气灶动手加工热菜。赵虹夺围裙，被陈小菊赶出来，只好与何静一起陪阳阳和豆豆玩。何静问阳阳有没有好好带妹妹玩，阳阳说，妹妹不好玩，就会卖书，我买了五本，她还要卖。豆豆说，哥哥要打仗，老是要我当坏人，也不好玩。赵虹与何静笑作一团轮番抱起两个孩子亲。李不言站在厨房门口，看着烧菜的陈小菊说，小菊师妹好像熟门熟路啊。陈小菊一边烧菜一边说，我刚才侦察功课做到位，你不是常说凡事预则立不预则废吗？帮我拿几个盘子来。李不言喊赵虹，让她将朱秀芬送的那套餐具拿出来用。赵虹找出来，拆开包装，一件一件往外拿。何静拿起一只盘子说，高级啊，还是骨瓷的。李不言听何静这么说也拿起一只盘子，掂了掂分量，这是高级餐具？拿在手里轻飘飘的，跟塑料的差不多。何静咯咯笑，轻轻捶了李不言一拳，老公你是装的，还是真的不识货？这可是正宗骨瓷，你迎着光看看。李不言举起盘子，迎着光线观察，乳白色的盘子润泽光亮，轻薄细腻通透，盘边那枚飘逸的红色中国结，将釉面衬托的非常洁白柔和。赵虹也拿起一只盘子对着光线看，又用食指和拇指轻轻地弹一下，盘子立时发出"叮"的一声脆响。轻叹道，真的太漂亮了，不言还说不值钱。何静一听来了劲，虹姐你等等，这套餐具是我老公送的？赵虹故意夸张地说，糟了，原来你老公是背着你拿过来的，这下麻烦大了。李不言将两只盘子摞在一起对何静说，委托人送的，我没当回事，上次来看豆豆顺手拎过来，现在有点后悔，能拎回去吗？何静将手中的盘子也交给李不言，夫唱妇随道，必须拎回去，这套餐具至少两三千呢。赵虹一把夺过李不言手中的三只盘子，放进水槽里冲洗，笑着说，送人的东西还能要回去，一对小气鬼！几个人开心笑起来。李不言问何静，老婆是怎么知道骨瓷这玩意的？何静说，你老师曾经拿回家一套，你师母舍不得用，一直收在柜子里。赵虹听到后顿生无限甜蜜：不言的老师收到骨瓷餐具拿回家，不言收到后却送我。低下头再看水流中的骨瓷盘子时，更觉得白的温润如玉红的浓烈似火。

江山回到家时，餐桌上已经就位。他洗好手坐到餐桌旁，看着赏心悦目的餐具和食物问，今天是什么日子？李不言笑着说，你是不是有点心虚，忘记了什么重要的纪念日。告诉你什么日子都不是，放心开吃吧。何静问赵虹，没有冰镇啤酒吗？江山赶忙站起来，冰箱里有，我去拿。阳阳拍着小手叫，我要喝娃哈哈。豆豆跟着喊，我要喝娃哈哈。

67

季元庆涉嫌嫖娼证据不充分，行政处罚未必能成立，是李不言心中确信的，但取消听证会直接撤销案件，那是万万没想到。

谭斌告诉李不言案件撤销时，李不言说拿师哥开涮吧。谭斌说，鏊子里摊饼，不敢（擀），还要跟着师哥打篮球呢。李不言说，我有这么大威名，吓得你们听证会都不敢开。谭斌说，师哥的威名气势逼人，将孙家和局长逼进看守所面壁思过。李不言这才明白，怪不得谭斌后来一直没有催促他签收听证通知，原来孙局长犯事被抓，季元庆意外地逃过一劫。

季元庆以谢师恩的名义给何金桂送来一箱酒，何金桂知道他其实是感谢不言，放不下师哥身段，名义上送给他。何金桂问季元庆找不言是什么事，季元庆说工作上的一点小事，在心里对李不言又多出一份感激，保密做得好，自己老师兼岳父都没有说。当李不言将季元庆送出小院，季元庆便一再感谢师弟这次的鼎力相助。李不言说自己没做什么，是师哥运气好，原局长想办他错失了机会，新局长有机会却不想办。季元庆说若不是师弟争取到时间，孙家和出事前说不定处罚决定已经下来，处罚出台后再想撤销希望渺茫，所以师弟居功至伟。李不言心想都说季元庆傲慢，这不是分得出轻重嘛。

上班后，李不言在归档季元庆卷宗时，想到此案的办结是如此轻松完美，情不自禁地哼唱起来，美丽的夜色多沉静，草原上只留下我的琴声。陈小菊抱着一只大纸箱进来，笑吟吟地问，想起哪个远方姑娘啦？情深意切的。李不言笑笑说，想起临江的七度公司，看来商户们兑奖成功。陈小菊问，你怎么知道的？李不言指指纸箱，我用那上面的望远镜发现的。陈小菊粲然一笑，本能地将纸箱调整个方向，我忘记将有望远镜图案的这边抱在里面，你反应够快的。李不言说，小菊师妹越来越善战，龙华商贸的陈老板很满意吧？陈小菊将纸箱放在茶几上，他满不满意我不知道，反正你问人家索要的望远镜，人家开开心心送来了。李不言说，我何时索要的？只是随口那么一说。陈小菊说，你随口索要行了吧，就会强词夺理！李不言拉开抽屉，拿出黄伟雄送的水晶弥勒佛，放在手掌心送到陈小菊面前，来而不往非礼也，这个弥勒佛送给师妹。俗话说男戴观音女戴佛，虽然不便佩戴，找个地方放着保佑师妹笑口常开福气多多。陈小菊迅速抓过去，捧在手心观赏，喜不自胜地说，有师哥这份心意，已经足够我笑口常开，我要放在床头，每天早安晚安。李不言说，别人借花献佛，我是借佛当花，师妹高兴就好。

两人正说着，刘超出现在门外，轻叩房门说，李律师忙呢。陈小菊和刘超打声招呼，哼着小曲回自己办公室，到办公桌前才意识到自己哼唱的旋律是《草原之夜》，不禁吐了一下舌头，面部微微发烫。李不言也听出来陈小菊是接着自己刚才的曲调哼唱着走出去，忍不住想唱和两句，看看刘超，将到嘴边的旋律生生地咽了下去，改为刘超有何吩咐，刘超说我叔请你过去。李不言便和刘超一起走到院子里，上了桑塔纳前往农药厂。

见到刘显贵，李不言问，不会是什么地方又发生药害了吧？刘显贵笑着说，老是发生药害，这厂子还怎么开下去？是件关系到我个人和厂子的大事情，想听听你意见。现在政府全力推动三件事，招商引资、反腐败和国有企业改革。国企改革将目前效益不大好的企业卖掉，农药厂也在首批试点企业名单里，我作为厂长，同等条件下有优先购买权。是否行使这个权利，你帮我参谋一下。李不言说，厂子要卖不少钱吧，你能买得起？刘显贵说，卖价倒不太高，初步定为四百万。李不言诧异地问，这么大一片厂房土地，设备也不算落后，怎么仅卖四百万？刘显贵说，你光见资产没看到债务，银行贷款三千多万，还有其他债务将近两千万，如果不是将那几张农药生产许可证评估进来，账面上净资产是负的，要价四百万都多了。另外还附加条件不准裁员，几百号工人也是沉重负担。李不言问，你能拿出四百万吗？刘显贵说，肯定拿不出来，可以去融资，或者找人联合买，现在想买这厂子的有好几家。李不言问，资产的价值判断你最清楚，想听我哪方面意见？刘显贵说，主要是人员这一块，前几年工厂效益非常好，各种关系进来不少人，仅是行政后勤这一块就有好几十人，其实有三分之一足够。人力成本必须压下来，一年能节省几十万呢。政府规定不能裁员，有什么好办法？李不言说，规定不能单方裁员，没规定不能双方协商解除劳动合同，可以分批解除冗员合同。刘显贵问，工人不同意解除合同怎么办？李不言说，一线工人不是负担，要解决的是人浮于事的行政和后勤人员。改制后推行薪酬制度改革，将奖金与福利待遇大幅度向一线工人倾斜，其他人员按照最低工资标准实施，这些人平时享福享惯了，根本不愿意到车间去闻刺鼻农药味，必然心里失衡想办法。等他们没辙了，厂里再适时推出工龄买断方案，协商买断工龄。刘显贵听后喜笑颜开，连声说好，问李不言是怎么想出这个主意。李不言说，不是我的主意，上次去临江参加省律师代表大会，听其他律师介绍过这方面经验。刘显贵说，李律师是有心人，不像我不管参加什么会议都是左耳朵进右耳朵出。

李不言说，从买断工龄这事上，我还想到银行贷款和其他债务也能采用一次性买断的办法解决。和债权人谈，不如将债务打折，买受人想办法一次性还掉，债权人能确保拿到一部分钱，买受人轻装上阵让企业起死回生，以后双方继续做业务，将债权人原来让掉的部分再慢慢让其赚回去，岂不是两全其美的双赢结果？刘显贵问，和银行也能谈？他们可是国有的，谁敢承担本息打折的责任？李不言说，这是银行的内部流程，你向银行打探。刘显贵听得十分称心遂意，握住李不言的手，今天请主任过来有意外收获，如果我收购成功，顾问费给你翻番。李不言抖落开他的手，开玩笑道，不要套近乎，翻一番不行，我这些建议含金量不一般。刘显贵说，成色足得很，翻十番不为过，但李律师你刚刚建议债权人要注重细水长流放眼长远合作。李不言故意哎呀一声，装出十分懊恼的样子，我下次出主意得有所保留，一不留神变成用我的矛刺我的盾。刘显贵从办公室抽屉里拿出一个包装精美的长方形小盒子，递给李不言，为了安抚你这颗受伤的心，送只英雄金笔犒劳你。这是金笔厂六十周年厂庆特别纪念限量款，好马配好鞍，宝剑赠英雄，送给你用最合适。

68

因为徐剑锋是王刚姐夫，项州法院全院回避，案件由合浦中院指定沙河县法院审理。庭审非常顺畅，并且开完庭不到一周便作出判决，合议庭基本采纳李不言的辩护意见，王刚犯贪污罪判处有期徒刑两年，犯挪用公款罪判处有期徒刑一年，犯受贿罪判处有期徒刑三年，数罪并罚判处有期徒刑五年半，这比检察院提起公诉时面临的可能刑期足足少了一半。徐剑锋很满意，打电话表扬李不言案子办得漂亮，审判长对你的辩护词赞赏有加，逻辑严密情理法兼容很有说服力。李不言一如既往地谦逊，关键是合议庭能够察纳雅言依法办案，不像有的法庭对律师意见有种本能的排斥心态。放下电话，李不言心情复杂，既为徐剑锋的满意感到欣慰，又为自己的辩护意见被基本采纳感到一丝悲哀。关于王刚受贿指控中被李不言认为是属于人情来往的那部分，其性质认定在法律上争议较大，李不言认为既然有争议，说明法律的规定存在模糊，依据法无明文规定不处罚的原则，就不应该认定为违法犯罪。王刚案件的认定在法律上没问题，问题是以前类似的辩护意见从来没有被采纳，这次基本上得到支持。李不言明白不是他这次的辩护意见更有说服力，而是人情世故在发挥作用。

当天晚上，朱秀芬带着儿子送两箱茅台酒到技校感谢李不言，说李律师帮了这么大的忙一分钱费用没收，着实过意不去。李不言说，徐院长也帮过我很多忙，互帮互助应该的。又对他们说，王局长到监狱里好好表现争取获得减刑，快一点的话三四年便可以刑满回来。母子俩连连点头，自然又是一番感谢。他们走后，何静说，老公你能耐越来越大，茅台原来是一瓶两瓶拎回家，现在是有人整箱送过来。周淑珍蹲在地上用抹布擦拭着酒箱，对何静说，看这酒箱上的霉点，在他们家都不知道放了多久。何静回答妈妈说肯定是老早受贿的，又问李不言，这些酒挺值钱吧，抄家怎么没抄走？李不言说，一箱好几千，狡兔三窟，天晓得他们将茅台藏在哪里！何金桂在朱秀芬母子进屋后就离开房间，一直背着双手在院子里踱步。

第二天一上班，惠兴齐兴冲冲地过来，将一把崭新的车钥匙放到李不言面前，李不言看着钥匙上的丰田标识问，你又换车啦？惠兴齐说，没换，这是你的车，本田雅阁六代，2.3L舒适版，就停在外面院子里。李不言深感意外地说，怎么就买了，只是让你帮忙参谋的。惠兴齐说，我们项州城市小没有轿车专卖店，前天去合浦买挖掘机，顺便去隔壁的丰田看看，觉得这款车不错便买了一辆，你这么忙哪有时间专程去买车。李不言问多少钱一辆，惠兴齐说办齐了大概三十万。李不言笑着说，你这参谋不带长，比司令还猖狂，想让我破产啊！惠兴齐嘿嘿笑，不让你破费，这辆车我送你。李不言说，这怎么可以！你将未结的代理费付了，这车款我付给你。惠兴齐说，多此一举干吗，你要是非要给我车款，就用代理费冲抵好了。李不言说，代理费收入要交税，直接用购车款冲抵，国家到哪里去收税啊。惠兴齐说，买车开票交税，代理费开票也交税，国家税多了，你的收入可就少了。李不言语重心长地说，老惠啊，俗话说久病成医，你进出法院不知多少回了，法律意识怎么就不见长进呢！纳税是义务，偷漏税犯法，严重触犯刑律。

你也要依法纳税，可不能贪小利而忘大义，落得个身败名裂前功尽弃的下场。惠兴齐尽管在内心仍然不以为然，表面上配合李不言做出痛心疾首状，李律师说得是，我的法律意识亟待提高，这车款和代理费的事完全按照您的指示办。

傍晚下班后李不言开上新车回家，停在院外门旁。何静看到他走进院子，迎上来亲了一口问，老公，你的雅马哈呢？李不言回了何静一个吻，面色平静地说，停在院外。何静问，怎么不推进来？李不言说，院子里放不下。何静拍了他屁股一巴掌，放不下你呀，搞什么名堂！跑到院外看到丰田雅阁，大声叫起来，老公你给我出来！这是谁的车？！

69

孙家和的弟弟孙家顺登门为孙家和请辩护律师时，李不言正坐在沙发上和陆洲一起与王宁沟通黄秀萍搭会案件的后续事宜。王宁说黄秀萍对于刑事部分的免于处分结果是满意的，但对判决其附带民事赔偿有点想不通。陆洲说这已经是最好的结果，自诉人周全还要对刑事判决部分提出上诉呢。李不言说免处只针对刑事责任，只要不是正当防卫，造成人身损害还是要赔偿的，一码归一码。王宁说这样说我就明白了，回去再和黄秀萍说说。孙家顺摇摆着肥硕的身躯晃晃悠悠进来，开口问，谁是李不言？李不言抬起头，请问你有什么事？孙家顺左瞧右看似乎想找地方坐下，李不言起身让出沙发上位置，再次问有什么事。孙家顺举手向后捋一把大背头，干咳两声，税务局牛局长介绍我过来的，找你给家和局长辩护。李不言问，家和局长是谁？孙家顺用奇怪的眼神看着李不言，你作为律师不知道公安局的孙家和局长？李不言哦了一声说，是公安局的孙局长啊，你和他是什么关系？孙家顺又捋了一把大背头，傲慢地说，我是孙家顺，你说我和他是什么关系！李不言笑笑，对王宁说，王主席，麻烦你和黄秀萍多做解释，另外周全如果真的上诉了，这件事我们会继续跟进，免费做黄秀萍的二审辩护人。已经从沙发上站起来的王宁说声谢谢与李不言握手告别，陆洲将他送出门。

李不言在办公桌前坐下，面无表情地说，你叫孙家顺，我猜你和孙家和是兄弟关系。孙家顺问，刚才的王主席是哪个单位的？李不言说，总工会的，我刚才的猜测对吗？孙家顺谦和少许，但仍不无炫耀地说，律师猜对了，我是家和局长老二。李不言差一点笑出声来，极力控制住表情说，家和局长的案子我有所耳闻，请律师是他本人的决定，还是你们作为亲属帮他委托？孙家顺回答，家和局长带话出来建议我们找你，又让我们先去征求税务局的牛局长意见，结果牛局长也推荐你。李不言说，辩护费是十万元，先办理委托手续，交纳费用后开展辩护工作。孙家顺刚刚有所缓和的眼神又冷洌起来，紧锁眉头问，你不先问问案子情况吗？李不言非常干脆地说，不问。我只通过阅卷和会见被告了解案情，其他的道听途说不足为凭。孙家顺说，家和局长要求尽快见到律师，你今天能去会见吗？李不言说，今天见不了，孙家和应该在异地关押吧，即便今天办好手续，最快也得明天去会见。孙家顺问，你怎么知道家和局长不在本地？李不言说，他这种身份和级别的人，犯事了待遇也不一样，要特别关照的。孙家顺顿时眉头舒展两眼炯炯有神，是不一样，虽然关在沙河看守所，但给家里捎个话还是很自由，饭菜也都是特殊安排。说罢又略显迟疑地问，费用能打折吗？李不言微笑着说，不讲价，我这里没有特权，谁来都一样。孙家顺从沙发里费劲地爬起来说，律师你别离开，我回去取钱，很快就回来。刚出了走廊便小声骂道，这个鸟律师，年纪不大，比牛局长还牛！

第二天上午，李不言开车带陈小菊去沙河县看守所会见孙家和。陈小菊说，这个案子辩护费收这么多，又创纪录了。李不言一手握着方向盘，一手向播放器内塞入碟片，咬牙切齿地说，看孙家顺脑满肠肥趾高气昂的样子，我就在心里磨刀，不痛宰这种人心不甘。陈小菊一乐，辩护费还能看人下菜碟，收费标准在师哥这里没用了。李不言说，这事不可声张，特事特办，下不……下次看情况再办。金色盾牌热血铸就……刘欢的歌声突然爆发出来，将两人吓一跳。李不言调低音量安静听歌，听完《少年壮志不言愁》，听《天上有个太阳》，听到《离不开你》时，陈小菊说，师哥嗓音有磁性，中气足，唱这首歌肯定很好听。李不言稍稍调高一点音量，自嘲道，我这五音不全的，除了唱国歌，其他的啥歌都跑调。

孙家和被带进来时，李不言觉得在哪里见过，心想虽然孙家和的大名如雷贯耳，但从未谋面为何似曾相识？待要张口说话，孙家和率先打起招呼，李律师，你来了。李不言更觉奇怪，开口问道，孙局长认识我？孙家和说，甄勇敢案件的几次开庭，我都旁听了，见过庭上的你。李不言说，孙局长眼力好记忆力强，那么远的距离不仅能看清我这张脸而且还记住了。孙家和说，刑警队出身的都有这基本功。李不言豁然想起孙家和局长就是那晚在甄勇敢家中看到的刑警队孙队长，在心中发问,孙队长这么快提拔为孙局长,不知道与侦破缪正成被杀案是否有关?

李不言藏起疑问,先按照会见的常规流程走,确认委托关系,交代辩护人职责,解释被告人权利。刚说到被告人的控告申诉权时,孙家和打断他,这些我都明白,我请律师重点不在为我辩护上,是想要其他帮助。李不言放下手中笔,示意孙家和继续。孙家和说,我出事根本不是什么经济问题,是何书记不放过我,找谁辩护都没用!李不言问,是项州市委何书记吗?你和他有何问题?孙家和答,这个不讲的好,知道的人多了,何书记更不会放过我。李不言说,那就讲讲案子,你被指控贪污六万受贿二十四万是否属实?孙家和答,大部分不符合事实,但我也不想辩解,不从根子上解决问题,辩解没用,甚至辩解越多判得越重。李不言问,如果你自己都不辩解不是更没有机会吗?孙家和答,我以前承认贪污受贿好多次,现在否认没用。李不言说,请辩护律师却又不指望律师辩护,你想从我这里得到什么帮助?孙家和答,我请律师主要是想帮我带一封信给何书记。李不言双手一摊,律师不能帮你带,这违反规定,被查到要吊销执业证的。孙家和非常自信地说,不会出事,看守所所长我熟悉,没人会查你。你带出去后交给家顺,其他不用管,万一有人追查这封信,家顺担起来,绝不会连累你。李不言问,这封信有那么重要吗?孙家和郑重地回答,我所有希望都寄托在这封信上,请务必帮我带出去,完成这件事,你的辩护任务就算完成。李不言侃然正色道,没有独立的司法,没有一个人是安全的。将命运寄托在一封信和领导人的一句话上,你觉得可行吗?还是寻求法律的保障吧。孙家和执拗地说,恳请李律师将信带出去。李不言的好奇心被激发,问是什么信如此重要,交给我看看。孙家和从怀里掏出信,交给李不言。李不言展开后快速浏览:

尊敬的何书记,下面您要看到的这封信,是一个忠诚于您的政法干部,在人生处于十字路口时发自内心的呐喊,请您能在百忙之中过目批览。

何书记,您在项州开天辟地,短短时间内,全市两个文明建设卓有成效,人民群众对您万分拥戴!我更是紧紧追随您的脚步,不折不扣地执行您的指示,与影响妨害项州经济发展的人和事作坚决斗争,对于那些阻挡企业改制、阻碍招商引资、破坏社会稳定的行为毫不手软坚决打击。我不敢说自己有功劳,甚至也不敢说有苦劳,但我敢拍着自己的胸脯说,为了贯彻何书记您的要求,我就是肝胆涂地也在所不惜。

我一直牢记何书记的教诲，廉洁奉公两袖清风，不贪污不收受贿赂。我爱好字画玉器，平时有人投我所好平白无故要送我赏玩，我都拒绝了；亲朋好友相送的，我都按照市场价付款。这次专案组审查我，我说没给人家钱，那是不真实的。是我说了假话，是精神崩溃时的胡乱供述。何书记，我只能向您求救了，只有您能恢复我的名义和自由……

李不言读不下去了，将信还给孙家和，极为严肃地说，我不能帮你带信，无法实现你委托辩护的目标，你还是另请高明吧！

70

李不言刚坐到办公桌前，毛玉满面春风地出现在办公室门口。他忙站起来迎上前去，毛玉姐，有事吱声，我上门听候调遣，怎敢有劳您屈尊驾临！毛玉倚门而立双眸含笑，本尊已经二顾茅庐，昨天听说你去了沙河。李不言说，去沙河会见，毛玉姐快快请进，我给你泡茶。毛玉原地不动，可否移步三楼小叙？李不言说，三楼？毛玉姐找局长有事？我陪你去。带上门与毛玉并肩说笑着上了三楼，走到原来祁卫华副局长的办公室门前，毛玉停下脚步掏出钥匙开门，李不言恍然大悟，双手抱拳道，恭喜毛玉姐山水高挂更进一步。毛玉笑着将李不言推进办公室，坐定后问，你对我调过来难道一点不知情？李不言说，毫不知情，只听说祁卫华副局长要退休，什么时候退的都没在意。毛玉说，你两耳不闻窗外事，只顾办案赚大钱。李不言笑着说，问有何用？无论怎么惦记，你这个位置也轮不上我。毛玉说，轮上你你坐吗？我可是听说政法委曾经都调不动你。李不言说，往事休提，毛玉姐审判业务精湛，不就地进步发挥特长，到司法局来空耗干吗。毛玉说，先占上这里空出的位置，回去是早晚的事。李不言问，工作分工了没有？毛玉说，分管律师和公证。李不言抚掌道，原来毛玉姐是冲着我来的。毛玉头靠椅背柳眉上挑，做出挑衅的表情，答对了，从此本尊对你贴身紧逼专门盯防。李不言想开玩笑说贴身不合适吧，手机响了，王丹说有急事找他。李不言再次抱拳道，毛玉姐，有点急事先撤了，另择吉日良辰为毛玉姐设宴庆贺。毛玉说，你先去忙，以后见面机会多多。

路过黄伟雄办公室，听到黄伟雄在室内喊他。李不言进去后说，你这个黄世仁，白费我一番点灯熬油呕心沥血。黄伟雄问，你和毛局长熟悉？李不言说，好姐们，没提拔你可怪不得人家。黄伟雄说，我谁也不怪，认命了，再混两年退居二线。李不言说，你好好混吧，王丹有事等我。

　　下楼来将等在办公室门前的王丹让进屋，问他道，还是建材大楼的事吧？王丹说，正是此事，建材大楼一天几遍电话催我，想让惠兴齐尽快让出租赁的商铺。李不言说，当初不听我的建议，非要搬起石头砸自己的脚，现在知道痛了。王丹不甘心地说，建材大楼没有房产证，不能出租经营，这是有明确法律依据的，毛庭长成心帮你，执意判决合同有效，只能说李律师有人缘，我自愧不如。李不言说，你才够执意，《城市房屋租赁管理办法》确实规定没有产权证的房屋不能出租，但其立法用意是为了规范房屋租赁行为，并没有否定房屋所有人对房产处分和收益的权利。建材大楼向房管部门申请了房屋租赁许可证，惠兴齐见证租房没有过错。租赁协议没有损害任何一方利益，合同为何要认定无效？你说毛庭长帮我，你们不是上诉了吗？二审维持也是成心帮我！王丹摇头长叹，李律师，以前算我不是，现在建材大楼一定要收回房屋，请你劝说惠兴齐同意解除租赁协议。李不言说，一审中我建议建材大楼给点经济补偿，老惠撤出大楼，你们偏不同意，咬定合同无效让老惠无条件撤场，现在老惠赢下官司，给钱他都不撤，我怎么帮你们劝说？王丹说，大楼现在同意出点钱，有劳李律师说说，惠兴齐听你的。李不言说，不是看在你王律师份上，我才不劝老惠。大楼同意出多少钱？王丹说，免收半年租金，再出点搬迁费。李不言问，百分之三十的违约金呢？王丹说，协商解除合同，不提违约金吧。李不言说，不提违约金可以，搬迁造成的经营损失总得补偿一些，参照违约金的一半金额支付如何？王丹显得十分为难，建材大楼恐怕不会答应。李不言说，他们有权不答应，算我没说。王丹忙说，李律师别这样，我去做工作。李不言说，这才对嘛，不能只让我劝我的当事人，你也要劝劝你的当事人，各退一步海阔天空。王丹说，理是这个理，但建材大楼很难说话。李不言说，你帮他们算笔账，大楼收回房屋是要租给银行，银行出的租金肯定比老惠高不少，早一天租给银行早一天获高收益，这多出来的收益拿出部分弥补老惠损失，大楼不吃亏。王丹说，我去做大楼工作，你找惠兴齐。李不言说我现在就找他，摸起电话拨通惠兴齐，惠总啊，明天是周末，去你公司串门，中午准备一桶扎啤。王丹见状说，谢谢李律师，我也去打电话。

第二天，何静听李不言说要带她去惠兴齐那里参观，抱住他又亲又啃。坐到车里后似乎还不大相信，歪着脑袋看着李不言，老公，你终于愿意带我见客户了。一想到你经常带着陈小菊和吴娜东奔西跑的我就不高兴，虽然知道老公值得信赖，心里仍然多少有点不踏实。李不言找出一盘情歌对唱，放进音响里说，宝贝老婆醋意深深情更深，老公我岂能辜负！放心吧，老公是老婆手中的风筝，飘得再高再远，尾巴上的那根绳始终牢牢地攥在老婆手心里。何静轻轻地靠在李不言的肩头，老婆我得攥死死的，这只风筝金不换。碟片机里林子祥与叶倩文深情款款地唱，风起的日子，笑看落花。雪舞的时节，举杯向月……

快到仁信公司，李不言发现短短几个月时间周遭环境大变样，道路宽阔绿树成行，地块内塔吊林立，多幢建筑拔地而起。他在公司门前停好车，何静看着一楼门脸上的招牌问，书香世家售楼部，老公你带我来看楼盘？李不言下车后关上车门说，一楼卖房子，办公在二楼。老婆如果想看楼盘也没问题，想买别墅都可以。何静说，老公这是你说的，我要是看上了可真得买。李不言说，买不买再说，老婆你不妨大胆想，我们先去二楼。

惠兴齐正和几个手下打八十分，看到李不言与何静进来，扔掉手中扑克宣布散场，霸气十足地吩咐其他人干活去，然后换上笑脸站起来迎接他们。李不言说，工地上热火朝天，你有闲工夫耍牌！惠兴齐说，等你呢！刚抓两把。又看着何静问，李律师，这位也是你师妹？李不言说，什么师妹？叫弟妹。惠兴齐笑得更欢，讨好地说，终于见到弟妹了，好漂亮，花容月貌啊。何静笑着说声惠总好，让手拿茶叶罐的惠兴齐激动得忘记要干什么。李不言说，这次来谈谈你和建材大楼的事。

惠兴齐拿起茶叶罐说，与建材大楼还有什么事？官司我们赢了，我租房子付租金，井水不犯河水相安无事。李不言说，你安了人家无法安定，六层建材大楼，你租二楼三楼卖家具，一楼的一直空置，现在好不容易找到银行这么优质客户，要将一至三层都租下来，你不该成全人家啊。惠兴齐放好茶叶，注入开水问，我成全他们自己怎么办？家具搬到哪里卖？李不言说，家具生意怎么样，你以为我不知道。档次是不低，可惜项州人民不买账。惠兴齐自嘲一笑说，这个项目是有点看走眼，建材大楼如果好好与我协商，不是不可以让出来。非要和我打官司，一审输了还二审，这样我偏不让。李不言说，官司赢了才该让，得理让人显得惠总格局高。再说又不白让,人家给经济补偿,帮你将家具生意的亏空堵上。惠兴齐将两杯茶放到李不言与何静面前,能补偿多少?生意亏了十几万呢!李不言说,你再死鸭子嘴硬啊,不是生意兴隆吗?惠兴齐嘿嘿笑,没补偿时赚钱,有补偿时亏钱。李不言说,我提条件免半年房租六万元,搬家费两万,经济补偿十万,总共十八万。给他们三万元还价余地,按十五万成交。你有意见吗?惠兴齐说,有意见也得同意,李律师的方案我不能不接受。李不言端起茶杯说,得了吧,这个方案在你心里不知盘算多少遍,我只是替你说出来。惠兴齐眉开眼笑,知我者李律师,大楼里家具你带弟妹去随便挑,包运输包安装免费奉送。何静说,惠总说话算话,我真的会过去挑几件。惠兴齐拍着胸脯说,君子一言,八匹马难追。

李不言慢悠悠地喝了一口茶,今天的工作完成,聊聊你的楼盘,同时开工那么多,资金能跟上?惠兴齐说,跟不上也得干,一千亩地分三期建设,不按期开工土地要收回。资金还行,地块周围的道路施工都是我们承包的,政府要求必须快,造价可以定高一些。四条路同时开工,人歇设备不歇,加班加点提前完成了工程。政府很高兴,工程款直接抵消土地款,我们从中赚了几百万。在建工程主要包给别人干,垫资大部分,银行贷款一部分,目前能周转开。李不言说,真是给你个支点能撬动地球,房子好卖吗?惠兴齐眉飞色舞起来,好卖得很,我们核算六百元每平方保本,超过七百稳赚,本来准备均价九百,后来以预购方式定价一千五百试试水,没想到很快就卖出四成,正准备提价。对了,一期有十几栋别墅,不公开对外销售,给李律师留一套?李不言说,我现在住的就是小楼,何至于换到这个偏僻的地方住!何静拉住李不言的手臂撒娇道,老公看看嘛。惠兴齐说,李律师,这地方可不偏,将来有可能是市中心呢。既然弟妹有兴趣,我们去一楼看看整个小区的沙盘模型。

在楼盘模型前,惠兴齐介绍道,楼盘东面将来是个大公园,公园北面规划是市政府。李不言问,市政府搬到这里?惠兴齐说,项州要升级成地级市,这里是地级市政府所在地。李不言不以为然地说,那只是传闻,没影的事。惠兴齐说,有影的,政府规划方案我都已经看到过了。李不言指着楼盘西北拐角外面的一块空地问,那个地方做什么用?惠兴齐说,目前还是块空地,面积有点尴尬,造商品房、办公楼都太小,听说有可能建小花园。何静问,别墅在哪里?惠兴齐指着与西北角空地相邻的南面一溜区域说,在这边位置上,别墅造得快,几个月就能起来。我自己也准备留一套，我们做邻居吧。何静看着李不言说，我想买一套。李不言似乎兴趣不大，有点敷衍地说，再说吧，喝啤酒去。

吃过中饭，李不言要回去，惠兴齐说，李律师，你脸都喝红了，回公司喝喝茶打会牌，晚上煮点海鲜粥解解酒再回去。李不言搂过何静，我的司机没喝酒，她开车没问题。惠兴齐问，弟妹会开车？何静挣开李不言，假装生气道，我还以为带我来看别墅，原来是为了回去有人开车，等回到家再和你理论。拉开车门坐进驾驶室，系上安全带发动车子。李不言坐到后排，向惠兴齐挥挥手。何静用口型对惠兴齐说出别墅两个字，惠兴齐说，弟妹你放心。李不言问放心什么，何静开动车子说，老公你放心打个盹，到家我叫你。李不言便眯上眼睛犯起困，何静向后视镜里瞟一眼，偷偷笑一笑。

稀里糊涂中，听到何静甜蜜的声音，老公，到家了。李不言睁开眼，看着车窗外河堤下成片的野菊花，怀疑自己在梦里，揉着双眼问，这是什么地方？何静吃吃笑着说，家里啊，我们的车也是我们的家。李不言有点明白过来，宝贝老婆不能胡来，光天化日的。何静搂住李不言脖子道，就要胡来。李不言说，在这里被抓到当成卖淫嫖娼的多丢人！何静说，老公嫖老婆不犯法，不丢人。李不言笑呵呵地刮着何静的小鼻子，老婆这是什么话！不怕丢人，怕不怕出人命？想想王春燕！何静一个激灵缩回手，迅速推开车门下车，爬进驾驶室，拽过安全带，扭头说，老公，我们现在就回家。

71

武冰在为李不言挥毫泼墨"铁肩担道义"时，肯定没有想到有朝一日与这个素昧平生的律师发生直接联系，就像在广播器材厂的陈超和刘国强再次走进办公室之前，李不言也从未想到会有一天将和武冰在冰冷坚硬的监房里面对面。

刘国强进屋后，将提在手中的一个四方四正印制简陋但看起来很结实的纸箱放在茶几上，拍着纸箱说，李律师，这是项州酒厂最新开发的十斤装原浆酒，别看其貌不扬，据说是特供市领导的招待用酒，搞一坛过来给你品尝。李不言笑着说，你们不会是又送陈律师学习机会过来的吧。陈超说，那个机会留下次送，今天找你不是厂里事情，是王市长委托我们过来请你。李不言问，哪个王市长？陈超说，原来项州市委常委兼宣传部长，后来调到合浦做常务副市长的王丽锦。

李不言说，王市长找我干什么？需要律师的话合浦现成的，数量多名气大，想要名气更大的可以去临江乃至北京。陈超说，王市长爱人就是你墙上这幅字的书写者广电局的武冰局长，刚刚被立案审查。王市长开始是想在临江请律师，临江的法官朋友建议她不如就在项州委托，与当地法院人熟好沟通，辩护效果反而可能更好。王市长电话咨询项州法院领导，领导推荐你，王市长便指示我们前来办理委托手续。我们一听正是心中的不二人选，毫不迟疑就过来了。李不言说，谢谢王市长和二位老朋友的信任，但你们办不了手续，委托人必须是武局长本人或者他的近亲属，你们委托司法部门不认账。陈超挠头说，那怎么办？武局长在里面，王市长在合浦，他们唯一的女儿在北京上大学，我代替王市长签名行不行？李不言说，你敢代替她签名，我不敢拿出去用，如果因此注销我的律师证，饭碗可就没了，按照规定委托人必须亲自到场当着律师的面签委托手续。陈超看看刘国强，刘国强双手一摊表示无计可施。陈超想了想，试探性地说，不知道合适不合适，我们开车请你到合浦，让王市长签好字拿回来。李不言指着桌上的厚厚一摞卷宗，不是太合适，现在太忙了，这一来一去大半天，时间耽误不起。陈超和刘国强又对视了一眼，刘国强还是无计可施的样子。陈超说，我们向王市长汇报一下，看看她能不能抽空回项州一趟。律师费我们可以替王市长交吗？李不言说，这个可以代替，但所里的发票必须注明交款人是王丽锦，交款事由写武冰案件辩护费。陈超说，变通一下吧，我们厂转账过来，发票开给我们厂，标注顾问费。李不言问，十万元顾问费，你们也敢入账？陈超惊讶地说，十万块？我们厂原来聘请你的顾问费最高时不才六千元吗？一个案子十万太多了吧。李不言说，那些早已是老皇历了，贪污贿赂案件在我的业务中收费最高，辩护费起点十万，根据复杂程度递增，最高三十万。这个案子收十万是看在你们面子上收的起步价，粮食局长王刚你们应该听说过吧，他的院长姐夫出面委托我做他贪污受贿案辩护人，我也照收不误。陈超下意识地轻轻叩击着茶几上的酒箱，稍作思考说，十万就十万，反正有顾问合同和正式发票经得起核查。李不言说，话得说清楚，如果开顾问费发票入到厂里账上，那就是顾问费，武冰案子我是友情帮忙免费做的。陈超说明白，然后和刘国强到院子里给王丽锦打电话。

两个人打完电话回到办公室，陈超说，王市长白天没有空，只能晚上赶过来，签好手续又得回合浦，能不能麻烦李律师晚上加个班，将手续带到我们厂里面签，晚饭在厂子附近饭店吃。李不言说,既然王市长不愿意到所里来,只好我晚上到你们厂里去,她大概几点能到项州?陈超说,预计晚上八点左右。李不言说,晚饭我回家吃,七点半到你们厂里。我让会计把顾问合同与发票准备好,你们带回去办理银行转账,我晚上过去取进账单。陈超说没问题,李不言叫来范会计,将两人领过去办手续。自己将那箱原浆酒拎到毛玉办公室,指着纸箱上"项州特供"四个大字说,进贡一坛名酒给毛玉姐品鉴。毛玉笑道,你是知道我不大喝白酒的,如此稀罕物带回去进贡你岳父大人吧。李不言说,毛玉姐不喝姐夫喝,这箱酒的来历非同一般,是王丽锦副市长赏赐的御酒。毛玉一听兴趣盎然,是合浦的丽锦市长吗?她为何要赏你酒?李不言将王丽锦安排人请他做武冰辩护人的事说一遍。毛玉说,不言的影响越来越大,这箱酒我要带回去跟你姐夫显摆一番。李不言说,一般来历不明的酒我肯定不送毛玉姐,还记得多年前的那个醉蟹酒案件吗?毛玉说,怎么不记得,我费了九牛二虎之力才让双方接受平分那些不知道是洋河酒还是醉蟹酒的和解方案。李不言说,毛玉姐好记性,当时原告拿到酒后搬两箱给我,其中一箱请我代为送给毛玉姐,我将两箱都退了回去。我自己不敢喝,更不敢祸害毛玉姐。毛玉说,退掉好,你送过来我会很为难,喝了怕酒精中毒,不喝辜负不言美意。

吃晚饭时,李不言说,我等会去广播器材厂,阳阳的数学辛苦小静一并辅导。何静问,晚上去厂里,工人要罢工?不言说,与工厂无关,广电局的武冰被抓,他老婆是合浦市常务副市长王丽锦,晚上到厂里与我办理辩护委托手续。何静夹起一块鱼肉,细心地将鱼刺挑干净,放进阳阳碗里后说,办手续到厂里干什么?李不言说,我不愿意到合浦见王丽锦,她不愿意屈尊到我办公室,就选了这个第三方。何金桂说,他们夫妻我都认识,郎才女貌挺般配的,常务副市长地位不低,保不住她局长老公?李不言说,一旦东窗事发,保是保不住,至多能照顾一点。有时候城门失火殃及池鱼,不仅保不住还能连累到自己。何静给李不言盛了一碗西红柿蛋汤,又自豪又得意地说,不做亏心事不怕鬼敲门,你看咱家不言,钱不少挣,亏心事不做,税务局查账都不怕。

七点半李不言准时赶到器材厂,候在厂门前的陈超一见面就将十万元进账单交给他,请他到厂长室喝茶聊天等王丽锦。李不言问,李科长呢?陈超说,刘国强已是副厂长,王市长吩咐在场人不要多,我叫他回家了。李不言问,让位给你的老厂长呢？陈超说，老厂长提拔到电视台做副台长。李不言问，你们可以直接提拔进行政事业单位？陈超说，可以啊，器材厂是国有企业，我们是干部身份。李不言说，我自己辞掉干部身份，还以为企业没有国家干部了。陈超说，企业不论规模大小效益好坏，关键是性质，器材厂不怎么样，我可以从厂长位置进机关，退休时享受副科级待遇。如果武局长不出事，我差不多已经调进广电局，现在被按下暂停键。不过问题不太大，毕竟组织部已经通过，就差一纸调令。李不言笑着说，不能出问题，估计刘副厂长正热切盼望你这个位子。陈超大笑，李律师看得很清楚。李不言说，我是瞎猜的，人之常情嘛。陈超说，当初我们合作得多愉快，后来老厂长说厂里法律事务逐年减少顾问费却年年涨，坚持不再聘请法律顾问。现在我们又坐到一起，看来我们缘分匪浅。李不言说，这些年我国的经济发展多快啊，物价自然也跟着噌噌地涨。不过，老厂长要是知道你们入账十万元的顾问费发票，估计要一口血喷红他办公室窗外的电视塔。两人闲聊一个多小时，王丽锦还没有到。陈超为李不言续上一杯水，抱歉道，李律师，王市长事情太多，麻烦你多等一会。李不言端起茶杯说，晚上没啥事，等等不要紧，我们好长时间没见面正好多聊一会。我想起那次我们一道去北京，贩鸡蛋的顺了你的包，到家后将你新买的衣服穿到自己孩子身上，然后让孩子出来给你和警察开门，实在太搞笑。陈超说，我一想起来也想笑，主任知道吗？后来派出所所长因此立功受奖，事迹登在《项州日报》上，说他思维敏锐判断准确出警及时，仅用一个小时神速破获流窜盗窃案。这份报纸我一直保存在厂长室留作纪念，后来驾驶员坏肚子急着上茅房，慌慌张张拿去擦了屁股，被我狠狠地骂一顿。李不言说，报道没看过，但我知道这个派出所所长已经提拔为副局长，我到公安局办事认出他，他对我则完全没印象。

时针指到九点半，王丽锦的奥迪车终于开进厂区，停在李不言的本田车旁边。陈超连忙到车子跟前迎接，李不言在厂长室门前等候。王丽锦一个人从车里出来，问那辆本田是谁的，陈超说李律师的车。王丽锦望一眼李不言，在陈超的引导下走到他面前主动伸出手，是李律师吧，让你久等了。李不言与王丽锦握着手说，市长日理万机，本不应该麻烦市长跑这趟，但法律规定没办法。说罢后退两步，请王丽锦先进屋。王丽锦一边进屋一边说，我来签字是应该的，我们都要依法办事。告诉我在哪里签名。李不言指着已经摊在桌上的委托合同与授权委托书，在这两份手续上委托人后面签名，都是一式三份，要麻烦市长签六遍。陈超早已站在一旁，将需要王丽锦签名的地方挑出来一字排开，又将一支签字笔毕恭毕敬地双手捧给她。王丽锦接过笔，对委托手续内容看都不看，刷刷刷地在陈超指点的地方龙飞凤舞地签上名字。签好手续后，王丽锦直视着李不言说，李律师，我只想说一句话，秋菊作为一个农村妇女都能坚持将官司打到底，我作为市长肯定比她有条件，你大胆辩，需要什么支持尽管告诉陈厂长。李不言目光坚定地说，市长您放心，怎么也不能让法律冤屈了武局长。王丽锦点点头又蜻蜓点水般地和李不言握一下手，走出厂长室。司机见王丽锦出来，赶紧下车打开后排左边车门，王丽锦弯腰钻了进去。

奥迪车驶出厂区很快便没入了茫茫夜色里，只剩下两边的后尾灯逐渐明灭不定，最后刹那间完全无迹可循。陈超一直目送着远去的奥迪，李不言则举头仰视星空。奥迪被夜色吞没以后，陈超回首对李不言感慨，为了这两分钟，我们足足等待两小时。李不言正想说话，一道流星划破夜空又瞬间拖着长长的尾巴躲进天幕，深邃幽蓝的夜空中依旧繁星点点。李不言凝望着流星消失的方向自语，王市长为了这两分钟，在路上来回颠簸三小时，还不知道我的辩护能起到多大作用。

72

第二天上午，李不言在办公室摊开武冰卷宗正要看，一个女人进来，期期艾艾地问，李律师，我，能，请你，帮忙吗？李不言将卷宗合拢，拨到桌面左侧，看着女人问，请问是什么事？女人变得利索起来，果决地说，帮我告马健！李不言陡然想起她就是马健说的那个神经病女人，左手食指敲着自己的脑门子问，你是叫牛什么来着？女人说，我叫牛丽云。牛丽云，王丽锦，李不言在心里默念，感觉是一对异姓姊妹花。走神几秒钟，收回感觉问，请我帮忙告马健，你知道我和马健是什么关系吗？牛丽云说，知道，李律师原来是马健手下，但现在与他平起平坐都是主任。人家都说李律师是项州最好的律师，特别正直善良肯帮助人。李不言心里十分受用牛丽云的话，起身给她让座并为她倒了一杯水，重新坐下后问，你要告马健什么？牛丽云双手捧着水杯说，告他道德败坏包养情人。李不言想，你不就公开自称是他的情人吗？这是要舍身炸碉堡？牛丽云见李不言不说话，继续说道，马健是个彻头彻尾的大骗子，骗了我十几年，现在又骗上一个小姑娘。

李不言一听有新情况兴趣大增，下意识地将卷宗拨回到面前，你简要说一说，重点说告马健想达到什么目的。牛丽云说，马健一直有两个家，一个是和他原配，一个是和我。我开始闹他让他兑现离婚并娶我的承诺，他一直哄骗我往后拖延，当时孩子小，他照顾我们母女生活出手很大方，又不知道用什么办法吃定他老婆，对他三六九住我家睁一只眼闭一只眼，我渐渐也接受了这种状态。偶尔生气闹一场，禁不住他百般哄劝重归于好。我女儿上高中后，马健过来次数日渐稀少，生活费给得也没有以前多。我起了疑心跟踪他，发现这个流氓在滨河小区和一个小姑娘同居。我戳穿他闹他，他恼羞成怒断了生活费。顾及女儿脸面，我不想再与他惊天动地公开闹，只想走法律程序告他流氓罪，让他去坐牢。牛丽云越说越气，将水杯重重地放在茶几上，杯子里的水溅出来洒在茶几上面，她连忙用袖子去擦拭。李不言示意她不用管，将卷宗又拨到一边，露出爱莫能助的表情，首先流氓罪取消了，其次控告刑事犯罪直接去公安局，我帮不上你什么忙。牛丽云泪眼巴巴地抽泣起来，说话重新变得不利落，我，我，我不知道，怎么，去告他。李不言明白牛丽云如果真想控告马健，根本没有必要来找他。找他的目的是想利用他与马健的关系，劝说马健恢复供应生活费。便故意让牛丽云悲戚一阵子，才以试探的口吻说，要不我试试和马主任说说，让他至少不能断供生活费。牛丽云闻言直点头，用衣袖抹了一把眼泪说谢谢。

牛丽云刚离开，李不言便有点后悔主动承诺她找马健，这种事往往吃力两头不讨好，马健一向不承认与牛丽云有染，这次又牵扯出什么小姑娘，以马健的个性很有可能怀疑他动机不纯甚至是故意从中挑事。李不言再三掂量还是决定和马健说说，既然答应了牛丽云，一诺千金不能言而无信。

马健的反应果然和李不言预料的一样，李不言刚说牛丽云找过他，正在起草辩护词的马健便露出愠怒的神色，她找你干什么？李不言笑着说，牛丽云认为我现在和你平起平坐，能够帮她主持公道。马健扔下手中的笔，略显烦躁地说，不是告诉过你她是神经病吗？不要搭理她！李不言不疾不徐地说，神经病发现你又被一个小神经病缠上了，要告你流氓罪！马健重重地拍了一下桌子，怒吼道，让她去告！她不是一直在告吗！李不言弯下腰将被震落到地上的笔捡起来，放到马健的面前，马主任，我知道牛丽云说的是发神经话，但从我参加工作起，你就教诲我做律师要善于大事化小小事化了。我一直铭记在心屡试不爽，马主任不会教会徒弟自己却忘记吧。说完转身拂袖而去。

回到办公室，李不言依然心意难平，愤愤地说道，什么玩意儿！陈小菊在身后说，说谁呢？背后骂人可不好。李不言转身笑笑，在沙发上坐下来，拍拍沙发示意陈小菊也坐下。陈小菊笑着说，师哥到四川学过变脸吧，冷霜秒变春风。李不言真就一脸春风地说，对于小菊师妹永远春意盎然。最近几个案子结果不错啊，好几个法官朋友夸你庭上风格与我越来越像。陈小菊问，这是夸我呢还是在夸你？李不言说，当然是夸你，如果不小心夸到我那也是衍生品。陈小菊关切地问，刚才究竟是怎么一回事？李不言收起笑意说，不值一提的事不说也罢。我最近在琢磨一件事，想造一栋律师楼，师妹意下如何？陈小菊伸手放在李不言额头上试一试，笑着问，师哥没发烧吧？李不言说，发不发烧，我都是认真的。陈小菊便也认真地问，造楼资金相信你有办法，用地到哪里找？手续如何办下来？李不言说，用地看上一块，手续确实不知道怎么办？陈小菊慨叹道，师哥你啊，没有不敢想的事。李不言说，不仅敢想，更要敢干！我们现在就去建设局。

到建设局见到宋欣新，李不言直奔主题，宋局，如果我想盖栋律师楼，手续如何办？宋欣新说，最关键是立项，需要打报告到发展计划委员会申请立项。计划委批复同意后，持立项报告，到土地局申请用地批准。然后是规划上出具规划意见，设计部门按照规划意见设计图纸，图纸通过后，签订施工合同，从我们建设局领取施工许可证即可动工。李不言问，不需要财政拨款，自筹资金也需要计划委立项？宋欣新说，也需要立项，你肯定知道城市土地国有，无论是划拨还是有偿，使用都必须征得政府同意。李律师真的要盖楼？李不言干脆地说，真的要盖。宋欣新问，想造多大面积的？李不言说，我们规划办公人数控制在三十至五十人，人均面积按最低二十平方计算，一千平方够用了。宋欣新摇摇头，作为在市区使用的办公楼建筑体量太小，不好立项。而且你们是合伙所，计划委立项一般属划拨使用土地，只能是政府机关和事业单位。李不言瞄一眼宋欣新身后的项州城区规划图说，这是判死刑了，有什么办法起死回生吗？宋欣新皱眉深思片响，如果由司法局出面申请，不提你们合伙所的性质，立项有可能。李不言顿时眼睛一亮，多谢宋局指点迷津，让我看到一线生机。宋欣新问准备在什么地方建，李不言说，书香世家西北角有块空地，听说政府正为难不好利用，我想为政府分忧。宋欣新笑着说，李律师信息灵通，那么不起眼的小地块也能注意到，是惠兴齐说的吧。李不言说，正是他，宋局认为可行吗？宋欣新说，倒是挺合适的，那个地块只适合造千把平方的小楼，因为一般的机关事业单位不够用，所以闲置待处理。李不言说，我自己瞎琢磨，小楼风格与南面的书香世家别墅类似，归入别墅区范围。这样小楼不会显得突兀，与周边的市容市貌浑然成一体。宋欣新击节叹赏，好想法！李律师，你调到我们规划处来都有用武之地。李不言谦逊地说，宋局过奖，律师楼的事还要仰仗宋局成全。宋欣新说，只要立项报告能批下来问题就不大，我们和土地局主要从技术层面把关，只考虑土地的使用率和如何建，不涉及能不能建的问题。

从建设规划局出来，李不言带陈小菊到书香世家西北角实地查看。陈小菊面对着道路西面的一片荒芜失望至极，师哥，你这是什么眼光？律师楼建在人迹罕至之地，帮鬼打官司啊。李不言笑着说，今日人烟稀少，明朝盛世繁华。小菊师妹要相信师哥，守得云开见月明。陈小菊无限信赖地说，原来是你雅马哈骑到哪里，我坐到哪里；现在是你本田雅阁开到哪里，我坐到哪里；将来是你律师楼建在哪里，我坐到哪里！无论月明月隐我都跟着你。李不言开心地说，那就好！我们去仁信公司溜一圈。

惠兴齐不在办公室，李不言打他手机，他说在工地上。不一会，拎着一只红色的安全帽进来。李不言笑问，惠老板身先士卒扎钢筋？惠兴齐将安全帽挂在门后，拧开一瓶矿泉水咕噜喝几口，抹一把嘴说，每天都要去工地上转几圈，要不心里不踏实。李不言问，我看别墅也开工了，今年能完工吗？惠兴齐掰着指头算算说没问题。李不言说，按照你别墅风格扩大三倍核算，建一栋楼预算大概多少？惠兴齐又掰着指头嘴里念念有词，我们的别墅有三百多平方，三倍是一千平左右，土建大概要七八十万，买地、装潢和配套费用另外算，保守估计不低于二百万。李不言说，如果我造这样一栋楼，启动资金只有三十万。你真的要建楼？李不言说，只是个想法。你别墅图纸是谁设计的？惠兴齐说，项州设计院，李律师想看看吗？李不言突然改变了话题，泉河钢铁的二审案子估计省高院最近要开庭，你不要离开项州，随时待命。惠兴齐说，我哪里都不去，泡在工地上等你招呼。陈小菊问李不言，我还没有去过省高院，这次能带上我吗？李不言尚未开口，惠兴齐立马说，能带上，将李律师家弟妹也带上，一块去临江好好逛逛。李不言笑着说，你不要去了，我带她们去。惠兴齐极为认真地说，我必须去，后勤保障得做好。李不言起身准备离开，惠兴齐说，在这吃饭吧，我们工地小食堂虽然简陋，但有黄家猪头肉、散烧膘鸡和泥鳅窜豆腐等好几道特色菜，陈律师第一次来，去认认门。李不言说，我第一次来没在这吃饭，我们所形成惯例全体人员参照执行。惠兴齐说，陈律师不一样，可以特例一回。陈小菊忙说，一样的，我怎么敢比师哥特殊。

73

　　李不言在毛玉办公室说出建造律师楼计划时，正在翻看《东方省司法行政大事记》的毛玉先是有些意外，继而露出赞许的目光。不言有魄力啊，在项州律师中第一个买高级轿车，牵头创办合浦市第一家合伙所，现在要造律师楼，恐怕是江北地区甚至东方省的第一家。李不言说，从来没有想过争什么第一，只想实实在在做点事。毛玉说，造楼想法非常好，我个人全力支持，有什么需要我帮忙的？李不言指着《大事记》封面上巍峨的司法厅大楼照片说，造楼必须先打报告到计划委申请立项，如果以我们事务所名义申请，基本不会批，如果以司法局的名义申请可能性很大。毛玉说，我这里肯定没问题，李局长不知道如何看待这件事。李不言说，李局长那里不用毛玉姐操心，我找你是想问问计划委那里你有没有熟人。毛玉从包里掏出一本蓝色封皮的袖珍通讯录，翻找了半天，还真没有，不过分管城建的黄副市长我认识，找他也许管用。李不言高兴地说，肯定管用，又不是要官要钱，职权范围内顺水人情的事。毛玉说，你先和李局长说好，将申请报告整出来交给我，我帮你跑跑看。李不言说，那敢情好！律师楼如果能建成，我在楼内给毛玉姐专门留一间超大房，供你巡视指导工作时小憩。毛玉笑着说，你是要给我造行宫啊！要干抓紧动手，特别是不能半途而废让我一脚踏空。李不言郑重地说，毛玉姐放心，我认准的事情绝不轻言放弃。告辞毛玉，接着到隔壁局长室向李汉生汇报，李汉生比毛玉还兴奋，说能有栋律师楼立在项州城也是给司法局争光，局里拿不出钱，但要人出人要力出力。李不言心想出人的实质是出力，也就是所谓的人力，到局长这里变成人是人力是力。

　　回到办公室，李不言起草《项州市司法局关于建设项山律师事务所办公楼的申请报告》。项州市计划委员会：为了进一步深化国家部署的"四五"普法活动，树立我市律师事务所的良好形象，改善律师办公条件，更好地为国家机关、企业事业单位、社会团体和公民提供法律帮助，以维护法律的正确实施，维护国家、集体的利益和公民的合法权利，特申请建设用地三亩，建造律师楼一栋。建筑面积一千平方,层高主体三层局部四层,建设预算二百万元,资金来源全部自筹。请求给予立项。项州市司法局,一九九九年六月八日。李不言字斟句酌反复推敲后,将申请报告打印好送给李汉生,李汉生让黄伟雄盖好章送往计划委。李不言将进展状况及时地通报给毛玉,毛玉说,放心,我明天就去找黄市长。

下午去看守所会见武冰,途中李不言告诉陈小菊立项申请今天会送往计划委。陈小菊说,师哥你还真盖楼,不是心血来潮啊。李不言双手握着方向盘,神采飞扬,心血来潮没说错,我这人潮着潮着便当真。设想一下,一栋楼,几十名律师,何等气象!陈小菊说,的确令人神往,但想想要经过好几个政府部门审批,几百万的投资,我还是感觉不真实。李不言说,难度肯定有,所以我正式邀请小菊师妹加入,有意愿够胆量吗?陈小菊说,跟着师哥干,意愿和胆量都不成问题,但囊中羞涩心有余而力不足。李不言说,有钱帮钱场,没钱帮人场,关键是态度。陈小菊熟练地按下音响播放键,侧过脸说,跟定师哥了,赴汤蹈火在所不辞。李不言看一眼陈小菊,仿佛被她那炙热的目光烫到,立即转回头看向前方。刘欢的歌声在车内环绕,你走过,是否你在说,你在说,你在说,相信我!……

在看守所会见室,武冰等值班警官一离开便迫不及待地问道,李律师,你上次来会见时,检察官在旁边,我没好问你,丽锦是怎么想起委托你的?李不言说,王市长通过他人推荐,安排器材厂的陈超找到我。器材厂当初在北京有一个纠纷请我参与处理,事后陈超请你书写了一幅"铁肩担道义"给我,现在还挂在我办公室。武冰在脑海里努力地搜索一阵子,摇头说,找我写字的人太多,实在记不起来,估计我现在这样,那些字都变成垃圾扔进废纸篓。李不言说,我那幅不是还高挂在墙吗,武局长的字写得多好啊,遒劲有力大气端正,不比那些所谓的书法名家差。内容更没有问题,铁肩担道义,浩然正气掷地有声。书法与内容相辅相成,堪称佳品。你个人出状况,作品没问题,还能因为你被指控,铁肩就不再担道义了?武冰有几分意外地看着李不言,释然道,李律师,就冲你这几句话,丽锦委托你是委托对了,我的案子交给你放心。李不言笑笑说,既然武局长放心,那我们谈谈案子吧,检察院的起诉书认定你受贿十一笔,总额十一万一千五百元,这个数字在十万元以上,按照法律规定要在十年以上量刑,前景不乐观。根据卷宗里笔录,这十一笔你都是认可的,但其中有一笔临江阳光电子销售经理孙广成送你的五万元,在第一次讯问笔录里,你说是三万,后来又一直说是五万,这是为什么?武冰答,其实是三万，我第一次说三万，讯问人员不相信，说一百多万的录播设备采购量，怎么才给三万元好处费？不给十万最少也得给五万吧，我才改口成五万。李不言问，你和孙广成都说这五万元是装在一个信封里给你，那是什么样的信封？武冰答，是阳光电子公司的普通信封，后来这信封被检察院从我办公室搜走了。李不言问，对于其他十笔你有什么要解释的？武冰答，第二、三、六、九和第十笔，我认为是向我求字的人给我的润笔费，其他没有异议。李不言问，给你润笔费的应该有不少人吧，为何只认定这五笔？武冰答，检察院说这五个人求我办过事，属于假借润笔费名义贿赂我。李不言问，他们求你办过事吗？武冰答，确实请我帮过忙，但我认为这是两码事，我确实给他们也写过字。李不言说，几个字就值五千元？全国知名的书法家，一平方尺作品能卖多少钱？我的辩护思路聚焦在想办法将受贿总额压在十万元以内，量刑控制在十年以下。武冰说，我同意你的辩护思路，拜托务必将数额降下来。李不言说，我将尽我所能，你回去后再仔细想想事实部分还有什么出入，下次会见时，我们再进一步交换意见。武冰说，还想拜托你一件事，能帮我带一封信给丽锦吗？李不言断然回绝道，律师不能帮你携带信件，你可以交给管教干部，他们审查后认为没问题会帮你转交。武冰说，只是一张便条，都是些家常事。李不言说，便条也不能带。这样吧，你将便条给我看看，如果内容不涉及案情，我口头转述给王市长。武冰说，谢谢李律师。将便条递给李不言，李不言接过来一目十行地过了一遍：小妹，你现在可能很恨我，说我当初没听你的话，管不住自己的私欲。但无论你怎么看待我，现在只有你在支撑着我，每当我看到舍钟时，都会想你这时在干什么。看守所干警对我很友好，说他们其实很想见到你。不论结果如何，我请求你把我父母亲和我们的女儿照顾好。合浦的家查封了没有？滨河新村的房子查封了没有？我只能从送进看守所的东西上推测信息，绿色代表进展顺利，红色意味着有危险，黄色表示暂停。我在看守所每天坚持洗冷水澡，你也一定要保重身体。五子，六月五日。李不言开始没明白"五子"是谁，很快反应过来应该是王丽锦对武冰的昵称，在心里笑着说原来官员夫妻之间也很俏皮。嘴上说，内容我记住了，你放心吧。将便条还给了武冰。

　　回到办公室，李不言打电话给陈超，让他设法联系上临江阳光电子销售经理孙广成，安排他尽快到项州来一趟，又特别叮嘱让孙广成来时，将公司所有式样的信封各带一个过来，尤其不能遗漏当初装钱送给武冰的那种。

74

省高院接待室的高法官接下李不言的申诉书，推了推鼻梁上的老花眼镜说，李律师，又送申诉书，真够锲而不舍的。李不言说，甄勇敢只要还在监狱里，这申诉书便不会停止。高法官说，每个月都寄一封过来，隔一段时间还亲自送过来，你这个律师够敬业。李不言说，我如此敬业至今也未能听到一点回响。高法官拍拍桌上的登记簿，所有收到的材料都登记在册并转给相关庭室。李不言叹息道，是啊，然后便是泥牛入海。

回到宾馆，三人先到李不言房间，惠兴齐说，李律师经常送申诉书过来？下次再来我开车陪你。李不言说，邮寄的每月不断，人过来谈不上经常，每次来省高院办事，会顺道过来打探情况。惠兴齐问，那个警察到底有没有杀他老婆和政法委书记？李不言说，杀没杀保持客观心态打开卷宗便能得出结论，但估计卷宗早已束之高阁积满灰尘。陈小菊迟疑地说，师哥，有句话我一直想问，王春燕与缪正成周末出现在城郊桑塔纳里不能算正常，甄勇敢先后十几次承认作案，虽然其他证据不够充分，也应该是证据不足的无罪，你为何如此坚定甄勇敢没杀人呢？李不言说，出事那天下午，我与甄勇敢在一起几个小时，甄勇敢有条不紊做饭菜谈笑风生喝啤酒，即便他特别精准地把控住作案时间，但什么人能在刚刚枪杀政法委书记和自己老婆后还能如此从容不迫风轻云淡！我庭上讲证据庭下相信直觉。惠兴齐附和道，有道理，很难有人能做到。还想再八卦几句案子，见李不言向卫生间走，便夹起皮包说，二位律师洗把脸休息一会，七点钟一楼海鲜自助餐厅晚餐。

吃过晚饭，惠兴齐提出去商业中心步行街逛逛，李不言说，临江经常来，明天上午还要开庭，我就不去了，回房早点休息。惠兴齐对陈小菊说，李律师休息，我陪陈律师转转。陈小菊说，我也回房休息。三人离开餐厅，回到各自房间。

李不言洗漱完毕，打开电视，躺在床上看电视剧《牵手》。对于一般当下题材的电视剧，李不言兴趣不算浓厚，他喜欢《红楼梦》《三国演义》之类根据古典名著改编的电视剧。因为觉得吴若甫、蒋雯丽的演技还不错，便有一搭没一搭看上几眼。半集过去有人敲门，李不言预感是陈小菊，犹豫一下还是下床打开门。陈小菊进屋后，看着电视说，我在房间也是看这部电视剧，一个人看有点无聊，过来看看师哥在不在看。李不言笑着说，你平时不是一个人看？无聊还不快点找个伴一起看。陈小菊在床边坐下,眼睛仍望着电视,我找到了啊,可惜人家平时没空陪我看。李不言明白陈小菊的意思,给她倒上一杯水,小菊师妹,天涯何处无芳草,多抬头看远处,不要只看脚底下。陈小菊突然果决地说,师哥,我的心意你清楚,我不想破坏你与何静的婚姻,只想请你陪我看两集电视剧。李不言拉过一把椅子坐下来,那就看吧,三集也行。陈小菊过来将他往床边拉,红着脸说,有这样陪看电视的吗?李不言挣一下,跟到床边说,小菊师妹,我今晚好好陪你看电视,你以后找个人好好谈恋爱。陈小菊直点头,与李不言肩并肩倚靠在床上,一起看电视。

电视剧里吴若甫因为误会蒋雯丽与她办离婚,陈小菊伸手拉过李不言的手放在自己肩上,慢慢半靠在李不言怀里。当一集电视剧剧情结束片尾曲响起,陈小菊猛地抱住李不言将嘴唇深深印在他嘴上。李不言也激动地抱住陈小菊,与她热吻起来。

放在床头柜上的手机遽然铃声大作,李不言忙松开陈小菊,伸手抓手机,陈小菊死死抱住他不肯放手。李不言用力伸长胳膊勉强摸过手机,看了一眼号码说,何静电话。陈小菊松开手,身体贴住李不言,一口大气都不敢喘。李不言长舒几口气,平复心跳后接听电话。何静说,老公在干吗?申诉书送过去了吗?李不言说,送过去了,现在在宾馆房间里看《牵手》,刚才去了趟洗手间。何静叫道,我也在看呢,钟锐怎么这样,居然和小雪离婚。李不言说,电视剧瞎编的,老婆不要信。何静说,我相信,这种蠢男人有很多。老公你不是,你是最聪明的老公。老公你想我吗?一个人看电视不好玩,我想要你陪我看。李不言说,今天将就着,明天陪你看,你看完这集就睡觉,不要看太晚。儿子睡了没有?何静说,睡下了,今天想上楼睡我没让,怕他习惯了赖在我们房间,影响我俩做好事。李不言说,我也要早点洗澡睡觉,明天上午还要开庭。何静甜甜地说,老公,你早点睡吧。我爱你!李不言回了句爱你挂断电话,眉头紧蹙面朝电视好一会,愧疚地说,师妹,对不起!我刚才不该……陈小菊起身下床,低头整理好睡衣,泪眼模糊地说,师哥,是我不好,以后再也不会这样了。

75

毛玉通知李不言,律师楼立项报告批复下来,正躺在我办公桌上无所事事等着它的主人。李不言放下电话一蹦三尺高,喜不自禁地跑进陈小菊办公室,告诉她计划委批了。陈小菊一开始没明白批了什么，明白过来后欣喜万分地说，真能批下来？你太神奇了！李不言说，律师楼竣工后才神奇。

上楼到毛玉办公室，毛玉手捧茶杯，对放在办公桌上的批文努努嘴，这可是本尊一直找到黄副市长那里特批的。李不言小心地拿起批文看了又看，按捺住兴奋的心情说，毛玉姐劳苦功高，我们全体项山律师没齿难忘。毛玉说，别整没用的，踏踏实实的给我造一栋漂亮的律师楼！李不言说，毛玉姐放心，建筑规模肯定不能与我们司法大楼比，新颖别致美观大方必须的。毛玉说，去跑下面手续吧，黄副市长和相关部门已经打过招呼，应该不会有什么障碍。李不言扬起手中的批文，马上去规划处，请他们出具规划条件。向外走几步又转身回来问，毛玉姐，黄市长那里是不是应该表示一下感谢？毛玉说，我带了两盒好茶给他，这点小项目人家根本没当回事。李不言说，再次谢谢毛玉姐，黄市长的支持我也记在心里。

接下来果然一路绿灯，相关部门的办事人员对李不言和陈小菊很友好。有的人知道李不言，对他更客气，主动帮他出谋划策如何完善手续、加快进度和节省费用。他们到土地管理局时，办事员小罗问李不言，我们夏立华副局长的案子怎么样了？李不言说，还没有开庭，正在想办法将数额降下来争取少判几年。小罗说，夏副局长其实挺不错，平易近人关心下属，给局里谋取不少福利。李不言说，夏副局长确实不是贪得无厌的人，是大气候和小环境影响了他。小罗看李不言的眼神多了几分仰慕，一脸笑容说，李律师挺会理解人。说话间手上的办事动作明显提速，很快将审批表填好并送到领导那里。土地局根据规划处的规划方案，将书香世家西北角那块土地审批三亩给司法局建律师楼，每亩收取拆迁成本八万元和配套费用两万元，合计三十万。

拿到用地许可，李不言带陈小菊去设计院。一见到孔院长，李不言问，孔院长，金城房地产公司的设计费到账了吧？孔院长说，到账了，法院对这个案子执行很迅速。李不言说，执行庭江山庭长是我好兄弟，这个案子他亲自办理的。孔院长说，难怪执行效率这么高，谢谢李律师。鸿运房地产公司拖欠十二万设计费快两年，要不要也起诉？李不言说，世纪大道西边的那个鸿运花园是他们开发的吧，房子卖得挺火，怎么会拖欠这点设计费？孔院长气愤地说，成心耍赖皮，赚了那么多钱，欠我们设计费，欠银行贷款，欠建筑公司工程款。李不言说，这是家外地开发公司，不会赚了钱准备跑路吧？孔院长说，我有点担心，想趁他们现在房子没卖完和他们打官司。李不言说，数额不算大，一小套房子就足够了。你安排人将材料复印一份交给我，我们先上门催讨，不行再起诉。孔院长出去安排人准备资料，回来后问，二位今天来有没有其他事？李不言说，有件小事，想请孔院长帮忙设计律师楼。孔院长问，你们要建楼？李不言让陈小菊拿出律师楼建设的相关手续，挑出规划设计条件给孔院长看，我们要建楼，特来请求支援。孔院长看了设计条件后说，发展大道东书香世家北，不是准备规划为口袋花园吗？李不言说，现在批给我们建办公楼。孔院长说，书香世家设计图纸就是我们做的。李不言说，所以登门求助，我们希望律师楼建筑风格与书香世家别墅近似，让不知情的人以为是一体的。孔院长说，这个好办，别墅资料现成的，做个放大版设计，突出内部办公功能即可。李不言问，设计费如何计算？孔院长说，具体按平方，我们这种关系，打对折。李不言笑笑说，无论多少钱，用一年顾问费抵消，省得劳神孔院长按计算器。孔院长稍作心算后，也行吧，按标准大概能抵上两年顾问费。李不言说，这不就是打对折吗，孔院长原来蓝图在胸。一个小姑娘送过来一个档案袋，孔院长交给李不言，这里是与鸿运公司的委托设计合同复印件和他们的欠费清单，麻烦你们跑一趟。李不言接过档案袋转手交给陈小菊，对孔院长说，应该的，我们互相支持。孔院长说，没问题，我亲自过问设计方案。离开设计院，陈小菊说，师哥，我感觉你不用花钱也能将律师楼建起来。李不言哈哈大笑，天底下哪有这等好事！所有的支持都是我们付出辛劳换来的。

下午武冰案件开庭，张美娟担任审判长。李不言在庭前曾与公诉人李新军沟通，质疑临江阳光电子销售经理孙广成行贿数额是三万而不是五万。李新军信心满满地说行贿人与受贿人交代一致，证据闭合没有问题。李不言说孙广成与武冰现在皆改口三万，孙广成有新笔录提供给法庭。李新军说他们为什么改口李律师心里最清楚，我们检察院看在王丽锦市长分上暂不追究而已。李不言正色说，我已经提示过你了，不要到时候说我搞证据突袭，更不要像李文抢劫案那样对我秋后算账。李新军悻悻一笑，李律师知道的挺多，只要你能像看起来那样行得端正，有什么可担心的。

张美娟宣布开庭，常规程序后，控辩双方就临江阳光电子销售经理孙广成的行贿数额展开辩论。公诉人李新军表示被告人武冰和行贿人孙广成一直认可赂贿数额是五万元，所以应该依法认定为五万。李新军以为李不言会拿武冰和孙广成的新笔录说事，拿出事先准备好的下一轮发言提纲放在公诉材料的最上面严阵以待。岂料李不言压根不提新笔录，而是拿出一个信封说，这是与孙广成送钱给武冰时所使用的同样信封，与公诉机关提取在卷的信封完全一致，请法庭予以确认。张美娟让法警取过信封在合议庭成员中传阅一遍，然后交给公诉人确认。李新军反复比对后说，是一样的，辩护人想说明什么问题？李不言弯腰从放在辩护席下面的公文包里拿出崭新的五沓钱，放在辩护席上，这里是面额一百元的五沓钱，每沓一万，刚从银行取出，银行的扎钞条原封未动，与孙广成和武冰所说的装在信封内的每沓一万元相一致。辩护人庭前做过多次试验，这个信封最多能装进去四万元，无论如何也装不进五万，除非将信封拆开。公诉机关提取的信封完好无损，说明当时装在里面的钱不可能是五万。因此，认定孙广成用这个信封装五万元送给武冰不可能成立。张美娟宣布休庭，请辩护人将钱和信封送过来，让公诉人也过来。控辩双方走到张美娟面前，张美娟当庭将钱一沓一沓塞进信封，塞进四沓时已经很吃力，第五沓确实怎么也塞不进去。张美娟又让李新军装钱，李新军依然只能塞进去四沓。张美娟问李新军，公诉人对这笔受贿数额现在怎么看？李新军阴沉的脸色似乎可以拧出水来，两眼注视着审判席上装有四万元的信封和装不进去的一万元钱，在心里狠狠抽了自己两耳光，怎么就没想起来做一次装钱实验呢，如此疏忽留机会给律师实在太愚蠢，非常勉强地说，我们尊重事实，认可这笔数额不是五万，但也不代表就是三万，毕竟可以装进去四万。李不言说，这还需多言吗？卷宗里出现了三万与五万两个数字，从来也没有人提到过四万。张美娟问李新军是否还坚持四万，李新军无奈地表示认可三万元。张美娟宣布继续开庭，李新军当庭变更指控，确认孙广成行贿数额是三万元。被告席上的武冰顿时松了一口气，双手抱拳在胸向李不言上下摆动，旁听的陈超、刘国强等人也都对李不言露出赞叹的目光。这笔数额核实后，武冰对他所认为的属于润笔费那几笔进行辩解，李不言亦请法庭能够考虑武冰是东方省书法家协会会员，称得上书法家，为那五个人书写作品，收取一定的润笔费属正常行为。李新军反驳道，武冰为他们书写的那几个字，按照目前的市场行情，即便是东方省书法家协会的会长和常务理事，同样规格的作品，每幅也只在两到三千元，武冰最低收了五千，多的竟达一万，完全背离正常的市场价格，结合武冰为其他人书写同类作品收费基本在一到两千元，他确实为送钱的人谋取利益等事实，应该认定这几笔所谓的润笔费是送钱人变相向武冰行贿。张美娟问辩护人对此还有什么新的辩护意见，李不言说，即便润笔费有虚高的成分，但武冰毕竟也是省书法家协会的理事，每笔应该去掉至少两千元的合理报酬，受贿数额应该减去一万元。张美娟又问李新军有无新观点，李新军还沉浸在没有做装钱实验的懊恼中，敷衍道，没有新意见了，请求法庭依法裁决。武冰做最后陈述后，张美娟宣布休庭合议，定期宣判。

一周后，武冰的案子判下来，受贿数额从公诉机关指控的十一万五千元，认定为八万五千元，武冰被判处有期徒刑五年零六个月。宣判后，武冰表示不上诉。陈超后来对李不言说，王市长对你的辩护工作很满意，连同我一道表扬了，说我们这件事办得漂亮。李不言说，你得到表扬，我得罪公诉人。李新军说我故意当庭出他洋相，威胁我以后注点意。

76

王丹、张志祥和沙茂春三人离开项州市律师事务所，发起设立合伙制的项河律师事务所。项州市律师事务所也由国办所改制为合伙制的项王律师事务所，马健、全有为和于培林三人为合伙人。至此，国办所在项州市成为历史，律师的身份虽然在文字上仍表述为国家法律工作者，但在纳税主体归类时，律师事务所和律师个人比照个体工商户纳税。项河所在法院旁边租下三间门面房作为办公场所，项王所仍在原地办公。

李不言上午十点参加完项河所挂牌仪式，到执行庭参与了一个案件的执行和解，然后打电话给惠兴齐说，律师楼的手续万事俱备，你可以办理施工许可证准备开工了。惠兴齐毫不迟疑地揽下来，没问题，下面的事全部交给我。又要过来请李不言吃饭，李不言说，我早上答应岳母回家吃饭。

周淑珍看到李不言回家吃饭，高兴地说，还以为你不回来，让我中午又白忙活。李不言说，上午事情多，处理完就赶快回来了。爸爸又不回来吃饭？周淑珍说，自从他当上校长，除了早饭在家吃，中午和晚上你看回来吃过几顿？李不言想想确实不常见，但想到自己也经常在外面应酬，便说道，各行各业饭局越来越多，现在不到饭店里似乎谈不成事。周淑珍将红烧鲫鱼、尖椒肉丝、素炒西兰花、紫菜虾干汤和两碗米饭端上桌。李不言说，妈妈以后少做一个菜，我们娘俩吃不了多少。周淑珍将红烧鲫鱼推到李不言面前，还是不言贴心，你一不回家吃中饭，我白天一天见不到家里人。李不言说，何静与阳阳没办法，只能在学校吃，我和爸爸应酬多有点身不由己，以后我尽量回来陪妈妈。周淑珍说，你不要特意赶回来，你请人吃饭你不能不到场，客户请你吃饭你不吃客户有想法，妈妈理解你。李不言说，谢谢妈妈理解！与客户熟悉以后，客户的饭可以少吃。正说着，何静打电话问他在哪里。李不言说，在家和妈妈一块吃饭。何静笑着说，今天挺乖，回家讨好丈母娘。李不言说，妈妈在旁边听着呢，小心晚上有家难归。老婆大人有何吩咐？何静说，我有个同学杨丝雨，被人起诉要请律师，你下午在所里吗？李不言看了一眼手表，将近一点钟，便对何静说，你让她两点到我办公室。何静说，她现在怪可怜的，老公出车祸死了，有两个孩子，小的还没有阳阳大，老公你好好帮帮她。李不言说，知道了，我将她的事列入优先事项。吃好饭，李不言说要去所里。周淑珍说，我刚才听到了，你去吧。

到所里后，杨丝雨带着两个孩子已经在等他。李不言开门请他们进去，先给他们每人拿一瓶矿泉水。两个孩子接过去就要喝，杨丝雨帮他们拧开，让他们坐在沙发上不要乱动，两个孩子坐着乖乖地喝水，两双小眼睛怯生生地望着李不言。李不言从抽屉里拿出两块德芙巧克力，一脸笑容地递给两个孩子，返回到办公桌前坐下后问杨丝雨，诉状和其他应诉材料都带过来了吧？杨丝雨从包里拿出一叠材料，李不言接过来挑出诉状看一遍，问杨丝雨，这个原告高鸣你认识吗？杨丝雨回答不认识。李不言问，高鸣说你丈夫孙明康生前借他二十万，你知道有这事吗？杨丝雨答，不知道。李不言问，孙明康生前具体做什么的你清楚吗？杨丝雨答，只知道他做生意，具体做什么不知道。李不言问，孙明康留下多少遗产？杨丝雨答，只有现在住的滨河新村的房子，存折有好几本上面都没有钱，有辆车出车祸报废了，明康喝酒开车一分钱赔偿也没拿到。李不言问，你们还有没有其他债务？杨丝雨摇头说，我什么都不知道。李不言心中感慨，这一场夫妻做的，一问三不知。既然你什么都不知道，我也不问你了，拿起电话打到民庭找刘佳。李不言说，我看到高鸣诉杨丝雨借款纠纷应诉通知是你签发的，案件在你手里吧。刘佳说，是的，她请你代理吗？还有一个案子正在安排送达。李不言问，也是借款纠纷？刘佳说，是钢材买卖款三十万。李不言说，我知道了，谢谢你！放下电话，李不言看到杨丝雨已经急得直流眼泪，带着哭腔说，天哪！我们娘仨还怎么活！李不言安慰道，先别着急，孙明康欠下的债务未必能落到你们头上。你再想一想，孙明康还有可能留下什么财产？杨丝雨努力想了半天说，好像听他说过想在书香世家买别墅，不知道有没有买。李不言说，可以调查的，这种线索多提供，孙明康欠那么多钱，不应该没有财产。我安排个女律师帮你代理可以吗？杨丝雨说，可以的，但我现在拿不出多少钱交律师费。李不言说，何静让我帮助你，代理费先不收，将官司应付过去再说。杨丝雨说，谢谢李律师！何静说你一定会帮我。李不言将吴娜叫过来交代一番，让她领杨丝雨过去办手续。

吴娜将杨丝雨和孩子们领走后，李不言打电话给惠兴齐问他是否认识孙明康。惠兴齐问，出车祸死了的孙明康？李不言说，正是他。听说他买你别墅啦？惠兴齐说，李律师怎么知道的？这事只有我和孙明康知道。李不言问，房款付清没有？惠兴齐说，付清了。李不言说，这事你继续保密，我明天去找你。惠兴齐说，你那工地我已经安排进场三通一平，你正好顺道看看。

晚上回到家，何静问起杨丝雨的事，李不言说正在处理。何静说，好办吗？杨丝雨在我面前哭成泪人。李不言问，杨丝雨是你同学？我没听说过嘛。何静说，她是我幼师同学，毕业后分在临河镇幼儿园。后来被孙明康看上，拼命追到手。据说孙明康生意做得很大，赚了很多钱。杨丝雨怀上第一个孩子后就辞职在家做全职太太。我们平时来往不多，偶尔在街上遇到说说话。李不言说，杨丝雨长得很漂亮，孙明康砸了不少钱吧。何静说，听说开始追她时天天送花到学校，搞得全镇都知道有个大款在追求幼儿园漂亮女老师。老公，你从来没送过花给我，是不是觉得我不漂亮。李不言笑呵呵地搂过何静，谁敢说我宝贝老婆不漂亮，我控告他毁谤罪！

第二天李不言去找惠兴齐，惠兴齐先陪李不言到工地上，指着将律师楼工地与书香世家别墅工地圈在一起的围栏介绍，李律师你看，两个工地围在一起，不了解内情的人怎么也看不出是两家。李不言用手晃动一下围栏，围栏纹丝不动。满意地说，不错，临时设施也很牢固。对工人也不要说是两家，尽量控制知晓范围。惠兴齐说，我和项目经理与技术员都交代过不要多嘴，只管把楼造好。李不言说，这样很好，去你办公室。到办公室后，惠兴齐拿出与孙明康签订的七号别墅买卖协议。李不言问，别墅不是不对外销售吗？惠兴齐说，孙明康以优惠价格卖钢材给工地，用钢材款抵房款。我买了便宜钢材还不用付现钱，干吗不卖给他？李不言问，钢材价格有多优惠？惠兴齐说，比市场价每吨便宜一百多。李不言不解地问，这个价格他如何赚钱？惠兴齐说，我管他赚不赚钱，他不便宜我不要。李不言问，除了抵房款，孙明康还有钢材款在你这里吗？惠兴齐说，账目上不欠，实际还有十几万。李不言问此话怎讲。惠兴齐说，孙明康要求将货款转给他，他提现存到我卡上，用钱从我手里拿。李不言说，孙明康真够信任你的，估计有追债的逼得紧。惠兴齐说，我猜也差不多是这样，李律师为何如此关心这件事？李不言说，孙明康老婆杨丝雨是何静同学，现在有债主起诉她，何静让我帮她。惠兴齐问，孙明康欠钱与他老婆有什么关系？李不言将孙明康的购房协议还给惠兴齐说，如果属于夫妻共同债务就有关系。

从惠兴齐处回来，李不言找到刘佳沟通杨丝雨案件。刘佳问，滨河新村的那套房能值十几万吧？李不言说，差不多值十一二万，但这套房属于夫妻共同财产，有杨丝雨一半。还有两个年幼孩子，总得给他们立足之地。刘佳有点犯难地说，也是的，孤儿寡母的值得同情，可我这案子怎么办呢？李不言说，为了安抚债权人，我做工作让杨丝雨和孩子搬出来，房子变卖掉，一半房款给杨丝雨娘仨租房住，另一半债权人按比例分掉。刘佳踌躇着说，这样有点于心不忍。李不言笑着说，佳佳法官如此仁慈，倒是显得我不够善良。刘佳粲然一笑，不是的，李律师是为多方着想。如果真能按照这个方案处理，也算是对双方都有交代。李不言说，那就麻烦你多做原告工作，我负责做好杨丝雨工作。请告诉原告，如果不同意这个方案，杨丝雨便到公证处做放弃继承遗产声明公证，到时候原告爱找谁找谁，杨丝雨不再搭理他们，再也甭想从房子中分到一分钱。

待到和杨丝雨沟通时，杨丝雨又未语泪先流，李律师，我们租房子住，那点钱花光后怎么办？李不言说，这才是我找你来的重点，你考虑过以后如何谋生没有？有房子住固然重要，但仅有住房还不行啊。杨丝雨说，我一直喜欢服装设计，原来想在幸福路商业街上开服装店，我老公不愿意我抛头露面。现在老公管不了，我没有钱开。李不言问，有合适的店铺吗？杨丝雨说，我接触过一家，一楼卖服装，二楼住人，两层六十平方转让价八万多。李不言问店铺是否有产权，杨丝雨说有。李不言说，这是个不错选择，既可以解决临时住房问题，还可以挣钱养家糊口。杨丝雨说，可我到哪里弄买房子钱？还有做生意的本钱，滨河新村卖房子钱都归我也根本不够。李不言说，卖房子钱用来做本钱，买店铺的钱我替你想办法。杨丝雨直摇头，这怎么可以？要八九万呢！李不言说，不是我出钱，但我暂时不能告诉你钱从哪里来,你要是信任我,可以去谈商铺,卖房子的事我让法官与原告谈。

再次与刘佳沟通,刘佳说原告勉强同意李不言的方案,但强调保留继续追讨权利,如果发现孙明康的其他财产线索还能再起诉。李不言说可以,但不得打扰杨丝雨和孩子们的生活。然后李不言说出具体调解方案,滨河新村的房子让钢材款案件原告买下来,总价十二万,付给杨丝雨六万,付给借款案件原告二万四,其余归其本人。刘佳说,李律师连数字都计算出来,太让我们法官省事省心,我一直让陆洲多向李律师学习,他总是学不好。李不言说,多年来养成的习惯,想改还改不掉。陆洲不错了,创收已经与他的师姐陈小菊相当。

案件最终按照李不言的建议结案。两个原告在法院签收调解书时牢骚满腹,忙了半天,收回这几个小钱,想给孙明康烧把纸都不够。杨丝雨想接话,李不言示意她装作没听见,办完手续和吴娜一起离开。

77

项州商业大厦是项州城的商业老字号,与项州人民商场一东一西坐拥人民路最繁华路段,在改革开放初期商品还比较匮乏,商业大厦相对较为丰富的商品聚集起旺盛人气,顾客盈门生意兴隆。幸福路步行街的开通让人民路上人流大为减少,面面俱到的大商场就单品而言选择余地并不多,人们似乎对专卖店更有兴趣。何况在步行街上购物可以顺道吃饭理发或者吃饭理发可以顺道购物,自行车停放又方便,去逛什么大商场,眼花缭乱的华而不实。人民路商圈日渐萧条,两家国营商场沦落到员工发不出工资的窘境。为了重现辉煌,商场改制被提上政府工作日程,商业大厦作为试点先行一步。

在改制的风声刚刚传出来时,商业大厦的黄月梅与叶文两位经理找到李不言,说李律师顾问单位多,有没有哪家企业改制成功的经验可资借鉴。李不言向他们重点推介农药厂的改制历程:刘显贵咨询李不言后,破釜沉舟砸锅卖铁东挪西借,终于筹措齐备资金独自买下工厂,让刘超和另外一名亲戚做挂名股东,将项州市农药厂改制成项州市丰粮农化有限责任公司。通过打折、停息、分期付款等方式化解大部分债务,又采取一次性买断工龄的方式解决剩余劳动力。恰逢当年华东地区水稻田里稻飞虱成灾,丰粮农化生产的扑虱灵乳油供不应求,不到半年时间,便一举扭亏为盈,成为项州市的利税大户。《项州日报》拿出整整一个版面,以"丰粮农化的改革之路"为题报道农药厂的改制经验，从不同侧面歌颂何书记和他领导下的市委市政府高屋建瓴锐意改革方向正确措施得当，使一个濒临倒闭的国营老厂焕发出勃勃生机。虽然在这篇报道中几乎没出现刘显贵的身影，但刘显贵被评为省级劳动模范，次年市政协会上当选为政协常委，成为项州企业界的风云人物。更为重要的是，刘显贵从一个每月只拿几百元工资的国有企业的厂长，华丽转身成为一个坐拥上千万资产的民营企业家。

听完李不言介绍，叶文还是有些举棋不定，这篇报道我们也看过，所以来找李律师。我们担心的是农药厂毕竟赶上一波利好行情，而商业经营整体状况一直走下坡路，即便能成功的化解债务与冗员问题，经营利润仍然没有办法保障，如果一直亏损下去，纵有万贯家财也吃不消。李不言说，我看了你们作为改制依据的资产负债表，如此黄金地段的商业大厦，六层大楼将近八千平方才评估为八百万元，你们难道不觉得这个数字低得离谱吗？叶文说，没有啊，这是根据大楼的造价和折旧率计算出来的，我们认为折旧率还有些低了呢？李不言说，黄金地段的房地产不同于一般商品，一般不仅不会贬值，还有可能升值。现在那一片是什么价格，你们能不知道？叶文说，那一片都是国有的，改制时全部按照这套公式计算。说实的，我们也看出来这里面的空间，所以才想将大厦买下来。但政府改制方案中明文规定改制后的商业大厦不能改变用途，更不能擅自出售，我们担心经营亏损会将大厦赔个精光。李不言说，商业远未到穷途末路，关键是经营理念，你看临江的环球购物中心不就搞得风生水起有声有色。一直没有说话的黄月梅开腔道，李律师说得对，我不太担心经营问题，实在不行我们还可以搞租赁经营当房东，禁止卖又没禁止租。我比较担心的是债务和人员，刚才听了农药厂的经验，我心里有底了。李律师，请你当好我们的参谋，帮助我们将商业大厦吃下来。李不言信心十足地说，让我们拭目以待，要不了几年，你们都会成为千万富翁。

黄月梅和叶文联手买下商业大厦，按照李不言的建议有条不紊地推进化解债务和冗员工作。就在李不言认为大局已定无需特别关注之时，黄月梅和叶文再次登门拜访。叶文火冒三丈地说，李律师，还千万富翁呢，债务刚理出点头绪，政府就要拆我们的房子！李不言问，怎么回事？政府发觉卖便宜反悔啦？黄月梅显得较为冷静，是这样的，我们买下商厦后，旁边的家电商城被东方彩虹集团买下来。彩虹集团想对家电商城改扩建，盯上了我们商厦的那栋两层裙楼，派人来和我们商谈，愿意以当初市里评估价格的两倍购买我们的裙楼。我们不同意，告诉他们是非卖品。彩虹集团将价格翻一番，我们还是不同意。他们是市长招商引资进来的，就通过市政府给我们施压。我们从心底里不想卖，但面临压力实在太大，提出以市场价卖给他们，这时的市场价已经至少是我们购买时评估价的十倍。彩虹集团不愿意，说我们在讹诈他们，转而到市里告我们的状，揭发我们利用原来的国有资产发横财。这不是岂有此理吗？我们又没招惹他们，仗着与市长关系硬，想巧取豪夺！更为可气的是市政府偏听偏信，命令我们以不超过评估价格的五倍将裙楼卖给彩虹集团。我们不同意，市政府便重新审视商业大厦的改制，并且审视出问题，说我们的裙楼没有房产证，属于违章建筑，应该无条件予以拆除。李不言问，确实没有证吗？黄月梅说，确实没有证，但这又不是我们改制以后建起来的，当初商业大厦扩建裙楼时，也有申请报告，主管部门都批准的，建好后没有单独办房产证，想等大厦换证时一并办进去。因为是国有资产，没人放在心上，一直说办未办。改制时，资产评估包括这部分裙楼，现在又说是违章建筑，违章建筑政府也能对外卖？李不言分析道，裙楼只是没有及时办证，肯定不是违章建筑。就算是违章建筑，政府也已经通过出售的方式将其合法化。政府是想以此逼你们就范，再和彩虹集团谈谈价格吧。叶文愤怒地说，彩虹集团现在不理睬我们，扬言坐等城管将违章裙楼拆除。更为张狂的是，不等裙楼拆除他们已经开始施工，并将与我们裙楼接壤的部分做了预留设计，一副志在必得的嚣张嘴脸。李不言说，真够狂妄的！你们准备怎么办，要和政府打行政官司？黄月梅颇显无奈地说，我们不想打，但总不能就这样失去裙楼，别看这两层楼面积不过四百多平方，现在已经价值三百多万。李不言惊讶地问，能值这么多？你们改制时整个大厦不就出价三百万吗？卖了裙楼就能全部回本啊。叶文说，我们还承担那么多的债务和人员，后续还要投很多钱进去。李不言说，不是也有债权吗？人员不都是负担，激励好是财富。虽然遇到裙楼问题，但不影响你们发家致富。这个国有企业改制，倒也符合让一部分人先富起来的改革大方向。黄月梅说，我们不关心政治问题，李律师想法帮我们保住裙楼吧。李不言说，没有什么好办法，只能硬着头皮和市政府干，要他们出具处罚决定书，我们向上级政府申请复议，不服复议再提起行政诉讼，整个过程走下来，没有一两年走不完。搞这些不是目的，目的是以打促谈，让彩虹集团因为工期压力重回谈判桌。另外寄希望于现在的市领导职务发生变动，换个能守法讲理的新领导来。黄月梅无可奈何地说，看来只好如此，我们不认可裙楼是违章建筑，更不同意拆除，让政府给我们出决定书。

下午李不言开车带陈小菊去玻璃厂，高玉河上午电话邀请他们过去商量事情。二人到了厂长室，高玉河和王宁正坐在那里喝茶聊天等他们。王宁给他们泡好茶，又指着摆满整个茶几的七八个水果盘请他们吃水果。李不言发现还有难得一见的荔枝，笑着说，今天是水果开会吗？连妃子笑也一骑红尘赶过来。高玉河指着放在茶几旁边的几件礼盒说，今天不仅水果丰盛，还给二位准备了几样礼品，等会你们走时别忘记带上。李不言说，又不逢年过节的，厂长何必如此破费。高玉河叹口气，就怕等到逢年过节，我想再在厂里招待二位不一定有机会了。李不言说，是改制的原因吧，高厂长不打算竞买下来？高玉河说，别提了，开始叫我优先收购，我说没有钱，市里建议可以采取全民持股的方式。但厂里的工人说有好几家国营企业改制后，大批工人下岗，他们不能重蹈覆辙。厂里领导班子成员意见也不统一，只有我和王主席看清改制势在必行，其他人对改制持股不感兴趣，认为以前亏损是政府的，持股后亏损亏自己。玻璃厂效益一直不错，外债比较少，账面上净资产两千万，所以转制定价比较高，要一千二百万。其他人不参与，我们两人拿不出那么多钱，事情一直僵在那里。李不言说，一千二百万其实也不算高，光是这一大片厂房土地就值好几千万吧。高玉河说，高是不算高，但我们拿不出。早知道这样，还不如将账面做亏损，像其他企业一样定价三四百万，想想办法也许还能凑出来。李不言摘下一颗荔枝，为他们惋惜道，葡萄酒厂的卢厂长比你们有先见之明，效益一直不错，改制前一年巨亏，结果只发两百万便买下厂子。王宁拿起一只橘子，捏一捏软硬程度，我们刚才正说这事，后悔光知道保生产保工资，不知道研究政策。李不言将剥了壳的荔枝放进嘴里，开玩笑道，现在研究属马后炮，找我们来商量什么，向我们借钱买厂子？高玉河心烦意乱地说，你们能借出几个钱？借得出也跟不上趟。开始改制时，企业没人要，政府做工作让我买。现在改制企业突然变成香饽饽，四面八方的人过来抢。虽然名义上厂领导还有优先购买权，但只是同等条件下，哪个厂长有实力与外地财团比？有一家外地的什么北极星建设集团公司提出收购玻璃厂，还是何书记亲自招商进来。请你们过来是想咨询从法律上有没有办法阻止他们收购，将厂子留给全厂干部职工。正在剥香蕉的陈小菊说，何书记亲自抓的项目能阻挡住？他手中的权力对付拦路虎就像扒香蕉皮这么容易。王宁说，李律师是智多星，拿出一条妙计来。李不言摇摇头，我无计可施，何书记的改制大计说白了就是能卖的全卖光，听说下一步医院和学校都要民营化。商业大厦已经完成改制，政府收了人家钱还要扒人家房子。我们的政府权力太大，法律约束不住。何况对于政府公开竞价这一招神仙都无从下手，多卖一些钱增加财政收入用于改善民生能有啥话可说？高玉河气呼呼地说，只顾眼前多卖点钱，企业的长远发展不考虑？外来企业基本上冲着厂子地皮来，有几个专心搞生产？这种改制是短视行为，除了造成国有资产流失和工人下岗，没有什么真正好处。李不言说，可不能公开这样讲，给你扣上反对改革的大帽子，吃不了兜着走。高玉河愈加生气地说，我已经公开这样说了，如果不是政府挽留，我去年就该退休。反对北极星介入不为我自己，问问厂里的全体职工，有谁同意让盖房子的接手玻璃厂！我们想不通，将陷入困境的企业改制盘活有道理，这好好的企业折腾它干什么？难道是为了改制而改制？李不言诚恳地说，高厂长，我个人建议竞争不过北极星干脆知难而退，正式退休回家带孙子。识时务者为俊杰，不干胳膊拧大腿的事。王宁说，我也这样劝高厂长，但高厂长对厂子感情太深，毕竟是他一手建设和发展起来，就像是他的命根子。李不言说，高厂长，我们实在苦无良策，只能建议你撤下来。另外，如果不会给你增添麻烦，趁现在还有权力，能不能提前续签三年法律顾问合同？高玉河刚拿起一只香蕉又放下，摸起一只橙子说，这有什么麻烦，你们明天将合同送过来，顾问费翻一倍。李不言对陈小菊说，你负责落实这件事，如果厂子真被什么北极星收购，一切都不好说。

没等到第二天续签顾问合同，王宁在当天夜里摸到李不言家，告诉他高玉河刚刚被反贪局带走。李不言十分震惊地问，消息准确吗？王宁说，高厂长爱人跑到我家告诉我，晚上七点多高厂长正坐在客厅沙发上看新闻联播，进来四个人，出示证件说是反贪局的，请跟他们走一趟。高厂长问有什么事，反贪局人说什么事去了便知，有几大本账目等着你核实。高厂长趁换衣服工夫让他爱人找我，和反贪局人走了。李不言说，听反贪局口气，高厂长经济上有问题，貌似涉嫌贪污。王宁说，做了二十多年厂长，多少总会有点的问题。李不言想起高玉河家二公子离婚时，一次性给他儿媳妇八万元现金，心里说应该不只是有点吧。王宁见李不言不说话，以为他在想对策，焦急地问，李律师，现在怎么办？高厂长爱人还在家里等我回话。李不言说，现在我们做不了什么？如果确实贪污了，账上痕迹谁也抹不掉，只能等待事态发展见机行事。你和高厂长爱人说，可以找熟悉的市领导打招呼，不让事态发展失控。如果没有熟悉的，耐心在家等候。等收到拘留通知书后过来找我，我会尽快安排会见高厂长。但愿高厂长现在能认真考虑我下午的建议，主动让位配合政府搞改制。王宁问，现在配合还来得及吗？李不言说，如果只是想给高厂长下马威，高厂长顺坡下驴有可能躲过此劫。

78

果然如李不言所料，高玉河三天后便回家了。高玉河的爱人以为是她托人求情的那个副市长起了作用，跟高玉河絮叨要去好好感谢副市长。高玉河心烦气躁地说与那位副市长没有半毛钱关系，反贪局明确告诉他何书记指示如果他配合改制，点到为止退休回家养老，拒不配合一查到底依法从严处理。高玉河开始气不顺，反贪局人劝说他何书记这样做的目的是敲山震虎，为下一步包括医院学校等部门改制的顺利推进立威，最好不要惹火烧身。你对玻璃厂建设发展贡献大，何书记不愿将事情做绝。机不可失时不再来，等将玻璃厂账本真的摆到你面前，后悔都来不及。高玉河想到李不言的劝告，最终低垂下他那颗高昂的头颅。

重获自由后的高玉河安排王宁立即通知李不言续签顾问合同，李不言与陈小菊赶过去，将合同签订日期提前三个月，顾问费从一万提高到两万。离开玻璃厂，陈小菊问，如果北极星不承认这份合同呢？我们还能真的起诉他们？李不言说，起诉不到北极星，应该是改制后的新公司。签这份合同主要是为了增加几分保险，新公司如果不认账也不至于上法庭，我们最终还是要靠服务赢得客户。经过人民路与幸福路路口，李不言将车停进新华书店院内，说要陪陈小菊去步行街逛逛。陈小菊问，我说想去步行街了吗？谁陪谁？李不言说，我猜你想，我陪你。

踏上步行街，因为还在上班时段，逛街的人不多，李不言在前头健步如飞，陈小菊有点跟不上，微微气喘地喊，师哥，你是来逛街的吗？跟贼撵似的，一家店铺都不进去。李不言立马站定，回首讲了句说进就进，径直跨入右面一家店里，陈小菊抬眼望过去：丝路花雨服装店。

杨丝雨正坐在缝纫机前哗啦哗啦地飞针走线，看见李不言，喜出望外，我可盼到哥了。李不言微笑说，店名不错，与店主人高度契合。杨丝雨迎过来，是何静起的,还有这些服装的挑选,她给了好多建议。李不言问,小静经常过来?杨丝雨说,她上下班基本顺路,几乎每天都来。又笑着问李不言身后的美女是哪位,李不言说,她是我师妹陈律师。店里生意怎么样?杨丝雨满意地说,挺好的,我又卖服装又替人改衣服,不用交房租不用开工资负担小,生活开销足够。陈小菊说,师哥,店老板是谁?李不言笑笑说,店老板就是店老板,姓杨名丝雨,小静同学,吴娜委托人。陈小菊对杨丝雨说,听到没有,要么不介绍,要介绍就停不下来。李不言在摆放着围巾的货柜前驻足,仔细看了两眼说,围巾似乎挺不错,好卖吗?杨丝雨说,进一箱货试试的,高档羊绒的价格有点高,没卖出去几条。李不言问送给女领导合不合适,杨丝雨说,坐办公室的最合适,进货时就想着这类人。李不言说,你帮我选一条,颜色雅致一点的。杨丝雨挑选出一条浅灰色问行不行,李不言让包起来并叫她与何静结账,特别强调不准做亏本买卖。杨丝雨笑着答应下来,问要不要再挑一身衣服送领导。李不言说着不用向外走,走到门口时又停下来问,你不是喜欢设计剪裁吗?工厂里的工作服能不能做?杨丝雨说,没动手实践过,练练应该可以,这种工作服难度不大。李不言说,我抽空找一套过来,如果能做不妨试试。杨丝雨突然好想抓住李不言的手,看看一旁的陈小菊,将已经要伸出去的右手与自己的左手攥在一起,感动地说,哥,你与何静对我太好了。

  回到所里,李刚领着一个年轻女人来找他。李不言说,不在黑河倒卖废钢班师回朝啦。李刚递上一个包装精美的礼品盒,撤场了,布市和附近远东城市的家底已经被我们掏空,再往西伯利亚腹地进军运费成本过高不划算。李不言接过礼盒问,什么好东西?李刚说,黑河特产逊克玛瑙项链,送给你家弟妹。李不言说,很值钱吧,太贵重的我不能收。李刚说,不值多少钱,但红色喜庆做工不错。上次要不是李律师出手,两家公司都不会放过我,一直想重谢李律师没寻到好机会。李不言看了年轻女人一眼问,这次是专门来谢我的?李刚说,主要是请你帮忙,这是我们公司的白小清,要和她老公离婚,葛总安排我带她来找你。李不言问白小清,你老公是做什么的?为什么要离婚?白小清说,他叫翟龙祥,原来在白酒厂供销科,嫌弃工资低辞职下海做生意。钱赚不少人学坏了,在外边吃喝嫖赌不顾家,还成天怀疑我作风有问题,动不动家暴,把我往死里打。我实在没有办法和他过下去,以前几次想离婚,都因为孩子小下不了决心。李不言问,孩子多大了?共同财产多不多?白小清说,有个儿子,今年七岁,刚上一年级;共同财产应该有不少存款，都在他手里。李不言思索片刻说，你这案子涉及过错责任认定、儿子抚养和财产调查与分割，好多方面需要请求法官依职权亲自调查才有可能查清，与法官的协调很重要。我们所有个特邀律师乔建国，他原来是民庭庭长，对民事业务十分精通，与民庭法官的关系无需多说。我认为由他代理，效果会比我出面还要好。建议委托他，你看可以吗？白小清还没说话，李刚在旁边说，这个安排好，请乔律师出面。白小清便说道，我听李律师的。李不言将他们带到乔建国的办公室，乔建国大致了解情况后建议，快要过年了，现在去立案法官也没有心思办，不如安心过年，免得翟祥龙闹得鸡飞狗跳的都过不好年。等春节上班后去立案，到时候我协调法官办快一点。白小清说，乔律师说的也是，能不能帮我先将状子写好，等一过完年就将案子立上，早一天是一天。乔建国说，这个可以，我现在就帮你起草诉状。李不言让白小清在乔建国这里等候，带李刚回办公室。

一进办公室，李不言对李刚说，我见过白小清，有一次我去你们公司，遇到葛经理与她在经理室打情骂俏，他们之间究竟有无瓜葛？李刚关上房门说，李律师果然火眼金睛，他们的关系在公司几乎半公开。翟龙祥去公司闹过，扬言要杀掉他们两人。李不言说，不管以前究竟是什么回事，从今天起到离婚结束，白小清必须规规矩矩。李刚说，等会我提醒白小清，回去后将你的话转告葛经理。李不言说，把门打开，我们闲聊几句。李刚起身打开门，坐回到沙发上。李不言问，黑河公安后来没难为你吧。李刚说，没有，就是让我陪吃陪喝花了不少钱，回来后葛总只给报销一部分。李不言说，你肯定不吃亏，我看出来废钢买卖出入非常大。李刚会心一笑，什么事都瞒不住李律师。

白小清过来说诉状写好了，李刚起身告辞，李不言将他们送出走廊。回到办公室，拿出羊绒围巾，想想又放下，拿起李刚送的礼盒打开来，只见一条红色玛瑙项链整整齐齐地固定在宝蓝色绒布上，颗颗珠子颜色俏丽晶莹明亮，甚是惹人喜爱。

79

新千年的第一个年头出正月已经是三月初，今年的项州真切感受到阳春三月的温暖。黄河故道两岸杨柳醉春柔情依依，碧玉妆成一树高，万条垂下绿丝绦；杨柳树下蚂蚁摆下望不到尽头的一字长蛇阵，行色匆匆有序穿梭，微躯所撼能多少，一猎归来满后车；河滩上春草绵绵不可名，河面上春江水暖鸭先知。浓郁的早春气息被一场场夜雨滋润的愈发浓郁，经过漫长寒冬洗礼的小城露出勃勃生机。

因春节停工的律师楼工地已经复工，正在进行三楼楼面的钢筋绑扎，几十个工人有条不紊地忙碌着。李不言看到工人们精神抖擞，自己也精神焕发，本田雅阁开起来仿佛插上翅膀，刘欢大气豪迈的歌声已经不足以表达他的心情，特意到新华书店的音像专柜挑选了一张音乐史诗《黄河大合唱》在开车途中反复播放。律师楼以清晰可见的速度生长，在李不言的脑海里，每一扇门窗、每一个房间，甚至院子里的花花草草全都立体生动触手可及。

而一旦坐到办公室里，李不言便重回工作模式，在接待、通电话、阅卷、起草文书中来回切换。眼下，他正在接待刘超，我以为是你叔安排你来接我，居然是你本人请我帮你准备应付官司。你既是科长又是"书记"，还是公司的"股东"，怎么有空做钢材生意？刘超说，现在项州到处都是建筑工地，正是销售建材的好时机，我就想抓住机会挣点外快。李不言说，想挣外快就好好做生意，怎么惹上官司了？刘超说，我刚开始做经验不足，被黑山公司蒙蔽住没有注意完善手续，结果他们现在只管按照合同要货款，对于供货中出现的问题置之不理。如果按照他们的结算清单付款，我要亏到姥姥家。李不言问，你们双方的账目差距有多大？哪些方面存在争议？刘超说，按照他们的账，我差他们七十多万，按照我的账，他们倒欠我四万多，具体争议都在这份情况说明里。

李不言接过说明看起来，说明内容分为来货明细、质量情况、价格说明与销售中问题四部分。通过代理费上调、价格和运费下浮以及锈蚀部分处理，黑山公司应该返还四万五千二百元。李不言说，你这说明黑山公司肯定不认可吧，你手头有多少证据？刘超又拿出几份材料交给李不言，我手里只有合同与付款凭证，其他的都是与黑山公司口头协商的，黑山公司现在对存在的问题都不认可。李不言展开合同说，我去你们厂里上课时，你肯定没有好好听，否则不会这么粗心大意，不将口头商定的变成文字确认下来。刘超追悔莫及地说，我当时认为销售和我做驾驶员没有关系，就没专心听课。黑山公司是大公司，我哪里会想到他们能言而无信。出这事后，我叔已经狠狠地骂了我一顿。李叔你务必要帮帮我，这份说明里讲的都是事实，法律讲的是实事求是，应该认定我的说明。李不言说，法律上的实事指的是有证据支持的事实，你这份说明目前不具有证据效力，法律上不好支持你。刘超问，能想办法让说明具有证据效力吗？李不言说，只要黑山公司确认说明内容便可。刘超问，怎样才算他们确认？李不言说，最直接的是加盖他们的公章。刘超一听情绪低落如泄气的皮球，现在关系这么僵，他们已经扬言起诉我，怎么可能盖章。李不言说，他们的法定代表人或者经办人签字也可以。刘超又如皮球被打进去一股气，眼中重新燃起希望的小火苗，法定代表人肯定不会签字，经办人很有可能。李不言说，如果经办人签字，还要有授权委托书或者单位介绍信证明其身份。刘超说，这事我来办，是不是办到位就不怕他们打官司。李不言说，办好后，我建议你先起诉。他们起诉大概率会选择在黑山法院，即便我们提管辖权异议，也不一定能成功。我们起诉可以选择在项州，他们如果提异议，因为合同上约定他们负责将钢材送货上门，项州法院可以以合同履行地在项州为由驳回，在这边法院审理会主动一些。刘超说，听李叔安排，我去找他们经办人签字，介绍信内容应该怎么写？李不言给了刘超一支笔和一张纸，让刘超记录下他口授的内容：兹委托我公司莫新生到你处，全权处理钢材代理销售中出现的代理费调整、价格下浮等相关事宜。刘超问李不言怎么知道他要找的是莫新生，李不言说，你们钢材买卖合同上对方经办人签名是莫新生，最好就让这个莫新生签字确认。你将情况说明与介绍信都打印出来，完成盖章签名后来找我。

不到一个星期，刘超将盖章签字后的介绍信和情况说明送到李不言面前。李不言说句刘超可以啊，提笔准备起草诉状，问有没有考虑过注册公司搞经营。刘超说，目前还没有，如果这个官司能赢下来，我好好总结经验教训成立个公司甩开膀子大干。李不言想到惠兴齐，写下民事诉状四个字后说，大干没问题，不要乱干，规规矩矩做生意，尽量不要惹上官司。刘超笑着说，李叔和一般律师不一样，没人招惹官司，律师干什么？李不言写完原、被告信息，写诉讼请求，双眼不离开诉状说，正经生意也离不开律师，你还担心律师失业吗？写好诉状，整理证据目录，完成后交到门口打字室打印。

准备就绪后，李不言带刘超去立案。到了立案大厅，有十几个当事人在排队。刘超看着移动缓慢的立案队伍有点着急，立案还排队，怎么会有这么多人打官司！李不言说，不到医院不知道病人多，不到法院不知道官司多，你在这里等我。然后撇下刘超去找从执行庭调到经济庭的江山，江山看到李不言进来，笑着说，有段日子没见面，听说你给不少贪官当辩护人，有人戏称你是项州贪官的代言人。

李不言说，贪官的罪名无外乎贪污或者贿赂，但贪官之间还是有一定区别的，有的贪得无厌主动索取，有的半推半就欲说还休，还有的再三推辞却最终功亏一篑。有的受贿纯粹是因为贪财，有的是为了包养情人，还有的是为了向上面行贿牟取更高的职权。不同的动机与手段虽然不能改变案件性质，但对量刑有一定参考价值，律师只是挖掘出这部分价值，让法律的适用更准确。我怎么就成为他们的代言人了？江山说，你别给贪官找借口，虽然说现在社会的确存在"不跑不送，原地不动；只跑不送，暂缓使用；又跑有送，提拔重用"的不正常现象，但这不能成为贪污受贿的理由。在官场能混则混，不能混学陶渊明，触碰红线混进监狱多么不值得。我将来要是混不下去了，就到你所里当律师，先和你挂个号。李不言拿一双眼睛乜斜着江山，混不下去到我们所里做律师，我们所是收容所？律师也不好混，现在还有人混不饱肚皮呢。江山说，你混的肚儿圆，又买车又盖楼，真是撑死胆大的嫉妒死胆小的。李不言拿出刘超的诉讼材料，偏要嫉妒死你！这不，又收下一个案子，代理费四万，你去帮我立上案拿过来亲自审。江山接过材料仰天长叹，代理一个案子抵上我两年工资，天理难容啊！叹息归叹息，身体很诚实，带着李不言到立案大厅，对立案法官说，这个案子有保全，加急立，立好后我过来拿。

办理好立案手续，李不言让刘超回去，自己又到江山办公室和他聊天，赵虹一直在刑庭，你轮流坐庄，是要练成全才提拔当院长？江山说，当什么院长，一颗革命螺丝钉。再说当上又如何？能和你比！李不言笑道，还眼红呢？正是人生如围城，我当初一心想做法官做不成，你当上法官却羡慕起我这个小律师。一句话再次触动江山心底秘密，五味杂陈有话道不得。遂转移话题说，律师楼施工进度如何？我和赵虹一直想去实地参观。李不言说，快要主体封顶，等基本完工后我带你们去。江山说，你真赚了那么多？买房买车盖大楼。李不言说，律师行业没有那么暴利，我是善于借势，抓住机会逼自己发挥潜能，现在背负一屁股债。江山说，你确实胆肥，给我机会也不敢抓。李不言说，当院长的机会还是要抓住，不贪权不能不要权，你当上院长，我这鸡犬也能跟着升天。江山笑得坐不住椅子，指着李不言说，不带你这只疯犬升天，你胆太大能吞掉月亮。

下午，商业大厦违章建筑处罚听证会在项州市城市管理局的会议室举行，由城管局法制办主任龚建主持。龚建原来是项州法院行政庭审判员，城管局成立后，为加强行政执法的专业性特地将他从法院调来。李不言以前不接行政诉讼案件，与龚建认识但没有深交。李不言说，龚主任，你是行政法官出身的法律专家，大厦的事还需要听证吗？龚建说，程序总是要走的。李不言说，走程序是为了什么？如果实体结论一目了然，不经复杂程序即可明断，还要浪费人力物力走程序，有没有浪费纳税人血汗钱的嫌疑？龚建说，不走程序，直接将商业大厦的裙楼拆除掉，你们同意吗？李不言说，如果走程序只是为了拆裙楼，将非法目的合法化，那更可怕了，实质上是打着法治的旗号践踏法治。龚建不高兴地说，李律师，这顶帽子太大，戴在我头上不合适。李不言说，我不是说你，因为和你熟悉，知道你精通法律才和你这样说，当初你调到城管局，许多人抱有期待，认为城管局的执法至少应该比以前更规范。龚建冷峻地说，将期待建立在我个人身上本身是错误的，我能有多大本事可以左右全局执法？李不言说，龚主任这话说得对，所有期待都应该建立在对法律的全面贯彻正确实施上，指望任何个人都不对。人治很危险，法治才有保障。龚建略微和缓面色说，你作为商业大厦的代理人，维护商业大厦利益我能理解，但这件事的背景你也清楚，最可行的解决方案还是与彩虹集团商定合适价款将裙楼卖给他们，这样对商业大厦最有利。李不言说，大厦同意出售，但彩虹公司一口价，比正常的市场价格低一半，龚主任换成你会答应吗？龚建说，有一半市场价收入总比一分没有强，裙楼毕竟没有产权证，认定为违章建筑不是不可以。李不言没想到龚建会说出这样的话，不自觉地露出法庭辩论时的表情，没证就一定是违章建筑？办理产权证只是完成工程建设后的一道登记手续而已，能不能办证是看建设过程中手续是否完善，质量是否合格。裙楼的建设手续和质量都没问题，仅差领证这最后一步。商业大厦现在申请领证政府不给办理，反而说建筑是违法的，不就相当于给合法夫妻颁发准生证却不给出生的孩子上户口吗？退一步说，即便是违章建筑，违章行为的实施者是前面的国营商业大厦，政府不处理属于不作为，后来将没证裙楼卖给现在的股东，无异于对国营商业大厦违法行为的确认和支持。收了卖房钱又要拆掉房子。如此违法行政还有没有底线！如果是卖错房，应该依法起诉，请求人民法院撤销商业大厦买卖协议。岂能直接滥用公权力，将所有问题甩给响应政府号召积极参与企业改制的几个普通公民！如果城管局执意处罚，我们肯定不能接受。明知螳臂当车，也只好奉陪到底！龚建对于李不言的慷慨陈词倒是没有恼怒，颇有几分同情地说，你们是清楚的，不是城管局一定要处罚商业大厦，你们无奈城管局也无奈。城管局是奉命行事，该走的程序还是要走。李不言摇摇头，我们要在听证会上表述的意见刚才已经讲完，我会提供书面听证意见给你，你直接整理一份听证笔录给我们签字，没必要装腔作势的走程序。龚建说那也行，伏案整理出一份听证笔录，李不言仔细阅读后，在笔录上签名。

从城管局出来，黄月梅问李不言，城管局看来一定要拆掉我们裙楼。李不言说，你还抱有幻想吗？城管局作为市政府的一个职能部门能不听书记市长的？顺我者昌逆我者亡，玻璃厂的高玉河不就因为对改制不积极而被抓进去，要不是念他劳苦功高，牢狱之灾跑不掉。叶文说，这说明何书记对事不对人，并不是想将人一棍子打死。李不言说，事与人紧密关联，处理事必落实到人，处理人必涉及事，这种貌似为了解决事情的肆意妄为最终都要落实到对人的侵犯上。叶文闻言顿足失色道，何书记不会将我们也抓进去吧？不行就算了，关进去不是闹着玩的。黄月梅睥睨叶文一眼，你一个大老爷们还不如我一个女人，如果害怕进去，将你的股份转让给我，我一个人跟他们斗！李不言说，商业大厦和家电商城的改制都已经完成，裙楼早一点晚一点拆除甚至不拆除不影响市委市政府的大政方略，应该不至于动你们。何况政府有城管局这一抓手，可以貌似合法的拆裙楼，如果只能直接动用司法部门，确实不好说。叶文听罢又拿出一副临危不惧的气势对黄月梅说，我们同一战壕许多年，说什么我也不能临阵脱逃！

80

北极星建设集团的董事长委派其亲信马小平担任北极星玻璃有限责任公司的法定代表人，将原来负责生产的副厂长黄涛任命为总经理，具体负责公司的生产经营。经过黄涛推荐，马小平约见李不言，表示愿意聘请他做新公司的常年法律顾问，问他有何想法。李不言微笑着说，感谢马总的信任，我们与原玻璃厂的顾问合同还有两年多履行期，承蒙马总不弃，我们没有想法，愿意继续履行原来的合同。手捧着高级不锈钢保温杯的马小平问，原来合同上顾问费每年多少？李不言说，两万元。马小平将保温杯轻轻地放在桌上，并略微调整一下角度，将杯身上的富贵牡丹图正对着自己，我们北极星集团的经营规模在东方省名列前茅，律师顾问费要与集团实力相匹配，集团的法律顾问费是每年五万元，我们作为集团所属的一级公司不能低于三万，顾问合同重新签订，顾问费改为每年三万。李不言心中窃喜，面色上波澜不兴，这当然很好，我们会更加努力做好顾问工作。马小平郑重其事地说，这是必须的，服务与费用应当匹配。

离开玻璃公司，李不言心潮澎湃，原以为外来公司接手改制企业会影响法律顾问合同续约，没想到北极星不仅延续合同，还主动调高了顾问费。到底是省会大公司下来的，出手不凡！以后的服务必须更加精细，以对得起这么高额的顾问费。李不言忍不住听起《黄河大合唱》，并随着交响伴奏高声朗诵：风在吼，马在叫，黄河在咆哮……

经过新华书店，李不言将车开进院内停好，锁上车去丝路花雨服装店。如今的服装店规模扩大一倍，重新装修后焕然一新。站在马路上看，一楼的右边是两块巨型玻璃组成的落地橱窗，左面是两扇宽大的玻璃门。二楼是四扇完全一致的铝合金玻璃窗，每扇窗户上高挂红红的中国结。背景为天女散花的招牌挂在一、二楼之间，"丝路花雨"居中字大显眼，"服装店"小两号标注在右下角。走进店内，一楼宽敞明亮，迎面靠墙是一排货架，整齐码放着各式服装，分门别类一目了然，寻找和取放都非常方便，而且还带有一点充当背景墙的意味；中间是一排排落地衣架，错落有致地挂着形形色色的服装；右面靠墙设立两间试衣间，试衣间外墙上镶嵌着两块两米高的试衣镜。与试衣间对应的左面迎着玻璃门设立收银吧台，吧台前面摆放四只圆凳供顾客小憩。吧台的右侧是通往二楼的楼梯，拾阶而上，二楼是一大一小两个房间，大房间摆放缝纫机、锁边机等设施，透过三扇窗户铺排进来的阳光令室内温暖明亮。里面的小间放着一床，一桌，两只凳子，还有一个简易衣架。靠近东北角是一个小卫生间，里面有一个不大的盥洗台和一个坐便器，墙上有个毛巾架。

李不言在帮助杨丝雨介绍了一些制服加工的业务后，便力主扩大面积增加人手设备。杨丝雨担心资金问题，李不言说由他负责筹措，杨丝雨开始不同意，说哥造律师楼正逢用钱之际，不能再增加哥负担。李不言最后提议算何静入股，亏损何静一人担利润两人对半分。杨丝雨坚持盈亏皆对半，李不言同意后开始实施。买下隔壁的店铺扩大经营面积，聘用裁剪师傅周小芳和杨丝雨姨妹圆圆，在离服装店不远的东大园巷租房供杨丝雨和两个孩子居住。改造装修完毕，店铺重新开张，杨丝雨与周小芳主要在二楼制衣，圆圆在一楼卖服装，何静有空就过来帮忙。

哥来啦，正在帮顾客挑选衣服的圆圆看到李不言甜甜地招呼。李不言说，你忙你的，我上楼找你姐。杨丝雨正在熨烫衣服，看到李不言上来，赶忙放好熨斗迎过来。李不言先和周小芳打招呼，周师傅忙呢，你这个徒弟最近有没有进步？周小芳笑着说，丝雨可聪明了，现在从裁剪到机工到整形熨烫全套都能拿下来。李不言说，教会徒弟饿死师傅，周师傅没记住留一手？杨丝雨眉欢眼笑地说，哥的胳膊肘怎么往外拐？周小芳笑着说，你哥说的是实话，不过我不担心，你们两个老板都是大好人。李不言说，我是顺路过来看看有没有什么事需要帮忙，如果没什么事我走了。杨丝雨说，我有事，哥到里屋说。

进入小房间，杨丝雨关上房门气呼呼地说，钟亮这人真不是东西，贪财又贪色。李不言问，钟总他做了什么？杨丝雨说，什么钟总，就是个卑鄙小人。哥是知道的，我们做大酒店制服，他每批次都要拿回扣，还胃口越来越大，从十个点加到三十个点。李不言说，我知道啊，羊毛出在羊身上，不是加到制服价格里了吗？杨丝雨说，还有哥不知道的，最近他老是拿话来撩拨我，说什么你寂不寂寞啊，你哥经常陪你吗？我让你赚了不少钱，怎么感谢我啊。有时还动手动脚的，握住我的手不放开。我让周师傅跟他联系还不行，非要我亲自去。我本来不想告诉你，担心这个坏种越来越放肆让我没有退路！李不言听罢咬牙切齿，这个王八蛋，谁都敢招惹，看我不收拾他！杨丝雨见李不言真生气了又连忙安抚道，哥不要太往心里去，我不会让他占到便宜，只是不和你说说，心里憋得慌。李不言凝视着窗户上的中国结想了一会说，钟亮如此胡作非为，总有一天折腾进大牢里。你以后叫周师傅去，让周师傅说是我安排她去的，看他怎么说。杨丝雨说，我怎么没想起来？还是哥灵活。李不言说，以后这种事及时告诉我。说完拉开房门走出去，杨丝雨在身后说，哥不要生气啊。

回到所里李不言吩咐陈小菊，北极星玻璃顾问费每年增加到三万元，你重新准备合同去签下来。陈小菊又惊又喜，不是一年两万吗？三万是怎么谈下来的？李不言说，是他们主动给的，天上偶尔也能掉馅饼。吴娜说，怪不得师哥能造律师楼，馅饼只往师哥头上掉。李不言笑笑说，苍天不负有心人，收割后的麦田地，有人懒得再踏进一步，有人孜孜不倦地弯腰捡拾零星麦穗。我就是那个拾穗人，拾着拾着篮子里的干瘪麦穗变成香喷喷馅饼。陈小菊说，我也是拾穗人，跟在师哥后面捡漏。吴娜说，我跟在小菊师姐后面捡。李不言说，广阔天地大有作为，两位师妹换一块地方吧。三人载笑载言，李不言很快忘掉钟亮骚扰杨丝雨所带来的不快。

　　一男一女站到门外，那个男人伸头问，李律师不在办公室，请问他去哪里了？陈小菊看着李不言说，李律师在这里。李不言说，我是李不言，请到我办公室。到办公室坐定，那个男人说，李律师，我叫钟明，是钟亮大哥，前天钟亮跟我讲，万一他有什么事，找你李律师，昨天他被反贪局带走了。虽然李不言和杨丝雨说钟亮迟早要出事，但报应来得这么快还是让他非常意外。他问钟明道，钟亮还和你说过什么？钟明说，别的没讲什么，只是关照说法院院长的亲属出事都找你辩护，如果他有事也要不惜代价请你帮助他。李不言说，钟亮肯定是经济上出了问题，他一向不太注意。钟明拿出检察院的通知书，这拘留通知书上写的是涉嫌受贿，到底是怎么一回事，家里人完全蒙在鼓里，现在只能依靠李律师，请尽快救他出来。李不言说，能不能出来要看他犯的事有多大，律师能帮助他自救决定不了他能否出来。那个女人站起来，将手中的一个花格子布袋放在李不言的办公桌上，李律师，我是钟亮家属，这里面是二十万，律师费另外付，请你千万费心帮帮钟亮，钱不够我再送过来，要多少都可以。李不言扫一眼这个浑身珠光宝气的女人，强压住心中的厌恶说，律师费另外付！这些钱准备用来干什么？向法官行贿吗？项州法院有三个法官因为收受贿赂被判刑，钟亮目前也是因为受贿进去的，还要害多少人！律师是用法律来帮助当事人，不是用钱解决问题，除了收取辩护费，没有其他收钱名目。钟亮老婆说，李律师，我们只是想表达一下心情，现在办事总是要花钱，不想因为钱的事让律师分心。李不言在心里骂，你们这些暴发户，只相信金钱万能，因为钱都进去了，还寄希望于用钱来摆平，相信金钱找律师干什么？自己不能去送啊！好吧，既然你们钱多，而且这些钱十有八九来历不明，那就让你们花！这样想着，李不言对他们说道，我收取的辩护费比一般律师高，贪污贿赂案件是十到三十万，这里有二十万就收二十万。你们还愿意聘请我吗？钟明和钟亮的老婆齐声说，请请，二十万不够，我们再送过来。李不言到财务室，叫范会计过去收钱。回到办公室，李不言指指布袋子对范会计说，这里是二十万，钟亮受贿案辩护费。又对钟明和钟亮老婆说，你们和范会计到财务室，她会开发票给你们。

　　钟明和钟亮老婆走后，范会计过来说，李律师，你吓到我了，一个案子收二十万！我数钱数到手抽筋，那个女人真有钱，你知道她那个装钱的布袋子值多少钱吗？可不是一般的布袋子，LV的，世界名牌，要好几千块钱呢。李不言说，真是作孽啊，一个布袋子能买一辆雅马哈。这个案子情况特殊，不是我要收他们二十万，是他们主动送上门的，你不要对外讲，不知道情况的人会说我们项山律师太黑心。你将保密工作做好了，年底给你多发点奖金。范会计说，谢谢李律师，干脆将我的人事关系转到项山所，项河所那边不要我兼账都行，跟李律师在一起，赚钱在其次，主要人开心。李不言说，多拿一份工资你有意见？关系在哪里都不影响我们愉快合作。

李不言开车再到服装店，问圆圆丝雨有没有回家，圆圆说还在楼上。李不言快步上楼，对周小芳说，周师傅还忙着呢！可以下班了。周小芳说，正在收拾一下准备回家。杨丝雨有点意外，这么快又过来，哥有急事？李不言说，到小房间说。进入小房间，杨丝雨看着表情严峻的李不言，不安地问，出什么事了？李不言压低声音说，钟亮被反贪局抓进去了。杨丝雨一听几乎要跳起来，拍手称快道，哥你吓我一跳，这是好事情，姓钟的活该！很快又担心地问，他出事不知道会不会影响以后大酒店的制服定做？李不言说，先不考虑制服定制，我问你如果反贪局找你谈话你怕不怕。杨丝雨感到很奇怪，为什么找我谈话，我又没腐败！李不言说，你没腐败，但帮助钟亮腐败了，他从你这里拿走那么多回扣，如果他招供，反贪局会找你核实。杨丝雨一下子慌乱起来，心切地问，我不会也被抓起来吧，那可都是他要的，我没想送给他。李不言说，小声点，不要着急，这事不能和任何人讲，如果反贪局找你，你就如实说钟亮索要的。你可以放心，现在一般不追究被索贿人刑事责任。杨丝雨情急地抓住李不言的手，哥要保证我没事，要是把我抓进去，顺顺和妮妮怎么办？李不言握紧杨丝雨的双手说，忘记我是干什么的了，钟亮家属已经委托我做辩护人，我会尽快去会见钟亮摸清情况，如果他没交代回扣的事，便万事大吉。杨丝雨说，你还给他辩护啊，这种人活该多蹲几年牢。李不言说，我收了他家二十万辩护费，将钟亮索要的回扣差不多给赚回来；关键是可以及时了解案情，迅速调整我们的对策。杨丝雨发狠道，再多要一些辩护费，将他们的黑心钱都赚光，而且给再多的钱哥都不使劲，做做样子拉倒。李不言呵呵笑，你哥我可是专职律师，职业操守还是要坚持。

何静突然推门进来，看着李不言与杨丝雨握在一起的双手问，你们在干吗！李不言愣过神来，赶忙松开手。杨丝雨有点慌乱，拉住何静的手，小静你听我说。何静甩开她的手，气呼呼地说，我不听你说，我要听听我老公如何解释。李不言示意杨丝雨出去，关上房门将何静拉坐到床沿上，宝贝老婆不要多想，刚才是杨丝雨太紧张抓住我的手，我握住它安抚她，因为太专注于考虑钟亮的事没有立即松开。何静挣脱开李不言的怀抱，大白天有什么可紧张的，做贼心虚吧。李不言将钟亮的事说一遍，特别强调杨丝雨面临的风险。何静顿时紧张起来，主动钻进李不言怀抱里问，反贪局真的能带走她？做点制服怎么也能惹出这么大的事？老公你快点想出办法！李不言呵呵笑，亲了何静一口，举重若轻地说，宝贝老婆放心，大不到哪里去，整体风险可控。何静见李不言似乎非常有把握，一下子又挣脱开他的怀抱，轻轻捏住他的耳朵说，你和杨丝雨的事没完，回家再和你算账！

81

来到反贪局，李不言找上任局长不久的郑义，要求会见钟亮。郑义说，钟亮前天才被刑事拘留，今天安排会见太快了吧。李不言说，我明天出差，一个星期左右才能回来。对于律师来说，早一天晚一天会见都一样，当事人家属则不然，他们巴不得律师办完委托手续立刻就能见到嫌疑人。再说今天安排会见不违规，你就动动嘴皮安排一个手下陪我跑一趟。我与钟亮见面说几句话，十分钟内结束，主要是走个流程，对委托人有交代。郑义让李不言稍等，出去不到两分钟回来说，承办人不在，今天见不着。李不言说，不在换别人，又不是你们提审，非得承办人不可。郑义捅了李不言一拳，你这个家伙今天讹上我了。李不言拍拍郑义左肩，在反贪局我就你这一个朋友，不讹你讹谁？郑义说，也就是你过来，其他律师想都不要想。现在人手少案件多，每人手里都是一摊子事，干脆我亲自陪你去。李不言乐呵呵地说，我欠你一个人情，改天是喝酒还是品茶任你选。郑义问，只能二选一吗？李不言说，当然不是，你可以将美酒与香茗混合在一起痛饮。

在看守所接待处办完手续，李不言和郑义到三号会见室等候。李不言将会见笔录纸和钢笔从包里拿出来在桌面上放好，和郑义闲聊，现在反腐力度似乎越来越大，我今年已经办理六起贪污受贿案件，比过去那些年加起来还多。郑义说，你在梦里都笑醒了吧，获得这么多的名利双收机会。李不言说，说实在的，我有时候并不想办这些案子，特别是面对那些被告人的亲属在我面前哭天喊地痛不欲生的时候，心里很不是滋味。郑义随手摸起桌上的钢笔，拧开笔帽，颇不以为意地说，你再想想他们以前狐假虎威颐指气使飞扬跋扈的时候呢？何况贪官有时候还是被他们的家属拉下水,实在没有什么值得同情的。李不言说,也是的,贪官的家属有时甚至比贪官还贪,如果能做好家庭纪委书记,多少也能起到一些约束作用。钟亮的老婆就明显属于贪图享乐的那种"贤内助",估计没少给钟亮帮倒忙。顺嘴问一句,钟亮的涉案数额有多少?郑义将桌上的笔录纸翻扣过来,在最后一页的背面写下李不言三个字,有口无心地说,二十来万,主要是收了人家一套房子。你这钢笔不错,用起来很顺手,这亮闪闪的笔夹和笔尖是黄铜的还是镀金的?李不言说,我这可是正宗的英雄金笔,据说还是特别纪念限量版的。你要是觉得好用,现在就别到上衣口袋里冒充文化人。郑义说,哪能夺人之美,你不是还要用它来笔录吗?李不言说,我包里还有几支笔,这支英雄是客户送的,客户送我我送你,物质永远不灭友谊地久天长。郑义说声那就不客气了,将钢笔放进口袋里。这时钟亮被带过来,隔着铁栅栏坐在一张特制的座椅上,管教民警和郑义、李不言打声招呼,将钟亮一只手腕上的手铐铐在座椅扶手的铁环上,关上门离开。钟亮先向郑义问好,然后才向李不言致意。李不言问,你认识郑局长?钟亮说,郑局长来提审过我一次。郑义说,不是我提审你,我们局里侦办的嫌疑人,我都要例行公事地见上一面。李不言对钟亮说,郑局长每个嫌疑人都要见一面不亲不疏,但亲自陪同律师来会见的你是独一份。你要好好谢谢郑局长。钟亮忙说,谢谢郑局长!郑局长提审时对我就特别好,和蔼可亲。郑义冷冷地说,不是对你一个人这种态度,我们检察官都是如此。李不言摊开笔录纸,又从包里拿出一支中性笔,对钟亮说,郑局长对你的好暂且记在心间,我们将会见的程序进行完。律师现阶段主要能为你提供下列服务,一是提供法律咨询,二是代为申诉控告,三是代为申请取保候审。根据我的了解,第二项你目前不需要,第三项检察部门大概率不会同意。主要是第一项法律咨询,我将刑事诉讼的程序和你的权利义务以及受贿罪的相关法律规定向你解释一下。李不言语速很快地将相关法律规定和钟亮解释一番,然后问他明白没有,钟亮说明白。李不言说,你不要涉及案件事实,只直接回答我问题,目前的涉案金额是多少?钟亮答,只有广州新潮公司送我的一套房子,据说包含装修在内价值二十多万。钟亮还想说下去,郑义打断他,李律师刚才不是和你说了吗,不要涉及具体案情。钟亮看着李不言欲言又止,李不言说,今天到此为止。等案件到了审查起诉阶段,我再过来和你详谈。再强调一下,你要积极配合司法部门,实事求是地交代问题,敢做敢当。当然,没做过的也不能乱承认,指个莫须有的兔子给办案人员撵，我们的检察官很忙，时间浪费不起。钟亮说，明白了，李律师，谢谢你这么快来见我。

回到办公室，李不言打电话给钟明，告诉他已经会见过钟亮，反贪局长郑义亲自陪同前往，钟亮情绪很稳定，叫你们不要焦虑，该干什么干什么。钟明说，李律师办事效率太高了，难怪钟亮这么信任你。钟亮的事情严不严重？李不言说，不太乐观，目前涉案金额已经二十多万，法律规定超过十万在十年以上量刑，包括无期徒刑甚至死刑，他的案子很有可能由中级法院做一审。钟明慌张地说，怎么会这么严重？李律师，请你务必不惜一切将数额降下来，我和钟亮全家都不会忘记你的恩情。李不言说，我尽力而为，你和钟亮爱人通报一下，有新进展再和你们联系。

放下电话，李不言去服装店，告诉杨丝雨没事了，钟亮没有交代回扣的事。杨丝雨的两只手在胸口不停扇动，如释重负，谢天谢地！我昨夜整宿没睡踏实。李不言说，你安心做生意，照顾好孩子睡好觉。杨丝雨说，听哥的，小静昨天回家难为你没有？实在对不起，我不是故意的。李不言笑着说，小静你还不了解，火气上来快下去也快，我几句话就解释清楚啦。杨丝雨目光炽热地说，那是哥人品好，她相信哥。如果换作我甚至都不需要哥解释。李不言笑笑说，我走啦，有事你让小静转告我。

当晚，李不言在明珠饭店设宴庆贺江山提拔副院长。江山一家三口，李不言一家三口，毛玉、陈小菊和陆洲刘佳小两口。八大两小，定下一个十二座的大包厢，宽松舒适活动方便。

李不言作为东道主致祝酒词，时隔两年，毛玉姐升局长，江山升院长，进步显著，实属可喜可贺！毛玉笑道，不言也可以啊，财大气粗膀大腰圆！展开来一千平方。大家知道毛玉指的是律师楼面积，便都附和着说李不言不仅自己腰粗连带着何静的小蛮腰也跟着看涨。一阵说笑之后，陈小菊举起啤酒杯，你们都厉害，我敬你们一杯酒。毛玉说，小菊可以啊，居然率先发难打头阵。李不言说，小菊师妹是真心为我们高兴，今天都是自己人，酒杯到心意到，喝多喝少随意。江山不愿意，有你这样请客的，啤酒又不值钱。李不言端起啤酒杯说，今天主题在你身上，我扎扎实实敬你一杯。江山也举起酒杯迎过来，两人的酒杯哐当碰一下，然后同时喝光杯中酒。豆豆黏在何静跟前，干妈长干妈短地要吃要喝。阳阳贴在另一边，令何静东忙西顾的难免有时顾此失彼。陈小菊伸出右臂揽过阳阳问，阳阳，豆豆有干妈疼，你想不想要一个？阳阳扑闪着小眼睛，望着陈小菊说，小菊阿姨最好看，做我干妈吧。陈小菊乐得合不拢嘴，抱住阳阳亲，干儿子，小菊阿姨早想做你干妈了。何静笑着说，小菊姐羞不羞，没结婚就想当妈。陈小菊说，我和干儿子两厢情愿，与你没关系。赵虹在一旁微笑着说，我还一直惦记着收了阳阳，一不留神被小菊抢走了。毛玉打趣道，升迁酒变成认亲酒，不拿我们江副院长当回事。刘佳举杯站起来，我可不敢不拿江院长当回事，我敬江院长。陆洲忙跟着站起来，带上我，我们俩一起敬。

敬完酒坐下，刘佳说，江院长，你说高院的规定合理吗？我在法院上班，我们家陆洲不能到我们法院出庭，我又不是院长，连庭长都不是，他为什么要全院回避？陆洲接着说，省高院法官里，也有配偶做律师的，他们怎么办？跑到其他省里揽业务？江山说，出发点是防止律师让法官亲属帮忙，维护司法的公平正义，实施细则确实值得商榷。一句话引得李不言又慷慨激昂起来，不仅仅是值得商榷的问题，是错得有点离谱，仅仅因为怀疑法官和律师亲属之间的可能勾兑便将律师拒之法庭门外，典型的有罪推定！粗暴侵犯当事人选择律师的权利和我们律师的执业权！高院要管只能管自己的法官，不让有直系亲属做律师的法官办案并帮助其另谋出路。凭什么限制律师出庭？再说这对司法公正起作用吗？刘佳和项州法院的其他法官因为陆洲的代理枉法裁判过吗？仝有为与进去的三位法官没有亲属关系，不照样沆瀣一气！我和你不是亲兄弟，但兄弟情谊胜过许多一母同胞，是不是也应该要求我回避全院！难不成干脆将法官与世隔绝！江山说，你说得不错，上次到省高院培训，听到几句顺口溜，说要讲回避那些"一起下过乡，一起同过窗，一起分过赃，一起嫖过娼"的更应该回避，如果他们勾兑起来，比夫妻关系一点也不差。保持司法公正的关键在于有无一套公正透明、科学合理并能得到贯彻执行的防火墙和违规处罚机制，让不法行为无法逾越。这种一刀切的表面文章治标不治本，更多的会伤及无辜。赵虹说，听姚艳庭长讲省高院有两对夫妻因此假离婚，还在一个屋檐下过日子，律师案子照常办。刘佳负气地说，不行我们也假离婚，不然日子真的过不下去。喝了两大口啤酒的李不言从刚才的饱满情绪中平复下来，笑着说，看高院把自己人逼的。车到山前必有路，刘佳你放心，不假离婚陆洲案子照样办，你们的小日子只会越过越红火。不让陆洲出庭，梁建和吴娜可以出，小菊师妹可以出，我也可以出，所里本来就提倡分工合作。陆洲不能到你们法院出庭，可以做其他法院的案子，可以做非诉，可以专门服务顾问单位，能做的事情一箩筐，有什么好担心的。毛玉笑着直摇头。何静端起酒杯说，问题解决，喝酒喝酒。又与赵虹耳语道，幸亏你没嫁给我老公，要不也得离婚。赵虹回她悄悄话，幸亏你个头，将律师楼还给我！

82

商业大厦收到项州市人民政府限期拆除裙楼的行政处罚决定书，黄月梅请李不言过去商量下一步行动。黄月梅问李不言，李律师，明明是城管局组织的听证会，怎么下来的决定书是以市政府名义？李不言说，城管局是市政府的职能部门，代表市政府行使行政管理权。你们这件事涉及改制和无证建筑，超出城管局的职能范围，以市政府的名义比较合适。这样也好，如果以城管局名义作出，你们只能选择向项州市人民政府或者合浦市城管局申请复议；现在以市政府名义，可以向合浦市人民政府申请复议，层级高一点，脱离项州地盘，撤销处罚的可能性更大一些。黄月梅问，到了合浦还是城管局负责这件事？李不言说，不一定，大多数情况下行政复议的审理一般由法制局负责。黄月梅说，那就申请复议吧。李不言建议道，申请复议期限是六十天，根据我们商定的用时间换空间战略，我们将期限用足，在第五十五天左右递交复议申请书。叶文问，为什么不在第五十九天交过去？黄月梅不满地看了他一眼说，万一有什么事耽误，来不及怎么办？然后又问李不言，李律师，复议申请我们是送到项州城管局，还是直接送往合浦市政府？李不言说，用挂号信寄到项州市政府，计算期限是以邮戳日期为准，这样既能固定我们申请复议的日期，又能将申请期限事实上延长两三天。黄月梅问，合浦市政府会像项州城管局一样开听证会吗？李不言说，行政复议原则上采取的是书面审查办法，除非我们要求或者承办人认为有必要，一般不主动调查核实与公开听证。黄月梅说，我们肯定要求合浦市政府下来核实。李不言说，不是你们要求下来人家就下来，关键要看承办人怎么想。叶文忧心忡忡地说，李律师越说我心里越没底，不知道会是什么结局。李不言说，无外乎维持或者撤销，还能有什么结果？黄月梅想说话，李不言的手机响了，打开听筒，传来陈小菊惊慌失措的声音，师哥你在哪里？乔律师被人捅伤了。李不言吃惊地问，被谁捅伤的？严重吗？打120没有？

陈小菊说，被白小清男人捅伤的，流了好多血，法院的警车正往中医院送。李不言说，我马上到中医院。挂了电话对黄月梅说，我先走了，复议申请书写好后再过来。黄月梅问，谁被捅伤？要紧吗？李不言说，一个同事，以后聊。心急如焚地下楼钻进车里，一脚油门冲出去。

赶往中医院途中，李不言给中医院刘院长打电话通报乔律师被人捅伤正往中医院送，刘院长答应亲自安排救治。到了中医院，李不言下车直奔急诊室。跑进大厅里，乔建国已经被推进急救室，陈小菊、陆洲和梁建焦急地站在急救室门前。李不言问，什么刀捅的？到底有多严重？陆洲说，是一把水果刀，乔律师流血比较多，神志还算清醒。李不言问，凶手有没有被控制住？陆洲说，被法警铐起来了。这时，刘院长从急救室出来，李不言迎上前说，谢谢刘院长，乔律师要紧吗？刘院长说，还在手术，穿透腹壁，所幸没有伤及内部器官，没有生命危险，只是失血有点多。李不言在心里念声阿弥陀佛谢天谢地，握住刘院长的双手说，谢谢刘院长，请关照后续治疗，采取最好的医护措施。刘院长说，我们院的顾问律师还能不安排好？已经指示术后安排在老干部病房，选最好的护工护理。这边事你插不上手，到我办公室坐坐吧。李不言说，刘院长你先忙，乔律师的家人一会过来，我在这里等他们。

刘院长走后，李不言问陈小菊和局里汇报没有，陈小菊说还没来得及。李不言掏出手机打到黄伟雄办公室，和他说了乔建国被捅伤的事。黄伟雄说，我和李局长汇报，马上派人过去。李刚和白小清急匆匆地跑进来，白小清脸色煞白，嘴唇颤抖着说不出话。李刚等李不言挂掉电话情急地问，李律师，乔律师怎样了？李不言说，正在做手术，应该没有生命危险。李刚抹一把脑门上的汗珠，十分愤怒地说，翟龙祥太不是东西，打离婚官司，怎么能对律师动刀子！一定要判死他！李不言还没答话，乔建国的女儿跑进来，哭着抱住陈小菊，小菊姐，我爸怎样了？陈小菊说，正在里面手术，你不要着急，没有生命危险。小乔转身拉住李不言的胳膊，李律师，你可要给我爸做主。李不言说，小乔放心，所里担负起一切责任。

不一会，毛玉带着黄伟雄赶过来。毛玉说，乔律师伤势如何？李局长指示既要不惜一切代价抢救人，还要毫不手软严惩凶手！李不言说，谢谢领导关心，乔律师正在里面做手术，院长说没有生命危险，行凶者已经被法警控制住。毛玉铿锵有力地说，法警控制还不够，要交给公安局刑事拘留！李不言说，法院肯定会司法拘留翟龙祥，至于是否刑事立案，等乔律师伤情稳定，根据伤势司法鉴定结果再定。刚才听刘院长介绍，刀伤穿透腹壁，没有伤及内部器官，这种情况一般构成轻伤，可以刑事自诉。毛玉说，无论伤势如何对凶手都绝不姑息，法院那边我来协调，你们负责将乔律师照料好。

又过了一会，急救室紧闭的大门终于打开，乔建国被推出来。看到围上来的局领导和同事，乔建国感动地说，给局领导和所里添麻烦了。毛玉说，乔律师少说话安心养伤，所有的事情由我们局里给你做主。乔建国泪花闪烁，要和毛玉握手。一旁的护士说，病人不能过于激动，留下个把人陪护，其他人回去吧。小乔要留下来，陈小菊和陆洲也要留下。李不言说，陈律师陪小乔留下，陆洲先回去，准备轮换陈律师。

毛玉和黄伟雄离开后，李不言将李刚和白小清请上车，带上陆洲和梁建回所里。回到办公室，李不言请白小清介绍事情经过。白小清说，上午开庭，李经理陪我过来，法官说离婚案件不公开开庭，李经理便说回公司让我开完庭通知他。九点半准时开庭，开始挺正常，翟龙祥同意离婚，孩子跟我。财产分割时，翟龙祥开始耍赖，不承认有存款，也不承认自己有过错，还说我作风不好，与领导上床。乔律师批评他几句，他恼羞成怒拿出刀子刺向乔律师。大家都没有防备，被惊呆在那里，后来还是法官先反应过来，喊来法警制伏他。李不言问，乔律师是如何批评翟龙祥？白小清说，说他自己一身毛病还要诬赖我，别的也没说什么。这事都怪我，早知道不离婚了，乔律师要是有个三长两短，我怎么向他家人交代。李不言说，怎么能怪你？要怪也怪翟龙祥目无法纪。你先回去吧，我们会妥善处理这件事。白小清说，要不我不离婚了，真要闹出人命怎么办？李刚说，你不要说糊涂话，他都敢对律师动刀子，你还能和他过下去？李不言说，是否离婚要听从内心的感情，不要被其他因素所左右，你回去再冷静考虑考虑。

送走李刚和白小清，李不言来到法院找审理白小清案件的民庭副庭长徐海林。徐海林坐在办公室，一副惊魂甫定的样子。李不言说，徐庭长受惊了，这事还得麻烦你，申请将翟龙祥司法拘留。徐海林说，你们毛玉局长和我们院长说好了，翟龙祥已经送去拘留所。李不言说，谢谢你！我还想知道法庭上究竟发生了什么。徐海林说，乔律师对这个案子很用心，取证非常到位，翟龙祥的存款被查得一清二楚，他因为赌博嫖娼被处理的案底也都被抖落出来。翟龙祥很恼怒，说是因白小清和领导搞破鞋，他才在外面胡来报复白小清。乔律师批评他，要他凭证据讲话，不要张开血口乱喷人。翟龙祥说我不是漂亮女人，没有律师肯帮我取证。乔律师很生气，说翟龙祥是个无赖人渣，自己一身毛说人是妖怪，这么漂亮贤惠的老婆不知道珍惜，在外面胡搞女人。建议法庭将夫妻共同财产都判给白小清，以此惩戒不务正业胡作非为的被告。翟龙祥突然大喊一声你知道什么，掏出刀子刺向乔律师，大概情况就是这样。临江与合浦法院开始安装安检通道，我们以前认为有点草木皆兵小题大做，现在看来真有必要。李不言说，是有必要防患于未然，乔律师的事可能要麻烦徐庭长出一份情况说明。徐海林说，院里也要求我写说明，我写好后复印一份给你们。

当天下午，李不言带着范会计去医院探望乔建国，给他送去两千元慰问金。乔建国的气色比上午明显好多了，精神状况也不错。他有点不安地说，这事给所里添了不少麻烦，真是过意不去。李不言说，你是为工作才遭受伤害，怎么能说给所里添麻烦。乔建国说，真没想到翟龙祥是这么冲动的一个人，我批评他两句，他就动刀子，怪不得白小清坚持要和他离婚。李不言说，他要为他的冲动付出代价，过几天请法医过来给你验伤，重伤公诉轻伤自诉，不能放过他。乔建国说，如果只是皮肉伤，不一定追究他刑事责任，向我赔礼道歉并承担医疗费，顺顺当当和白小清离婚，这事也能过去。李不言坐在病床前的凳子上，伸手帮乔建国掖了一下被角说，不要轻易表这个态，局里对这件事很重视，要听取他们意见。我个人建议翟龙祥必须关进看守所，让他深刻反省自己的行为，至于最终怎么处理，看他悔改表现。乔建国说，主任的建议很好，我同意这么办。所里的同事都忙，不要安排人在这里，护工很周到，我女儿其实也不需要留下来。李不言说，这样也行。需要什么你和医院说，我们是医院的法律顾问，刘院长答应提供最好的条件。乔建国说，刘院长上午下班前还来看望过我，你们放心吧。

回到所里后，李不言召集大家开会。先向大家通报白小清和徐海林对庭审情况的介绍，然后说说他的想法，乔律师在长期工作中形成严谨的工作作风和嫉恶如仇的性格。在这个案子中帮助原告充分取证已经引起被告的不满，庭上犀利的言辞进一步刺激到他。当然这不能说是乔律师的错，但我们作为代理人在庭上还是要注意避免激化矛盾，把证据举到位，意见说清楚，其他的交由法庭裁决。我们只做尽职的代理人，不做道德的代言人。何况即便我们做了充分的调查研究，也不能保证完全了解事情真相。所以仅表述我们有证据证实的事实，不评判我们不能肯定的事实。我讲这些是想提醒大家，注意法庭上的语言分寸和表达方式，不要去激怒对方，引发不必要的后果。我不是要批评乔律师，仅仅是给大家一点建议。大家不要外传我的话，认为有道理愿意采纳便采纳，不认同也没关系，至少要记住避免冲突无论何时何地总是上策。此外有个提议，我们排个表，从明天开始轮流去看望乔律师，问问他有什么需求，最好安排在上午上班或者下午下班顺道去。我定在周一吧，你们自己选一天，曹庭长可以不安排。曹为民说，我也认一天，周二过去吧。陈小菊选周三，陆洲选周四，梁建选周五，吴娜选周六。还有周日差一个人，李不言说由他负责，陈小菊说，我单身没什么事，交给我。

一周后，乔建国的伤情鉴定报告出来，结论是构成轻伤。李不言让陆洲为乔建国代书自诉状，亲自送到法院立案。江山在院内遇到他时问乔律师伤情如何并感慨做律师还有这么大的风险。李不言说，万幸没有刺中内脏器官，没什么大碍，凶手的司法拘留快要到期，得抓紧立案转到刑庭办理决定逮捕手续。江山主动提出由他出面安排，李不言说，局里和院里已经说好，只需要办手续走程序便可。江山还是坚持陪着李不言去立了案，然后到刑庭将案子交给姚艳，姚艳说，院长指示从快从重打击这种在法院撒野耍泼行为，我马上填份逮捕决定书，交到公安执行，将翟龙祥从拘留所关押到看守所。离开刑庭后江山对李不言说，我真的考虑过辞职做律师，出了乔律师这件事，又有点犹豫。李不言说，拿我们律师开涮吧，副院长凳子还没焐热，你能舍得辞职？江山咧嘴笑笑说，是有点舍不得，再混两年看看。李不言只当江山是在开玩笑，没想到江山其实真动过辞职的念头。他原来在组织部任职的远房亲戚刚刚从市委副书记位置上退休，退休前夕和江山说，我只能帮助你到这里了，再要进步你必须想想其他办法。江山除了自己加倍努力，其他能想到的办法不屑也不敢去尝试，便萌生了再奋斗几年如不能再进一步就辞职做律师挣钱的想法。

回到司法局，李不言向毛玉汇报乔建国事情已经立案，法院正在出具逮捕决定书，今天便能将翟龙祥送进看守所。毛玉义愤填膺地说，一定要严厉惩治这种仇视律师的行为。

第二天，《项州日报》在四版的社会新闻的右下角刊登了一条简讯，项州市司法局切实维护律师的合法权益，坚决打击侵犯律师依法履行职责的行为，帮助受到不法侵害的乔建国律师向人民法院提起诉讼，人民法院已经立案，并对被告人决定逮捕。两个月以后，由李不言执笔署名毛玉的通讯报道《维权律师的维权之路》发表在《东方司法》上，浓墨重彩全景式地展示了乔建国被伤害案的维权始末。

83

乔建国受伤住院，商业大厦被行政处罚等待复议，李不言不免有点小郁闷。岂料，屋漏偏逢连夜雨，律师楼又出状况，惠兴齐在电话里心急火燎地说何书记指示律师楼工地立即停工。

李不言带着陈小菊赶到仁信公司，惠兴齐正在办公室里急的团团转。李不言说，你坐下，我作为业主都能稳住你拉什么碾子！惠兴齐停下来说，眼看着再有个把月就能完工，不成想让何书记撞上！李不言说，你不想坐就帮我们拿瓶水。惠兴齐弯腰从办公桌旁边纸箱里拿出两瓶矿泉水分别递给李不言和陈小菊，自己也拿出一瓶，然后才在老板椅上坐下来。李不言接过矿泉水并没有打开，而是在左右手间来回倒腾着把玩，等惠兴齐喝了两口水后说，讲讲吧，究竟是怎么回事？惠兴齐说，何书记带人考察这边的未来新区，路过律师楼时问陪同人员这栋别墅为何比其它别墅规模大那么多，陪同人员说不清楚，他们就到工地上来了解，项目经理不敢对市委书记撒谎，告诉他是律师楼，何书记当时没说什么，今天上午建设局过来让停工，我打电话找宋局问原因，宋局说先暂时停下来，等我向何书记汇报解释以后再说。李不言问，你说的未来新区是什么意思？惠兴齐说，项州升格地级市批文已经下来，只是暂时不对外公布。书香世家北面挨着律师楼的那块地准备建设成超大规模的住宅小区，专门安置新市级机关的工作人员，何书记就是来小区用地现场考察时发现律师楼的。李不言问，升格批文真的下来啦？惠兴齐说，千真万确，安置小区图纸都已经出来，我想承建部分工程，宋局答应帮我争取。李不言站起来走到窗前向律师楼方向望了一会，自言自语道，丑媳妇早晚见公婆，律师楼手续齐备不用担心。惠兴齐也来到窗前，望着律师楼说，你不担心我担心。李不言仍看着窗外问，担心律师楼建不下去，你的垫资打水漂吗？惠兴齐说，那才几个钱，我怕影响到我承建北边的小区工程，随便一栋住宅楼工程赚的钱都足够帮你将律师楼建起来。李不言转过身子对惠兴齐说，你就放心吧，不会有影响的。政府即便搞株连也得先审查批准我建楼的相关职能部门，没道理追究到施工人头上，何况律师楼工程本身无罪。惠兴齐问，要不要找宋局长想办法？李不言说，他通知停工的找他能有用？估计他正在提心吊胆害怕何书记兴师问罪呢？暂停便暂停，律师楼建好了也得等周边地块全部落位才能启用。我不急，你也不要急，反正人员设备你可以转移到其他工地上，不会产生误工损失。惠兴齐见李不言似乎真的不着急，便也放松心情说，主任真能沉住气，我留几个人偷偷做室内，室外的暂时停下来。李不言说，你慢慢弄，我和陈律师要去看守所会见。

因为经常来看守所，李不言与接待处的几个值班干警基本上都熟悉。今天值班的是马警官，看到李不言问，大律师今天要见谁？李不言将会见证明交给他说见钟亮。马警官说，有个女盗窃犯想请律师，你有兴趣吗？李不言说，律师哪能对案子没兴趣，只是我最近有点忙不过来，如果她同意，可以安排我们所里其他律师办，陈律师就可以。马警官说，我叫人问一下她，如果同意我联系她家里人，让他们去找你和陈律师。李不言说，谢谢马警官，有你这样警官，是在押嫌疑人的幸运。马警官说，举手之劳，他们落到这一步，能帮就帮他们一点，也有利于他们改过自新嘛。

钟亮被从监房里提过来后，李不言说，上次会见郑义局长在旁边，有一些话不好挑明，你后来又交代什么问题没有？钟亮答，你那句叫我不要乱承认，我一听就明白是什么意思，怎么可能还有其他问题交代。李不言严肃地说，你明白了什么？叫你不要承认没做过的事而已，你自己想多了。钟亮回答，是我想多了，但还是要谢谢李律师。李不言说，谈谈广州新潮公司送你房子的事。钟亮答，新潮公司在大酒店搞装潢时，我在滨河新村看中一套商品房，将房号告诉项目经理小黄，让他帮我参谋一下房型。如果不错我就买下来，装潢也让他们做。结果小黄直接安排买下来，装潢好后将钥匙交给我。那以后我去看了几次，一天也没住过。李不言问，房子多大面积，房款是多少？钟亮答，一百零八平方，房价十一万左右。李不言说，起诉书上认定房款和装潢总价二十五万六千元，那套房子的装潢费用超过了购房款，花了这么多？钟亮答，小黄告诉我装潢材料和大酒店用的一样，主材都是进口的，所以比较贵。李不言问，买房发票和装潢发票有没有交给你？钟亮答，买房有正式发票，装潢只有小黄自己列的一张清单。李不言问，小黄为什么要帮你买房和装潢？钟亮答，还不是想和我搞好关系，能尽快多拿一点工程款。

李不言说，记得你咨询过我如何处理他们工程造价的事，当时我建议你委托造价评估，你应该帮不上他们多大的忙。钟亮答，小黄将钥匙送给我以后，就没搞评估，在他们决算的基础上打点折商定总造价。没想到小黄不是个东西，在结清工程款后，向纪委举报我。李不言问，是新潮公司举报你的？钟亮答，是的，纪委将他们的举报信拿给我看我才招供。李不言问，你能确定滨河新村那套房子的装潢确实用掉那么多钱？钟亮答，我不能确定，小黄说花了那么多。李不言说，你涉案的事实只有这一笔，尽管还没有实际入住，但已经接收钥匙和相关票据，认定受贿成立没有问题。房价是死的，没有辩解余地，我想帮你申请做装潢造价评估，看看装潢费用上面有无出入，你是何意见？钟亮问，评估有多大作用？李不言说，新潮公司为了讨你欢心，很可能会将装潢费用往高处报。评估结果大不了确认造价没水分，不可能多出来；可是如果通过评估将费用大幅度降下来，对你的量刑肯定有帮助；也就是说对你未必有好处，但肯定没坏处。钟亮说，那申请吧。李不言说，作为酒店的法律顾问和你的朋友，我对你多少有些了解，你的经济问题事实上有多大，你心里有数，如果就这样过关算你侥幸。建议你不要做过多辩解，不要对案件结果抱有不切实际的幻想。钟亮凝视李不言几十秒，不无尴尬地说，我听李律师的，不敢抱有幻想，只要能不判无期就心满意足了。李不言没有再多看他一眼，合上卷宗宣布会见结束，让钟亮回到号子里不要胡思乱想，更不能胡言乱语，安心等待开庭。

　　上午会见，下午出庭，李不言又要连轴转。但无论如何忙碌，对于像钟亮受贿和刘超诉黑山公司这类案件都必须亲力亲为，不能有半点马虎。即便刘超与黑山公司案件是由江山担任审判长与承办法官，李不言也不敢懈怠。江山提拔副院长后一般不再亲自审理案件，李不言曾建议他将刘超案子移交给信得过的法官审理，他不放心，坚持亲自主审。不知情的同事们称道江山职务上去了作风沉得下来，不丢掉审判业务老本行。李不言当然不会也这样想，而是将此记在兄弟情谊上。

　　江山宣布开庭并进行完常规程序，李不言代理原告宣读诉状，然后是被告答辩。黑山公司的代理律师杨峰代为当庭口头答辩，我们接到原告的诉状感到很震惊，原告拖欠我们七十多万元钢材款不偿还，反而起诉要求我们给付四万多元，这是典型的恶人先告状，我们不仅不会向原告支付这四万元，还要求原告立即给付拖欠的钢材款。江山问，被告是否提起反诉？杨峰说，暂时不提，将根据庭审情况决定。江山将案件争议焦点归纳为被告是否应该向原告支付四万三千六百元。原、被告双方都表示没有异议后，庭审进入举证阶段。

李不言提交了钢材买卖合同、被告的发货清单和原告的付款凭证。证明双方的买卖合同签订以及履行的基本事实。杨峰好生奇怪，原告方为何替他们被告方举证？发表质证意见道，这些证据也是我们要向法庭提供的，对证据的三性皆无异议。但这些证据恰恰能够证明原告尚欠被告钢材款七十余万元。说完等待原告针对自己的质证意见发表看法，岂料李不言对他的质证意见不予置评而是继续举证，提交了钢材买卖情况说明和介绍信各一份，证明在合同履行中发生的特殊事实以及根据特殊事实计算出本案的诉讼标的。杨峰听后一怔，用询证的眼神看着坐在他旁边的另外一位代理人黑山公司的副总潘春阳，潘春阳摇头表示自己对此毫不知情。李不言将被告席上两个人的反应尽收眼底，在心里告诉他们，不用互相求证了，除了莫新生你们公司应该没有第二个人知道这两份证据的存在。他让刘超将情况说明和介绍信递给江山，江山看后让被告拿去质证。潘春阳看后说，我们公司没有安排介绍信上的莫新生去处理与刘超的钢材款事宜。江山问，介绍信上的公章是你们公司的吗？潘春阳答，看起来像是我们公司的，但我不清楚是怎么盖上去的。江山问，莫新生是不是你们公司的人？潘春阳答，我们公司是有一个叫莫新生，在销售科。江山问，在钢材购销合同经办人处签名的那个莫新生是销售科的莫新生吗？潘春阳答，是他，但他只负责销售，这种货款处理的事一般是清收办的人负责。江山问，情况说明上的莫新生签名是他本人签的吗？潘春阳答，我无法肯定。江山说，休庭十分钟，你们向莫新生电话核实一下。休庭以后，江山回了趟办公室，两名陪审员去了趟卫生间，李不言和刘超以及书记员原地未动，潘春阳和杨峰低声交谈着到法庭外打电话。

十分钟后继续开庭，潘春阳回话合议庭，莫新生承认情况说明是他签字的，介绍信上的章也是他从公司盖的，但他同时强调被刘超骗了，刘超说这个情况说明是给其他客户看的，不作为他本人与黑山公司的结算依据。承诺只要签了这份说明，他就付清拖欠黑山公司的钢材款。江山问刘超对莫新生的说法有何辩解，刘超说，莫新生不是三岁小孩，这几句话能骗到他？他是在对说明核对无误后才签字给我。杨峰说，这么重大的事项，莫新生怎么可能不向公司汇报就签字，这里面一定有猫腻，原告心知肚明。刘超说，你们公司内部的流程我不清楚，但我知道自己问心无愧，情况说明没有半点虚假成分！潘春阳开口想说话，江山率先发问道，被告对莫新生的解释有证据向法庭提供吗？杨峰犹豫一下说，暂时没有。江山说，给你们一周时间补充证据，逾期不提供视为没有新证据。

接下来进行法庭辩论，双方主要是围绕那份情况说明发表各自观点。辩论结束后江山询问双方是否同意调解，原告表示同意，被告一口回绝。江山便宣布休庭，将视被告的证据补充情况决定是否再次开庭，如果被告没有按期提交新证据，法庭将不再开庭，直接作出判决。

庭审结束后，刘超要请李不言吃饭，李不言说回家吃。刘超问这个案子没问题吧。李不言说，只要被告否定不了介绍信和情况说明，胜诉应该问题不大。刘超又略显忐忑地问，今天莫新生电话里说的那些话对案子有没有影响？已经拉开车门准备上车的李不言扭过头问，你在担心什么？莫非你对莫新生真的做过什么不该做的事？刘超明显有点虚头巴脑，避开李不言的目光，望着他身前的倒车镜里的自己说，我能对他做什么？只是心里有点不踏实。李不言心中窃笑，表情轻松地说，回去等着吧，看看被告还能提供出什么有价值的证据。

一个星期后，刘超收到判决书，法院支持了他的全部诉讼请求。刘超请刘显贵打电话邀请李不言吃饭，李不言说，饭不吃，董事长该考虑职工的换季工装了。刘显贵说，不用考虑，让你表妹抽空来一趟。

84

东方省律师协会每年都要组织召开律师业务研讨会，身为省律协刑事辩护业务委员会副主任的李不言一向对研讨会兴趣不大，嫌弃研讨内容务虚的成分太多，参会的论文东拼西凑可资借鉴的凤毛麟角。律协有时候简直就是为了开会而开会，主要目的是消耗掉从律师事务所和律师个人那里收取的年费。虽然单个所与单个律师缴纳的年费数额不算多，但集腋成裘聚沙成塔全省汇聚起来数额相当可观。除去出资聘请一些专家学者定期举办专题讲座，诸如会长例会理事例会业务委员会主任例会律师业务研讨会全省律师代表大会等等大大小小的各种会议就成为年费支出的主要途径。李不言认同律师当然也应该讲政治讲组织纪律性，但很不赞成律协为此召开那么多会议传达各种律师们已经通过其他途径知悉的内容与研讨编纂那些没有实际意义甚至基本上不具有可操作性的各种规范。对于业务研讨会，李不言认为确有举办的必要，毕业刚工作那几年每年都认真撰写论文应征，有一年的《法理与情理庭上运用刍议》还获得过优秀奖。就是这个优秀奖让他对参加律协的征文失去兴趣，因为他发现自己的文章至少还是有感而发，而大部分的一、二、三等奖实为从他人著作中摘抄拼接而成，谁的篇幅更长形式上更像论文便有可能在获奖名单上更靠前。律协每年还要将论文汇编成册，以印制精美的论文集彰显其工作成效。每次收到律协下发的论文集，李不言都要感慨还不如多聘请名家启迪思想、解读法律或者直接购买专家的著作放发对律师更有帮助。特别是最高院资深法官撰写的法律解读，对法规出台的背景、原则的理解和条文的适用独到而又精妙，李不言是见到必买知道必求，而律协几乎都是视而不见听而不闻。逐渐感到索然无味的李不言便以各种借口缺席省律协的会议，也不再参加其论文征集活动。今年年初省律协又依惯例征集论文时，分管律师业务的毛玉指令李不言必须提交一篇论文应征，强调项州司法行政各项指标在全省一直位居上游，但律师业务差强人意。创收低可以归因于地区经济欠发达，论文征集多年榜上无名说不过去。毛玉的面子不能不给，李不言根据自己在刑事辩护中的心得写了一篇《刑辩三题》提交到省律协，结果顺利入选并获得三等奖。省律协要求获奖作者必须参会，李不言遵命按时赶到省东方宾馆报到，领取代表证和一大袋会议材料后，住进208号房。

　　安顿妥当后，李不言翻开研讨会分组名单，找到自己被分在第一组刑事辩护业务组，这一组共有十五篇论文入选。而第二组民事业务组，有三十篇论文入选。再看看第三组综合业务组，竟然有五十二篇论文入选。律师的两大传统业务刑事辩护与民事代理论文加起来没有新兴的律师业务论文多，即便是借鉴借用，到哪里去找这么多所谓的新业务文本呢？李不言带着困惑翻看综合业务组的论文目录，有《论技术秘密的保护》《谈商业拒收和信用证之拒付》《计算机应用系统集成中的法律关系初探》《关于知识产权权利冲突的若干法律问题》《我国现行破产法存在的法律问题及对策》《买壳上市的法律探讨》《船舶留置权的客体限制简论》……李不言看不下去了，多年不参加业务研讨，这些论文标题中的法律概念竟然显得如此陌生。姑且不论论文的质量如何，一向在客户面前兵来将挡水来土掩，总能为客户想出解决方案的自己法律视野原来是这样的鼠目寸光！这些论文涉及的业务领域大部分都没有听说过，论文可能空泛无趣，论文中谈及的业务一定隐藏着别样的精彩。而他这个来自小城的律师，一辈子未必能遇上。那些屡见不鲜的普通民事和刑事案件，像一只布满老茧的手，在心头日复一日地搓挲，令人麻木愚钝，再也没有随时准备迎接挑战的激动与不安，更多的时候靠提高律师费标准多收钱来刺激自己。重复就是力量，力量可以推动人前行，也可以反作用使人后退，还可以让人在原地打转不知所往。要不要离开项州到经济发达的大城市去尝试新领域？这个念头在李不言的脑海中闪现，但目前驾轻就熟的业务和如鱼得水的执业环境让李不言又瞬间否定了这个想法，觉得至少在当下还没有勇气离开小城。再想想何静和阳阳，想想本田雅阁，想想在建的律师楼，李不言顿时为自己感到好笑，天下本无事庸人自扰之，在数量众多如项州一般的平凡小城里还有许多普通律师为普通的案源发愁，你居然无病呻吟为赋新词强说愁，不是吃饱了撑的是什么！

　　研讨会照例有个开幕式，主要是司法厅副厅长兼省律师协会会长罗铭谷讲话。罗会长介绍了全省律师业务的发展情况，说自改革开放恢复律师制度以来，律师事业一直在稳步前行，特别是最近几年发展迅猛，从执业律师的人数，事务所的数量和业务创收上都表现出喜人的态势。去年全省律师实现创收一点零一亿，首次突破亿元大关，昂首迈进全国为数不多的律师创收亿元省俱乐部。当然，存在的不足也是明显的，最为突出的是南北地区的发展不平衡问题，在这亿元创收中，江南地区贡献了八千多万，而面积更大人口更多的江北地区还不到两千万。这种状况必须改变，江南江北地区要多交流沟通，江南律师要主动帮助江北律师拓展新业务，提高创收能力；江北律师要主动学习江南律师，在深耕传统业务领域的同时，大胆尝试开垦新的处女地。本年度的业务研讨会最主要的任务是促进南北地区业务融合，缩小地区发展差距，携手共创东方律师更加辉煌更加美好的未来。

　　去年项山律师事务所创收一百六十余万，这在江北地区的排名已经屈指可数，大部分事务所创收在百万以下，有的甚至只有二三十万，与江南地区的事务所创收天差地别。李不言知道，自己的个人创收放在江南地区肯定也在人均水平以上，但事务所的差距实在惨不忍睹。如何改变呢？如罗会长所号召的那样依靠江南同行的帮助？罗会长没有说江南同行如何帮助，也没有说南北地区的业务如何融合，李不言自己一时也没有想明白。目前能想到的是在提高同事们业务能力的同时，尝试着在业务领域上有所突破。在接下来的两天会议里，李不言悄悄地离开自己所在的研讨组,到综合业务组当旁听生,在笔记本上记下几十页非懂似懂的内容。

会议结束回到项州以后,这本笔记被放在书橱最下面的柜子里,李不言偶尔想起过,但从来也没有再次打开过。一茬又一茬如割不尽的韭菜般的案子牵扯了他太多精力,还要管理事务所,还要帮助所里其他律师。那些曾经如同陌路的新业务继续陌生,而已经熟悉的老业务更加娴熟。

85

研讨归来,李不言将他在传统业务中练就的纯熟手法首先运用到翟龙祥的案件中。一向自由散漫撒泼耍横的翟龙祥在被送到看守所后,与二十多个嫌疑人挤在一间闷热的监房里度日如年。才羁押三四天,翟龙祥便央求管教马警官与乔建国律师联系,愿意加倍赔偿以求宽恕。马警官告诉他乔律师住院治疗,联系不上。翟龙祥又提出委托律师与乔建国沟通,马警官戏谑道,捅伤律师后聘请律师,你先兵后礼啊!真是个愣头青,连律师都捅,进号子才知道律师重要。你也不想想,在项州能有律师帮你说话!翟龙祥追悔莫及,以前认为自己小错不断大罪不犯,不需要和律师打交道,现在肠子都悔青了,问能不能到外地请律师?马警官说,可以啊,你出不去,谁出面到外地帮你委托律师?翟龙祥顿时蔫了,他有个哥哥向他借钱,他不仅不借还恶言相向,气得他哥与他断绝来往。去求白小清吗?除了自取其辱不会有第二种结果。翟龙祥急的在号子里头撞墙,一个号友对他讲乔建国所在律所主任是李不言,李律师人不错,帮助不少嫌疑人,不妨求求他。看到一丝希望的翟龙祥恳求马警官带话给李不言,请李律师帮他帮。马警官给李不言去电话,说了翟龙祥请求。李不言说,他捅伤我们所律师,还敢来请我帮忙,真够可以的。马警官说,乔律师恢复如何?如果不是很严重,李律师不妨顺便会见一次翟龙祥,帮不帮他不勉强,帮助我们安抚一下他的情绪,以防他在监房滋生是非。李不言说,马警官是菩萨心肠的好警官!得饶人处且饶人,我不火上浇油,但也不能这么快地帮他化险为夷,让他吃点苦头长点记性没坏处。麻烦马警官告诉他,我去临江培训,要半个多月才能回来。马警官说,明白,是得勒一勒翟龙祥的性子。翟龙祥在看守所苦熬苦盼一个多月,乔建国痊愈出院后,早已从临江回来的李不言才请求法院安排开庭,商定先调解白小清与翟龙祥离婚案,再审理翟龙祥故意伤害案。

正式开庭前，李不言单独和翟龙祥聊几句。翟龙祥想与李不言握手，李不言让他站在原地不要动。翟龙祥尴尬地说，李律师，终于见到你，在号子里快把我憋疯了，请一定救我出来。李不言脸色严峻地说，我要是不想救你，再过一个月未必能开庭。翟龙祥一脸讨好说，谢谢李律师，看守所管教和号子里的人都夸你人好，我只能指望你。李不言说，还是指望你自己，说说你对捅人的事现在是什么想法？翟龙祥说，肯定是我不对，但白小清确实不是好女人，乔律师在庭上说的话也有些过头。李不言扭头就要走，我帮不了你，听凭法庭裁决吧。翟龙祥慌忙拉住他，李律师，我不会说话，你看我该怎么办？李不言说，你自己决定该怎么办，但有几点要明确，首先你必须意识到自己已经犯罪，诚心认罪悔罪。其次对于给乔律师造成的伤害，要真诚道歉并足额赔偿。再次，事情是由你和白小清离婚案引起的，你们的离婚案要一并妥善解决。除去这三个方面，其他无关痛痒的事情，你愿意扯就扯，扯出事来自己负责。翟龙祥连忙说，我听李律师的，我认罪服法、道歉赔偿，与白小清离婚。只要能尽快将我放回家，什么条件我都答应。

开庭结束，翟龙祥几乎要给乔建国跪下。连声道歉说，对不起，对不起，乔律师，我罪该万死！请求你大人大量原谅我，我保证再也不敢以身试法。乔建国一脸和善地说，小翟你太冲动，批评几句就对我动刀子，要是捅死我，你不也得偿命！为这点小事蹲大狱甚至偿命值得吗？翟龙祥说，肯定不值得，我鲁莽不懂事，让你老人家受苦了。姚艳庭长说，你要是早有这种认识，哪里会有今天？对于自诉人的赔偿要求你是什么看法？翟龙祥说，我没有看法，加倍赔偿都愿意。姚艳说，住院治疗费用有正式票据，主要是精神赔偿金这一项，自诉人要求一万元，你有异议吗？翟龙祥说，我没有，两万也可以。乔建国说，不要你两万元，你将那些存款和厂里房改的那套房留给白小清和孩子，你住后来购买的那套商品房。翟龙祥说，那套商品房我先住着，将来也给孩子。与姚艳一同坐在审判席上的徐海林问白小清对这样安排是何意见，白小清说没意见。徐海林起身回办公室制作离婚调解书，姚艳则将自诉案件的程序一项项走完，当庭起草刑事附带民事案件调解书。

不到一个小时，徐海林回到法庭向翟龙祥和白小清送达民事调解书，白小清签收后百感交集，为了这两页纸，让乔律师遭受那么大的罪，真是对不起乔律师。翟龙祥连忙忏悔道，都是我的罪过，是我对不起乔律师。乔建国说，你们都不要对不起了，从现在起，你们已经不再是夫妻，以后碰面愿意打招呼吱一声，不愿意装作没看见，不要再仇人相见分外眼红。翟龙祥望着白小清说，我不会再急眼，如果需要我做什么尽管说，保证随叫随到。白小清没有说话，也没有再看他一眼。不一会，刑事附带民事调解书制作好，当庭向乔建国和翟龙祥送达。翟龙祥原来掌控的银行存款都已经诉讼保全划拨到法院账户，乔建国和白小清拿着调解书可以直接到法院领取。被当庭释放的翟龙祥，拉住李不言的手千恩万谢。李不言开玩笑道，你离我这么近我心里害怕，真担心你身上藏着什么东西。翟龙祥讪笑道，以后我连跟火柴棒都不会带在身上，这次教训够我记一辈子。李不言严肃地说，是应该铭记终身，这回应了赔了夫人又折兵那句话，下回说不定能将自己的性命搭进去！

两个案子结束后，李不言专门将处理结果向毛玉汇报。毛玉听完汇报有几分不悦，不言你怎么一点政治敏感性都没有，伤害案怎么能和解？李不言不解地问，毛玉姐做法官时拼命做双方的和解工作，我每次都会因为协助你调解成功被你大加赞赏，现在不做法官怎么不赞成和解啦？毛玉说，和解还是赞成，只是这个案子不宜和解，局里准备将这个案子作为帮助律师维权典型跟进报道，你们一和解还怎么跟进？和解前怎么不问问我？李不言说，没请示是我的错，当时忙于两个案子一起调解忽略了。不过不影响报道跟进，就说是在市局的指导下达成和解，市局高瞻远瞩既维护受到伤害的律师权益，又从根本上消除激化矛盾的隐患，在维护社会稳定的同时展示律师的专业与大度，不因为事关自身便睚眦必报。毛玉眼睛一亮，赞许道，这个思路挺好，立意新有高度，你亲自执笔写出来。但是，不管怎么说事先应该请示。李不言说，说句实在话，请示也是这个结果，乔建国是当事人，他坚持和解别人拦不住。毛玉说，和解可以不听局里，但律师证注册局里拦得住，明年全省的特邀律师证不再年检注册，他们都要回家养老，这些特邀律师毕竟不专业，出了不少问题。李不言说，特邀律师有利有弊，总的来说利大于弊；办与不办都是上面说了算，我们只能接受服从。毛玉说，服从就好。等律师楼启用后，你们要多吸收一些政法院校毕业生。李不言想告诉毛玉律师楼工程已经奉命停工，话到嘴边又咽了回去。

与毛玉汇报完毕，李不言开车去商业大厦。黄月梅昨天打电话告诉他，合浦市政府有个姓李的同志通知她，下午到项州，住在项州大酒店，计划明天上午与项州市政府沟通，下午到商业大厦。黄月梅问李不言，李律师，你帮助分析分析，李同志这个电话是什么意思？李不言说，李同志告知行程，让你们做好准备，表达很清楚还有什么好分析的？黄月梅问，为何告诉我们他住在项州大酒店？李不言说，人家可能是顺口一说，你们想多了吧。不过你们怎么想的我干涉不了，你们可以按照自己的理解行事。黄月梅心有灵犀秒懂李不言的潜台词，我们想今天晚上拜见他，李律师要不要陪我们一起去？李不言说，我没空，明天下午去你们大厦等他。

停好车乘电梯到六楼经理室，黄月梅和叶文正在喝茶聊天，两人难得的一副轻松表情，眉梢间透出隐隐笑意。李不言笑着说，看来昨晚的拜访气氛很融洽。叶文说，到底是合浦市政府过来的，又亲切又耐心，怪不得说阎王好见小鬼难缠。李不言问，阎王对处罚决定有没有露出什么倾向性？叶文一愣问，哪一个阎王？黄月梅说，你昨晚见到的阎王啊。叶文这才反应过来，好像没有表态，只说今天到现场来看看。李不言问，从六楼能看到彩虹公司的施工现场吗？黄月梅说，会议室那边能看清楚，我带你过去。李不言跟着黄月梅走过去，叶文也跟在后面。

透过会议室的大玻璃窗户，彩虹公司施工现场一览无余。主体工程已经施工到五层，许多工人在工作面上忙碌。李不言看到工程主体与商业大厦的裙楼毗邻处保持有差不多两辆货车通行的距离，转脸对黄月梅说，他们的工程进展不是好好的吗？似乎在设计上没有将你们的裙楼考虑进去嘛。黄月梅说，他们规划时将我们的裙楼位置考虑进去的，如果将我们的裙楼扒掉，他们会造一栋副楼，副楼在三楼以上与主楼连接，一、二层空出来部分作为进出通道，你看他们现在施工的三楼以上与我们裙楼相对的那一边预留了对接空间。李不言观察一会说，不对接也没问题，说明彩虹公司也是一颗红心两手准备。叶文说，无论彩虹公司准备多少手，裙楼不能给他们，我们还想翻建呢。李不言说，你们短期内翻建机会不大，能保住已经烧高香。

三人又回到经理室，李不言问，李同志叫什么？具体什么职务？黄月梅说，他没自我介绍，我们不好意思问，称呼他李主任，他也答应的。两点多钟李主任过来，李不言见他只身一人，心里说两人为公一人为私，调查不带记录人员动机有点可疑。黄月梅向李主任介绍了李不言，李主任微笑着说，李律师的听证代理意见我全文拜读了，写得很好啊。李不言也报以微笑说，谢谢李主任，领导那么忙，还能看完我的代理词，是我的荣幸。李主任说，律师是真正的行家里手，意见一定要重视。经过研究案卷材料，我对这事有初步判断，现在要看看现场。李不言说，从六楼的会议室能看的很清楚，李主任是去会议室俯瞰，还是下楼亲临工地考察？李主任说，到会议室看看吧。李不言陪着李主任到刚才观察的窗户边，将彩虹公司的工地和商业大厦的裙楼指点给他看。李主任观察了一会说，这两栋楼之间很清爽嘛。李不言说，本来界址就没争议，商业大厦与原来的家电商城相安无事几十年，彩虹公司进来后才惹出这么多是非。李主任点点头说，不用去现场，事情已经比较清楚。

重新回到经理室，李主任说，项州市政府的处罚决定理由确实不充分，但如果撤销，程序上很繁琐，政府的面子上也不好看。我回去将这复议案卷锁进柜子里，让处罚决定一直不生效，最后不了了之。你们看如何？黄月梅说，只要不拆我们裙楼，怎么都可以。李不言问，李主任，行政复议不是有期限规定吗？能一直不给复议结果？李主任笑着说，如果你们双方都不关心这个期限，有期不就变无期。李不言谨慎提示道，商业大厦可以不关心，彩虹公司肯定会关心，还有项州市政府。李主任没有半点踌躇地说，彩虹公司不是当事人，关心没有用。至于项州市政府，我上午与他们交换过意见，如果他们关心结果，结果是撤销处罚决定。再说你们肯定知道了，项州升格为地级市的消息马上官宣，届时政府机构人员肯定要重新大洗牌，谁还会顾及这点芝麻事。叶文阿谀奉承道，李主任妙计定乾坤！此招甚高！最好过一段时间李主任自己都忘记卷宗放到哪里。李主任手捧茶杯低眉垂目，一瞬间宛若修道成佛八风不动。李不言看着入定一般的李主任，可怜自己的见识浅薄，原以为行政复议只有维持或者撤销，没想到还有第三种结果。有没有第四、第五种呢？暂时虽然想不出来，但肯定不敢再说没有。

86

县级项州市升格为地级项州市的批复终于正式公布，广大市民欢欣鼓舞额手相庆，每个人皆如意外捡到大奖彩票一般，脸上洋溢着美梦成真的幸福。彩票奖金池有多深，每个人的中奖金额是多少，市民们不能确定。但有一点是明确的，项州市括号县级的注脚被扔进历史的垃圾堆，从此项州是一座真正意义上的城市，项州居民成为货真价实的市民。

地级项州市从合浦市版图中分离出来，下辖原县级项州市和武阳、武水、虞河三县。县级项州市分立成项山区和项河区，项山区继承原来的县级项州市，项河区为全新设立。原县级项州市司法局更名为项山区司法局，原班人马基本不动，局长仍是李汉生；新设立项河区司法局，毛玉任局长。东方省司法厅委派政治部副主任顾荷生赴任项州市司法局局长，无将无士无营盘，在李汉生局长室旁边的小会议室设立临时指挥部。三个律师事务所，似乎应该一家司法局一个，无暇顾及的顾荷生说市局暂时不要，项山区局留下两家，项河区局带走一家。毛玉特别希望带走项山所，李不言心中也乐意，但李汉生坚决不同意，说项山所在起名字时就已经预定好归属项山区司法局，如果项河局领导项山所，而项山局领导项河所，驴唇不对马嘴混乱不堪。毛玉无奈，只好带走项河所，私底下对李不言说她的下一步目标是市司法局副局长，达成后一定要将项山所弄成市局直属所。李不言嘴上感谢毛玉姐，心里并不太在意，律师执业没有地域限制，事务所互不隶属一律平等，没有什么市级县级的差异，归谁领导都要靠自己办案挣钱，反正婆家要有一个，谁爱管谁管。何况李汉生对自己和项山所不薄，几乎有求必应。

　　法院的设置与人员调度没有那么简单，法制宣传和人民调解可以缓一缓，公证和律师暂时缺位问题也不大，没有法院审理案件，社会还不乱套！撇开刑事案件不谈，那些貌似鸡毛蒜皮的民事案件，离开法院的调解与裁决肯定不行！别看有那么多人质疑法院的公信力，将法院的裁判文书说成法律上打白条，纠纷搞大了还是要去法院，千方百计地希望获取对自己有利的裁决。法院不裁判，想离婚的，一方死活不愿意就是离不了，你再有权有势也不敢明目张胆迎娶貌美如花的预备队员，否则重婚罪在等你；法院不裁判，想造房子的，邻居不同意，弄个老头老太太躺在地基上，你再有权有势也不能一夜起高楼，更不能将老头老太砌在墙里面，否则故意杀人罪在等你；法院不裁判，想收回欠款的，你再有权有势也不好直接将钱抢回来，否则抢劫罪在等你。因此，无论你怎么不喜欢不信任甚至是满腔仇恨地看待法院，还得往法院跑，有时还要锲而不舍地一级级向上面法院跑，跑到北京还是进法院，只是那个院门更难进，院门内外南腔北调的人更多。

　　既然社会一日不可无法院，法院的组建就显得刻不容缓，与设立地级项州市和项河区相配套的是设立项州市中级人民法院和项河区人民法院，项山区人民法院无需过多操心，原来的项州市人民法院换个名称重刻大印即可。与其他政府部门一样，中级法院的院长是省高院的刑庭庭长空降而来，下面的政治部办公室政策研究室执行局和各业务庭需要另起炉灶重新组建。一个好汉三个帮，院长虽然手握尚方宝剑，但强龙不压地头蛇，离不开当地人员支持。院长甫一到任便提名原县级项州市法院院长徐剑锋担任中院副院长，而彼时蔡院长刚二线，徐剑锋通过人大任命接任院长不久。人们只能感慨蔡院长的退不逢时，不然至少还能干上一届，级别尚能更进一步；当然也为徐剑锋嘴上道喜祝贺心里羡慕嫉妒恨，按照仝有为的话说徐剑锋他娘的运气也太好，蔡院长退二线，黄常务副院长进监狱，他捡个大便宜连升两级。

徐剑锋在原项州市人民法院全体人员会议上宣布，根据上级领导指示，现有人员分成三部分，百分之二十人员分流去中院，百分之四十分流去项河区法院，剩下的百分之四十留在项山区法院。大家不要请客送礼找门路，这次人员分流不是哪一个人说了算，由中院领导集体讨论研究决定，大家都安心工作，等待并服从分流安排，人员去向名单会很快公布。下面的人听了议论纷纷，现在的中院领导里不只有你熟悉我们吗？其他院领导要么从省城空降要么从外地调过来，认识谁跟谁，还不是你一个人说了算。

江山约李不言商量他与赵虹的去向，江山说，我本来想去中院，听说至多安排副庭长，还不如现在的副院长，就想留在项山。赵虹也想去中院，但她过去很难有职务，我不太赞成。李不言说，如果你在项山法院不动，赵虹最好离开项山，否则你会影响她进步，法院不可能办成你们夫妻店。赵虹说，我就是想去中院，有没有职务无所谓，毕竟中院级别高，福利待遇好。李不言说，想去中院找徐剑锋院长，你们要是不好意思，我替你们出面。赵虹对江山努努嘴，江山犹豫不决地看着李不言。李不言突然明白过来，问江山，你是不是真想辞职做律师？怕赵虹去中院你要对项州境内的所有法院回避。赵虹说，他一直在犹豫，其实我倒是赞同他辞职做律师，能像你这样也很好啊。如果他下定决心做律师，我肯定不能去中院。李不言看着他们两人说，这样反而简单了，赵虹去项河法院，将各种变化的机会都保留着。说实在的，中院的福利待遇虽然好一些，但与律师的收入相比仍然不在一个档次。赵虹说，那我去项河。

动员大会刚过去短短的三天，法院分流人员名单便快刀斩乱麻张榜公布，江山留在项山法院还是副院长，赵虹去项河法院刑庭任主持工作的副庭长。原以为两个区法院多出院长副院长职位好几个，原项州法院包括江山在内的副院长和庭长们有机会，结果两个区法院的院长都是从合浦中院调过来。

一番骚动之后，项州人民的生活又平静下来。小城还是那个小城，只是多了一些操着外地口音的人。项州和武阳、武水、虞河虽然原来同属于合浦地区，口音上却存在明显不同，其他的三个县更接近江淮那边的方言，项州与临近的山东、河南地区近似。尽管从武阳、武水、虞河抽调过来数千人充实到项州的各个部门，但与十几万项州土著居民相比还是不成气候，市井街巷里仍是项州口音的天下。但在市属机关部门里例外，南腔北调的外地口音形成一定规模。项州人管那些外来人员一律叫做外乡人，当面领导你好，背地骂骂咧咧，千年一遇结出地级市这只大瓜，便宜了这些啥也不是的外乡人！

成立地级市对律师事务所的影响显而易见，本城有了中级法院，上诉案件不用跑合浦，效率提高成本减少。且中级法院下辖五个基层法院，一审直接管辖的案件标的大，二审受理的上诉案件数量多，能够收取的律师费自然水涨船高。近水楼台先得月，离中院近的项州市区的律所代理中院业务的机会也多。隶属合浦时，绝大部分合浦中院的案件被当地律所拿走。项州升级后当然也不例外，项州中院的案子大部落入市区的三个律所囊中，其中项山律师事务所因为李不言的存在，获得的利益最多。

李不言最近接受委托的一民一刑两个案子便是最好的例证。武阳春天园林绿化有限公司，因为承包武阳县政府的绿化工程迟迟结不到工程款，想找律师咨询能否打官司。由于是要与当地的政府部门对簿公堂，武阳当地的律师一般不予考虑，如果没有设立地级项州市并将武阳纳入管辖，园林公司可能会考虑去合浦聘请律师。现在则不然，优先考虑在项州市区委托。惠兴齐是园林公司法定代表人陈武的表舅，陈武请他推荐一个能干律师，惠兴齐说李不言李律师就是最能干的那一个。

惠兴齐与陈武到李不言办公室，李不言从饮水机里给他们接开水泡茶。陈武兴致勃勃地打量着饮水机说，变成地级市就是不一样，我们武阳现在还没有这种电器，烧水出水自动化。李不言说，这个玩意没有什么技术含量，只是方便一点，会很快普及到寻常百姓家。陈武说，听表舅讲，李律师又买车又盖楼，我还以为李律师有多大呢，没想到这么年轻。李不言说，不算年轻，奔着四十去了。陈武说，三十四十还是年轻人，李律师的好日子长着呢。李不言觉得这话有点小别扭，但还是接着他的话头说，真正的好日子是天下无讼，人人和睦乐享太平。惠兴齐对陈武说，我没说错吧，李律师和别的律师不一样，其他律师天天盼着人家打官司，李律师巴不得没有官司打，我因为请他打官司，被他批评好几次，说我老惹官司给他添麻烦。陈武说，哪有人真的想打官司，这武阳县指挥办太气人，六百多万的绿化工程，两年多才付四十万工程款。李不言问，具体是什么项目？陈武从牛皮纸档案袋里取出一沓材料交给李不言，是绕城公路的绿化工程，我们做了A、B两个标段。李不言接过来，先翻阅合同。见发包方是武阳县重点交通工程建设指挥部办公室，抬头问，这个指挥部办公室是个什么层级的机构，有独立的法人资格吗？陈武说，我们不知道，整个绕城公路和绿化工程都是以这个名义发包的，实际上是武阳县交通局在组织实施。李不言继续看合同，看完合同看中标通知书、工程报验单、施工放样报验单、苗木进场报验单、计量支付申请报告、武阳县审计局竣工决算审计报告，最后是苗木死亡情况报告。李不言问，这份苗木死亡情况报告是问题症结所在吧？陈武说，就是因为这个，我们一直拿不到钱。李不言说，审计决算工程款是六百多万元，苗木死亡报告说死亡苗木价值二百多万，成活率怎么这么低？陈武说，指挥办统计的死亡苗木更多呢，价值超过三百万。李不言问，死亡原因是什么？陈武说，主要是场地没有按要求平整，下几场大雨淹死许多树苗。李不言问，场地应该由谁平整？陈武说，照例都应该包给我们做，但指挥办将这部分工程拿掉，分包给其他人，我们只负责栽树。

李不言将材料放在办公桌上，对陈武说，我的初步看法材料比较齐全，官司可以打，但有两个问题需要明确，一个是被告人的确定，我判断合同上的指挥部办公室应该是个临时性机构，不能独立承担民事责任。而它的设立可能是交通局，更有可能是武阳县政府。所以我建议将指挥办和交通局、县政府列为共同被告，你是否赞同？陈武说，官司打到县政府头上会不会鸡蛋碰石头？我们先告指挥办，看他们怎么说，直接告县政府可能会惹恼县领导。李不言说，我建议的这三个共同被告，肯定有人要最终承担责任，如果你一家家试，每试一次都要花诉讼费用，还要浪费不少时间。当然，你要坚持也可以，反正每试一次都要交我律师费。陈武马上说道，那就一次都告上，我们也想早点拿到钱，还欠人家不少树苗款。李不言接着说，另一个是苗木死亡的责任问题，虽然场地平整被分包给他人，但如果场地不符合要求，你们不应该栽树，从这点上考量，你们也有一定责任。陈武说，指挥办天天逼着施工，说市里要在绕城公路开现场会，我们能不干吗？如果我们等场地平整完全符合规范，肯定不能按照合同工期完成绿化，违约责任算谁的？李不言说，指挥办敦促你们栽树，有没有给你们书面免责承诺，因为场地问题出现树苗死亡，不要求你们承担责任。陈武说，书面的没有，口头上说过。李不言说，根据我的经验，很少有人会在法庭上认可对自己不利的口头承诺。陈武问，那我们会承担多大责任？李不言说，我认为比较合适的是五五开，但这裁量权在法官手里，对方又涉及到县政府，你们承担主要责任也有可能。陈武听罢钦佩不已，对惠兴齐说，李律师确实不一般，我咨询过好几个律师，没人提到这两点。惠兴齐说，当然不一般，要不我能多年只认准李律师。陈武说，李律师，我们就委托你。李不言拿出计算器，按了一通后说，这个案子按照标准计算代理费是二十四万六千八百元，你还愿意委托吗？陈武显然没想到代理费这么高，有一丝尴尬地看着惠兴齐。惠兴齐说，李律师，陈武是我表侄，优惠一点，去掉零头，二十万吧。李不言笑道，你这是去零头吗？分明是卸掉一条粗腿！既然惠总开口，那就二十万吧。陈武忙说，谢谢李律师！我现在手头比较紧张，能不能先交十万元，另外十万等打赢官司再交。李不言说，我不是按照风险代理的收费标准计算代理费，按说不能在赢下诉讼后才缴清；但基于我和老惠的关系，今天就再破个例答应你。惠兴齐兴奋的两眼炯炯放光，比陈武还要心切地催促李不言办理委托手续。

　　李不言接受委托的刑事案件是发生在虞河县境内的冯志斌制造毒品案，起诉书指控：一九九九年上半年，肖晨吉让周成根试制甲喹酮，经周成根、冯志斌多方查资料、找配方、购化学药品研制成功。一九九九年十一月，肖晨吉指示被告人肖晨祥利用在虞河县有战友的条件，带孙华东、周成根等人到虞河，通过虞河粮食局局长介绍，租用虞河县中亚饲料厂厂房，后由被告人周成根、冯志斌、孙华东等人购置原料、设备，安装生产甲喹酮。生产五个月后，因为污染严重，被环保部门责令停产。二〇〇〇年六月，被告人周根成将工厂搬迁至虞河县流沙镇小庙村境内，肖晨祥来虞河县协调与环保部门的关系，注册成立虞河县流沙燃料助剂厂，继续生产甲喹酮。被告人江勇和孙华东两次将四千公斤的甲喹酮隐藏在化肥下面偷运到广州。二〇〇〇年十一月，肖晨吉指使孙华东、周成根等人购买机器设备，准备将成品甲喹酮加工成颗粒状，冒充饲料销往境外，因案发而未得逞。案发后，在虞河县流沙燃料助剂厂提取成品、半成品甲喹酮共九千七百九十三公斤。

　　偷运至广州四千公斤，生产窝点提取到九千七百多公斤。这是什么概念！在人们的印象中毒品是按克计算，几十克海洛因便有可能判死刑，即便不是海洛因，即便其中有一部分半成品，将近一万四千公斤的数量，打折再打折再再再打折，按照老百姓的话说都够枪毙十八回！因此，这个案子肯定由中院做一审。冯志斌的妻子找到原县级项州市政协副主席王坤，请他推荐和项州中院关系良好的律师，王坤向她介绍了李不言。李不言开始因为这种案子的收费远没有贪污贿赂案件高，而他手上事务又比较多，有点不想接受委托，想想该案号称项州有史以来涉毒第一案，参与辩护可以借机强迫自己学点新东西，便决定收下该案。当然，王坤副主席的面子也不能不考虑。

87

与恢复平静的市民们日复一日地重复着往日的生活不同，新区的工地上热火朝天日新月异，一栋栋新建筑遍地开花。李不言每次去仁信公司都能在所到之处有新发现，最真切直观的是律师楼旁边的干部安置小区，几十栋建筑同时开工齐头并进，每栋楼露出地面以后，便以十天左右一层的速度往上窜。安置小区南面的市委、市政府大楼同样进度神速，再南面的国际宾馆和广电大厦以及西面的公检法司、财政税务大楼幢幢奋勇争先，恰如雨后春笋般竞相破土而出拔节生长。李不言问惠兴齐，我们对面的市民公园为何没有动静？惠兴齐说，规划调整了，市民公园改在市政府对面，我们对面规划建设幼儿园、小学和中学，学校建设周期短，安置小区竣工后开建。李不言难掩喜悦，敲击着惠兴齐的大班台，与政府机关和学校做邻居，你的书香世家押对了宝。惠兴齐异常兴奋，直呼中了头奖，准备二期商品房单价翻番。李不言说，律师楼和一号别墅的装修你同步进行，另外书香世家的一期小高层给我留一个单元。惠兴齐用手指抠了一下耳道，又向外拉扯着耳廓问，我没有听错吧，一个单元？别墅不够住，还要二十套商品房？陈小菊笑着说，惠总当真了，师哥和你开玩笑呢。李不言说，我没开玩笑，栽下梧桐树引来金凤凰，律师楼启用后需要一批高学历年轻律师。我想所里买下来，给他们备着。安居乐业首先要住的安稳，其次才能快乐从业。惠兴齐说，李律师宽眼界大手笔，这可是需要一大笔资金的。李不言说，不要担心，不让你垫付，也不要优惠，按照开盘时价格给我，所里做按揭购买。惠兴齐说，优惠是必须的，但想要都在同一单元估计够呛。李不言说，尽量吧，想要一个单元是为了好吹牛，对外声称为员工买下一栋楼。陈小菊说，师哥总是出人意料，我不是金凤凰，能否先在你的梧桐树上捡个落脚点？话是对李不言说，眼光却看向惠兴齐。惠兴齐接住陈小菊的目光，牛气冲天地说，陈律师也是我们仁信的法律顾问，无需你师哥的梧桐树，我们给你个优惠彻底的政策，免费挑选一套房。陈小菊望着李不言问，可以吗？李不言当即将惠兴齐向外推，惠总说可以当然可以，售楼部挑房去。

到售楼部后，惠兴齐问陈小菊有何具体要求，陈小菊说，离一号别墅近，顶楼的最好。惠兴齐问，为何选顶楼？大部分人怕热怕漏水优惠都不要。陈小菊说，我不怕，信得过惠总的开发质量。惠兴齐喊过来售楼部经理，将陈小菊的要求告诉他。售楼部经理查看一下销售记录后说，正巧有一套，十号楼1101房，可以俯视一号别墅。又将房屋在沙盘上的具体位置指给陈小菊看。陈小菊见这套房就在一号别墅的西北角，在沙盘上与一号别墅近在咫尺，满意地说，就这套了，我付全款买。惠兴齐说，陈律师可以啊，看来这几年跟着李律师赚到不少钱。但我刚才说过免费送你一套的，不用你付款。李不言说，惠总说话注意点，师妹不是跟着我挣钱，人家挺能干，顶起半边天绰绰有余。仍在俯瞰沙盘的陈小菊立起身子，给了李不言一个不满的眼神，说我跟你干丢你人吗？我确实是一直跟着你的嘛。惠兴齐哈哈笑，瞧瞧，李律师还不如你小师妹大方。李不言乐呵呵地说，你大方！房子都能免费送！干脆律师楼你也给我免费建！你们一个要免费送，一个要付全款，南辕北辙的如何完成交易！我从中取个数，开盘价六折，双方签合同成交。

离开仁信公司去商业大厦途中，李不言微笑着问，俯视一号别墅很有趣吗？陈小菊笑盈盈的说，很无聊但我乐意，不可以吗？李不言说，至少法无明文规定不可以，不要看沙盘上挺近，其实有一定距离，小菊师妹当心看花双眼。陈小菊得意地说，陈飞也送我一台望远镜，一直闲着没处用，这回能派上用场了。李不言说，那是天文望远镜，看月亮数星星的。你要真想看，我送你一台俄罗斯出品的带夜视功能的望远镜，月黑之夜百米以内纤毫毕现。陈小菊伸出右手做出拉钩状，落子无悔，明天上班就带给我。李不言用手背触碰了一下陈小菊的食指，你还真要啊，我反悔了。陈小菊笑靥如花，开心地说，师妹我今天意外地选购到称心房子，且看在你帮我砍价的分上容你反悔一次。美滋滋地回味一番购房的快乐后又说，师哥，惠总对你真是没说的，只要你开口，他似乎从来没有拒绝过。李不言说，为当事人服务好比挖井，要挖准挖深，挖到当事人的心坎上。当事人滋润了，自然会有源源不断的清泉回报你。那种东一锹西一锹，浅尝辄止式的挖掘，看似遍地开花，最终实际获得的回报很有限。陈小菊深有感触地说，师哥说得太对了，我所有客户对我的创收贡献加起来都未必有惠总这一个客户对师哥的贡献大。

到了商业大厦，黄月梅将两人引到会议室，指着窗外的彩虹公司新楼说，李律师，你看彩虹公司预留的接口已经全部取消。李不言拉开窗户仔细观察一会，推上窗户说，看来李律师的方法奏效，无奈的彩虹公司咽着口水放弃了你们的裙楼。站在一旁的陈小菊说，难得听师哥自卖自夸一回。李不言说，此李律师非我李律师，这里面有故事。陈小菊一脸好奇，等着李不言解释。黄月梅见状和李不言相视一笑，李律师都能干！你们的律师楼也复工了吧。李不言说，我们敬爱的何书记原来也只是奇怪为何平地起了栋大别墅，停工是建设局谨慎自保，现在何书记变成何秘书长，地级市的要务忙不完，早将小小的律师楼抛到爪哇国。

黄月梅将李不言和陈小菊送下楼，给他们每人准备了两件白衬衫。李不言问，送衬衫有什么特殊含义吗？黄月梅说，这是新面料，既挺括又舒适，你们经常开庭，穿在律师袍里黑白配挺合适。李不言说，黄总有心，多谢了。黄月梅说，一楼饰品柜最近进来一批设计新颖的黄金首饰，改天带你家弟妹来挑一套，我送给她。李不言再次含笑致谢，和陈小菊别了黄月梅来到停车场。李不言打开后备厢将衬衫放进去说，我去丝路花雨说句话，你是在车里等，还是一块去？陈小菊也将衬衫扔进去，抬手拢了一下刘海，一块去。

圆圆正在整理货架，看到李不言和陈小菊分别叫声哥与小菊姐。李不言笑笑径直上楼找杨丝雨，陈小菊留在一楼与圆圆聊天比试衣服。李不言上楼后照例先与周小芳打招呼，然后示意杨丝雨进里屋说话。杨丝雨说，哥的律师楼和别墅什么时候启用？好想去看看。李不言说，刚安排装修，估计年底能差不多。杨丝雨羡慕地说，哥你太能干，小静真有福气，我这辈子都别想住上别墅。李不言说，你肯定能住上，而且指日可待。白酒厂与农药厂的夏季工装谈好了，价格上浮百分之二十，返还十五个点，你这两天去对接一下。杨丝雨想起钟亮，有点担心地说，钟亮都进去了，他们还敢拿回扣？我心里不踏实。李不言笑着说，钟亮不是因为拿回扣进去的，我们的加工费本来就不算高，上浮这几个点不会特别惹人注意。他们提出上浮三十个点，我没同意，我心里自有一杆秤。杨丝雨说，他们不是改制成私营公司了吗，公司都是他们个人的，还要回扣干吗？李不言说，不全是他们的，他们只是大股东，而且多开福利发票冲成本可以少交税。杨丝雨似懂非懂地说，还有这么多道道，我什么都不懂。李不言说，少懂一些不一定是坏事，你将工装做好，特别是外包给人做的那部分要严把质量关，虽然工装不要员工掏钱，但涉及的人数众多，出现丁点质量问题都有可能被无限放大。至于其他的事情我来办，你不用操心。另外，这些事不要告诉其他人，包括何静都不要让她知道。杨丝雨心头一热，为只和不言哥共同保守着这个秘密而兴奋，欢乐地答应下来。李不言虽然不清楚杨丝雨的欢乐缘由，但乐得见她开心，愉快地开门出去往楼下走。

阳阳与顺顺、妮妮跑进来，何静跟在后面喊，你们慢一点。阳阳看到陈小菊抱住叫干妈，陈小菊开心答应着，弯腰将他抱起来。何静说，幼儿园大班啦，见面还要抱，小心闪了你干妈的老腰。陈小菊回敬道，你才老腰呢！阳阳就是上大学，见到干妈也得拥抱。是不是？干儿子。阳阳说，是，干妈只能抱我，不能抱别人。杨丝雨出现在楼梯上，这一点小把戏醋劲挺大，你干妈能不能抱我？阳阳眨巴着小眼睛说，阿姨你是女的，能抱你，不能抱顺顺和爸爸。陈小菊羞红脸，低头亲阳阳。何静冲着李不言说，听到没有，你儿子说了，他干妈不能抱你和顺顺！李不言走下楼梯抱起妮妮，连声说，不能抱，不能抱，我能抱妮妮。妮妮右手搂住李不言脖子，左手摸着李不言的脸，奶声奶气地说，干爸，我天天要你抱。何静和大家都愣住了，李不言在妮妮的小脸上亲一口问，宝贝，我什么时候变成你干爸啦？妮妮说，你就是干爸，我小时候你就是。李不言脸上乐开花，又亲了妮妮一口说，宝贝现在还是小时候。何静说，老公别得意，我还没同意做干妈呢！杨丝雨连忙让顺顺和妮妮叫干妈。顺顺和妮妮蜜糖似地喊干妈，何静高兴地将顺顺拉到怀里说，这怎么又多出来个干儿子！李不言对何静说，你这算是认下了，我只好跟着做干爸。何静在他屁股上拍了一巴掌，得了便宜还卖乖，你在心里不知道想过多少回呢？李不言在何静的右脸印上一个吻，那就谢谢老婆的成全，今天我请客，肯德基。三个孩子哇哇叫着向外奔跑，杨丝雨搂着何静说，他干妈，我得好好谢谢你，两个孩子又有爸了。何静正陶醉在李不言当着陈小菊和杨丝雨的面亲吻她所带来的特别感受中，听到杨丝雨的感谢，白了她一眼，是干爸，而且只认孩子不认你，与你没关系，不准惦记我老公！杨丝雨将何静搂得更紧，附在她耳边说，他干妈你就将心妥妥地放在肚子里，我惦记也没用，他干爸心里只有你。陈小菊对李不言撇撇嘴，问他是不是很得意。李不言顾左右而言他，我们抓紧跟上，

354 | 小城律师李不言

三个小家伙快跑没影了。

88

市中级法院在徐剑锋的建议下将青年路上的朝阳宾馆整体租下来作为临时办公地点，宾馆总建筑面积不算大但房间众多，而且自带一个能停放几十辆车的宽阔院落，倒是比较适合改为办公场所。只是没有能容纳上百人的大会议室，开全院大会和公开审理影响较大案件时有些麻烦，需要借用项山区法院大法庭使用。有时难免会与项山法院自身的需求发生冲突，好在徐剑锋来自项山法院，协调起来比较方便，一般情况下中院优先，这彰显提拔徐剑锋担任中院常务副院长的必要与英明。

姚艳被徐剑锋带到中院，开始在刑庭担任副庭长主持工作。徐剑锋有意让姚艳再进一步做庭长，无奈院长早有人选且很快到位，只好作罢另寻时机。徐剑锋让姚艳不要灰心耐心等候，姚艳则完全没往心里去，能做中院的副庭长顺利晋升副科级已经让她十分满意。饭要一口一口吃，吃得太快容易噎着。姚艳知道自己还年轻，无需着急。所以当李不言将两盒碧螺春与冯志斌案件的辩护手续交给她并对她表示祝贺时，姚艳也是发自内心的高兴。她先说声谢谢，在看了委托手续后又说，我就猜到这案子会到你手里，除非当事人家属到临江或者北京请律师。李不言说，确实到临江请了，不放心在项州再配备一个。姚艳示意李不言坐下，走到茶几前要给李不言泡茶。李不言伸手拦了一下，不必泡茶，我说几句话就走。姚艳便回到办公桌前说，临江律师的手续还没有收到，你们两地律师是如何分工的？李不言说，我主辩。姚艳问，省城的律师能甘愿做副手？委托人愿意？李不言说，不愿意拉倒，不主辩我不接这个案子。姚艳竖起右手大拇指，不言主任越来越牛，这个案子辩护费收不少吧。李不言说，这种案子收费还可以，但不如贪污贿赂案件多，主要是为了向姚庭长学习新东西，长一些见识，我还从来没有接触过涉毒案件。姚艳将委托手续放进卷宗里，这个案子是我们项州市法院系统审理的涉毒第一案，我们一起好好研究。李不言说，以前只知道海洛因、冰毒、鸦片是毒品，甲喹酮是什么玩意？如果按照起诉书上指控的两万多斤的生产量，岂不是惊天大案！姚艳说，我国法律规定的毒品有几百种呢，甲喹酮俗称安眠酮，是国家一类管制性精神药物，按照美国的毒品换算法，一克安眠酮等于零点七克大麻。李不言惊叹道，如果参照美国标准，本案中的安眠酮相当于上万斤大麻！这七个被告岂不是要命悬一线吗？姚艳说，不参照美国标准，大部分被告也是凶多吉少。你知不知道？这还是虞河县招商引资进来的，招商招来制毒分子，闹出天大笑话。市委徐书记雷霆震怒，指示要严惩这批犯罪分子。李不言说，招商进来的就要严惩，是不是意味着非招商引进的可以宽大？法律好像不是这样规定的。要严肃处理的应该是招商把关不严和后来疏于管理的职能部门，将额外怒火烧在制毒分子身上不太合适吧。姚艳说，严肃处理招商人员也不合适，公务员人人有招商引资任务，完成任务的按照项目的投资额度予以奖励，完不成的停薪留职专职招商，再完成不了要被问责甚至辞退。这种情况下，能有项目进来大家都去抢，哪还能顾及到审查项目的真实内容是什么？李不言说，这样看来公检法还不错，至少没有招商引资任务。姚艳语气沉重地说，没有招商任务也不轻松，审判案件不仅要遵循法律，还要考虑那么多的指示与要求，真是戴着镣铐起舞！李不言说，所以有法官想辞职做律师，工资不高限制不少，想独立司法常常做不到。姚艳说，看你开豪车盖大楼，我也想辞职，但想想大部分的律师收入似乎也没有那么高，觉得还是做法官安稳。李不言说，这就对了，旱涝保收总比饥一顿饱一顿强，想发大财去弄毒品，暴利来钱快。姚艳扑哧一笑，挣大钱也得有命花，弄毒品挣的钱到头来变成律师的辩护费。

周彦君庭长进来，将一份签发好的判决书交给姚艳，然后对李不言说，正巧不言主任在，我还想通过姚庭长与你说件事。见到周彦君进来便已经站起来的李不言说，庭长有什么吩咐？现在能做到的我立即办。周彦君请李不言坐下来，自己在他旁边坐下说，不言行啊，在市政府核心办公区建造律师楼。李不言说，误打误撞上的，开工时还是荒郊野外不见人影，哪里想到一不留神闯进了核心办公区！再说那是司法局申请的项目，我只是出面筹集资金，指望我个人这辈子只能想想。周彦君问，律师楼缺人吗？我帮你推荐两个？李不言拍掌叫好道，那我可得好好谢谢周庭长，我们正计划在律师楼启用后招兵买马呢。周彦君说，是我在虞河法院时的两个律师朋友，想到项州发展，我建议他们到你所里，你要是不反对，安排他们面试一下。李不言说，周庭长介绍的肯定错不了，等律师楼启用后让他们直接过来报到。周彦君说，还是见面聊聊吧，我到中院后，就很少见到他们。李不言起身从姚艳那里要来便笺纸，写下手机号码交给周彦君，那就让他们来聊聊，这是我手机号码，庭长让他们联系我。

离开中院回到办公室，李不言再次翻阅冯志斌案件卷宗，结合姚艳介绍，李不言判断这个制造毒品的工厂应该是虞河县粮食局的招商引资项目。令人奇怪的是，这个名义上的燃料添加剂生产厂第一次开动便因为味道刺鼻被环保部门责令停产，后来是如何做到顺利复工的？环保部门没有进入生产车间查验味道的源头和形成原因吗？即便自己部门不具备相关知识和检测条件，总有部门具备，省公安厅不就可以吗？一个污染严重的制毒工厂，居然堂而皇之地生产两年，这几个被告人是如何做到瞒天过海的？李不言决定去会见冯志斌。

冯志斌个子不高，脸型瘦削，虽然被剃成光头，仍是一副知识分子模样，与影视作品里上身纹满恶龙黄灿灿的大戒指大金链晃瞎人眼的毒犯形象相距甚远。李不言向他介绍自己以后，跳过常规程序，让他直接说案情。冯志斌说，我是武汉人，原来是造船厂的工程师。九八年下岗，同年我父亲去世，留下没有生活来源患有老年痴呆症的母亲由我照料。九九年妻子和我离婚，十一岁的儿子归我抚养。生活的重担全部集中到我一个人身上，日子一直很窘迫。张成浩是和我很要好的高中同学，他找我研制一种能降解的碗，投了不少钱，但产品不理想。后来张成浩提出研制冰毒，叫我搞一个配方。我没有答应，说自己不是搞化学的。张成浩三番五次地叫我搞，说只要弄出配方就行，并保证只卖给小日本，不卖给中国人。因为我当时离不开他经济上的接济，就答应试试看。张成浩给了我部分资料和一些化学原料，我也查了一些资料，制造出一点东西。张成浩后来说不合格，让我接着研制降解碗。九九年五月，张成浩将我介绍给周成根，他们两人要生产安眠酮，叫我帮着搞设备，并且说安眠酮不是毒品。一开始是在周成根家里，研制出一些样品。此后我去炒股，与他们没有什么联系。到了九月份，周成根又突然找到我，说要到虞河来办厂，邀请我帮助安装设备。当时周成根说是搞降解碗的原料深加工基地，到工厂后又说是生产燃料添加剂。其实我知道他们生产的是安眠酮，但以为安眠酮是一种催眠药，不属于毒品，也就没在意。在整个生产过程中，我负责设备的安装、调试和维护。设备搞好后，我要回武汉，周成根不同意。二〇〇〇年三月底，我还是坚持回武汉。过了一个多月，因为污染很大，周成根又找到我，叫我把设备改造一下。在他的一再坚持下，我又过来对设备进行改造，并跟随他们搬迁到更偏僻地方。后来我两次回武汉，都被周成根找回来。

到了十一月，周成根叫我想办法将安眠酮与饲料混合在一起然后还能分离出来，我偷偷查一下资料，才知道安眠酮是国家控制生产的。后来不久案发，我被关进这里。

李不言问，环保部门和其他政府部门到工厂检查过吗？冯志斌答，我在厂里期间没见过有人检查。听周成根讲，工厂搬迁是环保部门建议的，说离村庄有点近，老百姓意见大举报频繁。李不言问，如果进厂取样化验，能验出安眠酮成分吗？冯志斌答，当然能，只要有相关检测设备很容易检测出来。李不言停顿一下后问，你说你九九年离婚，委托我给你辩护的宋晓敏是什么时候和你结婚的？冯志斌答，她去年才和我结的婚，我实在对不起她。麻烦律师帮我带句话给她，我这次恐怕很难过关，她如果提出来离婚，我乐意成全。李不言没有接他这个话茬，继续发问道，你知道生产安眠酮的工厂真正老板是谁吗？冯志斌答，不知道，我只和周成根熟悉，据说大老板是广州人。李不言问，你的报酬是如何领取的？冯志斌答，每月工资三千元，周成根另外还分三次总共给我十三万元，说是原料回收利润。李不言递过笔录和笔说，今天的会见就到这里，你看看笔录并签名。冯志斌说，我高度近视，没有眼镜看不清。李不言收手将笔录和笔放进包内，那就不看了，也不要你签字。

<h2 style="text-align:center">89</h2>

春天园林绿化公司诉武阳县政府等三部门绿化合同纠纷案在中院开庭，民庭庭长华正才担任审判长。李不言代理原告宣读民事诉状后，被告指挥办答辩，原告承包A、B标段绿化工程是事实，但原告要求付款，应该对工程的质量及工程款的数量符合合同要求提供相关依据。被告武阳县交通局答辩，交通局不是合同的签订人，不应成为本案的被告。被告武阳县人民政府答辩，指挥办不是武阳县人民政府成立的机构，武阳县人民政府不应承担民事责任。华正才宣布在原、被告举证前，首先就本案的被告主体资格问几个问题。指挥办，你们是由哪个机构宣布设立的？指挥办的代理人回答，武阳县县委。华正才问县政府代理人，你们是否下过文设立指挥办？县政府的代理人答，我们没有，是县委下文的。华正才问，你们说是县委下文的，有什么证据吗？县政府的代理人拿出一份文件回答，我们带来了县委设立指挥办的文件。华正才看过文件问，这上面不是也有县政府印章

吗？县政府的代理人答，那是应县委的要求加盖的，这份文件的文号是县委的。华正才转向原告席问，原告对此是什么看法？李不言说，公共交通项目的绿化工程显然属于政府事务，在本案所涉及的合同的履行过程中，工程监理的选聘，工程验收以及工程款的审计和拨付都是由县政府最终确定的，文件上也有县政府的大印，县政府应该承担给付工程款的责任。李不言还想说几句，华正才先开了口，被告主体问题就审查到这里，本庭认为工程的发包主体已经明晰。下面调查未成活苗木的数额及责任问题。

针对苗木死亡问题，指挥办强调属于原告栽种不当导致大雨积水淹死苗木。至于死亡苗木的数额则提交了高空俯拍的录像光盘，从录像里显示的枯死苗木比例计算，死亡的苗木大约价值在三百七十万，而不是原告声称的二百四十万。李不言提交监理公司签字确认的苗木死亡情况报告及附件，指出这里面的数字是施工方和监理方一同实地统计出来，不是什么估算数据。而监理公司是被告选聘，证明效力没有疑义。关于苗木死亡原因，我方的施工符合规范，大雨积水属于场地平整排水不畅。我方已经提交指挥办出具的将场地平整工程拿出另外发包的说明和不包括这笔费用的决算报告，足以证实被告方应该承担苗木死亡的责任。县政府的代理人说，原告作为专业绿化施工机构，应该知道场地平整不到位栽植苗木可能产生的后果，责任应该完全由原告承担。李不言说，场地平整不到位可能会形成排水不畅，这是个常识问题，政府也应该清楚，何况还聘请了专业的监理机构，没有理由将责任推给原告一方。

法庭质证和辩论结束以后，华正才问双方是否同意调解，李不言回答同意调解。县政府的代理人说，这牵涉到财政拨款问题，因为有审计报告在，政府只能按照审计报告付款，除非有人民法院的生效判决更改了审计结果，政府不能擅自和原告达成和解。李不言问，如果和解的结果优于审计报告呢？县政府少出钱也不同意和解吗？县政府的代理人说，那也不能！不是钱的事，而是和解的责任谁都担不起。华正才见状合上卷宗说，庭审结束，等候判决吧。

李不言离开法庭来到车前，将设置为静音模式的手机拿出来查看，发现有六个同一号码的未接电话。李不言回拨过去，马小平明显不满地问，李律师，为什么一直不接电话？李不言说，刚刚在中院开庭，董事长什么事？马小平说，黄涛突然死了，他的家属来厂里闹事，请你赶快过来。李不言说，我马上到。挂掉马小平电话，李不言又拨通陈小菊，让她到司法局门前等他，一块去北极星玻璃公司。接上陈小菊后，李不言一路上想着黄涛和自己年龄相仿，怎么会突然去世？他的家人闹事肯定是对公司的处置方案不满意，过去如何协调？

进入北极星公司院内，李不言看到几十口人站在办公楼下面，虽然情绪都比较激动，但秩序井然不乱。李不言没有停留，带着陈小菊快步来到马小平办公室。

马小平坐在办公桌前，几个人围在面前和他理论。看到李不言和陈小菊，马小平说，律师来了，我们依法处理这件事。那几个人转过身来，李不言认出了工会主席王宁。王宁对另外几个人说，你们都不要激动，李律师最公道，听听他怎么说。李不言对王宁说，你带大家到隔壁去，我先和董事长沟通一下情况。王宁一句话没多说，带着大家离开。李不言在他们的身后关上门，坐到马小平的对面问，董事长，黄涛怎么突然去世了？马小平说，突发脑溢血，当时他正在主持召开供销业务会，说着话低头趴在会议桌上，送到医院没有抢救过来。李不言说，可能是压力太大，我听说公司的资金周转一直很紧张。马小平不悦地说，李律师怎么也这样说，公司资金有什么问题？一直正常运转嘛。李不言说，我听黄涛生前说过几次，公司的资金链一直绷得很紧。黄涛的家属有什么要求？公司准备如何处置？马小平握着富贵牡丹图保温杯说，黄涛家属坚持黄涛死在岗位上，应该认定为工伤。公司向劳动部门申请工伤认定，劳动部门说黄涛是自身疾病高血压引起的死亡，不能算工伤。黄涛的家属不愿意，非要公司按工伤对待。公司怎么能答应？如果开了这个头，以后在公司内出事不管什么原因都算工伤那还了得！李不言说，我明白了，董事长你稍候，我们去和他们家属沟通一下。带着陈小菊到隔壁办公室，王宁要一一介绍那几个黄涛亲属。李不言摆摆手，不必都介绍，我记不住，你们中能代表黄涛直系亲属，说话算话的是谁？其中一个人说，我是黄涛的哥哥黄松，能代表黄涛家人。李不言说，讲讲你们的想法？黄松说，我们没有什么非分要求，就是要求按照工伤处理，黄涛毕竟是死在公司会议上，而且是受公司经营管理压力引起的脑溢血。北极星进来后，将流动资金抽走一大半到集团用于建筑工程，工厂只能勉强维持生产运转。玻璃生产线不能停下来，停了就彻底报废掉。黄涛天天吃不香睡不安，生怕资金链断裂。马小平不问事，只知道将所有问题交给黄涛。黄涛也是有血有肉的普通人，长此以往怎么吃得消！明明是为了公司付出生命，怎么就不是工伤！李不言问王宁，你们工会是什么意见？按照工伤计算，补偿标准大概是多少？王宁说，黄松刚才讲的是实情，我们工会同意按工伤对待。如果按照工伤标准补偿，各种费用加起来大概有三十万。李不言问，黄涛的每月工资是多少？王宁说，他是年薪制，保底十二万，去年加上奖金有二十万。李不言问黄松，三十万的补偿标准你们同意吗？黄松说，我们要二十五万，公司还不同意，说最多给十万，还是额外照顾的。李不言说，按照法律规定确实不能认定为工伤，公司说的十万元也没有低于一般的抚恤标准。但黄涛称得上为公司鞠躬尽瘁，公司应该善待他的家人。黄松说，如果公司能这样想，补偿少一点我们也能接受。李不言对黄涛的这几个亲属说，你们到门口等一会，我和王主席说几句。

等他们都出去后，李不言问王宁，你是马小平指派处理这件事，还是黄涛家属找到你？王宁说，二者皆有吧，但双方都不听我的，我在中间受夹板罪。李不言说，我感觉马小平对待黄涛的后事不宽厚，建议你不要明显支持黄涛家属，你毕竟要在公司待下去。王宁愤愤地说，黄涛这样为公司拼命如果连个工伤待遇都不给，这个公司也没有什么可留恋的。李不言说，王主席重情义识大体，工伤待遇我来帮他们争取，你安抚好黄涛的亲人。

李不言和陈小菊回到马小平办公室。李不言说，董事长，这件事我是这样想的，黄涛作为公司的总经理，在主持会议中离世，怎么说也是生命结束在公司的岗位上，公司的全体员工都在关注这件事，如果不能妥善处理，势必会让员工们寒心，影响公司的凝聚力和生产力。因此，虽然工伤不能认定，但我建议公司参照工伤标准抚恤黄涛家人，支付抚恤金三十万元。马小平勃然变色，李律师，你绕半天不仅要公司同意黄涛家属的二十五万元要求，还另外多出五万元！你是公司的法律顾问，还是黄涛家属的律师？！李不言恳切地说，我当然是公司的律师，正因为如此我才建议公司尽可能提高黄涛后事的抚恤标准。董事长你冷静想一想，总经理死在公司会议上如果得不到善待，一般的员工还能甘心为公司卖命？那样损失的将是多少个三十万？如果黄涛的亲属将事情闹大，公司冷酷无情小气吝啬的形象传播开来，北极星玻璃甚至北极星集团的信誉损失又会有多大？黄涛去年的个人收入是二十万，他这样离世，公司按照他一年半的收入标准补偿他亲属能说过分吗？马小平将保温杯噔地一声放在办公桌上，李律师，公司待你们所不薄吧，原来顾问费两万，我主动加到三万。俗话说养兵千日用兵一时，关键时刻你们怎么一屁股坐到对方那边！李不言一脸正气地说，我们不是公司养的兵，是公司花钱聘请来维护合法权益的专业人士；黄涛的家属也不是对方，即便不是公司员工至少也是公司员工的坚强后盾。北极星玻璃在顾问费上的慷慨我们铭记在心，所以才会从公司利益最大化的角度给公司建议。董事长是从集团下来的，接受过集团最高领导的教诲，见识肯定不会不如我这个小城的律师吧，这件事如果处理不好，影响到整个集团形象，集团怪罪下来，对董事长未必有利。马小平脸色红一阵白一阵，想发作又没有能说出口的理由，憋了半天恼羞成怒地说，就按照你们律师的建议参照工伤待遇给黄涛家属，但你们律师要在补偿协议上签字，集团如果有意见由你们负责解释并承担责任。另外，我现在就通知你们，我们的顾问合同到期后将不再续签。李不言云淡风轻地说，我们负责起草协议并作为见证人签名，相信公司员工及其亲友们一定会颂扬公司的宽厚仁慈，我们也期待着将来与公司的再次合作。

离开北极星玻璃公司，陈小菊说，师哥说得好做得对，我一点都不可惜顾问合同到期后不再续签。李不言微笑说，我也不在意，但深感惋惜，很好的一个项州玻璃厂，就这样被北极星带错方向。

90

为了提升年度结案率，法院每年都会在年底前突击开庭抓紧结案。钟亮的案子在项州市中院开庭，在庭前李不言与姚艳沟通时，姚艳表示现在中院处于初创阶段，考虑对钟亮并处没收财产，如果钟亮家人主动配合交出一定数额的现金，可以考虑对钟亮从轻处罚。李不言问一定数额的起点是多少，姚艳说是二十万，李不言说那就二十万，三天内落实到位。钟明有点嫌多，请李不言帮助讨价还价。钟亮老婆听李不言说只为他们争取到两天的交款期限，毫不犹豫地用那只LV布袋子装了二十万送到法院。开庭时，合议庭出示由被告方申请法院委托的工程造价事务所对滨河新村那套房子的装潢工程造价结论，新潮公司小黄所声称的进口装潢材料其实全部为国产，装潢的实际造价为五万三千元。控辩双方和钟亮对这个结论皆不表示异议，审判长当庭确认该份造价结论可以作为定案依据。在法庭辩论阶段，公诉人提出，被告人钟亮受贿数额远远超过十万元，应该在十年以上有期徒刑判到无期徒刑之间量刑，另外还应并处没收财产。李不言说，经过对装潢的委托鉴定，钟亮的实际受贿数额为十六万余元，属于新潮公司主动向其行贿，犯罪情节一般。钟亮属于初犯，认罪悔罪，退赃积极主动认罚，请求法庭对其从轻处罚。法庭经休庭合议，当庭宣判钟亮有期徒刑十年零六个月，并处没收个人财产二十万元。钟亮听到宣判结果后，悬空已久的心应声复位，表示认罪服判不上诉。

庭审结束后，姚艳将李不言请到办公室，问他对民庭华正才庭长印象如何。李不言说，接触不是很多，感觉温文尔雅的挺好。姚艳说，他结过婚又离了，有个女儿跟她前妻生活，陈小菊律师不知道介不介意他这段婚史？李不言笑着说，看来姚庭长不促成一对法官与律师联姻不甘心，陈律师与华庭长的年龄、职业倒是挺合适，正好我一会去华庭长那里领判决书，趁机多聊几句。

到华正才办公室，李不言签收了春天园林公司的判决书，直接翻到判决如下部分，苗木损失认定为二百四十万，原、被告承担各半，原告的其他诉讼请求全部得到支持。合上判决书并细心地放进公文包，李不言才在沙发上坐下来说，谢谢华庭长与合议庭，判决很及时很公正。华正才带有几分快意说，我在武阳法院时，审理过好几起涉及政府工程的案子，一直有干预不能痛快裁判，这次一直到开完庭都没有受到干扰，我赶快下判决，以防有招呼追过来。李不言由衷地说，华庭长肯定是政法院校毕业的，专业和魄力非同一般。华正才说，西南政法的，李律师应该也是科班出身吧。李不言扣上公文包说，勉强算是吧，省司法学校的。华正才说，司法学校挺不错，我认识几个你校友，都蛮能干，江山好像也是你们学校毕业的。李不言说，我们同届，他分到法院，我想进进不去被分到司法局。华正才说，听说李律师在建律师楼，当初要是做法官肯定没这机会。李不言笑着说，谁说好事不出门，华庭长也听说了律师楼的事？华正才说，我听徐剑锋副院长介绍的，他说你是项州最优秀的律师。李不言谦逊地说，不敢当，徐院长那是在激励我争当最优秀。华正才拿出一张名片递给李不言，武阳的这个律师想投奔你，托我当介绍人，有机会吗？李不言接过名片看一眼，放进公文包最外面的夹层里，这是华庭长给我机会，欢迎他加盟，上次周彦君庭长也帮我介绍两个同行。华正才十分愉快地说，李律师广纳贤才，事业肯定越来越红火。李不言站起来，与华正才握手告别，有华庭长和周庭长等一众朋友的鼎力相助，我对此有信心。

在回所里路上，李不言打电话给陈武，让他去办公室取判决书。陈武问结果如何，李不言说看到判决你就知道了，和你期望的差不多。

等回到所里，陈武和惠兴齐已经等在门前，陈武手里提着两个礼品袋。李不言说，你们够心切的，居然比我先到。陈武说，我和表舅恰巧在附近办事，接到电话就赶过来。进屋后，李不言拿出判决书交给陈武，陈武一手接过判决书，一手将礼品袋放在办公桌上，多次请李律师吃饭，李律师就是不肯赏光。李不言将礼品袋拎下来放到办公桌下面，问惠兴齐，眼看天气愈加寒冷，律师楼的装修年前能完工吗？惠兴齐说，差不多，天冷对室内装修影响不大。李不言说，七号别墅房年后可能也准备装修，你不妨纳入施工计划中。惠兴齐问，是孙明康的老婆孩子要住进来吗？李不言说，孙明康死啦，还什么老婆孩子，现在我是那两个孩子的干爸，他们的事就是我的事，你要放在心上。惠兴齐眼睛里的内容丰富起来，话里有话说，哪里知道还有这层关系？他们的事是李律师的事，他们住等于李律师住，我保证让你满意，以最低造价装出最好的效果。李不言没有理会他的眼神，费用该多少就多少，你要想照顾人家，经常光顾幸福路上的丝路花雨服装店。惠兴齐拍着胸脯打包票，好说好说，我隔三岔五地去订购些高档服饰做礼品。这时，陈武看完判决书，显得非常满意和兴奋，谢谢李律师，比我预期的好。武阳县政府会不会上诉？李不言说，极有可能，如果县政府上诉，我们也上诉。陈武不明所以地问，一审的判决结果我们能接受，为什么也上诉？李不言说，武阳县政府对于涉及自身的案子一向横加干预，这次也许是以为有指挥部和交通局顶在前面或者疏忽大意了，没有什么动作。我担心他们二审重视起来，去法院做工作。如果我们不上诉，好像我们真得了便宜似的。我们也喊冤，对县政府和二审法官的心理施加影响，二审法官便有可能对县政府说，你觉得不公，园林公司说吃了大亏！既然双方都觉得一审支持了对方，一审的判决结果干脆就维持不动。而县政府见我们哭天喊地的，疑惑着是不是一审真的是对我们不利，说不定也就自以为得势偃旗息鼓。陈武的眼珠子在眼眶里骨碌碌转了几圈，恍然大悟道，说得有道理，可是我们的上诉理由是什么？李不言说，理由现成的，一审判决苗木死亡的责任五五开，我们上诉要求责任三七开，我们三县政府七。陈武信服地说，李律师是实实在在的高人，等县政府上诉，我们也上诉，还请李律师代理。惠兴齐拍拍陈武的肩膀说，我不是一直跟你说，李律师的水平，别说放到临江，放到北京也不差。李不言说，惠总越说越没谱，你都快要把我吹捧到联合国。

　　三天后的上午，惠兴齐一脸怨气地再次来到李不言办公室，李律师，马上春节了，纪委怎么还不消停？就不能让人在家好好过个年！李不言为惠兴齐倒一杯热水，提醒当心烫。然后问，谁又进去了？让你这么不淡定！惠兴齐说，宋局长前天被带走，连累我昨天也进去一天。李不言严肃地问，你跟我说句实话，宋欣新进去与你有多大关系？惠兴齐双手握着水杯，哈着热气说，他进去与我没有关系，经济往来有一点。李不言问，一点是多少？惠兴齐说，纪委开始找到我时，我说我没送过宋欣新。纪委将他的笔录拿出来给我看，他本人交代我送他两万元现金和一块劳力士表，我只好承认。李不言追问，他交代你就承认啊？事实上你有没有送他？惠兴齐说，你要讲事实上，我送的可比这多多了。李不言用犀利目光盯住惠兴齐的眼睛说，宋欣新究竟帮你多大的忙？你要送他多多的。惠兴齐小心地喝一小口水说，宋局长推荐给我那块地和帮忙将那块地四周的市政道路交给我施工你是知道的，在那块地的开发容积率以及配套设施规划上，也帮了不少忙。除此之外，还介绍我承包不少其他工程。李不言给自己倒一杯水，握在手中焐手，冷眼看着惠兴齐，宋局长帮你这么大忙，你倒是把他感谢进去。惠兴齐急忙解释，他进去不是因为我，有一个外地来的开发商，没把宋局长放在眼里，宋局长也就不拿正眼看那个开发商。哪知道那个开发商是区委一把手蒋书记的人，得罪开发商就等于得罪蒋书记，纪委是因为这个原因将宋局长双规。李不言说，你那是捕风捉影道听途说，不要信谣传谣最后变成造谣者。宋欣新如果自己清正廉洁，得罪谁也不怕。他现在出事，对你那块地的后续开发有没有影响？惠兴齐说，没有什么影响，我和蒋书记已经很熟悉，有些事可以直接找他。而且因为一期资金回笼很理想，土地款和各种规费都已交清，没有什么麻烦能找到我头上。李不言沉默一会问，你来找我就是给宋欣新抱屈的？惠兴齐说，宋局的老婆找到我，要我帮宋局想办法。我能有什么办法好想，只能来请你给他辩护。李不言说，辩护费你可以帮他们出，委托手续你得让宋欣新家属来办理。惠兴齐问，辩护费要交多少钱？我下午将费用和宋局的老婆一起带来。李不言说，如果是宋欣新家里出，十万元；如果你帮他们出，零元，你可以对他们说帮他们交了十万元。惠兴齐放下水杯，双手抱拳道，李律师太给我面子，我就对他们说李律师看在我的面子上不收辩护费。但绝对不能让李律师白忙活，这十万元我必须出，从律师楼工程款里扣。李不言说，你非要出我当然不怕钱烫手，等结算工程款时你自己看着办。现在你先老实交代你和宋欣新之间还有什么勾当。惠兴齐向门口张望几眼，压低嗓音说，还有一栋别墅，定下来给宋局，幸亏他谨慎，一直没有签合同办手续。李不言问，哪一栋？他交了多少钱？惠兴齐说，你家南面的二号别墅，他说过要给钱，没实际给，当然给我也不会要。李不言心中一动，对惠兴齐说，怪不得你选三号，原来二号名花有主。这栋楼现在宋欣新肯定不能要，卖给我。惠兴齐难以理喻地看着李不言，李律师最近买房买上瘾了？还买别墅干什么？李不言说，我帮一个领导买的，你必须答应。惠兴齐说，我不问了，你要就是你的。

91

宋欣新被带进会见室，一看见李不言和陈小菊，羞愧地低下头。等他坐好后，李不言从公文包里拿出一盒中华香烟和一个打火机从铁栅栏缝隙里塞到他面前。宋欣新一愣，迟疑地问，李律师，你不是不抽烟吗？李不言说，我不抽你抽啊，特意给你准备的，抽几支过过烟瘾，剩下的我带回去，下次会见你时再带来。宋欣新赶快弹出一支，点上火深深地吸了一口。感慨道，以前没觉得中华好到哪里去，现在感觉真香啊！李不言笑笑，看着宋欣新抽完一支烟。等他点上第二支时说，宋局，真没想到在这里见到你。你不一直勤勉敬业清正廉洁的吗，怎么会贪图上那点钱财？宋欣新从吞云吐雾中回到现实，悔恨满面，摇头叹息说，只能怪自己没把握住，建设局造办公楼，我一直坚持不插手，让副局长徐勇负责。徐勇因为受贿进去，别的副局长都不愿意接手，我只好亲自抓起来。因为区里财政比较紧张，工程的付款进度一直跟不上。承建方老总赵爽多次安排人给我送钱送物，请我想办法尽可能多付他们的工程款，每回都被我挡回去，赵爽还被我叫到办公室狠狠批一通，骂他已经将徐勇拉下水，还想将我也送进去。有一天，我多年未见的大学同学卢玉南从山东来项州，请我到项州大酒店聚一聚。我说到了项州哪能你请我？他说那你请我，我们兄弟俩不醉不归。我就到酒店和他畅怀痛饮，叙旧言欢。那晚我喝得几乎不省人事，被卢玉南留宿在酒店。第二天醒来时，发现自己和一个姑娘赤身裸体睡在一起，我当时吓傻了，姑娘却好像什么事情都没发生一样，笑嘻嘻说宋局长，你终于醒酒了，我也可以回去了。然后她起床离开，带上房门前还给了我一个飞吻。我傻傻地坐在床上，半天才真正清醒过来，赶忙下床匆匆洗漱几把，穿戴齐整夹起公文包去敲卢玉南的房门，结果他已经结账走人。我打电话给卢玉南，问他是怎么回事。他说遇到急事必须赶往广州，敲我房门无应答，以为我还没醒酒，就不辞而别。我满心疑虑地到自己办公室，打开公文包，发现里面有整整十万元。我又打电话给卢玉南，问他昨晚喝酒后，我们做过什么事。他说两人都喝高了，好像是酒店服务员将我们扶到房间休息的，其他的什么都记不起来。还反问我，你是怎么啦？难道酒后失态做了什么出格的事？我说没什么，就是想不起来昨夜的事。他说想不起来就不要想，我们已经醉成两摊泥，除了睡觉还能干什么？下次到我这里来玩玩，我们再一醉方休。我想将钱交上去，又怕带出那个姑娘的事，就一直放在办公室。没几天赵爽又来要钱，我试探他说你们都有钱送人，还讨钱讨得这么紧？赵爽跟没事人一样说现在哪还有钱送人啊，因为拖欠农民工工资，农民工砸了项目部，今天特地前来汇报这件事，再拿不到工程款，可能要出大事。又颇有深意地加了一句话，宋局长，你现在就是想要我送钱，我都没钱送，想要我送个人给你倒是可以办到。我当时就意识到那天夜里的事与赵爽有关，可是想不明白他与卢玉南之间是怎么一回事。我让赵爽回去将农民工情绪安抚好，工程款的事政府会想办法。赵爽走后，我去向区长汇报农民工可能要闹事。区长非常重视，说区里刚刚集中卖出几块地，正准备安排一部分资金支付政府工程款，建设局大楼欠款优先拨付应急。后来赵爽如愿拿到工程款，要请我吃饭被我拒绝。他到处跟人讲我是好干部，不吃拿卡要为民办实事。没过多久，我弟弟想扩大养鸡场规模，上自动化设备，来找我帮助他筹集十万元，我就将一直放在办公室里的那十万交给他。又过几个月，惠兴齐送我一块劳力士表，说是高仿的，只值几千元。我看区里好多领导佩戴高级表，就给了惠兴齐五千元，将手表留下。我女儿考上大学，惠兴齐送给她一个两万元的大红包。我知道后要退给他，他说不是给我的，是给孩子上大学买电脑用。后来惠兴齐还送过我钱和礼物，都被我拒收。我收人钱物的就是这么多，听说那块劳力士价值六万多，这样加起来有将近二十万。李律师，我这能判多少年？宋欣新说着，又点上一支烟。

李不言说，法律规定受贿十万以上的在十年以上量刑。大酒店里你包内的那十万元，究竟是谁送的？宋欣新答，我怀疑是赵爽送的，但纪委说赵爽不认账，还能证明那两天他不在项州。办案人员追问我到底是谁送的，我说另外与这事可能有关联的只有我的同学卢玉南，只是我想不明白他为什么要送钱给我。是不是他送的，办案人员没有告诉我，只是说那十万元已经由我弟弟上交到纪委。李不言说，等我看到完整案卷后，方能知道这十万元如何认定的，如果卢玉南不承认，因为没有行贿人只能认定为违纪。你的受贿数额会在十万元以下,刑期不会超过十年。宋欣新情绪低落地说,但愿是这样,要是判十几年,哪天熬到头啊! 李不言安慰他,如果在十年以下判,到监狱里好好表现获得减刑,很快就能出狱。像宋局你这样能力出众的干部,回来后不愁没有出路。宋欣新猛吸一口烟,叹息道,出来后即便还能赚点钱糊口,政治前途算是彻底完蛋!

　　会见结束上车后,陈小菊在副驾驶位置上坐好,拉过安全带扣上,师哥,我感觉是赵爽与卢玉南做的局,但想不通他们两人怎么能走到一起。还有卢玉南与宋局毕竟是同学,能忍心坑自己人?李不言系好安全带,发动车子,现在的生意人无所不用其极,总能抓住官员的人性弱点并且找到抵达途径。至于同学情谊,在巨大的好处面前也许没有那么牢不可破。陈小菊说,社会好复杂,官场真险恶!我当初劝师哥不去从政证明是对的。李不言左右看了一眼两边的倒车镜,缓缓启动车子,师妹劝得好!为了回报师妹,我可不可以也劝师妹一回?陈小菊警觉地瞄一眼李不言,只要师哥不瞎劝,十回都可以。李不言笑着说,不瞎劝,有件事想说很久啦。中院的华正才庭长认识吗?陈小菊说,我见过他算是认识吧,但他未必认识我。李不言说,华庭长目前单身……陈小菊立即做了个暂停手势,你打住!他单身与我有什么关系!李不言说,目前没关系,但能不能考虑一下让他认识你?陈小菊说,为了工作没问题,其他的不要说。李不言诚恳地说,师妹再考虑考虑,华庭长确实不错。陈小菊将手放在车内门把手上,气急地说,师哥是不是一定要将我嫁出去?你再提这事信不信我跳车!李不言忙说,不提了,师妹莫冲动。陈小菊收回手,稍微缓和点语气,我知道师哥关心我,可我早已对婚姻死心,现在多好,跟着师哥专心做律师,无牵无挂无忧无虑。李不言赔着小心问,婚姻与专心做律师水火不容吗?陈小菊再次用手拽住门把手,你又说!你要实在想让我结婚,你与何静离,我与你结。一句话让李不言闭了嘴,心绪凌乱地开着车。恰巧赶上前面一辆龟速行驶的桑塔纳,李不言正要超车,桑塔纳毫无征兆地向右变道挡在前面,吓得他一个急刹才避免撞上。李不言气得狂按喇叭,桑塔纳毫不理会,变道后仍行驶缓慢,似乎要停下来一般。李不言瞅准机会超车过去,并排时扫一眼,发现桑塔纳司机正在打手机。李不言在心里恶狠狠地骂了一句他妈的!一溜烟地将桑塔纳甩下两条街。快到司法局时,李不言突然说,我再也不提啦!祝愿师妹永远美丽!永远快乐!

第二天上午，周彦君主持在虞河法院大法庭开庭审理周成根、冯志斌等人制造毒品案。一共有七名被告人，周成根名列第一，冯志斌排在第二位。因为涉案人数众多，生产制造安眠酮的时间长数量大，案件形成的证据有几十本，庭审整整进行两天。李不言的辩护意见主要围绕冯志斌在案件中的作用和地位展开，他认为公诉机关将冯志斌列为主犯并不合适，根据冯志斌在整个案件中所起的作用和所处的地位而言，应该认定为从犯。李不言说，从主犯参加犯罪活动的情况来看，他们在共同犯罪中一般具有下列客观表现：一是事前拉拢、勾结他人；二是出谋划策，实施犯罪时积极参加；三是担任主角，协调他人的行动；四是所犯罪行较重，或者直接造成严重危害结果，且事后还有策划掩盖罪行、逃避惩罚的活动。而在本案中，通过刚才的庭审已经调查清楚，本案是一起以肖晨吉为首的制造毒品的共同犯罪案。已知主要涉案人员有十二人，目前落网七个人。在这十二个人中，冯志斌只接受周成根的安排从事部分设备的购买和安装，与真正的大毒枭肖晨吉并不认识，没有接受过他的任何指令与金钱。冯志斌只是周成根手中的一枚棋子，没有参与毒品制造的策划勾结、指挥协调与掩盖逃避，在案件中并不处于核心与主导地位。与肖晨吉和周成根组织实施整个犯罪过程，完全左右案情发展的作用相比较，冯志斌只是起到辅助作用，处于不折不扣的从属地位。请求法庭以事实为依据，以法律为准绳，给冯志斌以准确定位，认定其为从犯并予以从轻或者减轻处罚。

庭审结束，法庭没有当庭宣判。离开法庭，宋晓敏先和临江的律师告别，然后对李不言说，李律师，麻烦你送我去宾馆，我有件小礼物要送给你。李不言说，我送你回宾馆，礼物就不要啦。宋晓敏上车后，露出满意的眼神，李律师，尽管你在法庭上讲话不算多，但句句在理，很有说服力。无论结果怎么样，我们请你做主辩不遗憾。李不言说，案件事实清楚，证据充分，辩护空间有限，只能从地位和作用上寻求突破。但安眠酮的数量过于巨大，目前又赶上严打，排在第二还是第三、第四位可能差别并不大。我庭前多次和合议庭沟通，强调安眠酮毕竟不是海洛因、冰毒，而且他们生产出来的产品还需要进一步加工方能使用，不应该按照一般毒品以克为计量单位来判定本案。合议庭认为我说的有道理，慎重起见在庭前电话请示省高院，省高院答复毒品数额按照特别巨大认定。因此，这个案子的一审结果不容乐观，且上诉后的希望也不大。也许最高院见多识广不会特别在意安眠酮的数量,这几个主犯中能有人有一线生机。宋晓敏说,我们请李律师一路辩护到最高院,有半点机会都要全力争取。李不言说,争是必须争,不过最高院是死刑复核程序,律师没有出庭辩护机会,可以投寄书面意见。

到了宾馆,李不言说,一审就这样了,你收拾一下回武汉,以后再联系吧。宋晓敏说,李律师,请你稍等一下。我有一只我们公司生产的船模,不是贵重物品,送你做个纪念。李不言说,那好吧,我在车里等你。宋晓敏走进房间,很快拎出来一只长方形的盒子,这是我们国家最新列装的"深圳号"导弹驱逐舰模型,属于限量版的。李不言接过来放在副驾驶座位上,谢谢你,我儿子肯定会很喜欢,他对飞机舰船之类的玩具非常有兴趣。

在开车回项州的路上,李不言想到这几天宋晓敏一直没有提到这只军舰模型,今天开完庭送别临江律师后送给他,大概是宋晓敏对他两天的庭审表现还比较满意。这样想着,李不言忍不住按了几声喇叭,将车速提起来。黄河大合唱雄浑激昂的旋律在车内再次响起,瞬间飞出车窗,飘荡在广袤的田野上。

92

毛玉如愿坐到市司法局副局长位置上,将李汉生气得七窍生烟。原县级项州市公检法司四个政法部门,法院的徐剑锋检察院的丁思明公安局的项云都顺利地晋升为地级项州市对应部门的副职,季元庆也被提拔为市级车管所的副所长,唯独李汉生原地打坐。论资历,李汉生正营职转业担任司法局长多年,毛玉高中毕业通过聘干考试进法院,刚刚担任项河区司法局长不足一年;论政绩,李汉生主政期间,司法局年年先进,他本人荣登《东方司法》封面,毛玉在司法局期间寸功未立,单位与个人功劳簿干净得就是一张白纸。仅仅因为得到顾荷生的赏识,毛玉便连升两级由李汉生的下属变成他的上级,怎不令人愤慨憋屈无所适从痛不欲生!更为可气的是毛玉一上任便说服顾荷生将项山律师事务所改由市局直属,项山所是由他李汉生亲自去合浦赴临江恳请批复下来的,是他的责任田、自留地、王牌近卫军,李不言是他的本家,一向视如嫡系亲信自己人。挖走项山所无异于断其右臂剜其心头肉,李汉生枯坐办公室时痛骂毛玉一回又一回又一回。

这一变化促使李不言决定尽快启用律师楼,继续在原地办公不是不可以,李汉生亲切而明确地告知想待多久都行,而且可以申请减免租金。李不言一面再三致谢，一面有条不紊地加快迁址步伐。

终于，在城市的大街小巷深红似霞洁白如云的杜鹃花盛开之际，律师楼举行了启用剪彩仪式。与开工时的极尽低调不同，启用仪式虽然简洁短暂，但贵宾云集高朋满座。

毛玉首先成功地邀请到市委常委政法委书记胡学成，然后顺理成章地请来公检法三巨头，工商税务物价等部门也都至少派出副职领导出席，另外还邀请到报社电视台等主流媒体。加上项山所邀请的几十家顾问单位的负责人，一时间，项州政法界和企业界的名流齐聚在这块弹丸之地。

律师楼为现代中式风格，白墙青瓦清新脱俗，飞檐下进户门宽敞明亮。以大门为中心，两边巨大的落地窗简洁对称，灰白相间的平行条纹玻璃贴既透光又保证了一定的私密性，还散发着一丝时代气息。二、三层是多窗设计，四层的中间部分是一个带落地窗的大会议室，左右为雕栏合围的露台。四楼的飞檐翘角与三楼、一楼的飞檐翘角平行呼应，四楼落地窗与一楼的落地窗呈品字形呼应，整栋楼造型严谨又错落有致不失灵动。一面五星红旗在楼顶迎风飘扬，为律师楼增添一抹亮丽的色彩。

进户是无边框玻璃感应门，自动开关出入方便。进入大厅，迎面是乳白色的大气端庄的前台柜，浅灰色背景墙上蓝色的事务所徽标和中英文所名在柔和的灯光里温暖亲切。地面是灰色大理石，厚重而不晦暗。前台柜前方是两组三人沙发、饮水机和咖啡机，左后方是向上的楼梯。接待大厅的右面为实习律师办公区，左面是律师助理办公区，每个区域有八个带隔断的办公桌和一大一小两间接待室。沿着楼梯拾级而上，二楼是十间律师办公室，一间行政办公室，一间财务室；三楼是六套合伙人办公室，一间带有椭圆形会议桌的小会议室；四楼是大会议室，室内摆放几十把自带写字板的可折叠培训椅，前面是一张立式演讲台，背后墙上是快巨大的投影幕布。从会议室出来，左右露台上有两组可供茶歇小憩的桌椅。沿着栏杆一周置放着黄杨、红掌、罗汉竹、满天星等盆栽花卉绿植，看似漫不经心实则匠心独运，花色、形状、大小、高低精心搭配。

来宾们对律师楼交口称赞，夸奖事务所有眼光，设施超前舍得投入，办公条件再过十年也不会落后。由于来客比较多，胡学成书记和公检法领导都在启用不久的距离律师楼不到五百米远的市司法局汇合，由顾荷生局长和毛玉接待陪同。

李不言带领全所人员在律师楼这边接待其他来宾，每个来宾签到后，会领到一个礼品袋，里面装有一个 25 cm × 20 cm 的镶嵌在玻璃框内的律师楼实景图金箔画，右下角是项山律师楼落成纪念及竣工日期；另外还有印制精美的事务所介绍与一张价值八百八十八元的礼品券。准备这些礼品袋花费十多万元，陈小菊和陆洲一开始觉得支出有些大。李不言说，虽然这次活动公开声明不接受礼金，但私底下我已经与顾问单位打过招呼，请他们明年的顾问费额外增加三千至五千元，足以覆盖所有的支出。陈小菊和陆洲这才打消顾虑。

十点十分，顾荷生、毛玉陪同胡学成和政法三巨头来到律师楼。李不言迎上去恭敬地称呼胡书记，胡学成主动握住李不言的手，和蔼地说，桃李不言下自成蹊，不言律师果然不同凡响。李不言说，所有成绩都离不开领导的支持，我代表全所请求领导继续鞭策和激励我们前行。胡学成哈哈大笑，对顾荷生说，后生可畏！你我都树不起来这栋律师楼。顾荷生称赞道，不言主任非常优秀，今年全省评选出十位人民满意律师，他名列其中。胡学成说，全省十个，平均每个市还不到一个，这个要好好宣传。顾荷生说，已经安排，等省里证书下来后正式启动。顾荷生与胡学成的行政级别虽然存在明显差距，但顾是从省城空降，胡是从合浦市政法委副书记任上提拔过来，顾荷生在胡学成面前大方自然淡定从容，胡学成亦对顾荷生客客气气平等相待。毛玉在胡学成面前则唯唯诺诺甚至有点讨好巴结，胡学成对毛玉不苟言笑官威十足。这自然是因为一来二者的级别差距更大，二来毛玉出自基层，背景清晰见底。在胡学成与顾荷生说话时，毛玉一直笑容满面频频点头，并且时不时地偷偷看一眼手表。当表上指针显示为十点十八分时，毛玉隔着顾荷生伸出脑袋说，胡书记，十点十八分了，请你剪彩。两个姑娘立即递上一把大剪刀，将一条中间系成一团大花朵形状的红绸布在律师楼的进户大门前拉开来，胡学成微笑着一手抓起红绸，一手举起剪刀，将红绸缓缓剪断，早已等候在一边的报社和电视台的记者准确地捕捉到这一瞬间，站在院子里的其他嘉宾起劲地鼓掌。

胡学成剪完红绸在顾荷生、毛玉等人陪同下离开，其他嘉宾随后也陆续散去。喧嚣过后，李不言站在院内突然笑出声来。陈小菊问，师哥的心里还没有美够？李不言说，我想起胡学成书记刚才说到桃李不言下自成蹊，上次在我面前说这话的政法委书记不明不白地死了，今天胡书记……祝愿他继续一路高升吧。陈小菊笑着说，你这个联想有点无厘头。李不言说，所以我才笑话自己。说完突然一拍脑袋哎呀一声,陈小菊问,又怎么了,一惊一乍的。李不言说,我特地邀请江山今天过来,没看到嘛。陈小菊说,是没见到,大概临时有事吧。李不言打江山手机,听到的是赵虹的声音,李不言问,江山呢?赵虹悲戚地说,江山父亲昨夜去世了,我们现在都在老家。李不言震惊,怎么这么突然?我现在就过去。挂断电话安排陈小菊准备两千元吊唁金,再买两只花圈分别以所里和他个人的名义送过去。

刚到村口,便有阵阵哀乐传来,循声开到江山老家院外,李不言和陈小菊下车抱着花圈走进去,来到江山父亲的灵堂前。江山和他的哥哥接过花圈,摆放在他们父亲的遗像两边。李不言和陈小菊按照习俗对着江山父亲的遗体跪下叩首四次,江山及其兄弟跪拜回礼。行完礼李不言对江山说节哀顺变。江山眼睛红肿,握住李不言的手说,谢谢好兄弟!此时,又有人上门吊唁,江山忙过去接待。李不言将赵虹喊到一旁,询问江山父亲的离世原因。赵虹说,夜里突发心肌梗死,天明才发现人已经走了,连送医抢救的机会都没有。豆豆爷爷一直怕花钱不愿意上支架,如果上支架也许还能坚持几年。江山对此尤为伤心,怨自己没有尽到责任。李不言说,人生无常,生死由命,你多劝劝江山。这里事多,我们先回去,需要帮助时一定和我说。赵虹点头答应着,泪水在眼眶里打转。陈小菊拿出装有两千块钱的信封交给她,她说不要。李不言说,收下吧,所里的一点心意。赵虹收下后,李不言和陈小菊告辞。

江山料理完父亲后事,与赵虹来到律师楼。李不言说,下决心辞职啦!赵虹问,你怎么知道?江山说,要不说我们是好兄弟,不言最懂我。想通了,都说公务员安稳,我一个副院长,居然连自己父亲都帮不上,还能安心过这种所谓的稳定日子!李不言说,不是你帮不上,是他老人家心疼子女不愿意。过去的事让他过去,欢迎前来和我并肩作战。赵虹说,我多次劝他,我留在法院保基础,他跟你做律师搞改善,他就是下不了决心,白白耽误这两年。李不言说,一点也没耽误,这两年积累了多少人脉啊,副院长辞职与庭长辞职,起点大不同。江山说,有新规,法官辞职后三年内不能到所有法院出庭,过渡期不短,你还要多操心。李不言说,没问题。你将来的重点根本不放在出庭上,拓展业务与指导年轻律师是你的主要工作内容。中院两位庭长推荐的律师马上到位,大学生新的毕业季即将来临,我们就要人丁兴旺,正需要你过来助力。江山说,你说得我热血沸腾,我现在就想去一楼挑办公桌。李不言说,岂能让你待在一楼,三楼有六套合伙人办公室,除了我们三个创始合伙人已经使用的，还有三套任你选。江山说，我过来要先从实习律师做起，理应坐在实习律师办公区，直接上三楼合适吗？李不言说，你是特例，副院长对标我这个主任都绰绰有余，使用合伙人办公室不过分。赵虹说，这样不好吧，其他的合伙人和同事如果有意见影响团结。李不言说，即便有意见也是暂时，等江山做出漂亮业绩，杂音自然会消失。其实，做业务与办公室大小没有太大关系，当初我在司法局的破楼里四个人挤一间小房子，业绩照样不落下风。只是现在有条件了，该利用也得充分利用起来。江山说，那就说定了，我回去便写辞职申请。赵虹说，你家别墅能入住了吧，我想过去看看。李不言说，现在便去。

别墅的外部风格与律师楼相似，室内装修也是新中式，从屏风装饰到红木家具无不展现鲜明的民族特色。赵虹上下参观完毕，又是感慨万分，不言这律师做的，我们什么时候才能住进这样别墅！李不言将两人领到二号别墅前问，这栋如何？能满足赵虹的期望吗？赵虹说，得到了才能满足，我只能看着流口水。李不言笑声朗朗，赵庭长望梅止渴啊，我正式宣布这栋楼属于你们。江山半信半疑，赵虹更是不敢相信。两人看看别墅，看看李不言，再看看别墅，看看李不言。李不言说，真不是逗你们的，我早已帮你们预定下来，你们只需要掏钱签订正式合同。赵虹问，这得多少钱，我们怎么能买得起？李不言说，只要江山肯放下身段延揽业务，最多一到两年便能挣下这栋别墅。赵虹将头靠在江山肩上，老公，你好好干，我和豆豆住别墅全指望你。江山问李不言究竟要多少钱，李不言笑道，瞧你没底气的样，开盘价四十五万，给你四十万。江山说，现在楼盘都在涨价，四十万能拿下？李不言说，已经拿下了，辞职挣钱吧。

93

仅仅过去一天，李不言便打电话给江山，让他暂停辞职行动，江山问为什么，李不言说，你在办公室等我，见面聊。结束通话，李不言对坐在沙发上的王宁和姚继仓说，你们再晚来两天，此事难度将成倍增加。

姚继仓是山东人，十年前开始与玻璃厂做煤炭生意，双方合作一直比较愉快。姚继仓将煤炭通过大运河运送到玻璃厂码头，玻璃厂验收后卸货结算货款。随着煤炭越送越多，双方成为老主顾，不再每批次都签合同，从签一份合同管一批次到管一个月再到管一年，后来甚至不签书面合同，双方口头说一声或者电话确认即可。货款结算也不是每批都及时结清，按月按季按年结算都有，姚继仓手头吃紧，向玻璃厂求援，玻璃厂甚至可以预付部分煤款。北极星接手后，开始付款尚可，后来虽然付款的次数看起来不少，但每笔数额都不大。到去年底姚继仓自己一算账大吃一惊，北极星玻璃拖欠煤款高达二百多万。他去公司请求结清货款，马小平对他很客气，但声称公司暂时资金紧张，请他再等等。后来再去就见不到马小平，财务科的人对他也爱理不理。春节前他过来仍然一分钱都没要到，要求财务科出具结算单也被拒绝。过完年又跑了两趟，依然一无所获。姚继仓找到老厂长高玉河请他帮忙，高玉河让王宁带姚继仓找李不言。

　　李不言了解情况后，感到事情比较棘手。他对姚继仓说，我如果还是北极星玻璃的法律顾问，也许还能试试帮你协调煤款。当然，马小平那个人，我出面也未必有效果。现在不做顾问了，能帮你的就是提起诉讼，可你没合同没欠款证明，这个官司怎么打？姚继仓着急地说，我记的账真实准确，与玻璃厂账面上相符。李不言问，你怎么知道的？北极星让你看账了？王宁说，我看过，确实相符。李不言说，相符也困难，你起诉北极星，它肯定不会配合你，将账目改掉或者干脆隐匿起来，你能怎么办？姚继仓闻言更加愁眉苦脸似霜打的茄子，哀叹要不回煤款全家老小活不下去。王宁请李不言再想想办法，不能让马小平如此地欺负老实人。办法已经在李不言心中，但他沉思默想足足有一刻钟才说，有个办法可以试试，不过成功率很低。王宁问是什么办法，李不言说，申请法院证据保全，查封北极星账目。姚继仓忙不迭地说，我申请，我申请。李不言说，不过，法律规定谁主张谁举证，直接查封对方账目的申请一般很难得到法院的支持，何况你作为外地人申请我们法院查封本地企业就难上加难。姚继仓一听又蔫了，瘫软在沙发里。王宁说，李律师法院朋友多，请他们帮忙。李不言说，这忙轻易帮不得，有滥用职权嫌疑，如果给他们惹上麻烦，我既对不起朋友，以后也无脸再进法院大门。姚继仓心一横，挺直腰板说，李律师你想办法，如果能要到货款，和你们事务所对半分都行。李不言在心里面笑，得意于终于等到这句话，但依然面色平静地说，对半分成的诱惑很大，似乎值得冒险。不妨做一次风险代理试试，拿不到煤款代理费分文不收，拿到煤款不要你一半，只收货款本金的百分之十，但如果能拿到货款利息要全部作为律师的代理费。姚继仓毫不犹豫地说，我从来就没想到过要利息，去掉百分之十煤款我虽然几乎不赚钱，但总比便宜北极星强，同意按照李律师说的办。李不言安排梁建与姚继仓签订代理协议办好委托手续，然后打电话给江山。

江山见到李不言，开玩笑说，这么快反悔啦，我正准备今天提交辞职申请。李不言说，我是怕你反悔又不舍得辞职，送买别墅款过来激励你。江山说，别拿我开涮，究竟什么事？李不言递过证据保全申请书，你交辞职报告之前将这个申请处理好，别墅款便至少挣到手一大半。江山看完申请有点犹豫，这事有可能引起不小动静，容易惹出非议。李不言说，一个要辞职的人还怕什么非议？又不是违规违法的事，严格执法秉公而断本来就是人民法院的应有之义。这个案子是我们所里梁建律师代理，请徐海林庭长审理，与你我都没有关系，你放开手脚大胆干！等一审结束，便聚首律师楼！江山一跺脚应承下来，豁出去了！我安排督导海林办理！李不言叮嘱道，务必做到尖兵突袭，首战必胜！一旦打草惊蛇，后患无穷！

安排妥当证据保全事宜，李不言和热电公司的李旭经理赶往合浦中院开庭。合浦市星球贸易公司以购销合同纠纷为由向合浦中院起诉热电公司，要求热电公司给付煤炭款九十七万七千元并承担违约金八万一千元。对于这个案子，热电公司与李不言都很有信心。热电公司答辩实欠星球公司十二万五千元，且该部分货款因为星球公司与他人的经济纠纷被沙河法院冻结，热电公司并没有故意拖欠煤款。李不言审查了热电公司的主要证据，是一张热电公司与星球公司的对账单，双方确认热电公司欠到星球公司煤款十二万五千元，有双方经办人签名和双方公章。李旭问李不言，这张对账单有效吗？李不言说，除非星球公司有足够充分的证据来否定它。

开庭中，李不言出示这份对账单，指出双方在对账单中已经确认下列事实：原告委托的经办人殷绍智先后从被告处结算煤款十六次，合计款项一百六十九万五千元；煤炭发热量不足扣款五十四万七千元；代付卸力费七万五千元。上述款项扣除后，被告仅欠原告煤款十二万五千元。原告代理人出示沙河法院的保全裁定，发表质证意见说，这份对账单是无中生有的，只是为了应付沙河法院的诉讼保全。李不言说，沙河法院诉讼保全仅针对原告，并不涉及被告的利益，被告没有理由冒着受到法律制裁的风险去配合原告欺骗人民法院。何况，在对账单中的这每一项都有相应证据予以支持。原告仅向法庭提交沙河法院对他们做出的保全裁定作为证据，不足以否定这份对账单。

庭审结束后，李不言和李旭在回项州的路上交流庭审情况时，都认为整个过程在预料之中，应该不会有什么问题。到项州后，李旭提出到饭店打会牌，晚上喝两杯。李不言说，时间还早，你们将我送回律师楼。

回到律师楼，李不言叫过梁建询问证据保全情况。梁建说，奇袭成功，北极星玻璃涉及姚继仓的账本被法院查封扣押。这是与案件关联账目的复印件，我已经写好诉状、财产保全申请到法院办完立案手续。李不言说，做得好！接下来每一步都不能放松，并且及时和我通气。

初战告捷，李不言心情大好，邀请陈小菊坐在四楼露台上品茶聊天。看着马路对面即将主体完工的学校、北面已经竣工的府苑小区以及一栋栋投入使用的政府机关办公大楼，李不言说，师妹还记得你那句帮鬼打官司吗？你看鬼们逐渐退避三舍，人气愈来愈旺，不用担心什么鬼客户的侵扰了。陈小菊泡好一壶碧螺春，分别给李不言和自己倒一杯，笑着说，我是真的佩服师哥的眼光，咋就能看得这么远？李不言手捧茶杯极目远眺，称心快意地说，目光所及总是有限的，关键是做个有心人，在海量的琐碎信息中发现机会并大胆地顺势而为。陈小菊热切的眼神一直没有离开李不言，师哥广交朋友，勤思敏行，才会有今天的成就。李不言收回目光，细品一口碧螺春说，广交朋友太重要，我们是熟人社会，没有朋友相助，一个人做不了多少事。陈小菊凝视着杯中如鱼线般优美的螺旋状的茶叶说，问题是那么多人愿意和你做朋友，我们想交交不到几个。李不言说，你多帮助别人，别人自然愿意和你做朋友。师妹也不是交不到，可能更多的是不愿意交，我们不就是非常好的朋友吗？陈小菊眼睛明亮，笑问李不言，我们是哪种非常好的朋友？李不言迎着陈小菊的目光说，更像是亲人，能同甘共苦的那种。陈小菊扭过头去，看着那盆紧靠围栏沐浴在阳光里的粉红色满天星，双眸湿润，有师哥这句话，我此生无憾。

当夜上床后，何静躺在李不言怀里问，老公下午在忙什么？李不言说，还能忙什么？天天是些鸡毛蒜皮的事。何静问，累不累？没找个安静的地方看风景休息？李不言亲吻着何静说，宝贝老婆有点古怪，难不成看到我与陈小菊喝茶聊天啦？何静咯咯笑，转过身用手拍打着李不言的屁股，下午我去别墅，从三楼窗户里望到你和陈小菊坐在露台上。李不言问，为何不过来喝杯茶？何静说，我故意不声张，看你老不老实，敢不敢说实话。李不言翻身到何静身上，我就是不老实，谁让你的小手不老实的。何静挺起身，双手搂住李不言的脖子，我的亲亲老公哎，你的宝贝老婆喜欢你不老实。

94

北极星玻璃公司直到账户上资金被冻结并收到诉状副本时，才明白法院为何突然扣押他们的财务账簿，只是此时已经木已成舟无法挽回。账上的资金一个萝卜一个坑，被冻结三百万严重影响到公司对于生产经营的安排计划。急得如热锅上蚂蚁的马小平托人找到政法委书记胡学成，状告项州法院不维护当地企业利益，滥用权利扣押账目冻结账户，使企业陷于困境。胡学成电话中院院长，院长安排徐剑锋过问此事。徐剑锋在项山区法院了解到案件是江山安排处置，原告代理人是项山所的梁建律师，心里便明白了七八成。他专程到律师楼找李不言，询问这件事。李不言先详细介绍自己与玻璃厂的渊源，然后才介绍案件经过。徐剑锋听完后说，马小平不地道，对员工苛刻，对律师不够尊重，对客户耍赖皮，还有脸去告状。李不言说，说实在的，我发力帮助山东人姚继仓确实有教训马小平和北极星集团的意思，他们到项州是来捞金的，从玻璃公司抽血去供养集团的其他业务，根本不是为了项州地方经济做贡献。徐剑锋说，我能理解你的想法，但他们这么乱告状，对江山和你不利。李不言说，我没有什么可担心的，江山明白他在做什么，应该考量过此事的影响。徐剑锋说，你不在体制内你不担心，江山则不同，应该有所顾忌。李不言说，我找时间提醒他，他会明白徐院长的殷切关怀。

徐剑锋到政法委向胡学成汇报，项州法院办案程序没问题，北极星玻璃怠于偿还货款客观属实。有些法院在办案中确实或多或少地存在地方保护倾向，但基本事实还是要尊重，法律更是要遵守，我们不好因此责备办案人员没有支持玻璃公司久拖欠款的行为。胡学成摘下老花眼镜，从眼镜盒里取出眼睛布擦拭着，听说是律师李不言和副院长江山串通一气搞的。徐剑锋说，代理律师叫梁建，不是李不言；江山只是作为分管副院长在审批表上签字，主审案件的是庭长徐海林，华政毕业的，业务和为人都很过硬。北极星玻璃拖欠个人巨额煤款连张欠条也不出具，逼得债权人走投无路想走极端，律师帮助申请证据保全以及法院依法受理有效防止了矛盾激化，符合维护社会稳定的大局。胡学成微微点头，举起老花镜迎着光线打量，李不言不是那个建造律师楼的吗？我感觉他不像是乱来的律师。

至于江山，可以再查查，毕竟批准查封本地企业的账目不很常见。如果有问题，以后不可重用。当然，北极星恶意赖账的行为也不能纵容。徐剑锋恭敬地说，胡书记看问题太全面了，我一定贯彻落实。

等了几天，眼看临近开庭还没有得到期望中的反馈信息，马小平又托人找到胡学成，结果被胡学成不客气地批评一通，告诫他们企业要诚信经营，履行自己应尽的义务。马小平无奈，安排集团最近下派过来担任副总的单长找李不言求和。单长到律师楼院子里下车后，仰望楼顶的飞檐斗角对司机说，我在临江也没见到过这样的律师楼！

听了单长的自我介绍，李不言便明白他的来意，彬彬有礼地为其端茶倒水。微笑着听他讲完马小平的请求，格外和气地说，这不是我代理的案件，我虽然是主任，也不能胡乱干预所里律师办案，否则这座律师楼早晚要人去楼空。单长说，不是请李律师干预案件，是想与原告和解，货款分期分批付，利息就算了。李不言说，和解总是上上之选，作为律师肯定欢迎，但最终的决定权在当事人手里，我可以请梁律师多做工作尽量促成和解。单长无奈，亮出底牌，马总想继续聘请你和陈律师做我们公司的法律顾问，顾问费每年五万。李不言笑着说，那真是太好了，请单总转告我们对马总的谢意！不过当下因为有梁律师代理的姚继仓案件，我所与贵公司存在利益冲突，暂时无法恢复建立顾问关系。等这个案子结束，我们将非常乐意前往贵公司商量顾问合同事宜。单长无计可施，空手而归，途中对司机感慨，这个李律师滴水不漏，我想不明白公司当初为何不续聘？

开庭的时候，北极星玻璃困兽犹斗，称自己账簿记载有误。徐海林让其指出错误详情及缘由并提供证据，又支支吾吾的不知所云。合议庭当庭判决其支付原告货款二百五十三万七千八百六十九元，并支付逾期付款利息二十四万六千元，承担案件的全部诉讼费用。北极星玻璃当庭表示上诉，但在上诉期内又没有提交上诉状。判决生效自动履行期满后，姚继仓申请法院执行，出具手续同意法院直接划拨律师费四十九万九千六百八十七元到项山律师事务所账户，其他款项拨付到其个人账户。

这是项山所成立以来最大的一笔创收，项州城再次流传，李不言曾经一个案子买一辆豪车，现在一个案子买一栋豪宅。李不言去姚艳办公室领取冯志斌案件判决书时，姚艳问他，真的办一个案子买一栋别墅？李不言回答，这次是真的，就如同这判决书上白纸黑字宣判冯志斌死刑一样。然后又心有不甘地问，从犯和安眠酮的属性就没有考量过吗？姚艳说，考量过没采纳，在目前的严打形势下，七名被告中四个主犯都是死刑，冯志斌后移两位也没用。李不言用右手抹一下脖子说，你们的刀磨得够快的！姚艳笑道，刀把子不在我手里，你不要把我看成刽子手。李不言问，被告们表示上诉没有？姚艳说，宣判时，四个判死刑的当场表示上诉，其他人说再想想。你帮他们去省高院辩辩，看看有没有机会。李不言说，你们是按照省高院定下的调子判的，上诉能有多大希望！姚艳说，试试看嘛，就当是死马当活马医。我上次和你说的华庭长的事，你征求陈律师意见没有？李不言说，征求了，人家对婚姻没兴趣。姚艳有点失落，又有些好奇，怎么会对婚姻没兴趣？在我们这小地方独身主义想法的人不多，陈律师有个性。然后自我解嘲道，我这媒人不行，你和赵虹，陈律师和华庭长，一对没成。李不言说，我和赵虹没成夫妻成干亲家，你算成全了半对。姚艳亲昵地看着李不言，挺会劝解人，你这么一说我多少有点成就感。

  回到车里，李不言给宋晓敏打电话，告诉她排在前面的四个被告都被判死刑。电话那头半天只有沉重的呼吸声，李不言手持电话耐心等候。终于等到宋晓敏的一声叹息，哎，还是没有躲过去！不过谢谢李律师，你已经尽力，下一步上诉请你继续帮忙。李不言说，他们已经提出上诉，我准备尽快去会见冯志斌。宋晓敏说，辛苦李律师，我什么时候去你所里办二审委托手续？李不言说，你不用过来，冯志斌可以直接委托我，你将二审辩护费转过来就行。宋晓敏说，还是六万元吗？我现在一下子拿不出那么多。李不言说，按规定二审继续委托的减半收取，你转两万元吧。宋晓敏说，谢谢李律师，这两天就给你转过去。

  尽管冯志斌的死刑判决是意料之中的事，李不言还是有些失望，他认为自己的辩护理由比较充分，按照刑事审判中应该遵循的可判可不判的不判，可杀可不杀的不杀原则，冯志斌可以不判死刑。

  与宋晓敏通过电话，李不言又到项山区法院参加宋欣新案件的宣判并领取判决书。宋欣新受贿数额最终认定为两万元人民币加上那块劳力士手表，合计八万六千余元。酒醉之夜出现在公文包里的十万元因为卢玉南对侦查人员始终避而不见，而反贪局又没有其他线索，侦查终结和提起公诉时都没有计算进去。宋欣新被判处有期徒刑六年，当庭表示不上诉。李不言对案件结果比较满意，多少冲淡了一些由冯志斌被判决死刑引起的不快。

<h2 style="text-align:center">95</h2>

让李不言没想到的是公安机关在严打中破获一起劫车杀人团伙案，牵扯出缪正成与王春燕被杀案，甄勇敢案件迎来重大转机。

最先将这一信息透露给李不言的是章程，从合浦中院刑庭庭长调任项州中院副院长的章程参加完公检法联席会议后，电话约见李不言，告诉他这一惊天消息。章程说，公安在严打会战中破获孙永全团伙劫车杀人案，抓获团伙成员八人。这伙人无恶不作罪行累累，背负多起命案。他们的交代中提到了在城西路上杀害缪正成和王春燕。孙永全供述，一九九一年九月的一天下午三点左右，他和孙永强、朱智勇携带一支五四式手枪和两副手铐，由孙永强驾驶一辆昌河微型面包车在城郊转悠，准备以抓卖淫嫖娼为由敲诈钱财。他们开到城西路，远远看见一辆桑塔纳停在路边，便开到近前停下。三人下车后，朱智勇站在车头，孙永全和孙永强站在车两边。孙永全敲敲车门后，车内人降下车窗。孙永全掏出手枪说他们是合浦市局督察队的，请你们出示证件检查。车内人打开车门，三个人看清楚车内有一男一女两个人，那个男的拿出证件问你们怎么便衣督查，孙永全看一眼证件叫朱智勇将男人左手铐在车门上方扶手上，孙永强将女人双手铐在一起。孙永全问缪正成说你是缪正成，携带武器没有？缪正成右手从后腰拿出一只七七式手枪交给孙永全。孙永全接过后子弹上膛，并把自己带过来的手枪交给孙永强。那个女的问孙永全要证件看，孙永全掏出证件给她，那个女的看完证件问你真是合浦市局的吗？孙永全瞪了那个女人一眼，蹲在驾驶座位上，用缪正成的手枪先后对准二人的心脏部位各开一枪，二人当即中弹身亡。孙永全让孙永强搜身，搜到手机一部，微型录音机一台，中文传呼机两台，现金几百元，以及工作证、驾驶证、公安局出入证等物品。从证件中得知女的叫王春燕，市公安局法制办民警。三人作案后，用抹布将车内玻璃、物品擦拭干净，开着昌河面包车逃离作案现场。根据三名犯罪嫌疑人的交代，公安机关在孙永全住处搜出七七式手枪一把，弹匣两个，经鉴定，缪正成与王春燕正是被使用该枪所杀。另查获微型录音机一台，与缪正成购物发票上记载的录音机机身号完全一致。公安机关据此判定杀害缪正成和王春燕的是孙永全、孙永强和朱智勇，甄勇敢杀人案是一桩错案。公安局向政法委汇报，政法委组织公检法三部门共同研判案情，商定下一步行动方案。

李不言心潮起伏，一时不能言语，屈指算来甄勇敢蒙冤入狱已经十年，终于遇上真凶落网。章程理解李不言的心情，静静地注视着他。沉默良久，李不言终于开口问，方便透露下一步举措吗？章程说，甄勇敢案件原来是合浦中院一审，省高院二审，启动对案件复核审查应该由省高院提起并复查或指定合浦中院复核。所以，项州市政法委将把相关情况上报省政法委，由省政法委协调行动。

章程接着说，在甄勇敢案件中，你的辩护意见无疑是成立的，合议庭讨论时基本上支持你的观点，可惜两次审理都作出有罪判决，我这个当庭长的心中有愧。李不言叹息道，当务之急是为甄勇敢平反昭雪还他自由。章程说，这正是我请你来的目的，作为辩护律师，你可以出面呼吁尽快为甄勇敢翻案。李不言说，谢谢章院长，我会从速联系省高院。

回到所里，李不言告诉已经到律所上班的江山与章程见面的事。江山听后唏嘘不已，提出和李不言一起去省高院。李不言说，孙永全案件破获不久，现在过去有点早，我先更新申诉书寄过去。另外，下午有几场面试，需要我们参加。

对于周彦君和华正才推荐的律师，李不言见个面，简单聊几句便同意办理入职手续，都是相对成熟的律师，中院庭长推荐的人一般不会差。对于自己报名前来面试的律师，李不言面谈比较深入，主要了解其执业理念、过往业绩和对新所的期待等方面，在前来应聘的五个人中，李不言定下两人。陈小菊说，我们现在的空位比较多，可以多定两个。李不言说，不着急，留几个位置等待更好的。对于徐剑锋推荐的会计，看几眼他的东方财校毕业证就答应录用。至于行政主管和前台人员，李不言让陈小菊好好把关，最好是头脑灵活做事干练脾气好长得耐看的女性。陈小菊说，要求这么高，你准备给人开多少工资！李不言说，你看值多少便开多少。

面试结束，三名合伙人加上江山开会商量对新人提供支持的事。李不言先说出他的想法，新入职的律师助理每月基本工资三千，实习律师五千，有业绩另行计提，保障期三年。正式律师每月也有八千元的基本工资保障，但只是月初预发，月底计发创收提成时扣除，不足部分顺延至下月，年底还有不足的，顺延到下一年度。住房问题，所里实际预定了十套商品房。为避免二次纳税，没有登记在所里名下，由符合条件的申请人直接与开发商签订购房合同，所里提供无息借款帮助其支付购房款，申请人五年后开始向所里分期归还借款，申请人享受的实际上是所里争取到的低购房成本和借款的利息。陈小菊问，这么优惠的条件，新人肯定都想享受，十套不够怎么办？李不言说，鉴于律师助理能否成为律师不确定性较大和我们所原则上只聘用具备一定创收能力的正式律师，我建议该政策只面对实习律师，这样十套房产指标能对付相当一段时间，以后如果需要再想办法。陆洲问，如果享受政策的人没干几年就离开事务所怎么办？李不言说，所里与他们签订协议，如果在事务所工作不满五年，需要一次性还清借款及其参照同期银行贷款利率计算出的利息，另外还要向所里支付购房时开发商挂牌价与购房合同上的房价之间的差额。超过五年不满十年的，需结清借款并补足参照同期银行存款利率计算出的利息，同时补足房价差额。超过十年的，结清往来便可。陆洲感慨道，我毕业时有这政策就好了，那几年真是"亚历山大"！陈小菊说，如果有这政策，徐龙云和梁荣光也许就会专心做律师。李不言说，所以说支持新人很有必要，我希望以后无论我在不在所里，我们项山所都能多多支持年轻人。陈小菊问，师哥是什么意思？你想离所出走？李不言笑笑说，我只是表达一下支持年轻人的决心。

散会后，李不言单独和江山说，我从卡上转四十万给你，你可以与仁信公司签订二号别墅购房协议了。江山问，这钱不催着我还吧？李不言说，北极星玻璃的案子，我分到四十万的代理费，先借给你用，随便你什么时候还。江山心领神会，那就慢慢还，反正我一直欠你的。李不言说，对面小学今年准备招生，你抓紧装潢，明年将阳阳和豆豆转过来读书。江山说，听你的，现在购房款有了，还有点积蓄差不多够装潢，我再多跑跑，将家具钱抓紧挣出来。

两人正聊着，李旭气鼓鼓地走进来，扬起手中的几页纸大声说，李律师，合浦中院太不像话，居然判我们输！李不言吃惊地说，我们怎么会输？接过判决书直接翻到本院认为那一段。"本院认为：原告在原、被告间的对账单上注明对煤炭热量大卡保留抗辩权，这表明对账单不是双方真实意思的表示，因此对对账单的证据效力不予认定。"再看看判决结果，原告的诉讼请求得到全部支持。简直是岂有此理嘛！李不言气愤地将判决书摔在办公桌上。

就是嘛！我不懂法律，都能看出来完全是胡扯！这不是将对煤炭热量大卡保留抗辩权变成对对账单全部内容保留抗辩权了吗？李旭怒冲冲地说。李不言说，这条标注恰恰说明对方在签署对账单时是极为审慎的，对有疑问处保留了抗辩权；

已经将自己的权利行使得如此充分，怎么还能是意思表示不真实？李旭说，合浦中院的这几个法官肯定被对方收买了，我们一定要上诉，还要举报那些法官！李不言说，没证据的事不要轻举妄动，我们先提起上诉！说话间情绪激动地打开电脑，在键盘上噼里啪啦地敲打起来。捡起桌上判决坐在一旁默默看完后的江山说，判决理由确实经不起推敲。

96

项州仲裁委员会的沈倩来到李不言办公室，一眼就被墙上武冰的字所吸引，直夸确实不赖！有点大家风范！又说字虽好现在仍然愿意公开展示的恐怕只有李律师。李不言指着办公室的东北角说，看到墙角的那块匾没有？《鲲鹏展翅》，穿插点缀贴金工艺。书香世家开发商送的，要将这幅字换下来，我没同意。就是喜欢它，跟随我第一时间迁居到这间新办公室。沈倩说，既然如此偏爱担道义，再担一个案子如何？李不言从柜子里拿出一瓶蓝莓汁，旋开瓶盖递给沈倩，你不过来，我都忘记自己是仲裁员，申请仲裁的案件多吗？沈倩接过饮料看一眼瓶身上的标签说，蓝莓汁？我还是第一次见。抿了一小口夸味道不错，然后又说，我们这小地方知道仲裁的人不多，南方许多地方的仲裁委案子应接不暇，我们这里门可罗雀。当事人只知道去法院一审、二审地打官司，不知道一裁终局更快捷。李不言说，我曾经向一些客户推荐在合同中增加仲裁条款，很多人心存疑虑，不大相信不戴大盖帽的仲裁员裁决结果能管用。沈倩说，就需要像李律师这样有影响的人物多推介，我们自己宣传总有王婆卖瓜之嫌。李不言笑问，没案子裁不好吗？影响你们拿工资了？要我挑担子的这个案件是哪一方选的我？沈倩说，既然成立仲裁委，总得裁决一些案件，否则年终工作总结都不好写。至于请你出马的这个案子，哪一方都没有选你，是我们仲裁委推荐的。李不言问，做首席仲裁员吗？我可是一个案子都没主裁过？沈倩说，不要你裁决，请你做申请人的代理人。李不言笑着说，难怪没人申请仲裁，仲裁委帮助申请人请律师，你们没有坐在正中间嘛。沈倩说，情况是这样的，准备申请仲裁的是一家港资背景的公司，对方是项河区黄河街道办事处，双方身份都有些特殊。我们孙主任非常重视，既想借机宣传仲裁委，又不想让仲裁结果输赢过于悬殊。担心申请人输了，以后更没人选择仲裁；而如果申请人赢太多，对街道办身后的区政府不好交代。因此特意安排我来联系你，请你代理申请人，掌握好分寸。李不言说，孙主任的考虑不无道理，但我无法把握案件的输赢，要看申请人的诉求能否成立以及仲裁庭能否客观公正。沈倩说，请你先接触一下港商看看材料，如果压根没有赢的机会就劝其放弃。而一旦决定申请仲裁，列举的仲裁请求中又要保留可能得不到支持的部分给街道办当台阶。李不言说，这有点难，我不能故意误导申请人，也不能替他当家做主。沈倩从小拎包里翻出一张名片说，不难就不找李律师了，这是港商洪先生的名片，他住在项州大酒店。如果决定申请仲裁，准备好材料到仲裁委找我。李不言接过名片，请代我谢谢孙主任，告诉他我会尽力。沈倩喝完饮料起身告辞，李不言从柜子里取出一箱小巧便携的蓝莓汁给她，我一个客户送的，据说能缓解眼部疲劳和美容养颜，你带一箱回去美美容。沈倩笑着拎在手里，那我就不与李律师客气了。

沈倩离开后，李不言拿出港商名片。最上面一行是达丰国际（香港）有限公司，中间是洪宪章，下方是香港九龙陈圩湾道99号工业中心B座1203室以及电话和传真号码。在洪宪章名字后面是一行手写的带项州区号的电话号码，李不言推测这是洪宪章在项州期间的联系电话，按照这个号码拨过去，响了好多声，那边才有人问是哪位。李不言一听是项州本地人口音，便说我找洪宪章先生，请问他在吗？接电话的说，我就是，你是哪一位？李不言说，我是李不言律师，仲裁委孙主任请我联系你。洪宪章马上热情地说，是李律师啊，你什么时候有空和我见面？李不言问，明天上午可以吗？洪宪章说，OK啦，上午几点钟？李不言说，上午九点吧。洪宪章说，九点OK啦，我在301房间等你。

第二天上午，李不言准时来到项州大酒店301门前时，房门已经打开，洪宪章显然在等他。李不言没有直接进去，而是先站在门前向房内观察，发现是间套房，正对房门是会客厅，两组沙发中间有一个很大的木质茶几，上面放置一些资料。因为没看到人，李不言轻敲两声房门。洪宪章从卧室里出来说，是李律师吧，快请进。李不言走进去，在沙发上坐下来。洪宪章打开迷你冰箱问，律师喝什么？李不言问，有纯净水吗？洪宪章给他拿一瓶怡宝，自己拧开一瓶可口可乐。李不言打开怡宝问，这茶几上是你们与黄河街道的材料吧？洪宪章说，是的，律师先喝口水，歇歇再看。听孙主任介绍，李律师有车有楼，没想到还这么年轻。李不言说，不算年轻了，做律师已经十多年。洪先生老家哪里的？我听着有乡音味道。洪宪章说，我就是项州人，有个叔叔在香港开办达丰公司，让我过去帮他做事。李不言说，这样挺好，我本来还担心洪先生只讲粤语不好交流。洪宪章说，我也听不懂那些港灿的话，一到香港就不自在，还是在项州习惯。李不言喝两口怡宝，放下瓶子说，我们开始吧，洪先生你先介绍一下情况。洪宪章便开始介绍，去年九月，达丰公司在厦门参加东方省投资贸易洽谈会，遇到项州市人民政府代表团，代表团主动向我们推荐旧城改造项目，盛情邀请我叔叔来家乡考察投资。我叔叔回来考察洽谈三次，选定黄河街道辖区内的鱼市口东路以南和东大街以东的那一片老居民区进行改造，兴建城中花园小区。项河区政府指示黄河街道办与达丰公司签订合同，请公证处的温波主任亲自办理公证。合同签订后，达丰公司专门设立项州达丰房地产开发公司，向黄河街道缴纳十万港币的保证金，委托香港知名的设计公司美艺牌业工程有限公司设计城中花园的一期工程图纸。正当我们准备发包启动建设时，黄河街道突然反悔，说区政府认为他们无权与我们签订开发协议，这个改造项目必须停止。我们找区政府理论，如果黄河街道无权，你们为什么指定他们签协议？区政府有权吗？将发包人换成区政府不就可以了。区政府不理睬我们，只说这个项目已经被取消。我们找市政府，市政府居然说不了解这件事。实在没办法，只好选择申请仲裁。李不言在听洪宪章介绍时，已经将材料浏览一遍，有开发协议，公证书，项州市政府关于老城区改造的优惠政策汇总，城中花园小区立项报告与批复文件，十万港币保证金缴纳凭证，委托设计合同及设计费付款凭证，项目工作人员工资表和办公费用清单等等。听完介绍，李不言说，区政府说的有依据，城镇土地属于国有，只有区、县一级以上人民政府才有资格作为发包主体，你们这个开发协议的效力确实有问题。洪宪章问，当初为何指示街道办签协议？内地的法律区政府能不清楚？李不言说，个中缘由不得而知，现在除非重新和区政府签协议，否则只能向黄河街道办索赔。洪宪章问能索赔那些方面的损失，李不言说，理论上你们因此遭受的合理损失都可以列入索赔清单。比如保证金及其利息、设计费、先期投入的成本等等。洪宪章问，开发利润呢？李不言说，开发利润不好确定，也有开发失败亏损的。洪宪章有些失望地说，那就没有多少了。李不言说，即便是我刚才说的那些索赔内容，也不一定都能全部支持，要完全符合法律规定才行。洪宪章说，内地的法律真让人搞不懂，比那些港灿说话还让人迷糊。李不言笑着说，洪先生，你根据我刚才所说的列一份详细索赔清单，弄好后通知我，我们再合计。

洪宪章说，OK啦，谢谢李律师。李不言在宾馆的信笺纸上写下联系电话，交给洪宪章后告辞。

李不言找到温波，问达丰公司和黄河街道的协议明显主体有问题，当初为何出具公证书。温波说，我们是奉命行事，当时区政府来一个副区长，督促我们尽快出证，李局长指示什么都不要问，直接出公证书。李不言问区政府现在为何反悔，温波说，达丰公司迟迟没有大额开发资金进来，整天跑银行申请贷款，区政府很不满意，认为达丰在玩空手套白狼。有一个外地开发商半路杀出来，承诺如果这个项目交给他们，两年内保证完成，并且拿出来五千万的银行保函，政府当然想换掉达丰。李不言说，还有这些过节，现在真不好说谁更不诚信。

回到办公室，陈小菊进来说，力朝阳的那个案子出状况了。李不言说，是那个强奸案吧，出什么状况啦？陈小菊说，我第一次去会见力朝阳，有检察官在场，力朝阳对涉嫌强奸没有异议。上午我和梁建再去会见，他来了个一百八十度大转弯，彻底否认强奸罪，还提供六个证人证明他没有作案时间。我都不敢问下去，怕一不小心陷进去。李不言说，是担心《刑法》第三百零六条吧，你只要自己行的正，有什么好担心的？陈小菊说，已经有律师被以辩护人妨害作证罪追究刑事责任，涉及到刑事案件证据的事情太敏感，我心里没有底。李不言说，我明天陪你去看守所会见力朝阳，只要我们不胡乱作为，按照程序一步一步走扎实，没有什么可怕的。

会见完力朝阳，到中院见到力朝阳案件主审法官姚艳，李不言说了力朝阳翻供的情况。姚艳说，事关重大，我们一起去见周庭长。周彦君听完介绍问李不言是什么想法，李不言说，我们想申请法院通知力朝阳声称一起打麻将的几个人作为证人出庭作证。周彦君说，最好还是先落实一下，一来看看有没有通知他们出庭作证的必要；二来做到心中有数，便于庭审节奏的掌控。李不言说，周庭长考虑的非常周到，只是他们属于控方证人，我们不便接触。周彦君对姚艳说，你通知公诉人去落实，如果公诉人不去，请李律师去。李不言说，我们比较担心被指责妨害作证，还是不去为好。周彦君说，也不要过于担心，刑法与刑诉法都修订不久，有许多颠覆性的新原则新规定，总得有人去蹚蹚路子，大家都墨守成规自保为上，推动法制进步岂不成为一句空谈。李不言说，有庭长这句话，就是刀山火海也得上。姚庭长，我们等你通知。周彦君对李不言露出赞许的目光，我们的刑事审判需要有勇气的律师，没有激烈的对抗就没有精彩的庭审，也就很难诞生经典案例丰富法制建设。

在回所里的路上，陈小菊说，师哥办事就是胆大心细，按照这样的思路操作，我也敢下手。李不言没有接她的话，而是问她觉得周庭长怎么样。陈小菊说，感觉挺好，以前还没遇到过这样有眼界的法官。然后笑吟吟地问，你又想干什么？我可是听说过周庭长夫妻恩爱家庭美满的。李不言笑呵呵地说，我哪里还敢再去招惹师妹！项州本地人喜欢说虞河、武阳、武水过来的都是乡下人，和周庭长比，我们才是乡下人。

97

两天后，姚艳通知李不言，公诉人李新军不愿意去调查。李不言说，那只有我们去了，我们填好一份取证申请书，先不送给你，下去查查看，有价值再和调查笔录一道送给你。姚艳说，你们先去吧，就当我已经收到你们的申请。

李不言开车带上陈小菊去王集镇力庄村，到村头看到有两个人站在昨天约定的力庄村指示牌下面抽烟聊天。李不言停车问，是书记和村长二位领导吗？那二人点头称是。其中一人说，我是支书力永进，你们是律师吧，昨天接到你们电话后，我就通知力永明和力涛他们，今天不准外出，在家等律师，只有张平在昆山打工不在家。李不言说，谢谢书记，今天恐怕得麻烦你和村长一天。力永进说，你们二位才是城里的领导，专程到乡下来给朝阳翻案，我们配合是应该的。李不言说，我们不是来翻案，是来调查事实真相的，请上车带我们去村部。二人上车指引着开到村部，李不言请先通知力涛过来。村长出去后，李不言让陈小菊开始做调查笔录的开头部分，先载明时间和地点，接着是在场人书记力永进和村长力永强。然后才是被调查人力涛，出生日期与身份证号码先空着，性别、职业和家庭住址都向书记问清后先填好。这部分都写好后，村长带着力涛进来。李不言微笑着问明力涛的出生日期和身份证号码后，收起笑容变得非常严肃，我们今天来向你调查了解今年正月十四晚上七点到八点之间你在干什么，你要实事求是作证，我国刑事诉讼法规定证人作伪证要承担法律责任，你是否明白？力涛答，明白。李不言说，我再强调一下，你可以拒绝接受我们调查，但一旦同意接受调查，务必实事求是，你能做到吗？力涛答，能做到。李不言问，那请你说说正月十四晚上你在干什么？力涛答，那天晚上五点多钟，力永明和张孝杰到我家要打麻将，我说三缺一怎么打？力永明说方盛在家喂猪马上过来。我们就收拾桌子码好麻将等方盛，我让家属去烧水。大概等有五、六分钟，方盛来了，我们四人开始打麻将。打有半个小时左右，力朝阳到我家来，我问他打不打？他说不打，看你们玩一会。我们就继续打，力朝阳站在我身后看。后来张平又来了，和力朝阳说去昆山的事，具体什么事我也没在意。方盛问几点了？张平说七点十分，方盛起来说还有事要先走，张平就坐下来接着打。我们打了一圈多，力朝阳要回家，张平说才八点半，回去这么早干什么？力朝阳说句你们玩的太小没多大意思就走了，我们又打了一圈，将近十点散场，大致的情况就是这样。李不言问，力朝阳到你家具体是什么时间？力涛答，大概是六点多钟，具体时间没在意。李不言问，力朝阳的离开时间能肯定吗？力涛答，这个能肯定，当时张平看手表的，说才八点半，回家睡觉有点早。李不言问，从力朝阳六点多钟到你家到八点半钟离开，这期间他一直在你家没有离开过？力涛答，是的，他一直看我们打麻将。李不言加重语气强调说，请你确认一下，力朝阳这期间肯定没出去过？力涛说，他也出去过一次，上茅房的，也就几分钟。李不言说，这个很重要，你再回忆一下，除去这次上厕所的几分钟，力朝阳就没有离开过你家？力涛说，我肯定他没有离开过。李不言问，以前有人来调查过正月十四晚上的事吗？力涛答，王集派出所来调查过，我开始也说是打麻将，派出所说我们聚众赌博要拘留我们并罚款，我说只是一毛两毛小刺激，派出所说谁知道你们玩多大。我就改口说没打麻将，哪知道这关系到朝阳，要是早知道，就是拘留罚款我也得说实话，强奸是多大的罪啊，不能坑了朝阳。李不言问，你能肯定力朝阳没有作案吗？力涛答，我能肯定正月十四晚上六点多到八点之间他没作案，他又没有分身术，能一边看人打麻将，一边跑出去干坏事。李不言说，你今天提供的情况非常重要，我再强调一遍要实事求是，否则有可能追究你的刑事责任，你还能肯定以上说的是实话吗？力涛答，我敢百分之百肯定上面说的都是实话，如果是假话愿意承担法律责任。李不言问，我们想申请法庭通知你出庭作证，你是否愿意？力涛答，我愿意，到哪里这些都是事实。李不言说，请你仔细阅读今天的调查笔录，如有错误务必纠正。力涛说好的，接过笔录仔细看起来。在他确认无误后，陈小菊让他签字，并且拿出印泥请他按上指印。李不言对书记和村长说，还得麻烦二位领导在笔录上也签名，证明我们笔录的真实性。力永进说，我们签，这又一点不假。签完之后，主动要按指印。李不言说，领导可以不按指印。力永进说，按上好，手指模子不能造假。随后，力永强也在笔录上签名按指印。

下一个是张孝杰，制作模式和问的问题基本上与力朝阳一样，张孝杰的回答和力朝阳也差不多。张孝杰和力永进、力永强都先后在笔录上签名按指印。

在询问张孝杰期间，力朝阳的妈妈来到村部，说中午要留律师去她家吃饭。李不言说，你赶紧回家吧，我们今天不准备与你见面，午饭就麻烦书记，在他家搭伙。力永进说，快听律师话回家去，我叫家属弄两个菜招待律师。中午李不言和陈小菊就在力永进家吃的饭，力永强也在场，说家里还有一瓶洋河大曲，要拿来陪律师喝两盅。李不言婉言谢绝了，说吃过饭还得继续取证。

吃过饭，李不言和陈小菊与力永明做笔录，力永明与力涛、张孝杰说的基本一致。做完之后是方盛，方盛证明在他七点十分离开力涛家之前，力朝阳一直站在力涛身后看打麻将。其他部分和力涛、力永明、张孝杰说的能够互为印证。做完这几份笔录，李不言对力永进说，能不能帮忙联系上张平，请他回来一趟出庭作证。力永进说，请李律师提前通知开庭时间，我想法让张平回来。陈小菊提醒力涛的爱人那天也在场，笔录还没做。李不言说，不做了，今天就这样。

离开村部，陈小菊问为何不向力涛爱人调查取证，李不言的目光聚焦在前方仅能容纳两辆轿车通行的水泥路上，小心翼翼地开着车说，如果能起作用，有这几个证人足够，就不要将力涛两口子都牵扯进去。陈小菊暗自佩服李不言考虑周到，将刚刚所做的几份调查笔录仔细地放进包里。

李不言和陈小菊再次来到姚艳办公室，将调查取证申请书和通知证人出庭作证申请交给她，同时提交的还有对力涛、方盛等五人所做的调查笔录复印件。李不言说，这些调查笔录不是作为证据提交，只是送给法庭看看，让合议庭对证人出庭可能作出的证言有所了解。姚艳笑着说，你这还变成为法庭考虑了，怎么不说是担心被公诉机关抓住把柄让我们给你背书的？李不言说，你看看笔录就清楚了，我们做的很规范很干净，不要说什么把柄，半点瑕疵都没留给公诉人。姚艳说，我干脆通知李新军庭前过来看看这些笔录，让他有想法在庭前挑明，不要等开过庭恼羞成怒瞎胡来。李不言说，这样最好，我们宁愿公诉机关重视这些笔录重新落实证人证言后撤销此案，让我们失去一次极好的庭上表现机会，也不希望指责我们搞证据突袭违规办案而对我们心存芥蒂并借题发挥。

离开中院，李不言开车将陈小菊送到项河法院，然后去项州大酒店见洪宪章。洪宪章昨天约见他，说索赔清单已经罗列好，可以启动仲裁申请。到大酒店后，看到洪宪章的索赔内容有六项，一是保证金十万港币及其利息；二是一期工程设计费十七万六千港币；三是聘用人员工资六十九万九千一百港币；四是办公场所租金、水电费用十六万两千港币；五是差旅费八万港币；六是预期收益两千万港币。李不言看后说，第一项没问题。第二项名目比较合理，具体费用待审核。第三第四项都是在香港发生的费用，与香港总公司发生的费用容易混同，支持的可能性比较小。第五项要提供合法票据，还要证明来去是为了本项目。第六项在内地没有法律依据，不会支持。洪宪章说，李律师说的很清楚，我心中有数了，仲裁申请先提这六项，尽量多争取一些赔偿。李不言说，如果按照这个清单申请，仲裁费和律师费会很高，有部分申请还明显得不到支持。如果轻易放弃又确实有些不甘心。我建议保留前五项，去掉肯定得不到支持的第六项，这样可以降低一大半的仲裁费用。即便如此，仲裁费也不少，我帮你向仲裁委申请减免一部分。至于律师费，按照收费标准要五十多万元，洪先生是项州籍港商，又是孙主任介绍的，收你十分之一，缴纳伍万元吧。洪宪章说，李律师的思路好清晰，律师费四万OK啦，先交两万元，裁决书下来后再付两万元。李不言心想难怪对方要毁约，就这点律师费都不能爽气支付，还要开发什么上亿规模的项目。如果不是考虑到与仲裁委的关系，本律师才不和你啰嗦。颇显勉强地答应下来。

仲裁委立案以后，让双方从仲裁员名册里各选一名仲裁员，仲裁委指定毛玉为首席仲裁员。仲裁庭组成后，很快便安排开庭。沈倩告诉李不言，区政府在催促仲裁进度，新的投资商已经跃跃欲试准备进场。

开庭时候，李不言代理申请人宣读申请书。黄河街道办的代理律师马健提出答辩意见，双方的合作开发协议无效，无效的责任在申请人一方。理由是项州达丰房地产开发有限公司没有领取《房地产开发经营许可证》，不具备从事房地产开发和经营的资格与条件，当然不具备签订开发协议的资格。基于这个前提，黄河街道办只需要将十万港币的保证金退给达丰房产，其他的所谓损失都应该由达丰公司自行承担。洪宪章说，你们不是一直以街道办无权和我们签订开发协议为理由，叫停项目开发的吗？怎么现在反到变成我们没资格？领许可证只是道手续，项州达丰房产专为这个项目成立，你们叫停项目，我们才没有领取许可证。既然你们这样说，我们不仲裁了，现在去领证！马健说，现在领证没有意义，由于你们没有及时领证，协议在签订时就不具备法律效力。洪宪章气得嘴巴向右歪斜到接近耳朵根，愤怒地质问，你这个律师说的是什么歪理，领证和签订开发协议有什么关系？在签协议时为何不要求我们先将许可证办好？马健凛然抗议道，请申请人注意自己的语言，不要对本代理人进行人身攻击。毛玉温和地说，双方都要冷静，心平气和的摆事实举证据。李不言看着毛玉和马健，突然想起多年前王强与夏忠民人身损害赔偿案件，在那个案件中毛玉是审判长，马健和他分别代理双方当事人。十年过去后，毛玉离开法院到司法局，他和马健各自组建新的事务所。如今三人相聚在仲裁庭上，角色定位基本没变，只是案由换成合作开发合同纠纷。仿佛如昨的情景再现，让李不言有点分神，一时不知今夕是何年。听到毛玉让申请人举证，他赶快定定神，将注意力收回到眼前的案子上，把庭前准备好的证据一项项展示在仲裁庭面前。正如他对洪宪章分析的那样，马健对每项诉求都进行抗辩，除了十万港币的保证金之外，其他的一律不予认可。特别是针对设计费十七万六千港元，马健提出申请人提交的只是美艺牌业工程有限公司单方制作的一张收据，不是税务机关的正式发票，不具有证明效力。李不言说，香港的发票制度与内地不一样，经营单位出具的收据就是正式发票，税务机构是不印制统一发票的。马健说，此案在内地仲裁应该适用内地的法律。李不言说，这与适用法律无关，属于证据的一种形式，美艺牌业工程有限公司无法因为设计费到内地税务部门开具发票。毛玉说，这个问题已经清楚，双方发表其他意见。李不言和马健针对其他问题各自发表完代理意见，仲裁庭询问双方是否愿意调解。洪宪章说，不愿意。李不言劝他道，调解试试也无妨。马健代表黄河街道办表示愿意调解，方案是申请人撤回仲裁申请，街道办退回港币十万元。洪宪章再次气的嘴歪眼斜，忿然作色道，这是什么调解方案？如果都像这样招商引资，还有谁敢进来！毛玉见状当即宣布调解不成，休庭合议。十分钟后，当庭裁决如下，一、双方的合作开发协议无效；二、被申请人返还申请人保证金十万港元，并按银行同期存款利率从收款之日起至付清之日向申请人给付利息；三、申请人城中花园一期建设工程设计费损失计十七万六千港元，由被申请人赔偿八万八千元港元，其余部分由申请人自行承担；四、酌情裁定被申请人赔偿申请人其他损失五万港元；五、驳回申请人的其他仲裁请求。上述二、三、四项如不能以港元兑现，则按人民币与港元的当日汇率换算给付人民币。仲裁费六千七百五十元,仲裁处理费四千零五十元,合计一万零八百元,由申请人负担三千八百元,被申请人负担七千元。该裁决完美体现了仲裁委的意图,既让申请人的每项诉请似乎都得到支持,又让街道办实际上只承担有限的赔偿责任。

庭后,李不言对毛玉说,案件的裁决结果貌似庭前已经定好,毛局座似乎沿袭了法官未审先判的习惯。毛玉说,政府催的急,我虽是独立的仲裁员,毕竟本职是政府官员,不能不配合。你们对裁决结果不满意我能理解,但应该可以接受,区政府坚持只退保证金,那一半的设计费和五万港币的赔偿是我帮助你们从急于进场的新开发商那里争取来的,由他们帮街道办出。李不言笑着说,我还以为是我这个代理律师帮助申请人火中取栗虎口拔牙,原来是毛局座在为我们辛苦化缘。毛玉捏了一下李不言的左耳,软谈丽语道,不言你不要跟我阴阳怪气的,不是看在你分上,我还真不一定做区政府与新开发商的工作。

98

最新版申诉书寄出去快一个月,甄勇敢还在监狱里。其间李不言接到省高院一个电话,告知案件正在复查,很快就会有结果。热电公司与星球贸易煤炭购销合同纠纷二审案件省高院通知开庭,李不言想正好可以借机催问一下甄勇敢案件,便邀江山一道前往临江。

落日时分,一行四人赶到临江的皇冠宾馆住下,李不言和江山一个房间,李旭和驾驶员小马一个房间。各自安定后,李旭到李不言的房间说,已经联系好省高院的一个老乡,今天一起吃晚饭。正拿着遥控器搜索电视频道的李不言问,老乡叫什么?在哪个庭室?李旭说,叫赵连胜,在政治部,管不管用?电视画面里出现一个年轻的女记者,正在对一起矿难救援做现场报道。在围了十多名身着救援服人员的竖井前,女记者激动不已地说,第六名遇险人员即将成功升井。李不言看着电视说,政治部是实权部门,有一定影响力,你是怎么联系上的?李旭看着电视画面,面露得意之色,赵连胜是部队转业干部,他的一个战友和我的一个朋友是同学。李不言放下遥控器说,绕得够远的,能联系上真不容易。李旭说,赵连胜听说我和律师一块来,叫我吃饭时不要谈案子,饭后到宾馆房间说,这是什么意思?李不言将目光从电视机移到李旭脸上,可能是为了避嫌,我们不想请高院枉法裁判，只想求得公正，在什么场合都可以正大光明讨论这个案子。李旭问，那我们就在饭桌上谈？李不言的视线重回救援现场，看到一辆蓝光闪烁的救护车鸣笛疾驰而去。慢悠悠地说，尊重高院领导意见，饭后让小马到我们房间来，你带他到你房间谈，反正你对案情比我还清楚，本案并不涉及复杂的法律问题。李旭出去后，李不言问江山，你认识赵连胜吗？一直在看电视的江山说不认识。

晚饭在宾馆小包间里吃海鲜，李旭陪赵连胜喝茅台，李不言和江山喝啤酒，司机小马喝可乐，各取所需其乐融融。席间，只谈乡情和美食，不谈其他。赵连胜咀嚼着蒜蓉大龙虾，兴致勃勃地谈起项州的黄家猪头肉，要说口感，还是咱们的黄家猪头肉，那个肥而不腻、香糯鲜美的感觉太美妙。李旭说，赵主任好这一口？下次我们给你带一罐过来。赵连胜眯缝着双眼，似乎仍回味在猪头肉里，那得在刚出锅时趁着热乎劲吃，凉了再热就没有那味儿了。李旭说，一点不假，我从黄家饭店打包拿回家，隔了不到一小时，香味跑掉一大半。赵连胜又指着面前的酒瓶说，还有喝酒，其实我最爱喝的不是茅台，是咱项州生产的美人泉啤酒，细腻清爽回味足，不像这临江啤酒寡淡的很，可惜项州啤酒一直走不出项州，临江买不到。李不言端起啤酒杯，恭敬地举到赵连胜面前，看来领导乡情浓厚，下次衣锦还乡时给个机会，我请领导畅饮美人泉。至于临江人民，作为项州啤酒厂的法律顾问，我只能代表啤酒厂致歉了，啤酒厂的那点产量，连项州人民都无法满足，当然无力走进临江市场。今晚且委屈领导喝茅台，我敬您一杯！李旭看一眼李不言，又看一眼赵连胜，担心赵连胜不高兴。谁知赵连胜哈哈一笑举起酒杯，李律师挺幽默，我委屈一点就委屈一点吧。痛快地干下杯中酒，夹起一块肥硕饱满的葱爆海参塞进嘴里。

酒足饭饱后，李不言和江山带上小马回房间，李旭领着赵连胜进入他的房间。十几分钟后，赵连胜出来径直乘电梯下楼，李旭敲开李不言和江山的房门，让小马送赵主任回去。小马和李旭一块来到一楼大厅，坐在沙发上的赵连胜站起来跟在他们后面来到车前，赵连胜直接上车，坐在驾驶员后排座椅上。

送走赵连胜，李旭上楼到李不言房间，李不言问，怎么这么快就走了？没谈案子吗？李旭说，赵连胜只看了几眼判决书和那张对账单，便表态改案子没问题。李不言对江山说，别看不在业务庭，看起来还是个行家里手。江山还没开口，李旭又说，赵连胜说作为老乡，帮忙是应该的；但合议庭需要打点一下，要我出五万元给合议庭成员买礼品。李不言说，我得收回我刚才的判断了，你答应他没有？李旭说，我没答应，也没回绝，只说这次没带这么多钱。赵连胜叫我一个星期内准备好现金送过来。我想听听你是什么意见？李不言毫不犹豫地说，我从来不主张向法官行贿，何况我们这个案子上诉理由很充分。李旭咂咂嘴巴，要是没找他倒也罢了，现在找到他，如果不答应反而可能起反作用。李不言说，有这个可能，但我想问问你，热电公司是国营企业，这笔钱你们怎么出账？李旭说，这正是我为难的地方，吃吃喝喝买东西好办，五万元现金真的不好处理。李不言直视着李旭说，讲句大实话，官司输了损失的是公司。五万元送出去，如果人家不认账你涉嫌贪污，认账你涉嫌行贿，都不是闹着玩的。李旭站起来说，我明白了，李律师，谢谢你提醒。

第二天的庭审一切很正常，合议庭围绕着那份对账单做了详细询问。法庭辩论完毕，审判长宣布休庭合议，没有当庭作出判决。

开完庭，李不言和江山到信访室问询甄勇敢案件，接待他们的还是那个高法官。高法官认出李不言，高兴地说，是问甄勇敢事吧，已经改判无罪，今天上午宣判的。李不言和江山惊喜万分，激动地拥抱在一起。高法官说，你们抓紧回去，下午差不多能见到他。李不言说，不等下午了，我们现在就去监狱接他。高法官说，公安厅和项州公安局有专车接他，估计已经在回项州途中。李不言说，谢谢高法官，那我们回项州。

当天下午回到项州，在律师楼前分手时李旭对李不言说，李律师，我们只能听天由命了。李不言说，车到山前必有路，我们只做我们该做的，是风是雨不管他。李旭坐车离去后，李不言和江山到办公室打电话给谭斌，询问甄勇敢接回来没有，谭斌说不清楚等会回你电话。半个小时后，谭斌回电话，甄勇敢被安排在省人民医院体检，然后去疗养，暂时不回项州。李不言和江山这才完全放松下来，两人伸长两腿斜靠沙发相顾无言，由衷地为甄勇敢高兴。

99

冯志斌制造毒品案被省高院驳回上诉以后，按照正常程序上报到最高院复核。李不言非常希望能有奇迹发生，但又真切感觉希望渺茫。这个案件与甄勇敢案有本质区别，虽然对四名被告判处极刑显得下手过重，但案件事实清楚证据充分，仅是量刑适用上存在歧义。由于排在前列的四个被告都是死刑,作为第二被告的辩护律师,李不言并没有感觉特别不安,甚至在内心深处也潜伏着毕竟是制造毒品且数量巨大死刑也冤枉不到哪里去的想法。纯粹出于尽职尽责,他将辩护意见重新整理一遍,网络连接上放置在前台的打印机点击打印,准备寄往最高院呼吁刀下留人,为冯志斌做最后的努力。

不一会,前台小郑就将打印好的呼吁书送上来,身后跟着一个警官。小郑刚说声主任有人找,李不言已经站起来,张开双臂迎上前。警官叫声不言,小跑着过来,抱住他泣不成声。李不言热泪盈眶,让小郑快去喊江山。江山闻讯跑来,与紧紧相拥的两人抱在一起。小郑虽然不认识这个警官,但被眼前的情景感动不已,湿润着双眼忙着冲洗杯子准备泡茶。

一阵激动过后,三人坐下来。李不言问,勇敢什么时候回的项州?住在哪里?甄勇敢说,昨夜回来的,暂住在公安宾馆。江山问,一直在疗养吗?我们始终都无法联系到你。甄勇敢说,一直在千岛湖,我向陪同人员打听你们联系方式,他们让安心疗养,不让我与外界联络。李不言仔细端详着甄勇敢,欣慰地说,气色不错,疗养有效果。江山也说,看现在的样子,真不像含冤十年的人。甄勇敢说,这就是他们安排我疗养的目的,养不出精气神来不结束。李不言问,工作和生活上是怎么安排的?甄勇敢说,工作安排在市局户政科,副科长的任命马上下来。住房安排在府苑小区,政府免费提供。李不言说,府苑小区就在我们身后,以后我们兄弟三人算是住在一起了。甄勇敢问,你们也在府苑小区?江山说,我们没有这资格,住在一路之隔的书香世家。小郑泡好茶端给甄勇敢,又将李不言的茶杯放在他办公桌上。李不言让她去忙,吩咐将他和江山的访客暂时安排在一楼喝茶。小郑出去后,李不言说,勇敢,有件事我一直不明白,现在你蒙冤昭雪,我觉得可以敞开心扉聊聊。甄勇敢捧着茶杯说,我们兄弟之间可以无话不谈。李不言说,虽然测谎技术当前仍只是理论上的,但你当初两次测谎都未能通过一直让我疑惑。现在事实证明你确实没有杀人,你并没有在这件事情上撒谎。那究竟是什么让你无法通过测谎的?江山在一旁说,我也一直心存疑问,难道是仪器完全不靠谱?甄勇敢摇摇头,这件事你们不问我也会和你们说,不能说仪器完全没用,当初我确实没有对测谎仪全说实话。家丑不可外扬,我们亲如兄弟告诉你们我不丢人。在回答我是否怀疑春燕与缪正成之间关系时,我都说不怀疑,其实我不仅怀疑而且疑心日益严重。局里一直风传缪正成利用职权玩弄漂亮女下属,虽然没有直接听到过涉及春燕的传闻,但从一些同事的富含意味的眼神中,我还是隐隐有点不安。随着春燕加班次数的增多和加班事由大多与缪正成有关联,我试着对春燕旁敲侧击,春燕对此总是闪烁其词,更多的时候似乎有难言之隐。我正想着如何搞个水落石出,他们就出事了。周日声称加班,却双双死在郊外车内,任何正常的人都会疑窦丛生,我自然更不会例外。但我爱春燕,我不能在没有真凭实据的情况下质疑她,让她死后还背上不好的名声。何况这种质疑会变成我的所谓杀人动机,也对我显然不利,于是我就一直否认怀疑他们。这也许就是我没能通过测谎的原因。江山问,春燕和缪正成之间到底有无瓜葛呢?甄勇敢又摇摇头,不知道是表示没有还是表示不知道。李不言在心里摇头,这个谎撒得非常不值,甚至有点聪明反被聪明误。嘴里面说,这个问题现在已经不重要,就让它随风逝去,我们坚定地向前看。惠兴齐突然说着话走进来,李律师有什么重要的事,连我都不接待。看到甄勇敢,赶快改口说,李律师还真有事,我下去喝杯咖啡等一会。李不言说,既然已经上来啦,给你介绍一下我的好哥们。甄勇敢,市公安局户政科副科长。又对甄勇敢说,这位是仁信房产的惠兴齐董事长,也是我的好朋友。甄勇敢站起来与惠兴齐握手,惠兴齐眼睛一亮说,我没少听说甄科长的事,李律师为你操了不少心。甄勇敢说,那是肯定的,不言从不辜负好朋友。李不言让他们都坐下,惠兴齐嘴里说着下楼等一会,双脚却纹丝不动。甄勇敢见状说,惠总肯定有要紧的事,你们先忙正事,我改天再过来与兄弟们聊天。李不言便顺势对甄勇敢说,还记得明珠饭店吗?晚上给你接风洗尘,何静与赵虹一直都非常惦记你。甄勇敢说,司法局对面的那个吧,晚上聚,我也很想她们。李不言说,那就这样定了,下午下班我到公安局门前接你。甄勇敢说好的,与惠兴齐又握了一下手,和江山手拉着手下楼去。惠兴齐望着甄勇敢的背影说,你这个警官朋友可真不像蹲了多年大牢的人。李不言说,坐下说你的事,似乎很急迫似的。

惠兴齐坐下后,双手接过李不言递给他的茶杯,喝了一口茶说,有个老乡叫曹凤生,在临江开发房地产资金出了问题,通过工行汤行长介绍找到我借钱,我不想借给他,说自己资金也紧张。他提出借我身份证签虚假购房合同向银行做按揭,我开始没答应,说那能解决多大问题。他拿出十几张身份证说他开发的是大别墅,每张身份证能贷款一千多万。我问贷款还不上怎么办,他说不可能,贷款只是临时周转一下，马上二期开盘，资金回笼没问题。我还是不想同意，汤行长劝我说，签合同做贷款，首付老曹出，别墅在你名下，没有什么可担心的。我想想也是，碍于汤行长情面答应了。谁知到现在贷款发生逾期，我上了银行黑名单。这可怎么办？李不言埋怨道，这种事也能答应，怎么不事先咨询我？惠兴齐懊恼地说，我一时糊涂，汤行长帮过我大忙，我实在不好意思拒绝。李不言说，别检讨了，我和你也差不多，从来不好意思拒绝你。下周有几个庭要开，等忙完这一周我陪你去临江找曹凤生。惠兴齐听后如三伏天喝冰啤，心情别提有多舒畅，高兴地说，这我就放心了，李律师出马没有解决不了的问题。李不言说，你就给我戴高帽吧，代理费我要收的。惠兴齐开心地说，该收！不收我还不乐意！直接从律师楼工程款里扣。

下午下班后，李不言和江山接上甄勇敢去明珠饭店，到司法局门前，李不言让江山带甄勇敢先去家里看看，然后带上赵虹和豆豆一起去饭店，包厢订的是黄河厅，他回家接上何静娘俩就过来。

听说甄勇敢回来，何静很开心，高高兴兴往车跟前走，走了几步回头问，阳阳呢？阳阳从车窗里伸出小脑袋，我在这。何静笑着说，小馋猫，听说上饭店特积极。上车后，李不言问，爸爸又没回家吃饭？何静说，现在不回家吃饭是常态，偶尔回来吃顿饭倒显得奇怪。

经过黄河路，李不言继续向东行驶，何静轻轻触碰李不言手臂，老公想啥呢？开过头啦。李不言说，去接杨丝雨娘儿仨。何静没吭声，心想老公现在干什么都想着那娘儿仨，也不知道是惦记着干女儿，还是惦记干女儿她妈。到步行街路口，李不言让何静去叫杨丝雨，阳阳说他去，推开车门便跳下车。不一会，阳阳和顺顺、妮妮叽叽喳喳地跑过来，杨丝雨春风满面跟在后面。

到饭店后，何静拉着杨丝雨进洗手间，李不言带三个孩子进包厢。甄勇敢和江山一家三口已经坐在里面，豆豆看见阳阳，跳起来拉住他的手，亲热地叫哥哥。顺顺看到甄勇敢，哇的一声叫道，是警察叔叔！想凑近到跟前，又有点胆怯。甄勇敢伸手将他拉到身前问李不言有几个孩子，李不言笑着说，这四个都是，一个亲儿子，一个干儿子，两个干闺女。甄勇敢问，豆豆是赵虹的，那个干儿子和干女儿谁家的？杨丝雨进来说，俺家的，甄大哥你好！甄勇敢更不明白状况，望着李不言。何静伸出手说，她是杨丝雨，我同学，好闺密，干亲家。甄勇敢双手握住何静的手，谢谢弟妹！我的事让你们操心了。何静说，那不是应该的，你们可好比是桃园三结义。李不言说，老婆这个好比准确，我们虽然没结拜过，却胜过许多结拜的。杨丝雨说，哥说的一点不假，我这个局外人都听说过无数回甄大哥的事，可想而知你们的情谊有多重。江山说，都坐下吧，我让服务员上菜。

豆豆像往常一样腻着何静，妮妮一定要挨着李不言，阳阳坐在何静与赵虹之间，顺顺以往也会贴着李不言，今天非要缠着甄勇敢。杨丝雨笑着说，这孩子自小喜欢警察叔叔，在家里一定让他妹妹当小偷，他当警察。甄勇敢笑着说，让他坐在我这儿，不言的干儿子，也就是我的干儿子。何静以开玩笑的口吻说，你要是愿意，做亲儿子都行。杨丝雨涨红了脸，甄勇敢也有几分尴尬。李不言说，今天是好日子，我们共同为勇敢举杯，服务员开酒。

大家轮番对甄勇敢嘘寒问暖一阵子，说到吃了这么多年的苦，赵虹悄悄地背过身子。李不言看在眼里，转移话题说，勇敢除了制服，便装不多吧。甄勇敢说，还没来得及买，不过一个人也无所谓，制服也够穿。李不言说，商业大厦是我顾问单位，公司老总邀请我好几回带何静过去挑首饰，明天我们都过去，顺便帮勇敢挑两身休闲装。何静开心地说，好啊，虹姐和丝雨一起去。赵虹爽快答应，杨丝雨看一眼甄勇敢，又看看李不言说，我就不去了吧。李不言说，作为服饰行家你必须去，指望你帮勇敢选衣服呢。杨丝雨又看了一眼甄勇敢，见甄勇敢也正看着她，突然感到有些不好意思，端起饮料掩饰道，那我听哥的。甄勇敢说，不要麻烦大家，我自己找时间随便买两身。江山说，麻烦什么，我们不是桃园三结义嘛，我也正想选一身西装。赵虹问，没想给我挑首饰？江山说，想是没想过，直接买有可能。李不言笑着说，江山脱下法官制服，学会说情话了。

第二天下午，圆圆带四个孩子在丝路花雨看动画片，李不言率众齐聚商业大厦。黄月梅亲自下楼陪同，李不言说，今天购物先记上，由我下次来统一结账。黄月梅说，没问题，不结账都行。李不言说，那不行，此李律师不是彼李律师。黄月梅笑着说，彼李律师比不了此李律师。听得一头雾水的何静问，你们在绕口令？李不言故作神秘地说，这是我们的接头暗号，一般人整不明白。他们先到服装柜，杨丝雨帮助甄勇敢挑衣服。李不言说，你们慢慢选，我们去首饰柜。到了首饰柜，何静与赵虹想买金项链，黄月梅让营业员挑出十几种款式让她们两人选。江山远远地看着杨丝雨手拿衣服在甄勇敢身上比画，对李不言说，我看两人挺般配，你是不是想成全他们？李不言笑呵呵地说，顺其自然，乐观其成。

100

　　力朝阳强奸案在一个小法庭里开庭，因为涉及隐私不公开审理，旁听席上只有几名对证人出庭作证抱有兴趣的法官和检察官。三天前通知李不言开庭日期时，姚艳说，李新军对通知证人出庭不表态，周庭长请你们放开辩，看看李新军的葫芦里到底卖的是什么药。李不言对陈小菊说，我们要抓住机会，协助周庭长办出一个经典案例。

　　正式开庭后，当李新军要宣读证人力涛、力永明、张孝杰等人的证词以证明力朝阳关于案发当晚看人打麻将的辩解不成立时，周彦君说，已经通知力涛、力永明、张孝杰等证人出庭接受质证，他们以前的证词无需宣读。然后通知法警，传证人力涛到庭。当力涛走进法庭时，李新军露出了意外的表情，似乎没有想到力涛真的会出现在法庭上。

　　力涛站到证人席，周彦君威严地向他告知证人的权利和义务，特别强调证人必须如实作证，否则要承担法律责任。力涛表示明白，保证如实作证。李不言开始发问，证人力涛，刚才审判长已经向你告知证人必须如实作证，作为申请通知你出庭作证的本案辩护人，我再次重申你务必要实事求是，不得做半点虚假陈述。力涛答，我保证不说半句假话。李不言说，那请将今年正月十四晚上七点至九点你在干什么向法庭如实陈述。力涛就将李不言调查时所说的经过当庭陈述了一遍。周彦君问李新军，公诉人是否需要向证人发问？李新军平静地说需要发问。面对力涛时，陡然变得声色俱厉，证人力涛，你要清楚今天是在庄严的法庭上作证，你要为你所说的每一句假话承担刑事责任。力涛显然感受到压力，看了看力朝阳又看了看李不言，见李不言稳如泰山才小声说，我没有说一句假话。周彦君说，证人发言请声音大一些。力涛提高声音说，好的。李新军开始发问，对于正月十四晚上的经历，你以前对公安机关是如何陈述的？力涛答，我以前开始也和今天在法庭上说的一样，公安要以聚众赌博把我抓起来，我害怕才改口说没打麻将，说是在家睡觉的。李新军问，你有什么证据证明公安人员要抓你？力涛答，昨天下午，公安还到我家叫我不要出庭作证，不要改变证词，我假装答应他们，他们才走。李新军带着讥讽的口气问，你今天怎么又不害怕公安抓你了？力涛答，我还是很害怕，只是不愿昧着良心说假话，害力朝阳去坐牢，他那天晚上确实在看我们打麻将。李新军狠狠地瞪了一眼力涛，偏过身子面对审判席说发问结束。李不言这才明白李新军对法庭告知有证人出庭不以为意的原因，他认为通过公安施压，力涛等人不敢出庭作证。

然后是张平出庭作证，常规之后，李不言向他发问，证人张平，我们以前是否见过面？你是否认识我？张平说，我们没见过，我也不认识你。李不言问，就今年正月十四晚上的事情，你以前有没有向有关部门作证过？张平答，我正月十六去昆山，昨天晚上才回来，没有作证过。李不言说，希望你今天务必要实事求是作证，你是否能做到？张平说，能做到。李不言说，那请将今年正月十四晚上七点至九点你在干什么向法庭如实陈述。张平证实，那天晚上他到力涛家找力朝阳商量正月十六一起去江苏昆山打工的事。看到力朝阳在看力涛和力永明、张孝杰还有方盛四个人打麻将。七点十分，方盛说有事先走了，他坐下来接着打。力朝阳仍站在后面看他们打麻将，直到八点半说回家睡觉。李不言问，你那天晚上戴的手表现在还在吗？走的是否准时？张平抬起手腕亮出手表答，还戴着，是上海表，很准时，一星期误差不到一分钟。李不言发问完毕，李新军问张平，是谁通知你回来的？张平答，是我们村力书记通知我的，说是法院让我出庭作证，我开始不想回来，力书记骂我，又不是要你回来作假证！让你帮力朝阳说几句实话都不行吗？我这才赶回来。公诉人问，你回来后和哪些人接触过？张平答，我昨天夜里才到家，今天一早就赶到法院，除了自家人，没和其他人接触过。

力永明、张孝杰和方盛也相继分别出庭作证，证言和李不言调查时说的差不多。方盛作完证后，公诉人再也坐不住了，当庭申请延期审理。合议庭短暂合议后，周彦君宣布休庭，案件延期审理。

陈小菊极力抑制住内心的兴奋，略显激动地说，师哥，这个案子我们要赢了。李不言说，胜负还早呢，证人证言容易出现反复，没有物证踏实。

当天傍晚李不言被项山公安分局请走彻夜未归，而在此之前的当天下午，出庭作证的力涛、张平等五名证人已经被项山公安分局带进预审室。

李不言被公安局带走在第二天一早成为爆炸性新闻，还没到上班时间，力涛和张平等人的亲属便惶恐不安地聚集在司法局门前。黄伟雄过来上班时，问他们有什么事。他们说找陈小菊律师，黄伟雄说陈律师不在这里办公，你们找她什么事。他们说力涛等人因为出庭作证被公安带走，听说李不言律师也被带走，现在过来找陈律师想办法。黄伟雄闻言大吃一惊，赶忙拨打李不言手机，结果拨不通。打陈小菊的手机拨通了，她说正在上班途中。黄伟雄让她不要去律师楼，抓紧到局里来。

陈小菊赶过来后，黄伟雄问李不言出了什么事，陈小菊紧张地反问发生了什么事。力涛等人家属又说了一遍刚才告诉黄伟雄的话，陈小菊一听差点没站住，慌乱得手足无措。黄伟雄说，你有不言家里人联系方式吗？问问他家里人。陈小菊这才想起来打何静手机。何静说，老公昨晚被项山公安分局请去，现在还没回来。电话也联系不上，我正有点担心，还想问你知不知道是什么情况。陈小菊问，项山分局什么人请他去的？师哥说了什么？何静说，来了两个人，我都不认识，感觉老公和其中一个人很熟悉，走时有说有笑的，老公说他和他们有事有可能回家很晚，让我们不要等他回家睡觉。小菊姐，你知道公安找他是什么事吗？陈小菊说，昨天我和师哥出庭辩护力朝阳强奸案，可能与这个案子有关。何静一听十分着急，问她在哪里，陈小菊说在项山司法局。何静说，我过去，你在那里等我。

到司法局院内停好车，何静一路小跑到黄伟雄办公室，与陈小菊手拉着手急的直跺脚。黄伟雄问要不要向市局顾局长汇报，逐渐冷静下来的陈小菊说，再等等，先弄清状况。然后向力涛等人家属详细询问昨天开庭后发生的事，力涛老婆说，昨天开完庭力涛刚回到家，王集派出所就来人将他带走，说他作伪证，还让我们都老实点，不要乱说话，这次连大名鼎鼎的李不言律师都要一起抓，你们再不老实肯定没有好下场。陈小菊深感困惑地说，如果是因为这个案子，我是这个案子主辩律师，公安为什么不找我？何静也冷静下来，想到了季元庆，对陈小菊说，季元庆现在是项山分局的局长，他是我爸学生，不言还帮过他的忙，我来问问他。结果拨打季元庆的电话也无人接听，何静不禁又慌乱起来。

力涛等人家属的嘘嘘嘈嘈以及何静风风火火的赶来，引起上班人员的注意，李不言被公安局带走的消息很快便在司法局内人尽皆知。李汉生和温波很关切，过来询问详情，更多的人感受到的是刺激，在他们眼里要风得风要雨得雨的李不言能有今天确实是件令人兴奋的事。项河所的几个律师站在办公室门前的走道里七嘴八舌，沉寂很久的仝有为尤其兴奋，指着院内何静的奥迪车对于培林说，小于看到没有？人不能太出格，李不言平时出尽他娘的风头，造办公楼住别墅，自己开奥迪A6,老婆开奥迪Q5,这下将自己能进局子里了。马健嘴上说毕竟同事好多年,老仝不要幸灾乐祸。心里面骂李不言活该如此!因为你的狗拿耗子多管闲事,我为牛丽云多掏了那么多的生活费!范会计心中鄙夷马健与仝有为,上楼拉着何静的手安慰说,李律师的为人你应该最清楚,他不是胡来的人,肯定没事!

就在何静与陈小菊焦急万分、众人心态各异想法五花八门时,一辆警车开进司法局院内,季元庆和李不言分别从车后排两边下来。李汉生走过去与季元庆握手,邀请他去办公室坐坐。季元庆说,今天不坐了,改天来打扰李局长。然后与李不言使劲地握了几下手,说句师弟再见,上车后离开。李汉生问李不言,你与季局长是师兄弟?李不言轻飘飘地说,也算不上,据他说在一个学校读过书。仍然站在走廊里的仝有为气得肝颤,老子不过是陪几个法官打点小麻将,就被停止执业半年。这个李不言和公检法的一帮朋友三六九混在一起吃吃喝喝打球唱歌,居然啥事都没有!瞧那嘚瑟样!常在河边站哪有不湿鞋,虽然躲过此劫,早晚非他娘的出事!

李不言对力涛等人的家属说,没事了,力涛和张平他们已经回家,你们也都回去吧。一众家属起先有点不大相信,想想公安局长亲自送李不言过来,李不言所言应该不虚,才都放下心来,一起往司法局门外走。李不言拉开何静的奥迪车右后门请陈小菊上车,自己坐到副驾驶位置上,系上安全带,让何静开车送他回家取自己的车。何静发动车子,驶出司法局。

一出大门,何静便让李不言快说是怎么一回事。李不言说,昨天下午开庭后公诉人立即要求公安局将证人抓起来审问为什么出庭改变证词,又让连律师一并传唤,发现问题绝不姑息。对证人无所谓,公安本身也要保证自己的案子不出问题,自然不会手软。对律师有些犹豫,担心将事情搞大不好收场。公诉人说那个女律师暂时可以不动,李不言必须传唤。刑警队的王胜利副队长跟着谭斌过来和我一起打过几次篮球,便主动请缨负责将我请过去。在去公安局的路上,王胜利说检察院要求他们传唤我,他级别不够顶不住,知道我与季元庆局长关系不错,建议我与季局长联系一下。我便给季元庆打电话,告诉他被他们局传唤了。季元庆开始以为我是在开玩笑,相信后让王胜利将我请到局里会议室,他马上去会议室等我。到公安局会议室,我和季元庆聊起力朝阳案件,告诉他庭前向证人调查取证以及申请证人出庭是法院的安排,法院的卷宗里有备案,周彦君庭长和主审法官姚艳可以为律师证明。公诉机关对这一过程事先也都了解，知道律师操作规范没问题，之所以坚持要求传唤我，主要是承办人出于报复为了恶心我。当然，如果能坐实我指使证人作伪证更好。季元庆说本来就不相信我会乱来，有法院背书就更没有问题。他问手下办案人员那些证人问出什么结果没有，回话说证人都愿意改回没有打麻将这回事，但也都说律师没有指使他们改变证词，正在继续加大讯问力度。季元庆指示要文明办案，严禁刑讯逼供。之后，季元庆说我们师兄弟平时难得见面，今天师弟既来之则安之，索性去皇朝足浴城开个包间聊个尽兴。到足浴城后，他提议我们将手机关机，免得电话骚扰。做完全套泰式按摩，又在包间里喝啤酒吃夜宵，两个人边喝边聊不知不觉喝多了，就在包间里休息一夜。何静听罢说，老公你倒是逍遥自在，可把我急死了。想想又问，如果不是季元庆，老公你这次还能这么安逸无事吗？李不言说，安逸不好说，无事是必然的，我又没有违法乱纪。何静说，虽然无事，老公以后也不要接这类案件了，我们又不缺钱花，安稳过日子最重要。陈小菊问，师哥，检察院为何没让公安找我？李不言说，李新军以前与我对庭的几个案子出过状况，一直对我心存不满，想利用这次机会出我洋相，你不在他的标靶上。眼看着快要进入技校大门，李不言突然有点后怕，如果不是王胜利主动揽下任务，如果不是与季元庆的机缘巧合，如果力涛等证人被逼诬陷了律师，这次能否全身而退尚未可知。何静见李不言陷入沉思，突然在他肩头捶了一拳，老公你老实交代！昨夜给你按摩的技师是女的吧，漂不漂亮？

后来，五名证人又都改口说案发当晚没有在一起打麻将，力朝阳犯强奸罪，判处有期徒刑十年。陈小菊问李不言，师哥，根据你的直觉，那天晚上那些证人究竟有无在一起打麻将？李不言说，这个案子不能靠直觉，只能根据有效证据综合判定。

101

李不言和惠兴齐一走进清风山庄八号别墅的院内，就被眼前足足有两、三个标准篮球场大小的草坪和四层的欧式建筑深深吸引。惠兴齐问曹凤生，这个院子总共有多少面积？曹凤生说，一千五百多，是这山庄里面积最大的。李不言问，进出院子都要经过这片草坪吗？曹凤生说，我们进来的是南大门，主要用于访客的出入；住户的进出通道在房子的东面，离小区内主干道两米远，出入更便捷，我现在带你们过去。

来到房子东面，首先映入眼帘的是立着两根罗马柱的约五六平方的门廊，与门廊持平的一楼外立面贴着褐色的文化石，上面三层外墙是淡黄色涂料，整体上稳重气派又不单调呆板。门廊走道上铺着褐色的大理石，进户门是两扇对开的古铜色大门，大门两边悬挂着两盏欧式风格的户外壁灯。曹凤生打开房门将惠兴齐和李不言让进屋内，口中提醒道，暂时没有通电，光线不太好。李不言走进去，果然感觉昏暗许多。曹凤生在前面领路，从一楼介绍到四楼。因为是毛坯房，只能结合着想象去体会曹凤生的功能区划讲解。李不言没怎么往心里去，惠兴齐听得津津有味，不时问东问西。返回到一楼，曹凤生问要不要到地下室看看，惠兴齐说去，李不言说不去，在上面等他们。曹凤生用打火机照明，引导惠兴齐到地下室去。过了一会，曹凤生又举着打火机将惠兴齐引上来。惠兴齐对李不言说，地下室超级大，做家庭影院加上健身房绰绰有余，还有个半地下室的游泳池。

参观完别墅，三人又穿过南草坪，来到停在大门外的车上。曹凤生发动车子说，再到我办公室坐一会，中午请二位去农家乐品尝临江的特色菜。驶出山庄大门后又说，陈总，我没忽悠你吧，这栋别墅确实能值三千万，当初贷款一千五百万不算多。坐在副驾驶位置上的惠兴齐说，房子是不错，但你停止还贷把我害惨了，我的征信记录上出现污点，以后融资会非常困难。曹凤生带着歉意说，我不是故意的，现在实在没钱继续还贷。李不言透过车窗望着山庄里的萋萋芳草和葱葱绿树问，曹总，这清风山庄环境优美，离临江市区交通便利，附近还有温泉和高尔夫球场，怎么会卖不动呢？曹凤生说，主要是现在反腐败风声太紧，说实在的，这种房子一般人别说买不起，根本就住不起。目标人群是有权有势和有钱的人，现在有权有势的自己不敢买，也不敢要有钱人替他买，有钱人自己住不了几套，大部分又喜欢住在闹市区，房子自然卖不动，原来预定出去的好多套都取消了。惠兴齐说，当初你借用我身份证，我二话没说，现在虽然遇到点困难，不能让我当替罪羊啊。曹凤生说，不是遇到点困难，而是揭不开锅，钱这个东西，一分钱难倒英雄汉，我确实快要被它憋死。要不干脆将购房合同变成真的，惠总将这别墅买下来，贷款由你接着还。惠兴齐回首透过后挡玻璃看着快要隐没在浓郁绿色中的山庄问，我要这别墅干什么？三千万扔在这里撂荒。曹凤生说，你可以经常带着家人过来度假,这里的空气多新鲜啊。惠兴齐怨声怨气地说,装潢还得好几百万吧,有这么多钱,七星级宾馆随便住,来这里度什么假?曹凤生不说话,唉声叹气地将车开回办公地点。

待车子停稳,李不言让曹凤生先去办公室,他和老惠在车内说几句话。曹凤生离开后,李不言问惠兴齐,这房子三千万你不要,一千万要不要?惠兴齐说,一千万当然要,转手卖了至少能赚一千万,问题是曹凤生不傻,一千万他能卖?李不言说,我们不说一千万买他的房子,而是和他签份对赌协议。你将购房合同和贷款合同都当成真实的,贷款你来接着还,房产证限期登记到你名下;给曹凤生一定的期限赎回房子,过了期限丧失赎买权。他如果不赎买,房价只能按照合同上的两千一百万,他们首付的九百万和先期还贷的一百多万都无条件放弃,你等于一千万买下别墅。他如果赎买,你为这房子归还的贷款和其他所发生的费用都要还给你,另外再加百分之二十的年息,你也不吃亏。惠兴齐兴奋地拍了一下置物盒,是个绝妙主意!可是曹凤生会签这份协议吗?李不言说,签不签由他,不签就将贷款还了,把你从黑名单里解放出来。现在下车,我来和他谈。

进屋后,李不言端起茶杯对曹凤生说,曹总,看来你现在确实无力还贷。曹凤生说,是的,李律师,但得有办法,惠总和我老乡,我请他帮忙还能连累他?何况还有汤行长,我这样让他也很没有面子!李不言沿着茶杯的边缘吹了一口气,待那片浮在水面的茶叶旋转半圈缓缓沉入杯底后才慢悠悠地说,曹总,你给个准信,多长时间能度过资金荒?曹凤生说,不需要多久,等这阵反腐风头过去,房子肯定不愁卖,我手里的房子价值十几亿,这点贷款算什么!李不言品了一口茶说,具体点,究竟要多长时间?曹凤生说,少则半年,多则一年,不会再长。李不言问,给你两年怎么样?曹凤生大喜过望,抱拳致谢道,那肯定足够。谢谢李律师和惠总。李不言放下茶杯,先别忙谢,我作为律师,要对你们双方负责,你们之间要签一份协议书。然后将对赌协议的内容,和曹凤生说一遍。曹凤生听完有些犹豫,疑疑惑惑地说,我如果不能赎回来,是不是损失有点大,首付加上前几期归还的贷款就有一千多万。前一段时间有个画家愿意出两千五百万买这套房子我没卖,三千万肯定值,如果赎不回来我差不多要损失将近两千万。李不言说,曹总的账算得没错,你现在将贷款还上就完全可以避免损失,惠总还不想要这房子呢。曹凤生说,我现在不是拿不出钱吗?李不言又端起茶杯慢悠悠地说,那不就得了。

还有一个方案，惠总去向银行声明这贷款和他无关，是你们公司借用他身份证骗取的，你认为是否可行？曹凤生听后沉默许久说，那签协议吧，两年时间我怎么也能翻身。

返回项州途中，车子驶上临江大桥时，惠兴齐说，我看曹凤生两年翻不了身。李不言按住车窗键，将车窗玻璃降下三分之一，看着车窗外不断掠过的钢索和被钢索分割成奇形怪状变幻莫测的蓝天白云，迎着江风说，我判断也不可能，曹凤生严重低估了我们党和政府的反腐倡廉决心，这可不是一阵风，贪腐不绝反腐不止！说等风头过去那是他一厢情愿，你就等着扶老携幼到清风山庄度假吧。惠兴齐说，也未尝不可，如果只花这点钱，确实物超所值。李不言依然看着窗外问，曹凤生怎么想起来跑到临江开发清风山庄的？惠兴齐说，这事与我们原来的市委徐书记的司机有关，曹凤生在项山搞开发，挣到一些钱后，想到临江搞大事业；徐书记调到省里做副省长，将司机一家都带到临江，司机继续给徐省长开车，司机老婆被安排进徐省长分管的建设厅，曹凤生通过司机两口子弄到这个项目，谁知道一下子陷进去。李不言望着远处的浑浊江水，摇着头说，司机继续当司机倒也罢了，挤破脑袋也进不了建设厅的硕士博士多如过江之卿，司机老婆何德何能居然一步登天！惠兴齐调侃道，她原来是个家庭妇女，埋锅做饭估计没有问题，履历中好歹也算有过建设工程记录。李不言收回视线，看着惠兴齐说，清风山庄搞不好变成落凤坡，成为曹凤生的滑铁卢。其实小地方也能做大事业，比如你惠老板专心经营书香世家，一不留神不也弄成个亿万富翁。惠兴齐惬意地掌控着方向盘，笑出了一脸褶子说，全靠大家架势，特别是你李律师，没有你李律师，我没有今天。

第二天上班后，毛玉过来和李不言商量成立律协的事。毛玉说，省里要求各地级市成立律师协会，我们项州开始着手筹划，根据省里要求，会长由分管律师业务的副局长兼任，在项州我当仁不让。设副会长一名，由律师出任，项山所是唯一市属所，按理应该由你出任。全省其他地方没有女律师担任副会长，我们想创新，让陈小菊担任。对于这个安排，你是什么想法。李不言心想让女律师担任也叫创新？嘴里面却说，我举双手赞成，陈律师是我的合伙人，我岂能不支持！毛玉说，这样想很好，我就知道不言有格局。为了更能服众，建议给陈小菊明确执行主任职务。李不言说，不是执行主任，是注册主任，我正考虑明年年检时将主任变更给她。毛玉问，她是主任，你准备做什么？李不言说，我还是合伙人，干专职律师的活。毛玉说，这样当然更加名正言顺，只是有点委屈你。李不言笑着说，主动让贤有何委屈？毛玉姐，我这是早就谋划好的，真不是为了成全局里。毛玉说，好吧，算你让贤！但也不能闲着，律协要成立刑事和民事两个委员会，你负责刑事这一块，马健负责民事那一块。李不言说，具体事务多吗？我怕忙不过来。毛玉说，具体事务由律协秘书处处理，你负责业务指导，定期给全市律师上上课。李不言说，我自己还需要经常外出听课长见识，哪有资格上课？毛玉说，在项州你有资格，不要谦虚了。李不言笑笑说，如果再谦虚毛玉姐要说我虚伪，一切服从命令听指挥。毛玉说，我看律师楼里人气不错，今年争取放颗大卫星！李不言说，有毛玉局长姐姐扶持，不放大卫星，也得放几串大彩球。毛玉坐姿松弛但气场十足的表态，不言尽管大鸣大放，本处永远做你的坚强后盾。不是本局，也不是本姐姐，而是本处，李不言开始没明白，很快就又反应过来，毛玉如今可不就是正儿八经的处级干部！

　　快到年底时，周成根、冯志斌等人制造毒品案件最高院复核下来，原来被一、二审法院判决死刑的周成根、冯志斌等四名被告都被改成死缓。李不言看完最高院判决后对周彦君说，似乎没有说清楚改为死缓的理由。周彦君说，不是说了吗？根据本案的具体情节，可不立即执行。李不言问，什么具体情节？是指从犯呢，还是指安眠酮的毒性以及本案中的半成品性？周彦君说，不知道，据说是全国死刑复核的案件太多，最高院忙不过来，这种没有直接重大恶果和社会影响的案子，一般就不判死刑了。还有一种说法，与逍遥法外的大毒枭的背后运作有关，当然这纯属谣传。李不言说，不管是什么原因，最高院网开一面饶过四条人命，胜造二十八级浮屠，我得让当事人家属给最高院送锦旗。

　　年底时，项州市律师协会宣告成立，毛玉当选会长，陈小菊当选副会长，李不言出任刑事业务委员会主任。项山律师事务所被中共项州市委和项州市人民政府授予"人民满意政法单位"称号，被项州市司法局授予集体三等功。李不言领到了东方省司法厅颁发的"人民满意律师"证书，并被省律师协会评定为首届东方省知名律师。

　　喜鹊登枝，好事连连。甄勇敢与杨丝雨在确定恋爱关系后进展顺利，进入谈婚论嫁的新阶段。

102

春节过后,府苑小区开始陆续交付。甄勇敢拿到钥匙后带着杨丝雨去看房,两人对每个房间的功能和装潢计划兴高采烈地讨论一番,然后顺道去李不言办公室。杨丝雨进门后喜气洋洋地说,祝哥新年快乐!李不言高兴地回应新年快乐,给两人让座泡茶。泡好茶后拿出一件茶叶礼盒放到甄勇敢身旁的茶几上,茶无好坏,适口为珍,勇敢尝尝看,如果适口再来自取。甄勇敢笑笑,拎下来放在脚边。杨丝雨嗔怪道,你与哥真不客气,一句谢谢也没有。甄勇敢说,不言的好早已无法用谢谢表达,他如果做刘皇叔,我做张翼德为他出生入死。李不言哈哈大笑,这可使不得,谋反是死罪。勇敢已经死里逃生一回,还想再试一次?杨丝雨伸出手搭在甄勇敢的肩上,不能试!踏踏实实和我过日子。甄勇敢将她的手握在手心说,坚决不试,弄好房子安心做个幸福的小市民。李不言看在眼里愉悦在心,问他们是不是已经拿到房子了,杨丝雨拿出钥匙晃了晃高兴地说拿到了。李不言说,记得丝雨说过想住别墅,现在还想吗?杨丝雨说,当然想,住不上啊!不过,这套房子也很好,知足了。李不言说,我有个建议,你们不住府苑小区。知道人们将府苑小区叫什么吗?万头养猪厂!价值十好几万的房子,一万多卖给公务员,不能怪人们有怨气。你们不介意做猪,我不能让干儿子干闺女做小猪。你们将房子卖掉,在书香世家买别墅。杨丝雨说,这里的别墅就那么十几套,想必早已卖光。李不言说,确实都已经名花有主,其中的七号别墅户主是甄勇敢和杨丝雨。见两人似乎没听明白,李不言接着说,在别墅卖光之前,我给你们预定了一栋。杨丝雨一听跳了起来,又不大相信地问,哥能未卜先知吗?预料到我们会在一起?李不言笑着说,这真没料到,当时出现可以留下七号别墅的机会,我就抓住不放。心想勇敢早晚会回来,或者你和孩子们可以住。没想到你们现在走到一起,可不是两全其美啦。杨丝雨激动地向前跨两步,又停下来问甄勇敢,老公,我可以抱一抱哥吗?甄勇敢站起来说,我也想抱抱。两个人一起过来抱住李不言,李不言笑呵呵地问,丝雨,你刚才叫勇敢什么?杨丝雨骄傲地说,老公啊!以前何静在我面前老公长老公短的嘚瑟不行,我现在也有老公叫!甄勇敢笑着说,何静嫁给不言,有资本嘚瑟,老婆就不要学了。杨丝雨说,哥优秀,老公也不差,我也有资本!李不言放开杨丝雨,依旧与甄勇敢手挽手,昂首挺胸说,我们负责优秀,你们尽管嘚瑟！

重新坐下后，甄勇敢说，有个问题，府苑小区的房子，五年内不能转让，变不了现，我补发工资十几万，肯定不够买别墅。杨丝雨说，老公，还有我呢！这些年在哥帮助下我赚到不少钱。甄勇敢说，哪能让你出钱？我再想想办法。刚刚还阳光灿烂的杨丝雨顿时晴转多云，老公是什么意思，什么叫哪能让我出钱！李不言说，勇敢的说法不够严谨，共筑爱巢理所应当。别墅价款是四十五万，勇敢卖房子加补发工资大概有三十万，丝雨再准备三十万，如果装潢简单一点，差不多够买别墅和装潢。甄勇敢说，不言说的是，老婆，我们就听不言的。杨丝雨复又多云转晴说，老公，你听哥我听你的。甄勇敢问李不言府苑小区的房子如何变现，李不言说，那房子只是五年内不能办理过户，私下买卖还是可以的。那套房肯定还会升值，这个便宜让我来占，我出十五万买下来。甄勇敢问，你买它干啥，又不缺房子。杨丝雨笑道，老公你傻呀，哥在帮我们呢！甄勇敢还有些犹豫，李不言说，别多想了，叫上江山一起去看别墅。

四个人到仁信公司，李不言对惠兴齐说明来意，惠兴齐让售楼部找出七号别墅的钥匙，亲自陪同去看房。杨丝雨楼上楼下跑了好几趟，步履轻盈如少女。李不言将惠兴齐拉到一边交代，关于这套别墅你什么话都不要说，正常签合同正常收款，原来孙明康交过的钱你悄悄退给杨丝雨，所有的事情由我向她解释。惠兴齐说，我听李律师安排。

看完七号别墅，又到二号别墅和一号别墅参观，杨丝雨说，这多好啊，我们三家住在一起了。江山感慨道，都是不言成就的，他以一己之力让我们三家都住上别墅。李不言说，别说得跟你们不花钱似的，我只不过是利用关系帮你们淘到优惠价，最终是你们自己掏钱买下来。

回到律师楼，甄勇敢还想上楼与李不言和江山再聊一会，杨丝雨催促他回去为签合同买别墅做准备。李不言说，这是你们眼下的头等大事，我先将十五万转给勇敢，府苑小区的房屋买卖协议以后补签。你们的购房款准备好了和我说一声，我带你们去找惠兴齐。甄勇敢和杨丝雨又一起拥抱李不言，江山见状也张开双臂抱上来。

送别甄勇敢和杨丝雨，李不言来到陈小菊办公室。陈小菊见他进来扑哧笑道，师哥知道我正想找你吗？李不言说，我本来要回自己办公室的，没管住双脚拐进师妹的办公室，正想找个借口，师妹主动为我解围了。何事想找我？陈小菊说，我有个委托人家在农村，出车祸正在打索赔官司，家庭生活十分困难。他有两个孩子分别读初中和高中，姐弟俩的学习成绩非常好，但家里连学费都不容易凑齐，书快念不下去了。律师代理费是缓交的，我还想帮帮他们，所里的那笔慈善资金，可不可以帮两个孩子缴学费？李不言说，可以啊，还可以另外帮助他们解决部分生活费。听说市高级中学也要搬迁到新区来，我考虑将所里每年的创收拿出两个点，再到顾问单位拉点赞助，专门在市高级中学设立项山奖学金，帮助那些品学兼优的贫困生，将这事长期做下去。陈小菊说，我同意，我个人也捐点钱。李不言笑着说，陈副会长境界比我高，我可舍不得掏自己的腰包。陈小菊涨红了脸，师哥，你以后再敢叫我副会长，我撂挑子辞职给你看！李不言连忙说，小菊师妹息怒，我收回那句话，辛苦师妹和陆洲商量一下设立奖学金的具体细则。一句话让陈小菊转怒为喜，叫师妹听着多顺耳，我先起草个细则，再让陆洲完善。

热电公司的李旭从门前经过，李不言出来在后面叫声李总将他请进自己的办公室。李旭坐下来后说，我准备调到物价局，与星球贸易公司的经济往来必须有说法，否则离任审计过不了关。李不言说，两审法院的判决就是最终说法，可以作为附件提交审计。虽然官司没赢，但能够证明你没贪污挪用，审计过关没问题。李旭说，关键是殷绍智结算走的那一百七十万，法院没有认定是星球贸易公司收到的货款，这笔钱的性质无法确定，无法平账。李不言找出与星球贸易公司的卷宗，取出申诉状说，李总你还记得吗？我们去省高院申诉时，接待法官曾经建议公司起诉殷绍智。要不就起诉他，以不当得利为由请求判决他将领走的钱返还回来，公司用法院的裁判文书作为单立殷绍智户头和平账的依据。李旭说，那就起诉他，尽快拿到判决书。李不言说，尽量快可以想办法，但从殷绍智那里不一定能执行到这一百多万，公司还有可能倒贴进去不少诉讼费和律师费。李旭说，无所谓，诉讼费和律师费都有正式票据能入账，我只要求速度。李不言合上卷宗说，你想要多快？考虑到审计需要，这个案子不适合拿调解书，正常的诉讼流程从答辩到开庭并作出判决最快也得二十天。李旭说，这就来不及了，至多一周就要开始审计。李不言飞快地动一下脑筋说，如果你能找到殷绍智主动来法院配合，放弃答辩期并同意当天开庭，一周足够。李旭拿出手机说，我现在联系殷绍智，他其实一直比较配合，只是坚持说星球公司欠他钱，他领的煤款抵账了。李不言打开电脑，找出与星球贸易公司的诉讼材料文件夹，对李旭说，我现在起草诉状，你让他明天到项山法院来。

下午李不言带着李旭到项山法院经济庭，找到已经是副庭长的刘佳说明来意。刘佳说，如果当事人双方配合，我可以适用简易程序直接安排开庭出判决书。李旭说，都配合，被告答应明天一早到法院。李不言说，麻烦刘庭现在带我们过去立案，然后根据诉讼材料起草好判决书，明天上午当庭宣判。刘佳笑着说，李律师还是叫我佳佳吧，喊我刘庭听着别扭。李不言说，在法院喊刘庭，出了大门叫佳佳。刘佳笑笑，将李旭手中的材料接过来，前往立案庭。

第二天上午，殷绍智准时赶来，明确表示同意当天开庭，刘佳做好谈话笔录安排开庭并当庭做出判决。一个多小时后，双方便领取了正式判决书。李旭将判决书放进包里，发自肺腑地感叹，李律师的效率没说的，这律师费花得值。然后满意地带着殷绍智离开。刘佳待两人离去后随口说道，看把原告的法定代表人高兴的，这个案子他们公司花了多少代理费？李不言说，不算多，十万块。刘佳说，十万还不多，都超过我两年工资了。难怪李律师能盖大楼！李不言说，按照标准能收二十万，考虑是案中案，我主动减半收。这种案子不是天天能碰上，那些鸡零狗碎的小案子，挣钱不多还烦死人。律师楼看似风光，其实是数不胜数的辛苦和烦忧垒积起来的！

当晚吃过饭，何静陪阳阳做作业，李不言陪周淑珍看李雪健、李琳、殷桃主演的电视剧《搭错车》，周淑珍陷入到剧情中，不自觉地与主人公同呼吸共命运。李不言便陪着感动，与岳母交流哑巴孙力的善良与不幸。阳阳上床睡觉后，何静示意李不言上楼，电影都看过了，还看电视剧？李不言看了一眼客厅墙上的挂钟说，九点多了，爸爸该快要回来了，等等他。何静说，他早上说去教育局开会，晚上肯定聚餐喝酒，还不知道什么时候回家。周淑珍说，你们上楼吧，我看电视等。何静便拉着李不言上楼。

李不言洗漱完毕，见何静在床上笑眯眯地看着他。笑着问道，宝贝今天怎么上床这么早？何静伸出她那双细腻柔滑的玉臂，老公快上床，想你了。李不言解衣上床将何静搂在怀里，看来宝贝老婆今天心情不错。何静说，有两个好消息，老公先听哪一个？李不言说，都是好消息还分什么先后，哪个先到嘴边说哪个。何静说，下午丝雨和我结账，去年我分红十万块。李不言说，恭喜宝贝老婆成小富婆，我以后的收入看来不用上交了。何静将李不言的双手按在自己凝脂般的肌肤上，要上交，不能让老公有私房钱。李不言说，那就继续上交，第二个好消息是什么？何静说，丝雨和勇敢准备结婚啦。李不言温柔地揉捏着何静的胳膊，是个好消息，但老婆激动得似乎有点过头。何静转过身亲吻李不言，有一点点不好意思地说，丝雨结婚，我心里踏实，不用再担心她老是惦记你。

103

睡意蒙眬之中，李不言听到敲门声和周淑珍的喊声。他开始以为在做梦，随着不言、小静的呼叫声越来越急切，他挣扎着睁开双眼仔细倾听，确定是岳母在门外喊他俩。李不言嘴里答应着一骨碌爬起来，推了何静一把，套上衣服下床。何静翻过身，一声不吭继续睡觉。

拉开房门，周淑珍一脸焦急地站在门前，你爸爸昨天一夜没回来。李不言宽慰道，妈妈不要着急，也许爸爸喝醉酒在外留宿。周淑珍问，怎么手机也打不通？李不言说我来联系，返身进室内抓起床头柜上的手机，一边拨打何金桂电话，一边和周淑珍下楼。连续打了几遍，都是用户无法接通。李不言有点担心，看看室外天刚蒙蒙亮，问岳母是否一夜没睡，周淑珍说，睡了一小觉，醒来看你爸没回来就一直没睡着，实在等不下去了才上楼叫你们。李不言说，要不你进房间再休息一会，等到上班时间，我联系学校和教育局问问。周淑珍说，我哪里还能睡着觉，你爸会不会喝醉酒在回来的路上出事了。李不言说，妈妈提醒我了，司机小徐的电话号码记在哪里？周淑珍说在茶几下面。李不言弯腰从茶几下面找到通讯录，查到小徐的手机号码拨过去，听到的也是你拨打的用户无法接通。李不言心中咯噔一声，难道爸爸被双规？周淑珍在旁边问，小徐电话也打不通？李不言点点头说，妈妈，你安心在家等，我去教育局看看。

来到教育局，李不言下车向传达室里人打听昨天的会议开到什么时候，传达室的说会议上午就结束了。李不言道谢后，上车给郑义打电话，郑义带着睡意说，不言你抽风呢，大清早骚扰我！李不言说，我岳父何金桂昨天说去教育局开会，一直没回家，我怀疑出事了，你帮我打听一下。郑义说，我们院肯定没有何校长的案子，我帮你问问市院，但只能问有没有。李不言说，知道人在哪里就行。过有三四分钟，郑义回电话说在市里。李不言说声谢谢，将手机扔到副驾驶座位上，顿时感觉浑身的气力潮水般退去，瘫在座椅上望着灰蒙蒙的天空发呆。

又过去十几分钟，李不言放下车窗深呼吸一口气，强打起精神开车往回走，一路上想着如何对岳母与何静说。也许审查两天没查出什么问题回家了，这个念头在李不言的脑海一闪而过，但立时又被其自我否决，纪委和反贪局要么不动手，动手了一定是已经掌握明确线索和基础材料。岳父先后担任技校后勤处长和分管基建后勤的副校长，职位敏感，后来当上一把手更无需多说，不可能完全清白。问题肯定有，只是多与少的区别。李不言回到技校在院门前停好车，用手拍打几下脸颊，若无其事地走进院子。周淑珍迎上前问，找到你爸没有？李不言说，找到了，妈妈进屋说。

进屋后，李不言让岳母先坐下。周淑珍站立着急促地问，快说你爸在哪里。李不言说，市里在闭门审计学校的账，要求爸爸全程配合。周淑珍松了一口，在沙发上坐下来，查个账还白天黑夜连轴转，也不和家里人说清楚。李不言说，这类事情一般都要求保密的，我们就耐心等几天。周淑珍想了一会说，我去准备早饭，你喊小静起床。李不言答应着上楼。

何静还在酣睡中，李不言关上房门，走到床边俯身亲吻她。何静开始没有反应，后来被李不言轻轻地捏住小鼻子憋醒。她缓缓睁开双眼，露出甜美的笑容，伸手搂住李不言的脖子说，老公，早上好！见李不言一脸严肃的表情，摇晃着身体撒娇道，老公，你的迷人笑脸呢？李不言说，老婆，我要和你说件事，你一定要保持镇定，不能影响到妈妈和阳阳。何静一激灵，松开双臂腾地坐起来，老公，什么事？李不言说，爸爸一夜未归，可能是被双规了。何静一时没有反应过来，懵懵懂懂地问，为什么双规我爸？李不言说，还能为什么，还不是经济上问题。何静突然笑了，轻松地说，老公跟我开玩笑，我爸有经济问题，全技校人都有经济问题。李不言说，没开玩笑，爸爸一夜未归，我从检察院的朋友那里打听到被市里双规了。何静仍然不能相信，以前的不说，你住过来这么多年，我爸拿过什么不该拿的东西回家过吗？李不言说，这不能作为判断依据，没拿回家不代表没有经济问题，还有贪官专门买房子放赃款赃物。何静生气地推了李不言一把，你爸才是贪官！我爸不是那样的人！说完觉得这话有问题，又被自己气笑了。李不言说，没问题当然更好，我和妈妈说市里让爸爸配合审计学校的账目。你要沉着冷静，正常说话吃饭做事，下午放学直接回家陪妈妈，不能给家里添乱。还有这几天背一个大一点的包,将家里的存折、存单和贵重首饰随身携带,路上注意安全。何静从李不言的表情和语气中意识到问题的严重性,紧张地抱住李不言,老公,我什么都听你的。

吃过早饭,何静送阳阳上学。李不言陪周淑珍说了一会话,周淑珍催促他上班才走。到了事务所,李不言心神不宁,做什么事都集中不起注意力,索性离开办公室,到四楼露台散心。蓝天白云下的新区,高堂广厦殊形妙状,八街九陌纵横交贯,翠绿如海春色满城,一座崭新的大城轮廓初现,令人赏心悦目。多么优美的环境,迁居至此将是何等舒心快意。偏偏此时岳父失去自由,静好岁月平地波澜。面对欣欣向荣的新城,李不言却更加心烦意乱,周围的景致渐渐变得模糊起来。

在办公室坐了一会,李不言心中还是不安,便决定提前回家。周淑珍问他今天怎么回来这么早,李不言说在附近办事,看时间不值当回律师楼。周淑珍要给李不言削苹果,李不言说自己来。刚拿起苹果,进来四个人,为首的那个人掏出一本带有国徽图案的证件和一张搜查令说,我们是市反贪局的,依法前来搜查,这是搜查令和我的工作证。刘淑珍胆战心惊地问,为什么搜查我家?为首的说,何金桂涉嫌受贿,已经被立案审查。周淑珍一听晃晃悠悠地瘫倒在地,李不言冲上去扶住周淑珍连喊几声妈妈,见周淑珍没有反应,抱起来往院外走。为首的检察官问,你们去哪里?我们搜查要有在场人!李不言吼道,去医院!你们自己找在场人!到院外将周淑珍放进车里,发动车子冲出去。

途中给王院长打电话,王院长安慰他不要着急,应该是急火攻心引起的晕厥。送到急诊室,已经有医生护士在等候。推进急救室处置,不一会周淑珍便醒过来。李不言问要紧吗,医生说不要紧,观察半天如无大碍便可回家。李不言想到家中还不知乱成什么样,岳母回去有可能还会受到刺激,便问医生能否安排岳母住院观察两天,医生说想住也可以。周淑珍不愿意留下住院,李不言说,家中情况不明,你回去再有意外还得来,先住下,我回去看看,没事了过来接你回家。因为确实还有些头晕心慌,周淑珍就没再坚持。

安顿好岳母,李不言赶回家。技校后勤处小张站在院门前,等李不言下车后对他说,谭校长安排我在这等你,反贪局的人刚走。李不言问,他们搜查完了?谭校长在场的?小张说,是的,还有我们处长也在场。李不言说,谢谢你,你可以回去了。

何静接阳阳回家后问,妈妈呢?李不言将反贪局来搜查事说一遍。何静顿足道,我爸还真的有事!我妈怎么样了?李不言说,没大碍,家里乱,我安排在医院休息两天。何静当即要去医院,李不言说,灶上在熬粥,等煮好了带过去。何静看着餐桌上的西红柿炒鸡蛋和清蒸鲈鱼,一盆汤,三碗饭和三双筷子,红着眼圈说,老公,全靠你了,真不知道如果没有你,我们可怎么办!

104

昨夜,何静在医院陪护妈妈,李不言在家带儿子。早上起来,李不言发现家里的面包只剩下两片,用平底锅两面煎一下,又煎了一个鸡蛋,夹在里面给儿子吃。阳阳吃着面包,喝着牛奶,夸爸爸做的早点好吃。李不言用手指抹掉儿子嘴角的蛋黄,说喜欢吃以后爸爸经常做。将儿子送到学校后,李不言想起有一份法律意见书今天需要交到建设局,便到所里停好车,步行至府苑小区门前吃早饭。他挑了一家煎饼油条铺子,要了一张煎饼、一根油条和一碗豆浆,在靠近里面的一张小方桌旁坐下。刚将油条卷进煎饼里,看见陈小菊走进来,手里拿着一张煎饼在东张西望找位子。李不言叫了她一声,陈小菊笑吟吟地走过来,在他对面坐下问,师哥,你怎么在这里?偷偷搬过来啦?李不言说,你来了正好,有份法律意见书上班后你送到项山区建设局。陈小菊说,好的,我还是想知道你怎么会在这里吃早点?李不言将家中的变故告诉她,陈小菊显得很震惊,停下拉扯煎饼的双手,何校长?不可能吧?李不言说,我们也很难相信,可人已经被控制起来,家中也被搜查过了。陈小菊一声叹息,将撕成条状的煎饼没进豆浆里,下意识地用筷子按压住,这几天你安心处理家里事,所里交给我。看着李不言没几口便将煎饼油条吞下肚,又说,你能吃饱吗?我去给你再拿根油条。李不言喝完最后一口豆浆,用餐巾纸抹了一下嘴巴,饱了,我先撤,法律意见书在我办公桌上。陈小菊说,去吧,开车注意安全,不要分神。

赶到医院病房,周淑珍与何静母女俩正发生争执,何静看见李不言,如释重负,老公来的正好,你丈母娘非要出院。李不言望着岳母焦虑与期待交织在一起的眼神,爽快地说,妈妈想回家咱就回,我去办出院手续。何静嗔怪道,我坚持半天,你一句话将人情做了。李不言给了何静一个拥抱,到护士站办出院手续。

回家后，周淑珍躺在床上，两眼失神地望着天花板。何静给她倒了一杯水，放在床头柜上，有点手足无措地站在床边。李不言说，妈，我以前办过武冰受贿案，武冰的老婆王丽锦跟我说秋菊一个农妇都能坚持将官司打到底，我作为一个副市长还怕打不下去官司吗！爸爸的事我们也不怕，我虽然无权无势，但毕竟称得上刑辩专家，可以保证爸爸不被冤枉。周淑珍问，你办过不少当官的案子，有没有抓错人又放了的？李不言说，这个还真没有，但大事化小的有不少。妈，现在的社会风气你是知道的，爸爸做这么多年的校领导，多多少少难免有点问题，只要数额不大，问题就不大。周淑珍说，数额肯定不大，除去有时带点烟酒茶叶和几张购物卡回家，没见过还有什么。李不言说，那我们就耐心等待，很快会有结果。周淑珍听罢，神情和缓了一些，精疲力竭地说，你们忙去吧，我想睡一会。李不言与何静退出房间带上房门。

李不言在客厅沙发上坐下来，何静坐到他怀里搂着他的脖子问，老公你是怎么提前知道反贪局要来抄家的？李不言说，不是抄家，是搜查。我也没有提前知道。何静问，那你怎么让我将存款和首饰都带在身上？李不言说，这类案件见多了，预感到会过来搜查。其实这些东西是我们的合法财产，查走了也得还给我们，我不想啰嗦才弄个预防措施。何静搂紧李不言，老公真英明！反贪局搜到什么没有？李不言说，带走一箱茅台酒，其他没有什么。何静说，那箱茅台是人家送给你的，和我爸没关系，老公必须要回来。李不言说，算了，人家兴师动众的来一趟，空手而归不好看，真给要回来多没面子。

过了两天，李不言打听到何金桂的受贿数额有几十万。他回家悄悄告诉何静，何静一脸的困惑，这就奇怪了，没带回家也没见爸爸挥霍，那些钱藏在哪里？李不言拿出委托书放在餐桌上，递给何静一支签字笔，无需浪费心思猜想，你在这委托书上签字，我争取早点会见爸爸。何静接过笔问，你会见自己老丈人还需要我委托？李不言解释道，需要老丈人的家属委托，妈妈不便惊扰，我不能委托我自己，你不委托谁委托？何静在委托人后面签字后说，我只是问问，老公你让我签卖身契我都不带犹豫的。李不言觉得何静太可爱，搂过来亲吻着说，卖你买主也只能是我，老丈人估计要走失一段时间，老婆不能再丢。

一星期以后，李不言与陈小菊冒雨去看守所会见何金桂。风急雨骤，从停车地方到接待室不过十几米远，两人撑着雨伞，迎风的一边还是打湿一大片，裤脚和鞋子更是瞬间湿透。马警官问,李律师,这种天气还来会见?警一眼会见函后说,怪不得呢!是见何校长!李不言问,马警官知道我与何校长的关系吗?马警官说,你与何校长都是项州名人,怎会不知。李不言说,以前是否有名不知道,此后肯定是出名了。

没想到何金桂见到李不言时,迎头一通抱怨。他站在座椅旁厉声责问,不言,谁让你来的,我有聘请你吗?李不言愕然地问,爸爸你是怎么了?连我也不想见?何金桂说,我谁都不想见!也不要你做辩护人,我自作自受将牢底坐穿活该!管教将手中的一串钥匙摇得哗啦响,对何金桂说,你先坐下,不请律师也要好好说话。何金桂看了管教一眼坐下来,管教将手铐与椅子铐在一起后出去。李不言向何金桂介绍陈小菊,爸爸,这是我师妹陈律师,不必介意她在场。何金桂没看陈小菊,只是低头不语。李不言关切地问,爸爸,你这阵子是不是一直没睡好觉,精神有些恍惚?何金桂抬起头,一脸愧色说,不言,我很清醒。我知道你是为我好,但我不配你叫爸爸,也不配做你老师,你没有必要在我身上浪费时间,回去忙别的案子吧。李不言说,妈妈和小静因为你要崩溃,一直催促我来看望你,你这究竟是怎么了?何金桂重新低下头,两颗硕大的泪珠滚落在双膝上。过了好半天,才抹把眼泪艰难地问,不言,你妈和小静还好吗?李不言说,她们能好吗?我最近基本上不上班,在家陪着她们。何金桂说,不言辛苦,都是我的罪过,你以后不要再来看我,费心将你妈和小静照顾好。李不言恳切地说,爸爸,你是知道我的刑事辩护能力的,无论在什么情况下,我们都不能轻言放弃!何金桂说,我的事神仙也帮不了,你要还认我这个爸爸,听我这一回,不要打听我的事,不要会见,不要看卷宗,不要出庭辩护。告诉你妈妈和小静,我把她们完全托付给你,要她们听你的话。李不言说,起码和我简单说说你的案子吧,否则我回去如何向她们解释?何金桂又烦躁起来,不必解释,告诉她们法律没冤枉我,我罪有应得。李不言还想劝说,何金桂用几近哀求的语气说,不言,听我的,照顾好你妈妈和小静便不枉我们师生翁婿一场。李不言一时无言以对,沉默良久无可奈何地说,爸爸,既然这样,我不勉强你。以后想见我和管教说,我会尽快赶过来。何金桂垂下脑袋,又用手背抹起眼泪,我想见你时会找管教,回去吧。

离开看守所,陈小菊问李不言何校长究竟是怎么回事,李不言说,也许他有什么难言之隐,暂时只能顺着他。此后,李不言便一言不发,默默地将陈小菊送回所里，然后开车回家。周淑珍与何静正坐在客厅里相对垂泪，李不言以为她们是在忧心挂念何金桂，故作轻松地说，我刚才见过爸爸了，他精神状态不错，叫你们不要担心，安心在家听我安排。何静问，我爸说什么了？他的事究竟有多大？李不言说，事情有多大要等法院审理后才能定下来，爸爸说他在里面没受罪，干警对他很好。周淑珍说，里面人很好，外面的人却坏了。李不言问，妈妈指什么？是谁干了什么坏事？何静说，学校来人通知我们搬走，将房子让出来。李不言说，凭什么呀，这房子不是房改了吗？产权是我们的！何静说，学校说房改的钱一直没交清，房子还是学校的。李不言说，你们不要慌，我现在去找谭校长。何静拿出雨伞要陪他一起去，李不言接过雨伞说，你在家陪妈妈，我又不是和谭校长不熟悉。

李不言找到谭校长，问起房子的事。谭校长说，当时房改需要缴纳七万五，老何只交了一万五，还差六万一直没有交，现在教育局正追查这件事。李不言说，房改已经结束，只是欠钱的事，为何让我们退房子。谭校长说，是局里要求退房的，我们必须将局里的要求传达到。何校长为人和善，我们不愿意落井下石，你将房款抓紧补齐，房子正常住，我们回话局里你们不同意退房。李不言说谢谢谭校长想转身离开，谭校长突然降低声音问，据说何校长涉案金额有好几十万，我有点不大相信，收那么多钱怎么会不交清房款？他一向生活简朴，不是贪得无厌的人。再说李律师你的收入这么高，他何须收受来路不正的钱财！李律师要好好给何校长辩一辩。李不言说，谢谢校长关心，我目前也不清楚是怎么一回事。然后到财务室拿到账号和欠款数额，开车就近到工商银行将钱转了。再回到学校，将转款凭证交到财务上。会计开具收据，将一直压在这里的房产证交给他。

李不言回家将房产证交给周淑珍说，房款付清了，收据夹在里面，房子我们可以安心住。何静说，我们的大别墅不是可以入住了吗？还为这破房子花钱干吗。李不言说，不影响我们住新房，这地方妈妈住了那么多年，留下来做个念想。周淑珍抚摸着房产证，忧愁中泛起一丝欣慰，不言考虑得周到，你爸爸回来肯定直接到这里。李不言还有个心思没有讲，姐姐一直被姐夫家暴，虽然他多次出面劝说呵斥都只能管一阵子，姐夫脾气暴躁，特别是在酒后耍起酒疯来六亲不认。姐姐一直想离家出走，曾哭求李不言帮她在城里租房子找工作，李不言考虑两个外甥未成年，一直劝姐姐忍耐。今年大外甥考上项州中学，李不言想借机让姐姐过来陪读，再将父母接过来，让他们住进技校小楼里。

105

何金桂的案子起诉到中级法院，李不言开始有点吃惊，中院一审的刑事案件只有危害国家安全、恐怖活动案件和可能判处无期徒刑、死刑的案件。作为一起贪污受贿案件诉至中院，意味着可能判处无期徒刑甚至死刑，何金桂是数额特别巨大，还是有其他特别严重的情节？李不言向周彦君打听缘由，周彦君说，上任不久的市委艾书记对这个案子很重视，说一个小小的校长贪腐如此严重，必须从重处理以儆效尤。政法委便召开检察院和法院的协调会，决定由市检向中院提起公诉。李不言说，这和职务有什么关系？小小的校长这个数额严重，他堂堂的市委书记如果如此贪腐就不算严重啦？周彦君笑着说，等哪一天他不小心进去了，你做他的辩护人当面好好问他。李不言说，我不一定有机会给他辩护，但有如此法制观念的他未必能全身而退。周彦君说，你是来阅卷的吗？岳父不是不要辩护人吗？李不言说，他不要，我不能不问事，我是接受他的女儿委托给他辩护的。先阅卷，后会见，如果他坚持不要辩护人，我再收回辩护手续。周彦君拿出卷宗交给李不言，有道理，我们按程序办。

看完卷宗后，李不言大为震惊。何金桂贪污受贿一百二十多万，成为项州有史以来的第一贪，而贪来的这些钱都花在他的另外一个家。早在十年前，何金桂恋上一个叫金莹莹的技校毕业留校生。他先是在城郊为金莹莹租住一套民房，后来生下儿子后在运河花园为他们娘俩买一套商品房。金莹莹不再上班，完全由何金桂供养。他们的儿子已经八岁，上小学二年级。何金桂分管后勤期间利用学校大搞基建之机收受承包商近百万贿赂，当上校长后继续贪污受贿数十万元。每收受一笔钱都记在一个笔记本上，送钱人姓名以及送钱的时间、地点、金额甚至事由都记载得清清楚楚。支付金莹莹娘俩生活费的记录也同样每笔都标记得明明白白，收支两方面基本吻合。一本厚厚的笔记本用去大半，藏在办公桌抽屉夹层中被反贪局起获。

合上卷宗，李不言这才完全明白，难怪不要会见不要阅卷不要出庭辩护，何金桂在贪污受贿的背后还隐藏着这么个惊天大秘密。而且他肯定明白，有了这个笔记本真是铁证如山，神仙也救不了他。李不言将笔记本复印件细究三遍，第一次对自己遇到的刑事案件一筹莫展束手无策。带着惘然的心情归还卷宗，当即收回辩护手续，离开中院。

吃晚饭的时候，周淑珍问李不言，你爸被带走三个多月，现在怎么还没有一点消息？李不言说，有消息，案子已经到法院，据说数额比较大，我这两天想法去看看材料。周淑珍重重地放下筷子，我不信能有多大数额，他收钱能不带回家？都藏到哪里去了？还是你们串通起来将真相只瞒住我一个人！李不言忙将筷子拿起来递到周淑珍手里，妈妈你不要急，我与小静确实也和你一样不明白，我会尽快弄清楚。

上楼后，何静关上房门问，老公，你和我说实话，爸爸的问题到底有多大？李不言说，这事终究瞒不住，我和你说了你不要急。何静说，快说吧，你不说我才着急。李不言说，起诉的金额是一百二十多万，六十五笔，每一笔都板上钉钉。何静一下子呆坐在床上，半天才缓过劲来，慌张地问，你看错了吧，不是十二万？十二万也没有啊，钱到哪里去了？李不言坐在床沿上说，哪里去了我不敢说，怕你更不相信，更着急。何静抓狂地说，不要磨叽了，你想急死我？李不言说，那我直说了，爸爸在项州还有一个家，你有一个同父异母的小弟弟，他妈妈的年纪和你差不多。何静闻言突然抬起一脚将李不言踹到地上，高声喊叫，不可能，你胡说！跌坐在地的李不言揉着后背提醒何静声音轻一点，当心被妈妈听见。何静回过神来，跳下床抱住李不言，连声说，老公，对不起！对不起！对不起！我不是有意的。你起来踹我！踹多少脚都行！李不言起身将何静抱到床上，宝贝，我知道你不是故意的，我不怪你，你是被爸爸气急了。何静问，老公你说的是真的吗？爸爸不是那样的人啊！李不言慢慢用力搂紧何静，生怕她再次发作起来，我也不相信爸爸是这样的人，但卷宗里白纸黑字记载得很清楚，有爸爸签名，有他亲笔记录的笔记本，还有金莹莹母子照片和笔录，那三大本证据让人无法不相信。何静这才彻底傻眼，压抑着伏在李不言的胸口哭泣。李不言轻轻抚摸她的后背，任由她的泪水将自己的胸前浸透一片。

过了许久，何静停止哭泣，恨恨地说，何金桂禽兽不如！不配当爸爸！让法院判死他！李不言说，宝贝不要这么狠心，爸爸毕竟是阳阳的亲外公，对家里还是尽到一些责任的。何静突然抬起头，右手食指点着李不言的脑门，你为什么老是帮他说话？是不是在外面也有女人！李不言啼笑皆非，坐直身子说，我又惹火上身了。好吧，从此不再过问此案，任凭法院从重发落！何静赶忙说，老公，是我又说错话，你不能撒手不管！李不言说，宝贝老婆发话了，我再管起来。何静的眼泪又哗啦流下来，感动得有些眩晕，红着双眼说，老公，你是天底下最好的老公，我这样无理取闹，还能容忍我。李不言笑着说，宝贝老婆你没无理取闹，特殊时期我能理解，城门失火活该殃及池塘里的我这条小泥鳅。一句话说得何静破涕为笑，都什么时候了，老公你还有心开玩笑。李不言说，无论什么时候，开心总是值得的，不是说笑比哭好嘛！何静说，老公，这是你最吸引我的地方，天生的乐观派，好像没有问题能难倒你。李不言充满爱意地注视着何静，宝贝老婆要一如既往地被我吸引下去，老婆放心，车到山前必有路，爸爸的事会过去，我们的日子只会一天天更美好。何静说，老公我相信，要不也不会死乞白赖地嫁给你。以后的好日子暂不操心，你先考虑怎么告诉妈妈真相。李不言说，我已经考虑过了，不能让妈妈知道全部真相，只告诉她涉案的数额比较大，可能要在监狱待好几年。至于钱的事，就说被爸爸偷偷炒股、买彩票花光了。何静又轻点李不言脑门两下，老公你撒谎脸都不红，炒股买彩票，亏你想得出。李不言说，善意的谎言该撒的也得撒，不说炒股买彩票，还能说是吸毒赌博败光的？何静想了想说道，也只能这样说，不过老公我警告你，善意的谎言也不许你对我说，我能原谅你做坏事，不能原谅你撒谎！李不言笑呵呵地说，撒谎本身属于坏事的一种，也在老婆可以原谅之列呢。何静佯装生气说，不许你狡辩，在老婆这里你只是老公不是律师。李不言说，好吧，在家里我只是老公、爸爸和女婿。何静说，这样才对。你还没告诉我，爸爸能判几年？李不言说，至少十年以上，有可能无期。何静一下子又慌了神，抓住李不言的手，老公你又吓唬我，爸爸要坐一辈子牢？李不言说，不会的，即便判无期，还可以减刑，能提前出狱。何静问，那到底要坐多少年牢？李不言说，我想办法尽量控制在有期徒刑范围内，不管最终是多少年，有我在家里，老婆没有什么可担心。何静突然想起何金桂还有另外一个家，揪住李不言的一只耳朵说，让你何老师多蹲几年也好，谁叫他晚节不保，一把年纪了没事还弄出个儿子来！

  何金桂后来被判处有期徒刑十二年。在临近送往监狱服刑前，李不言去见他。他对李不言说，我知道不言费了不少心思，要不我可能是无期。李不言说，我遵照爸爸的指示没过问这个案子，是中院依法审理的结果。何金桂说，能再遵照一回吗？帮我照顾一下运河花园的娘俩。李不言稍作停顿，字斟句酌，爸爸，你要考虑妈妈与小静的感受，在不影响她们的情况下，我尽量。何金桂闻言老泪纵横，不言，有你这句话就行了，我安心改造，争取早点回家。

周淑珍一直不知道何金桂犯下哪些事，也不知道究竟判了多少年。李不言与何静一开始告诉她五六年，后来又说七八年，再后来周淑珍不问了，天天晚上去律师楼斜对面的市民公园广场与一群老头老太太跳广场舞。

106

何金桂被送去服刑后的一天下午，李不言接到金莹莹的电话，金莹莹在电话里抽泣着说何校长曾关照过她有困难时可以找他但她一直想找没敢找。李不言说，找谁都不如找自己，别人帮一时，靠自己才能管一辈子。金莹莹说现在几乎身无分文，母子二人实在走投无路才打这个电话。李不言让她在家里等，他马上过去当面说。到了运河新村见面后，金莹莹泪流满面地叫声李大哥。李不言看着客厅茶几上金莹莹母子的合影，心里感叹男孩神似何金桂，嘴里说，别乱叫，喊我李律师。金莹莹不好意思地叫声李律师，李不言说，我想介绍你到丝路花雨服装店上班，活不太累，工资够你们娘俩开销，你愿不愿意？金莹莹说，我愿意，那家店我去过，店面挺大的。李不言说，有个条件，你不能说自己叫金莹莹，也不能带孩子过去。金莹莹问，那我叫什么呢？李不言说，给自己另外起个名字，起好后记住了，不能露出马脚。金莹莹说，如果有人问起我和李律师是什么关系呢？李不言说，你就说你是司法局李汉生局长家亲戚，通过李局长安排找到我。金莹莹拿出笔和纸记下司法局李汉生，又写下李梅两个字，我叫李梅可以吗？李不言说，可以，很好记。说完从身上掏出三千块钱交给金莹莹，让她一周后去服装店。一星期后，金莹莹去服装店上班，时间不长因为心灵手巧会说话，和杨丝雨混成好姐妹，但与何静始终若即若离，何静开始有点奇怪，搬到一号别墅后去服装店没有以前频繁，渐渐地也就不往心里去。

阳历年底，李不言主持召开全所会议，正式宣布辞去主任职务，由陈小菊接任。李不言说，从今天起，陈主任负责事务所全面工作，侧重于事务所内部管理和与主管部门联络以及上情下达。我侧重老客户的维系和重大案件开拓、研判与指导。陆洲合伙人侧重具体案件处理和法院一般关系的协调。江山合伙人侧重新客户拓展与法院高层关系的协调。其他律师各自处理好自有案件与所里交办的事务。相信我们项山所在大家共同努力下，必将迎来更加辉煌的未来。其他合伙人分别发言以后，李不言便宣布散会。除了讨论案件，他一向不喜欢开会议时七嘴八舌人云亦云不知所云。

到这时，项山律师事务所共有合伙人四名，专职律师八人，实习律师四人，律师助理六人。行政、财务和前台各一人。成为项州市无可争议的第一大所，其办公条件在东方省内的律所中也称得上优越。两位特邀律师乔建国和曹为民，虽然证件被停止注册，不能再出庭办案，但李不言仍然将他们挽留下来做顾问，帮助招揽案源和协调与法官的关系。

散会后，过来一帮人要委托李不言做代理人，说是公证处温波主任介绍的。李不言安排陆洲和自己一起到四楼会议室接待。李不言让他们选一个代表介绍情况，代表被推选出来后说，我们都是王集镇的，每人买了一条船，租赁给夏万全的船头跑运输，从项州装运黄沙去新河沙田砂石市场。砂石市场在沙田大桥的东面，船队从大桥西面驶过来，眼看着过桥就到达目的地，却在经过大桥北边的第二桥孔时，船队第三档驳船船首右前角撞上了桥孔南桥桩，导致大桥北面第二、第三桥孔面板及中间排架全部坍塌，船队的第二档和第三档驳船当场沉没，同时将正在桥北面第三孔下由东向西航行的安徽天长的一条船砸沉。桥面上正在开展环境监测的新河环境检查站五名工作人员都掉进河里，一同落水的还有他们开过来的一辆面包车及环境监测设备。这场连锁反应造成了巨大财产损失，所幸落水人员都顺利爬上岸，没有出现伤亡。事发后，船头船主夏万全被以交通肇事罪关进看守所，整个船队被新河市人民法院扣押起来。我们肯定不同意，驳船是租赁给夏万全的，摊上这事我们也属于受害者，怎么能扣押我们的驳船？更值得担心的是，这次事故中造成的损失会不会要我们赔！想想那一座大桥，那安徽天长的船，那掉进河里的环保局车辆和仪器设备，还有海事局的各项打捞费，天老爷，就是将我们十个人的家产全都搭进去，也赔偿不清！我们十人一合计，决定请律师去新河，买船时在公证处做过公证，认识温波主任，他介绍我们找到这里。

李不言说，你们的担心不无道理，法院既然扣押了你们驳船，就有可能有原告将你们与船头船主夏万全列为共同被告。这事很复杂，涉及好几个主体，律师要实地去了解情况并与法院反复沟通。你们每人先准备五千元律师费，最后根据诉讼案件数和每个案件标的计算律师费，多退少补。十村民互相看，谁也不做主。李不言说，你们到外面露台上商量，有结果再进来。十个人出去叽叽咕咕半天，回来后那个代表问，代理费能不能不要多退少补，包死五万元，差旅费据实结算。李不言问陆洲这个付费方案是否愿意做，陆洲说可以。李不言让他们去陆洲办公室，自己准备去江山办公室说件事。刚下三楼，惠兴齐打电话过来，我在腾飞大酒店，这里有两个朋友想认识我们的李大主任。李不言问，你的意思是我送过去给他们认识一下？惠兴齐说，你自己开车又要不喝酒了，我的大奔去接你。

来到腾飞大酒店，司机将车开到酒店的旋转门前，扭头说，李律师，惠总他们在老地方。李不言点点头，一个迎宾服务生从外面打开车门，手背搭在车门上部，带着标志性的笑容说，先生，请注意碰头。李不言下车，进门后乘电梯直达二十楼。一个迎宾小姐站在楼道里，看到李不言，微微弯下身子说，李律师来啦，我带你过去。李不言说，小孙你忙吧，我自己过去。小孙微笑着坚持将李不言带到2001室，轻轻推开门，对屋内说，李律师来了。

李不言正要进去，被一股浓重的烟味顶住，立刻闪开身在门外用手扇着鼻孔。惠兴齐在室内说，李律师闻不得烟味，大家将烟掐了，嗑瓜子吃小黄瓜。李不言等了十几秒捂住鼻子走进去说，非常抱歉，我这个怪癖扫了大家的兴致。惠兴齐将手中的扑克牌交给身后观战的一个人，站起来说道，李律师这是关心大家的身体健康，绝对的好习惯，我来给你介绍两个朋友。那三个打牌的，也纷纷站起来。惠兴齐指着右手边脸色白净文质彬彬的高个子，这位是工行的汤行长。李不言问，是介绍曹凤生给你的汤行长吗？汤行长说，正是在下，李律师哪壶不开提哪壶。不过要谢谢李律师，帮助惠总跳出银行黑名单的同时也帮了我，否则我是再无颜面坐在这里与惠总打牌。李不言笑着说，应该是惠总感谢汤行长，因为你提供的机会，让他在我们省城差不多白捡了一栋度假大别墅。惠兴齐拍着巴掌说，对啊，经李律师这么一说，我确实应该好好感谢汤行长。然后介绍左手边皮肤黝黑个子一般颇显老成持重的那位，这位是规划局的戴主任。李不言伸出手说幸会。戴主任握住李不言的手说，其实在建设局我见过李律师，只是李律师由局长亲自接待，我没有机会插上话。惠兴齐说，以后说话机会一大把，只要几位能洒脱，今晚就可以打牌按摩聊个通宵。然后指着对面的那个人，这位不用我介绍了。李不言见是刘显贵，笑着问，刘总怎么有空过来打牌？刘显贵说，还没来得及向主任汇报，公司刚刚交给刘超打理，我退居幕后享几天清闲。李不言看着汤行长与戴主任问，两位领导呢，也都二线啦？惠兴齐说，都退了，我聘过来做顾问。李不言感慨，你们多好啊，我想退却一直停不下来。惠兴齐说，你退不退都是我的顾问，现在你们是我的顾问团。刘显贵说，我们继续打牌，李律师，现在流行掼蛋，会不会？李不言说，不太会，你们打几把，我学学。原来在惠兴齐身后观战的那个人说，李律师，你不认识我啦？我是侯千树啊！李不言看着面前这个白白胖胖的人，有点难以相信，你是那个与临江船厂打官司的侯千树？曾经的侯竹竿，如今变成了猴面包树。侯千树喜眉笑眼地说，正是我，李律师倒是还能想起我当初的瘦猴样！说着话快步过来与李不言握手。李不言问，你也是惠总顾问团的？惠兴齐说，他暂时还不够格，给我工地供应砂子水泥的，赚了我不少钱。李不言说，惠总不要这样说，想当初侯老板的起点不比你差，你使船运煤时，人家也有一条几十吨的船。侯千树仍紧紧握住李不言的手，今非昔比了，我现在连惠总的一根小手指头都不如。当年李律师帮我打赢与船厂的官司，以后还得请李律师继续帮我，在惠总面前多美言几句。戴主任说，这话说到点子上了，李律师美言一句抵上你跑十趟。惠兴齐说，十趟都不止，李律师哪句话我都得听。我们掼蛋，将李律师教会，拉他下水。

惠兴齐与他们三人开始掼蛋，每个人旁边放着一个小茶几，上面摆着茶杯、瓜子和一盘洗干净的小番茄、小黄瓜与切成八瓣的青萝卜。李不言抓起一把瓜子一边嗑一边看，几圈过后心里便大致明白。惠兴齐抓到手一副不错的牌，高兴地递给李不言，这副牌兵强马壮的，适合主任上手练练。李不言接过他手里牌，

快速地重新排列组合，甩出三个三、三个四与两张六两张七，脆声叫道，双飞。汤行长应声说不要。戴主任扒拉一下李不言甩在桌面上的十张牌，狐疑地问，李律师，你以前真的不会掼蛋？惠兴齐说，李律师是绝顶聪明人，小小的掼蛋不在他的话下，你们打牌可要好好地动动脑筋。

107

二〇〇六年八月二十三日，处暑，李不言四十岁生日。早在半个月前，何静与赵虹便筹划今年如何给李不言庆生，然后杨丝雨加入进来，三个女人偷偷编导一台戏。准备定下腾飞大酒店最大的包间，处暑日让惠兴齐配合假意邀请李不言掼蛋，等他到场后房间内空无一人，突然熄灯起音乐，大家从隔壁包间悄悄溜进

来，亮灯拍手齐唱生日歌孩子们敬献礼物。结果剧本尚在打磨中，李不言夜里搂着何静说，宝贝老婆不要瞎忙活，今年生日还在家里过。何静说，老婆我没忙活。李不言说，没忙活好，告诉赵虹和丝雨消停吧。何静心虚嘴硬道，我们什么都没做。李不言嘿嘿笑，佯装要背过身睡觉。何静忙抱住他，老公，我交代。李不言说，你们想干啥，我心里明镜似的。你们结束闭门会议，回头是岸，我既往不咎。何静抓住李不言的手，好老公，亲老公，听你的在家里办，赵虹和丝雨已经参与进来，他们两家必须邀请吧。还有阳阳的爷爷奶奶姑姑和大表哥，一并接过来庆祝一下。李不言说，阳阳的爷爷奶奶曾经认准赵虹是他们的儿媳妇，接过来一起不太好，你不尴尬，他们与赵虹未必自然。我们提前到技校与家人聚一聚，赵虹和丝雨她们处暑那天邀请过来，但和她们说不准买礼物，不准弄惊喜，不准玩任何所谓仪式感的花样。何静撒娇道，我和她们说，但老婆总该有准备礼物的特权吧。李不言说，宝贝老婆，你就是上天赐给我的最好礼物。

　　处暑当日，李不言和江山下午下班后一块步行回家。进入一号别墅院内，发现豆豆和妮妮坐在秋千吊椅上，阳阳和顺顺站在后面用力摇晃。四个孩子看到李不言，一齐高声喊，老爸生日快乐！李不言乐呵呵地回应,谢谢孩子们！老爸快乐！你们也快乐！进入屋内，何静、赵虹与杨丝雨已经在围着餐桌忙活，甄勇敢坐在沙发上，周淑珍在厨房里。何静迎上来亲了李不言一口，老公，生日快乐！杨丝雨也过来做出要亲吻李不言的样子，何静将她挡到一边，这是本老婆特权，你不可以。杨丝雨满面笑容，哥今天四十大寿，破个例吧。何静故意板起脸，八十也不行！杨丝雨说句小气鬼，回到餐桌旁。赵虹调整好两盘菜肴的位置，抬头看着李不言说，看来我也不要痴心妄想了，不言生日快乐！李不言发现赵虹今天穿的是十多年前他从石狮带回来的那身白色套装，胸前的梅花盘扣和丝线流苏依然端庄灵动，心中一热，忍不住多看两眼。何静说，老公，虹姐这身衣服好看吧，她说买了好多年，我和丝雨有点不相信，这么新，款式一点不落伍，又从没看她穿过。李不言说，蛮好看的，与主人挺般配。赵虹低头将黄瓜调粉皮调整到餐桌中间，以此掩饰脸上的一丝羞涩。何静挽起李不言，一一介绍桌上的菜，老公，那盘蒜蓉龙虾是丝雨做的，忙了大半天。那盘红烧猪头肉是虹姐买的半成品，回来亲自加工的。这盘黄瓜调粉皮是老婆我独自完成的作品，没让你丈母娘插手。

　　还有这盘凉拌花生黑木耳，是师妹我的拿手菜。陈小菊面带微笑拎着两个盒子进来，打开上面的盒子，取出一盘菜放到餐桌上。李不言对何静说，不是说好不准送礼物的吗？赵虹说，做道菜表达心意，算不上礼物。杨丝雨说，就是的，我老早相中一身西装，准备今天送给哥，结果小静不让。何静看着花生黑木耳问，小菊姐怎么知道我老公生日？还知道他喜欢花生米拌黑木耳。陈小菊反问道，身为主任了解全所员工生日很奇怪吗？以前每次和师哥出差在外，吃饭时他都会点这盘菜，我记住了不可以？杨丝雨说，肯定可以啊，厨房醋瓶倒了，小静快去扶起来。何静说是吗，抬腿就要往厨房去。李不言拉住她说，让丝雨去。何静这才反应过来，扑过去要掐杨丝雨。杨丝雨躲到赵虹身后，几个女人笑成一团。

甄勇敢拿出一个镜框递给李不言，不言还记得这张照片吗？我从江山那里将原件取出来放大洗印三份，我们三家每家一份。李不言接过来，看到的是他们三人在技校打球时的照片，放大时显然做过处理，画面簇新如同刚在篮球场上按下快门。李不言轻拂镜面说，这个好！我们重新站到运动场上，默契配合上篮得分！甄勇敢说，我还真想也辞职做律师，和两位兄弟并肩作战。杨丝雨说，老公，真的吗？我都没听你提起过。甄勇敢说，刚冒出来的想法，感觉户政上没意思，做个像不言这样的律师更有意义。杨丝雨亲了甄勇敢一口，老公，我支持你！李不言说，勇敢要是真有这个心思，那就在公安上好好干几年，多积累一些人脉培育一些潜在客户，反正我的律师楼永远无条件对你虚席以待。说着走到博古架前，将照片端端正正地放在中间位置。赵虹从包里取出一个镜框说，我这里也有一幅照片给寿星。何静抢先接过来，看一眼后开心大喊，太可爱了！我们的小豆豆！然后将镜框给李不言看，李不言一看开怀大笑，直呼收到一份最棒的礼物。陈小菊和杨丝雨围过来，原来是豆豆的一幅画，一个憨态可掬如大熊猫的男人，穿着宇航服拉着气球向天上飘。旁边歪歪扭扭几个大字，祝干爸生日快乐天天向上！下面工工整整的一行小字，你的干女儿豆豆。杨丝雨笑着说，豆豆这孩子有心，另一个干闺女就想不起来。赵虹说，豆豆代表了，你要有想法，让妮妮过来写上名字。李不言将画摆放在打篮球的照片旁边说，形式不重要，重要的是你们爱我，我爱你们。陈小菊笑着说，我可不敢说爱你，这儿有双专业跑步鞋，你不说要运动吗，早晚去市民公园跑几圈。李不言拍拍肚皮感慨，有点发福了，是得动动。何静接过鞋子，捏捏鞋底试试弹性，我也要运动，小菊姐也得送我跑步鞋。陈小菊说，送，还有谁想跑步？赵虹和杨丝雨立即举起双手。

周淑珍做了水煮牛肉、西芹百合、爆炒鱿鱼、油焖虾等十几道家常菜，与赵虹她们带过来的琳琅满目一大桌。何静招呼孩子们进屋吃饭，周淑珍说，不言，你们先开始，我再烧个汤。勇敢说等等一块吃，李不言说，我们先开始，多吃菜，消灭得越快越多妈妈越高兴。何静从里屋拿出一瓶茅台说，老公酒不拿就要开始，大家都喝饮料吗？李不言接过茅台说，聊开心忘记了，客户送我两箱茅台，岳父在家时喝掉四瓶，未开箱的被反贪局搜走，剩下两瓶，我们今天全部喝光。江山说，就你那酒量，二十年如一日，我们三个人能喝光？陈小菊说，我帮你们喝两杯。杨丝雨说，我也帮忙喝两杯。何静看着赵虹问，我们也都喝茅台？赵虹说，喝就喝。阳阳说，我也想喝茅台。顺顺和豆豆跟着都要喝。何静拿起果汁递给阳阳，未能年人不能饮酒，给你顺顺哥和两个妹妹倒饮料。江山调侃道，真是近朱者赤，小静说出口的都是专业用语。何静得意地说，我上错学校了，不然做律师不一定比小菊姐差。

　　李不言举起酒杯，我们四家平日里住在一个小区，抬头不见低头见，欢聚一堂还是第一次，为我们的阖家大团圆干杯。杨丝雨说，今天是哥生日，不能改变主题，我们共同祝哥生日快乐。大家附和着举起杯，叮叮当当地碰在一起。李不言喝干杯中酒，见四个女人也干了，连忙说，如此豪气不行，不一会倒成一片，剩下一桌菜惹岳母不开心，我们还是酒杯起心意到少喝酒多吃菜。甄勇敢站起来，大家随意喝，我敬不言两杯必须干。好兄弟，没有你那句谚语，我坚持不下来。杨丝雨停下筷子问是什么谚语，陈小菊说，我知道，相信所有结局都美好，如果不美好，那还不是结局。甄勇敢说，陈律师和我记得一样真切。激动地连干了两杯酒。李不言说，值得为美好结局干杯！与甄勇敢同步喝了两杯。甄勇敢方坐下，江山又站起来，举着酒杯说，不言，在敬你酒之前，我先自罚两杯。咕噜一杯喝下去，正欲倒上第二杯时，何静拦住他，为什么要自罚？江山面露愧色说，当初毕业分配时……李不言站起来阻止他说下去，兄弟，不要说了，刚才那杯算你自罚，这杯算你给我庆生。江山疑惑地问，不言你知道我想说的事？李不言说，徐剑锋早已告诉过我，但我从来没有往心里去。兄弟没有发现吗？命运之神当初为我关上一扇明亮的窗，却为我打开一扇更为敞亮的门。江山一饮而尽杯中酒，抱拳道，不说了，祝好兄弟生日快乐！赵虹悄声问江山，究竟是什么事？江山轻声说，回家向老婆汇报并检讨。

与赵虹、陈小菊和杨丝雨共同喝两杯以后,李不言有些上头。何静与赵虹、杨丝雨也脸色绯红透出些许醉意,陈小菊倒是一副面不改色心不跳的模样,江山和甄勇敢酒杯端起来放下,放下端起来,一次又一次,酒少话多称兄道弟感觉特好。李不言说,你们慢慢喝,我到院子里吹吹风散散酒气。

　　李不言来到院子里的秋千前,在吊椅上坐下来深呼吸。白天秋老虎带来的燥热已经散去,夜风习习清凉阵阵,李不言顿感酒意消退大半。听着屋内江山与甄勇敢的高谈阔论,女人们的悦耳笑声,孩子们的嬉闹欢呼,李不言由衷地愉悦舒心。他微笑着,望着室内温暖的灯光昏昏欲睡。赵虹走过来,拧开一瓶农夫山泉递给他。李不言微笑着接过来,请她坐一会。赵虹弯腰说,我不坐,过来是想问你一句藏在心中许多年的话。不言,你曾经爱过我吗?李不言一怔,差一点被农夫山泉呛到,将水咽下去后说,这话问错了,应该问,现在还爱吗?赵虹露出欣慰的笑容,不用问,我已经知道答案啦。说完心满意足地转身离去,在门前遇上陈小菊和杨丝雨,杨丝雨说,看虹姐开心的,好像你今天过生日。赵虹笑而不语,坐回到餐桌旁。

　　陈小菊和杨丝雨来到秋千座椅后面,两人来回轻轻推扯椅背,缓缓地摇摆着秋千。杨丝雨说,哥,回屋去我还要敬你一杯酒,替顺顺和妮妮。李不言惬意地跟随着秋千的节奏晃动着脑袋,这杯酒留待他们成年后自己敬,我好好练练,努力提高酒量,坐等未来的孝子贤孙们轮番轰炸。陈小菊梨涡浅笑,右手轻轻地放在李不言的左肩上,师哥连我的酒量都不如,还想对付将来指不定有多少个的儿孙们!李不言举起手中的农夫山泉,多少个都不怕,喝不下茅台我用水代替,兔崽子们谁还敢揭穿我不成!陈小菊和杨丝雨笑得不行,推拉秋千的手不自觉地用力起来。李不言连声喊道,晕,晕,头晕,慢一点。

　　何静跑过来,稳住晃动的秋千,你们两个死妮子是何居心,想看我老公现场直播吗?杨丝雨向陈小菊吐了一下舌头,拉着她的手笑着跑回屋。李不言轻轻地拍一下身边座椅,何静坐下来,依偎在他怀里。李不言微笑说,缓酌樽中酒,容颜调膝上琴。何静举起手抚摸着李不言的光洁的下巴问,老公,这两句是什么意思?李不言说,这是元稹《处暑七月》中的两句,意思是美酒慢品尝,妙琴从容弹,好日子要用心体味。何静将头靠在李不言肩上,老公,我们一起用心,这辈子,下辈子。

　　夜星闪烁,草虫浅唱,时光仿佛静止一般。何静仰望遥远的银河,突然如梦呓似的说，老公，我一直想问你一个问题，又怕惹你不开心。李不言想到赵虹刚才的问话在内心笑问，难道今天是美酒醉美人，醉出美人好奇心？罢了！咱也不妨乘着醉意豁出去！于是，摆出一副来者不拒的姿态，你老公我今天四十不惑，有什么问题，大胆问！何静坐直身子，俏皮地说，你的答案不能超过两个字。李不言笑笑说，感觉有点像逼供，不能解释吗？何静不容分说道，不能！老公太能说，让你解释我怕得不到真正答案。李不言故意正襟危坐露出几分胆怯的样子，那我就……试试看？何静问，你还爱赵虹吗？李不言张嘴要回答，何静说，爱或者不爱。李不言说，爱。何静又问，你爱陈小菊吗？李不言说，爱。何静还要问，李不言说，宝贝老婆别问了，我坦白从宽老实交代，我爱杨丝雨，爱江山爱勇敢爱豆豆妮妮和顺顺。当然，最爱的永远是我的大宝贝老婆和小宝贝儿子！何静狠狠地亲了李不言一口，在他的耳畔说，臭老公，知道吗？你就是个花心大萝……花心大律师。

尾声

108

　　十年之后。项山律师事务所主任办公室。

　　法律援助部负责人江清萱向事务所主任李清轩汇报丰谷农化排污龙河造成污染的公益诉讼案件，江清萱说，这个案件目前取证已经基本到位，我准备配合检察机关向人民法院提起诉讼，让丰谷农化治理污染并赔偿给沿河集体和农户造成的损失，干爸建议再慎重考虑，担心会影响到许多老客户对我们的信任。你是什么意见？李清轩毫不犹豫地说，不必担心，我们项山所发展到今天已经具备专注于法律援助事务的底气，你放手去做，有什么问题我来沟通。

　　就在此时，李不言和江山在律师楼的楼顶平台上喝茶聊天，碧空如洗，柔风拂面，金黄色的迎春花铺满了会议室的南墙。

（全书完）

2018.10.9. 一稿

2023.12.21. 二稿

2024.3.22 改毕